リ文庫

ウィンター・ビート

サラ・パレツキー
山本やよい訳

早川書房
6921

BODY WORK

by

Sara Paretsky

Translated by
Yayoi Yamamoto
First published 2011 in Japan by
HAYAKAWA PUBLISHING, INC.
This book is published in Japan by
arrangement with
SARA AND TWO C-DOGS, INC.
c/o DOMINICK ABEL LITERARY AGENCY, INC.
through THE ENGLISH AGENCY (JAPAN) LTD.

ジョー・アン、ジョリン、キャスリンへ
Cドッグというボロ船を浮かべておくために、何年ものあいだ力を貸してくれて、
どうもありがとう

謝辞

法医学的証拠、および、解剖鑑定書の書き方についてアドバイスをくださった、ビル・エルノヘイジー博士に感謝したい。ただ、ストーリーの関係から、そのアドバイスに忠実に従ったわけではないので、作中のエドワーズ大尉に関してもっとべつの行動をとるべきだったとお思いの読者がいらしたら、どうかご勘弁いただきたい。

もっと楽しい面では、ジェイク・ティボーの曲にアドバイスをくださったことに対して、エドウィナ・ウルステンクロフトと、BBCの番組《古楽の時間》にお礼を申しあげたい。ミズ・ウルステンクロフトのおかげで、これまで耳にしたこともなかった女性吟遊詩人《トロバイリッツ》の存在を知ることができた。マリア・ド・ヴァンタドゥールの詩の英訳は、メグ・ボギン著『女性吟遊詩人』から引用させてもらった。

ワイズマン・インスティテュートのナノ粒子の専門家であるイスラエル・バル＝ヨセフ教授は、さまざまな事柄のなかでもとくに、ガリウム砒素について親切に説明してくださった。

ジョリン・パーカーは原稿の段階で作品の批評をおこない、とても大きな力になってくれた。最終リライトに手を貸してくれたキャスリン・リンドの協力も、きわめて貴重だった。55章のタイトルはロシアの古い諺からとったものである。〝上り坂では荷車を押す。下り坂では荷車がころがっていく。この世にも多少の正義はある、充分ではないだけで〟

目次

ウィンター・ビート

登場人物

V・I・ウォーショースキー………私立探偵
ペトラ………………………………V・Iの従妹
オリンピア・コイラダ……………〈クラブ・ガウジ〉のオーナー
カレン・バックリー………………〈ボディ・アーティスト〉
リヴカ………………………………カレンのアシスタント
ヴェスタ……………………………カレンの友人
ナディア・グアマン………………グラフィック・デザイナー
ラザー………………………………ナディアの父親
クリスティーナ……………………ナディアの母親
アレグザンドラ……………………ナディアの姉
クララ………………………………ナディアの妹
アーネスト…………………………ナディアの兄
ロドニー・トレファー……………〈クラブ・ガウジ〉の常連客
チャド・ヴィシュネスキー………帰還兵
ジョン………………………………チャドの父親
モナ…………………………………チャドの母親
ティム・ラドケ
マーティ・ジェプスン ｝……………チャドの友人。帰還兵
レーニエ・カウルズ………………弁護士
ジャーヴィス・マクリーン………〈ティントレイ〉のオーナー
ギルバート・スカリア……………〈ティントレイ〉の事業部長
アントン・クスターニック………〈レストEZ〉のオーナー
オーウェン・ウィダマイヤー………公認会計士
テリー・フィンチレー……………刑事
ミルコヴァ…………………………フィンチレーの部下
マリ・ライアスン…………………新聞記者
ミスタ・コントレーラス…………V・Iの隣人
ジェイク・ティボー………………同。音楽家
ロティ・ハーシェル………………医師

1　路地で死亡

ナディア・グアマンはわたしの腕のなかで死んだ。わたしが〈クラブ・ガウジ〉を出てほどなく、建物の裏の路地から、銃声と、悲鳴と、タイヤのキキーッという音がきこえてきた。砂利とわだちの上で足をすべらせながら駐車場を走り抜けると、汚れた氷の上にナディアが倒れていた。胸から血があふれて、ねっとりした血だまりを作っていた。

わたしは自分のスカーフを引き抜くと、ナディアのコートの前をはだけた。胸にひどい傷――ひどすぎる。見ただけでわかる――それでも、スカーフを丸めて傷口に押し当てた。圧迫をゆるめないようにしながら、身をよじってコートを脱ぎ、ナディアの身体の下に敷いた。左手でナディアの胸を押さえておいて、右手を彼女の身体の下にすべりこませ、弾丸の貫通した傷口にコートを押しつけた。うつむいたまま、傷口を強く押さえて、「九一一に電話。早く。いますぐ」と、集まってきた野次馬に向かってどなった。

わたしの腕のなかで、ナディアのまぶたが震えて目がひらいた。大きな口の両端が微笑らしきものでほころんだ。「アリー。アリー」

「シーッ、ナディア、体力を消耗しないで」

口を利いたのはいい徴候だ、希望が持てる、と思ったので、傷口を押さえたまま、子守唄を切れ切れに歌い、ナディアとわたしの両方を落ち着かせようとした。救急救命士たちが到着し、傷口からわたしの手をひきはがして、首を横にふった。すでに数分前に絶命していた。

わたしは震えはじめた。救命士たちの手で無理に立たされて、ようやく、一月の風が骨にしみるのを感じた。救命士たちがわたしを救急車に押しこんだが、ナディアは地面に横たわったまま残された。鑑識チームの写真撮影を待つのだ。救急車のクルーがわたしを毛布でくるみ、自分たちの魔法瓶から熱くて甘いコーヒーを注いでくれた。

「あんたは力の及ぶかぎりやった。あれ以上のことは誰にもできなかっただろう」鑑識の技師は小柄で筋肉質、ごわごわの赤毛だった。「撃たれて数分のうちに大量出血している。おそらく銃弾が太い血管を傷つけたんだろうが、解剖医のほうからもっとくわしい説明があると思う。友達だったのかい？」

わたしは首をふった。ろくに口を利いたこともなかった。それどころか、その時点では彼女のファーストネームしか知らなかった。

ひらいたままの救急車のドアから警官が顔をのぞかせた。「死んだ女の子にコートをかけてやったギャルってのは、おたく？」

「死んだ女性よ」――わたしはそういいかけたが、今夜は疲労困憊で、口論する元気もなかった。ナディアは死んだ。どんな呼び方をされようと、生き返ることはない。わたしはストレッチャーと向かい合ったベンチシートから動かずに、しわがれた声で「ええ」と答えた。

「店に入って話をしてもらえませんかね」警官がいった。「写真撮影が終わりしだい、死んだ女の子を救急車でモルグへ運ぶことになってるし、この駐車場は零下十五度だ」

わたしは救急車のクルーに毛布を返し、警官の手を借りて後部ドアから飛びおりた。さっきと同じ場所にナディアが横たわっていた。ブルーのストロボを浴びて顔が銀色に染まり、胸の血は黒く染まっていた。わたしのコートはいまもナディアの身体の下だ。そこまで行き、鑑識チームの抗議の声を無視して、コートのポケットから車のキーと自宅の鍵をとりだした。わたしのバッグは〝死んだ女性〟(この言葉を声に出してつぶやいた)から二、三フィート離れたところにころがっていた。捜査の指揮をとっている警官のわめき声をふたたび無視して、バッグを拾いあげた。

「そいつは証拠品だ」

「わたしのバッグよ。応急手当てをしたときに落としたの。あなたには必要ないけど、わたしに必要なの」わたしはまわれ右をして、〈クラブ・ガウジ〉の店内に戻った。バッグは赤い革で仕立てた手縫いの品で、故人となっていた失踪者の友人から謝罪の意味をこめて贈られたものだ。このバッグや財布が証拠品保管ロッカーのなかで行方不明になるような危険を冒すつもりは、わたしにはない。

クラブや駐車場にいた人々は、警官隊が到着する前に逃げだした狡猾な連中をのぞいて、すでに全員が建物のなかに誘導されていた。一分前のわたしは寒さで凍えそうだったが、今度はクラブのなかが暑くて酸欠状態に近いため、吐きそうになった。冷や汗をかき、こみあげてくる嘔吐の波を必死にこらえた。

クラブのスタッフは、わたしの従妹のペトラも含めて、カウンターのところにかたまっていた。しばらくすると、吐き気が治まってきたので、人混みを掻き分けてペトラのそばまで行った。

「ヴィク、どうしたの？」ペトラの青い目は恐怖で丸くなっていた。「血だらけよ」

視線を落とすと、ジーンズとセーターに、そして両手にナディアの血がついているのが見えた。頭皮がむずむずした。たぶん、髪にも血が飛んでいるだろう。

「女性がクラブを出たところで撃たれたの」

「えっ――誰なの、それ」

「〝ナディア〟って呼ばれてるのを耳にしたわ」わたしはペトラにきびしい視線を据えて、ゆっくり答えた。「本名かどうかは知らないし、名字も知らない。もし、警官や新聞記者から、今夜何があったのかって質問されたら、あなたは現実に知ってることと見たことだけを正直に答えなさい。ただの推測にすぎないことはいっちゃだめよ。警察の捜査を混乱させることになりかねないから」

「ほかの目撃者に入れ知恵をしないほうがいいと思いますけど」という声がした。

叫び声や、携帯メールや、ツイッターの大混乱を掻き分けて、女性警官がわたしの横にやってきた。

クラブの照明のなかに、その顔が浮かびあがった。細面で、頬骨が高く、艶のない黒髪をとても短くカットしているため、帽子の庇から髪の先端がわずかにのぞいている。わたしはバッジの名前を読んだ。E・ミルコヴァ。わたしの従妹と同じぐらいの年ごろだ。警官にしては若すぎる。わたしに指図をするにも若すぎる。だが――バッジをつけている。わたしは彼女に誘導されるまま、クラブの奥にある小さなステージまで行った。警察が犯罪現場用のテープでそこを囲い、事情聴取に使えるようにしてあった。ミルコヴァはわたしがくぐり抜けられるようにテープを持ちあげ、つぎに、すぐそばのテーブルから椅子を二つひっぱってきた。わたしは片手を伸ばして、片方の椅子を受けとった。

そのときのわたしは、暴力と死に直面した者がそのあとで経験する、あの麻痺状態のなかにいた。ミルコヴァの質問に集中できなかった。こちらの名前を告げた。銃声がきこえたので、何事かと思って駆けつけたことを話した。死んだ女性と知り合いではなかったことを告げた。

「でも、名前をご存じでしたね」ミルコヴァがいった。

「誰かが〝ナディア〟って呼んだのを耳にしただけ。名字は知らないわ」

「たいていの人は、銃声をきけば逃げだすものです」

わたしは返事をしなかった。

「ところが、あなたは現場へ走っていった」

それでも返事をせずにいると、向こうは眉をひそめた。「なぜです？」

「なぜって、何が？」

「なぜ危険に向かって走っていったんです？」

わたしがもっと若くて無頓着だったころなら、偉大なるフィリップ・マーロウの言葉を借りて、〝怖じけづいてちゃ商売にならない〟と答えていただろうが、今夜のわたしは寒くて不安だった。「さあ、知らない」

「今夜、クラブのなかで誰かがナディアを脅してるとこを見ませんでした？」

わたしは首を横にふった。誰かがナディアを脅すところは、今夜は見ていない。もっと前なら話はちがうが、わたしは国選弁護士時代の経験から、尋ねられた質問だけに答えるべしという教訓を身につけている。

「あなたが今夜ここにきたのは、誰かが襲われると思ったからですか」

「ここはクラブよ。ショーが見たくてやってきたの」

「あなたは私立探偵。注目度の高い事件の調査をずいぶん手がけてきたそうですね」

誰かがわたしの身元を警察に教えたのだ。ひょっとすると、クラブのオーナーが悪意でやったことかも。「ありがとう」わたしはいった。

ミルコヴァは短い髪を耳のうしろへ押しもどした。神経質なしぐさ――どう進めればいいのかわからなくて困っている。「でも、おかしな偶然だと思いません？　誰かが撃たれた夜に、あなたがここにきてたなんて」

「警官にはオフの日があるでしょ。医者だって。私立探偵もたまには休みをとるものよ」わたしはペトラをオオカミの群れに投げ与えたくなかった。従妹の仕事場に目を光らせるつもりだったことを、ちらっとでも洩らせば、まさしくそうなるだろう。

〈ボディ・アーティスト〉のパソコンの電源を誰も切ろうとしなかったため、ステージのプラズマ・スクリーンで花とジャングルの動物の絵が明滅していた。それが事情聴取の不穏な背景となっていた。

「ヴィク、こんなとこで何してるんだ？」

ふり向くと、テリー・フィンチレーの姿があった。何年も前から知っている刑事。「テリー！　こっちも同じ質問をしたいわ」

フィンチレーは五、六年前から現場を離れて、かつてわたしの父が目をかけていたボビー・マロリー警部の専属スタッフとして働いている。そのフィンチレーが殺人事件の捜査現場にいるのを見て、わたしはびっくりした。

彼は苦笑した。「そろそろまた手を汚すべき時期がきたと、警部が考えたものでね。きみが判断の基準になるとすれば、今回の捜査で、おれの手を相当汚すことになりそうだ」

わたしは血で汚れた手にふたたび目をやった。ナディアの血を浴びて、身体じゅうがむずむずしはじめていた。フィンチレーがステージにつづく低い段をのぼり、椅子を持ってくるようミルコヴァに命じた。

「何がわかった、リズ？」フィンチレーはミルコヴァ巡査に尋ねた。すると、Eはエリザベスの頭文字ね。

「この人が協力してくれないんです。被害者とどういう間柄だったのかも、なぜここにきたのかも、とにかく、何も話そうとしません」

「ミルコヴァ巡査、わたし、被害者のことは知らないって、さっきいったでしょ。話をちゃんときいてくれないのって、頭にくるわね」

「どんなくだらんことでも、きみはすぐ頭にくる人だ、ウォーショースキー」フィンチレーがいった。「しかし、好奇心から尋ねるんだが、なんで事件に巻きこまれたんだい？」

「クラブを出ようとしたとき、銃声がきこえたの。駐車場の向こうまで走ったら、地面に女性が倒れてるのが見えたの。血が流れてた。傷口を押さえるのに必死だったから、犯人を追っかける暇はなかった。でも、〝善行にはしっぺ返しがつきもの〟という原則どおり、目下、わたしがこの殺人事件に関係してるかのような扱いを受けてるところ」思わず声が高くなった。

「ヴィク、疲れてるようだね。きみが悪いわけじゃない」フィンチレーの口調はいつになくおだやかで、黒檀色の頰の鋭い線がわたしへの共感で和らいでいた。何年ものあいだ、フィンチレーはわたしに腹を立てていた。ようやく許す気になったのかもしれない。だが、きびしい声に変わった。「きみが犯行現場から証拠品を持ち去ったんで、鑑識の連中が困ってるぞ。それに関しては、連中が悪いというつもりはないし、その品を連中に返却してもらう必要がある」

おやまあ、まだ許してくれてなかったんだ。いい警官と悪い警官を一人で演じてるだけなんだ。

「証拠品じゃないわ。わたしの私物で、応急手当てをしようとしたときに落としただけ。現場を離れるよう警官にいわれたから、バッグを拾いあげたの。よけいな品を片づけたんだから、鑑識の人たちに感謝してもらいたいわ。コートは置いてきたけどね」

喉がこわばり、思わず自分の手に目をやった。右手。この手でナディアにコートを押しつけ、出血を止めようとした。「あのコート、あげるわ。二度と着る気になれないから」

フィンチレーはしばらく黙りこみ、ハンドバッグを没収するのはやめにした。

「死んだ女と知り合いだったのかい？」

「いいえ」

「なぜここに？」

「ここはクラブよ。お酒を飲んだり、ショーを見たりしたければ、出入りしてもいいはずよ。わたしはその両方をやってたの」

フィンチレーはためいきをついた。「あのな、この街に住むほかの誰かであれば、おれは名前と電話番号をきいてから、早く血を洗い落として、恐怖の場面を目撃したことは忘れるように勧めるだろう。しかし、クラブの裏口で女が殺されるという、年に一度あるかないかの夜に、たまたま、V・I・ウォーショースキーがそのクラブにきていた？　警部の耳に入ったらどんな質問が飛んでくるか、きみだってわかるだろ。なぜ今夜ここにきた？」

2　ステージのアーティスト

ナディア・グアマンが二発の銃弾を受けた夜、わたしはなぜ〈クラブ・ガウジ〉にきていたのか。車を運転して家に帰るあいだ、フィンチレーのその質問が頭のなかに響きつづけた。単純にいうなら、従妹のペトラがその答えだった。ただし、ペトラがわたしの人生に登場してからまだ一年にもならないのに、ペトラに関するかぎり単純な答えはありえないということを、わたしは急速に学びつつあった。

いやいや、それはフェアじゃない。じつをいうと、わたしを初めて〈クラブ・ガウジ〉へ連れていったのはジェイク・ティボーだった。感謝祭のすぐあとのことだった。ジェイクはコントラバス奏者で、去年の春、わたしが住む建物に越してきた。つきあいはじめて数カ月になる。現代音楽中心の室内楽団で演奏し、その一方、古楽を専門とする〈ハイ・プレーンソング〉という楽団のメンバーでもある。〈ハイ・プレーンソング〉の仲間のトリッシュ・ウォルシュは、中世の旋律にヘビメタの歌詞を合わせるという風変わりなブレンドをおこない、アンプをつけたハーディ・ガーディ（中世ヨーロッパに起源を持つ弦楽器）やリュートで弾き語りをしている。

レイヴィング・ルネサンス・レイヴンという芸名で歌手活動をしているトリッシュ・ウォ

ルシュが〈クラブ・ガウジ〉でステージに立つことになったとき、ジェイクが聴衆を募った。ミュージシャンの友達がたくさん参加したが、ジェイクはロティ・ハーシェルとマックス・ラーヴェンタール、それから、階下に住むわが隣人ミスタ・コントレーラスにも声をかけた。従妹のペトラもちゃっかり招待に割りこんだ。「レイヴィング・ルネサンス・レイヴン！」ペトラの目が輝いた。「知らなかった――ジェイクって、すっごくクールなのね。あたし、iPodにレイヴンの〈レイヴィングズ〉を入れてるけど、ステージは一度も見たことないの！」

ダウンタウンのすぐ西にあるレイク通りの高架鉄道のガード下に、廃業した倉庫が並んでいて、それを改築して一連の新たなナイトスポットが誕生したのだが、〈クラブ・ガウジ〉もそのひとつだった。いつのまにか、この界隈でいちばんホットな店になっている。ビッグになる直前のアーティストをいつ出演させればいいかを、オーナーのオリンピア・コイラダが第六感で鋭く見抜くためだろう。

今夜のステージのメインは〈ボディ・アーティスト〉で、レイヴンはその前座として、約四十分にわたって歌と演奏を披露した。マックスは美しい木を使ったハンドメイドの楽器、ハーディ・ガーディに魅了されていた。レイヴンが楽器にアンプをつけていて、その音色がクラブのなかに響きわたった。

ジェイクとミュージシャン仲間は、アンプのせいで旋律に歪みが生じているのが気に食わない様子だった。曲の合間に、ローカルマイクを使ったほうが効果的ではないかという議論になった。ペトラとミスタ・コントレーラスは歌詞のことで議論していた。ペトラはレイヴンの歌を最高にご機嫌だといい、ミスタ・コントレーラスはヘドが出そうだといっていた。

わたし自身の感想を言葉にしたのはマックスだった。「大人数の聴衆の前で古楽を演奏するのは、今回が初めてなんだろうな。才能豊かな音楽家でもショッキングな演奏ができるってことを、若い世代にこうして伝えることができて、今後は独自のマーケットを開拓していくことだろう」

「ずいぶん嫌味な意見ね」ペトラが文句をいった。「レイヴンはステージで自分をさらけだす勇気を持った人なのよ」

「芸術と商業が交差するところでは」ジェイクがいった。「人は芸術を生みだし、芸術を売る――食べていくために、世間に認めてもらうために――食べてくためには、芸術面で妥協しなきゃいけない――だったら、とことんやればいいじゃないか。だけどね、ヘビメタに対するトリッシュの思い入れが古楽の場合より浅いわけではないんだよ」

わたしたちは〈ボディ・アーティスト〉がステージに登場する前に帰るつもりでいたが、仲間内の議論で盛りあがり、みんなでビールとワインをどんどん飲んでいるうちに、客席の照明がふたたび暗くなり、今宵のメインステージが始まってしまった。

周囲のテーブルの若い男たちが野次を飛ばし、期待に足を踏み鳴らした。休憩時間のあいだ、わたしは客席の中央のテーブルに目を奪われていた。テーブルについた五人の若い男全員が浴びるように飲んでいたが、なかの二人がとりわけ騒がしく、ビール瓶をテーブルに叩きつけて、〈ボディ・アーティスト〉を早く登場させろとわめいていた。照明が暗くなると、喧騒に満ちた店内に二人の口笛がひときわ高く響いた。

客席が闇に沈んでいたのは、たぶん三十秒ぐらいだっただろう。ふたたび明るくなったときには、すでに〈ボディ・アーティスト〉がステージに登場していた。

〈アーティスト〉は高いスツールに腰かけて、静止していた。極小サイズのTバックをつけているだけで、あとは裸だが、クリーム色のファンデーションが顔も含めて全身を覆っていた。アップにして、宝石のきらめくクリップで留めた茶色の髪だけが、命ある者の世界に属していた。

素足を組んでヨガのポーズをとり、てのひらを乳房の前で合わせ、ゆったりとくつろいだ様子だった。落ち着きがないのは観客のほうだった。脚を組んだり、戻したり、あるいは、ファスナーをいじったりして、ざわざわと小さな音を立てている。声をひそめた笑いが爆発する。

〈アーティスト〉の背後にスクリーンがセットされ、ボディアートの画像がつぎつぎと映しだされていた。ヴァギナから伸びたユリの野原、乳房のまわりで花が咲き乱れている。虎に似せてペイントされた顔。大きくひき伸ばしてあるため、髭の一本一本、鼻のまわりの縞模様のひとつひとつがはっきり見える。虎のつぎに登場したのは、背中一面に描かれたジャングルの光景。肩甲骨の上で象がブオーンと鳴き、脊柱をまたぐようにしてキリンが立っている。ジャングルのつぎは巨大なブルーの目が登場した。おなかの上でまぶたを閉じているので、下の外陰部に向かってウィンクしているように見える。

中東の音楽のサウンドトラックに合わせて、画像がつぎつぎと変わっていった。ステージの前面では、ブルカをまとった人影が二つ、音楽のリズムに合わせて腰をくねらせていた。最初のうち、わたしは二人に気づかなかったが、ブルカのせいでダンサーの動きの色っぽさがやけに印象的で、ボディアートそのものに劣らず心をかき乱された。

わたしもほかの観客と同じように落ち着かない気分だった。〈アーティスト〉の乳房を照らすライト、ここにすわっているのは生身の女性というよりマネキンのようだという感覚は、興奮と不快感の両方をもたらすものであり、わたしは精神が拒絶するものに反応している自分の肉体を腹立たしく思った。ジェイク・ティボーが無意識にわたしから離れ、いっぽう、ミスタ・コントレーラスは「まちがっとる。まちがっとる！」と、聞こえよがしにつぶやいていた。

〈アーティスト〉は、客席の緊張が高まって観客全員がおたがいに爪を立てかねない状態になるまで待ってから、両手をおろし、てのひらを観客のほうに向け、誘いかけるようなポーズをとった。「芸術はそれを作る者の手のなかに、見る者の目のなかに、わたしたちが呼吸する空気のなかに、わたしたちが見とれる夕焼けのなかに、わたしたちが洗って埋葬のために亜麻布で包む死体のなかにあります。わたしの肉体はわたしのカンバスです。でも、今夜はみなさんのカンバスになりましょう。みなさん、今夜は想像の翼を自由に羽ばたかせて、絵を描いてください。自分の作品が、自分の芸術が人にどう評価されるかということは気にもしなかった幼稚園の日々に戻って、みなさんがいつも描いていたようなやり方で。わたしがみなさんのカンバスに——裸の——カンバスになります」

テーブルを叩いて〈アーティスト〉のステージの開始を要求していた五人の男は、いまや口笛を吹き、大声でわめいていた。なかの一人が叫んだ。「全部脱げよ、ねえちゃん、Tバックもとっちまえ。プッシー拝見といこう！」

わたしは軽く身をねじって、男たちのほうを見た。一人が酒のお代わりの合図をしていた。五人とも大柄で、Tバックをとれと〈ボディ・アーティスト〉にわめいている男は、朝から晩までウェイトリフティングをやって鍛えあげたような筋肉をしていた。店内の照明は薄暗かったが、腕にびっしり彫られたタトゥーが見えた。

スツールにすわった〈アーティスト〉は微笑した。酔っぱらいの下品な野次には慣れっこなのかもしれない。楽しんでいるのかもしれない。

「ここじゃ酒も飲ませてくれないのかよ」タトゥー男がわめいて、テーブルに手を叩きつけた。

「頭を冷やせ、チャド」同じテーブルの男の一人がいった。

店の用心棒はいないのかと、わたしがあたりに目をやると、奥のほうでオーナーと話しているのが見えた。二人はそのテーブルに視線を向けていた。用心棒がしゃしゃりでる必要はまだないと判断したようだが、わたしがじっと見ていると、オーナーがフロアのスタッフに向かって首をふるのが見えた。いましばらく酒は出さないように。すくなくとも、チャドのいるテーブルはだめ。〈ボディ・アーティスト〉がタトゥー男のほうへ両腕をさしだしたので、乳房が揺れて、腿の上に果物のごとく垂れた。「あなたもわたしもボディアートを愛してる。そうでしょ？　ステージにあがってらっしゃい。嚙みついたりしないから。わたしの身体に思う存分絵を描きなさい」

「やれよ、チャド」仲間がそそのかした。「やれ。やってこい。ねえちゃんのいうように、嚙みつきゃしないんだから。客がたくさん見てんだから、そんなことしないって」

五人は笑いだし、たがいの身体を叩きはじめた。店内の緊張が和らいだ。

〈ボディ・アーティスト〉は、傍らのカートにのっている蓋のあいた塗料の缶からペイントブラシをとり、自分の脚に何やら描きはじめた。わたしたちはしばらくのあいだ、裸体という異様な状況を忘れて、さまざまなブラシを手にする彼女に見とれていた。〈アーティスト〉は手早く絵を描きながら、参加したばかりのボディアート・コンベンションや、街の画廊で開催中の個展や、子供のころに飼っていた猫のバスタなどを話題にして、トークをつづけた。

彼女が絵を描いているあいだ、ブルカに包まれた二つの人影はステージの上でポーズをとり、ときたま脚や腕を動かして新たなポーズに変え、〈アーティスト〉の作品にこめられた喜びや興奮をパントマイムで表現していた。

五分後、〈ボディ・アーティスト〉がスツールをおりて、描いた絵を披露した。それを見ることができたのは、ステージ近くのテーブルの客だけだったが、その全員が拍手喝采を始めた。わたしたち残りの客は必死に首を伸ばし、チャドと仲間はふたたび騒ぎだした。彼らの不満の声が高くなりすぎる前に、塗料やその他の道具が置いてあるカートから、ブルカをまとったダンサーの片方がカメラをとった。〈アーティスト〉がステージのすぐ前のテーブルにいた男性を手招きした。観客のなかから選ばれてマジシャンに呼ばれたときに人がしばしばやるように、その男性もどぎまぎした様子で〈アーティスト〉と言葉をかわした。だが、しばらくすると、〈クラブ・ガウジ〉のステージとなっている一段高い段の上に彼女と並んで立った。

ダンサーの一人が男性にカメラを渡し、〈アーティスト〉がそれを自分の脚に向けるよう男性に指示した。スクリーンのひとつに絵が映しだされた。エジプト風に描かれた猫で、身体を長く伸ばし、尊大な顔をしている。その下に、〝子猫《プッシー》ちゃんを見ましょう〟と書いてある。

客席に笑いがはじけた。チャドと飲み仲間の野次に誰もが眉をひそめていたので、彼らがやりこめられたのを見て、みんな、拍手喝采だった。薄暗い客席で、チャドの顔がどす黒くなったように見えたが、仲間が彼の腕を押さえつけていたし、彼も席を立とうとはしなかった。

ステージにのぼった男性を〈ボディ・アーティスト〉が冗談まじりに口説いて、ペイントブラシを握らせた。男性は彼女の左腕に赤いストライプを描いた。

「これであなたの作品が国際的に有名になるわ」〈アーティスト〉がいった。カメラをダンサーに返した。ストライプの描かれた腕にダンサーがカメラを向けると、それが三つのスクリーンの中央に映しだされた。「わたしのギャラリーに展示させてもらうわ。お望みなら、サインをどうぞ。もしくは、このストライプを見るようにって、お友達みんなに教えるだけでもいいわよ」

男性は自分が描いたストライプに劣らず赤くなり、自分がそこまで注目を浴びる必要はないと答えた。「あんたが芸術家なんだ。名声はあんたのものだ」〈アーティスト〉に向かって不器用にお辞儀をし、盛大な拍手に送られてステージをおりた。

そのあと、ほかにも何人か大胆な客があらわれて、〈アーティスト〉の肌に絵を描いた。スクリーンにつぎつぎとあらわれる精緻な絵には及びもつかないものばかりだったが、しばらくすると、青と緑の線で乳房が覆われ、肩甲骨の片方に誰かが黄色いにこにこマークを描いていた。

ペイントが進むにつれて、ミスタ・コントレーラスが不機嫌になっていった。ペトラに当たり散らそうとしたが、騒がしいクラブのなかで口論はやめたほうがいいと、ジェイクに止められた。マックスがわが隣人の動揺を察知して、こういってくれた──わたしは明日の午前中にミーティングの予定だし、ロティは早朝に手術が入っている。そろそろ帰ることにするよ。ミスタ・コントレーラスを送っていこう。

老人がしぶしぶ承知したので、わたしは胸をなでおろした。老人を車に乗せ、鬱憤晴らしの相手にされながら一緒に帰宅するなど、考えただけでげんなりする。ロティに感謝のキスをしてから、ジェイクと一緒にテーブルに戻った。ミスタ・コントレーラスがペトラを強引に連れて帰ろうとしたが、ペトラは最高に愛想のいい輝くばかりの笑顔を老人に向けて、ステージが終わるまで粘るつもりだと答えた。

人々が肌に絵を描いているあいだ、〈ボディ・アーティスト〉は呪文のような調子でしゃべりつづけた。ときたま、観客の誰かが意見をいい、それに心から興味を持ったように見えることもあったが、彼女の返答はだいたいにおいてよそよそしく、わたしたち観客が作りあげた〝芸術家のコミュニティ〟を口では賞賛していても、みんなを小バカにして楽しんでいるような感じだった。

がっしりした男性が一人、ステージに向かって歩いていった。肩をそびやかしたその歩き方から、わたしはパトロール中の警官を連想した。事実、塗料の缶を調べようとして男性が身をかがめた瞬間に、まちがいなくホルスターの輪郭が見えた。一瞬、公然猥褻罪で〈アーティスト〉を逮捕する気かと思ったが、男性は赤い塗料の缶にペイントブラシを突っこんだ。あいたスペースはないかと〈アーティスト〉の身体をながめてから、尻だけは避けていたのに。男性は自分でカメラをとると、尻のところに数字と文字をいくつか並べた。ほかの人々はみな遠慮があって、自分の傑作にレンズを向けた。観客の拍手と野次を無視して、大股で自分の席に戻っていった。

もう充分に見聞きしたからそろそろ帰ろうかと、ジェイクとわたしが思ったそのとき、べつの女性が小さなステージにのぼった。女性は〈ボディ・アーティスト〉にも観客にもいっさい口を利くことなく、これまでの人々とはまったくちがう態度で、一心不乱に絵を描きはじめた。ショーのあいだ、ダンサー二人はパントマイムで熱意を表現していたが、いまでは進行中の作業にすっかり魅了されている様子だった。二人が撮影にとりかかり、わたしたち全員に女性の絵を披露してくれた。様式化された炎が〈アーティスト〉の背中を覆い、その上に凝った模様が重ねられていた。ピンクとグレイで描かれたユリの紋章の渦巻き。女性がその作品に人の顔を描き加えていたとき、またしてもタトゥー男がわめきだした。

「人を侮辱すんのか、ええ？ 侮辱する気かよ？」

チャドがあっというまに立ちあがったため、仲間も止める暇がなかった。椅子がガタンと床に倒れ、チャドは客席のテーブルのあいだを縫ってステージに駆け寄ろうとした。すでに用心棒がそばにきていた。用心棒は、わたしがサウス・シカゴを離れて以来一度も目にしたことのなかった動きを見せた。チャドは身体を二つに折り、一分もしないうちに外へ放りだされていた。

用心棒の機敏さと腕っぷしがチャドの仲間を黙らせた。勘定をすませて外の友達のところへ行ってはどうかと、フロアのスタッフにいわれて、仲間の一人がポケットから札束をとりだし、数えもせずに、さらには勘定書を見もせずに、テーブルに金を置いた。四人ともそそくさと店を出ていった。

クラブのオーナー——わたしと同年代の長身の女性——が狭いステージにのぼった。こちらもまた、〈ボディ・アーティスト〉に劣らず人目を惹く女性だった。漆黒の髪、ひと筋だけ白髪があって、それが額に芸術的に垂れている。大きめの白いサテンのブラウスを着て、裾はタイトな黒のパンツにたくしこんである。オリンピア・コイラダだと自己紹介をした。「〈ボディ・アーティスト〉に盛大な拍手をどうぞ。楽しいひとときをおすごしください。でも、あくまでも安全に。ご乱行は慎んで」オリンピアはピースサインをして、バーのほうへ戻っていった。

音楽がビートを刻んで情感たっぷりに流れはじめると、観客がくつろいだ様子になり、ざわめきが高まった。ジェイクと友人たちはレイヴンを遅い夕食に連れだすことにした。気立てのいいジェイクはペトラにも声をかけたが、ペトラはここのマネージャーに話があるのであとに残るといった。

「人手が足りないってバーの人がいってるのが耳に入ったの。あたし、もっと仕事がほしい。だって、いまやってる九時から五時までの仕事はその日暮らしって感じで、クリスマスまで持つかどうかもわかんないもん。ここで働けたら最高だわ」

「クラブの仕事が最高？」わたしはいった。「あなたがやってる昼間の仕事より、もっと危なっかしいわよ」ペトラは目下、ウェブサイト専門のデザイン会社で働いている。

「お客がチップを出してるのを見た？」ペトラの目が輝いた。「あたし、毎年夏になると、うちの親が会員になってるカントリークラブで案内係のバイトしてたのよ。このお店みたいにすごいチップは、一度ももらったことなかったわ。カントリークラブのチップって、けっこういいんだけどね」

もっと真剣にペトラを止めるべきではないかと迷った。ペトラはまだ二十三、そして、わたしはペトラのことにいろいろと責任を感じている。父親が生涯をかけて隠蔽してきた重大犯罪のことを知ったあと、ペトラは両親からお金をもらうのをやめてしまった。しかも、フルタイムで働いて自活していくことには慣れていない。

クラブで仕事に就くのをやめさせようとして、わたしがペトラを説得するあいだ、ジェイクは少々いらいらしながら待っていた。

「スノッブなことというなよ、ヴィク。ぼくだって二十代のころ、こういうクラブでステージの裏方をやってたけど、なんの害もなかったぞ。さあ、行こう。レストランで合流するって、みんなにいってあるんだ」

わたしは彼のあとから凍えるような夜の戸外に出た。駐車場の出口が混雑していて、出るのに二十分ぐらいかかりそうだったが、クラブの裏に細い路地がある。わたしはマスタングをターンさせ、車の流れと逆方向へゆっくり進んだ。

「ペトラのいったとおりだ。みごとなステージだった」ジェイクはいった。「同時に、薄気味悪くもあった。ブルカをまとったダンサーたちがとくに。芸術活動をする者なら誰だって、大衆の感情を巧みに操作するものだ。ぼく自身もやってる。だったらなぜ〈アーティスト〉の表現方法を見て、やりすぎだと感じるんだろう?」

「肉体のせいよ。あの肉体から逃げることができないんだわ。好むと好まざるとにかかわらず、わたしたちは女性の裸体が興奮剤となる世界に生きている。音楽っていうのは、エロティックなものや、女の秘密の部分を遠まわしに表現するだけでしょ。ところが、〈ボディ・アーティスト〉は秘密の部分を見るよう観客に強要する」

「たぶんね。コントラバス奏者ってのは、音楽家のなかでいちばん下品だという評判をとっている。裸体が人前にさらされることに居心地の悪さを感じたとすると、ぼくはどうやら、本物のコントラバス奏者じゃなさそうだ。誰もいないとこで、きみだけに白状するけど、客席にすわってたとき、自分がちゃんと服を着てないような気分だった」

わたしは笑った。「闇に紛れて話をするついでに、わたしも白状すると——あらっ、あの人たち、何してるのかしら」

わたしはすでに路地に入っていた。チャドとその仲間が〈クラブ・ガウジ〉の裏口のあたりをうろついていた。わたしは車を停めた。

「ヴィク、頼むから、車をおりてやつらと喧嘩しようなんて思わないでくれ。今夜はもう充分に刺激を味わったんだから」

「わたしから楽しみをとりあげようっていうのね」わたしは文句をいったが、さらにつけくわえた。「もちろん、喧嘩する気なんかないわ。でも、クラブの凄腕用心棒に、あの連中がうろついてることを知らせておいたほうがよさそうね」

わたしは車のドアがロックしてあることを確認してから、携帯電話をとりだしたが、五人組のほうもわたしたちに気づいて、路地の向こうへ歩きはじめた。凍りついた泥まじりの道のため、足もとが危なっかしくて、一人がすべって転倒し、おかげで、クラブの電話番号を調べながら男たちを追う余裕ができた。わたしが氷と穴ぼこだらけの路地を車でよたよた進んで表の通りに出たときには、男たちはレイク通りをひき返してクラブの正面玄関のほうに向かっていた。

「ヴィク、きみにああしろこうしろと指図する気はないけど、きみが連中を追っかけたとしても、ぼくはこの指を危険にさらそうとは思わないからね。それから、目下、ブイヤベースが食べたくてたまらないんだ」

ジェイクの口調は軽かったが、冗談をいっているのではなかった。彼の指は生計の手段だ。笑うべきか、落ちこむべきか、わたしにはわからなかった。「あなたったら、わたしのこと、二倍の体格と半分の年齢の酔っぱらい五人と喧嘩したくてむずむずしてる人間だなんて、本気で思ってるの？　いまのところ、わたしの武器はこの携帯だけなのよ」

「火傷とあざに覆われて帰ってきたきみを、前に見てるからね。きみが怪我したとき、ぼくは一度もその現場に居合わせたことがない。判断のしようがないよ」ジェイクはわたしの肩を強く抱いて、言葉に含まれたトゲを和らげようとした。

いうまでもなく、わたしがいとこのブーム＝ブームにくっついてサウス・シカゴをうろつきまわっていた当時は、理由もなしに人に喧嘩を吹っかけたことが何度もあった。ジェイクには黙っていることにした。あのころに比べれば大人になったことを、ジェイクに納得してもらうのはむずかしいだろう。

ようやく誰かがクラブの電話に出た。女性が応答したとき、深夜の高架鉄道が頭上をゴーッと通りすぎ、受話器の向こうでは音楽と客席の喧騒がガンガン響いていたが、女性はようやく、わたしがオーナーのオリンピア・コイラダと話したがっていることを理解した。このとき、わたしはすでにクラブの正面入口まできていて、チャドと仲間がトヨタのRAV4に乗りこむところを目にしていた。

オリンピアは男たちのことを気にかける様子もなかった。「あなたが誰なのか、どうしてこんなことに首を突っこむのか知らないけど——えっ、私立探偵？——わたしのビジネスに口出しする権利があるとでも思ってるの？　よけいなお世話よ。騒ぎがおきれば、クラブに客が押し寄せる。〈アーティスト〉もそのあたりはちゃんと心得てるわ。それから、彼女、自分の面倒は自分で見られる人間よ。あと二分でライブが始まるの。じゃあね」

レイク通りの高架鉄道の支柱と、クラブの駐車場につぎつぎと出入りをつづける似たようなSUV車に邪魔されて、RAV4を目で追うことができなくなった。ついに、レストランへ行こうというジェイクの懇願を受け入れた。

3　ペイントブラシの襲撃

翌週の月曜日、朝食をとっていたとき、《ヘラルド＝スター》の〝街の話題〟のコーナーに自分の名前を見つけて、わたしはびっくり仰天した。〈ボディ・アーティスト〉と〈クラブ・ガウジ〉をとりあげた小さな記事だった。〝〈ボディ・アーティスト〉の裸体に反感を抱いた怒れる客たちが、〈アーティスト〉に襲いかかろうと待ち伏せしていたが、この街の私立探偵V・I・ウォーショースキーが機敏に追い払った〟

クラブのオーナーが洩らしたのかどうかを確認するために、オーナーに電話をした。「ホラ話のつっかい棒にするためにわたしの名前を使ったのが誰なのか、ご存じありません？」

「どういう意味よ、ホラ話って？　あなたがわざわざ電話してきて、クラブのまわりを男の一団がうろついてるって教えてくれたんでしょ。わたしの応対がちょっとそっけなかったような気がしたんで、お詫びのつもりで、あなたの手柄にしてあげたのよ。次回は自分で宣伝係を雇ってちょうだい」

「ミズ・コイラダ、あの連中は〈アーティスト〉の裸体に反感を持ったんじゃないのよ。連中が何に腹を立てたのか知らないけど――〈アーティスト〉が猫の絵を描いて男たちを愚弄したせいかもしれないし、連中がステージに突進したときに絵を描いてた女性のせいかもしれない――でも――」

「でもじゃないわよ」オリンピアはピシッといった。「男たちが何に腹を立ててたのか、あなたは知らない。わたしも知らない。でも、ヌードのアーティストというものに不快感を持つ連中はたしかにいるし――」

「そして、刺激を感じる連中もいる」お返しに、わたしも口をはさんでやった。「だから、この小さな記事のおかげで〈クラブ・ガウジ〉の客がふえるわけね。おめでとう」

わたしは電話を切り、一人でいやな顔をした。こんな電話はエネルギーの無駄遣いだ。やめておけばよかった。事務所へ出かけ、クラブのことは頭から払いのけようとした。容易なことではなかった。従妹のペトラがクラブで働くことになったからだ。携帯メールでそれを知らされた。ペトラはクラブの仕事に大満足の様子だった。〝チすごいドリさいこー!〟。

〝チ〟はチップのことだとわかったが、〝ドリ〟が理解不能だった。ペトラの返信には〝同僚〟と、ひと言だけせっかちに書かれていた。

〈クラブ・ガウジ〉へみんなで出かけた二週間後、日曜の午後の半ばにペトラが踊るような足どりで入ってきた。ミスタ・コントレーラスはペトラから〝サルおじちゃん〟という名誉の称号で呼ばれ、ペトラのことを溺愛しているので、〈クラブ・ガウジ〉のバイトに対するお説教が始まったことは、ペトラにとって不意打ちだった。

「あんたは若いギャルだ、ペトラ・ウォーショースキー。だが、いくら若くたって、いいことと悪いこととの区別はつくだろうが。何を考えとるんだ？　あんな堕落した店で働きたがるなんて。それから、あの——あの女、あのオリンピア、ほら、オーナーの——売春宿の女将と変わりゃせん。わしゃ、戦時中にイタリアであいう女をいやってほど目にしたからな、似たような女を見ればすぐピンとくる」

「それって〈ボディ・アーティスト〉のこと？　堕落なんかしてないわ！　あのパフォーマンスは流行の最先端なのよ。サルおじちゃんはここで世間から離れて暮らしてる。芸術のことなんて何も理解してない。理解してれば、裸でステージにあがったからって、何も悪い人とはかぎらないってわかるはずだもの！　どっかの男があの人の裸を絵にして美術館に展示したら、サルおじちゃんはきっと〝ワオ！　この男は偉大な芸術家だ〟と思うはずよ。でもね、〈ボディ・アーティスト〉だって偉大な芸術家だし、有名になるのに男や美術館なんて必要としていない。ヴィクも彼女を見たでしょ。サルおじちゃんに説明してよ。〈ボディ・アーティスト〉は自分の肉体をとりもどそうとしてるんだってことと、自分の肉体をとりもどそうとするすべての女性がそれに勇気づけられてるってことを」

わたしはペトラを見て考えこんだ。従妹とつきあいはじめて七カ月になるが、芸術の分野であれ、ほかの分野であれ、女性問題に対する意識を従妹が口にしたのはこれが初めてだった。

「ずいぶん高尚な分析ね、ペトラ。〈ボディ・アーティスト〉の受け売り？　それとも、真夜中にじっくり考えてるうちに、ハッとひらめいたとか？」

　ペトラは怒りで顔を真っ赤にし、かかとの高いブーツに交互に体重をかけた。

「あの人、名前はあるの?」わたしはきいた。

「もちろんよ。けど、〈ボディ・アーティスト〉って呼び方のほうが好きだっていうから、みんな、それを尊重してるの。ねえねえ、ヴィクはあの人のことどう思った? 嫌味な口調にならずに答えられるのなら」

「おっしゃるとおりよ。わたし、嫌味な女だったわ。ごめん。あの人を見てて、落ち着かない気分にさせられた。話し方や静止したポーズに、観客への——というか、すくなくとも、わたしみたいな人間への——軽蔑がこもってるような気がしたの。もしかしたら、あの人は大胆かつ英雄的で、固定観念を打破しようとしてるのかもしれないし、わたしが不愉快に感じたのは単に、解放された女じゃないからかもしれない。でも、もしかしたら——」

「解放された女だと?」ミスタ・コントレーラスが怒りを爆発させた。「観客の前に真っ裸ですわるのが? わしゃ、あんたら二人のことが恥ずかしいよ。ヴィクトリア、あんたは大人の女だろ。若い子が悪い仲間に入るのを見たら、知らん顔をすべきではない。それから、ペトラ、女が人前で服を脱いだ姿をじっと見るなんてのは、健全ではない」

〝クッキーちゃん〟と〝ピーウィー〟ではなく、本名を使ったところからすると、ミスタ・コントレーラスはかなり頭にきているようだ。ペトラはプッとふくれてから、老人のところへ行って抱きついた。二人で踊りながら階段をおりていった。うまくおだてて、いつもの上機嫌な老人に戻そうとしているのだろう。いや、ひょっとすると、老人を説得して〈ボディ

・アーティスト〉は倒錯者ではないことをわからせるつもりかもしれない。二人の背後でわたしがドアを閉めようとしたとき、ペトラがこういっているのがきこえた。「けど、マジな話、サルおじちゃん、軍隊時代もヌード雑誌を見たことはなかったなんていわせないわよ。ステージでヌードになるのがどうして悪いの？」

一人になったわたしは、なんだか虚しくて、落ち着かない気分だった。ミスタ・コントレーラスとペトラにつきあうのも、二人の口論をきかされるのも、ごめんだった。すてきな友人たちとくつろいだ夜をすごしたかった。廊下の向こうから、ジェイクが学生か音楽仲間と（つきあっている女の子たちかもしれない）演奏しているのがきこえてきた。仲間はずれにされたような嫉妬心を抑えこもうとした。一月の末に、ジェイクはヨーロッパ・ツアーに出発する。リハーサルとクリスマスの準備で、いまはミュージシャンにとって一年でもっとも忙しい季節だ。このところ、ジェイクがわたしと一緒にすごすことはほとんどない。

台所の流しに置いてあった一週間分の皿を洗い、つぎに、ジェイクの音楽仲間に刺激されて、声量の乏しい発声練習をすこしだけやった。最後に、不安な苛立ちに駆られて、〈ボディ・アーティスト〉のウェブサイトをのぞいてみた。

風変わりなサイトだった。ブログもあって、そのほとんどが芸術にたずさわる女性についての気ままなおしゃべりだったが、あとはボディ・ペインティングの作品の展示が中心だった。サイトを見た者は、彼女流の表現を使うなら〝肉の断片〟を、つまり、ゆうべ〈クラブ・ガウジ〉で披露されたような絵の写真を、じっさいに買うことができる。サイズ、フォーマット、絵の内容によって、百ドルから千ドルまで値段はまちまちだが、それぞれの絵の下に買手の数が記録されていた。一番人気は、ヴァギナから伸びたユリの花と、ウィンクしている青い目だった。

〈ボディ・アーティスト〉のサイトを見たせいで、さらに心が乱れた。人を食いものにしてるのは誰？　食いものにされてるのは誰？　とうとう、階下のミスタ・コントレーラスのところへ犬たちを迎えにいった。ペトラがミッチを傍らに置いてカウチで丸くなっていたが、いまなお、わが隣人と議論の最中だった。わたしは戦闘にひきずりこまれる前に、二匹の犬を連れて逃げだした。

十二月の夜は冷えこんでいたが、空気が澄んでいた。東へ向かって走り、湖のほとりまで行った。家に戻ると、ペトラはすでに帰ったあとだった。ミスタ・コントレーラスに犬を返したが、〈ボディ・アーティスト〉と〈クラブ・ガウジ〉についての愚痴をふたたびきかされることは拒絶した。

「あと二週間で、投手と捕手たちがメサへ出発よ。そしたらすべてよくなるわ」

「カブスファン以外はな。わしに向かって作り笑いなんぞせんでくれ、嬢ちゃん。わしゃ、そんなものにつきあいたい気分ではない。春のキャンプが始まれば、カブスファンのクズどもがこの近辺の芝生に小便する準備にとりかかるんだぞ」

ミスタ・コントレーラスはホワイトソックスのファン。ソックスの本拠地だったコミスキー・パークの西で大きくなったので、このリグレーヴィルに住んでいることを、野球シーズンのあいだじゅう嘆いている。粗野なカブスファンをクソみそにけなすのが、老人のせめてもの気分転換になっているが、いまのわたしはそれにも耳を傾けたい気分ではなかった。

今年もあとわずか、わたし自身は仕事をどっさり抱えこんでいた。不況のせいで、詐欺事件が激増している。依頼人は料金の支払いが遅いし、大きな調査の場合は値引き交渉がつきものだが、それでも、こなしきれないほどの仕事が入っている。

ジェイクに会えるのは、時間をやりくりして彼のコンサートを聴きに行くときだけだった。ときたま、彼と音楽仲間に誘われて遅い夕食に出かけることもあった。クリスマスの日は二人ですごし、そのあと、ジェイクはシアトルに住む母親と妹を訪ねるためにシカゴを離れた。

クリスマス休暇のあいだ、ロティとマックスはモロッコへ旅行に出かけていた。ペトラは母親と妹たちと一緒にユタへスキーに出かけた。ミスタ・コントレーラスまで留守にした。もっとも、オヘア空港に近いホフマン・エステートまで車で出かけて、仏頂面の娘と孫息子の暮らす家に二、三泊してくるだけだが。わたし一人がシカゴに残されて孤独に包まれるなんてまっぴら。二匹の犬をペットホテルに預け、温暖な土地で美術と音楽の一週間をすごすために、メキシコ・シティへ飛んだ。

新年二日目にシカゴに戻ったときは、黄泉《よみ》の国に突き落とされたような気分だった。太陽なし、きびしい寒さ、体調を崩した友人たち、そして、わたしが仕事の依頼を真剣に受け止めているのか、それとも、人のお金を巻きあげているだけなのかを知りたがっている不機嫌な依頼人たちからのメッセージが十件以上。二十四時間もたたないうちに、太陽もダンスも銀河系の彼方へ遠ざかってしまった。

シカゴに戻ったあとの木曜日、ループで依頼人とのミーティングがあり、九時近くにようやく終わった。夕食とお酒と風呂を想像しながら、ディアボーン通りの高架鉄道の駅をめざして急ぎ足で東へ向かっていたとき、ペトラから携帯メールが入った。〝緊用すぐテレ〟――緊急の用件、すぐ電話ちょうだい。メールの文面を苦もなく解釈できたおかげで、若くてヒップな気分になれた。

「ヴィク、いますぐきて！」電話すると、ペトラが叫んだ。

「どこへ？」

「クラブ！　誰かがいま、〈ボディ・アーティスト〉を殺そうとしたの」

わたしは通りの喧騒と寒さから逃れて話ができるよう、ビルの入口に身を寄せた。「いつ？　警察に電話した？」

「〈アーティスト〉が許可してくれないの。なんでもないっていうのよ。頼むからきて、ねっ？」

「許可？　べつに許可なんて――」

ペトラは「もう行かなきゃ。お酒はまだかって、十一番テーブルがわめいてる」とせっかちにさえぎって、電話を切ってしまった。わたしは風呂とジョニーウォーカーのボトルに焦がれたが、ディアボーン通りの歩道の縁のぬかるみをよけながら、さらに東へ歩きつづけ、ウォバッシュ・アヴェニューとレイク通りの交差点にある高架鉄道の駅まで行った。

夜のこの時間帯は、夜間の授業を終えた学生や、わたしみたいに疲れた顔で遅く帰宅する労働者で、電車が混みあっている。ほとんどの乗客が、細くて白いワイヤをポケットから耳までくねくねと延ばしていて、頭に輸血を受けているみたいに見える。その多くが携帯メールを打ったり、イヤークリップに耳を傾けたりしている。まるで、〈エイリアン・ネイション〉の子孫が母船から指令を受けているかのようだ。

アシュランド・アヴェニューで電車をおり、凍った歩道を精一杯のスピードで〈クラブ・ガウジ〉へ急いだ。平日の夜だというのに、駐車場はほぼ満杯だった。クラブのドアを出入りする人々はごく普通の口調でしゃべっているように見え、犯行現場につきものの抑えた興奮はどこにもなかった。

客を店に入れる前に、用心棒がバッグやデイパックを調べていた。それが異常事態の発生を示すただひとつのしるしだった。抗議する客は一人もいなかった。いまの時代、検査を受けることにみんなが慣れっこになっている。そのうち、自分が住むアパートメントの建物に夜遅く入るときも、その前に服を脱がされるようになるだろう。たぶん、文句ひとつ言わずに従うことだろう。

わたしの番がきたので、私立探偵の免許証を用心棒に見せ、ペトラに呼ばれたのだと説明した。マークというその用心棒はわたしを頭のてっぺんから足の爪先まで見まわしたが、うなずいて店内に入れてくれた。

「〈アーティスト〉があんたに話をするかどうかわからんが、とにかく、奥にいる。あと二十分ほどでステージなんだ――ペトラにいって、あんたを〈アーティスト〉のとこへ案内させよう」

「何があったの？」

マークは足をもぞもぞさせた。

「本人が話すだろう。おれもくわしいことは知らん」

わたしは目を細めて彼をみつめ、表沙汰にしたくないことが何かあるのかといぶかったが、とにかくクラブのなかに入った。バーのカウンターの奥にオリンピアがいて、客の注文に応じるバーテンダー二人を手伝っていた。〈ボディ・アーティスト〉のステージの時間が近づくにつれて、客席が混みはじめ、酒の注文がふえていた。

髪を真っ黒に染め、左目の上にひと筋の白髪を垂らしたオリンピアは、ハッと目を惹くあでやかさだった。着ているものも黒と白で、まるで〈ボディ・アーティスト〉と同じく、客の前に置かれたカンバスになったかのようだ。今宵の装いはパンツスーツ、ライトを浴びてオイルクロスみたいにきらめいている。ジャケットは胸骨のところまであけてあり、白いキャミソールの縁飾りがのぞいていた。

従妹は簡単に見つかった。身長五フィート十一インチ、光輪のようなスパイクヘアのおかげでさらに三インチが加わって、店内のほとんどの人より高くそびえている。わたしがその腕を軽く叩くと、ペトラは四つのテーブルへ注文どおりの酒を運び、そのあと、ワルツのような足どりでステージの裏へわたしをひっぱっていき、出演者のために用意されている小さな楽屋へ案内してくれた。

ペトラはおざなりなノックをしただけで、返事も待たずにドアをあけた。〈ボディ・アーティスト〉が結跏趺坐のポーズをとり、目を閉じて、ゆっくり呼吸をくりかえしていた。すでに裸になっていて、身につけているのはTバックのみ。そこにも身体と同じ種類のクリーム色のファンデーションがべったり塗られていた。近くで見ると、マネキンっぽい印象が前回よりも強烈で、どういうわけか、裸体よりもそのことに心を乱された。

ペトラがおずおずと咳払いをした。「あのう、この人、あたしの従姉なの。ほら、探偵やってる人。警察を呼ぶのはいやだっていったから、この人を呼ぶことにするって、あたしがことわったでしょ。ヴィク、〈ボディ・アーティスト〉よ。〈ボディ・アーティスト〉、この人がヴィクよ。あたし、持ち場に戻らなきゃ」

ペトラは楽屋から出ていった。羽根のような髪の先端がドアフレームのてっぺんをかすめた。

〈アーティスト〉が視線をあげてこちらを見た。「ステージの前に邪魔されるのはいやなの。あとで出直してきて」

「無理だわ。もうすこししたら、家に帰るつもり。けさの八時から働きづめで、もうクタクタなの。誰に襲われたの？」

「知らない」

「どこで？」

「ここよ。わたしの楽屋」

「わたしが初めてクラブにきたとき、タトゥーを入れた大男があなたに襲いかかろうとしたわね。その男？」

「あれは……間接的な襲撃よ。襲いかかってきたわけじゃないわ」

「襲われたって、ほんとなの？　それとも、売名行為？　明日の朝刊に、あなたの裸体に激怒した客をわたしがふたたび撃退したって記事が出ることになるのかしら」

ファンデーションを厚塗りしているため、〈アーティスト〉の目の表情を読みとるのは困難だった。「襲われたのは事実よ」

〈アーティスト〉はダンサーのように優美な動きで立ちあがり、わたしに左脚を見せた。ファンデーションの下に、長い切り傷がかすかに見てとれた。

「ペイントブラシのひとつにガラスの破片が埋めこんであったの。くずかごに捨てたわ」

わたしは手袋をはめ、くずかごに詰まったティッシュとスポンジのなかからブラシをひっぱりだした。クロテンの毛が使われていて、柔らかく、幅が約一インチ、長さは二インチ。柄の部分と同じ色のワイヤを使って、ガラスの破片が毛にくくりつけてあった。

「どうしてガラスに気づかなかったの？」わたしはきいた。

「何度もやってることだから、とくに注意もしないわ。ペイントブラシをケースから出して、ステージに運ぶ用意のできてる缶に浸して、ファンデーションを塗っていくだけ」

「すると、あなたが今夜ここにくる前に、ブラシに細工がされたってことね」

「たぶん。でも、今日は用事がいくつかあったから、午後からここに道具を全部置いていったの。ケースには鍵なんてかけないし」〈アーティスト〉は化粧台の下に置かれた大きな金属性のスーツケースのほうへ片手をふってみせた。

「警察に通報したほうがいいわね。ガラスに毒が塗ってあったり、破傷風の危険があったりすると――」

「明日の朝、破傷風のワクチンを打っておくわ。でも、警察を呼ぶなんてまっぴら」ここで初めて、〈アーティスト〉の声に興奮の響きが、さらには、怒りがにじみでた。

「どうして？　何者かがあなたに怪我をさせたのよ」

「警察に押しかけられて、よだれの垂れそうな目で見られるのがいやなの。でも、ファンデーションを塗ったままで服を着るのもいやだし。以上よ。これでおしまい」

わたしの気づかないうちに、オリンピアがドアのところにきていた。「誰なの、あなた？　あ、わかった。ウォーショースキーね。匿名希望の探偵さん。あと五分で〈アーティスト〉はステージに立たなきゃいけないのよ。そんなふうにいじめられたら、ステージがめちゃめちゃになってしまう。帰ってちょうだい」

わたしがジェイクと音楽仲間と一緒にクラブにきた夜に〈アーティスト〉に襲いかかろうとした、酔っぱらい連中のテーブルにいたタトゥー男について、わたしは〈ボディ・アーティスト〉にしたのと同じ質問をオリンピアにもした。「チャド、たしか、友達連中がそう呼んでたわ」

「酔っぱらいには、こんな巧妙なことはできないわ」〈アーティスト〉がいった。

そういいながら、オリンピアをみつめていた。厚塗りのファンデーションのため、表情を読むのは不可能だったが、わたしの心に、ブラシに細工をしたのはオリンピアではなかろうか、すくなくとも〈アーティスト〉はそう思っているのではないか、という考えがひらめいた。

「いますぐ出てって、ウォーショースキー」オリンピアがいった。「うしろのほうのテーブルへどうぞ――飲みものぐらいご馳走させてもらうわ」

「ご親切にどうも、オリンピア。でも、わたし今夜はもう疲労の限界を超えてるの」

二人の女から抗議を受けながら、わたしは〈ボディ・アーティスト〉がコットンボールを入れるのに使っているポリ袋にペイントブラシを入れ、発見された日時と場所をメモしてから、ハンドバッグのポケットに突っこんだ。クラブを出るさいに、客席をざっと見渡した。チャドの姿も仲間の姿もなかったが、今夜も警官のような雰囲気のがっしりした男がきていた。一人でテーブルにつき、酒をちびちび飲んでいた。陰気な非番の警官、友達もなく、混みあったバーで拳銃を撃って新聞の見出しを飾るようなたぐいの男。

正面近くのテーブルにいるべつの人物にも、どことなく見覚えがあった。しばらくみつめるうちに、チャドの怒りを招くもととなった絵を描いた女性だとわかった。痩せた肩をひどく怒らせていた。両手をテーブルにのせていたが、きつく握りしめていて、手の甲に腱が浮きでているのが見えるほどだった。やはり一人できている様子だった。

4　興味ある個人

ペトラが日中の仕事を終えて帰宅する途中でわたしの事務所に顔を出したのは、一週間後のことだった。落ちこんでいた。スパイクヘアまで崩れていて、燦然と輝くワルキューレというより、水やりの必要な鉢植えの植物みたいだった。

わたしはエイジャックス保険会社の監査役を相手に、社の損害査定人の一人がおこなった詐欺を解明しようとして、電話でややこしいやりとりをしている最中だったが、従妹には思いきりにこやかな笑顔を向けて、大好きよ、会えてうれしいわ、という気持ちを伝えようとした。

わたしが監査用ソフトに打ちこんだ数字を監査役にくわしく説明するあいだ、ペトラは事務所のなかをうろついていた。積んである書類をいじり、アントネッラ・メイスンの版画を入れたガラスのフレームに自分の歯を映して点検し、つぎは、依頼人から感謝のしるしに贈られたクリスタルのペーパーウェイトを立てて回転させた。まったく邪魔な子だ。わたしはついにペトラを手招きして、通りの向かいの店でエスプレッソを二杯買ってくるよう命じた。降りはじめた雪に髪を濡らしてペトラが戻ってきたときには、わたしはすでにエイジャックスとの電話を終えていた。

依頼人のために用意してあるアルコーブにペトラをすわらせた。わたしの事務所のなかで散らかっていない唯一の場所だ。「どうしたの、ベイビー？」

「あたし、あの、〈ヴィク……〈ボディ・アーティスト〉のペイントブラシにガラスの破片をこっそり入れた犯人、見つかった？」

「いいえ。どうして？　また同じことが？」

ペトラは首をふった。「ううん。どうなのかなって思っただけ」

ペトラはすでにスキージャケットを脱いでいた。その下はゆったりサイズのセーター、フリンジつきのバックスキンのベストを重ねている。父親からお金はもらっていないが、クリスマスのスキー旅行のときに、母親が服をあれこれそろえてくれたのだ。

ペトラはベストのフリンジを編んだりほどいたりしはじめた。わたしは苛立ちを抑えようとした。何か悩みを抱えているらしく、悩みを抱えて隅のアルコーブにやってきたすべての人々と同じく、ペトラから話をひきだすのはむずかしかった。

「ペイントブラシは、わたしがいつも利用してる法医学ラボへ送ったわ」わたしはいった。「ガラスからは細菌も毒物も検出されなかったし、ブラシの柄からは指紋は採取できなかった。誰がやったのか、あなた、知ってるの？」

ペトラは顔をあげた。「ううん……ううん、知らない……ただ、なんか気になって……クラブの雰囲気が、あの夜以来——っていうか、クリスマス以来——変わっちゃったの。オリンピアが、あの……わかんないけど――」

「オリンピアがブラシに細工をしたんじゃないかって疑ってるの？」しどろもどろのペトラの話に、わたしは割りこんだ。

ペトラは口をとがらせた。「そんな具体的なことじゃないの。ただ、〈ボディ・アーティスト〉のステージに、ほとんど毎回、同じ女がきてるの。たしか、ナディアって名前だったと思う――でね、おんなじ絵ばっかり描くの。すごくうまいの。自分の名前とか、あるいは、ほら、いやらしいものとか描こうとする奇人変人の連中と比べるとね。でも――」

「ジェイクとわたしが感謝祭のすぐあとでクラブへ行ったときも、その人、いたんじゃなかった？　ピンクの帽子と女性の顔を描いてて、例のタトゥー男をすごく怒らせたでしょ」

「そう、その人。じつはね、オリンピアと〈アーティスト〉がその女のことで口喧嘩ばっかりしてるの。まるで――そのう、二人の口調からすると――オリンピアと〈アーティスト〉が恋人どうしみたいな、あ、過去のことかもしれない――わかんないけど――なんか、そんな感じなの。で、今度はそのナディアっていうのが二人のあいだに割って入ったとか、まあ、そういう雰囲気」

「恋愛関係を仕事に持ちこまれるのはうんざりだけど、あなたが不愉快に思わないかぎり、わたしが気を揉むことじゃないわ。巻きこまれないように注意なさい。厄介なことになりそうなら、店をやめることね」

「あたし、赤ちゃんじゃないんだから、誰が誰と寝てたって気にしない。ま、高校時代に戻ったような気はするけどね。あのころって、みんな、誰と寝てるかを自慢してたじゃない」ペトラは両手を膝に置いて、熱っぽく身を乗りだした。「あたしがクラブで働いてるのを、ヴィクもサルおじちゃんもけっこう軽蔑してるのは知ってるけど、あそこで仕事を始めたときは、すっごく楽しかった。何もかも楽しかった。エネルギー、一緒に働いてる子たち、ステージ。オリンピアはすごい人よ。時代の最先端をいく音楽を選んでるし、めちゃめちゃ大胆。うちのおばあちゃんより――つまり、ママのママより――二つか三つ若いだけなのに、ほんと、かっこいいの！　オリンピアの下で働くのが、あたし、楽しくてたまらなかった。ところが、いまでは人が変わっちゃったみたいなの。ナディアと〈アーティスト〉のせいだけじゃないみたい」

声が細くなってとぎれ、ペトラはわたしに顔を見せないようにして、ジーンズのほつれをひっぱりはじめた。

「何がおきてるの、ペトラ？　何を内緒にしてるの？　ドラッグ？」ペトラが返事をしないので、わたしは鋭い声で尋ねた。

ペトラはわたしのほうに顔をあげた。マスカラを塗った睫毛が眉をかすめた。「知らない。あ、やってる客もいるわよ――あたし、あちこちのテーブルを担当して店内を走りまわってるから、誰が粉を吸ったり、お酒に入れたりしてるか、わかるじゃない。けど、オリンピアがやってるのは見たことないわ。こっそり売ってる様子もないし。あたし、マークにきいてみたの――ほら、用心棒のマーク・アレグザンダー――そしたら、オリンピアのクラブではドラッグ禁止だって……すくなくとも、スタッフが持ちこむのは禁止」

わたしはうなずいたが、マークの言葉は話半分にきいておいた。客が店内でドラッグをやっているなら、それはオリンピアが見て見ぬふりをしているからだ。

「マジな話、ナディアと〈アーティスト〉が原因みたいな感じで——ほんとはちがうけど——でも、ナディアがあらわれると、〈アーティスト〉の身体に絵を描くだけなのに、みんながおかしくなっちゃうの。あの男たちみたいに。ほら、タトゥー男と友達連中。あのチャドって男、すっごく怒り狂うのよね。そのうち心臓発作をおこすかも。あいつがなんでせっせと通ってくるのかわかんないけど、とにかく、クラブから離れられないみたい。でね、オリンピアも、えっと、チャドがくるのを黙認してるの。暴力さえふるわなきゃね。だって、あの人たち、お金をいっぱい落としてくもん」

ペトラはちらっと笑みを浮かべた。「しかも、チップをどっさり置いてくし。申しわけないと思ってるからだわ。だから、もちろん、あの人たちが店にくると、あたしたちみんなが歓迎するのよね」

ペトラはコーヒーカップの紙をちぎりはじめた。「あのね、ちょっと困ってんだけど……。あの男があたしにちょっかい出そうとしたんで撃退してやったら、オリンピアがすごく不機嫌になったの」

「あの男って？」わたしはきいた。「チャドのこと？」

「ううん。チャドの頭にあるのはナディアのことだけ。つまりね、ナディアのせいでカッカしてるの。ううん、〈アーティスト〉のせいかもしれない――どっちかよくわかんないけど。あたしがいってるのは、もっと年上の男で、下品なやつ。女にさわらずにいられないタイプ。だから、最初のときは、冗談っぽくいってやったの。『だめだめ、大男さん、あなたの指は外出禁止令を忘れちゃったみたいね。家に帰っておとなしくしてるよう、注意したほうがいいわよ』って。ま、金魚でクジラをひっぱたくようなもので、まるっきり効果なし。でね、つぎのときは、向こう脛を蹴っ飛ばしてやったの。そしたら、あいつ、オリンピアに告げ口して、オリンピアがあたしのとこにきて、客を蹴るとは何事だっていうの。だから、これこれこういうわけですって説明したら、オリンピアが『ほんと？』ってきくんで、あたし、『パンツのなかに手が入ってきたら、あたしだってわかります』って答えたの。すると、オリンピアったら、『笑ってすませてくれれば、給料の袋にすこし余分に入れてあげる』だって。でもね――」

「店をやめなさい」わたしはきっぱりといった。「オリンピアがドラッグ売買をやってるのなら――バーっていうのは、ドラッグマネーをきれいにするのにうってつけのコインランドリーなのよ――警察の捜査が入ったときに、そんなとこに居合わせたくないでしょ。それから、オリンピアが下司《げす》男どもに女の子を世話してるのなら、とっとと逃げだす必要ありだわ」

「やばくなったら逃げだすわよ。でもね、ヴィク、チップだけで週に四百ドル近くになるのよ。税金はかからないし。それに、昼間の仕事のほうはいつまで雇ってもらえるかわかんないしね。あのう——厚かましいのはわかってるけど——ヴィクに頼みたいことが——」

「なんなの？　そいつを撃つとか？」ペトラが黙りこんだので、わたしは尋ねた。

とたんに、ペトラは笑いだした。

「ヴィクが実行してくれて、警察につかまらずにすんだら、あたし、一生ヴィクの奴隷になる！　冗談、冗談。でも、そいつの身元を突き止めてくれない？　何者なのか、やめさせる方法が何かないか、調べてほしいの」

「名前はわかってる？」

「オリンピアはロドニーって呼んでる。名字は知らない——〝ストレンジャー＝デンジャー〟って名字かも。つまり、未知の危険人物」ペトラは携帯の画面をスクロールして、わたしにさしだした。「こんな顔の男よ」

ペトラがテーブルの横を通ったときに、上から撮影したのだ。鮮明な写真ではなかったが、非番の警官だろうとわたしが見当をつけたのと同一人物だとわかっても、驚きは感じなかった。ペトラは今夜は休みだが、明日の夜はクラブに出ているという。わたしはクラブの仕事をつづけるといいはる従妹にいらいらしつつも、クラブに顔を出すことを約束した。

ペトラはスキージャケットのファスナーを閉めた。肩の荷をおろし、わたしから協力の約束をとりつけたおかげで、明るい表情になっていた。イヤーウォーマーのせいでペタンと寝ていた髪までが、元気に立ってきたように見える。

「ヴィク——サルおじちゃんには黙ってて、ね？　クラブは退廃の場だとかなんとか、お説教ばっかなんだもん。それに——」

「スイートピーちゃん、その意見がまちがってるとは思えないわ。コークとか、エクスタシーとか、そういった忌まわしい品をオリンピアとストレンジャー・デンジャー氏がやりとりしてるのが、わたしの目に入ったら、あなたはその場で店をやめる。いいわね？」

「わかった、ヴィク、約束する」ペトラは指を三本そろえてガールスカウト式の敬礼をし、踊るような足どりでドアから出ていった。

わたしはエイジャックス保険のために数字の処理を完了させた。損害査定部の責任者にはほんのわずかな知能しかないようだ。本来なら、その責任者のほうで報告書を作成すべきだが、一時間百五十ドルとなれば——わたしも文句はいえない。

5 いったい何事？

翌日の夜、わたしはふたたびクラブに出かけた。〈ボディ・アーティスト〉のステージがある日で、店内は活気にあふれ、二十代と三十代のエネルギーで震動しているといってもいいほどだった。ロドニーがきていた。チャドとその仲間もきていた。ナディアの姿はなかった。

わたしがうしろのほうのテーブルを選んで椅子をひこうとしたとき、オリンピアがすっと近づいてきた。今夜は胸の谷間もあらわな黒のセーターに、黒のベルベットのパンツ。アクセントの白として使われているのは、豊かな胸につけた羽根のコサージュ。

「そこは予約席よ、ウォーショースキー。空席はひとつもないの。立っててもらわなきゃ」

「わかったわ、オリンピア」

わたしはテーブルを離れ、客席とクラブ入口のあいだにロビーのようなコーナーを作っている手すりのそばまで移動した。癇癪をおこせば、わたしをつまみだす口実をオリンピアに与えることになる。それは避けたかった。

「それから、〈ボディ・アーティスト〉が出演する夜は、二十ドルのカバーチャージをいただくことになってるの。飲みものはすべて六ドル。有名ブランドのお酒はもうすこし高め」

わたしはセーターのなかに片手を突っこみ、ブラをいじるふりをした。「お金はいますぐ払うの？」

オリンピアは眉をひそめた。「私立探偵は商売の邪魔だわ、ウォーショースキー。ステージを妨害したり、〈アーティスト〉を困らせたりしたら、ただちに出てってもらうわよ」

「商売の邪魔になるのは何なのか、教えてあげるわ、ミズ・コイラダ。ドラッグ売買とか、マネーローンダリングとか、とにかく、あなたがロドニーとぐるになってやってるようなことよ。従妹のペトラの安全がわたしにとってきわめて重要だってことを、心に留めておいてね」

オリンピアは店内に視線を走らせた。「うちにいれば、ペトラは安全よ。あの子に危害を加える者は誰もいない。お客さまにもスタッフにも受けがいいの。陽気で活発な子だから、フロアスタッフとしてひっぱりだこよ。お客さまのなかには、あの子に熱意を示しすぎの男もいるけど、ペトラは冷静にあしらってるようよ。あの子が些細なことで大騒ぎするなんて考えられない」

「同感。だからこそ、わたし、あの子の反応を深刻に受け止めてるの。オリンピア、わたしが陽気で活発なギャルじゃないとしても、わたしを信用して悩みを打ち明けるのも悪くないわよ。もし、あのロドニーって男に脅されてるのなら——」

「探偵をやってると、他人の問題に首を突っこんでもいいと思うようになるのね。相手の思惑なんかおかまいなしに。でも、わたしのクラブはわたしのもの。あなたには関係ないわ」

「ロドニーって誰？」わたしはきいた。「警官？」

「耳が遠いの？　お節介はやめるように、いまいったでしょ」

オリンピアはまわれ右をした。今夜のような大入り満員の夜は、いつも以上に店内に目を配る必要があり、わたしとの口論に時間を浪費している暇はない。

彼女が足を止めてロドニーと話をするところは見なかったが、きっとそうしたにちがいない。なぜなら、ロドニーが席を立ってわたしのところにきたからだ。

「ねえちゃん、ここでひとつでもまちがいをやらかしたら、おれがこの手であんたの身体を雪だまりに押しこむことになるぜ」

「ねえちゃん？　つまんない映画の台本みたいなセリフね、ロドニー」

ロドニーの唇がゆがんで、嘲笑に似たものを浮かべた。「かもな。だが、おれの邪魔をすりゃ、あんた自身がつまらん映画の一部みたいになる」

わたしは手すりにもたれてあくびをした。「人を怖がらせたかったら、シーツをかぶって十字架のまわりで踊ることね。そうやってオリンピアを震えあがらせたの？」

ロドニーは片手をひいた。殴りかかってくるかに見えたが、ぎりぎりのところで踏みとどまった。

「誰にもおれの邪魔はさせん、ねえちゃん。あんたにも、小生意気なあんたの従妹にも」

「わたしと従妹の邪魔をする人たちは、ステートヴィルの矯正施設で長期間すごすことになるわよ、ロドニー。もしくは、溝や雪だまりから這いだすこともある。きいてまわってごらんなさい。誰もが同じことをいうはずよ。そろそろ席に戻ったら？　バンドの人たちが楽器を片づけてる。〈アーティスト〉がもうじきステージに登場だから、あなたに視界をさえぎられて、観客が怒りだすわよ」

彼の顔がゆがんで、すねた幼児みたいな醜い表情になった。コートの前をはだけたので、ショルダー・ホルスターに入っている大型拳銃が見えたが、わたしはステージに目を奪われているふりをした。

ロドニーは最後に、「気をつけな、ねえちゃん」とドスの利いた声でいい、客席の照明が暗くなる二、三秒前に、ふんぞり返って自分の席に戻っていった。

暗闇でアッカンベーをしてやった。もしかすると、わたしはブーム＝ブームにくっついてサウス・シカゴをうろつきまわり、喧嘩相手を探していたころから、たいして変わっていないのかもしれない。

照明がふたたび明るくなり、スツールにすわった〈アーティスト〉が魔法のように登場するというお決まりの演出がつづいた。客席からはいつもと同じ反応があった。プラズマ・スクリーンに映しだされる作品の精緻なことに驚きのあえぎを洩らし、どぎつい作品になると、性的な興奮に包まれてそわそわと身じろぎが始まる。

客席中央のテーブルに陣どったロドニーは、六本目のビール瓶をむっつりみつめていた。今夜は絵を描く気分ではないらしい。わたしの気づかないうちにナディアが客席にきていた。

たぶん、照明が暗くなったときか、ロドニーがわたしを脅していたときだろう。正面に近いテーブルにつき、指に髪を巻きつけている。わたしが初めて彼女を見たときとちがって、ほかの人々が描き終わるまで待ちはしなかった。ナディアが絵を描くあいだ、わたしはチャドの様子を見守ったが、自制心を保っているようだった。ナディアを見るのに慣れてきたのかもしれない。あるいは、おとなしくしているよう、友人たちに釘を刺されたのかもしれない。ナディア自身より、ナディアの絵に心を奪われている様子だった。彼女の描く絵がウェブカムでステージのスクリーンに映しだされるのを、じっと見ている。

今夜もまた、ナディアは例の精緻な模様を描いていた。わたしはピンクの帽子だと思いこんでいたが、じつのところは、ピンクとグレイの渦巻き模様だった。ナディアは〈アーティスト〉の背中をその模様で覆うと、つぎは女性の顔を描きはじめた。黒っぽいカーリーヘアの美しい若い女性。それから、パレットナイフをとり、その顔を切り裂いた。

わたしはチャドのほうを見た。チャドは汗をかき、タトゥーの入った腕を震わせていた。仲間に押さえつけられていたが、椅子から立とうという様子はなかった。

ナディアは絵を描き終えると、すぐさま自分のテーブルに戻り、床からコートとデイパックをとった。ステージのへりをまわって姿を消した。チャドが友人たちの手を乱暴にふりほどいて、ナディアのあとを追った。

ナディアの描いた絵をなるべくはっきり見せようとして、〈アーティスト〉が身体を伸ばしたりポーズをとったりしはじめたため、クラブにいる者の大部分は、フロアスタッフも含めて、彼女に視線を奪われていた。チャドを見た者がいたとしても、トイレへ行ったとしか思わなかっただろう。トイレもやはり、ステージの裏へつづく狭い廊下の途中にあるからだ。

わたしはうしろにたむろする人々のあいだを大急ぎで通り抜けた。

くたびれた軍隊のウィンドブレーカーをはおった若い男が、あわてて追ってきた。チャドのテーブルにいた男だ。若いわりにいかつい感じのあばた面は、見まちがえようがない。わたしたちがステージの裏にたどり着いたそのとき、路地に面したドアがチャドの背後で閉まるのが見えた。

「おい！　バカなことするんじゃない」

男はわたしに声をかけるというより、自分にいいきかせているような感じだったが、とにかく二人ともドアへ突進した。

外は車でぎっしりだったので、最初はチャドの姿もナディアの姿も見えなかったが、チャドのわめき声がきこえてきた。「なんでこんなことするんだ？　誰に送りこまれたんだ？」

わたしたちは駐車場の凍った砂利に足をとられながら、よたよたと声のするほうへ向かった。

街灯の下で、チャドがナディアにのしかかるように立っていた。手を触れてはいなかったが、身をかがめ、顔を近々と寄せていた。コートをバーに置いてきたため、むきだしの前腕のタトゥーを街灯の光が照らしていた。特大のオーブンミットに似た黒い品をナディアの目の前に突きだしていた。ナディアは分厚いパーカを着ているのに、チャドの前では華奢に見えた。

わたしたちが駆けつけたとき、「そっちこそ誰に送りこまれたの？　わたしをスパイしてるの？」というナディアの声がきこえ、それに対して、チャドが「これが何なのか、知らないとはいわせないぞ！　なんでおれにこんなことをする？」とわめいていた。

チャドの友人がそばに駆け寄り、彼の首に腕をまわした。そのしぐさに気遣いと制止の両方がこもっていた。「こんな寒いとこにいるのはいやだろ。さ、行こうぜ。店に戻って、暖まって、ビールのお代わりを頼もう」

わたしはナディアをひきずるようにして駐車場を横切り、レイク通りへ向かった。「ナディア、どういうことなの？　あなたの絵を見てチャドが逆上するのはなぜなの？」

「あなた、誰？」ナディアはわたしに向かってまばたきした。

「V・I・ウォーショースキーっていう者よ。私立探偵なの。もし何か――」

「探偵？　とっとと消えて！」ナディアはわたしの手をふりほどいた。「スパイにくる連中にはもううんざり。あいつらにそう伝えて！」

「あいつらって？　わたし、スパイなんかしてないわ。知りたいことがあるだけで――」

「クラブにいたのを見たわ。あそこで何してたのか、こっちはちゃんと知ってるのよ。わたしが絵を描くのは誰にも邪魔させない――」

「邪魔しようなんてつもりはないのよ。お願い、ナディア、もうすこし暖かいとこで話をしない？　ここじゃ凍えてしまう」

「話なんておことわり。今度また近づいてきたら、そしたら……ペッパースプレーを吹きかけてやる」

ナディアは不意にわたしから離れると、高架鉄道の駅へ向かってレイク通りを大股で歩き去った。

わたしはいまのやりとりに首をひねりながら、電車のホームにのぼるナディアを見守った。おたがいに相手をスパイだと非難するチャドとナディアを見ていると、泥沼離婚の最中の夫婦を連想してしまう。ところで、チャドが彼女の目の前に突きつけた黒い長方形のものは何だったんだろう？

クラブに戻ると、ちょうど〈ボディ・アーティスト〉のステージが終わろうとするところだった。ナディアの作品の上に絵を描いた者は誰もいなかったが、〈アーティスト〉の胸と腕は、下手な絵や、ストライプや、三目並べの升目や、数本のヒマワリに覆われていた。

「どの方も、すばらしい、すばらしい芸術家です。ご自分がこの世界でどういう存在であるか、いかにクリエーティブであるかということに、誇りを持ちましょう。そして、わたしのウェブサイトembodiedart.comへ、ご自分の作品を見にきてください。覚えておいてください――外の世界は冷たく残酷だけど、芸術があなたを暖かく包んでくれます。安全までは保証してくれないとしても」

〈アーティスト〉は両手をあげてピースサインをし、ステージを去った。ふたたび音楽が流れはじめるまで、オリンピアはスクリーンのスライドショーをつづけさせ、観客はくつろいで笑い声をはじけさせた。性的緊張から解放されて、誰もが酒を注文しはじめ、それから二十分間、わたしの従妹もほかのフロアスタッフもあたふたと客席を走りまわった。〈クラブ・ガウジ〉の連中にはもううんざりだったが、とりあえず〈ボディ・アーティスト〉と話をしなくてはと思い、ふたたび彼女の楽屋へ出向いた。ドアの外にクラブの用心棒が立っていた。

「申しわけないが、ステージのあとで邪魔されるのは〈アーティスト〉がいやがるんでね。塗料を落とすのに時間がかかるし、疲れてくたくただろうし」

「その気持ちはよくわかるわ」

わたしは微笑すると、用心棒の腕の下をかいくぐり、つかまる前に楽屋に入りこんだ。つづいて用心棒が入ってきたとき、〈アーティスト〉が憤慨してわめきはじめた。

ステージのあとでドラッグをやるために一人きりの時間をほしがっているのかと思ったが、じっさいには、塗料を落とすクリームのようなものを腕と脚に塗ってから、ハンドタオルで拭きとっているだけだった。まわりの床には汚れたタオルが散らばっていた。あとで誰かにタオルを洗わせるほどのビッグスターなのだろうか、それとも、自分で洗濯しなきゃいけないのだろうか。

「ミズ・アーティスト、ナディアにいったの?——わたしがクラブにきたのは彼女をスパイするためだって」

〈アーティスト〉はタオルでせっせと塗料を拭きとるだけで、何も答えようとしなかったが、表情のない、透明といってもいいような目が、鏡のなかのわたしを観察していた。

「ナディアはスパイされてると思いこんでる」わたしはいった。「被害妄想かしら。それとも、ほんとに誰かにつきまとわれてるの？」

「本人に尋ねればいいでしょ」〈アーティスト〉はいった。

「バンド演奏のあいだ、ナディアはここで待っている。そうね？ あなたから特別扱いを受けてて、オリンピアはそれが気に食わない。でも、ナディアはすごく神経質になってる理由をあなたに話したんじゃない？ ナディアとチャドは離婚で揉めてる最中なの？」

〈アーティスト〉は初めて微笑した。軽蔑の微笑だ。おもしろがっているのではない。

「あなたが誰の調査書類を作るにしても、それを手伝う気はないわ」〈アーティスト〉はいった。「さあ、そろそろお帰りの時間よ。わたしのアソコの塗料を落とす気があるなら、話はべつだけど」

彼女が卑猥な言い方をしたのはわざとだった。わたしを赤面させるか、萎縮させようという魂胆だったのだろう。こちらが平気な顔で彼女をみつめると、向こうは不快そうに唇を噛み、そっぽを向いた。

「マーク、この人を放りだして。でなきゃ、警察を呼んで」

マークがわたしの肩をつかんだ。「きこえただろ。おれに腕か何かをへし折られるようなまねはやめとけ」

「へし折られるのは、あなたの手かも。あるいは、ここにある鏡とか。格闘はやめとくわ、マーク。すくなくとも、今夜のところは」

わたしは自分自身を含めたすべての者にむかっ腹を立てながら、マークにいわれるままに楽屋を出た。ペトラから見れば頼りない従姉だし、探偵としても落第だ。翌日の夜はさらに落ちこんだ。ナディアが殺されたのだ。その夜は、テリー・フィンチレーと捜査チームから事情聴取を受け、午前二時をまわってもベッドに入れなかった。

6 血、血、血

テリー・フィンチレーと部下の警官たちへの供述を終え、従妹を無事にパスファインダーに乗せて送りだし、オリンピアと口論を始めたときには、午前三時近くになっていた。今夜は誰にとっても、実り多き一夜とはならなかった。

ナディアの名字がグアマンであることを、フィンチレーが教えてくれた。職業はグラフィック・デザイナー——だからペイントブラシの扱いに長けていたのだ——去年の秋に二十八になった。胸部に二発の銃弾を受けて出血多量で死亡、十五フィートの距離から撃たれている。クラブの裏口ドアから路地までがその距離だ。犯人は路地で待ち伏せしていたわけだ。

わたしがフィンチレーと話をしているあいだに、捜査チームの一人がチャドと仲間に関する報告書を持ってやってきた。五人の名字はまったくわからないが、フィンチレーは人相書きに目を通して、手配の指示を出した。五人とも今夜はクラブにきていなかったが、そうかといって、チャドがナディアを待ち伏せしていなかったとは断定できない。

チャドと友人たちに関して何か知らないかとフィンチレーに尋ねられたが、わたしは肩をすくめただけだった。前の晩に耳にしたチャドとナディアの激昂したやりとりのことを、なぜフィンチレーに伝えなかったのか、自分でもわからない。ナディアを傷つけたくなかったのかもしれない。もしくは、瀕死の彼女をこの腕に抱いたという事実のせいかもしれない。あるいは、ナディアからスパイだと思われたことが不快だったのかもしれない。ナディアは誰かに監視されていると思いこんでいて、そんな彼女をわたしは被害妄想だと思った。だが、ナディアは死んでしまった。そのことを警察に話す気にはなれなかった。

それ以外は、知っていることを残らずフィンチレーに話した。〈ボディ・アーティスト〉のペイントブラシにガラスの破片が隠されていたことも含めて。フィンチレーはチェビオット研究所からペイントブラシを持ってくるよう要求したが、その一方で、〈ボディ・アーティスト〉の本名がようやくわかったと教えてくれた。

「カレン・バックリー。ストリッパーにしちゃ、そう華やかな名前とはいえないな。だから、周囲に極秘にしてるのかも」フィンチレーはつけくわえた。

「ストリッパーじゃないわ。アーティストよ。それも一流の」

「ステージで服を脱いで男どもによだれを垂れさせる女は、おれにいわせれば、ストリッパーだ」

「ボビーのいうとおりね。あなたはサウス・ミシガン・アヴェニューの空気を長く吸いすぎたんだわ。認識を新たにする必要あり。あのロドニーって男はどうなの？　何かわかった？」

「ロドニー？　何者だい？」フィンチレーがきいた。

「ロドニーのこと、誰からもきいてないの？　メタボ腹の大男で、非番の警官みたいな雰囲気。ジャケットの下には九ミリの古い大型拳銃。わたしの顔に脇の下を押しつけてきたときに見えたけど、ヘッケラー&コッホみたいだった」

「で、その男はなんでそんなことしたんだ、ヴィク？　まさか、やつに説教でもしたんじゃあるまいな？」

「お酒を運ぶ従妹のパンツに手を突っこむのはやめるようにって、ロドニーにいってきかせたの。それが説教したことになるの？　なるか、ならないかはともかく、その程度のことでわたしに銃を見せびらかしてもいいっていうの？」

フィンチレーは唇をキッと結んだ。優秀な警官だし、優秀な刑事でもあるが、わたしが前につきあっていたコンラッド・ローリングズという部長刑事と仲がいい。わたしとの交際中にコンラッドが撃たれたため、フィンチレーはいまもわたしを恨んでいる。心臓だか、甲状腺だか、とにかくどこが人間の感情をコントロールしているのか知らないが、そういうものは複雑すぎて、わたしの理解を超えている。コンラッドは命をとりとめたが、恋は命を失った。フィンチがわたしを恨む理由として、別離と銃撃のどちらが大きなウェートを占めているのか、わたしにはいまだにわからない。

フィンチレーは部下に命じて、警察が事情聴取をおこなっている小さなステージにオリンピアを連れてこさせた。オリンピアはロドニーのことを尋ねられると、一瞬、怯えた表情になったが——いや、怒りの表情かもしれない——すぐさま満面の笑みを浮かべて答えた。

「ヴィクが誰のことをいってるのか、よくわかってるわ。クラブの常連で、カレンのステージが大のご贔屓なんだけど――ほんとにロドニーって名前なの、ヴィク？　たしか、ロジャーかシドニーじゃなかったかしら」

わたしはぬけぬけと嘘をつくオリンピアに啞然としたが、こちらが口をひらく暇もないうちに、フィンチレーが彼女に質問していた。スタッフやほかの客から苦情が出たことはなかったですか。

「ヴィクの従妹をうちの店で雇ったんだけど、ヴィクったら、ちょっと過保護なの。たぶん、ヴィクの早とちりだと思うけど。客の悪気のないいたずらをうまくあしらえないようなら、ペトラにはクラブをやめてもらうしかないわね」

「ロドニーのお酒を店のおごりにしてるのは、そのためなの、オリンピア？」わたしはきいた。「悪気のないいたずらをやってもらうため？　それから、〝おさわり閣下〟のことを笑ってすませればボーナスを出そうって、ペトラにいったのはなぜ？」

オリンピアの目がギラッと光ったように見えたが、ステージのまばゆい照明のせいにすぎなかったのかもしれない。「あなたの従妹には、想像力を暴走させないようにしてもらう必要があるわ。うちでは無料酒《ただ》なんて出してません。あの子がまだ若いのはわかるけど、いまは不況の時代なのよ。フロアのスタッフはわたしが好きなように選べるわ。ペトラ・ウォーショースキーは必要なさそうね」

オリンピアはフィンチレーのほうに向き直り、コサージュの白い羽根が彼の鼻をくすぐるぐらい近々と身を寄せた。「刑事さん、ヴィクの従妹のことで煩わされて、ほんとにお気の毒ね。ナディアを撃ったのがあの情緒不安定な男に決まってることは、誰だって知ってるのに」

「チャドのことですね。ええ、こちらの耳にも入ってます。目を光らせておくつもりです。名字がわかると助かるんですが」

オリンピアは何も知らないおバカな女のまねを、じつに巧みにやってのけ、小さくクスッと笑って両手を広げた。「うちの店では、名字にこだわらないことにしてるのよ。ナディアの名字だって、今夜刑事さんからきいて初めて知ったぐらい。ロジャーの――それともロドニーかしら、ヴィクがそういいはるのなら――名字は知らないし、チャドの名字も知りません」

自分のオフィスに戻るオリンピアをミルコヴァ巡査が送っていくあいだに、フィンチがわたしを見た。「きみの話は真実かもしれん、ヴィク。その男はロジャーではなく、ロドニーかもしれん。おさわりが好きで、オリンピアが無料酒を飲ませてるのかもしれん。だが、ナディア・グアマンを撃ったのは九ミリのヘッケラー&コッホだという立証がされないかぎり、そこまでいちいちチェックしている余裕はない……なかなかの女だな、ミズ・オリンピア・コイラダってのは」

「かもね。〝なかなか〟っていうのがどういうニュアンスかによるけど」シルクのランジェリーみたいになめらか――フィンチがいいたいのは、そういう人当たりの良さだろう。たぶん。「オリンピアとロドニーのあいだには、客とクラブのオーナー以上の関係がありそうよ。ロドニーがここでドラッグを売ってるのか、オリンピアを脅迫してるのか、わたしにはわからないけど、ロドニーのご機嫌をとっておくのがオリンピアにとっては重要みたい」

「心にとめておくよ、ヴィク」フィンチレーはいった。ひきつった声だった。「目下、こっちがもっとも関心を持ってるのは、そのチャドって男だ。チャドを見つけたあとで、ロドニーを調べる必要があるかどうか検討するとしよう。そいつの名前がほんとにロドニーっていうのなら」

わたしは立ちあがった。「おやすみ、テリー。捜査の結果を知らせてね」

「供述書にサインしてほしいな、ウォーショースキー。ほかのみんなと同じように」

「わたしのサインが必要なときは、どこを捜せばわたしが見つかるかご存じでしょ」

わたしは低いステージをおりて、出口へ向かったが、正面ドアから外に出る前にオリンピアにつかまり、彼女がオフィスにしているバーの奥の狭い部屋に連れこまれた。パソコンテーブルとスツールを置くスペースしかない部屋だった。オリンピアがわたしのすぐそばに立ったので、汗と、煙草と、ボディストッキングにしみこませた香水オピウムの混ざり合った匂いがした。

「よけいなお節介はやめたらどうなの？　サツの連中はあのチャドって男を追っかけてんのよ。なんでうちの上客の一人をサツの鼻先にひきずりだしたりするの？」

「だって、物騒な男なんだもん。これみよがしに銃を身に着けてて、人を脅すためなら、見せびらかすことも厭わない。わたしにはどうでもいいことだけど、あいつ、あなたのどんな弱みを握ってるの？」

「うちのクラブにとって迷惑なのは、あなたのほうよ。あなたがうちにくるようになってから、わたしはトラブルつづき」

「おバカな女のふりは、ロドニーのためにとっときなさい。テリー・フィンチレーには効果がないから。もちろん、わたしにもね。騒ぎがおきれば商売にプラスになるっていったのは、あなたでしょ。ひょっとすると、〈アーティスト〉のペイントブラシにガラスを仕込んだのも、あなたじゃない？」

「よくもまあ、このクラブでそんな非難をぶつけられるものね！」

わたしは薄いベニヤ板の壁にもたれた。「オリンピア、わたしは疲れてクタクタなの。いまにも倒れてしまいそう。あなたが何を隠していようが、やっていようが、わたしの従妹を傷つける恐れのある犯罪とは無縁のことなら、とやかくいうつもりはないわ。でも、わたしをふりまわすのはやめて。こっちはそのための忍耐心も時間も持ち合わせてないんだから」

わたしは乱暴にドアをあけたが、オリンピアに腕をつかまれた。「悪かったわ。ついカッとなって——ナディアがあんなふうに撃たれるなんて——ひどすぎる」

「オーケイ。頭を冷やして考えましょう。心の内を正直に話してちょうだい。ロドニーをかばうくせに、チャドのことを犯人扱いするのはなぜ？　チャドも上客なんでしょ。自分のお金で飲んでるんだし」

「わたしだって、ナディアを殺したのはロドニーだと思ったら——」

「おや、ロドニーが彼の名前だってことは認めるのね。名字のほうはどう？　それとも、みかじめ料を払ってるから、怒らせるのはまずいのかしら？」

オリンピアの顔から血の気がひいた。「あの男の何を知ってるのよ？」

わたしは疲れた脳を無理に働かせて、オリンピアの言葉の意味するものを読みとろうとした。「たいして知らないわ。でも、まあ、調べだすツテはいろいろあるけどね」

オリンピアの哀れっぽい声を無視して、クラブのなかを荒い足どりで通り抜け、裏のドアまで行った。クラブの駐車場のわだちを越えて進んでいくと、パトカーの青い回転灯が行く手を明るく照らしていた。クラブの外にストロボ、店内にもストロボ——パフォーマンス用のスペースが二つ用意されているみたいで、なんだか混乱してしまう。どちらも人工的に見える点が不気味で、至近距離で撃たれた女性も、スツールにすわって身体にペイントをする全裸の女性に劣らず、現実から遊離した存在のように思えてくる。

帰宅するなり、浴室に駆けこんでシャワーの蛇口をひねった。水が湯に変わるのを待つあいだに、鏡で自分の姿を点検した。髪にもやはり血がついていた。

裸になり、服を浴槽に投げこんだ。セーターをこんなふうに湯につけたら、だめになってしまうかもしれないが、どっちみち、もう一度これを着る気になれるとは思えない。

シャワーを浴びて、髪を二回シャンプーした。目の粗いブラシで指の爪をこすった。シャワーを終えてから、濡れた服をラジエーターの上に置いたが、背筋に何かが滴り落ちるのを感じて身を震わせた。ただの湯だ――湯に決まっている――しかし、身震いが止まらなかった。もう一度シャワーを浴びた。マクベス夫人の病的なこだわりが、わたしにも理解できた。シャワーから出るたびに、頭皮についた血を思いだしてしまう。湯のストックがなくなったので、ようやく身体を拭いて、ベッドへ行った。

ナディアと〈ボディ・アーティスト〉ことカレン・バックリーの夢ばかり見てうなされた。バックリーが駐車場にいて、パトカーの青い回転灯を浴びながら、凍りついたわだちに絵を描いていた。その絵を見ようとしてわたしが身をかがめると、わだちに血があふれた。オリンピアがわたしに気づかれないように、その血を両手ですくいあげようとしていた。わだちをまたいだまま、彼女が血をすくううちに、わたしの従妹にその血が飛び散った。ペトラに大声で警告を送ろうとしたが、声が出なかった。つぎの瞬間、ロドニーがペトラをつかまえ、血だまりに彼女の顔を押しつけた。

「アリー」わたしの腕に抱かれていたときと同じように、ナディアが叫んだ。「アリー」

わたしは汗びっしょりになり、震えながら目をさました。ナディアが最期を迎えたとき、母親か恋人がそばにいてくれればよかったのに。長生きして、孫に囲まれて死んでいくのが本当なのに。自分はいま、路地《アリー》で倒れて、知らない人に抱かれて死んでいく――それがナディアの最後の思いだったなんて、あんまりだ。

ベッドから出て、羽根布団を身体に巻きつけてから、台所へ行った。土曜の朝の六時半、冬空はまだ真夜中のように真っ暗だ。テーブルのそばの椅子にすわって脚を組み、窓の外を見るともなくみつめた。空がすこしずつ明るくなって、亡霊のようなグレイがかった白に変わってきたが、何も見えない。またしても吹雪が街を蹂躙している。窓辺まで行き、命あるものの姿を捜したが、路地の向かいのアパートメントすら見えなかった。とうとう、犬の世話はミスタ・コントレーラスに押しつけることにして、ベッドに戻り、正午まで眠った。

日曜日には吹雪もやみ、新たに八インチ積もった雪と、肌を刺すように冷たくまばゆい一日をあとに残していった。犬を散歩に連れだして、くたくたになるまで歩かせてから、午後はジェイクとすごした。〈お熱いのがお好き〉を見ていたら、ジェイクがそれに刺激されて、物置用のクロゼットをかきまわし、ウクレレを捜しだした。わたしの日よけ帽とスカートを着けて、マリリン・モンローみたいに色っぽく歩きまわり、それがあまりに上手だったので、わたしは大笑いして、金曜の夜の恐怖をすこしだけ忘れることができた。

遅い夕食に出かけようと、二人でラシーヌ・アヴェニューを歩いていたとき、オリンピアから電話があった。「ニュース見た？」

「どうしたの？　金曜の殺人事件のおかげで、〈クラブ・ガウジ〉がスペースを二倍に広げるとか？」

「あなたのユーモアのセンスって悪趣味ね、ウォーショースキー。ちがうわ、警察がナディア殺しの犯人を見つけたの。クラブでいつも暴れてた、あのタトゥーの大男。ナディアを撃つのに使われた銃と一緒に逮捕されたの。これでひと安心ね。火曜日には営業を再開していいんですって！」

「あら、よかったこと、オリンピア。ナディアの死をあなたがそこまで気にかけてたなんて、すばらしいわ」

「どういう意味？」オリンピアの問いかけを無視して、わたしは電話を切った。

7 禁煙席

オリンピアの電話のせいで、束の間の楽しいひとときは終わってしまった。食事から戻ると、ジェイクが練習しているあいだに、わたしはナディア殺しの犯人に関するニュースを調べた。ウェブニュースのサイトはタブロイド新聞に劣らず扇情的だ。いや、それ以上かもしれない。いとも簡単に画像をはさむことができるから。

〝戦争のヒーローからクラブ殺人鬼へ〟と、《ヘラルド＝スター》のブログがわめいていた。

警察は匿名の密告を受けて、レイクヴューの静かな通りに建つアパートメントへ急行した。ナディア・グアマン殺しの犯人とされている、心に問題を抱えた帰還兵の住まいである。チャド・ヴィシュネスキーはイラクにおける勇敢な活躍に対して青銅星章を授与された軍人だが、民間人の暮らしに戻ることができなかった。激しい怒りを抱いて帰国、気の向くままに破壊行為をくりかえして凶悪化し、若き女性グラフィック・アーティストのストーカーとなり、ついには金曜日に〈クラブ・ガウジ〉でその女性を殺害するに至った。

シカゴ生まれで、レイン・テック高校時代はアメフトの花形選手、奨学金でグランド・ヴァレー州立大学に進んだが、中途退学して入隊、四度の兵役を経たのち、去年の夏に除隊。

リンクをクリックしてビデオリポートを呼びだすと、怒りの形相もすさまじい女性の映像があらわれた。

「警察がドアをこわしたのよ」女性はいった。

ドアがビデオに映しだされた。犯行現場用の黄色いテープの奥にあって、木が割れている。

「すごい音がしたんで、チャドだと思ったの。帰国して以来、チャドはいつも怒り狂ってたから、様子を見に廊下に出てみたの。そしたら、どうでしょ、チャドを逮捕にきた警察だったわ。モナは、あ、チャドの母親なんだけど、よそへ行ってて、ここの住まいをチャドに使わせてるの。チャドがどんなに精神不安定か、誰もが知ってるのにね。コンドミニアムの理事会になんとかしてもらいたいわ。モナを追いだすとか——ここの住人が皆殺しにされてたかもしれないのよ」

ビデオ映像はテリー・フィンチレーに切り替わった。警察本部の建物のロビーに厳粛な顔で立ち、押収した銃を規定に従ったやり方で、すなわち、トリガーガードに棒を通してぶら下げるというやり方で持っていた。

「警察はベッドで意識不明となっている犯人を発見、そばにこのベビー・グロックが置いてありました。鑑識による検査の結果、ナディア・グアマンを殺害するのに使用された銃であることが判明しました」

チャドが泥酔状態で連行されたというのは本当か、と誰かが質問した。ドラッグを過剰摂取していた様子だ、とフィンチレーは答えた。目下、サーマック病院の集中治療室に入っている。二十六丁目とカリフォルニア・アヴェニューの角に位置するクック郡拘置所の付属病院だ。

記事の残りにざっと目を通した。幼なじみの友人たちはチャドのことを、快活で遊び好きな少年として記憶している。アメフトの選手として、超一流とまではいかないが、かなり評価されていて、ディビジョンIIの奨学金をもらうことができた。「あのころ、あいつの人生は、まあ、女の子と、ビールと、試合だった。戦争、そいつが大学をやめて国のために尽くす理由になった」高校時代の友達の一人がいった。「故郷に帰ってきたときは、人が変わってしまってて、いつも怒り狂ってた。戦争のせいで、おかしくなったんだ。やっと同じ部屋にいるのはごめんだね」

郡のほうでチャドに国選弁護士をつけた。もっとも、いまのところ、チャドが意識をとりもどすかどうか、さらには、裁判を受けられるほど脳の機能が回復するかどうか、まったく見通しが立っていない。それでも、国選弁護士は報道陣に向かって、依頼人は無実である、これはすべて由々しき過ちだ、と果敢に語った。ただし、誤認逮捕だったことが判明したとしても、そうした過ちに対処できるだけの人材が国選弁護士会に不足していることは、つけくわえなかった。

乱心した帰還兵と人生が交差してしまった哀れなナディア。終わりなきイラク戦争の犠牲者である哀れなチャド。哀れな国選弁護士、そして、哀れなモナ・ヴィシュネスキー(チャドの母親)。冬のあいだアリゾナへ出かけて実家の母親の世話をしていたのだが、息子のそばにいてやりたくて、飛行機でシカゴに戻ってくるという。

《ヘラルド＝スター》の無遠慮な質問の数々に対して、モナ・ヴィシュネスキーは母親たちの昔ながらの決まり文句で答えていた。「チャドは無実です。いい子なんです。ナイトクラブで女の子を殺したりするはずがありません」

もちろん、ブログ世界のマニアックな連中も大張り切りで、ナディア・グアマンが殺されたのは〝自業自得〟だ、〈クラブ・ガウジ〉のような店に出入りするのは悪女に決まっている、とわめき散らす者もいた。イラクへ派遣された兵士は、イラク民間人への拷問・殺害を奨励されるため、血の味を覚えてしまい、帰国後は罪もない民間人を襲って血に対する飢えを満たすのだ、と主張する者もいた。

また、銃の規制を望むアメリカ嫌いのリベラル派に対して、声高に非難を叫ぶ者もいた。「憲法を憎んでるリベラル派の手先を使って、オバマが人殺しをやらせたんだ。そうすれば、われわれの銃をとりあげる口実にできるから」と、ヒステリックな一人が警告していた。

わたしはパソコンを切った。チャドの命も、ナディアの死も、わたしには関係ないことだ。ただ、寝ているときも、おきているときも、ナディアの顔がわたしにつきまとって離れない。〝アリー〟あのとき、ナディアはつぶやいた。至福に近い表情が浮かんでいて、まるで、氷のような駐車場で死んでいくことに心地よい驚きを感じているかのようだった。

わたしはジェイクのそばへ行き、彼に腕をまわした。ジェイクは微笑したが、演奏をやめようとはしなかった。弦を上下する彼の指はしなやかで、エロティックだった。わたしは彼をさらに強く抱きしめた。ジェイクもついに欲望と困惑のあいだで揺れながら、弓を下に置き、わたしとベッドへ行った。

翌朝、ジェイクがまだ寝ているあいだに、わたしは部屋を出た。暗かったが、二匹の犬を車に乗せて湖畔まで行き、ナディアの血に満ちた悪夢が汗で毛穴から流れでてくれることを願いつつ、一月の薄い空気のなかをエヴァンストンの境界線近くまで走り、往復で計七マイルを走った。

家に戻ったときには、空がすでに明るくなり、鈍いピューターの色に変わっていた。シャワーを浴び、着替えをしてから、ミスタ・コントレーラスのフレンチ・トーストの誘いに応じた。わたしが日曜をジェイクとすごしたものだから、老人は少々ヘソを曲げていた。なにしろ、わたしが凶悪犯罪に巻きこまれると、大騒ぎで世話を焼くのが自分の務めだと思っている人だ。しかし、今回の世話焼きには、ペトラが〈クラブ・ガウジ〉で働くことを許したわたしへのお説教が含まれていた。土曜の晩、そのことで口論したが、二十四時間の冷却期間を経て、二人とも過去のことは一応水に流そうという気持ちになっていた。

事務所に着くと、エンジンをかけたままの車が建物の前に停まっていた。一瞬、警察かと思ったが、この車は長年乗りまわしている感じの薄汚れたカローラだった。わたしが事務所のドアのキーパッドに暗証番号を打ちこんでいるあいだに、運転席の人物がエンジンを切り、車からおりてきた。防寒用に着ているのはカーキ色のくたびれたフィールド・ジャケットだけで、ファスナーはあけたままだった。

「探偵さん？」その人物は脚をひきずって歩道を歩いてくるさいに、煙草の吸殻を溝に投げ捨てた。

「V・I・ウォーショースキーよ。ええ、探偵です。どんなご用件でしょう、ミスター――？」

「ヴィシュネスキー。わたしはジョン・ヴィシュネスキー」その顔には皺と傷跡があり、声はおだやかで、疲れのにじむ低い響きだった。

わたしはドアのノブにかけた手を止めた。「チャド・ヴィシュネスキーと関係のある方？」

「父親です」男性はその関係に慣れていないかのように、もしくは、驚いているかのように、首をふった。「そう、あいつの父親です」

わたしはドアを押しひらき——冬はいつもあけにくい——チャドの父親のために支えた。ヴィシュネスキーはなかに入ると、玄関マットで三回か四回、丁寧にブーツの汚れを落とした。歓迎してもらえるかどうか自信がなく、ここを訪れた証拠を最小限にとどめておこうとする男のしぐさだった。

ヴィシュネスキーを依頼人用のアルコーブに案内して、奥にあるコーヒーマシンのスイッチを入れた。わたしが明かりをつけ、コートとブリーフケースを片づけるあいだ、ヴィシュネスキーは身じろぎもせずにすわったまま、見るともなくあたりを見ていた。事務所の室温は十五度にもなっていないのに、寒さは気にならない様子だった。だだっ広い部屋なので、週末はサーモスタットの設定を低くしてある。デスクのところから室内暖房器を持ってきて、わたしも椅子にすわった。

「大変な思いをしてらっしゃることと思います、ミスタ・ヴィシュネスキー」

「そう。面倒なことになった」事実を述べただけであって、愚痴ではなかった。

それきり黙りこんでしまい、一分ほどがすぎた。探偵事務所を訪れてもなかなか用件を切りだせない人がたくさんいる。医者に行ったときに似ている。胸にしこりがあるが、いざ診察室に入ると、質問するのをためらい、診断を告げられるのをためらう。

「チャドは一人息子さんですか」話の糸口にしようとして、わたしは尋ねた。

「たった一人の息子だ。なのに、こんなひどいことになってるのを、わたしは知りもしなかった。土曜の晩、会社の女の子の一人が電話をくれるまで知らなかった。自分の息子なのに、何も知らなかった。イラク戦争が悪いんだ。トラブルがあっても父親に電話できんような子になってしまった」

「戦争に行く前だったら、電話してきたでしょうか」

ヴィシュネスキーはうなずいた。「毎日のように話をしていた。グランド・ヴァレー州立大へ行ってたころも。初めて兵役についたころも。ところが、やがて戦争があの子を変えてしまった。戦争の暴力が。三度目の兵役のとき、自分の部隊が全滅するのを間近で見て、それ以来おかしくなった。まるで、わたしの責任だといわれたような気がした」

「あなたの責任？」

「これについてはずいぶん考えた。父親に守ってほしかったと息子が思ってたような気がするんだ。わたしは父親だ。あの子はいつも、そうだな、わたしを尊敬の目で見ていた。すくなくとも、子供のころは。わたしは若いころから建設業界で働いてきた。もっとも、現在は〈マキューリオ〉のプロジェクト・マネージャーをやっているが。たいていの男より力が強かったから、チャドの周囲のトラブルも、わたしの周囲のトラブルも、わたしの力ですべて解決できるとチャドは思っていた。わたしもずっとそう思いこんでいた。あの子がイラクへ行くまでは。イラクじゃ誰も守ってくれないからね。つい、ぼんやり考えてしまう——わたしがちゃんと守ってやれば、息子はあんな場面を見ずにすんだのに、と。わたしは息子を守ることができず、息子はわたしと話をしなくなってしまった」

ヴィシュネスキーはジャケットのポケットに無意識に手を突っこみ、つぎに、問いかけるような視線をよこした。

「ご想像どおりよ」わたしはいった。「この建物は禁煙です」

「凍える戸外で煙草をすう——なぜこれまで肺炎でくたばらなかったのかわからないよ」ヴィシュネスキーは白髪が出はじめた髪を指で梳いた。「息子はいま、拘置所の付属病院に入っている。知ってたかね？」

「サーマック病院ね。前に行ったことがあります」

「ひどいところだ。じつにひどい。わが子の見舞いに行くだけなのに、身体検査をされる。息子に会うために、服を全部脱がなきゃいけなかった」

裸にされて身体検査。わが子のことが心配でたまらない者には、その残酷さがなおさらこたえるだろう。

「息子は集中治療室にいる」ヴィシュネスキーの話はつづいていた。「意識がないのに、鎖でベッドにつながれてる。そんなふうに鎖でつながれたままで、どうやって元気になれる？わたしは病院の人間に頼みこんだ——本物の治療が受けられる本物の病院へ移すのを許可してほしいと。ところが、判事は保釈金を七十五万ドルとした。保釈金が払えなければ、チャドは拘置所の病院にいなきゃならん」

パーティションの向こうで事務所の電話が鳴りだすのがきこえた。月曜の朝、誰もが大急ぎでわたしと連絡をとりたがっている。

「なぜここにいらしたんです、ミスタ・ヴィシュネスキー？」

彼は血走った目をこすった。「人からきいたんだ――あんたがあのナイトクラブに、〈クラブ・ガウジ〉にいたって。あんたなら一部始終を見てたかもしれん、亡くなった女の子が何をしたためにチャドが逆上したのか、あんたにきけばわかるかもしれん、といわれた」

「誰にいわれたんです、ミスタ・ヴィシュネスキー？」

「ああ。うちのオフィスで秘書をやってる子だ。チャドのことで電話をくれた女の子。事件のことを新聞でくわしく読み、そこにクリスマス前のことまで書かれてたんで、あんたの名前を知ったそうだ。チャドが初めて、そのう、妙な行動に出たとき、あんたもクラブにいたんだって？　秘書はあんたのことをパソコンで検索して、これまでの仕事に目を通したそうだ。評判がよくて、誠実で、いい仕事をする人だといっていた」

「ベストを尽くす主義ですが、息子さんとナディア・グアマンのあいだに何があったのか、説明できる自信はありません。何か特別に知りたいことはありますか」わたしは両手を脇にゆったりと置いて静かにすわったまま、電話の応対は応答サービスにまかせることにした。

「クラブを経営してる女性だが、かなり手ごわい人物だね。その女性がいうには、ナディアが姿を見せるたびに、チャドが襲いかかったそうだが。本当なのかね？」

「オリンピアと話をしたんですか」わたしは困惑した。保釈法廷や拘置所の付属病院へオリンピアが出向くはずはない。

「きのうの午後、チャドの様子を見に行った帰りに、クラブに寄ってみたんだ。どんな店か見ておきたかったんでね。警察が捜査を——あれが捜査と呼べるならだが——進めるあいだ、クラブは休業だそうだが、オリンピアが店に出て帳簿つけか何かをやっていた。前にもいったように、わたしはプロジェクト・マネージャーだ。すくなくとも、この不況が建設業をだめにするまではそうだった。建設業界にはタフな女がたくさんいる。あの業界で生き残るためには、タフにならざるをえない。だが、オリンピアぐらいになれば、うちの現場監督を晩メシがわりに食って、ペッと吐きだすぐらい、平気の平左だろうな！　オリンピアは、殺されたあの女の子にチャドが暴力をふるおうとした、誰かが仲裁に入ったあと、彼女を撃つために待ち伏せしてたにちがいない、といっている。本当なのかね？」

いい返事のできない質問をされるのが、わたしは苦手だ。「チャドとナディアの両方がクラブにきていたときに、わたしが居合わせたことが二回あります。残念ながら二回とも、ナディアが絵を描くのを見て、チャドが怒りを爆発させました。最初のときは、ステージの彼女に飛びかかろうとして、用心棒に放りだされました。あなたに嘘をつくつもりはありません、ミスタ・ヴィシュネスキー。駐車場で息子さんとナディアの会話の断片を耳にしました。おたがいに相手をスパイだと非難していました。わたしが最初に思ったのは、離婚のゴタゴタじゃないかってことでした。でも、二人が夫婦じゃなかったのなら、クラブ以外では会ったこともないのなら、どうしてそんな非難の応酬をしたんでしょう？」

「わからん」ヴィシュネスキーはまたしてもジャケットのポケットに手を突っこみ、つぎに、ここが禁煙だったことを思いだした。「息子の仲間の一人が電話をくれたんだが、その女が殺された夜、チャドは仲間とどこかのバーのテレビでホークスの試合を見てて、試合が終わると、気分がよくないから家に帰るといったそうだ。家といっても、わたしの別れた妻の家なんだが」

「息子さんが家に帰るのを、仲間の誰かがじっさいに目にしていますか」

ヴィシュネスキーは肩をすくめた。「友達がチャドを見送っている。ところが、わたしが警察にそういったら、チャドが試合を見てたとしても、試合はその女が撃たれる一時間前に終わってるから、気分が悪いふりをしてバーを出たあと、クラブへ行き、女を待ち伏せする時間は充分にあったはずだといわれた」

話をしているあいだ、事務所の電話が鳴りつづけていた。今度はわたしの携帯からモーツァルトの曲が何小節か流れてきた。ひと握りの大事な相手の一人からかかってきたという合図だ。待ち受け画面を見た。応答サービスからのメールで、電話がつながらないため、警察、メディア、依頼人のすべてがいらいらしている、とのことだった。

「わたしに何をお望みなんでしょう、ミスタ・ヴィシュネスキー」わたしは苛立ちを顔に出さないように努めた。

「じっさいに何があったかを知りたい。息子は——たしかに、イラクからひどい状態で戻ってきた。それはわたしも真っ先に認める。壁をガンガン叩くし、話をするたびに食ってかかる。軍隊時代の仲間と遊び歩き、酔っぱらい、喧嘩をし、仕事は長つづきしない。だが、無力な若い女を銃で撃つなんて、わたしには想像できない。どうしても信じられん。警察のほうは、事件ファイルに〝捜査完了〟と書ければ、それで満足する。おまけに、郡がチャドにつけた国選弁護士ときたら……法廷に出たとき、そいつがチャドの名前を覚えてたら、それだけで驚きだ」

「息子さんが有罪だとしたら、わたしには無実の証明はできません、ミスタ・ヴィシュネスキー」わたしは静かにいった。

「そんなことは望んでいない。だが、どうしても知りたいんだ――あの〈ロー・アンド・オーダー〉って番組のいつものセリフ、なんだっけ？〝合理的疑いを超えて〟だったな」ヴィシュネスキーは微笑した。皺の刻まれた顔に浮かんだ辛そうな笑みだった。

「銃についてはどうなんでしょう？ニュースの記事によると、警察が逮捕に出向いたとき、殺人に使われた銃が息子さんのそばで発見されたとのことですが」

「息子のではない。ぜったいちがう。たぶん、通りで偶然に見つけて拾ったんだろう」

父親のこの幻想に返事をする気にはなれなかった。親指の付け根で目をこすった。すると、まぶたの裏にナディアの顔が浮かんできた。死が彼女に不意打ちを食らわせ、怒りの表情を消し去っていた。

「チャドの保釈金が払えるかどうかわからないといわれましたね、ミスタ・ヴィシュネスキー。でも、わたしはこういう事件を無料でひき受けるわけにはいきません」

「そんなことは頼んでない。この週末に、自分のふところ具合をありとあらゆる面から検討してみた。〈マキューリオ〉の同僚たちとジョブシェアリングをやってるから、仕事量は以前の四分の三ぐらいに減ったが、とにかく仕事はつづけている。まあ、いつまでつづくかわからんが。すまん、話がそれてしまった。今夜、モナが街に戻ってくる。わたしから話をしてみる。モナの同意が得られたら——去年、早期退職して、いまはリタイアの身だが、以前は〈マキューリオ〉のオフィス・マネージャーという地位にあって、自社ビルのひとつを管理して——とにかく、探偵を雇うだけの金はあるし、腕のいい弁護士を頼むこともできると思う。われわれが節約すれば。あんたが法外な調査料を請求せずに仕事をしてくれれば。希望の持てそうな腕のいい弁護士を紹介してくれれば」

8　追い詰められたメス鹿

　契約書に双方がサインをし、ヴィシュネスキーが出社するために帰ったあとで、料金を払う能力が本当にあるのかどうか確認するために、彼の身元調査をやってみた。たしかに〈マキューリオ〉の社員だし、クレジットカードの履歴を見ても、同年代の人々と同じ程度の問題しかおこしていない。いまのところ、調査料を払う余裕はありそうだし、わたしが紹介するつもりのフリーマン・カーターの弁護料も、たぶん払えるだろう。

　ヴィシュネスキーのファイルをしまって、彼との面談のあいだに入っていた複数の電話に返事をする仕事にとりかかった。午後の終わりになってようやく、チャド・ヴィシュネスキーの問題に戻る時間ができた。

　ジョン・ヴィシュネスキーはチャドの無実を信じようとしつつも、つねに怒りをたぎらせている若者であることは正直に認めた。「子供のころは、そんなんじゃなかった。モナとわたしが別れたあとも、明るい性格は変わらなかった。わたしたちは住まいを二つにした。それまで住んでた家を売って、近い距離にあるコンドミニアムをひとつずつ買ったんだ。そうすれば、息子は両方を行き来できるし、夫婦問題の板ばさみという思いをせずにすむ。昔から友達の多い子で、男の子も、女の子も、いつも両方の住まいに出入りして、みんなで楽しく遊んでた。遊ぶといっても、品行方正だったよ。ドラッグなし、酒もなし。モナもわたしもそれをきびしく守らせてた」

ヴィシュネスキーがいうには、イラクがチャドの性格を変えてしまったそうだ。ジキルとハイド、悪人はどっちだった？　どうしても思いだせないんだが……。話をしながら、ヴィシュネスキーはついに、胸ポケットから煙草をとりだした。それをテーブルの上で軽く叩いたり、指のあいだですべらせたりして、もてあそんでいた。最後まで話をつづけるためのお助けアイテムだ。

「軍隊に入るなどと、わたしにはひと言もいわなかった。勉強の好きな子でないことはわかっていたが、春休みで帰省したとき、息子は誰にも相談せずに、アディスン通りにある軍の徴募センターに入っていった。つぎにわたしが知ったのは、息子が新兵の基礎訓練を受けに出かけたことだった」

「ずいぶん驚かれたでしょうね」

「頭にきたよ。親にひと言の相談もなしにそんなことをして、大学の奨学金も投げ捨ててしまったんだから。だが、そのうち、軍隊が息子に合ってることを知り、息子のことは息子自身がいちばんよく知ってて、そういう鍛錬を必要としてるのかもしれないと思うようになった。鍛錬と、そして、活動を。分隊の仲間と一緒に撮った写真をよく送ってきてくれた。みんなで笑ってる写真とか、チャドがイラクの少年たちにアメフトを教えてる写真とか。『サッカーなんて弱虫のやることだ』——少年たちにそういってやったそうだ」

ヴィシュネスキーは顔をこすった。息子の幸せだった過去を思って不意にあふれてきた涙を、わたしは見ないふりをした。

「だが、果てしなくつづく兵役が、あっちに派遣された若者すべてに大きな傷を残すことになる。それに、人間として見るべきでないものまで見てしまう。ひと切れのパンを奪いあう大人の女たち、腕を吹き飛ばされた赤ん坊、ほかにもいろいろあっただろうが、チャドはそういう話にはひと言も触れなかった。耐えきれなかったんだろう」

わたしは警察がチャドを逮捕したときにそのそばで見つけたとされている凶器のことに、話を戻した。

「チャドはどんな銃を持ってました？」

「あの子は兵士だった。チャドは、あの子は——射撃が好きなんだ——好きだった。だが、モナは自分の家に息子が銃を置いておくのを許さなかった。その点はわたしも同じだが」

ドラッグやアルコールを許さないのと同様に——つまり、親は自分の見たいものだけを見るということだ。

「でも、銃を所持していたんですね。複数の銃を」

所持してはいなかった、とヴィシュネスキーはいいはった。警察がチャドのベッドで見つけたベビー・グロックも、もちろん、チャドのではない。

「では、誰の銃だったんでしょう？」わたしは尋ねた。

「息子の容疑を晴らすためには、それを見つけなきゃならん。そうだろう?」ヴィシュネスキーは獰猛な顔でわたしをにらみつけた。まるで、わたしに怒りをぶつければ悲しみと不安を遠ざけられるかのように。

「あなたがわたしを雇うのは、息子さんの容疑を晴らすためではなく、何があったかを究明するためですよ」わたしは釘を刺した。

ヴィシュネスキーはその点についてわたしとしばらく話し合ったが、論点がぼけていて、息子の何を信じればいいのか当人にもわかっていない様子だった。わたしはチャドの友人たちの名前を尋ねた。品行方正な遊び仲間だった男の子や女の子の名前を。

「入隊前に友達づきあいをしてた子たちは、帰国したチャドがなんでいつも怒り狂ってるのか理解できなくて、そのため、だんだん疎遠になっていった。現在つきあってるのは軍隊時代の仲間で、去年の夏に帰国してからつきあいが始まった。わたしの知らない連中ばかりだが、ティム・ラドケという男だけは知っている。ラドケがチャドの逮捕を知って、わたしに電話をくれたんだ。みんなでバーにいたと証言してくれたのもラドケだ」

ヴィシュネスキーはラドケの電話番号を知らなかった。母親のモナならたぶん知っているだろう。チャドの人生に女性はいなかったのかと、わたしは質問した。ただし、ナディア・グアマンは除外。彼女とチャドの関係は目下探りを入れているところだ。

「高校時代にかわいい女の子とつきあってたが、チャドが海外へ派兵されてるあいだに、ほかの男と結婚した。帰国してからは、交際相手は誰もいなかったと思う。だが、母親が知ってるかもしれん。モナと話をするときに、それも質問してくれ」

女性というのは、過去に出会ったすべての人々の個人的な事柄を、記憶のなかに貯蔵しているものだ。短期間だけわたしの夫だった男ですら、自分の依頼人の誕生日も、両親の誕生日も、わたしにきけばわかると思っている。

その日の午後は、朝からメモしたことをすべてパソコンに打ちこんで、一人一人のケースファイルに入れる作業をおこなった。事務所のパソコンに保存するほか、USBメモリでも几帳面にバックアップをとっている。

ああ、パソコン時代。ある意味で、わたしにとってはいいことだ。以前は適当な紙切れにメモをとり、作業テーブルにあふれる書類の山のなかにそれが紛れこんでしまう、というくりかえしだった。いまでは、〈調査員ケースブック〉というソフトにきちんと入力され、わたしのハンドヘルドPCにも自動的にアップデートされるようになっている。だが、何かが足りない。記録文書との個人的な触れ合い。文書を手にすると、パソコン検索では見えなかったものが見えてくる。

街は何時間も前に冬の夕闇に包まれていた。事務所の寒さと孤独が身にしみた。だが、ここを共同で借りている友人はいまも廊下の向こうでブローランプを手にして、作業に熱中している。わたしたちが洞窟時代に生きていたなら、暗いなかで無理に働くのはやめて、さっさと寝てしまうだろう。

〈ボディ・アーティスト〉のサイト、embodiedart.comにログインした。〈クラブ・ガウジ〉のスクリーンで見た作品のスライドショーが始まった——〈アーティスト〉の外陰部に向かってウィンクする青い目、背骨に沿って描かれたジャングルの光景。スクリーンの変化に合わせて、中東の音楽が流れてくる。

作品とともに、説明文も変わっていったが、これもまた心を乱すものだった。

このわたし、この犬に、どうしてそんな大それた事ができましょうか

わたしのマフに、わたしのビーバーに、わたしの小さなけだものに向かって、わたしの目がウィンクする

種における女性は男性よりも致死的だ

ゆがんだラインを何本か描くだけの内気な観客や、具象的な絵に挑戦しようとするわずかな連中（腕前はさまざま）が、スライドショーの中心になっていた。ロドニーもそうだった。肩をそびやかし、メタボ腹をわずかに揺らしながら大股でステージまで歩く姿がじっさいに映しだされたわけではないが、〈ボディ・アーティスト〉の尻に描かれた粗雑な文字と数字がひんぱんに登場した。

ナディアの絵もあった。ピンクとグレイの渦巻き模様、顔の中心を切り裂かれた女性。わたしは、この絵と、ロドニーの粗雑な作品をプリントアウトしようとした。残念なことに、〈アーティスト〉は巧妙な印刷制限機能をこのサイトに組みこんでいた。周囲の説明文は印

刷できるが、絵そのものはだめだった。印刷したければ、五十ドル払わなくてはならない。七十五ドル出すと、〈アーティスト〉からサイン入りのプリントが届く。二百ドルだと、フレームに入ってくる。

ロドニーの描いたものを書き写した。あるときは、「C‐I　3521986!3978 44125」と描かれていた。「L‐O　6221983!4903621」というのもあった。ロドニーの作品を五つ見た。どれも数字が並んでいて、あいだに感嘆符がひとつ入っているが、それ以外に共通点は見当たらない。並んだ数字の個数は作品ごとに異なっている。ひょっとして、電話番号ではないだろうか。海外市場で売られている使い捨て携帯とか。電話番号はかならず十桁というわが国のようなこだわりが、ヨーロッパにはない。あるいは、ロドニーは窃盗団の連絡役で、〈ボディ・アーティスト〉の肌を使って金庫のコンビネーションを仲間に伝えているのかもしれない。あるいは、クラブで人の財布をすりとり、クレジットカードの番号を仲間に伝えているのかもしれない。だが、何を伝えるにしても、そんな手段をとる必要があるだろうか。瞬時にして連絡がとれる時代にそんなことをするなんて、信じられないぐらい面倒だ。ロドニーがここから得るのは、〈ボディ・アーティスト〉を、そして、オリンピアを支配しているという感覚ぐらいなものだろう。

embodiedart.com を閉じる前に、トップに戻り、移り変わっていく絵と説明文をもう一度見ながら、スライドをひとつひとつ停止させてじっくり観察した。絵の多くはひどく残虐だった。たとえば、〈追い詰められたメス鹿〉には、女性の顔を持つ鹿に襲いかかる犬の群れが描かれていた。〈磔刑〉には、十字架にかけられた女性。外陰部に杭が打ちこまれている。顔が二つに分けられ、一方には至福が、反対側には苦悶が浮かんでいる。

絵を見ていくうちに、説明文のひとつを読みちがえていたことに気づいた。〝男性よりも《デッド》致死的《リヤー》〟ではなく、〝男性よりも死んでいる《デッダー》〟だった。また、その顔はナディアが〈ボディ・アーティスト〉の身体に描いたのと同じものだった。黒っぽいカーリーヘアの若い女性。パレットナイフで切り裂かれて二つに分かれた顔。

気がつくと、身体が震えていた。犬に襲われる女たち。ヴァギナを串刺しにされた女たち。顔を切り裂かれた女たち。残酷だ。ぞっとする。男性がこういう絵を描いたのなら、わたしは「女を憎悪してるのね」というだろう。〈ボディ・アーティスト〉はどういうつもりでこんな絵を？　ほかの女を、もしくは、おのれを憎むあまり、自分の女体を切断せずにいられないとか？　ナディア・グアマンと彼女を近づけたのはこれだったの？　つまり、スラッシャー・アート？

腕をさすりながら立ちあがり、部屋のなかを歩きまわって、イメージを払いのけようとした。もしくは、せめて考えごとができる程度に遠ざけておこうとした。人間どうしの触れ合いが必要だった。建物を共同で借りている友が五分だけでもつきあってくれないかと思い、廊下の向こうへ行った。テッサはブローランプを手に持ち、溶接ゴーグルに覆われた黒い顔を汗で濡らして、スチール材の上にかがみこんでいるところだった。ちらっとわたしを見あげたが、自分で納得のいくように切断できるまで作業をつづけ、それからようやくブローランプのスイッチを切って、わたしのところにきた。

「パソコンに戻る前に、たった一分でいいから、血の通った健全な人間との触れ合いが必要なの」わたしは何を見ていたかを説明した。

テッサは大いに興味を持ち、顔と首の汗を拭いてから、〈ボディ・アーティスト〉のスライドショーを見にやってきた。二回通して見て、いくつかの絵のところで画面を静止させ、それから感想を述べた。

「腕のいい具象主義の画家ね。それはまちがいない。しかも、自分が描くものの原典をよく知っている。〈追い詰められたメス鹿〉――これはランドシーアの〈追い詰められたオス鹿〉と同じ構図だわ。もっとも、ランドシーアが描く犬のほうがおだやかで、オス鹿への攻撃もさほど積極的ではない。それから、〈磔刑〉のほうはミケランジェロの絵がモデルね」

テッサは新しいウィンドウをひらいて、両方の絵の出ているサイトを見つけ、カレン・バックリーの絵といかに似ているかを見せてくれた。

「これらの絵にあなたが心を乱される理由はわかるわ」テッサは話をつづけた。「ここには生命がない。一種の怒りが潜んでいて、自己顕示欲のようなものもあるけど、生命の息吹が感じられない。こっちの頼りないラインを見てるほうがまだましだわ」といって、〈クラブ・ガウジ〉の夜に観客が描いた絵のスライドのひとつを指さした。「ペイントブラシを手にしたこの人物は、大胆な挑戦をしようとしてたんだもの」

「ステージで裸になって、知らない人間の手で自分の肌に絵を描かせるのだって、大胆なことだと思わない？」

「自己陶酔の究極の形だと思うわ。人はカンバスに、もしくは肉体に何かを描くたびに、大胆な挑戦をするわけだけど、あなたの〈ボディ・アーティスト〉はちがう。よく考えたら、ステージで自分の身体を切り刻んでないのが驚きね。ルシア・ベイリノフみたいなパフォーマンス・アートは、わたしの好みじゃないけど、彼女の作品のテーマも同じよ。女性の身体を痛めつけるということ。あなたの〈ボディ・アーティスト〉は新奇なことなど何もやってないし、危険も冒してない。自分の身体をさらけだすだけで、自己はさらしていない」

そのきびしい言葉を残して、テッサは出ていった。しばらくすると、ブローランプからふたたび炎のあがる音がきこえてきた。

9　死者——そうなる前に

今後の計画を立てることにした。真っ先にやるべきは、依頼人の息子がよりよき医療を受けられるようにすることだろう。つまり、一流の法的助言はもちろんのこと、熟練した医療関係者の助言も必要になるわけだ。まず、フリーマン・カーターに連絡をとった。フリーマンは一日じゅう法廷に詰めていて、いまは早く帰りたがっていた。オペラのチケットがあるので、わたしのために幕開けの場面を見逃すのはいやだという。わたしは三十秒でざっと説明して、チャドをよその病院へ——できれば、ロティがいるベス・イスラエル病院へ——移すために、一刻も早く裁判所命令をとってもらいたいと頼んだ。

「そちらで法的な手続きをやってくれれば、わたしのほうから医者に頼んで、明日の朝いちばんにサーマックへ行ってもらうわ」

「女性版ドン・キホーテをやってるのかい？」フリーマンがきいた。「それとも、無実の人間が勾留されてるという証拠があるのかい？　わたしが新聞で読んだすべてから判断すると、自制心をなくしたPTSD（外傷後ストレス障害）の帰還兵のようだが。いやいや、べつにかまわない。きみが法律と事実のあいだに作りだす奇妙な連携に、わたしは慣れっこだから」

「ヴィシュネスキーはたしかにPTSDの帰還兵だけど、どうもハメられたような気がするの。ゆっくり時間をとってもらえるときに、その理由を説明するわ」

「で、請求書はきみのほうへ？　それとも、払ってくれるのはきみの依頼人？」

フリーマンの請求書は、わたしが財政ゲームでどうしても優位に立てない原因のひとつである。しかし、法律とわたしの連携はお粗末なものなので、この街で最高の弁護士が必要になる。目下、わたしは六万ドル近い未払い分を抱えているが、依頼人に支払い能力がない場合はこちらで肩代わりする、とフリーマンに約束してしまった。電話相談だけでわたし宛ての請求書に百ドルが加わったことを痛感しつつ、受話器を置いた。

ロティに電話した。ロティもオペラに出かけるところだったが、フリーマンよりは身を入れて話をきいてくれた。

「イヴ・ラファエルという、すごく優秀な外科医がいるわ。うちの病院にきたばかりだけど、頭部の外傷と昏睡に関してかなり経験を積んでる女性なの。手があいてるかどうか、きいてみるわね。でも、医療費がかさむわよ。それから、あなたの若いお友達が何を摂取したのか、わたしからイヴに伝えられると、治療の参考になるんだけど」

「あと二、三日しないとわからない。でも、チャドがサーマックに運ばれたのは土曜の朝だったの。超一流の外科医でも彼の脳を救うには遅すぎる、なんてことにならないよう願いたいわ」

「医学はね、ヴィクトリア――科学でもなく、芸術でもないのよ。その中間に位置してるの。

チャド・ヴィシュネスキー自身がどれだけ回復を願っているかも、容態を大きく左右するでしょうね。とにかく、オペラに出かける途中でイヴに連絡しておくわ」

「ほかの誰かがハンドルを握ってるときにしてね、ロティ！」

ロティの運転は、ほかに車が一台も走っていない晴天の日でも、同乗者の神経にとってきびしい試練となる。雪の日に携帯をかけながら運転されたりしたら、ロティに命を預ける気にはとうていなれない。

「こまかいことを気にしすぎだわ、ヴィクトリア。揚げもの料理と同じで、寿命を縮めるもとよ」

歯切れのいい口調でそういってロティが電話を切ったあと、チャドのためにこうした手筈を整える前にまず、依頼人である父親に話を通しておくべきだったと気がついた。幸い、ジョン・ヴィシュネスキーに連絡すると、わたしの骨折りに大感激で、儀礼的順序に文句をつけるどころではなかった。フリーマンの番号を彼に教えておいた。

「朝いちばんに電話してください。息子さんの転院を許可する裁判所命令をフリーマンのほうでとってくれますから。それから、ドクター・ハーシェルかドクター・ラファエルのどちらかが病院に出向いて、息子さんを診断してくれることになってます」

「七時に現場に出なきゃならんのだが」ヴィシュネスキーはいった。

「ほかの人に代わってもらうのがいちばんだと思います。きのうおっしゃったでしょ。チャドは父親が自分を守ってくれると信じてたって。いま、それができるんですよ。意識がなくても、あなたの声が耳に響けば、息子さんは安心するはずです」

ヴィシュネスキーは、しばらくくどくどと話をつづけ（デレクという名前の誰かに頼まなくては。モナにも知らせる必要があるが、電話はこちらでしたほうがいいか、それとも、そちらから？）、そのあとでようやく承知した。わたしは電話を切る前に、サインの必要な書類を送ると彼に告げた。わたしがチャドの担当医たちと話をするためには、別れた妻の同意書が必要なのだ。ヴィシュネスキーはそれも承知した。

一応の礼儀として、テリー・フィンチレーに電話をかけ、わたしのやっていることを知らせておくことにした。分別ある人々の大部分と同じく、フィンチレーもすでに帰ったあとだったので、電話に出た警官に詳細なメッセージを託した。ひどい空腹で、頭がまともに働かなかった。二時にループでサンドイッチをつまんで以来、何も食べていない。すでに八時をすぎている。車でふたたびダウンタウンへ向かい、サウス・ループまで行って、サル・バーテルが金融街でやっているバー〈ゴールデン・グロー〉に入った。

市場がひけた直後は、〈グロー〉は病的に興奮したトレーダーでいっぱいになる。夜のこの時間帯に入ると、もっとくつろいだ雰囲気になってくる。プリンダーズ・ロウの高層コンドミニアムや改装ロフトからやってきた常連客に出張族がまじりあい、サルご自慢のティファニーのランプの光のなかで、誰もがゆったりとした時間をすごす。

客のほとんどがすわりたがる馬蹄形のマホガニー製カウンターの内側に、サルが立っていた。背が高くて、堂々たる体格。衣装がインパクトを倍増している。オリンピアと同じく、サルも自分の商売にショーマンシップが欠かせないことを知っている。いや、ショーウーマンシップというべきか。今夜の彼女はチラチラ光る黒いセーターとパンツ、その上にふくらはぎまでの長さの銀色のベストを重ねて、人々の目を奪っていた。アフロヘアは頭皮すれすれにカットされ、シャンデリアぐらいの大きさのイアリングが肩の上で揺れていた。

サルは話し相手になっていた男性客の手を軽く叩いてから、わたしが腰をおろした馬蹄形カウンターの、客がいない側にやってきた。「オリンピアの店、大騒ぎだったね。ニュースでやってたけど、ストレスをためこんだ帰還兵がおかしくなって、女を殺したんだって？」

「噂ではそのようね」

サルは黒ラベルのボトルを出してきた。「おや、あんたは同意できない？」

わたしは肩をすくめた。「証拠は――ま、わずかなものだけど――その男をさしてるわ。父親の話によると、PTSDの症状がひどくなってたそうなの。でも、わざわざ待ち伏せして、ろくに面識もない女性を撃つような性格ではなかったそうよ」

「じゃ、そいつの犯行じゃないっていうのかい？」

サルが首をかしげたので、左耳のイアリングがセーターにひっかかった。わたしは手を伸ばして、毛糸にからまった金属をはずしてあげた。

「こういうイアリングをするときは、アメフト用のパッドを着けなきゃ。わたしはね、チャドの犯行ではないと信じている父親から依頼を受けて調査をしてるの。事実を突き止めるだけでいいっていうんだけど、その人、心の奥では、その事実がチャドの無実を証明してくれることを願ってる。だから、わたしはその前提で動いてるの」

「あんたは白の女王と同じで、日に三十分だけ仕事をして、不可能なことを可能だと思いこもうとしてる。そうだろ？　オリンピアはどういってんの？」

「オリンピアの態度がどうも変なの。あなた、知り合い？」

サルは首を横にふった。「友達じゃないし、恋人でもない。それがあんたの知りたいことならね。なんでオリンピアを知ってるかというと、二人とも女性レストラン経営者の会に入ってるから。シカゴ支部は小規模なんだ。オリンピアは愛想がいいけど、とてつもなく鋭い肘で周囲を押しのけてトップまでのぼりつめた人物だ。ま、ある意味では、あたしたち全員がそうだけど、なかにはベルベットの肘当てをつけてる者も何人かいる。そうしとけば、押しのけられた連中は家に帰ってあざができてるのを見るまで、肘をぶつけられたことにも気づかない」

「たしかに真理ね」探偵として世間に認められるために、わたし自身もやむなく人を押しのけてきたことがあったのを思い返しながら、わたしはいった。

〈クラブ・ガウジ〉を訪れた夜のこと、ナディアやカレン・バックリーと出会ったこと、そして、何もおきていないとオリンピアが主張していることを、サルにざっと話した。サルはほかの客の相手をするために何度かわたしを一人にしたが、店の子を向かいのレストランへやって（レストランで出す酒はサルの店から運び、向こうはサルの客のために料理を作ってくれる）、オヒョウの焼いたのを運ばせてくれた。わたしの話が終わると、サルは首をふった。

「もしペトラがうちで働いてて、こっちの了解も得ずにあんたを連れてきたのなら、あたしは激怒するだろうね。ペトラのケツを放りだして、あんたが目に入れば、たぶんあんたのケツを撃つだろう。オリンピアに放りだされずにすんで、あんたの従妹は運がよかったよ」

「ペイントブラシに隠してあったガラスでカレン・バックリーが脚を切ったみたいに、ここで働いてる誰かに危害が及んだ場合、あなた、警察を呼ぶのを拒否する？」

「へそ曲がりな意見だけどさ、ヴィク、オリンピアはステージで裸の女を使ってるわけだろ。警察がそれをレズビアンのショーとみなし、嫌がらせしてやろうって気になれば、無数の違反事項でオリンピアをしょっぴくこともできるんだよ」

わたしは〈ボディ・アーティスト〉のステージに対するフィンチレー刑事の反応を思いだして、渋い顔になった。「そんなふうにいわれると、反論はむずかしいわね。でも、話はまだあるのよ。ロドニーって男のことなんだけど、フィンチレー刑事から事情聴取を受けたとき、オリンピアったら名前も知らないってふりしてた。でも、そいつ、毎晩のようにクラブにきてるのよ。それから、わたしに物騒な脅しをかけてきた。ひょっとすると、あのクラブ、ロドニーのドラッグ商売の隠れ蓑になってるんじゃないかしら」

サルの眉が寄せられた。「もし――かなり大きな〝もし〟だけど――オリンピアがクスリをやるか、売るかしてたら、一刻も早く従妹をやめさせたほうがいい。けど、クスリなんてやばすぎるよ。ディーラーにそんな露骨に商売させて、営業ライセンスと店を危うくするようなことを、オリンピアがするとは思えないね」

「かもしれない。でも、あの店で何かがおきてるのはたしかだわ。近いうちに顔を出してみて。そしたら、わたしのいってる意味がわかるから」わたしはスコッチのボトルのラベルの隅がめくれているのをつまんだ。「あなた、さっき、オリンピアとは恋人どうしじゃなかったっていったけど、彼女とナディア・グアマンはどう？　あるいは、彼女とカレン・バックリーは？　ナディアとカレンがクラブで遊んでるって噂はなかった？　あなたの耳に入ってない？」

「ナディアなんて名前、きいたこともないよ、ヴィク。カレン・バックリーのほうなら、ステージを見たことはある。この街にしちゃ、びっくり仰天のパフォーマンス・アートだ。サンフランシスコやニューヨークならわかるけど、保守的なシカゴじゃ考えられない。そういう女なら、理由なんかおかまいなしに誰とでも寝るだろう。オリンピアと関係してるかもしれないし、死んだ女とも寝てたかもしれない。けど、レズビアンではないと思う。バイセクシャルだとも思えない。相手かまわず、やりたいときに、やりたいことをやってるだけだろうね」

あらゆる性的タイプ《オムニセクシャル》ってわけか。どういう気分のものだろう——やりたいときにやりたいことをやるというのは。ヨガのポーズをとり、ゆっくりと呼吸していたにもかかわらず、あのときのバックリーは満ち足りた人間には見えなかった。

「ガラスが隠してあったペイントブラシだけど——あのときは、〈アーティスト〉かオリンピアが話題作りのためにやったんじゃないかと思った。いまも、そうじゃないとはいいきれない。でも、ナディアがやったのかもしれないし、さらには、チャドの可能性もある」

「ありえなくはないね。不況のせいでオリンピアの店も経営不振にあえいでる。客寄せのためだと思えば、オリンピアのことだから、ウェブカムの前で自分の手首を切ってみせるだろうよ」

「あなたはどう？」

サルは笑いだした。「やだ、まさか。あたしは自分の美貌が大の自慢だからね、ごめんだわ」

わたしは真剣な顔でサルを見た。「あなたはタフだし、サル、わたしの知り合いのなかでいちばん腕っぷしが強い人間の一人だわ。でも、とても健全な人。オリンピアに関するいまの意見って、あなたは冗談のつもりかもしれないけど、そういうイメージが心に浮かんだこと自体、わたしがいわんとすることをあなたも感じてるって証拠ね。危険に挑みかかる、とげとげしいあの性格」

「その方面の人間性に関しては、あんただってエキスパートだろ、ウォーショースキー。そのウィスキー、飲む気があんの？　それとも、ひと晩じゅうボトルをくるくるまわしつづけるつもり？」

「どっちもなし」わたしはサルにアメックスのカードを渡した。わたしたちが二十年前にそれぞれの仕事を始めた当時、サルはつけで飲ませてくれたが、そうした日々は不況のせいで消えてしまった。

帰り道は路地ばかり選んで車を走らせた。疲れていたし、長い一日の終わりにウィスキーを飲んだのは、ハンドルを握る前の行動として賢明とはいえなかった。オリンピアについての質問にサルがよこした答えは、事件に対するわたしの熱意をいささかも薄れさせるものではなかった。なぜなら、もともと熱意のレベルが低かったのだから。そばの枕にグロックを置いていたチャド――こんな高いハードルを越えるのは大変だ。簡単に飛び越せる方法が見つかるとは思えない。

今回の事件では、弾道検査の結果や法医学上の証拠をわたしはまだ何も見ていない。明日の朝、監察医に連絡をとることにした。その準備として、ベッドに入る前にノートパソコンのスイッチを入れ、登録しているデータベースにログインした。ひと晩かければ、ナディア・グアマンに関する情報が集まることだろう。ついでに、オリンピア、カレン・バックリー、チャド・ヴィシュネスキーについての検索も頼んでおいた。

目覚まし時計がわたしを六時に叩きおこしたときには、時計に銃弾をぶちこむか、わめき散らすか何かしたくなった。そもそも早起きは苦手だし、あたりは真っ暗、頭を鉄の環で締めつけるようなきびしい寒さとくれば、頭の上まで布団をひっぱりあげて春を待ちたいという思いを撃退するために、意志の力を総動員する必要がある。

「バンター！（ドロシー・セイヤーズのピーター・ウィムジイ卿シリーズに登場する執事）」と叫んだ。「バンター、あのカプチーノ・マシンのスイッチを入れて。さあ、早く！」

なんて奇妙な空想だろう。正装して、どんな時刻であろうとこちらの命令に従うために待機している人物を想像するなんて。政治的にも社会的にも正しくないことは明らかだが、それでも、わたし専用のバンターにいてほしくてたまらなかった。布団をはねのけ、冷たい床の上をエスプレッソ・メーカーが置いてある台所まで走り、それから爪先立ちで浴室へ行った。

サーモスタットを二十度に設定してから、ミスタ・コントレーラスのところへ犬たちを連れにいった。

家に戻り、凍った身体を温めたあとで、二杯目のエスプレッソを手にして、ノートパソコンの前にすわった。〈ライフストーリー〉という無味乾燥な名前のサイト（さまざまな人の人生をくわしく調べるために、わたしは年間八千ドルを支払っている）から、ナディア・グアマンのプロフィールが送られてきていた。

ナディアはピルゼン地区で子供時代を送り、セント・テレサ・オヴ・アビラ高校を卒業後、サウス・ループのコロンビア・カレッジに進学した。父親のラザーはオヘア空港で手荷物係として働いている。母親のクリスティーナはピルゼンの金物屋でレジ係をしている。一家はいまも、ナディアが育った二十一プレースのバンガローで暮らしている。

ラザーとクリスティーナに残された三人の子供のなかでは、ナディアがいちばん上だった。長女のアレグザンドラは三年前に死亡。末っ子のクララは高校の最上級生で、ナディアと同じくセント・テレサに通っている。たった一人の男の子であるアーネストは電気技師として見習い中だったが、二年前にサーマック・ロードをバイクで走っていたとき転倒事故をおこした。脳に損傷を受け、仕事ができなくなった。

わたしはきつく目を閉じた。グアマン夫妻が日々直面している人生の苦しみ。長女はすでに死亡、息子は重い障害、そして、今度は次女が殺された――こんなひどい喪失をどうやって乗り越えていけるのか、正気や人間性をどうすればわずかでも保っていけるのか、わたしには想像がつかない。

パソコンの画面に戻って、登録しているべつのサイト〈モニター・プロジェクト〉が調べだした経済状態の詳細にじっくり目を通した。ナディアの銀行口座はささやかだった。収入は多いときで年に約四万ドル。ハンボルト・パーク――ギャング連中と裕福な連中が危険なまでに接近して暮らしている地区――のはずれにワンルームの住まいを借り、月に九百ドル足らずで暮らしていた。車はなし。金融商品のたぐいは、このサイトにも探りだせなかった。ナディア名義でそのようなものが存在するならの話だが。

法的な訴訟に関わり合ったことは一度もなし。〈ライフストーリー〉も、〈モニター・プロジェクト〉も、日常的な監視の代わりにはならない。ナディアの私生活の詳細はまったくわからなかった――誰と交際しているのかも、チャド・ヴィシュネスキーをどの程度知っていたのかも、カレン・バックリーと、もしくは、オリンピアと恋人どうしだったのかどうかも。わかっているのは、保護命令の申し立てをしたことも、ストーカーやハラスメントで警察に相談したことも、一度もなかったということだけだ。

報告書には、そのほか、もっと個人的な情報も入っていた。本人以外の誰も知らないはずの情報。ナディアの病歴に目を通す自分に薄汚さを感じたが、虐待を示す治療を受けたことがないかどうかを知っておきたかった。最近の骨折はなく、性感染症もなかった。ファイルのすべてに目を通し終えたときには、朝いちばんのミーティングに出かけるためにシャワーを浴びて着替えをする時間しか残っていなかった。チャド、オリンピア、カレン・バックリーに関する報告書には、あらためて目を通すことにしよう。

犯人が判明したというので、警察はナディアの遺体を家族にひき渡した。葬儀は今日の午後、ピルゼンのアユーダ・デ・クリスティアーノス教会でとりおこなわれる予定。ダウンタウンでのミーティングから教会へ直行できるよう、黒のテーラードスーツを着た。

10 棺のなかのキス

蓋をあけた棺のまわりにナディアの遺族が集まっていた。両親は黒の喪服、残された末娘はターコイズブルーのアイシャドーを塗り、ピンクのニットのミニドレスを反抗的にひけらかしていた。息子のアーネストは黒のスーツとネクタイ姿だったが、腕をひくひく痙攣させ、ときたま、甲高い小さな叫びをあげていた。年老いた女性が——たぶん祖母だろう——アーネストを叱りつけていた。

わたしは会葬者の義務として、遺族に挨拶するための列に並んだ。ラザー・グアマンは彫像のごとく立ちつくしていて、誰から声をかけられても返事ができず、息子のことも意識のなかにない様子だった。クリスティーナ・グアマンにとっては、アーネストは悲しみを紛らしてくれるありがたい存在のようだった。息子の首筋をさすったり、息子がズボンの前に手を突っこもうとするたびにその手をつかんだり、甲高い笑いをシーッと止めたりすることが、クリスティーナの心を静め、一種の目的を与えているように見えた。

わたしが悔やみの言葉を不明瞭につぶやくと、クリスティーナが棺のところに案内してくれた。

「ナディアは天使みたいでしょ。天国へ行って天使になったんだわ」

わたしはしぶしぶ、蓋をあけた棺に近づいた。わたしがナディアを最後に見たのは〈クラブ・ガウジ〉の駐車場だった。あのときは血みどろの姿で苦痛のなかにいたが、いまは静かに横たわり、安らかな眠りについているかに見えた。その顔からは、わたしが〈クラブ・ガウジ〉で目撃した苦悩の怒りが拭い去られ、死の眠りのなかで痛々しいほど若く見え、まるで子供の顔のようだった。レース飾りのついた白い枕に頭をのせているため、その印象がさらに強まっていた。

銃弾にひき裂かれた胸を、葬儀社のスタッフが淡いブルーのドレスで隠していた。女の子っぽいドレスで、〈ボディ・アーティスト〉の肌に絵を描くときにナディアが着ていたジーンズと特大サイズのシャツとは大きなちがいだ。死者をこのような人形に変えるのはいいことなの？ それとも、悪いこと？

一家の知り合いと思われる誰かがクリスティーナに話しかけていたそのとき、アーネストがわめきだした。突然のことに、わたしは思わず飛びあがった。「ナディアは飛んでった。イエスのとこへ飛んでった！ アリーは鳩、飛びまわって、飛びまわって、飛びまわってる！」そういって、アーネストは笑いだした。

突然の叫びにも、家族は驚かなかった。「お姉さんは天使になったのよ。鳩じゃないわ」クリスティーナに話しかけていた女性がたしなめ、いっぽう、末娘は「教会ではだめよ、アーニー、ここでわめいちゃだめ」といっていた。

アユーダ・デ・クリスティアーノス教会は洞穴のような古い教会のひとつで、その歴史は、チェコからの移民がシカゴのこの地区に定住した時代にまでさかのぼる。当時は聖リュドミラ教会と呼ばれていて、いまでも、この聖女の生涯を襲った残忍な出来事の数々が幅の狭いステンドグラスの窓を埋め尽くしている。身廊はコンクリート製で、アーチ形の天井が頭上にたっぷり百フィートは広がっているにちがいない。みんなの足音が何度も反響している。通りに面した扉がバタンと閉まるたびに、アーネストが大声で笑い、その音をまねていた。棺のそばにくる人の数がふえてきたので、わたしは教会のうしろのほうの信者席に下がった。建物のなかは骨まで凍えそうに寒かった。一部の信者席にみんなで固まっていたほうがよさそうだ。

教会のあちこちに散らばった二、三十人の会葬者のなかに、知った顔は一人もなかった。たとえば、〈クラブ・ガウジ〉の人間は一人もいないし、チャドの軍隊仲間の姿もない。クラブで会った乱暴者のロドニーもいない。会葬者の大半は親戚のようだ。もしかすると、グアマン一家の職場の同僚もいるかもしれない。黒のカシミアのコートをはおり、オーク通りの美容室でやるような丹念なヘアカットをした男性が脇のほうに立ち、誰にも邪魔されずに家族と話をするチャンスを待っていた。たぶん、かかりつけの医者か、父親が荷物係として働いている航空会社の人間だろう。わたしは家族のために空想した——たび重なるグアマン家の不幸に心を痛めた航空会社が、残された娘のために大学進学用の資金を用意してくれるかもしれない。

脇のドアから司祭が姿を見せたので、遺族は最前列の信者席へ移動した。

「永遠の休息を与えられんことを、主よ」司祭の言葉で葬儀が始まった。

子供のころ、わたしはカトリック教徒ではなかったが、同級生のために数多くの葬儀ミサに参列した。物騒な地区で成長期をすごす副産物のひとつである。当時のミサにはラテン語が使われていたので、英語を耳にすると、いまだに違和感を覚える。

わたしも会葬者とともに、祈りの言葉に対する唱和をもごもごと述べた。みんなの声は祭壇に届く前に建物に吸いこまれていった。説教の時間となり、ナディアがいかに献身的な娘であり、姉であったかを、司祭が述べていたそのとき、教会の扉が乱暴にひらいて、身廊に鈍い足音が響いた。誰もがふり向き、アーネストがふたたび興奮して飛びあがり、その音をまねた。

その女性が誰なのか、最初、わたしにはわからなかった。濃紺のウールのコートにファーのついたブーツという服装のせいで、教会のなかで震えているほかの人々と同じに見えた。茶色の髪がコートの襟の下まで届いていた。髪がひと筋垂れて目にかかったので、女性は身廊を進みながらそれを払いのけた。横を通りすぎたとき、わたしはようやく、その正体に気づいた。カレン・バックリー、またの名を〈ボディ・アーティスト〉。ステージのときは髪をアップにしてピンで留めているし、厚塗りのファンデーションが表情を消し去っている。いまは、口と目のまわりの筋肉が震えているのが見えた。

彼女は司祭のことを、さらにはアーネストのことすら無視して、棺のそばまで行き、ナディアを見おろした。司祭は説教を中断し、席につくように、ミサの邪魔をしないようにと注意した。カレンは司祭のことを、ボディアートのパフォーマンス中に野次を飛ばす客みたいにあしらった。相手にしなかった。全員が固唾を呑んで見守るなかで、つぎの瞬間、身をかがめてナディアにキスした。棺のすぐ近くの人々が思わずあえぎ、クリスティーナ・グアマンが信者席で腰を浮かせたが、カレンはまわれ右をすると、毛皮のついたブーツを石の床にかすかにきしませながら立ち去った。通りに面した扉が彼女の背後で閉まったとき、その音が教会のなかに雷鳴のごとく響きわたった。

わたしは信者席から立ちあがり、あわててカレンのあとを追った。そのあいだも、アーネストが叫んでいた。「撃て撃て。女はみんな死んでく。つぎはおまえだ、クララ。伏せろ。つぎはおまえだ」

クリスティーナと年配女性の一人がアーネストを黙らせようとするあいだに、わたしの背後で大きな扉が閉まった。カレン・バックリーはすでに、自分の車のドアをあけようとしていた。車体に〈ジップカー〉のロゴが入ったスバル。わたしはドレスブーツで足がすべるのもかまわず、彼女の名前を呼びながら歩道の縁に駆け寄った。

「ミズ・バックリー！　わたし、V・I・ウォー――」

「覚えてるわ。探偵さんね」

向こうは顔を無表情に保つ訓練を積んでいるため、目を見ても何も読みとれなかった。とても淡いブルーの目なので、冬の陽ざしを受けて透明に見える。

「ナディアのことで話があるの。どこへ行けばあなたに会えるの？」

「無理ね。あなたと話をする気はないわ」

カレンは車に乗りこもうとした。わたしはすばやく動いて、ひらいたドアの内側に割りこんだ。

「ナディアと親しかったんでしょ。もっとくわしいことを教えて。チャド・ヴィシュネスキーの話が出たことはなかった？」

「チャド・ヴィシュネスキー？　ああ、ナディアを撃った頭のおかしな帰還兵ね。わたし、ナディアのことだってほとんど知らなかったわ」

カレンは車のドアを閉めようとしたが、わたしが身体でそれを食い止めた。

「だったら、なぜここに？　それから、なぜあんな芝居がかったキスをしたの？」

「ここにきたのはあなたと同じ理由からよ。死んだ人に弔意を示すため。たぶん、あなたよりわたしの弔意のほうが、芝居がかった形をとってるのね」

わたしは首をふった。「わたしと同じ理由でここにきたというのなら、それはナディアの殺人に関して、あなたにも答えの出ていない疑問があるってことね。チャドが犯人かどうかわからないし、頭がおかしいかどうかすら、はっきりしてないのよ」

カレンが首をまわしたので、長い髪がハンドルをかすめた。ふたたび口をひらいたときは、ほとんどききとれない声になっていた。「わたしはナディアの死に責任を感じてるの。それだけのことよ。ナディアがわたしの肌に描いた絵の何かがチャドを刺激した。だから、彼女の許しを請うためにここにきたの」

カレンは横目でわたしを見た。「これで納得してくれた？」

「信じそうになったわ。最後の言葉をきくまでは。わたしに真実を話す気になったら、電話帳に番号がのってるから」

カレンは赤くなり、唇を噛んだが、それ以上よけいなことを話すつもりはないようだった。わたしは車のドアを乱暴に閉めてから、教会のほうへ戻ったが、ブロンズの大きな扉に行き着く前に、カレンが車をスタートさせる音がきこえてきた。

教会に入ると、ちょうど聖体拝領の最中だった。わたしはミサが終わって棺の蓋が閉じられるまで、うしろのほうに立っていた。人々が棺を運んで側廊を進み、遺族がそのあとにつづくあいだ、脇のほうにどいた。あとの会葬者はばらばらに出口に向かった。棺が教会を出てしまうと、ひそやかだった雑談が、そして、自分はいまも生者の仲間だという安堵感が大きくなった。

わたしは石段のところに立って、葬儀社のスタッフが遺族に頭を下げるのを見守った。一人の男性は、アーネストをうしろのシートにすわらせようとするクリスティーナ・グアマンを手伝っていた。もう一人は、こわばった青白い顔のラザーを反対側のドアから車に乗せていた。生き残った娘のクララは顔をしかめ、一人でぽつんと立っていた。寒い日なのに、ピンクのニットのミニドレスの上にはコートもはおっていなかった。

わたしはクララのそばまで行った。「お姉さんが亡くなったとき、わたし、そばについてたのよ。お悔やみをいわせてね」

派手な化粧の下で、クララは目を潤ませていたが、頭をつんとあげた姿は挑戦的だった。

「なんで？」

わたしは一瞬うろたえた。

「大事な人を亡くして、さぞ辛い思いを――」

「ちがうってば」十代の若い子にしかできないような、相手を萎縮させる軽蔑の表情で、クララがこちらを見た。「なんで姉さんのそばにいたの？」

「お葬式にやってきてお姉さんにお別れのキスをした女性がいたでしょ。名前はカレン・バックリー、〈クラブ・ガウジ〉でショーをやってる人よ。カレン・バックリーの身の安全が脅かされてたの。わたしは探偵。カレンに危害が及ばないよう、見張ってたのよ」

「じゃ、立派に仕事をしたわけね。殺されたのはうちの姉さんだった」

わたしは苦い思いで笑みを浮かべたが、名刺をさしだした。「あなたの学校か家にお邪魔したら、話をしてくれる？」

クララの視線がわたしを通りすぎて、背後の誰かに向けられた。黒のカシミアのコートを着た男性がわたしのそばにきた。

「クララ」男性はクララのむきだしの手の片方をとり、手袋をはめた自分の手で包みこんだ。「コートも着ずに、こんなとこに立ってちゃいけないよ」

クララは手をひっこめ、一分前にわたしによこしたのと同じ怒りの視線を男性に向けたが、黙りこくっていた。

「いまは、きみの家族みんなにとって辛いときだ。お母さんにはきみの支えが必要なんだよ。だから、風邪をひいてお母さんの心配ごとをふやす前に、車に乗りなさい。いいね？」

男性はクララの首筋に手を添えて、車のほうへ連れていこうとしたが、クララは身をよじって男性から離れた。彼女がリムジンに乗りこむと、黒のカシミアの男性はその頭越しに身を乗りだして、グアマン夫婦に何かいった。低い声なので、わたしの耳には届かなかったが、クリスティーナが大きな声で答えた。「わかってるわよ。何度もいわなくたっていいでしょ」

男性はドアを閉めると、車の屋根を二回軽く叩いた。たぶん、車を出すようにという運転手への合図だろう。

「クララは話のしにくい子でね」男性は感じのいい軽やかなバリトンの声でいった。

「あの年代の子はみんなそうです。というか、わざとやるんでしょうね」

「あの一家のご友人ですか」

「一時期、ナディアと親しくしていました」私立探偵としての関わりを説明する気にはなれなかった。「で、あなたは？」

「一家全員にとって、伯父代わりとでもいいますかな。哀れなアーニーが事故をおこしてからはとくに」男性はコートの内側に手を入れて、名刺をとりだした。レーニエ・カウルズ、弁護士。

「あの一家って、なんだか不幸につきまとわれてるみたい。伯父代わりの弁護士さんがいらっしゃるのが、せめてもの救いですね」わたしの名刺は渡さなかった。ラ・サール通りで弁護士をやっているこういう男は、たぶん、私立探偵がグアマン一家のことを嗅ぎまわるのをこころよく思わないだろう。「わたし、ご家族のことはよく知らないんです。アーネストは一人にしておいても大丈夫なんですか」

「それはちょっと……。危険性はないんだが、衝動的に何をするかわからないんでね。ガスこんろの火を消し忘れるとか、そういったことをクリスティーナは心配している。ラザーの母親が一家と同居して、アーネストから目を離さないようにしている」

「これからどうやって乗り越えていくんでしょうね」

クララと両親にとって家庭生活がどのようなものかを想像してみた。両親にとっては重い負担だ。しかし、ティーンエイジャーの女の子にとって、自分自身の人生を二の次にしなくてはならないのはさらに苦痛だろう。

「きみ、顧客を探しているソーシャルワーカーかね？」カウルズの眉があがった。

わたしは微笑した。「あなたと同じで、グアマン一家の幸福が気にかかり、どうやって耐えていくのかと心配しておりました。そうそう、亡くなったお嬢さんがもう一人いるそうですね――アレグザンドラ」

「両親はあの子のことを話したがらないと思う」カウルズの声はおだやかだったが、顔の筋肉のすべてがこわばっていた。

「どうして亡くなったんですか」

アーニーの叫びのひとつが思いだされた。〃アリー。アリーは鳩〃倒れたナディアがわたしの腕のなかにいたとき、最後に口にした言葉が〃アリー〃だった。あれは路地《アリー》で生涯を終えることへの無念の思いではなかったのだ。上からのぞきこむわたしの顔を、死んだ姉だと思いこんだのだ。悲しみがこみあげてきて、胃が痛くなった。

「何も知らないのかね？　ナディアとそう親しかったわけではないのかな」

「一時期、親しかったんです」わたしはくりかえした。「でも、長いつきあいではなかったから。アリーのことをとても大切な姉だといってたけど、くわしいことは話してくれませんでした」

カウルズの表情がふたたびゆるんだ。「だったら、よけいな詮索はしないことだ。クリスティーナとラザーにとっては、辛すぎることだから。二人がアレグザンドラの話をすることはけっしてないだろう。話は変わるが、ミサの邪魔をした女は誰だね？　気の毒なオグデン神父が卒倒しそうだったが」

わたしは肩をすくめた。「名前はカレン・バックリー」

「ナディアとどういう関係だったんだ？」

わたしは首を横にふった。「誰も知りません」

「きみも？」

わたしはふたたび微笑した。「推測しようにも、データが足りなくて」

「すると、きみは慎重な女性なんだ。そうだね？　危険を冒すことはない。だろう？」

どういうわけか、ガントリー・クレーンから飛びおりてサニタリー運河に落ちたときのことが頭をよぎり、笑いがこみあげてきたが、何もいわずにおいた。

カウルズが疑いの目でこちらを見た。わたしの軽薄さにとまどっている様子だったが、利口な男なので、嘲笑の的になりかねない行動はとらなかった。腕時計に目をやった。会話はこれで打ち切りというわけだ。墓地まで行くのかと、おざなりにきいてきた。行かないと答えると、きびきびした足どりで彼の車のほうへ歩き去った。BMWのセダン、彼にちょっと似ている——贅沢なカット、光り輝く黒のボディ、きれいなライン。

わたしは自分のマスタングまでゆっくり歩いた。この車にとってはシカゴで迎える三度目の冬なので、きれいなところはどこにもなかった。わたしと同じで、くたびれていて、おまけに混乱していた。フロントアクスルとリアアクスルがちぐはぐな方向を向いているように見えたほどだから。

11　ママとパパ――一致協力

事務所に戻ると、ロティとフリーマン・カーターからメッセージが入っていた。ロティが電話をくれたのは、脳神経外科医のドクター・ラファエルがサーマック病院へチャドの様子を見に行ったことを伝えるためだった。ラファエルはベス・イスラエルへの転院を強く主張したそうだ。フリーマンのメッセージは、転院を促す裁判所命令をとった、チャドはすでにベス・イスラエルへ移されているだろう、という内容だった。

フリーマンに電話をかけて礼をいい、つぎにロティに連絡をとろうとした。礼をいうためと、チャドの容態を尋ねるために。運の悪いことに、ロティはつかまらず、病棟の看護師長はやたらと規則にこだわるタイプだった。わたしは身内ではないし、弁護団の一人でもない。なので、何も教えてもらえなかった。ジョン・ヴィシュネスキーの携帯は電源が入っていなかった。たぶん、ICUで息子に付き添っているのだろう。電話をくださいとメッセージを残し、作成にとりかかっていたチャドのケースファイルをひらいた。

レーニエ・カウルズの名前をファイルに加えたが、ペテン師のような名前なので、〈レクシスネクシス〉でチェックしてみた。〈パーマー&スタッテン〉のパートナーだった。ここは世界最大手の法律事務所のひとつで、シカゴ事務所はワッカー・ドライヴに面した高層ビルの八つのフロアを占めている。

カウルズはシカゴの北西の郊外で育ち、エリート教育を受けて、ミシガン大学で文学士号を、ペンシルヴェニア大学で法学博士号とMBAを取得。司法試験に合格後、ただちに〈パーマー&スタッテン〉に入り、以後二十年のあいだに着実に昇進をつづけて、ついにはパートナーとなった。〈パーマー&スタッテン〉のサイトには、彼の専門は企業関係の訴訟で、とくに多国籍企業を担当、と記されていた。

改名した記録は見つからなかったが、親がわが子にこんな名前をつけて重荷を負わせたことが、どうにも信じられなかった。〝レーニエ公〟——パソコンに向かってつぶやいた。おそらく、大きくなるまで、友達からうんざりするほどそう呼ばれてきたことだろう。法律事務所での成功という鎧を身に着けることができたのは、そのおかげかもしれない。法廷におけ る堂々たる姿、高級車。だが、心根はやさしいにちがいない。でなければ、不運なグアマン一家と関わりを持つはずがない。いや、もしかしたら、アーニーの怪我のことで訴訟の代理人をやっているのかもしれない。

だが、こうしてさまざまに推測をめぐらせても、チャドとナディアの関係を突き止める役には立たなかった。

「依頼人はあなたのボス。その息子は無実。それを立証する仕事にとりかかりなさい」わたしは最高にきびしい声でつぶやき、モナ・ヴィシュネスキーに電話をかけた。

モナは息子の逮捕を知るなり、実家の母親のもとを去り、いまはシカゴに戻ってきている。リグレーヴィルにある別れた夫の住まいに滞在中。そんなこと、夫のほうはひと言もいっていなかった。夫のアパートメントに近いサウスポート・アヴェニューにある小さなカフェ〈リリス〉で、五時ごろ会ってお茶を飲むことになった。

ふたたび雪になっていた。〈リリス〉はわたしのアパートメントから六ブロックほどのところにある。歩道の縁石に氷と雪がこびりついていて路上駐車が困難なときは、アパートメントのガレージに車を入れっぱなしにして、歩いて出かけるほうが賢明だ。ノートパソコンを防水ケースに入れて持参することにした。

カフェに着いたときは、すでに暗くなっていた。風が吹き荒れ、窓に雪の粒が叩きつけられているせいで、店内の温もりも照明も弱々しく感じられた。マッキアートのダブルを注文し、入口からできるだけ離れたテーブルを見つけた。

モナを待つあいだに、オリンピア、カレン・バックリー、チャド自身に関して〈ライフストーリー〉と〈モニター・プロジェクト〉から送られてきた報告書のダウンロードをおこなった。ナディアの葬儀の場であのパフォーマンスを見たあとだけに、カレンにはとくに興味があった。

もっとも重要な疑問――誰が誰をどんなふうに知っていたのか――これはパソコンが確実に答えを出せるものではない。それでも、〈マイスペース〉と〈フェイスブック〉を使って挑戦してみた。オリンピアは〈フェイスブック〉に登録していたが、どんなサイバーフレンドがいるのかといった詳細を見るには彼女の許可が必要だった。チャドは〈マイスペース〉に登録していたが、〝友達〟のなかに女性は一人もいなかった。どのソーシャルネットワークにもカレン・バックリーの名前は見つからなかった。

カレンとナディアの人生がどこで交差したかを調べるために、あれこれ探っていくうちに、美術学校で一緒だったのではないかと思い、チェックしてみた。ナディアのことはすでに調べてあった――サウス・ループのコロンビア・カレッジで学び、大手のデザイン会社に就職、レイオフされたあと、収入の不安定なフリーランス暮らしに入る。ところが、カレン・バックリーに関する情報はひとつも見つからなかった。短時間の検索で、全国に何百人ものカレン・バックリーが見つかった――歌手、キルト作家、医者、弁護士など――しかし、シカゴがあるイリノイ州と、その近辺のウィスコンシン州、インディアナ州、ミシガン州に関しては、カレン・バックリー、または、K・バックリーは、わずか四十人ほどだった。〈ボディ・アーティスト〉の人種と年齢に合致するのはそのうち六人。芸術家の経歴を持つ者は誰もいなかった。

どこで勉強したか、どこで個展をひらいたか、どこの美術館に自分の作品が展示されているかを語りたくてうずうずしている大部分の芸術家とちがい、カレンの経歴は不充分を通り越して、まったくの空白だった。embodiedart.com のサイトを見ても、学歴や個展のことは出ていない。個人情報はまったくなし。

カレンの社会保障番号を知りたかったが、自宅の住所が見つからず、もちろん、経歴を知るうえで参考にできそうなクレジットカードの履歴も見つからなかった。ふたたびembodiedart.comに戻った。作品を購入した場合、代金を払わなくてはならないから、カレンには銀行口座かクレジットカードがあるはずだが、支払いはオンライン決済サービスのペイパルのみとなっていた。つまり、カレンは別名義で代金を受けとることができるわけだ。よその州で受けとることもできる。

わたしは椅子にもたれた。観客の前に平気で自分の裸身をさらす女性がいる。なのに、情報がすさまじい勢いで記録されていくこの時代に、なんの痕跡も残していない。いまの時代、ストーカーに対する恐怖から自分の人生を極秘にするのなら理解できるが、自分の身体を見せることになんのためらいも持たない人間が、私生活の痕跡をひとつも残していないとは、妙な話だ。

〈ボディ・アーティスト〉の可能性があるひと握りのK・バックリーの住所を書き写した。昔ながらの足を使った調査をやって、自宅にスタジオを持っている者がこのなかにいるかどうか探ってみてもいいが、カレンが見つかるとは思えなかった。

考えごととファイルに夢中になっていたため、テーブルにやってきたモナ・ヴィシュネスキーから遠慮がちに名前を呼ばれるまで、まったく気づかなかった。

「ミズ・ヴィシュネスキー！」わたしはあわてて立ちあがった。

沈んだ表情の女性で、年齢はわたしと同じぐらい、服がだらしなく垂れていて、まるで息子を心配するあまり一夜で服がだぶだぶになってしまったかのようだった。近くで見ると、肌がずいぶん荒れているのがわかる。チャドが逮捕されて以来、顔も洗わず、髪も梳かしていなかったみたいに見える。手袋をはずしたあとで、その手袋に困惑の目を向け、いったい何の品かを思いだそうとしていた。すり切れた革のバッグを手にしていた。パソコンと着替えが入るぐらい大きなバッグだ。やがて、手袋をバッグの脇ポケットのひとつに押しこんだ。

「ジョンにきいたわ——チャドの疑いを晴らすためにあなたを雇ったことを。わたしも〈マキューリオ〉でビル管理の仕事をしてたころ、よく探偵さんを頼んだものだった。家賃を払わずに夜逃げしたテナントを見つけてもらうために。でも、あなたに仕事をお願いした記憶はないわね」

わたしは〈マキューリオ〉の依頼を受けたことは一度もない、と正直に答えた。あれだけの規模の企業になると、大手の探偵事務所を使うことが多く、わたしみたいな一匹狼の探偵に声がかかることはない。

「でも、ミズ・ヴィシュネスキー、ご主人が——別れたご主人が——わたしを雇ったのは、金曜の夜に〈クラブ・ガウジ〉で何があったかを調べるためなんです。お二人にご理解いただきたいことがあります。考えるだけでも辛いでしょうが、証拠は、息子さんがナディア・グアマンを撃ったことを示しています」

「あの子が犯人だと思ってらっしゃるなら、あなたに調査をお願いするのはやめたほうがよさそうね」モナの目には感情があらわに出ていた。

わたしは冷静な声を崩さないようにした。「こちらとしては、先入観にとらわれることなく、この状況ととりくむつもりです。ただ、証拠を無視することはできませんし、その証拠というのは、殺人に使われた凶器が息子さんのそばで発見されたことです。ほかにもあります。息子さんとナディア・グアマンが激昂状態で顔を合わせたことが二度あって、わたしもその場に居合わせたのです。二人の関係を調べて、息子さんの激怒の裏に何があるのか探ってみようと思っています。でも、〈マキューリオ〉のころに顔なじみだった探偵の一人に頼むほうが楽だとおっしゃるなら、それでもいいですよ。ご主人の同意が得られれば、きのうサインしてもらった契約書を破棄して、前金をお返しします。ただ、拘置所の付属病院からベス・イスラエルへ息子さんを移すのに裁判所命令が必要で、弁護士がそれをとってくれたので、その料金だけは払ってくださるようお願いします」

モナ・ヴィシュネスキーは左右の足のあいだで重心を移動していた。困った立場に置かれて、落ち着かないのだろう。

「ひと晩、考えてみます？」わたしは提案した。

「いいえ、このまま進めたほうがいいと思うわ。何か手を打たなきゃいけないのなら」怒りの嵐が過ぎ去ると同時に、モナの肩がふたたびがっくり落ちた。「あなたは犯罪事件の調査に関わってきた人で、高く評価されてるって、ジョンがいってたわ。チャドのために本物の病院と優秀なお医者さまを用意してくださったことに、感謝してないわけじゃないのよ。ただ、息子が女性を撃ったという説にわたしが同意するとは思わないで。そんなことができる子じゃないわ」

ところころと気の変わる依頼人——仕事をひき受ける場合、これがいちばん困る。金はいくらかかってもいいから証拠がほしいといったかと思うと、つぎの日には、この仕事はあんたには無理だといいだす。利口な探偵なら、たぶん、離婚した夫婦の板ばさみになるのを避けるためだけにでも、契約を破棄することだろう。なのに、わたしときたら、モナのために飲みもの——薬用ニンジンとペパーミントのお茶——を買い、自分用にマッキアートのお代わりを注文していた。

「チャドの銃のことを話してください」ようやく二人とも椅子にすわったところで、わたしはいった。「ご主人の話だと、あなたは自分のアパートメントにご主人が銃を置くことに大反対だったとか。でも、いずれにしても、ご主人は銃を置いていた。そうですね？」

一瞬、またしてもモナの怒りが燃えあがったが、やがて、羽を休めようとする蝶のごとく、ヒラヒラした小さなしぐさを見せた。「わたしはいやだったけど、ほかのどこに置けばいいの？　あの人、二挺も持ってるから、いやでたまらなかった。もっとも、建設業界の人間はみんな銃を持ってるけど。あの人までが。でも、銃を目にすると、死を連想してしまうの。イラクでさんざん人の死を見てきたのに、銃が身近にあることにどうして耐えられるのかって、わたしがチャドにきいたら、あの子、『誰かがこっそり忍び寄ってくることは、もう二度とない』って答えただけだった。イラクでは、自爆テロの連中が軍隊に忍び寄ってくるそうよ。向こうでチャドは多くの仲間を失った。分隊が全滅したとき、チャドだけが助かったのはまさに奇跡だった。

わたしは毎週ミサに出て、息子さんが亡くなったり、腕や脚をなくしたりしたために、ほかの多くの母親が耐えなくてはならなかった苦しみを、わたしだけは味わわずにすんだことで、神さまに感謝を捧げたものだった。でも、帰国してからのチャドを見てると――おまけに今度はこれだし――わたし、そんなに幸運じゃないのかもしれないわね。心を失う代わりに脚を失ってくれたほうが、うちの一家にとってはよかったのかもしれない」

「モナ！」声がした。「よくもそんなことがいえるな」

ジョン・ヴィシュネスキーだった。モナもわたしも話に夢中だったので、彼がカフェに入ってきたことに気づいていなかった。

「ジョン！」モナが叫んだ。「あなたにいったはずよ――この探偵さんには、わたし一人で会いたいって」

ジョンは頬をかすかにゆがめる程度の微笑を浮かべた。わたしは顔をそむけた。見ているだけで辛くなる。

「病院でぼうっとすわって、いくつもの医療機器につながれたチャドを見てたら、ひどく孤独になってきてね。あのドクター・ハーシェルって医者だが、なかなかの人物だ。郡からきた連中がドクターの前であわてて立ちあがって敬礼したんだぞ。わたしが今週目にしたなかで、たったひとつの楽しい光景だった。モナ、お茶のお代わりはどうだい？カウンターで注文してこようか」

「グロックのことですけど」ジョンが飲みものを注文しにいったあいだに、わたしはモナに尋ねた。「チャドが持ってた銃のひとつですか」

「わたしが知るわけないでしょ。さっきもいったけど、わたしは銃が大嫌い。見分けなんかつかないわ。軍隊時代の仲間にきいてもらったほうがいいわ。たぶん知ってると思う」

「軍隊の仲間に何をきくんだ？」椅子をひき寄せながら、ジョン・ヴィシュネスキーがいった。「銃のこと？　チャドは銃なんか持ってなかった――」

「ジョン、嘘をついて何になるの？」モナがいった。「射撃練習場へいつもあの子を連れてったのは、あなたでしょ」

「自分の息子に銃の扱い方を教えるのは犯罪ではない。そうだろ？」ジョンが叫んだ。

「グロックが息子さんのだとわかっているのに、自分でそれを認める気になれないんですね」わたしはそっけない声でいった。

ジョンは煙草に手を伸ばした。避けたい話題が出ると、そうするのが癖になっているようだ。わたしではなく煙草の箱をじっと見ながら、ジョンは答えた。「わからん。はっきりしないんだ。派兵される前は、二挺持っていた。ベレッタと、スミス&ウェッスン。息子があっちにいるあいだ、わたしはそれを保管していたが、国に帰ってきたら、あんな……あんな……様子だったから、自分に向かって引金をひくんじゃないかと心配になって、家に置いてあった銃は泥棒に盗まれてしまったといっておいた。だが、息子はきっと、インディアナ州まで出かけて、そっちで何か手に入れたんだと思う。簡単に買えるからね――運転免許証の提示を求められることもない。だから、息子がベビー・グロックを持ってたとしても、わたしにどうしてそれがわかる？」

わたしのうなじの毛がチクチクした。「ミスタ・ヴィシュネスキー、あなたのおっしゃることはすべて、息子さんの不安定さを裏づけてますよ。息子さんはナディア・グアマンを殺していないって、なぜ思われるんです？」

ヴィシュネスキーは肺いっぱいに煙を吸いこむかのように、大きく息を吸った。「くそ《シット》、ミズ・ウォーショースキー――失礼、ご婦人方――チャドがどういう人間かを知ってもらう必要がある。悪夢を終わらせるために自分の身体に銃弾を撃ちこむことはあるかもしれんが、路地でどっかの女を殺すなんてことはありえない。ほかのどんな場所でもな。やるはずがない。そんな子ではなかった」

モナも勢いよくうなずいた。チャドはそんな子ではなかった。

誰もひと言もしゃべらなかった。わたしはエスプレッソ・マシンのうなりと、窓を叩く雪の音に耳を傾けた。悪天候、ひどい不況、それらがすでにわたしを落ちこませていて、そこに精神不安定なイラク帰還兵をつけくわえる必要はなかった。席を立って出ていきたかったが、ヴィシュネスキー夫妻が、この惑星に自分たちをつなぎとめているのはあなただけだ、といいたげにこちらを見ていた。

「わかりました」わたしはようやく、話をするエネルギーをかき集めた。「息子さんが帰国後につきあってた仲間ですけど、わたしのほうから連絡をとるにはどうすればいいでしょう？　ミスタ・ヴィシュネスキーのお話ですと、一人はマーティという名前、ほかにも、ティムなんとかという人がいるそうですが」

「ティム・ラドケね」モナがいった。「マーティのほうは、名字は知らないわ。チャドの携帯の短縮ダイヤルにたぶん入ってると思うけど」

チャドの携帯はいまもモナのアパートメントにあるはずだ。土曜の朝、警察がチャドを病院へ急いで搬送したとき、携帯や財布などはすべて残していった。軍隊の認識票とフィールド・ジャケットをのぞくすべてを。この二つはチャドが身につけていた。

「わたしがジョンのとこに泊まってる理由はそれなのよ。あの子の持ち物を見るだけで気が滅入ってしまうの。それに、警察があの子を逮捕にきたとき、ドアを叩きこわしたのよ。どうしてそこまでしなきゃいけないの？　修理代はこっち持ち。市が弁償してくれるわけないもの！　アリゾナなんか行かずに、こっちにいればよかった。うちの母ったら、看護師を何人もつけてるくせに、わたしをこき使いたくて呼びつけたの。こっちに残ってチャドの世話をしてればよかった。ジョンがあの子をトラブルから守ってくれるだろうって期待したのがまちがいだった」

「モナ！」ジョンがたしなめた。

ずっと以前に離婚の原因となったであろうたぐいの口論（わたしがいったじゃない。おれはやってないぞ。延々とつづく口喧嘩）が夫婦のあいだで始まる前に、わたしが仲裁に入った。三人そろってモナのアパートメントへ行こうということで、意見が一致した。アパートメントまで行けば、わたしがチャドの携帯を預かり、チャドが寝起きしていた部屋を調べて、無実を証明する手がかりが何か残されていないか、たしかめることができる。

それぞれが持ち物をかき集め、吹雪の戸外へ足を踏みだした。風に運ばれたこまかい雪がわたしのマフラーとセーターの隙間に入りこみ、顔の皮膚がすりむけるかと思うほど痛かった。〈リリス〉からわずか一ブロックのところに停めてあるジョンのホンダにたどり着いたときは、彼ですら息を切らしていた。モナが助手席に乗りこみ、ぼんやりと雪をみつめた。ジョンがモナのアパートメントまでの二マイルをのろのろ走るあいだ、わたしはうしろのシートで居眠りしていた。

12　銃撃戦

モナの住まいがあるのは、一九二〇年代に建ったばかりのころはけっこう豪華だっただろうと思われる古い建物だった。当時は六つのフロアに二戸ずつしかなかった。十部屋の広々とした間取りで、台所の裏にメイド用の小部屋までついていた。九〇年代に入ると、どこかの開発業者がここをズタズタにして、御殿を靴箱に変えてしまった。

エレベーターそのものも小さな箱で、わたしたち三人がやっと入れるぐらいの広さだった。四階までのぼるあいだ、夫と妻——元の夫と元の妻——は無意識のうちに一緒に行動していた。

エレベーターをおりると、モナの部屋はすぐにわかった。警官がこわしたドアの穴に板切れが打ちつけてあり、ドアがひらくのを防ぐために南京錠で壁に固定してあった。見るも無惨な衝撃の光景だった。モナが鍵束を出そうとして特大のバッグに手を突っこんだとき、その手が震えていた。鍵を捜すあいだにバッグからひっぱりだされたスカーフ、本、財布、丸めたティッシュを、ジョンが黙って受けとった。

わたしは誰かがこちらをじっと見ているようなムズムズした感覚に襲われた。ふり向いても誰もいなかったが、廊下の向こうで、あわててドアを閉めるひそやかな音がした。わたしたちがここにきたことを、隣人の誰かが気にしているのだ。コンドミニアムの理事会に文句をいってやる、モナ・ヴィシュネスキーを放りだすべきだ、とテレビでわめいていた女性ではないだろうか。

ようやく、モナがキーホルダーを探りあてた。金属プレートをねじったデザインで、中世の牢番にも負けないぐらい多くの鍵がついている。つぶやきながらそれを調べるだけで永遠の時間がかかりそうだった。「ちがう、これは母の収納ロッカーの鍵……ええと、これはチャドのバイクの鍵」わたしはモナを押しのけて自分の万能鍵を鍵穴にさしこみたくなるのを我慢した。

モナがようやくドアをあけ、腕を伸ばしてドアの向こうの照明スイッチを探りはじめたので、わたしはその肩越しに、彼女の生活空間となっている長方形のスペースをのぞきこんだ。警察が一週間前に、サンドペーパーで磨いたばかりの木の床と、あちこちに敷かれたラグの上に、塩まじりの泥をまき散らしていったが、それ以前はたぶん、魅力的な靴箱だったことだろう。一方の壁面には、薄い色の本棚と戸棚が作りつけになっていた。

玄関ドアのそばに立ったまま、首を伸ばすと、ステレオと薄型テレビが目に入った。モナの本の数はあまり多くなかったが、テレビのまわりの棚には陶器とトリーンが並んでいた。トリーンというのは、小さな木製の品で、もともとなんの目的で作られたのかという疑問がいつもわたしを悩ませている。予想もしなかった品々なので、あらためてモナに目をやった。

そっけない表情の下に、ほかにどのような意外な深みが隠されているのだろう？

キッチンは奥のほうにあり、こちら側とはアイランドカウンターのようなもので仕切られているだけだった。いや、片端が壁にくっついているから、島《アイランド》ではなく、半島というべきか。

モナとジョンが部屋に入ろうとしたが、わたしが腕を伸ばしてさえぎった。

「帰ってきてから、何と何に手を触れました？」

モナは仰天した。

「知らない！ いちいち覚えてられないわよ。まず、電話ね。ドアに板を打ちつけて、南京錠を――あなたもさっき見たように――つけてもらおうと思って、緊急でやってくれる業者に電話したの。〈マキューリオ〉にいたころ、よく利用してた業者よ。向こうも覚えてて、すぐきてくれた。待つあいだに、たしか、グラスで水を飲んだわ。

それからバスルームへ行った。ものすごく汚かったわ。わたしの留守のあいだ、チャドはたぶん、浴槽の掃除もしてなかったのね。歯磨きをちゃんとしてたかどうか心配になったわ」

モナはしゃくりあげた。半ベソだった。

「わたし、立ったまま洗面台をみつめて、あの子のだらしなさに呆れはててたわ。あの子が昏睡状態だっていうのにね。意識が戻るかどうかもわからないのに、母親を二十五年もやってると、〝手は洗った？〟、〝歯は磨いた？〟って無意識のうちに考えてしまうの――」

ジョンが彼女の肩に手を置いて抱きしめた。

「わたし、洗面台を掃除したわ。どうして……そんなことしたのかわからないけど……落ちこんだときは、掃除を始めてしまうの」

わたしが落ちこんだときは、アパートメントの散らかりようがさらにひどくなる。そのあと、ゴミだめ同然のアパートメントを見て、さらに落ちこむ。整理整頓好きに変身できる薬はないものだろうか。

「つぎに、わたしのクロゼットまで行ったわ。セーターを何枚か出そうと思って。フェニックスのほうは、もちろん、こんなに寒くないでしょ。ジョンのとこに泊まったら凍死してしまうわ。この人、暖房費を払わないから——」

「おまえの人生を一分一秒にいたるまでくわしく話さなきゃならんのかね」ジョンがいった。妻と心の通じ合う瞬間は過ぎ去っていた。

「はいはい、わかりました」わたしはいった。「いろんなものに手を触れたわけですね」

「いけなかった？」

「チャドが眠ってるあいだに何者かが忍びこんで、銃を置いていったとすると、その何者かの痕跡を見つけるのが困難になる。それだけのことです」

「じゃ、あの女性を撃ったのはチャドじゃないって信じてくれるのね」モナはすがるようにいった。

「おい、モナ、おまえときたら、なんで証拠を消してまわらなきゃならんのだ？」

「どうしてわたしにわかるの？」モナはムキになって自分を弁護した。「あなたこそ、自分は何もしてないみたいな顔して――」

「ちょっと」わたしは交通整理の巡査のやり方で両手をあげた。「喧嘩はやめて。わたしに払う料金がかさむだけよ。調査の役には立たないわ。それから、グラスで水を飲んだ奥さんへの非難であなたの頭がいっぱいになる前にいっときますけど、警官連中が残していった泥とひっかき傷を見てごらんなさい。その前に何者かが忍びこんだとしても、警察がみごとにその痕跡を消してしまった。さて、寝室を見せてもらいますね」

モナはわたしを連れて広い部屋を通り抜け、寝室まで行った。わたしは窓のブラインドの羽根板を分けて、建物に囲まれた中庭を見おろした。ささやかな庭園を造ってテーブルと椅子をいくつか置ける程度の広さだ。ブランコの骨組みが雪のなかから突きでていた。

建物の設計の関係で、寝室には小さなアルコーブがいくつかあった。そのひとつにデスクが置かれ、請求書や書類の山のてっぺんにチャドの夕食の残りと思われる食べかけのチキンがのっていた。わたしがベッドを調べるあいだに、請求書に目を通してモナが小さく舌打ちするのがきこえてきた。

電話代と車の保険料は払っておくって約束したくせに、あの子、請求書の封筒もあけてない！　あら、マスターカード……収入もないのに、よくまあ、クレジットカードの審査に通ったものね。

「おまけに、壁にこんなに穴が！」モナの叫びがあまりに大きかったので、ジョンが寝室に入ってきた。

ジョンもわたしも壁を見に行った。楕円形の穴三つが壁を深くえぐって、デスクの上方で小さな三角形を描いていた。どの穴も周辺部の塗装が剝げ落ちていた。

「アリゾナへ発つ前はこんなじゃなかったですか」

「もちろんでしょ、ええ。穴があいてれば気がつくわよ。絵でもかけようとしたのかしら」

「壁を射撃練習に使ってたような感じですけど」

「壁を撃つの？　チャドが？　ばかばかしい！」

わたしはデスクにのっていたレターオープナーをとり、壁の裏にある下地用の板を探った。銃弾がひとつ出てきたので、ヴィシュネスキー夫妻にそれを見せた。二人とも愕然とした。モナは自信のなさそうな声で、チャドの友達の誰かが酔っぱらって一緒に帰宅し、壁を撃ったのではないかといった。

「可能性はありますね、もちろん」わたしはうなずいたが、〈クラブ・ガウジ〉で目にしたチャドの行動を思いださずにはいられなかった。あそこまで激怒し、泥酔していれば、何をしでかすかわからない。わたしが弁護団長だったら、さぞ気落ちすることだろう。

ジョンがわめいた。「チャドが壁を撃ったからって、どうだというんだ？　ナイトクラブで女を撃った証拠にはならん。人間のかわりに壁に怒りをぶつけるだけの知恵があったことを意味している」

わたしは微笑して、ジョンの腕を軽く叩いた。「おっしゃるとおりよ。わたし、ここの捜索を終えてしまいたいの。いつも利用してる法医学研究所に渡す品々を集めますから、未使用のゴミ袋を見つけてきてください」

ヴィシュネスキーは部屋を出ていった。ビールの空き缶やカビの生えた夕食のチキンから逃れることができて、ホッとしている様子だった。モナはあいかわらずわたしの背後をうろつき、小声で不安そうにつぶやきつづけていた。

ベッドは乱れたままだった。当然だ。銃を構えた警官たちが突入したのだ。チャドが癇癪持ちの大男であることは周知の事実だったから、警官は羽根布団をはいでから、ベッドに寝ているチャドをつかみ、手錠をかけた。チャドが眠っているのではなく、意識を失っていることに気づいたのは、たぶんそのときだっただろう。ナディア・グアマンの殺害に使われたというグロックはどこにあったのだろう？ 試しに枕の匂いを嗅いでみると、饐《す》えた嘔吐物の異臭がかすかに残っていたが、火薬の匂いはしなかった。

警官たちが部屋の捜索をしたとは思えなかったが、たとえやったとしても、見落としたものがあるにちがいない。モナのベッドの向こう側に、チャドの軍隊時代のダッフルバッグが口をあけたまま置いてあったので、まずそこから調べることにした。山中に湧く泉のように、衣類がこぼれ出て小さな流れとなり、ベッドの周囲と床に渦巻いた。手を触れる前に、ダッフルバッグと室内を携帯で撮影した。

「なぜそんなことを？」モナがきいた。「チャドが散らかした部屋を見て、なんの役に立つの？」

「今日の様子を記録しておけば、誰かが忍びこんで室内を荒らした場合、こちらで確認できますから」

めちゃめちゃに散らかっていた。チャドが床に脱ぎ捨てた衣類をラボに持ちこんで分析してもらう価値がはたしてあるのかと迷いつつ、ざっと調べてみた。衣類の大部分は軍隊時代のもののようだ――作業服、夏用の軽いフィールド・ジャケット。Tシャツが何枚かあり、ふんぞり返ったバート・シンプソンのプリントがついたのも含まれていた。フィールド・ジャケットとジーンズのポケットを探ってみると、現代生活につきものの残骸がいくつも出てきた。ATMの利用明細書、ガム、iPodのイヤーピース。どれもたいした意味はなさそうだ。

部屋の残りの部分を見まわして、わたしは肩をがっくり落とした。そこらじゅうにビールの空き缶がころがっている。二個は羽根布団に埋もれていた。手を触れずに、まず携帯で撮影し、それからシーツの端を使って缶を拾いあげた。袋に入れられるのを待っている枕カバーの横に置いた。

モナが舌打ちをした。「チャドは昔から、きれい好きなほうじゃなかったけど、戦争から帰ってきて、よけいひどくなったわ。お酒を飲んでることはわかってた。わが子がそんな状態だなんて考えたくないけど、六時以降に電話すると、声をきいただけで、酔っぱらってるのがわかった。ジョンと二人であの子を説得して、カウンセラーのところへ行かせようとしたのよ。しばらくだけど、退役軍人管理局の女性のセラピーに通うようになった。でも、そのあと、時間の無駄だといいだして、二度と行こうとしなかった――」わたしは口をはさんだ。「見当たりませんけど」

「息子さんの携帯、ここに置いたままだといわれましたね」

「あ、そうそう。キッチンのカウンターのほうだった。とってくるわ」

わたしはチャドのダッフルバッグからあふれでた衣類の山を調べ、つぎはなかをのぞきこんだ。ナディアが殺される前の晩にチャドが彼女の目の前でふりまわしていた黒い品は、どこにもなかった。

マットレスとスプリングのあいだに手を突っこむと、銃が二挺見つかった。マグナムリサーチ社のベビーイーグル、そして、ベレッタ。匂いを嗅いでみた。どちらも銃弾が発射されたまま、掃除を怠っていたが、発射されたのがどれぐらい前のことかは判断がつかなかった。たぶん、ある夜、チャドがベッドに横になったまま壁に向かって発砲し、銃をマットレスの下に押しこんでおいたのだろう。わたしは二挺とも枕カバーの下に隠した。そうしておけば、両親が銃を目にして騒ぎだすこともない。チェヴィオット研究所に頼んで、銃弾が発射されたのはどれぐらい前のことかを調べてもらおう。

マットレスの下をさらに探ると、《フォーチュン》誌が一冊見つかった。エロ雑誌が二冊はさんであった。一冊はイギリスの《マグズ・フォー・ラッド》、巨乳の女たちが驚嘆すべきアスリート的妙技を披露している写真でいっぱいだ。もう一冊はアラビア語の雑誌で、似たような写真が並んでいる。イギリスの読者もアラブの読者も金髪女が好みのようで、そこに赤毛の女がちらほら交じっている。古代サンスクリット語しか読めない人間でも、両方の雑誌の内容を理解するのに苦労しないだろう。

寝室に戻ってくるモナの神経質なつぶやきがきこえたので、わたしはアスリート的金髪美女たちを《フォーチュン》のページのあいだへそっと戻してやり、それから、雑誌をわたしのブリーフケースに入れた。チャドの母親に息子の読書傾向を教える必要はない。

「たしか、きのう、チャドの携帯を見たと思ったけど、なかったわ」

「たぶん、見たと思いこんだだけだろう」モナの背後に、黒いゴミ袋を二枚手にしたジョンがやってきた。「疲れてるうえに、狼狽すれば、ありがちなことだ。リビングのほうも見てみたが、やっぱりなかったぞ」

「キッチンのカウンターにのってたの」モナはむきになった。「グラスに水を汲んだときに見たの」

わたしは集めた品々をゴミ袋に入れ、モナのデスクからとってきたメモ用紙に丹念に品名を書いて一緒に入れてから、モナのガムテープで密封した。

「チャドの携帯が出てきたら、電話をください。とりあえず、必要なものはすべて見ました。もう遅いし、三人とも身体を休めなきゃ。刑事弁護士に相談なさりたい場合は、フリーマン・カーターがいいと思います。けさ、チャドを転院させるための裁判所命令をとってくれた弁護士です。そうそう、事務所に新しいアソシエートが入ったばかりで、そちらもかなり優秀みたい。デブ・ステップという女性で、料金はフリーマンほど高くないと思います」

寝室に残されていた食べかけのチキンをモナがゴミ箱へ捨てにいっているあいだに、わたしは二人のためにフリーマンの連絡先をメモした。モナが明かりを消したが、そのあとで鍵が見つからなくなった。彼女がバッグをかきまわしているあいだに、わたしが椅子にのっていた鍵を見つけた。アパートメントに入ったとき、モナがそこに置いたのだった。チャドの携帯もモナの大きなショルダーバッグに入っているような気がしたが、いまは早くここを出たくてたまらなかった。ジョンとモナが名前を知っているチャドの唯一の友達、ティム・ラドケの電話番号をわたしのほうで調べてもわからなかった場合は、モナのバッグを強奪して、なかを探ってみることにしよう。

エレベーターを待っていたとき、ふたたび廊下の突き当たりのドアがひらいた。わたしがこの時点でチャドの無実を信じていたなら、この物見高い隣人と話をしていたことだろう。あいにく、わたしはチャドの犯行だと思っていた。怠慢だった。あとで後悔に苛まれることになる。

ようやく一階におりたとき、吹雪はすでにやんでいた。建物の管理人が噴射式の除雪機で歩道の雪をどけ、塩をまいていたが、敷地の外に出ると、足首の深さまで雪が積もっていた。チャドの拳銃、ビールの空き缶、ポルノのコレクションなど、収集した戦利品すべてを持って雪のなかをよたよた歩くのはいやだったので、ジョンとモナが車をとりにいっているあいだ、歩道の縁で待つことにした。

家の前でおろしてもらったときは八時をすぎていた。犬の世話をしてやらなくては。それに、モナのアパートメントの乱雑さと緊張から解放されて、おなかがすいてきた。ジェイクに電話して、軽く食事をしにベルモント・アヴェニューまで行く気はないか尋ねてみようと思ったとき、従妹から電話が入った。

「ヴィク！　あたしのメッセージ、きいてないの？」

モナと会う前に携帯の電源を切って、それきりもとに戻すのを忘れていた。ペトラが午後から何度も電話をよこして、オリンピアがクラブの営業を今夜から再開することを伝えていた。カレン・バックリーがナディアのために特別追悼パフォーマンスをするという。

「あたし、考えてたの――あの男が、あの帰還兵が逮捕されたのは知ってるけど――ヴィクにきてもらえないかなあって。みんな、すっごくピリピリしてて、オリンピアも様子が変なのよね。なんていうか、そのう、また何かおきそうな雰囲気。ヴィクにきてほしい――もちろん、都合がつけばだけど」

わたしは居心地のいい居間と、ドアのところで期待に満ちたあえぎを洩らしている犬たちに、未練たらしい視線を向けた。「ペトラ、ダーリン、金曜日にわたしが最高のアドバイスをあげたのに、あなたはそれを無視した。でも、もう一度アドバイスしてあげる。〈クラブ・ガウジ〉で働く必要はないのよ」

「もうっ、ヴィクったら、わかってるわよ。あたしは迷惑女。でも、今夜はきてね。いいでしょ？」

もしかしたら、カレン・バックリーと話ができるかもしれない。ナディア・グアマンの葬儀にきた今日の午後よりも、ステージのあとのほうが、率直に話をしてくれるかもしれない。さほど期待はできないが……。ペトラには、犬の散歩をすませ、何か軽く食べてからクラブへ行くと答えた。

「わあ、ヴィク、ありがと、ありがと。ヴィクって最高!」

〝最高のお人好し〟という意味だろう。ペトラより自分自身に腹が立った。ペトラに頼まれると、なぜこうも簡単に折れてしまうのか。

疲れてくたくただった。犬の散歩をすませたあと、一時間近く横になり、それからふたたび寒い戸外へ出ていった。

13　死者に捧げるショー

　吹雪にもかかわらず、〈クラブ・ガウジ〉の駐車場は混雑していた。クラブの入口には、〝五日前に無惨に殺されたナディア・グアマンを偲ぶ特別追悼パフォーマンス、〈ボディ・アーティスト〉がふたたびステージに〟という看板が出ていた。ツイッター、マイスペース、ユーチューブなど、ミレニアム世代の伝達手段のすべてを駆使して、オリンピアが宣伝をおこない、人々が大挙してそれに反応した。ああ、死者は墓のなかからわたしたちに多くの善行を施してくれる！

　なかに入ると、ほぼ満席だった。ステージから三分の二ほど離れたいつもの席に、ロドニーが腰を据えていた。わたしはうしろに近い混みあったテーブルに空いた席を見つけて強引にすわった。そこなら、入ってくる客に目を光らせることができる。チャドの軍隊仲間は一人もきていなかった。残念なことだ。彼らが姿を見せて、オンラインで人捜しをする手間を省いてくれるかと期待していたのだが。

　今夜は、たぶん急に決まったせいだろうが、前座のライブはなかった。サウンドシステムは大音量だったが、わたしたちはエンヤの〈シェパード・ムーン〉にじっと耳を傾けた。心に残る旋律が哀悼の思いをしみじみと伝えているように思われた。

客席の向こう側で働いていた従妹がわたしの姿に気づいた。ウィスキーのグラスを持って小走りでやってきた「ジョニー・ウォーカーの黒よ、ヴィク。あたしのおごり。きてくれて、すっごくうれしい」

船のブリッジに立つ船長のごとく、バーカウンターのそばにいたオリンピアが、このときわたしに気づいてテーブルに飛んできた。「何しにきたの？」

「クラブの目的は客を呼ぶことにあると思ってたけど。追い払うんじゃなくて」

「客でもないくせに。あなたは探偵、そして、探偵は営業妨害だわ」

「あら、それはどんな営業をしてるかによるんじゃない？」わたしはオリンピアの顔をじっと見たが、向こうはわたしより大物のギャンブラーを相手にポーカーをやってきた人間だ。苛立ちのほかは、いかなる感情も顔に出ていなかった。そこで、わたしはつけくわえた。

「今日の午後、ナディアのお葬式に行ってきたわ。カレンもきてたけど、あなたは今夜の準備で忙しくて、それどころじゃなかったようね」

「カレンがお葬式に？」オリンピアは指揮官のごとき冷静さを幾分失った。「なぜ？」

「本人にきいてよ。わたしはカレンが祭壇の前でナディアの唇にキスした理由を推測しようとしてたの。恋人どうしだったのか、それとも、カレンが死者の許しを請おうとしたのか、判断がつかなくて」

「なぜ許しを請う必要があるの？」

「カレンのせいで、ナディアが銃撃の標的にされたのかもしれないから。もしかすると、何者かが誤ってナディアを撃ったのかも。二、三週間前にカレンのペイントブラシにガラスの破片を隠した人物が、今度こそうまくやろうとして、また失敗したんじゃないかしら。あなた、店のセキュリティの手段を何か講じてる？　用心棒以外に。それから、あの男以外に」

わたしはロドニーのほうを頭で示した。

「あんな男、セキュリティにはならないわ」オリンピアは笑い声をあげたが、そこにはトゲがあった。「それに、あなたもよくご存じのように、ナディア殺しの犯人は警察につかまったのよ」

「たしかに逮捕に至ったわ」わたしは認めた。「でも、ナディア殺しの犯人がつかまったという意味にはならない」

「あの帰還兵の犯行じゃないっていうの？」オリンピアの目が驚きと困惑で大きくなった。

いやいや、演技かも。照明の薄暗い店内で表情を読むのはむずかしい。

「逮捕時の状況をもっと調べてみる必要があるわ」わたしはつんとして答えた。「チャド・ヴィシュネスキーは母親のアパートメントで眠っていて、警察に逮捕されたとき、そばの枕に凶器が――凶器とみなされるものが――のっていた。誰が警察に電話したのか。なぜ銃がそこにあったのか。本当にチャドの銃だとしたら、なぜほかの銃と一緒にしまっておかなかったのか。ナディアとはどういう知り合いだったのか。答えの出ていない疑問がたくさんあるわ。それはそうと、オリンピア、まさか、あなたか、ここにきてるロドニーが警察に電話したんじゃないでしょうね?」

オリンピアは鋭く息を呑み、反射的にロドニーのほうを見た。つぎの瞬間、歩き去っていた。バーのカウンターに寄ってスタッフと言葉をかわし、ロドニーのテーブルで足を止めてわたしのほうにチラッと視線をよこし、それから、客席をまわって常連客に軽口を叩いたり、注文をとったりしはじめた。客を楽しませるために心を砕く誠実なオーナーといったところか。

わたしはウィスキーをちびちび飲みながら、オリンピアを監視していないふりをした。しばらくすると、オリンピアは小さなステージをすっと横切り、楽屋に通じるカーテンの裏に姿を消した。わたしは三十秒待ってから、混雑を掻き分けてステージの裏にまわった。オリンピアが楽屋のドアのところに立ち、手を腰に当てて、半びらきのドア越しに話をしていた。わたしはハイキングブーツなので、足音を消すのがむずかしかったが、できるだけそばまで行った。

「契約では、観客がその身体に絵を描いてもいいことになってるのよ」こういったのはオリンピア。「客が失望して出てったら、二度ときてくれないわ。おたがい、困るじゃない」

「借金を抱えてるのはわたしじゃないわ。わたしが困ったところで、あなたが気にもしないのと同じく、わたしもあなたのことなんかどうでもいいの。たまには、あなたにも、あなたの大切な出資者にも、幼稚園のお絵描きじゃなくて、本物の芸術を鑑賞してもらいたいものだわ。このステンシルの型紙はね、四日もかけて作ったのよ。リヴカがわたしの肌にペイントするのに六時間かかったし。いくらあなたが殺人事件で客の心をくすぐりたくても、あるいは、このクラブを救いたくても、絵を拭きとるなんておことわりよ」

「ふざけないで、カレン。何かしなきゃいけないことは、自分だってわかってるくせに。それも、クラブを救うためだけじゃなくて――」オリンピアがハッとふり返り、わたしに向かって歯をむきだした。「ちょっと、何してんのよ？」

わたしは立ち聞きに必死になるあまり、落ちていたネジを蹴飛ばしてしまい、それが楽屋の壁にぶつかったのだった。「カレンが大丈夫かどうか、たしかめにきたの」

「大丈夫じゃないわ。というか、わたしたちがここにいるのは観客を楽しませるためで、自分たちが楽しむためじゃないってことを、カレンが思いだしてくれなかったら、大丈夫じゃなくなるわね。客席に戻ってよ、探偵さん。いやなら、マークにいって、つまみだしてもらうわ」

オリンピアは楽屋に入り、わたしがあとにつづく前にドアを閉めてしまった。スライド錠のカチッとはまる音がきこえた。わたしは図々しくドアに耳を押し当てたが、オリンピアの腹立たしげな声が高くなったり低くなったりすることしかわからなかった。

となりにある小さめの部屋のドアがひらき、ほっそりした若者二人が廊下をのぞくのが見えた。カレンのステージでブルカに身を包んで腰をくねらせていたダンサーだと気づいて、わたしは唖然とした。

「オリンピアがカレンを殺そうとしてるの？」一人がきいた。

「それとも、カレンがオリンピアを殺そうとしてる?」二人とも笑いだした。

「わたしはV・I・ウォーショースキー。探偵で、ナディア・グアマン殺しを調査してるの。ナディア・グアマンが殺された夜、何か目にしなかった?」

「何も」一人目が答えた。「ケヴィンもぼくも、とっくに帰ってた」

「今回の仕事はメークの必要がないしね。〈アーティスト〉のステージが終わると、ぼくらは楽屋に戻って、衣装を脱ぎ捨てて、そのまま出てくんだ」

「こっちにある裏のドアから出たの? 路地に誰かいなかった?」

「路地は避けることにしてる。酔っぱらい、喫煙者、ヤク中。ごめんだね。ストレッチの時間だぞ、リー」

二人は姿を消し、わたしの鼻先でピシャッとドアを閉めた。こういう扱いを受けると、わたしはムッとする。怖い顔でにらみつけてから——二人にとって教訓になるだろう——ステージにあがった。わたしのことを前座だと思ったらしく、客席の喧騒がいっとき静まったが、舞台装置を調べているだけだとわかって、ふたたび騒がしくなった。

マイクに手を触れてみたが、感電はしなかった。ウェブカムを調べたが、ONのボタンを押しても毒ガスが噴出するようなことはなかった。スイッチを切り、客席のうしろのほうの席に戻った。

飲みものを満載したトレイを持って、ペトラが急ぎ足で通りすぎた。心配そうな視線をよこした。

「オリンピアを殺しはしてないわ」わたしはペトラを安心させた。「まだ」

一瞬のちに、そのオリンピアが塗料の缶とペイントブラシののったトレイを持ってステージにあらわれた。客席の喧騒が一段と高まった。野次が飛びはじめた。〈アーティスト〉をいますぐステージにあげろという要求。

照明が落ちていき、例によって三十秒間真っ暗になった。ふたたび明るくなったとき、ステージに〈ボディ・アーティスト〉の姿があった。いつものように裸体だったが、全身を覆う芸術作品を目にして、わたしもほかの観客とともに息を呑み、拍手喝采した。リヴカなる人物がこれを描くのに六時間かけたというのも無理はない。〈アーティスト〉の外陰部からユリの茎が伸びていたが、先端には花の代わりにナディア・グアマンの顔が描かれていて、それが〈アーティスト〉の乳房を覆っていた。左腕は黒く、右腕は白く塗られていた。西洋と東洋の喪の色。白い肩にイトスギの枝が垂れ、黒い肩にはケシの花が咲き乱れていた。〈アーティスト〉が立ちあがって向きを変えた。背中一面に天使が描かれ、その翼が肩甲骨に広がっていた。天使は悲しみにうなだれている。片手にザクロの実、だが、反対の手には剣を持っている。

ロドニーに目をやると、険悪な形相だった。オリンピアのいるほうへパチッと指を鳴らした。オリンピアが彼のテーブルへ行き、身をかがめたので、胸の谷間を飾った羽根が彼の耳をかすめた。色っぽいしぐさだが、両方ともそれには気づきもしない様子だ。ロドニーは腹を立て、クラブのオーナーはなだめようとしていた。

ステージでは、〈ボディ・アーティスト〉が客席に背を向けて立ったまま、頭を下げた。アップにした髪にマイクが隠してあるにちがいない。なぜなら、店内にその声が朗々と響きわたったからだ。

「苦悩に苛まれた美しい魂が、今日、家に帰っていきました。イエスのもとに帰ったのです。〃わたしは復活であり、命である〃という言葉をあなたが信じるならば。また、偉大な女神のもとに帰ったともいえましょう。皮膚と骨という脆い外皮を脱ぎ捨てたあとに、そうした人生が待っているとあなたが考えるならば。ナディア・グアマンはその芸術で短いあいだわたしの身体を飾ってくれましたが、先週金曜の夜、無惨にも殺されました。今夜、わたしはナディアに感謝するために、この身体を捧げます」

〈アーティスト〉は腕を大きく広げた。天使の翼が浮きあがった。何枚もの羽根が腕の先へ向かって流れている。ブルカをまとっていまは無名の存在となり、女に変身した若者二人が、広げられた〈アーティスト〉の左右の手をとった。

客席では誰一人、身じろぎもせず、しゃべりもしなかったが、やがて、ロドニーがつかつかとステージにのぼった。塗料の缶をつかむなり、いつものように、〈アーティスト〉の尻に文字と数字を大きく描きはじめた。ひどく攻撃的な態度で、描くことで相手を陵辱しているかに見えた。

「S‐O」と描いた。「1154967　!352990681　B‐I　5013
3928!　405893021195」

わたしはこの暗号めいたものをハンドヘルドPCに打ちこんだ。解読できるとは思えなかったが。ロドニーが文字と数字を描くあいだに、〈アーティスト〉が話を始めた。「今日のニュースによると、パキスタンのタリバンが十七歳の少女を公開ムチ打ちの刑に処したそうです。ムチをふるった者のなかには実の兄もいました。その少女は自分の肉体を、周囲の男たちの望みのままではなく自分の思うとおりに使ったことで、咎めを受けたのです。またべつのニュースでは、去年アメリカでレイプされた十一歳以下の少女の数は二十二万人にのぼるといっていました。ナディアがいま天国に、もしくは、それに似た場所にいるのなら、陵辱された犠牲者たちのために仲裁に入ってくれることでしょう」

観客はそわそわと身じろぎを始め、なかにはブーイングを浴びせる者もいた。〈アーティスト〉に浴びせているのか、それとも、ロドニーなのかは、はっきりしなかった。ロドニーは描き終えると、ペイントブラシを投げ捨てた。

〈アーティスト〉はステージのへりまで進みでた。「いつもお越しのみなさん、わたしがみなさんの芸術の邪魔をしないことは、よくご存じと思います。絵を通じて自分を表現しようとする真剣な努力を、わたしは尊敬しています。でも、今夜はちがいます。リヴカがいまからカンバスをきれいにして、さきほどの絵を再現することにします」

「その前にまず、おれが描いたものをみんなに見せてやれ、クソ女」ロドニーが〈アーティスト〉をつかまえ、ウェブカムのところへひきずっていった。

〈アーティスト〉をつかんだままでカメラの操作をするのは、いくらロドニーでも無理だったが、自分の作品を撮影するよう二人のダンサーに命じても、二人とも動こうとしなかった。オリンピアが観客を押し分けてステージにあがり、〈アーティスト〉を押さえつけ、そのあいだにロドニーがカメラを操作した。

それから満足そうにうなずいてステージをおりた。〈アーティスト〉がオリンピアの手をふりほどいた。ペイントブラシをつかむなり、オリンピアの鼻から胸の谷間へ、そして、胸骨の下まで前をはだけた黒いレザージャケットへ向けて、長い真っ赤なストライプを描いた。ブラシを床に落とすと、大股でステージの奥まで行き、カーテンの向こうに姿を消した。

観客が拍手喝采したので、オリンピアは上機嫌で受け入れるふりをした。カウンターの向こうにいる誰かに、照明を明るくするよう合図した。

「〈ボディ・アーティスト〉がステージに登場するとき、どのようなものを見せてくれるのか、わたしたちには予測もつきません。でも、すでにおわかりのように、シカゴではここ以外のどこへ行っても見られないエンターテインメントをお楽しみいただけるでしょう。わたしども〈クラブ・ガウジ〉の者は芸術と芸術家に敬意を払っておりまして、今夜の売上げは、コロンビア・カレッジがナディア・グアマンを称えて設立した奨学基金に寄付させていただくことになっております」

ステージのプラズマ・スクリーンから死と純潔のイメージが消えた。ホットなビートがスピーカーから流れはじめると、それに代わって、ブルーと白の影のようなダンサーたちが映しだされた。例によって、〈アーティスト〉のパフォーマンスのあとは熱狂的な飲酒タイムの始まりだった。十分ほどのあいだ、フロアのスタッフがテーブルからバーへ、そして、テーブルへと、大忙しのバレリーナのごとく飛びまわった。数組のカップルがステージに飛び乗って踊りはじめた。オリンピアはすぐさまスタッフに指示を送り、塗料とウェブカムをどけさせた。客が喜ぶのなら、なんだって……。

わたしは人混みのなかにチャドの仲間の誰かがいないかと期待して、店内を見まわした。見たかぎりでは、誰もきていないようだった。ロドニーは一人でテーブルに腰を据えたまま、七本目と思われるビールを飲んでいた。店はすごい混みようで、三十人から四十人ぐらいが端のほうに立ち、さらにはステージにまであがって、席を探していたが、ロドニーのテーブルだけは、彼の不機嫌さが障壁を生みだしているかのようで、誰もすわろうとしなかった。

ロドニーの向こうのテーブルには、このクラブにそぐわない雰囲気の男たちがすわっていた――仕立てのいいビジネススーツを着た四十代の男性四人。目を凝らすと、なかの一人にかすかに見覚えがあった。向こうもこちらを見ていた。そうだ、レーニエ・カウルズ、ナディアの葬儀にきていた弁護士だ。今日の午後のことだった？　あれから百年もたったような気がする。わたしは周囲の混雑のなかを縫って、彼のところへ行った。

「ミスタ・カウルズ！　V・I・ウォーショースキーです。今日の午後、ナディア・グアマンの告別式でお目にかかりましたね」

カウルズの眉がひそめられた。「こんなところに何をしに？」

わたしは笑顔で彼を見おろした。「今夜は冷えるでしょ。しかも、寒くてストレスの多い一日だったし。アートが楽しめるクラブで夜をすごせば、元気が出るんじゃないかと思って。そちらは？」

同席していた男性が笑った。「この店はそう呼ばれてるのかい？　わたしならストリップ小屋と呼びたいね。あの女の大事なとこに二十ドル札を突っこもうかと思ったんだが、誰もやっていなかった」

「さぞ独創的な芸術作品になったことでしょう」わたしはいった。「リーダーシップを大胆に表明することにもなるし」

男性が眉をひそめてわたしを見たが、反撃する暇もないうちに、同席者の一人がいった。

「年次報告書にうってつけの材料だ、マック。誰も踏みこむ勇気のない危険ゾーンに、われわれは入っていく」

「あの女の尻をひと切れ買いたいものだ」マックという男性は、わたしに下品さをぶつけていることを強調するかのように、こちらを見た。「サイトのアドレス、メモしたかね、カウルズ？　女のおっぱいをいつでも見られる場所に置いておきたい」

ここでまたしても笑いが爆発しただけでなく、何人かが〝やったぜ〟といいたげにハイタッチをした。わたしは連中の顔に酒をぶっかけてやりたいのを我慢するため、ポケットに両手を押しこんだ。

カウルズにニコッと笑ってみせた。「グアマン家の人たちが喜びそうな夜じゃない？　娘を埋葬したすぐあとで、女体をネタにしたウィットたっぷりの冗談」

カウルズは立ちあがった。「こういう店にくれば、この種のコメントとか、ほかにもあれこれ耳にするのは当然のことだ。我慢がならないというなら、最初からこなければいい」

「ナディアが撃たれたのは自業自得だといいたいの？」

カウルズは腹立たしげなしぐさを見せた。「とんでもない。だが、ここはガラの悪い店だ。グアマン家の人々にこれ以上悲しい思いはさせたくない。だから、ここで何があったかも、ぼかして伝えようと思っている。しかし、ここがストリップ小屋に気どった名前をつけただけの店であることは、きみだって、わたしに劣らずよく承知しているはずだ。あそこにいる男を見るがいい――」カウルズはロドニーを指さした。「自尊心を持った女がつきあいたがるたぐいの男だとは、とうていいえないぞ」

「負けたわ、ミスタ・カウルズ」わたしは認めた。「あの男、凶悪事件をおこしたくてうずうずしてるみたいに見えるものね」

「あれはいったい何だったんだ？　やつが女の尻に描いたのは」

「自分も一緒に描きたいって気にならなかったとはいわせんぞ、カウルズ」仲間の一人がいった。

「きみなら何を描いただろうな？」マックと呼ばれた男がいった。

「やっぱり数字だろう」いまの男がいった。「弁護士がクライアントに請求する先月分の料金」

テーブルについていた三人全員が笑いだし、カウルズも一瞬ためらったあとで一緒になって笑ったが、わたしにはこういった。「ここにきた理由がナディア・グアマンにあるのなら、ひと言アドバイスしておくが、彼女と家族のことには干渉しないほうがいい」

「あらあら、ミスタ・カウルズ！　あの一家にとって伯父のような存在だとおっしゃったわね。法定後見人だとも、代理人だともおっしゃらなかった。あの一家には、わたしと話をしたいと思えば、そうする権利があるのよ。その逆もね」

「だいたい、きみは誰なんだ？」

わたしはふたたび微笑した。「V・I・ウォーショースキーよ。おやすみなさい、ミスタ・カウルズ」

自分の席に戻ったが、そこはすでにカップルに奪われていて、小さな椅子に二人でかけていた。わたしが二人のお尻の下からコートをひきずりだしていたとき、カウルズがフロアのスタッフを呼び止めてこちらを指さすのが見えた。スタッフは笑みを浮かべ、身振りをまじえて答えていた。わたしが私立探偵であることは、たぶん数分もしないうちにカウルズに知られてしまうだろう。まあ、こちらの身元を隠したところで、なんの意味もないけれど。

14　おまけに、ふしだら女は死んだ

酒代として、わたしがペトラに二十ドル札二枚を渡しているあいだに、ロドニーが席を立ち、ふんぞり返って出口へ向かった。わたしは「お釣りはあとで」とペトラにいって、ステージの裏へ急ぎ、トイレと楽屋から裏口へつづく廊下を走った。路地に出たちょうどそのとき、メルセデスのセダンに乗りこむロドニーの姿が見えた。わたしはべつの車の陰にしゃがみこんで、ロドニーの車がバウンドしながら駐車場から出ていく前に、ナンバープレートの文字をかろうじてメモすることができた。

ペトラをつかまえてお釣りをもらってから——お釣りは十五ドル、相手がペトラであれ、ほかの誰であれ、二十五ドルの勘定のチップとして置いていくには多すぎる——ふたたびステージの裏にまわった。今回の行き先はスターの楽屋。〈アーティスト〉のほかに、女性が二人いた。一人はとても若い白人で、〈アーティスト〉の背中に描かれた天使をスポンジで拭きとっていた。もう一人はアフリカ系アメリカ人で、ソフトな感じの短いアフロヘア、スツールに腰かけてペイントブラシをもてあそんでいた。

〈アーティスト〉がわたしを見て、あとの二人にいった。「さっき話した探偵さんよ」

わたしは女性たちに笑顔を向けた。「V・I・ウォーショースキーといいます。天使を消してしまうなんて残念だわ。みごとな作品だったのに。これだけの絵を一日で仕上げられるなんてすごいわね」

「これは短命なアートなの。美術家のゴールズワージーと同じよ。ただ、湖の畔に置かれた木の葉よりさらに短命ね」〈アーティスト〉はぶっきらぼうに答えたが、わたしの賛辞に気をよくしているのを隠すかのように、顔をそむけていた。「この子はリヴカ、わたしが描いた下絵を肌にペイントするという退屈な作業をやってくれた子。そして、いまは、それを拭きとるという、同じぐらい退屈な作業をやってるとこよ。わたしが本格的に作品ととりくむときは、この子がもっとも信頼できる助手になってくれるの」

年下の女性は赤くなった。「拭きとるしかないんですよ。いくら美しい絵でも。だって、ペイントしたまま寝たら、〈アーティスト〉の肌に大きな負担だから」

「スツールにすわってるのはヴェスタよ」横合いからのリヴカの言葉に、〈アーティスト〉はまったく注意を向けなかった。「黒帯三段なの」

「その人を連れてきたのは、熱狂的なファンから身を守るため？　それとも、ロドニーから？」わたしは尋ねた。

「あんたを感心させようとしただけだと思うよ」ヴェスタがいった。「わたし、ボディガードじゃないからね」

ヴェスタはスツールにゆったりと腰かけていた。鍛錬を積んだ武術家によく見られる自信が、その物腰にみなぎっていた――攻撃的になる必要はどこにもない。わたしはサウス・シカゴの路上で苦労して喧嘩のやり方を身につけた。そのため、やたらと喧嘩っぱやくなってしまい、出会った相手の最悪なところを見つけようと躍起になる。レーニエ・カウルズやその仲間みたいなのが相手だと、最低のやつだと思ってしまう。ナディアがカウルズの話をしたことはなかったかと、〈アーティスト〉に尋ねてみた。

「わたし、ナディアとはほとんどつきあいがなかったのよ」こちらに背を向けたまま、〈アーティスト〉は答えた。

リヴカがいった。「あなた、たしか、ナディアが近づいてきた理由を――」

「リヴカ、ダーリン、あまり考えないほうがいいわ。おでこに皺ができるわよ」

辛辣な言葉をぶつけられて、年下の女性の首筋がピンクに染まった。〈アーティスト〉はヴェスタとわたしの両方から非難の目で見られているのに気づくと、向きを変え、リヴカの唇にキスをした。

「要するに」〈アーティスト〉はつけくわえた。「わたしが何かいったのを、リヴカが誤解したのね、きっと」

「どうしてナディアが近づいてきたの？」話の中断などなかったかのように、わたしは尋ねた。

「嘘よ、そんなの」カレンはいった。「リヴカが誤解して――」

「ちょっと、嘘はもうたくさん」ヴェスタがいった。「ナディアが死んだ。アリーも死んだ。

「アリーのことを話して」わたしはきいた。

「話すことなんかないわ」〈アーティスト〉がいった。「ミュージック・フェスティバルで出会ったの。向こうはレズビアンだってことを必死に隠そうとして、シカゴに戻ってからは、わたしに会うのも拒絶した。誰かから両親に告げ口されるんじゃないかってビクビクしてたのね。フェスティバルなんかで遠くへ出かけたときだけ、女とつきあって、あとは怯えたウサギみたいに家に飛んで帰るの。多数派のなかに戻り、善良なヘテロセクシャルの女に戻る。話はこれでおしまい」

「いいえ、まだよ。どうやってナディアを見つけたの？」

「逆よ。リヴカ、寒くて凍えそうだわ。塗料落としをつづけてくれない？　愛犬に死なれたばかりみたいな顔するのはやめて」

リヴカはまたしても赤くなり、スポンジで塗料を拭きとる作業を再開して、船の甲板掃除をする船員のごとき熱心さで〈アーティスト〉の椎骨をこすりはじめた。

「ナディアはどうやってあなたを見つけたの？」わたしはきいた。

「知らない。ナディアもひと言もいわなかった。いきなりあらわれて、自分がデザインしたものを描きはじめたの。驚いたわ——本物の才能を持った人間がわたしの身体にペイントするなんて、めったにないから。アリーのことを尋ねられて、さらにびっくりしたわ」

「どう答えたの？」

「わたしはアリーの名前も覚えてなかった。ナディアにムッとされたけど、どうしろっていうのよ？　わたしのベッドにもぐりこんできたイカれ女一人一人の消息を追いつづけるとか？　わたしがアリーの消息を知らなかったものだから、ナディアはよけいムッとしたわ。わたしはアリーが死んだことも知らなかった。まるで世界中の人間がアレグザンドラ・グアマンの神殿にお参りしなきゃいけないみたいで、それをやらなかったわたしは、ナディアから見れば冷酷なクソ女だったのね」

鏡のなかに、リヴカの頬を伝う涙が見えた。わたしに見られているのに気づくと、リヴカはさらに激しくこすりはじめ、〈アーティスト〉から鋭い叱責を浴びせられた。〈アーティスト〉はリヴカの腕のなかで向きを変えると、彼女のスポンジを奪い、目に垂れている髪を払いのけた。

「休憩なさい、リヴカ。長い一日で、重労働だったもの。あなたがジュースかワインを飲んでるあいだに、前のほうは自分で落とすことにするわ」

リヴカは手の甲で目をこすり、顔を塗料で汚してしまった。棚の下に置かれた小型冷蔵庫のドアをあけて、スムージーのボトルをとりだした。

カレンは乳房にクリームを塗ってから、ナディアの顔を拭きとりはじめた。「まるで人生の比喩だわね。いまここにいたと思ったら、つぎの瞬間には消えている」抑揚に欠けた声だった。彼女がナディアやリヴカに対して、さらには自分自身に対しても強い感情を持つことがあるのかどうか、傍からは窺い知れなかった。

「ナディアがレーニエ・カウルズの話をしたことはあった？」ヴェスタがそれまでもてあそんでいたブラシをカウンターに放って、わたしを見た。「誰なの、レーニエ・カウルズって？」

「弁護士よ」わたしは答えた。「本人がいうには、グアマン一家のことがとても気になるんですって。まだ客席にいるかもしれない――今夜、企業タイプの男たちと一緒にきてたから。自分が気にかけてる一家の娘が、亡くなった夜にこのストリップ小屋にきてたから、どんなところか、見てみたかったんですって」

「〈ボディ・アーティスト〉はストリッパーじゃないわ」リヴカが叫んだ。「よくもそんなひどいことを。天使の絵に惚れこんだふりなんかして――」

「まあまあ、落ち着いて」わたしは口をはさんだ。「わたしはあの男の言葉をそのまま伝えてるだけ。わたし自身はそんなこと思ってないわよ」

「リヴカがいるかぎり、ヴェスタをボディガードに雇う必要はなさそうだわ」〈アーティスト〉がいった。

年下の女性はふたたび赤くなった。汗でカールした後れ毛の垂れているほっそりした首筋が、彼女をユリの花のごとく弱々しく見せていた。

リヴカが叫んでいるあいだに、ヴェスタがこっそり楽屋を出ていった。戻ってきて、客席はまだ大騒ぎだと報告した。「あんたのいってた企業タイプの男たちも残ってる。左側のうしろに近いほうだろ？　行って見といでよ、バックリー。記憶が新たになるかも」

「ありもしない記憶を新たにする必要はないわ。そのためにきたのなら、ミズ・探偵さん、わたしは疲れてくたくただし、塗料落としを早くすませてベッドに入りたいの」カレンはしゃべりながらも、スポンジを使う手は止めなかった。

「わたしだってくたくたよ。悪天候と、死と、わたしに嘘をつく人たちのせいで。チャド・ヴィシュネスキーのことをナディアがなんていってたか、教えてちょうだい」

「何もきいてないわよ。リヴカ、肩のとこを早くすませて。そしたらセーターがはおれるから。この部屋、凍えそう」

リヴカはあわてて立ちあがり、イトスギの枝とザクロの実をカレンの肩から消しはじめた。

「ヴェスタ、手伝ってくれない？〈アーティスト〉がすごく震えてるのが見えないの？」

「絵で覆うのも、拭きとるのも、あんたの仕事だろ、リヴカ」ヴェスタは答えた。「すばらしい仕事ぶりだ」

カウンターにもたれて、ふたたびペイントブラシをいじりはじめた。

「チャド・ヴィシュネスキー」わたしはくりかえした。

「ここにいる〈アーティスト〉の肌にナディアが絵を描くたびに、チャドはカッとなった。ナディアの頭にあったのがお姉さんのことだとすると、チャドはそのお姉さんを知ってたんじゃないかしら。どう？」

「あなた、お話作りの名人ね」〈アーティスト〉はキャミソールを着て、その上に分厚いセーターをはおった。「チャドはナディアの何かにすごく腹を立てて、彼女を撃った。原因はナディアのあそこだったのかもね。だって、女を見たときに、ほとんどの男が思い浮かべるのはそれでしょ」

「だから、あなたは挑戦のしるしとして、自分のあそこを披露するわけ？　〝わたしのことをそんな目でしか見ないのなら、いいわよ、見せたげる〟っていいたいの？」わたしは尋ねた。「ナディアがあなたを捜しだしたのは、あなたがアリーと寝てたからでしょ。でも、どうやって二人の関係を知ったのかしら」

「ナディアはひと言もいわなかったわ。たとえいったとしても、わたしはすでにナディアの話に耳を貸さなくなってたし」カレンは化粧テーブルにてのひらを叩きつけた。「あの子、姉さん以上におかしかったわ。あなたの知りたいのがそれならね。バージンなのは明らかなのに、あるいは、すくなくともレズじゃないのに、わたしとセックスしたがるふりをして、こっちがキスしようとすると、隅っこへ逃げてしまうの。それから、姉さんのことでわたしに罪悪感を持たせようとしたわ。まるで、アリーの性的嗜好を決めたのは神さまじゃなくて、わたしだっていわんばかりに」カレンはほつれた髪をクリップで留めた。「家に帰って、ディルドでも手に入れて、わたしには干渉しないでって、ナディアにいってやったけど、あの子、しつこくクラブにやってきて、ろくでもない絵を描きつづけた。ナディアにも、ナディアの悩みにも、姉さんへの執着にも、もううんざり。わたしがあの姉妹にどれだけ無関心だったか、口ではいえないぐらいよ」

「なるほど。フワフワのセーターに暖かく包まれてれば、わたしの批判も耳にせずにすむってわけね」わたしはコートのファスナーを閉めはじめた。「ロドニーのことはどうなの？　オリンピアはなぜ、今夜もあのくだらない落書きをさせようとしたのかしら」

「オリンピアにきいてよ。あの人のやることは、わたしには理解できない」

「彼女、金銭トラブルを抱えてるんじゃない？」

「わたしの問題じゃないわ」カレンはTバックを脱いで、ごく普通のパンティをはき、それから、塗料落としをすませてしまおうとするリヴカの努力をさえぎって、ジーンズをひっぱりあげた。「楽しんでらっしゃるようだから、帰ってとお願いするのは心苦しいのよ。だって、わたしはエンターテイナーで、観客に楽しくすごしてもらうのが好きだから。でも、今夜はもうおしまい」

「あなたと話をするのは、たしかに、喜びに満ちた夜というわたしのイメージにぴったりだけど、そろそろおうちに帰してあげるわ」わたしは楽屋のドアをあけ、それからふり向いた。「最後にもうひとつだけ質問させてね。あなたが生まれたとき、お母さんはどんな名前をつけてくれたの？」

カレンはジーンズのボタンをはめているところだったが、両手が脇に落ちた。黙ったまま、身じろぎもせずに立ちつくしていたが、やがて、友人たちからわたしと同じ興味津々の、さらには驚きの表情で凝視されていることに気づいた。

「そんな昔のことは覚えてないわ」ようやく、物憂げに答えた。「でも、これまでの経験から考えると、たぶん、〝トラブル到来〟とでもいったんでしょうよ」

リヴカがおもしろそうに笑ったが、ヴェスタはこういった。「あんた、バックリーのことを調べてるの？　なんで？　カレン・バックリーってのは本名じゃないとでも思ってんの？」

「ナディア・グアマンが殺されるに至った状況には、この人も多少関係がある。だから、わたしはナディアや、ナディアと関係のあった人々に関して、真実の情報を集めるためにすごく苦労してるとこなの。だから、あちこち掘り返してるの。ところが、〈ボディ・アーティスト〉は露出度が高いくせして、自分の過去に関しては驚くほど控えめ。だから、べつの名前の過去を持ってるんじゃないかと疑いたくなったの」

〈アーティスト〉は嘲笑するように唇をゆがめて、わたしの話に耳を傾けていた。わたしは相手を怒らせれば反応をひきだせるかと期待していたのだが、〈アーティスト〉のほうはどんな仕事をしてきたにせよ、どんな性格にせよ、感情を表に出さない訓練だけはしっかり積んでいた。

「だとしても、それが何なのよ？」ヴェスタはなおもいいはった。「さまざまな理由から、人は名前を変えるものだし、そんなの、あんたに関係ないことだろ。ナディアを撃った男を警察が逮捕したんだから、なおさらだよ」

「その男の両親は、息子が殺人者だとは信じてないわ。両親から調査を依頼されて、わたしはひき受けることにしたの。逮捕に疑問をはさむ理由があるとは思えなかったけど。でも、カレンのおかげで、わたしがまちがってたことに気がついたわ。チャド・ヴィシュネスキーはおそらくハメられたんだと思う」

「〈アーティスト〉はそんなこといってないわ」リヴカが叫んだ。「〈アーティスト〉のおかげで、あなた、すごいバカに見えるわよ」

「この人はヴェスタを呼んだ」わたしは説明した。「何者かがペイントブラシにガラスの破片を隠したあとですら、この人は黒帯の護衛が必要だとは考えなかった。ところが、現実に殺人がおきたものだから、いまは怯えきってる」

「人が殺されれば、当然の反応でしょ」リヴカは反論した。「あたしも怖くてたまらない。ヴェスタを呼ぶように勧めたのはあたしよ」

「いい子ね、リヴュレット」〈アーティスト〉がいった。「でも、ヴェスタをお供に加えたのはわたしの思いつきよ」

ヴェスタは顔をしかめた。「あんたのお供？　そんな高い玉座にすわるのはやめな。落っこちたら首の骨を折ることになるよ、バックリー」

わたしは楽屋を出たが、ヴェスタが廊下まで追ってきて、カレンの命が本当に危険にさらされていると思うかと尋ねた。

わたしは首を横にふった。「いまのところ、混乱するばかりで、どっちを見ればいいのかわからない。まして、どう考えればいいかなんてわかるわけがない。ナディアと〈アーティスト〉の関係だって、いま初めて知ったのよ。すくなくとも、ナディアの亡くなったお姉さんを介した関係を。さてと、いまから、わたしの頭のなかを整理しなきゃ。もしかしたら、ナディアはお姉さんが寝てた相手を一人残らず捜してたのかもしれない。自分の性的嗜好が世間に知られることを望まない有名人の女性を捜し当てたのかもしれない。アリーを殺したのはその正体不明の謎の女性で、ロドニーやチャドや〈ボディ・アーティスト〉とナディアが衝突した原因は、まったくべつのところにあり、ナディアの死とは無関係だったのかもしれない」

ヴェスタの顔に、温かさと、苦悩と、聡明な気遣いが浮かんだ。「カレンの人生は秘密のベールに包まれてる。注目を浴びたがる性格なのに、自分の過去について話したことはほとんどない。わたしがきいたのは、十代のころに家出したってことだけだけど、故郷がどこかもわたしは知らない。チャド・ヴィシュネスキーが騒ぎをおこしはじめたころ、たぶん、カレンの子供時代の知り合いで、彼女を追っかけてきたんだろうと思ったけど、カレンは会ったこともない男だといっていた」

「で、あなたはそれを鵜呑みにしたの？」

ヴェスタの大きな口がゆがんだ。「湖に氷が張ってるとカレンがいっても、鵜呑みにしていいものかどうか、わたしにはわからない。けど、ああやってペイントを塗りたくったその下には、怯えた孤独な少女が隠れてるんだ。腹立たしい女であることはたしかだよ。すくなくとも、わたしはカレンのことで頭にきてる。それでも、カレンが傷つく姿は見たくない」

「アレグザンドラ・グアマンとの関係はどうだったの？　アレグザンドラの名前を、カレンはほんとに忘れてたのかしら」

ヴェスタは悲しげに微笑した。「カレンの宇宙は自分自身で始まって、自分自身で終わってる。二人のつきあいは短いものだった。カミングアウトをためらうアレグザンドラにカレンが腹を立てて、それで終わってしまった。しかも、遠い過去の話だしね。よその土地だったし」

わたしは腹の虫が治まらなくて、壁を殴りつけた。「ほかに誰と話をすればいいの？　誰にきけばわかるの？　ナディア・グアマンがどうやって〈アーティスト〉を見つけだしたのか。あるいは、二人がどんな話をしたのか。あるいは、アレグザンドラはほかに誰と寝てたのか」

「ひょっとすると、カレンがリヴカに打ち明けてたかもしれない。けど、どうもそうは思えないね。自分のことに関してはガードが固いから」ヴェスタは楽屋に戻りかけたが、ドアのノブに手をかけて立ち止まった。「何者かがほんとにカレンに危害を加える気でいるなら、こっちはどうすればいい？」

「本物のボディガードを雇うことね。でも、ボディガードをつけたとしても、カレンは人前に身をさらす。護衛するのはほぼ不可能だわ」

ヴェスタの不安そうな視線が廊下の先までわたしを追ってきた。人混みを抜けて玄関へ向かう途中で、レーニエ・カウルズと友人たちのテーブルにいるオリンピアが見えた。頭をのけぞらせて、男たちのいってることに大笑いし、持てるエネルギーのすべてを連中のご機嫌とりにつぎこんでいた。ステージが始まる前にわたしが小耳にはさんだ会話の断片が示していたように、オリンピアが金銭トラブルを抱えているのなら、この裕福な四人組に頼ればロドニーの手から救いだしてもらえると思ったのかもしれない。

わたしはふたたび、ロドニーの暗号のことを考えた。弁護士が顧客に請求する金額だと、カウルズの友人の一人がいったが、請求額にしては数字が長すぎる。ロトくじに押されてナンバーズが姿を消す前なら、当選番号と何か関係しているのだと思ったことだろう。もしかしたら、それと同じぐらい単純な何かかもしれない。もっとも、オリンピアとカレン・バックリーに関するかぎり、単純なことは何ひとつないのだが。

15 シカゴには手がかりなし

あとになって、この一月のことを思いだしてみても、浮かんでくるのは氷と闇のぼんやりした光景だけだった。エンターテインメントの世界の人々とペースを合わせようと必死になっていた短い夜、犬を連れて雪道をよたよたと散歩に出かけたあと、睡眠不足の目でパソコンの前にぼうっとすわっていた長い昼。ときたま、ジェイク・ティボーやロティと会って、心温まる健全なひとときをすごすこともあったが、記憶に刻みつけられているのは、夜明けの一時間前に鳴りだして、代わり映えのしない一日を始めるようわたしをせっつくアラームの音だった。

〈クラブ・ガウジ〉でレーニエ・カウルズに会った夜、ベッドに入ったときは午前一時近くになっていた。五時間もしないうちにラジオのアラームに叩きおこされ、またしても新たな吹雪の襲来という楽しいニュースをきかされた。湖畔の気温は零下八度だという。

リチャード・ヤーボローとの結婚生活を無理にでもつづけることができたなら、春の雪解けが訪れるまで、オーク・ブルックにある豪邸で毛布にもぐりこんですごせただろう。もちろん、彼も一緒にもぐりこみたがるだろう。すくなくとも、財布をふりまわす依頼人を接待したあとで、真夜中に帰宅したときなどは。そう考えたおかげで、不機嫌ながらも動く気になり、ベッドを出て浴室へ行くことができた。

犬と一緒に雪のなかをよろめきながら帰ってきたちょうどそのとき、マリ・ライアスンから電話があった。

「刺激的な人生を送ってるようだな、ウォーショースキー。なのに、利己的な女だから、自分の冒険に友達を加えようという気がない」

「ええ、つぎからつぎへとスリルの連続よ。犬の散歩を代わってくれる？　ミスタ・コントレーラスの夕食につきあってくれる？」

「撤回、撤回」マリはあわてていった。「きみは利己的ではない。気高い女だ。しかし、ナディア・グアマンが死んだとき、おれに電話をくれてもよかったのに。犯人のママがきみを雇ったって話を、人づてにきいたとこなんだ」

マリは《ヘラルド＝スター》の調査報道記者。アメリカ全土の新聞と同じく、ウォール・ストリートのご機嫌をとるために社員と紙面の削減を始めるまでは、すばらしい新聞だった。最近では、まともな日刊新聞というより、子供向けの《マイ・ウィークリー・リーダー》みたいに見える。

それでもマリは優秀な記者だが、徹底的な取材をしようという意欲が失せてきている。記事の多くをボツにされているからだ。《ヘラルド＝スター》の親会社であるグローバル・エンターテインメントのニュース・チャンネルを通じてテレビの仕事ももらっているので、飢え死にする心配はないと思うが、落ちこんでいることが多く、特ダネをつかもうとしてわたしに頼りすぎている。

「あなたの情報源も、最近のあなたと同じく、怠け者になってるようね」疲れてくたくただったので、如才ない返事ができなかった。「その一、チャド・ヴィシュネスキーが犯人と決まったわけじゃないわ。その二、わたしを雇ったのは父親のほうよ」

「おれがパーティに遅れたことはわかってるけど、ストリップクラブの外できみが瀕死の女を抱いてたって噂をきいたぜ。きみの出没すべき場所ではないような気がするが」

「一度クラブへ行ってみるといいわ。すばらしいショーよ。あなたがまだ見てないなんて意外ね」

「じつをいうと、休暇で出かけてたんだ。一月のブエノスアイレスだぜ。シカゴに圧勝だ。ゆうべ帰ってきて、留守のあいだに女探偵さんが超多忙だったことを知ったわけさ。今夜、酒をおごるから、くわしい話をきかせてくれる？」

「八時に〈ゴールデン・グロー〉でね、マリ。その前に、こっちの小さな頼みごとをきいてほしいんだけど」

「犬と老人以外のことなら……」

「あなたはいまも自動車局に友達がいるけど、わたしにはいない。車のナンバーをひとつ教えるから、所有者を調べてくれない？」わたしはロドニーがゆうべ運転していたセダンのナンバーを読みあげた。

雑用がひとつ減ってホッとした。仕事のための着替えをすませて、ふたたび外に出たとき、もっと面倒な用事を押しつけてやればよかったと後悔した。たとえば、わたしの車の汚れを落として、車が出せるように雪かきをするとか。雪かきに二十分もかかったが、ナディア・グアマンのアパートメントへ出向くのに、公共の輸送機関で楽に行けるルートはない。ナディアが亡き姉の恋人たちの所在を調べていたのなら、ほかに誰に狙いをつけていたかを知るために、アパートメントを捜索する必要がある。

ナディアが住んでいたのは、わたしの事務所から一マイルほどのところだった。雪にひっそりと埋もれた界隈だったが、バス停や陸橋には、ふだんの治安の悪さを示す不良グループの落書きがあった。

ノース・アヴェニューから北へ延びる脇道のひとつに、手入れの行き届いた中庭つきのアパートメントがあり、ナディアはそのひとつを借りていた。人々が仕事に出かける時間帯だったので、歩道に長く立つ必要もないうちに、女性が出てきた。わたしのためにドアを支えてくれた。視線は外の天候に向けられていて、建物に入ろうとする見慣れない顔には無関心だった。

玄関ロビーに入って、降りしきる雪と風から逃れると、静寂が神の祝福のごとくわたしを包んでくれた。パンツについた雪を払い落とし、足踏みして靴の雪も落としてから、階段で三階まで行った。ナディアは頑丈な錠をつけていたが、ごく普通のタイプだった。寒さでかじかんだわたしの手でも、十分もしないうちに錠をはずすことができた。運がよかった。ドアをあけはじめたそのとき、踊り場の向かいの部屋から男性が姿を見せた。

「おたく、誰？」ときいてきた。「ミス・ナディアは留守だよ。同居人もいないし」

「探偵《ディテクティヴ》よ。ミス・ナディアが死んだことはご存じでしょ。きのう、ご遺族の手で埋葬されたわ。わたし、このアパートメントで証拠品を捜そうと思って」

男性は首をふった。「遅すぎたね。きのう、誰かほかのやつがきて、同じことをいってた。自分たちは刑事《ディテクティヴ》で、証拠品を捜してるって。連中が部屋に入るのを見て、身分証明書を見せてくれといったら、代わりに銃を突きつけられた」

「九一一に電話した？」

「なんで？　警察の連中だってこの界隈で窃盗団を作ってるというのは、誰もが知ってることだ。で、おたくは？　やっぱり、銃を身分証明書代わりにしてる刑事かい？」

わたしはブリーフケースから財布をとりだし、ラミネート加工をした私立探偵免許証のコピーを見せた。「わたしは私立探偵なの。ミス・ナディアが殺害された理由を調べるために雇われたの」

「警察が犯人を逮捕しただろ。痴話喧嘩とかいう話だ」

「誤認逮捕なんて日常茶飯事だわ」

その隣人はうなずき、自分の姉の次男についてのややこしい話を始めた。わたしはナディアのアパートメントに入って、照明スイッチを見つけた。隣人は話をつづけながらわたしのあとから入ってきたが、きのうの〝刑事たち〟が作りだした大混乱を目にして、黙りこんだ。

誰が捜索をおこなったにせよ、何を捜していたにせよ、棚の本はすべて投げだされ、DVDはすべてケースから出されていた。

わたしが知っているすべての芸術家と同じく、ナディアも、絵画、仮面、変わった形のオブジェなどで部屋の壁を飾っていた。大部分が床に放りだされ、壁に残されたフックや汚れた輪郭が、それらのかかっていた場所を示していた。

「前にここに入ったことは？」わたしは隣人に尋ねた。

「何も持ちだしてないよ。そんな非難をされるいわれはない」

わたしはしげしげと彼を見た。「じゃ、入ったことがあるのね。きのう、ここに入ったのはあなただったのね。刑事に化けた連中ではなくて」

「でたらめだ！」彼は叫んだ。「ほんとに連中がきたんだ。何しにきたんだろうと、不思議だった。おまけに、帰るときは錠もかけていかなかったし」

「だから、あとであなたがかけたの？　どうしてミズ・グアマンのドアの鍵を持ってるの？」

「本人から預かったんだ。緊急事態がおきたときのために。あるいは、彼女が街を留守にしたとき、猫に餌をやれるように」

内気で生真面目なナディアが街を留守にする人生を送っていた姿を想像しようとして、わたしは苦労した。もっとも、亡き姉の恋人たちを見つけるためにあちこちへ出かけていた可能性はある。何かにとりつかれたら、人は奇妙な行動に出るものだ。

アパートメントの三つの部屋をまわってみた。寝室に入ると、壁に残されたままの絵が一点見つかった。十字架。イエスの顔の代わりに、古い人形からとった少女の顔がついている。人形の頭から毛髪がひき抜かれ、十字架にかけられたイエスの手に巻きついている。見る者をひどく不快にさせる絵だ。目をさましたときに見たい絵ではない。

猫の気配がまったくないことに気づいた。猫用トイレもないし、餌入れも水入れもない。

「猫はどこなの？」

「ぼくのとこ。ミス・ナディアが死んだことを知って、うちに連れてったんだ。ナディアは猫をイクスクウィナって呼んでた。昔の女神か何かの名前だそうだ。動物にそんな名前をつけるなんて変わってるけど、あの猫も変わってるからね」

わたしは荒らされた部屋から隣人の赤くなった顔に視線を移した。きのうこの部屋に入ったのは自分ではないという彼の言葉は信じる気になれないが、こっそり入りこんだのなら、アパートメントのなかを荒らすとも思えない。

「で、ミスタ――？」

「アーバンク」隣人はボソッといった。防御の構え。

「で、ミスタ・アーバンク、ミズ・グアマンのとこに出入りしてたのなら、きのうの偽刑事たちが何を持ち去ったか、見当がつかない？　彼女の作品のどれかが紛失してないか、わからない？」

彼はのろのろとあたりを見まわしたが、首を横にふった。「うーん――わからないな。何もかも床に放りだされてるから。壁に絵を戻してみれば、たぶん……」

わたしたちはそれから一時間ほどかけて、うっすら残った輪郭に芸術作品を合わせる作業を進めた。アパートメントの三部屋すべてで作業を終えたが、最後に壁にいくつか隙間が残ったものの、何が持ち去られたのか、アーバンクにはわからなかった。

「それに」アーバンクはつけくわえた。「彼女、いつも何か新しいのを持ってきて、飽きたやつを壁からはずしてた。美術館みたいなものだった。展示物がしょっちゅう変わる個人的な美術館。見当たらないものがひとつある。パソコンだ。いつもここに置いてあった」

アーバンクは広い居間の隅に置かれた作業テーブルを指さした。テーブルは芸術家や製図用に作られたもので、その半分が、仕事をする者の好みに応じて角度と高さを自由に調節できるようにしてあり、あと半分は水平に固定されていた。水平の部分がナディアの事務仕事用のスペースで、請求書が置かれ、スケッチが乱雑に積まれていた。パソコンの充電器は壁のコンセントにささったままだが、パソコン本体は影も形もなかった。

アーバンクがわたしの横に立ち、ナディアのスケッチに目を通していた。「この作品に価値があるかどうかは、誰にもわからない。あの刑事たちも持っていかなかった。けど、パソコンだったら、売ればドラッグ代になる」

わたしたちは一緒にナディアの住まいを出た。ドアをロックするのはアーバンクにまかせた。どんな手段で手に入れたにせよ、彼が鍵を持っているのだから。イクスクウィナという猫のほかに、この男が何を持ち去ったかを知りたくなった。また、グアマン家の両親がなぜきていないのかと不思議に思った。だが、娘の持ち物をとりにくるのは、いまの二人には辛すぎることかもしれない。玄関ホールで足を止めて、郵便受けを見てみた。アーバンクのファーストネームはジュリアンだった。

シャーベット状の雪に覆われた道路を車でガタガタ走って、事務所へ向かった。建物を共同で借りている友人とわたしは、前の歩道の除雪をしてくれるサービスに加入していて、ついでに、隣接する二つの建物と共有の駐車場の除雪も頼んでいる。ホッとした思いで、狭い駐車場に車を置き、メッセージをチェックするために事務所に入った。

いまのわたしは、調査中の二つの人生によって半々ずつにひき裂かれたような気がして、困惑している。チャド・ヴィシュネスキーとナディア・グアマンに何か接点はあったのだろうか。ナディアを殺した犯人が彼女のアパートメントを荒らしたのだろうか。犯人はチャドではないとすると、なぜまたチャドが巻きこまれることになったのだろう？

わたしにできるのは、わずかな材料を頼りに、一歩ずつ進むことだけだった。モナ・ヴィシュネスキーのところで集めたビールの空き缶、枕カバー、銃は、いまも車のなかに置いたままだ。チャドのポルノ雑誌はわたしのブリーフケースのなか。きのう、こうした品々を持ち帰ったのは、たいした理由があるわけではなく、依頼人と、別れたその妻に対するポーズにすぎなかった。探偵というのは、一般人が見落としてしまう何かを日常生活の残骸のなかに見つけるものだ、とシャーロック・ホームズの亡霊がいっている。

銃と空き缶と枕カバーを梱包して、メッセンジャー・サービスに電話をし、チェヴィオット研究所へ届けてもらうことにした。〝何も見つからないかもしれませんが〟というメモをつけておいた。〝空き缶にビール以外のものが入っていなかったかどうか調べてください。それから、二挺の銃の購入経路がたどれないかどうか、やってみてください〟

雑誌を同封するのはやめた――米国軍人を対象としたアラブとイギリスのポルノを比較分析してもらう必要があるとは思えなかった。ヴィシュネスキーのケースファイルに入れ、事件が片づくまで保管しておくことにした。

メッセンジャーが帰ったあと、デスクの椅子にもたれて、母の形見であるウフィッツィ美術館の銅版画をじっくりながめた。何者かがナディア・グアマンのアパートメントを家捜しした。あの隣人は信用できない。ナディアの鍵を持っていて、勝手に猫を連れだした。しかし、パソコンが消えていることをわたしに教える必要はなかったはずだ。それに、家捜ししようと思えば、ゆっくりやれるはず。荒らしまわる必要はない。口説こうとしてナディアに拒絶されたので、彼女を殺し、怒りをぶちまけるためにアパートメントのなかをめちゃめちゃにしたという可能性もある。だが、それならやはり、チャド・ヴィシュネスキーは犯人ではない。

話がややこしすぎて、チャートでも作らないことには理解できない。大判の紙にチャートを作成し、壁に貼りつけた。〈クラブ・ガウジ〉で無料酒を飲んでいる悪党、ロドニー。名字が必要だ。何者なのか、オリンピアのどんな弱みを握っているのかを知る必要がある。〈ボディ・アーティスト〉、ナディアの亡くなった姉、オリンピア、ゆうべ会った二人の女性（リヴカとヴェスタ）――具体的なことはわからないが、このなかの誰かと誰かが肉体関係を持っている。リヴカとヴェスタの名字も調べる必要がある。黒帯のヴェスタはかつて、〈アーティスト〉ことカレン・バックリーの恋人の一人だった。ゆうべ、わたしと話をしたときの彼女は、〈ボディ・アーティスト〉について論じるときも落ち着いていて、冷静といってもいいほどだった。嫉妬に駆られてナディアを殺すなどとは思えない。

しかも、〈アーティスト〉の話だと、彼女とナディアの関係には、人の嫉妬を招くような要素は何もなかったという。彼女の話の多くは信じる気になれないが、ナディアが誘いをかけてきたことと、尻ごみしたことを語ったときは、真実の響きがあった。

年下の女性リヴカとなると、また話はちがう。感情がすぐ顔に出てしまう。ゆうべの態度から察するに、〈アーティスト〉の心をとらえた女性すべてに嫉妬しているようだ。ナディアと〈アーティスト〉の関係を邪推していた可能性もある。アレグザンドラについてはどうだろう？　彼女に関する情報がもっと必要だ。それははっきりしている。ナディアが〈アーティスト〉の私生活を知っていたのなら、末っ子のクララも知っているのではないだろうか。それとも、姉二人はかわいい末っ子を世間の荒波から守っていたのだろうか。娘の性的嗜好をひた隠しにするためにグアマン夫婦がナディアを殺したのではないかという考えを、わたしはもてあそんだ。

推測は探偵の敵だ。事実。グアマン夫婦に関しても、それから、〈ボディ・アーティスト〉に関しても、事実が必要だ。

〈アーティスト〉をめぐる疑問をリストにしようとした。ヴェスタとリヴカは彼女が十代のときに家出したと信じている。暴力をふるう父親／兄／恋人から身を守るために、名前を変えたのかもしれない。この十年間に法的手続きを経てカレン・バックリーに改名したケースを調べてみたが、これも空振りに終わった。

〈アーティスト〉はパフォーマンスによって権力を手にできると思っているようだ。〝ここまでなら近づいてもいいわ。わたしの肌までなら。でも、わたしの心のなかには入れない。境界線はわたしが決める〟裸で観客の前に立つ自分を想像して、鳥肌が立った。あんなふうに自分をさらけだすなんて耐えられない。ペンを放り投げた。カレンの過去に関することは何ひとつ見つからない。ならば、現在の彼女についてわかっていることに集中しなくては。

金銭トラブルを抱えているオリンピアと彼女との関係、この点をもっと調べる必要がある。どういうわけか、オリンピアのほうが〈ボディ・アーティスト〉に対して、わずかながら支配権を握っているように見える。〈アーティスト〉はいかにも相手を支配するのが好きそうなタイプなのに。

最大の疑問は、ナディアが、というか、ナディアの絵がなぜチャド・ヴィシュネスキーを激昂させたかということだ。〈アーティスト〉からも、ナディアの遺族からも、あの絵が何だったのかを理解するための手がかりは得られなかった。もしかすると、チャドが友達か親に宛てて、ナディアの絵にひどく苛立つ理由を説明したメールを送っているかもしれない。依頼人に電話をした。ジョン・ヴィシュネスキーはヒューロン通りにある〈マキューリオ〉の社内にいて、図面のチェックをしていた。こんな天気の日に建築現場に出ようという者は誰もいない。当然だ。ナディアか〈ボディ・アーティスト〉のことをチャドから何かきいていないかと、彼に尋ねてみた。

「警察がチャドを逮捕しにくるまで、その二人については、きいたこともなかった。そんなクラブの話をきかされたら父親がショックを受けるか、気を悪くするとでも思ったんだろう。子供ってのは、親に対して妙なイメージを持ってるもんだ。そうだろ？　親には人間の基本的な感情や欲求なんかないってふうにね。わたしも自分の父親をそんなふうに見てたと思う」

わたしは自分自身の母のことを考えた。人間なら誰しも持っている性的欲望が母にもあるかもしれないと思っただけで、どんなに苦痛だったことか。親というのは、生々しい欲望の世界にいるとは思われていない。子供たちが安心して成長していくには、たぶん、それしか方法がないのだろう。

「メールは何を使って送られてきてました？　携帯？　パソコン？」

「パソコンだと思う。携帯は──あの年ごろの若者はみんなそうだが──ショートメッセージばかりだった。使ってるパソコンはレノボのシンクパッドだ。初めて海外派兵されたときに、わたしが買ってやったものだ。息子はイラクのどこへ行くにもそれを持っていった。ブログまでやっていた。最近はみんな、ブログをやってるようだね」

「パソコンは奥さんの……いえ、元奥さんのところにはありませんでした。あなたのところに?」

返事がくる前から、ノーであることはわかっていた。息子の携帯を見た覚えがあるといったのは、モナの勘ちがいではなかったのだ。何者かがこちらの先回りをして、前日の午後、アパートメントに忍びこんだ。何者かがチャドの携帯とノートパソコンを持ち去った。

わたしは電話を切った。悪夢にうなされている気分だった。正体のわからない何か恐ろしいものから必死に逃げつづけ、ドアにたどり着くのだが、そのたびに、その恐ろしいものがドアを閉めてしまう。先を読む能力に長けた何者かがわたしをうわまわるスピードで走っていて、どの出口でもわたしの邪魔をする。

わたしは自分の手を見た。「わたしはストリート・ファイターよ」とつぶやいた。「わたしを止めることは誰にもできない」困ったことに、心から信じる気にはなれなかった。

16 ナディアについては何もなし《ナーダ》

ミーティングが入っているため、ダウンタウンまで出かけなくてはならなかった。この件に関する調査は型どおりのもので、謎めいた脅威に行く手を阻まれることなくすでに完了していた。書類をまとめ、軽く化粧をし、ドレッシーなブーツをはいてから、肌を刺すような冬の大気のなかへ戻っていった。雪は四インチ積もっただけでやんでいた。筋金入りのストリート・ファイターにとっては、どうってこともない。

高架鉄道でループに向かいながら、ぜひともグアマン家の人々と話をしなくてはと思った。事件をひき受けてまだ二日目だが、ナディアの死からは五日もたっている。遺族がわたしに会いにこようとしないのがどうにも解せない。娘が死んだとき、そばについていたのがこのわたしなのに。〈ライフストーリー〉のデータによると、母親のクリスティーナ・グアマンは金物屋で働いているとのことなので、話をするためにピルゼンまで出かけることにした。

ループでのミーティングを終えるとすぐに、高架鉄道で南西へ向かい、ディメン・アヴェニューとサーマック・ロードの交差点でおりて、金物屋までの三ブロックを歩いた。（噴射《ソプ》式除雪機《ラドーレス・デ・ニエベ》！　シャベル《パラス》！　冬用製品すべて《トード・パラ・エル・インビエルノ》！　英語が通じます《セ・アブラ・イングレス》！）

ウィンドーの看板に〝冬用製品そろってます〟と書いてあったが、ほかにもさまざまな品が置いてあった。除雪用スコップ、融氷剤、ミトン、室内暖房器、送風機、キッチン用品、テレビ、電子レンジ、ぬりえ。店のスペースは狭いが、あらゆる場所に商品が並んでいて、そのうえ、天井から下がった長いフックから、ドライトマトとガーリック、DVD、犬の首輪、医療用ベルトなどがぶら下がっている。

店内の照明が薄暗いため、最初はクリスティーナ・グアマンがどこにいるのかわからなかったが、ヘルメットがぎっしり並んだ棚にぶつかったあと、奥のほうでパソコンの前にすわっている彼女を見つけた。誰かがスペイン語で話しかけていたが、とりとめのない雑談のようで、クリスティーナはパソコンのキーを打ちながらうなずいているだけだった。

わたしはクリスティーナに話しかけている女性のそばに立ち、会話がとぎれるのを待ったが、女性のほうは、見慣れない顔だから客だろうと思ったらしく、何をお探しですかとスペイン語できいてきた。

「ミズ・グアマンとちょっと話がしたいの」英語が本当に通じることを願いつつ、わたしは答えた。わたしのスペイン語は片言程度だ。

女性がカウンターから離れ、クリスティーナ・グアマンはキーを打つのをやめてこちらを見た。「はい？　どんなご用件でしょう？」

わたしはバッグから名刺を出した。

「お仕事の邪魔をして申しわけありません、ミズ・グアマン。わたし、お嬢さんが亡くなられたとき、そばについていた者です。お話しできる場所はないでしょうか」

「話ならここですればいいわ」クリスティーナはキーボードの上で手を重ねた。くつろいだ女性のしぐさではなく、彼女自身とわたしのあいだにバリアを作るためだった。

「ご家族に関する話を店の人たちにきかれるのは避けたいんです。二人だけになれる場所はありません？」

「世間さまに知られて困るようなことは、うちの家族には何もないわ。あなた、あのろくでもない店のオーナーなの？　女たちが服を脱いで、男たちに卑猥なボディペイントをさせてるという、あのクラブ？」

家族の絆を強調すれば、クリスティーナの敵意も薄らぐのではないかと思い、ペトラの従姉としてのわたしの役割り、ペトラを守りたいという思い、ナディアとその苦悩もしくは怒りに対するわたしの意見を述べた。「ナディアはいつも顔を描いていました。短いカーリーヘアの若い美女の顔です。でも、つぎに顔を斜めに切り裂いてしまうんです。もしかして、もう一人のお嬢さんの顔だったのでは？」

「クララの髪は長くて、金色に近いけど」クリスティーナ・グアマンの目には警戒が浮かんでいた。

「アレグザンドラのことです。写真をお持ちでしょうか。亡くなるときにナディアが呼んでいたのが、お姉さんの名前でした」

それをきいて、クリスティーナは息を呑んだ。「アレグザンドラはずっと昔に死んだわ。ナディアはどうしてもその死を受け入れることができなかった」

「だから、お姉さんの顔を描いてたんでしょうか」

「ナディアが女の肌にどんな絵を描いてたかなんて、知りたくもないわ。ナディアがあの店に出入りするのを、わたしがどんなに不愉快に思ってたか――それは父親も同じだけど――あの子はよく承知してたわ」

「ナディアと最後に話をされたのはいつでした？」

クリスティーナ・グアマンはあたりに目をやり、声の届く範囲に誰かいるのではないかと、様子を窺った。「何カ月も前だったわ。この二年のあいだ、ナディアはいつも腹を立ててた。ひどい荒れようで、父親とも、わたしとも、口を利こうとしなかった。ナディアに死なれて胸が張り裂けそうだけど、あの子は自分から家族との縁を切ってしまったの。物騒な界隈にあるアパートメントに越して、ミサにもこなくなった。わたしの言葉に耳を貸すはずがないのはわかってたけど、あのふしだらなクラブで恥さらしなまねを始めたときは、電話せずにいられなかったわ」

ナディアが〈ボディ・アーティスト〉の身体に絵を描いているのをどうして知ったのかと尋ねてみたが、いうまでもなく、人々が携帯であのパフォーマンスの映像を撮影していた。最終的にそれがネットの世界を飛びまわるに決まっているから、何人もの隣人がグアマンの一家にそれを見せたのだ。

「映像がぼやけてて、照明も暗かったけど、裸ですわって胸を見せびらかしてるあの女ははっきり見えたし、ナディアの顔も簡単に見分けられたわ。自分の娘があんな恥さらしなことをして、それを世間の人に知られたら、親がどんな気持ちになるか、あなたに想像できる？ナディアに電話せずにはいられなかったわ。あんな堕落した店に出入りしてる娘を見て、親がどんなに心配してるか、あの子にいってやりたかったの」

「で、お嬢さんが描いてた顔はアレグザンドラだったんですか」

クリスティーナの鼻がいやな臭いでも嗅いだかのようにひくついた。「ナディアが裸の女と一緒にいるのを見ただけで、もうたくさんだと思ったわ。あの子が天国へ行った姉までも巻き添えにしてたのなら、そんな絵を見ずにすんだことを神に感謝したいぐらいよ」

「アレグザンドラはどうして亡くなったんでしょう？」

クリスティーナはわたしから身をひいた。「辛く苦しい死に方だった。その話はしたくないわ」

「つきあっていた男性か女性はいませんか？　話がきければ誰でもいいんですけど」

「何をきこうというの？」クリスティーナはヒステリックな声になった。

すると、娘に女性の恋人たちがいたことを知っていたのだ。母親はずっと知っていた。アレグザンドラは母親に知られるのが怖くてカミングアウトできなかったのに、母親はずっと知っていた。アレグザンドラはそれに耐えきれずに自殺したのだろうか。ナディアも知っていて、姉の性的嗜好のことで母親と喧嘩したあと、家を出てしまったのだろうか。

こうしたことに巧みに探りを入れる方法が思いつけなかったため、まずい方法で尋ねてしまった。「アレグザンドラが女性と寝ていたことを、誰からおききになったんです」

クリスティーナは息を呑んだ。「わたしの聖女を、わたしの天使を中傷するために押しかけてきたのなら、警察を呼ぶわよ。帰って！」

「不愉快な思いをさせるつもりはないんです、ミズ・グアマン。大切なお嬢さんのナディアを誰が殺したのか、突き止めようとしてるだけなんです」

「警察が犯人を逮捕したでしょ。それで充分よ。ナディアのおかげで、さんざん顔に泥を塗られたんだから、あなたがしゃしゃりでてきて泥をかけてくれる必要はないわ」

「けさ、ナディアのアパートメントへ行ってみました。何者かが忍びこんで、パソコンとすべてのディスクを盗んでいきました。ナディアの作品も消えています」

それをきいて、クリスティーナはやけに静かになった。何を考えているにせよ、とにかく納得がいかないかのように、ゆっくりと首をふった。しかし、わたしがあれこれ鎌をかけてみても、胸の内を語ろうとはしなかった。わたしはクリスティーナに、ナディアが誰かにスパイされていると思いこんでいたことを告げた。

「誰だったと思われます？　ナディアを殺した犯人でしょうか」

クリスティーナはふたたび首をふった。「ナディアの頭のなかには、不吉な考えがたくさん詰まってたわ。その多くが、事実とかけ離れてるの——いえ、かけ離れてた。アレグザンドラのことであなたに薄汚い嘘を吹きこんだのはナディアだったの？　ナディアはその嘘を信じこんでて、わたしがいくら、お姉さんは清純だった、敬虔なクリスチャンだった、そんなことができる子じゃなかった、といってきかせても、受け入れようとしなかった。でも、怒りはもうたくさん。ナディアはいま、姉のそばにいるわ。聖母の腕に抱かれて。ナディアがこの世の苦しみから解き放たれたことを、わたしは神に感謝してるの」

これ以上何もききだせそうになかった。ナディアについては何もなし《ナーダ》。満たされない思いで店を出ながら、クリスティーナは自分の娘のことで、いや、娘たちのことで、わたしに何を知られまいとしているのだろうと考えた。

向かいにあるタコスの店に入って、ライスとビーンズを頼んだ。オヘア空港のセキュリティ検査をパスしてラザー・グアマンのところにたどり着いたとしても、不幸に打ちのめされた陰気な男がわたしに話をしてくれるとは思えない。あとは、残された娘しかいない。哀れな少女クララ。時刻は二時半。運がよければ、クララが帰ってしまう前に学校に着けるだろう。

17 沈黙の誓い

グリーン・ラインでホールステッド通りまで行き、セント・テレサ・オヴ・アビラ高校までの二、三ブロックを歩いた。三時に授業が終わるので、市バスがすでに列を作っていた。グアマン家の保護者を自称するあの男がラ・サール通りの法律事務所の仕事を中断してクラを迎えにくるのでないかぎり、クララにとっていちばん楽なのは、ブルー・アイランド・アヴェニューを走る六〇系統のバスで家に帰ることだ。

大脱出が始まる十分前に学校に着いた。学校の斜め前にあるバス停で震えていると、やがて背の高い扉がひらいて、生徒たちがどっと出てきた。

黄色い声をあげながら押し合いへし合いする十代の子たちが、ひとつの巨大な波となって押し寄せてくるかに見えたが、わたしのそばを通りすぎるときには、すでに小さなグループに分かれていた。元気いっぱいの男の子のグループ、冗談をいって笑いころげる女の子のグループ、あるいは、空気の分子一個たりとも二人の身体のあいだに割りこむことは許さないといいたげに抱き合った思春期のカップル。一人で歩いている子もたくさんいた。世間の哀れみの視線を避けるために肩を丸めて。ほとんどの子が、ばかでかいディパックの重みにうなだれていた。農民だった先祖もきっと、これとそっくりな格好をして、綿やトウモロコシや木材を運んでいたのだろう。そして、すべての子が、携帯もミュージック・プレイヤーも使用禁止の一日を終えて、電源を入れ、ふたたびそれらに熱中している様子だった。

わたしのドレッシーなブーツはエレガントだが、防寒の役にはあまり立たない。これ以上外に立っていたら足の指を切断する羽目になりそうだと思いはじめたとき、ひとかたまりの女の子に囲まれてクララ・グアマンが出てきた。ノースリーブで姉の葬儀に出かけた前日とちがい、ちゃんとパーカを着ていた。もっとも、ファスナーを閉めるのは省略していたが。また、葬儀の席でこれみよがしに塗っていた派手なアイシャドーもやめていた。クララと友人たちがバスに乗ったので、わたしもあとにつづき、ＣＴＡ（シカゴ交通局）のカードをマシンに通した。

運転手は四十代のがっしりした女性で、乗りこんでくる子供たちにうなずきかけていた。わたしを見て驚いた顔になったが——通学ルートを走るバスには、ふつう、大人は乗ってこない——何もいわなかった。前からうしろまで車内がぎゅう詰めになると、運転手はゆっくりハンドルを切って歩道の縁を離れた。テストの結果を嘆いたり、ボーイフレンドやガールフレンドのことを嘆いたり、誰が誰に何をいったかで激しく口論したりする六十人ほどの子供たちの甲高い声とわめき声に、わたしは頭がガンガンしてきたが、運転手は一人で笑みを浮かべて、ブルー・アイランド・アヴェニューに点在する路面の穴ぼこに注意を集中していた。世間一般の人々と同じく、この運転手も自分だけの小さなサウンドステージを耳にはめこんでいた。

わたしはクララと友人たちがすわっているうしろの席まで行った。クララは活発にしゃべっていたが、肌は艶がなく、目の下にくまができていた。

「V・I・ウォーショースキーよ」顔をあげたクララに、わたしは声をかけた。「きのう、お姉さんのお葬式で会ったわね」

クララの顔がこわばり、わたしが教会で目にした腹立たしげな傲慢な表情になった。

「謝りにきたの？　そんな必要ないわ」

「あなたと話をしたいんだけど、いつがいいかと思って――」

「いま話してるじゃない。あたしが頼んでも、黙ってくれそうにないわね」

友人たちが興味津々の顔でこちらを見ていた。

「二人だけで話がしたいの」

「無理だわ。いいたいことがあるのなら、いまここでいってよ。そのあとは、あたしの人生から消えて」

喧騒のなかで話をするために、両方でわめき合っていたが、周囲の子たちが話の内容を知るにつれて、喧騒が静まっていった。九一一に電話しようかと、男の子の一人がいった。

「べつに危険な人じゃないわ」クララはつっけんどんに答えた。

メールやツイッターの大好きな観客の前で多くを語るのはいやだったが、とにかくクララから話をひきだす必要があった。

「銃声がきこえたとき、わたし、お姉さんのところへ走ったのよ。お姉さんはわたしの腕のなかで亡くなった。最後の言葉は『アリー』っていう呼びかけだった」

周囲が完全に静まり返った。クララが息を呑み、平手で頬を打たれたかのような呆然とした顔になった。友達連中が血に飢えた吸血鬼みたいな目でクララをみつめた。

クララが返事をしないので、わたしはいった。「ナディアともう一人のお姉さんのことを話したいから、どこかよそへ行かない？」

「アリーの話はやめて！」クララは叫んだ。

「どうして？」

クララはあわただしく周囲を見まわし、それからいった。「アリーの名前は神聖なの！勝手に口にしないで。姉さんの話は、しちゃいけないことになってんだから！」

周囲の子たちが仲間どうしでひそひそと興奮気味にしゃべりはじめた。たとえわたしが疲労と寒さでぐったりしていなかったとしても、このざわめきのなかで考えごとをするのは困難だっただろう。もちろん、騒がしいバスのなかで話をつづけようとするのも愚かなことだ。

だが、わたしは食い下がった。

「ナディアと最後に話をしたのはいつ？」

「覚えてない。どっちにしても、よけいなお世話よ」

バスが揺れるせいで、クララの顔に視線を据えたままでいるのは無理だったが、喧嘩腰の言葉にもかかわらず、その顔には怒りより怯えの色のほうが強く出ているように思われた。

「お母さんからきいたんだけど、〈ボディ・アーティスト〉の身体に絵を描くナディアの姿がユーチューブで流れてたころ、お母さん、ナディアに電話したそうね。ナディアはどう反応したのかしら」

「うちの母と話したの？　母はただでさえ悩みごとでいっぱいなんだから、よけいな口出ししないで」

「ゆうべ、カレン・バックリーがナディアのために特別のプログラムを用意したのよ。カレンっていうのは〈ボディ・アーティスト〉のこと。ナディアのお葬式にきた人」

「自分の姉のお葬式に誰がきたかぐらい、ちゃんと覚えてるわ」

「アレグザンドラの死について、ナディアから何かきいてない？」

こう質問したとたん、クララはひどく怯えた表情になった。

「アリーの話はできないって、さっきいったでしょ。もうやめて！」

「わかった。アリーの話ができないのなら、〈ボディ・アーティスト〉の話をしましょう。ナディアはどうやって〈ボディ・アーティスト〉を捜しだしたの？」

クララはわたしを見たが、黙ったままだった。クララの近くにいた男の子の一人がバスをおりた。わたしはそこにすわった。

「お姉さんを追悼する〈アーティスト〉のステージを見にきた客で、ゆうべ、クラブは満席だったわ。レーニエ・カウルズが何人かと一緒にきてて、その一人が――」

いきなりクララが立ちあがり、身をかがめて、わたしに近々と顔を寄せた。「あなたがレーニエの仲間なら、あたしのことはほっといてよ。レーニエ公のとこに戻って、彼のディックでもしゃぶってな」

その卑猥な言葉は、わたしにショックを与えるためだった。クララは二、三秒、わたしをみつめた。目論見が成功したしるしを求めていたのだろう。その若さと苦悩が痛々しすぎて、わたしは悲しい笑みを浮かべただけだった。すると、クララはわたしを殴る代わりだといいたげに、乱暴に乗客を押しのけて、バスの前のほうへ行った。

クララの友達連中がわたしに、わたし自身も思春期に浮かべた記憶のある冷淡な表情をよこした。ゴミの臭いが気になるかのように鼻をクンクンさせ、わざとらしく顔をそむけて、大声で笑いだした。

「そんなことするより、クララの力になってあげたほうがいいわよ」わたしはいった。「一人ぼっちで怯えてるんだから」

とたんに、笑い声がさらに大きくなった。

バスが十九丁目の赤信号で停止した。わたしは名刺を一枚とりだし、裏に走り書きをした。〝レーニエ・カウルズはわたしの友達でも仕事仲間でもないわ。あなたが話してくれたことは誰にもいわない。話をする気になったら、電話か携帯メールをちょうだい〟

すでに多くの子がバスをおりていたので、前のほうまで行ってクララの横に立つのは簡単だった。デイパックの重みにもかかわらずクララがこわばった姿勢で立っているのは、わたしの存在を強く意識している証拠だった。クララのパーカのポケットにわたしが名刺を押しこんだが、彼女はこちらを見ようともしなかった。わたしはつぎの停留所でバスをおり、北行きのバスに乗るために通りを渡った。

冬の黄昏が迫りくるなか、バスと電車を乗り継いで事務所に戻った。建物を共同で借りているテッサが熱心に仕事中で、彼女が使っている建物の半分はスポットライトとブローランプの炎の光に満ちていた。

あと半分のわたし用のスペースは暗かった。明かりをつけるのが面倒だったので、ブーツだけ脱いでソファにすわり、足を温めるために身体の下に折りこんで、わたしの質問に対するクララ・グアマンの返事の意味を解明しようとした。

〝アリーの名前は神聖なの〟

姉の話はするな、とクララは命じられている。でも、なぜ？　アレグザンドラの性的嗜好が世間に洩れることを家族が恐れているから？　レズビアンを恥だと思っている親がいまだにいるなんて信じられないが、もちろん、そういう人はたくさんいる。

クララはわたしのことをレーニエ・カウルズのまわし者だと思った。というか、そう思って怯えた。ゆうべ、カウルズは〈クラブ・ガウジ〉で、自分がここにきたのはクラブがナディアをきちんと追悼するのを見届けるためだといったが、彼と仲間の態度を見るかぎりでは、通夜などという感覚はなく、夜の歓楽街に出てきたとしか思っていないのが明らかだった。

また、「伯父代わりとでもいいますかな」といったカウルズの言葉も、わたしにはまったく信用できなかった。ああいう弁護士は一時間につき最低五百ドルは請求するものだ。空港で荷物係をしているような一家のために時間を浪費することはない。しかし、グアマン家を守るためでないのなら、なんのために一家のまわりをうろついているのだろう？　カウルズはまちがいなく何かを守ろうとしている。その何かとは、彼自身か、もしくは、きわめて大切な依頼人かもしれない。

アリー――ナディアはそう叫んだ。死を前にしたとき、母親ではなく、姉を求めた。もしくは、自分が死にかけているのを悟り、死者の国でアレグザンドラが出迎えてくれることを願ったのか。

ようやく明かりをつけて、パソコンのところへ行った。

「アレグザンドラ・グアマンを見つけて。さあ、連れてきて！」

パンスト一枚の足の下で、床が凍えそうに冷たかった。奥の物置をかきまわすと、スリッパ代わりにできそうな古いランニング・シューズが見つかった。

〈ライフストーリー〉がアレグザンドラ・グアマンに関する詳細を検索しているあいだに、〈ボディ・アーティスト〉のウェブサイト embodiedart.com にログインした。ナディア・グアマンが〈アーティスト〉の肌に描いた絵をもう一度見て、チャド・ヴィシュネスキーをあんなに逆上させた原因を突き止められないものか、たしかめてみたかった。

ところが、前回このサイトを訪れたときに目にしたスライドショーの代わりに、空白の画面があらわれた。〝死者への追悼を示すため、一時的にサイトを閉鎖させていただきます〟というメッセージが出ているだけだった。カレン・バックリーがこのように繊細な心遣いのできる人間だとは、どういうわけか、わたしは思ったこともなかった。しぶしぶながら考えた――自己中心的に見えても、案外そうじゃないのかもしれない。

コーヒーをいれてから、前に頼んでおいたオリンピアに関するデータのファイルをひらいた。きのうの午後からずっと、わたしのパソコンの未処理のフォルダに入っていたのだ。オリンピアの人生については概略しかわからなかった。経済状態についても同じく。ニア・ノース・サイドにロフトつきアパートメントを所有している。かつてのカブリーニ・グリーンの高層ビルがとりこわされたおかげで、新たに人気が出てきた地区だ。厳密にいうと、オリンピアの完全な所有物件ではない。いまもローンを払っている。ミシガン・シティの近くにある夏の別荘のほうも同じ。この二つのローン残高が約五十万ドル。

クラブが入っているビルの所有者はオリンピアではなかった。個別投資家の名前は開示されずに、フォート・ディアボーン信託が所有者として名前を登録していた。わたしは小さく口笛を吹きながら、やれる範囲でクラブの財政状態を分析してみることにした。

オリンピアが〈クラブ・ガウジ〉をオープンしてから三年近くになる。彼女はもともと、レストラン業界とエンターテインメント業界に身を置いていた。郊外にあるカジノのひとつでレストラン経営を委託され、やがて、西の郊外にあるオーロラ市で自前のナイトクラブをひらいた。北極光という意味を持つ〈オーロラ・ボリエイリス〉が大成功だったので、そろそろ大都市へ進出する潮時だと判断したようだ。三年前、オーロラ市の店を売却し、〈クラブ・ガウジ〉を始めた。

オープンして二年間は、好景気の時代だったにもかかわらず、ひどい赤字だった。百万ドル近い損失を出し、クレジットカードで限度いっぱいまで金を借り、銀行口座もマイナスになった。ところが、景気が悪化して国中の人々が仕事と自宅を失うようになったとき、オリンピアの借金がきれいに清算された。誰がゴッドファーザーだったのかを知るすべはないが、何者かがオリンピアの口座に現金で百万ドルを入金した。

サンタクロース。サンタのロドニー。オリンピアはこの男のご機嫌とりに必死だった。「あんな男、セキュリティにはならないわ」といっていた。だが、ロドニーはオリンピアの救世主ではない。投資物件に目を光らせるために派遣された歩兵にすぎない。

ナディアが〈ボディ・アーティスト〉を捜しだしたのは、〈アーティスト〉がアリーを知っていたからだ。わたしはどうしてもその考えから離れられなかった。だが、姉が〈アーティスト〉と知り合いだったことを、ナディアはどうやって知ったのだろう？　アリーの性的嗜好をグアマン家の人々が気にしすぎたことから殺人がおきたのなら、なぜ〈アーティスト〉ではなく、ナディアが殺されたのだろう？

立証できないシナリオをあれこれ考えたおかげで、頭が変になりそうだった。もうじき五時になろうとしていた。マリに会う前にいったん家に帰り、犬を散歩させ、パスタを食べるつもりだったが、雪のなかで一日をすごしたため、疲れてクタクタだった。ミスタ・コントレーラスに電話をして、犬を外に出してくれるよう頼んだ。奥の部屋に置いてあるデイベッドのほうへ行きかけたとき、パソコンがピッと鳴って、依頼しておいた報告書が届いたことを知らせてくれた。

アレグザンドラ・グアマン。ファイルはさほど長くなかったが、ひらいた瞬間こちらの目に飛びこんできたのは、高校の卒業記念アルバムの写真だった。黒っぽいカーリーヘアに縁どられた顔は、真ん中にナイフの切れ目が入ってはいなかった。だが、それをべつにすれば、ナディアが〈ボディ・アーティスト〉の背中に描いた顔とまったく同じだった。さほど意外なことではなかった。予想はついていた。わたしの目を奪ったのは、死亡した場所だった。アレグザンドラ・グアマンは民間の軍事会社の社員としてイラクへ行っていた。トラックを運転して、安全とされていたルートを走っていたとき、手製爆弾にやられて死亡した。

18　そしてタイヤは空まわり

アレグザンドラ・グアマンに関する報告書をプリントアウトして、奥の部屋へ持っていき、デイベッドに寝そべって読むことにした。一時間後、ハッと目をさますと、報告書のページがわたしの周囲と床の上に落ち葉のごとく散らばっていた。

もぞもぞとおきあがり、シャワーを浴びて目の眠気を流し去り、小さなキッチンでコーヒーをいれた。マリとの約束の時間までまだ一時間あるし、調査がはかどらないことに焦っていたので、できるかぎりの資料に目を通しておきたかった。

アレグザンドラ・グアマンに関する報告書はたいして参考にならなかった。アメリカの侵攻以来、イラクで多数の死者が出ているので、ジャーナリストたちは目下、そうした事件を片っ端から報道界の共同墓地に放りこんでいる。バスラ郊外の爆発で十五名死亡、バグダッドの市場で七名死亡、ファルージャ爆撃により三十名死亡。

アレグザンドラの経歴も同じく短かった。グアマン家の長女、セント・テレサ・オヴ・アビラ高校に入学、卒業後はこのシカゴにあるデポール大学に進学。コミュニケーション学科で学位取得。大手の民間軍事会社〈ティントレイ〉に就職。〈ティントレイ〉の本社はシカゴにある。というか、シカゴ郊外にある。トライステート有料道路の北のほうに、企業の密集している細長い地区があるのだ。

アレグザンドラは四年前に〈ティントレイ〉の社員としてイラクへ派遣された。〈ティントレイ〉は長距離トラック輸送から戦地用救急キットの供給まで、ありとあらゆる契約を請け負っている。アレグザンドラの肩書きは〝コミュニケーション部門スタッフ／レベル8〟、どんな職務でもあてはまりそうだ。広報活動、コンピュータ・ネットワークのモニタリング、現場要員へリアルタイムの情報送信。

シカゴで読まれているヒスパニック系の新聞に死亡記事が出ていた。わたしの脳裡に焼きついている卒業記念アルバムの笑顔がそこにあった。わたしは紙面に目を凝らし、スペイン語を注意深く読んでいった。両親の苦悩、知らせを待つ長い時間、アレグザンドラの上司から家族宛てに悔やみ状が届いたときの悲しいあきらめ。〝バグダッド空港へ向かう輸送車隊に加わって、お嬢さんが勇敢にトラックを運転しておられたとき、手製爆弾が爆発したのです〟

この記事にも、わたしが入手したわずかな報告書のどこにも、アレグザンドラの性生活のことは出ていなかった。あるいは、〈ボディ・アーティスト〉のことも。アレグザンドラはレズビアンだったかもしれないが、イラク派遣の時期がチャド・ヴィシュネスキーと重なっている。チャドを激昂させたのは、〈ボディ・アーティスト〉の肌に描かれたアレグザンドラの顔だった。

バグダッドで彼女がチャドに肘鉄を食らわせたのだろうか。彼と関係を持ち、それを後悔したのだろうか。いや、もしかすると、チャドがアレグザンドラに襲いかかったのかもしれない。彼の軍務記録には一点の曇りもない。当然ながら、暴行罪などまったくの無関係。だが、そうであっても、二人が過去に関わりを持たなかったとはいいきれない。そして、時が流れ、いきなりアレグザンドラの顔を目にして、チャドはナディアのあとを追った。わたしは自分がチャドの無実を証明すべき立場にいることを自覚してはいるが、こうしたつながりが事件に無関係だとは思えない。やはり、テリー・フィンチレーが正しいのかもしれない。チャドがナディアを殺し、罪の意識に耐えかねて、自分のビールにクスリを入れたのかもしれない。だが、もしそうだとしたら、きのうナディアのアパートメントに押し入ったのは誰なんだろう？

さまざまな考えが虚しくまわりつづけた。まるで、雪道で空まわりするタイヤのようだ。苛立ちに包まれて、〈ティントレイ〉のことを検索してみた。

アレグザンドラに関して充分な情報が見つからなかったとすると、彼女をイラクへ派遣した会社に関しては、逆の意味で苦労させられた。手始めに〈ティントレイ〉のサイトをひらいてみると、中東とアフリカでテロリストからアメリカを守った英雄的な兵士が何人も紹介されていたが、それと同時に、〝〈ティントレイ〉は高い戦闘能力を備えた男女の集まりというだけではありません。あなたがわれわれを必要とするとき、われわれはかならずそこにいます……そこがＰＸ（軍隊内の売店）であろうと、ＲＸ（ドラッグストア）であろうと〟と強く述べてあった。

〈ティントレイ〉は基地の警備にあたり、防弾装具を生産する部門を持ち、基地の兵舎建設を請け負い、訪問中のVIPの身辺警護をおこない、PXのスタッフ補充に協力している。

サイトにPXの画像がつぎつぎとあらわれた。さながら、巨大なショッピング・モールのようだ。エレクトロニクス機器の倉庫、衣類、ファストフード店、銀行、車の販売代理店まである。故郷から一万二千マイルも離れても、〈マクドナルド〉やシネコンから逃れることはできない。わたしは呆然とした。人々が基地のPXの話をするとき、わたしはなぜか、昔のウェスタン映画に出てくるような小さな雑貨店を想像していた。しかし、合衆国がみんなを飛行機に乗せて、はるか遠くの軍事作戦へ送りだす必要があるなら、もちろん、民間業者もパイの分け前にありつく必要がある。ロッキード・マーティン社だけに儲けさせるわけにはいかない。

報道記事のほうはもっと客観的で、〈ティントレイ〉のいい点にも悪い点にも触れていた。米軍基地と契約を結んでいる百三十ぐらいの民間軍事会社のひとつとして、〈ティントレイ〉にもそれなりのしくじりがあった。国防総省に納入品の水増し請求をしたり、建設した橋が初めて戦車を通したときに崩壊してしまったり。

だが、〈ティントレイ〉のオーナーのジャーヴィス・マクリーンが〝赤貧から富豪へ〟という古典的出世物語の、もしくは、すくなくとも〝ジーンズから富豪へ〟という物語の主人公であることは、万人の認めるところだ。いちばん熱っぽい記事が見つかったのは、《ワイアド・イントゥ／ザ・ノース・ショア》という、シカゴ大都市圏のニュースを載せているウェブマガジンだった。

グレンブルック高校の卒業生、大成功を収める

ジャーヴィス・マクリーン氏はグレンブルック高校の生徒だった当時、アルバイトでバーガーをひっくり返していたが、それらの日々は遠い過去のこととなった。フライ用の鍋をフェラーリに替え、自宅でシェフを雇っている。このシェフがテーブルに出すのは、バーガーではなく、バーガンディだ。

八回目のバグダッド旅行から帰国したマクリーン氏は、戦闘地域での暮らしと、イラクに派遣された九千人の社員が従事している、危険な、だが、やり甲斐のある仕事について、本誌に語ってくれた。

マクリーンはバーガーをひっくり返していた高校生のころに、郊外のイベントの警備を請け負う会社をスタートさせた。社は成長の一途をたどって、事業の範囲を広げ、抜け目のない買収をいくつかおこなった。現在〈ティントレイ〉の医療部門となっている〈トライステート・ヘルス〉や、防弾装具を製造する〈アキレス〉などが、そこに含まれている。

〝ジャーヴィス・マクリーンの黄金の手が〈アキレス〉の運命を変えるだろうか〟――《フ

ォーチュン》誌の記事がそう問いかけていた。

社の総力を結集して新たなスタートを切るにあたって、マクリーンは〈アキレス〉の広告代理店も新しくすることに決め、野心的な〈ダッシェル＝パーカー〉に変更した。イラクに派遣された〈ティントレイ〉の社員と米兵の両方を保護するための特許取得済み防弾用ナノ粒子の増産態勢に入って以来、コスト超過にあえいできた〈アキレス〉の士気を、〈ダッシェル＝パーカー〉が高めてくれることだろう。

べつの記事も見つかった。《ファイナンシャル・タイムズ》紙の記事で、〈ティントレイ〉の躍進の様子が簡潔にまとめてあった。マクリーンがブッシュに社の命運を賭けた一九九九年当時は、社の規模は比較的小さかった。イラク侵攻後、合衆国が民間企業にばらまいた利益率の高い多数の警備・再建分野の契約のひとつが、マクリーンに与えられた。二〇〇一年から二〇〇五年にかけて、ジャーヴィス・マクリーンの会社は年商一億ドル未満から十億ドル超へと飛躍的な伸びを示している。

おめでとう《マーゼル・トーヴ》——わたしは小声で毒づいた。アレグザンドラ・グアマンが死んで、パソコンで打った短い悔やみ状が遺族に届くあいだに、あなたは大儲けをした。

携帯がリーンと鳴って、マリに会うために出かける時刻になったことを教えてくれた。パソコンの記事を読むのに没頭していたため、爪先が冷たくなったことにも気づかなかった。

パソコンを切ろうとしたそのとき、ジャーヴィス・マクリーンの名前をハッと見直した。マック。ゆうべ、レーニエ・カウルズのテーブルで騒いでいた男たちが、仲間の一人をマックと呼んでいた。

〈ティントレイ〉のサイトに戻って、マクリーンの写真を探した。予想どおり、カレンの胸――彼にいわせれば〝おっぱい〟――をしょっちゅう見たいといった男がそうだった。ブッシュ大統領から賞を受けとる彼の写真があった。べつの写真では、野戦服姿で真面目くさった顔をしていて、となりにレーニエ・カウルズがいた。カウルズは連中の何なんだろう？社外相談役？

その写真に写っているもう一人の人物も、ゆうべ〈クラブ・ガウジ〉でカウルズと一緒にいた男だった。キャプションによると、ギルバート・スカリア、〈ティントレイ〉の〝不朽の自由事業部〟の部長。イラクでの事業を監督する部署だ。対アフガニスタン軍事作戦の公式名称を部署の名前にするなんて、とってもキュート。わたしはげんなりしてパソコンを切った。

ワークブーツの紐を結びながら、ティム・ラドケの電話番号を調べた。チャドの友達のなかで、両親が名前を覚えていたのはこのラドケだけだった。ナディアが殺された事件を調査中だと告げても、ラドケの反応はそっけないものだったが、わたしに会うことは一応承知した。

「チャドとはそう長いつきあいじゃないんだ」ラドケはわたしに警告した。「けど、悪いやつじゃない。チャドを助ける手伝いをさせてほしい」

それはチャドの人柄を熱烈に称える言葉ではなかったが、とりあえずは明日の夜、ディヴィジョン通りのバーで会うことになった。ラドケは地元のケーブル会社でコンピュータ・システムの修理をしている。仕事が終わるのは六時ごろだから、七時までにバーに着けるという。

今日の仕事を終わりにする前に、シカゴ警察の本署に電話してテリー・フィンチレーを呼んでもらった。幹部候補生として期待されるレベルにいる刑事なら、わたしと同じく、定時に帰ることはない。まだ自分の席にいた。

「ウォーショースキー。いま電話しようと思ってたとこなんだ」

フィンチレーとは長いつきあいだから、その無愛想な声のなかに、きつく抑えこまれた怒りがききとれた。こめかみに青筋を立て、黒檀色の肌をさらに黒くしている姿が目に浮かんだ。

「ゆうべのわたしの伝言、きいてくれたでしょ？」

「郡のほうで勾留中の殺人事件の容疑者を勝手に連れだすとは、どういうつもりなんだ？おれはついさっき報告を受けたばかりだ。きみがすぐさま弁護士をひっぱりだしたものだから、こっちは何をする暇も――」

「弁護士をひっぱりだした？」わたしは冷たくくりかえした。「失礼な言い方ね。つまりこういう意味でしょ――憲法で保障された基本的な権利をチャドが行使できるように、わたしが手を貸した。もっとも、チャドは昏睡状態にあるのよ。逃亡の恐れはないと思うけどね。おまけに、警察は電話の密告だけでチャドを逮捕したんだし。ところで、その電話、誰がかけてきたの？」

「何も教える義理はない、ウォーショースキー。犯罪ホットラインに関してはとくに。だが、ひとつだけいっておこう。ナディア・グアマン殺害に使用された拳銃がベッドで見つかったんだぞ。ヴィシュネスキーのすぐそばに――」

「でも、当人は意識不明で、質問に答えられる状態ではない。捜索チームが凶器を押収したとき、ヴィシュネスキーの携帯とノートパソコンはどうしたの？　パソコンはレノボのシンクパッドだったんだけど」

「それにも答える義理はない。きみが被疑者の代理人となっているのでないかぎり。代理人となってる場合は、証拠品の開示を求める通常の手続きをやってくれ」

「わたしはチャドの両親のジョン・ヴィシュネスキーとモナから調査を依頼されたの。チャドのパソコンと携帯が消えているのを知ったとき、警察が押収したんだと思ったわ。でも、そうじゃないのなら、ナディアが殺された晩、何者かがチャドのアパートメントにいたというわたしたちの仮説が裏づけられたことになる。アパートメントにいた何者かは、チャドの電子機器を持ち去るほうが安全だと考えた。警察に、あるいは、わたしにチャドのファイルを読まれる危険があるもの」

フィンチレーはしばらく無言だった。キーボードを叩く音がきこえてきた。それから、小声ではあるが紛れもない罵りの言葉。

「たとえ、パソコンと携帯が消えてるとしてもだな——ただし、それに関しても、今回の事件のいかなる点に関しても、きみの言葉を信じる気にはなれないが、ウォーショースキー——ヴィシュネスキーの無実の証明にはならない」

「それだけじゃ、たしかに無理ね。でも、わたし、午前中にナディア・グアマンのアパートメントへ行ってみたの。シカゴ市警は捜索の必要なしと思ったようだけど。さて、ここからが妙なところよ。ナディアのところも荒らされてた。パソコンが消えてた。ナディアの絵の一部も」

フィンチレーがさらにキーを叩いた。「彼女が住んでたのはハンボルト・パークだ。あのあたりには、ドラッグの大好きな押しこみ強盗がわんさといる」

「パソコンをなくしたのがナディアだけなら、あるいは、チャドだけなら、わたしも同意するでしょうね。でも、両方とも？　しっかりしてよ、テリー」

フィンチレーはためいきをついた。迷惑な女だと思っていることを伝えるために、わざと大きく。「ヴィシュネスキーの有罪については、動かぬ証拠がある。銃撃する前の何週間かのうちに、被害者に二回襲いかかっている。ストーカーの典型だ。しかも、凶器が見つかったのは、やつが寝ていたベッドのなかだ」

「銃のテストはしたの？」

「おれたち警官が、人に手伝ってもらわないと靴紐を結ぶこともできん無能な連中だときみに思われてることはわかってるが、もちろん、凶器を検査にまわすことはおれだって思いついたさ。ナディア・グアマンの命を奪った弾丸は、チャド・ヴィシュネスキーのそばの枕にのってたグロックから発射されたものだった」

「じゃ、残渣は？　チャドの手の原子吸光試験はやった？」フィンチレーが迷惑がっているのもかまわず、わたしは食い下がった。

「もち——」フィンチレーは途中で黙りこんだ。「それに関しても、あとで連絡する」

フィンチレーがパソコンで何を読んでいるのか知りたくて、わたしはうずうずした。誰かがへまをやって、チャドの手を調べるのを忘れたのだろうか。それとも、試験結果に何か異常な点があって、フィンチレーの言葉がとぎれたのだろうか。

「ところで」わたしはいった。「チャドの体内からどんなドラッグが検出されたかを医者に伝えることができると、助かるんだけど。サーマックのほうでその検査をやった？」

「どうしても知りたいなら、フリーマン・カーターに裁判所命令をとってもらうことだな」

そういわれて、カッときた。犯行現場のずさんな捜索のことで、フィンチレーに嫌味をいうつもりはなかったのだが、こうつけくわえた。「いいこと教えてあげる。チャドが枕カバーに嘔吐してたわよ。その枕カバーとベッドのそばにころがってたビールの空き缶を分析してもらおうと思って、民間の科学捜査研究所へ送っておいたわ」

「ふざけんな、ウォーショースキー。まずこっちに電話するのが筋だろうが」

「グアマン殺害から四日もたってたのよ。おたくの捜査チームに証拠品を集める気があれば、時間は充分にあったはずよ」

フィンチレーの歯ぎしりがきこえたような気がしたが、彼はこういっただけだった。「今夜、誰かに襲われたり、強盗に入られたりしても、九一一には電話するなよ、ヴィク。おれたちが現行犯でそいつを逮捕しても、きみはたぶん、こっちが警察の仕事をちゃんとやってるとは思わないだろうから」

わたしは謝ろうとして口をひらいたが、そこで思いとどまった。捜査チームが証拠品集めをさぼったことをテリー・フィンチレーに教えてあげたんだから、謝るなんてとんでもない。チャド・ヴィシュネスキーがまともな医療を受けられるよう――手遅れでないといいけど――手配しただけなんだから、それも謝るつもりはない。

19　不機嫌な従妹

フィンチレーがわたしの耳もとで受話器を叩きつけた直後に、依頼人から電話が入り、何か見つかったかと尋ねられた。

「見つからなかったもののほうが多いです、ミスタ・ヴィシュネスキー」ナディア・グアマンの住まいを調べて何が出てきたかを説明した——というか、むしろ、何が出てこなかったかを。

「すると、何も証明できないというのか」向こうは不満そうに叫んだ。「それでもやっぱり、あんたに払う金を工面しなきゃいけない。もし、わたしが誰かにビルを建てると約束して、そいつが現場にきたときに、地面に穴があいてるだけだったら、当然、わたしを訴えるだろう。こっちが金を受けとったあとなら、とくに」

「探偵仕事というのは、ビルを建てるのとはちがいます。隠れんぼのようなものです。相手が隠れ、わたしが捜す。いまのところ、隠れる側がわたしの一歩先を行っています。隠れるのがすごく上手です。捜すのがもっと上手な人間を頼もうとお思いなら、それはわたしにも理解できます。わたしが依頼人を失望させたことは一度もないと断言できますけど、あなたもきっと、ご自分が建てるビルに関して、そういうお気持ちでしょうね」

彼としては、わたしをクビにするつもりはなく、それはおたがいに承知していた。息子を案じる思いに捌け口が必要なだけだった。イラクへ行ったせいで陽気な男の子から怒れる男に変わってしまった息子。昏睡状態で横たわっている息子。若い女性を殺したかもしれない息子。

外に出てから、車に残っていた雪を払い落とした。フィンチレーとの電話の最中に従妹から携帯メールが入っていた。ひどく焦った感じのメッセージだった。車のエンジンが温まるのを待つあいだに、〈クラブ・ガウジ〉で今度はどんな緊急事態がおきたのかと思いつつ、従妹に電話した。

「ヴィク、クビになっちゃった」わたしの声をきいたとたん、ペトラがわめいた。

「そう悪いこととは思えないけど。〈クラブ・ガウジ〉はどんどん危なっかしく――」

「わかってないのね！　クビになったのは昼間の仕事。だから電話したの。こうなったら、クラブの仕事にしがみつかなきゃ。でね、今日の午後、クラブに寄って、バイトの時間をふやしてくれないかって頼んだの。そしたら、オリンピアから、ヴィクがクラブにつきまとうのをやめたら、頼みに応じてもいいっていわれた。オリンピアがいうには、ヴィクは商売の邪魔だから、今後もちょくちょくクラブにくるようなら、あたしを雇っておくわけにいかないんだって」

わたしは手袋をはめた手で額をさすった――ドジだった。融けた雪を顔にすりこむ結果になってしまった。フロアスタッフの一人をそんなふうに脅すなんて、いかにもオリンピアのやりそうなことだ。

「ちゃんとした仕事を探す必要があるわね。ただちに。オリンピアは気まぐれだから、家賃を払っていこうと思ったら、クラブの給料はあてにしないほうがいいわ。それに、わたしはナディア・グアマン殺しを調査中だから、クラブに出入りする必要があるの。今度クラブへ行かなきゃいけないときは、何か変装を考えてみるけど、でも——」

「だめっ！」ペトラが叫んだ。「いまいったでしょ——」

「ペトラ、癇癪をおこすのはやめて、わたしの話をききなさい。わたしはね、あなたがクビにならないように最善を尽くすつもりだっていったの。カレン・バックリーと話をしなきゃいけないけど、住所がわからないのよね。カレンのつぎの出演予定はいつなのか教えて。そしたら、わたし、外で待つから」

「ヴィク、だめ、やめて」電波状態の悪さも、ペトラの声ににじむパニックを消し去るには至らなかった。「ヴィクにはわかってない。あたし、どうしてもこの仕事が必要なの」

「ペトラ、さっきから堂々めぐりよ。ねえ、こうなったら、職探しをするあいだだけでも、お母さんにお金をもらったほうがいいんじゃない？」

「ママはいま、ダディの裁判のことで頭がいっぱいなの。あたし一人でなんとかできるから、ママには心配かけたくないの」

〈クラブ・ガウジ〉でトラブルに巻きこまれ、母親が自分にもっと注意を向けてくれるようになることを、ペトラは無意識に願っているのではないかと、ふと思った。何かいおうとしたが、わたしの素人心理学など披露しても従妹をよけい怒らせるだけだと判断した。

「ペトラ、こういう不況の時代においても、お金がすべてではないのよ。お金とひきかえに刑務所に放りこまれたり、もっとひどい目にあったりしたら、ばかばかしいでしょ。あのロドニーって男だけど、オリンピアは彼を怖がると同時に、かばおうとしている。しかも、二人で何かうしろぐらいことに関わっている。あなたが先週わたしに助けを求めてきたのは、ロドニーのおさわりを我慢するようオリンピアに命じられたからだった。なのに、いまになって――」

「その話はもうやめて。ここんとこ、すべてオーケイなんだから」

「オーケイですって？」わたしはわめいた。「殺人がオーケイなの？　オリンピアはわたしがクラブに押しかけたらあなたをクビにすると脅した。それはつまり、オリンピアが何かやってて、わたしにそれを嗅ぎつけられるのを恐れてるって意味よ。そんなのオーケイじゃないわ。惨事のもとよ。オリンピアがマネーローンダリングの隠れ蓑を提供してるのなら、あなたは大陪審の前にひきずりだされることになる。共犯者にされる危険だってある！」

「そのときは、気むずかしい従姉が助けにきてくれる。でしょ？」

ペトラの顔が想像できた。わがまま娘であることを自覚したときにいつも浮かべる、自嘲的なふくれっ面。厄介なのは、もちろん、わたしが助けに駆けつけるだろうということだ。向こうもそれをあてにしている。わたしは高校時代に母を亡くし、父から家事と食事の支度を押しつけられて青春をすごしたため、生まれながらに大人だったような気がする。自分自身の反射的な応対に、われながらうんざりしている。〝えっ、困ったことになったの？　それ以上いわなくていいわ。気むずかしい従姉のV・Iが保釈をかちとってあげる！〟その特別なスイッチを切る方法がわかればいいのだが。

一瞬、わが探偵稼業も青春時代から人の世話をしてきたという個人的歴史の上に築かれたものではないだろうか、との思いが頭をよぎった。とたんにひどく動揺し、つぎに口をひらいたときは、怒りで声がとがるのを抑えきれなくなっていた。

「ペトラ、〈ボディ・アーティスト〉の次回の出演が決まったら電話をちょうだい。あなたのおかげで、こっちはいつも泥沼にひきずりこまれてるんだから、それぐらいやってくれてもいいでしょ」

「う、うん。じつはね、明日の夜なの」ペトラはききとりにくい声でもぞもぞ答えた。「特別のショーをやる予定。ゆうべ、ロドニーの描いたものを〈アーティスト〉が消してしまって、オリンピアをカンカンに怒らせたから」

ペトラは電話を切った。わたしは車のギアを入れ、ミルウォーキー・アヴェニューを走りはじめた。きびしい冬が街の通りのあちこちでビル解体用の鉄球みたいに猛威をふるっていて、エネルギーに満ちあふれた地の精《ノーム》の一団が夜ごと新たな場所を選びだし、土を砕いて地表に出てくるような感じだった。〈ゴールデン・グロー〉の約束の時間にすでに三十分近く遅刻だったが、通りの向かいに運よく駐車スペースが見つかった。駐車もまた、この街の厄介な問題になっている。コインパーキングのスペースを、市長がいきなり民間企業に売却してしまい、おかげで一夜にして駐車料金が四倍に跳ねあがった。どこへ行くにも、二十五セント玉の袋を持ち歩かなくてはならない。まるでスロットマシンをやりにいくようなものだ。どうせ、いまのパーキングメーターはスロットマシンに変身してしまったけれど。スロットマシンというのは、賭博場がすべての利益を永遠に吸いあげる仕掛けになっている。

〈グロー〉に着くと、すでにマリがきていて、ホルステンを飲んでいた。悪天候のため、ひと握りの筋金入りの酒飲み以外は自宅に閉じこもっているので、サルがマリの横にスツールを持ってきていた。マリは挨拶代わりにビール瓶を持ちあげたが、椅子から立とうとはしなかった。

「この天気にビール！　あなたがそれを飲んでるのを見ただけで、よけい寒くなるわ」

「おれはあったかくなる」マリはニッと笑った。「頭に浮かんでくるんだ——三塁側のシート、きみの癇癪みたいにホットな七月の太陽、カブス——」

「負けてばかりで希望なし、ルー・ピネラ監督の鉄の顎から火花が飛ぶ。想像できるわ」

サルがマホガニーのカウンターの向こうで手を伸ばして、黒ラベルのボトルをとった。

「マリはどこまで知ってんの？」

「テストしてくれ」マリはいった。「一九八七年のカブスで防御率が最低だったのは誰だ？　レオポルドとローブと、先に死んだのはどっちだ？」

「マリを信用していいとは思えないわ」わたしはサルにいった。「特ダネがほしくて必死だもの」

マリはサルがわたしのグラスに酒を注ごうとする前に、黒ラベルのボトルを奪った。「正直に話すんだ、過激派フェミニストのお二人さん、いやなら、このボトルの生きた姿を目にすることは二度とないぞ」

「おとなしく降参する？ それとも、マリの腕をへし折ってやる？」サルがいった。

誰かがグラスをかざしたので、サルはワインボトルを持って隅のテーブルへ行った。戻ってきてから、わたしにいった。「こないだの晩、あたし、あんたの友達のことを有能な経営者だっていったけど、それは昔の話だよ。〈オーロラ・ボレアリス〉のころの」

「オリンピア、〈クラブ・ガウジ〉」マリの笑みは得意そうだった。「おれのネタを誰も記事にしてくれなくたって、取材の腕はまだまだ鈍っちゃいないぜ」

「オリンピアは足の届かないとこまで泳いでいったの。そこで、どこかの恩人に岸へ連れ戻してもらったのよ」わたしはいった。

マリとサルにロドニーの話をし、ロドニーがゆうべ運転していたメルセデスの所有者を突き止めてくれたのかと、マリに尋ねた。「その所有者の名字か住所はわかった？」

「車はオーウェン・ウィダマイヤーという男のものだ。公認会計士で、オフィスはディアフィールド、自宅はウィネッカ。前科なし。ロドニーという名前の人物は雇っていない」

「じゃ、二人は愛人関係ね」わたしはハンドヘルドPCにウィダマイヤーの住所を打ちこんだ。「ロドニーが〈アーティスト〉の肌に描いた数字で何を伝えようとしてるのか、よくわからないの。でも、ウィダマイヤーと話をすれば、いっきに解明できるかもしれない」

サルがほかの客の様子を見てまわるあいだに、わたしは〈ボディ・アーティスト〉のサイトで見つけた数字をマリに見せた。マリはわたしと一緒に頭を悩ませたが、何ひとつ思いつけなかった。そして、わたしと同じ反論をした。これが何かの暗号だとしたら、なぜそんな粗雑な伝達方法を使うのか。携帯かネットを使えばいいではないか。そうすれば、相手に連絡がついたことを確認できる。あるいは、盗聴やハッキングが心配なら、手紙を書けばいいではないか。

サルが戻ってきて、もう一杯どうかと勧めてくれたが、時刻はもうじき十時だった。短時間の睡眠をとったにもかかわらず、わたしは疲れはてていた。今夜もまた、裏道ばかりを選んで家に帰った。雪がちらほら舞っていて、ときたま、車のフロントウィンドーに貼りついた。ぼやけた視界は、わたしの頭のなかの状態とけっこう調和していた。

ベッドに入る支度をする前に、寝室のクロゼットに作りつけになっている金庫まで行った。母のものだった高価な宝飾品がすこしと、わたしの拳銃がしまってある。スミス&ウェッスンをとりだし、じっくり調べて、きちんと掃除されていることを確認した。クリップを押しこみ、安全装置を再確認してから、ベッドの横のナイトテーブルに置いた。そういう種類の事件であることを痛感しはじめていた。

20 エッグマン登場

翌朝、わたしは目のくらみそうなまばゆい陽ざしを浴びながら、北西郊外へ車を走らせた。ミッチとペピーも連れていった。有料道路の近くにあるオーウェン・ウィダマイヤーのオフィスへ行く前に、ウィネッカの森林保護区で車を停めた。ラグーンまで走った。ラグーンの水面はわたしの体重を支えられるぐらい硬く凍っていて、氷をうっすらと覆った雪が滑り止めの役目を果たしていた。

ここ二、三日、犬もわたしもろくに運動していなかったので、走るチャンスができてうれしかった。犬たちは雪のなかでころげまわり、氷の上で大きくバウンドするボールを追いかけた。クロスカントリー・スキーをやっている人々とすれちがうと、声援が飛んできた。明るい陽光に恵まれたこのめったにない一日のおかげで、誰もが浮かれていた。

車を走らせながら、わたしは〈ある晴れた日に〉を歌った。美しい日なので、つい心に浮かんできたのだ。だが、このアリアの根底には不吉なものが流れていて、ウィダマイヤーのオフィスがあるビルに着いたとき、その不吉なものが頭をもたげてわたしを迎えたかに思われた。アドレスボードには二階のテナント二つが記されていた。オーウェン・ウィダマイヤ

—〈公認会計士〉と、〈レストEZ〉という会社。

わたしもイリノイ州の下劣な会社をひとつ残らず知っているわけではないが、〈レストEZ〉は知らずにいるほうがむずかしい会社だ。八カ月ほど前、オーナーのアントン・クスターニックが離婚問題で揉めていたとき、都合のいいことに、小型飛行機の墜落事故で妻が死亡した。調査団は正真正銘の事故だったというしぶしぶながらの結論を出した。わたしは陰謀説支持者と同じように熱心にこの事件を追い、クスターニックの財産が給料日ローンによって築かれたことを知った。給料日ローンというのは、わたしにいわせれば、法律すれすれのところでやっている闇金ローンにすぎない。

たとえば、月末にお金が足りなくなったとしよう。ご心配なく。入ってくる予定の給料小切手を〈レストEZ〉に担保としてさしだす約束をすれば、〈レストEZ〉が現金を融通してくれる。四百パーセントの金利で。返済が百二十日後になったら、金利は七百パーセント。返済期限をすぎれば、千パーセントになることもある。ほらね？　法外な金利、しかも違法ではない。

わたしはテナントのリストを凝視した。ロドニーはオーウェン・ウィダマイヤーの車を乗りまわしている。ウィダマイヤーはクスターニックと同じフロアにオフィスを構えている。まさか、クスターニックがオリンピアの窮地を救った男のはずはないし……。オリンピアは抜け目のない経営者といわれている。百万ドルの緊急融資を七百パーセントの金利で受ける者など、どこにもいない。だが、クスターニックに大きな借りがあるわけでないなら、オリンピアはなぜ自分のクラブでロドニーに好き放題をさせているのか。それとも、ロドニーと、いやいや、もしかしたらアントン・クスターニックと、男女関係にあるのか。考えただけでぞっとする。

このビルには、妻の死亡時に約八億ドルとメディアで報じられていたクスターニックの資産を示すものはどこにもなかった。ロビーの床にはグレイの安物マット、ドアは誰が見ても明らかな模造の板材、ロビーの照明はワット数をできるだけ節約したものが選ばれている。といっても、たぶん、クスターニックが環境保護主義者だからではなく、国内と海外の豪華な邸宅に資産をつぎこんでいるからだろう。わたしも新聞記事をはっきり覚えているわけではないが、たしか、この近くのローハンプトンという郊外にプール二つの豪邸を持っていて、ほかにも、フランスだか、スイスだか、イタリアだか、もしかしたらその三カ所すべてに邸宅があると書いてあったような気がする。

テナントがパブリック・スペースにつぎこんだ唯一の金は、ドアの上の防犯カメラに使われていた。小型で、人目につきにくい、高性能のものだった。

〈レストEZ〉のオフィスは二階の端にあり、公認会計士オーウェン・ウィダマイヤーのオフィスは反対側の端にあった。あいだに並んだドアには数字もプレートもついていないため、どこまでが公認会計士のオフィスで、どこからが闇金オフィスなのか、見当がつかなかった。

闇金業者のことは知らないふりで通すつもりだったので、公認会計士のドアの横についているブザーを押した。防犯カメラに映しだされたわたしの正直で友好的な顔を誰かがながめるあいだ、しばらく間があり、やがて、ブザーが鳴ってわたしを通してくれた。

ウィダマイヤーのオフィスもロビーと同じく地味だった。壁には絵の一枚すらなかった。唯一の装飾はくたびれた鉢植えのフィロデンドロン。完全に枯れてはいないけれど、成長も望めないだろう。片隅に置かれた飲みもの用のスタンドには、スタイロフォームのカップがいくつかと、人工ミルクパウダーの容器が置かれていた。ポットのコーヒーは加熱しすぎで、カラメルっぽいしつこい匂いが室内に充満していた。

安物のスチールデスクの向こうにすわった女性は、鉢植えに劣らずくたびれた顔をしていた。紙片を――わたしにわかるかぎりでは、タクシーやレストランでもらう小さなレシートのようだ――つぎつぎとめくりながら、金額をパソコンに打ちこんでいた。左手で押さえている束の処理を終えるまで、顔をあげようともしなかった。

「V・I・ウォーショースキーといいます」わたしはやたらと明るい声でいった。元気のない相手の前に出ると、人はついこんな声を出してしまう。「オーウェン・ウィダマイヤー氏にお話がありまして」

「アポイントが入ってませんが」女性には敵意はなく、ただ、事実を述べているだけだった。

「ええ、そうなの。ウィダマイヤー氏はいらっしゃる？」

女性は疲れているだけで、無能ではなかった。アポイントのない方にはお目にかかりません。どういうご用件かいっていただければ、お目にかかる時間が作れるかどうか尋ねてみます。

わたしは名刺をさしだした。「わたし、探偵をしています。殺人事件の調査をしているところでして、犯行現場でウィダマイヤー氏の車が発見されたんです」

これで女性の注意を惹くことができた。彼女は電話しようとしたが、途中で立ちあがり、デスクの向こうのドアまで行った。すばやくドアを閉めてしまったので、わたしは奥をのぞく暇もなかった。

デスクのへりをまわって、その横に立ち、閉じたドアのほうへ軽く身体を向けた。女性は迂闊にも、パソコンの表計算ソフトを閉じていなかった。

母はわたしをとてもきびしいルールのもとで育てた。他人の私的な書類を見たり、手紙を開封したりするのは、卑劣な人間のクズがやることよ。

ごめんね、ガブリエラ――そうつぶやきながら、パソコンの画面を見ようと身を乗りだした。思ったとおり、経費のレシートの金額を打ちこんでいたのだった。ベッティーナ・リズネスカ。片目をドアに向けて、画面をスクロールしていった。コンスタンティン・フェデール、マイクル・デュランテ、ルートヴィヒ・ナスターゼ、そして、いちばん下にロドニー・トレファー。

スクロールでベッティーナのところまで戻ったそのとき、背後のドアがひらいた。デスクのそばのラジエーターに両手をかざしたところへ、アシスタントの女性が出てきた。眉をひそめ、わたしからパソコンへ視線を移して、何を見たのかといぶかっている様子だったが、わたしはきびしい冬に関して陽気なコメントをしただけだった。

「ウィダマイヤーが十分だけお目にかかりますので、話の要点を整理しておかれるといいと思います。ウィダマイヤーは単刀直入に話をする人を好んでおります」

「すばらしいわ」わたしはにっこりした。「わたし自身も単刀直入な人が好きなの」

女性の渋面がこわばったが、半分あけたままになっている背後のドアをわたしに示した。

ウィダマイヤーもアシスタントと同じく、パソコンと意思の疎通を図っていた。三台のモニター画面から顔をあげることなく、犬におすわりを命じる訓練士みたいに片手をあげた。わたしは椅子にすわったが、その椅子ときたら、こちらが何枚も重ね着をしていなかったら、骨に突き刺さりそうな代物だった。

わたしにわかるかぎりでは、ウィダマイヤーは卵みたいな体型だった。太りすぎなわけではないが、中央部分が丸く、上へいくにつれて細くなっている。白髪まじりの髪がフリンジのように残っているだけのハゲ頭も、やはり卵に似ている。なんだかおなかがすいてきて、ふわふわのオムレツが食べたくなった。

この部屋もアシスタントの部屋と同じく簡素だった。デスクだけは、スチールの代わりに何かの木材で作られた立派なものだったが、冬の陽ざしをさえぎるブラインドは折れ曲がって埃だらけだし、壁には時計がひとつかかっているだけで、その秒針が永遠のときを刻みつづけていた。

ウィダマイヤーはパソコンの画面に視線を据えたままだった。わたしは退屈になってきた。

「十分だけ割いてくださる約束でしたね、ミスタ・ウィダマイヤー。じゃ、ロドニー・トレファーがシカゴの芸術家たちを追いまわすときにあなたの車を使ってる理由を教えてもらえません?」

ウィダマイヤーはふたたび、ずんぐりした白い手の片方をあげた。わたしは立ちあがり、デスクをまわって、彼が熱心に見ている画面をのぞいた。そこにわたしがいた。〈ライフストーリー〉に出ているわたしのプロフィール、わたしが登録しているお気に入りの検索エンジン。

「そんなところでロドニー・トレファーの情報が見つかるとは思えませんけど」わたしはいった。「あなたのメルセデスに関する情報も」

「だが、これを調べたおかげで、わたしに質問する法的な資格がきみにはいっさいないことがわかった」その声には深い朗々たる響きがあった。たるんだ身体にはそぐわないことだった。

「わたしに会うことを承知なさったでしょ、ミスタ・ウィダマイヤー。それに、わたしの名刺にはちゃんと、私立探偵と書いてあります。わたしはナディア・グアマン殺しの犯人を見つけるために雇われた者です。ロドニーは重要な容疑者なんです」

「警察が犯人を逮捕した。ロドニーは事件とはなんの関係もない」

「まだ誰も有罪とは決まっていません。それに、勾留中の男性がミズ・グアマンを撃ったのではないことを示す強力な証拠もあります」

わたしはウィダマイヤーの肩越しに身を乗りだして、自分に関する詳細に目を通した。

〈ライフストーリー〉の情報が正確かどうかを検証するために自分自身の記録をチェックしてみることを、これまで思いつかなかったのが、不思議に思えた。住宅ローンの残額は正確だったが、運転する車は以前の古いやつのままだった。

画面を軽く叩いてみせた。「これによると、わたしが古いトランザムを所有してることになってるけど、この車は何年か前にめちゃめちゃにこわれてしまって、スクラップとして売り払ったとき、登録を抹消したのよ。このサイトの情報をどこまで信用していいのか、心配になってくるわ。そうでしょ？」

ウィダマイヤーはキーを叩いて画面をスクリーンセーバーにし、椅子にもたれてこちらを見た。

「どんな証拠がある？」

「いまいったじゃない。わたしの資産のなかにトランザムが入ってる。ほんとは――」

「チャド・ヴィシュネスキーがあのメキシコ女を殺したのではないという証拠は、何なんだ？」

「あら、この事件に関心をお持ちだったのね。逮捕された男の名前をご存じですもの。でも、〈ライフストーリー〉と同じく、情報源がいまいち頼りないようよ。殺されたのはメキシコ人じゃないわ」

ウィダマイヤーはパソコン画面に新しいウィンドウをひらき、銃撃事件に関する報道を調べた。「ナディア・グアマン。メキシコ女。どこかのナイトクラブの外で殺された」

「ナディア・グアマン、女性、アメリカ人。どこで殺されたかは、いやというほどご存じでしょうに。だって、ロドニーがその現場にいたんですもの。あなたに報告があったはずよ。そして、二、三日前の晩、ロドニーはあなたの車を運転してクラブへ出かけた。リヴカ・ダーリンか、カレン・バックリーか、もしくは、わたしの身に何かあった場合、警察はぜったい、真っ先にロドニーに事情聴取をするわよ。つぎに、あなたから話をきこうとする。だって、ロドニーが乗ってる車はあなたのだから。そして、つぎに、アントン・クスターニックから話をきこうとする。だって、あなたはクスターニックからオフィスを借りてるんですもの」

最後の部分はあてずっぽうだった。ただ、そう考えるのが理にかなっていると思われたのだ。ゆで卵そっくりのウィダマイヤーが愕然たる表情になったところを見ると、図星だったにちがいない。

「どんな証拠があるのか教えてくれ。そうすれば、ロドニーと話をする必要があるかどうか判断できる」

「依頼人に対しては、秘密厳守が義務なの」

「いいかえれば、証拠は無きに等しいってことだ」

「わたしもこの稼業に入って長いから、人の挑発に乗って極秘情報を洩らすようなことはしません。無料で教えてあげるけど、警察はわたしの調査結果をきわめて真剣に受け止めてるわ」アントン・クスターニックの会計士に嘘をついてはいけないなんて、誰もわたしにいわなかった。

ウィダマイヤーはあくびをするふりをした。わたしは彼の税務および法律関係の本が並んでいる安物の木製の戸棚に腰かけた。戸棚がぐらついたので、わたしの重みでこわれるのではないかと心配になったが、こうやって彼をはらはらさせてやるのはいい気分だった。

「オリンピア・コイラダ」わたしはいった。「アントン・クスターニックが彼女の負債を肩代わりして、彼女は現在、ロドニーがクラブで我が物顔にふるまうのを許している。もし——」

「誰がそんなことを？」

わたしは微笑した。「いろんな情報源。ナディア・グアマンがチャド・ヴィシュネスキーを激怒させた。チャドがクラブで彼女に襲いかかったため、大騒ぎになり、クラブがニュース種になってしまった。アントンはこのところ、自分にスポットライトがあたるのを毛嫌いしている。すでにFBIに目をつけられてるものね。そこで、ロドニーに命じてナディアを射殺させ、チャドに罪をなすりつける。これで二つの問題がいっきに解決」

ウィダマイヤーは鼻でせせら笑った。「探偵さんだと思っていたが。お伽話の作家ではなくて」

「州検事と陪審が信じてくれれば、お伽話でもかまわないでしょ」

わたしがかさばるブーツを気にせずに、身体の下に足を折りこむと、戸棚が悲鳴のような音を立てた。

「おりてくれ」ウィダマイヤーがぴしっといった。「こわしたら弁償してもらう」

〈ウォルマート〉で五十ドルぐらいね。たいした額じゃないわ」

「オリンピア・コイラダはきみのお伽話に登場しないようだが、きみの依頼人があの女だとしたら、わたしからオリンピアに、くれぐれも用心するよう助言するだろう」

「へーえ。どうして？」

「あの女は約束を守らなかった。つまり、信用できる人間ではないということだ」

わたしの重みで戸棚が揺れた。ウィダマイヤーはのっぺりした大きな顔に浮かべられるだけの警戒心を浮かべて、戸棚とわたしをみつめた。わたしは飛びおりた。課税台帳が背骨に突き刺さったりしたら大変だ。

「もし、オリンピアが死ぬか、叩きのめされるか何かしたら、警察がまず出向くのは、あなたとアントンのところでしょうね。おたくのロドニー坊やはいうまでもなく」

「わたしとはなんの関係もない」ウィダマイヤーはいった。

わたしはデスクの上に身を乗りだし、ウィダマイヤーの顔に笑いかけた。「ロドニーはあなたの車を使ってる。そういう些細なことでも、警察はあなたの責任とみなすわよ」

「わたしを脅迫するつもりなら、やるだけ無駄だ」

わたしは身体をおこした。「わたしなら脅迫とは呼ばないわ、ミスタ・ウィダマイヤー。むしろ、情報ね」

オフィスを出るときに、ふり向いて彼に笑顔を見せた。卵そっくりの顔も、今回はさすがに表情を隠しきれていなかった。そこに浮かんでいたのは、永遠の愛と献身を誓う表情ではなかった。

21　スーパーリッチと、魅惑の暮らし

車に戻ってから、ウィダマイヤーのアシスタントのパソコンに出ていた名前を、記憶が薄れないうちにメモしておいた。ベッティーナ・リズネスカ、コンスタンティン・フェデール、マイクル・デュランテ、ルートヴィヒ・ナスターゼ。デュランテとロドニー以外は東欧系の名前だ。

駐車場に置かれた車はわずか十台ほどで、そのほとんどが目立たないフォードやトヨタ、ウィダマイヤーのアシスタントみたいな人々が運転しそうな車ばかりだった。とりあえず、それらのナンバーをメモした。マリに強引に頼みこめば、車が誰の名義で登録されているか調べてくれるかもしれない。

ロドニーが乗っていたメルセデスのセダンも駐車場にあった。わたしはハッと身をおこした。ロドニーはウィダマイヤー名義の車を乗りまわしているが、ウィダマイヤーのものはじっさいにはすべてクスターニックが所有しているか、もしくは、すくなくともクスターニックが自由に使えるのではないか――そんな気がしてきた。そこにはたぶん、ロドニー自身も含まれているだろう。ロドニーはまさに、クスターニックが用心棒として雇いそうなタイプ

だ。

ミッチの下敷きになっていた地図をひっぱりだした。クスターニックがシカゴの邸宅を構えているローハンプトンは、ここからわずか二、三マイル先だった。せっかくこんな北までやってきたのだから、八億ドルでどんなものが買えるか見ておくのも悪くないだろう。登録しているデータベースのひとつを使ってクスターニックの自宅住所の検索にとりかかったが、つぎの瞬間、こうしてすわっていてはあまりにも無防備だと気がついた。ダンディー・ロードを車でひき返し、ショッピング・モールに入った。北の郊外のワイヤレス・インターネット環境は最高だった。車をおりてサンドイッチを買いに行く前に、〈ライフストーリー〉からこちらの小さな画面にクスターニックの住所とわずかな経歴が送られてきた。

目を細めて文字を読もうとしたが、結局、拡大して二、三語ずつ読んでいくしかなかった。未来に老眼鏡が待っている、肉体の衰えとともに視力も落ちている。そう思うとぞっとする。五十歳になる埋め合わせに、何かいいことはないの？

クスターニックは二十年近く前に、敷地が七エーカーもある邸宅を購入していた。プールが二つ、馬小屋、テニスコート、キッチン三つ、バスルーム九つ、そして、手下全員が配偶者と子供を連れてやってきても充分に泊まれるぐらい多くの寝室。馬小屋とキッチンとその他の仕事をする使用人もたくさんいるはずだが、わたしの小さな画面は、そこまでは教えてくれなかった。

クスターニックはウクライナのオデッサ生まれだが、十代の終わりごろからアメリカに住んでいる。結婚は一回だけ。八カ月前に死亡した女性だ。メラニー・クスターニック、旧姓フリスク、ウィスコンシン州イーグル・リヴァーの生まれ。二人はどうやって出会ったんだろう？　どこで出会ったんだろう？　いうまでもなく、イーグル・リヴァーはシカゴ・マフィアの連中のバカンス先として悪名を馳せている。もしかしたら、クスターニックが恐喝の最初の経験を積んでいたころに、〈アウトフィット〉というファミリーの構成員でその死を惜しまれている公認会計士アレン・ドーフマンのような人物が、自分の庇護のもとに置いたのかもしれない。アントンとメラニーが金曜日のフィッシュ・ディナーで出会う場面を想像してみた。

メラニーとクスターニックのあいだには子供が一人いた。ジーナという娘で、十五年近く前に亡くなっている。死因は不明。闇金業者にも不幸は襲いかかるものだ。

テレグラフ・ロードを走ってアルゴス・レーンに入ると、クスターニック邸の門が見えてきた。七エーカーとは広大な敷地だ。乏しい木立と茂みのおかげで、門の奥をのぞくことができたものの、邸宅そのものは見えなかった。ただし、赤い小さなライトが点々と見えたことからすると、敷地のへりで車を停めたわたしの姿がたぶん記録されていることだろう。

これが市内なら、隣近所をまわってみるところだが、このあたりでは、たとえ近所の邸宅の門を口先巧みに通り抜けて誰かに話をきくことができたとしても、クスターニック家の人々が何をしているかを知っているような親しい隣人がいるとは思えない。それに、こちらから質問するさいに、どんなもっともらしい理由がつけられるだろう？

さきほどアルゴス・レーンに曲がる直前に、チェーン店の系列ではないコーヒーバーの前を通りすぎたので、車をターンさせて戻ることにした。トイレ休憩が必要だし、何か軽く食べたかった。コーヒーは挽きたてで、豊かな香りだった。商店のすくない孤立した小さな地区なのに、意外なことだ。

駐車場には小型トラックが一台と、乗用車が二台停まっていた。ランチの時間だ。このあたりの屋敷の使用人と思われる人々が八人か九人、飲みものとサンドイッチののった小さなテーブル席についていた。カウンターの奥にいる若くてすべすべの肌をした二人は、常連客に冗談をいっていたが、わたしに対しては、感情をまじえずにてきぱきと応対した。

わたしはカプチーノとトーストしたチーズ・パニーニを注文してから、地図をひっぱりだした。「アルゴス・レーンを捜してるんだけど——この近くかしら」

コーヒーを待っていた男たちの一人が笑った。「あんたはまさにその角っこにいる。誰か会いたい人でもいるのかい？」

わたしは感謝の笑みを浮かべた。「わたし、メラニー・クスターニックと学校が一緒だったの。だから、こっちにきたついでに、アントンにお悔やみをいいに寄ろうかと思って」

カウンターに並んでいた人々が軽く身じろぎをした。まるで、わたしからあとずさろうとするかのように。

わたしは両手を広げた。「メラニーが亡くなってずいぶんたったことは知ってるけど、お葬式のとき、こっちに戻ってこられなかったの。メラニーが結婚したあと、なんとなく疎遠になってしまって——だって、彼女、わたしの知らない別世界で暮すようになったんですもの——でも、子供のころは、イーグル・リヴァーでよく一緒にカヌー漕ぎに出かけたものだったわ。ジーナが亡くなったときは、ほんとに辛かったでしょうね」

常連客のあいだで無言のうちに意思の疎通がおこなわれ、やがて、わたしと同い年ぐらいのがっしりした女性がいった。「ジーナの死でミセス・クスターニックが悲嘆に暮れただろうと思ってるなら、あんた、ほんとに疎遠になってたんだね。ミセス・クスターニックはその六週間後に、スイスのクシュタートへスキーに出かけたよ。旦那さんのほうがショックを受けてたんじゃないかねえ。ジーナはお父さん子だって、誰もがいってた」

誰かが「シーッ」と黙らせようとしたが、女性はさらにつづけた。「もし、この人が……えっと、おたくの名前、なんだっけ?」

「ガブリエラよ。ガブリエラ・セスティエリ」母の結婚前の名前でごまかしておいた。

「あんたがほんとにメラニーの友達だったのなら、あそこの娘が死ぬまでにどれだけトラブルをおこしてたかを知って、あんたも胸が痛むと思うよ」

「まあ、悲しいこと!」わたしは叫んだ。「クリスマスカードを出したのにメラニーから返事がこなかったのも無理ないわね。あのときは気になったけど、贅沢に暮らしてるからだと思うことにしたの。スキー旅行とか、専用のヨットとか、いろいろね。でも、ジーナがドラッグをやってたのなら――」

「やるなんてもんじゃないよ!」男性が口をはさんだ。「密売組織を作って、北西の郊外に住む子供たち全員に売ってたって噂だぜ。ジーナとピンデロんとこの子で」

「クライヴ！」べつの女性がいった。「知りもしないくせに。それに、このレディにそんな話をきかせる必要はないだろ。ミセス・クスターニックは亡くなったんだから。それに、娘のほうも。いつの話だっけ？　もう十五年になる？　死んだ人のことはそっとしときな」

「わかったよ。けど、スティーヴ・ピンデロはいいやつだった。娘のフラニーがヤクをやりすぎたとき、クスターニックと同じぐらい悲嘆に暮れてた。いや、たぶん、もっとだろう」

クライヴは顎を突きだした。悲しい記憶が、ついきのうのことのように鮮明によみがえってきたらしい。「おまけに、自分ちの地下室がドラッグストアにされてたことを知ってしまった！」

隅のテーブルの男性二人がさきほどからわたしをじっと見ていた。背後の窓枠にヘルメットが置いてあるが、手の爪は丁寧に切りそろえて艶出ししてある。重い機材を扱う仕事をしていたら、こんな艶が長持ちするはずはない。

わたしはコーヒーを飲み終えて、サンドイッチをナプキンに包んだ。「うちの祖母がよくいってたわ。金持ちのとこにはさらにお金が舞いこみ、貧乏人のとこにはトラブルが舞いこむ、って。アントンを訪ねるのは、やっぱりやめにしようかしら。メラニーのことを思いだすのは辛いでしょうから」

「奥さんのことなんかとっくに忘れてるさ」クライヴがいった。「もし、あんたが金髪の女とすれちがったら——」

「クライヴ」がっしりした女性がたしなめた。

今度はクライヴも黙りこんだが、わたしが店を出ようとしてドアをあけたとき、人々が噂話を始めるのがきこえてきた。近くの屋敷で働いている女性は、新しい愛人はすでに妊娠五カ月だと医者がいっているのをきいたという。べつの女性は、メラニーのものだったネックレスをその愛人がつけているのを見たという。ダイヤとエメラルド、軽く十万ドルはするだろう。

わたしが車に乗ったとき、こちらを見ていた男性二人がコーヒーバーから出てきて、小型トラックに乗りこんだ。わたしがアルゴス・レーンに曲がると、あとを追ってきた。わたしはクスターニック邸の前をそのまま通りすぎたが、ゴルフ場に沿って曲線を描きながら南へ向かう道路を走るあいだ、トラックがうしろにぴったりついてきた。幹線道路に出たところで、わたしはブレーキを踏み、車から飛びおりた。

助手席の男がトラックをおり、急ぐ様子もなくこちらに近づいてきた。「よそからきた人のはずなのに、その車はシカゴで登録されている。どういうことかな？」

「そっちはトラックを運転してる。なのに、イリノイ州自動車局にパソコンでアクセスすることができる。じつはFBIの人間で、クスターニックを監視してるとか？」

男は腰に手をあてて、クリント・イーストウッドふうにこちらをにらみつけた。こうやればタフな男に見えると思っているのだろう。「市内からきたのなら、とっとと帰ったほうがいい」

「ほんとね」わたしは同意した。「わたしの旧友のメラニーは、妊娠中の新しい愛人に道を譲るために殺された――そう考える理由が何かあるの？」

「きみの車のナンバーをこちらのデータベースに打ちこんだ」返事の代わりに、男はいった。

「まあ、感銘を受けたわ。というか、わたしがこれまでにFBIとのゴタゴタを経験していなかったなら、感銘を受けたことでしょう。ところで、ヘルメットの必要な仕事をしてるってことを、人に信じてもらいたければ、週に一度の爪のお手入れはやめたほうがいいわよ」

男が片方の手袋をはずして爪を見ているあいだに、わたしは携帯でトラックのナンバープレートを撮影した。男が飛んできて、手袋を落とし、わたしの携帯を奪おうとした。

「撮影禁止だ」といった。

わたしは首をふった。「あなたが何者なのか、わたしにはぜんぜんわからない。FBIの人だと思ってたけど、どうやらクスターニックの手下のようね。クスターニックの悪事を誰が手伝ってるのか、シカゴの警察にも見せておかなきゃ」

もう一人がトラックからおりてきた。「何かまずいことでも？」

「まずいとも。この女がわれわれのナンバープレートを撮影した」

「あら、まずいのは」わたしはいった。「あなたたちが悪党のまわりをうろちょろしてることだわ。あの悪党に雇われてるのなら――」

「やれやれ、まいったな。トロイ、バッジを見せてやれ」

最初の男は渋い顔をしたが、身分証明書をとりだした。トロイ・ムラーノはシークレット

・サービスの人間だった。おやおや、FBIではなかったのだ。わたしは寛大な相互主義の精神を発揮して、私立探偵の許可証を二人に見せた。
シークレット・サービスは大統領の警護以外に、大規模な詐欺事件の捜査にもあたっているが、クスターニックは何をしでかしたのかと、わたしがトロイとそのパートナーに尋ねてみたところ、向こうは、お節介はやめて自分の仕事に専念するようにといった。

「ところで、シカゴの私立探偵がなぜやつの身辺を嗅ぎまわってるんだ?」パートナーがきいた。

「自分の仕事に専念してるだけよ」わたしは相互主義の精神にもとづいて答えた。携帯をポケットにしまってから、ふたたび車に乗りこんだ。

幹線道路を走りだしたが、トラックはあとを追ってこなかった。べつのショッピング・モールに車を入れ、車内に何時間も閉じこめられてむくれていた二匹の犬とサンドイッチを分け合った。

シークレット・サービスがクスターニックの身辺を探っているとしても、それを極秘にはしていないようだ。クスターニック邸のフェンスのあちこちに設置された防犯カメラが、とっくの昔に小型トラックを見つけているはずだ。たぶん、クスターニックにプレッシャーをかけて、ボロを出すのを待っているのだろう。クスターニックがマネーローンダリングをやっているのなら、エレクトロニック・スキャナーで彼の銀行口座をスキャンできるとでも思っているのかもしれない。〈クラブ・ガウジ〉を調べるよう、助言してあげればよかったかも。でも、ロドニーのことも、クラブのことも、すでに嗅ぎつけているだろう。ペトラをあの店から遠ざけたいという思いが、これまで以上に強くなった。

車でここまで遠出したのは有意義だったと思う。もっとも、わたしの税金で養っている連中がちゃんと働いているのを目にしたほかに、どんな収穫があったのか、よくわからないが。

さきほどから携帯がピーピーと腹立たしげな音をさせていたので、留守電メッセージをチェックした。「新しいメッセージは十一件です」耳もとで電話が叫んだ。

メッセージのひとつがチェヴィオット研究所のサンフォード・リーフからで、興味深いものが見つかったと伝えてきた。いまいる場所のすぐ近くなので、そのまま西へ車を向けて、チェヴィオット研究所まで走った。

リーフがロビーに迎えに出てくれた。「ヴィク！　劇的な発見があったわけでも、確証をつかんだわけでもないから、わざわざ出向いてくれなくてもよかったのに」

「たまたま近くにいたから」わたしは説明した。「何があったの？」

「二挺の銃がほかの銃撃事件に使われたことがないかどうかについては、目下、弾道検査センターの報告を待ってるとこなんだが、ビールの空き缶の分析はうちの研究所ですませた。質量分析法で調べたところ、高濃度のロヒプノールが検出された。世間では、たぶん〝ルーフィー〟って呼んでると思う。これだけの濃度のやつをビールに混ぜたら、飲んだ人間はたぶん、ひどい吐き気に襲われるだろう」

ルーフィー。デート・レイプ・ドラッグ。

「その人、昏睡状態なのよ」わたしはゆっくりといった。「本人の手で入れたかどうかを判定する方法はない？」

リーフは微笑した。「そこがその小さなパズルの興味深い点なんだ。いざ裁判となれば、きわめて微妙な争点になるだろう。弁護士と鑑定証人が何日も争いをつづけ、被告が目を丸くして見守るうちに、そいつの銀行口座が消えていくだろう」

「ありがと、サンディ、でもどうして？」

リーフはわたしを連れて自分のオフィスに戻り、わたしの報告書をパソコン画面に呼びだして、わたしにも画像が見られるようにしてくれた。

「缶についてる指紋が妙なんだ。すくなくとも、うちの専門家、ルイス・アラタはそういっている。人が缶もしくはグラスを手にとるとき、強く押しつける指は一本だけだ。ふつうは中指だね。あ、もちろん、親指はべつだよ。あとの指は先端が軽く缶に触れるだけだ。ところが、これを見ると、五本の指の指紋がすべてついている」

リーフは自分のいわんとすることを示すために、そこにソフトポインターを置いた。「缶にはこの五本の指の跡しかない。ふつうなら、缶を手にとり、下に置き、ふたたび手にとるものだ。すぐに指紋が重なり合う。賭けてもいいが――というか、賭けるのはルイス・アラタだが――ビールを飲む人間の手を第三者が持って、缶に押しつけたにちがいない。きみのために、すべて書面にしておこう」

リーフがわたしのために画像を回転させるあいだ、わたしは画面を凝視した。チャド・ヴィシュネスキーに罪をかぶせるために、いったい誰がこんな手間をかけたのだろう？　ロドニーとオリンピア？　カレン・バックリー？　アントン・クスターニック？　理由は？　それを突き止めるのがさらに緊急の課題だ。

帰るために立ちあがった。

「これってかなり劇的よ、サンディ。ビールの空き缶とその他の証拠品を、いちばん頑丈な金庫にしまっておいてね」

ふたたび車に乗りこんでから、ロティの診療所で看護師をしているジュウェル・キムに電話をかけ、ロヒプノールのことを話した。「ロティと、ロティのお気に入りの神経外科医に、大至急伝えてくれる？　あれから何日もたってるから、チャドの治療に役立つかどうかわからないけど、昏睡の原因はたぶんそれだと思うの」

ジュウェルはロティが作成したチャドのカルテに目を通した。「薬物の広域スペクトルサーチの指示が出てるけど、すぐ連絡しておくわ。そうすれば、ロヒプノールだけに絞ることができる。ありがとう、ヴィク」

わたしはフロントウィンドーから長いあいだ外をみつめ、リーフの報告についてじっくり考えた。要点をまとめてフリーマン・カーターにメールし、そのあと、フリーマンなら反対するだろうとわかってはいたが、テリー・フィンチレーに電話した。当人が直接電話に出たが、わたしが名前を名乗ると、冷たい声になった。まだ怒っている様子なので、こっちはやたらと陽気な声になってしまった。

「いまどこにいるかわかる？」

「フロリダのビーチで日光浴してるといってくれたら、明るい気分になれそうだ」

「似たようなものね。スコーキー・ラグーンのほとりにいるの。チェヴィオット研究所。チャド・ヴィシュネスキーのベッドにあったビールの空き缶を研究所に送ったら、すばらしい法医学検査をやってくれたわ。何が検出されたかわかる？」

「きみの相手をしたい気分じゃないんでね、V・I。さっさと教えてくれ」

「ルーフィー」

「じゃ、犯人が自殺を図ったわけだ。やっぱりな」

「指紋の分析結果によると、第三者の存在が認められるそうよ」

犬たちを車に閉じこめておいた時間が長くなりすぎた。二匹がわたしに向かってキュンキュン鳴くものだから、フィンチレーの声がよくきこえなかった。チェヴィオットの建物の前の道は行き止まりで、その先には、あたり一帯に点在するラグーンのひとつが広がっている。ミッチとペピーを車から出してやった。

「なぜこんなことをする？」フィンチレーが詰問した。

「こんなことって？」

「グアマン殺しのことで、おれに恥をかかせる気だろう。おたがい、意見の相違があるのは知ってるが、しかし――」

「テリー、わたしはあなたにいつも好意を持ってたし、警官としてのあなたを尊敬してるわ。

恥をかかせようなんてつもりはないのよ。もしそうなら、あなたに話す代わりにマリ・ライアスンに情報を流して、新聞で大きくとりあげてもらうでしょうね」

ミッチが何かを見つけて、そのなかでころげまわっていた。ペピーがミッチに向かって吠え、つぎは自分の番だといっていた。わたしは二匹と知り合いではないふりをした。

「ナディア・グアマンとチャド・ヴィシュネスキーのパソコンが両方とも消えてるって、きのう、あなたにいったでしょ。それでふっと思ったの――第三者が秘密にしたがってる何かを、二人のどちらかが、あるいは、両方が知ってたんじゃないかって。さっきわかったばかりなんだけど、ヴィシュネスキーのビールの缶に妙な点があるそうよ。何者かがビールにロヒプノールを混入しただけじゃなくて、ヴィシュネスキーが意識を失ったあとで缶をきれいに拭き、それから彼の指を缶に押しつけて指紋をつけたみたい」

「指紋の圧力に関して法廷で議論になったら、きみの立場は不利になるぞ」

「もしかしたらね。でも、フリーマン・カーターはもっと信憑性の薄い事柄をめぐって争ったときでも、陪審を納得させてきた人よ。ただ、裁判までいくとは思えない。わたしがこの調査を始めたときは、依頼人の息子が犯人としか思えなかったけど、調べれば調べるほど、ストレスに押しつぶされた哀れな帰還兵が濡れ衣を着せられたんだという思いが強まってきたわ。何者かが自分の足跡をみごとに消してるけど、どこかで、なんらかの形で、ぜったいミスを犯してるはずよ。真犯人のミスをわたしが見つけたら、チャド・ヴィシュネスキーを釈放してね。チャドがまだ生きてたらの話だけど」

「もうっ、ふざけんじゃない、ウォーショースキー」

フィンチレーは電話を切ってしまった。犬はラグーンまで行っていた。わたしはあとを追い、二匹がころげまわっていた場所で足を止めた。アライグマの死骸。二匹をようやく車に連れ戻したときには、自由に走りまわらせてやった自分のバカさ加減にうんざりしていた。二匹の臭いこと、臭いこと。こんな寒い日に、窓をあけたままで有料道路を走ることはできない。

ダンディー・ロードを車で走るうちに、ペットの美容院が見えてきた。ミッチとペピーの番がくるまで一時間近く待たされたが、おかげで、残りの電話を片づける時間ができた。二匹分のシャンプー代を払っても、わが家の浴槽で犬と格闘するよりはましだった。

22 クーファへの道

犬をミスタ・コントレーラスのところに置いてくるあいだだけ、わがアパートメントに立ち寄った。事務所に着くと、新聞紙に分厚く包まれたチューリップの小さな鉢植えと、依頼人からのメモが入口のところに置いてあった。

チャドをベス・イスラエル病院に移してもらい、目下、モナが付き添っている。あのドクターはいい人だね。親が付き添えないときに流しておくため、チャドの好きな音楽をすこし持ってくるようにといわれたので、モナが病室で息子にiPodをきかせているところだ。わたしは今夜、息子のためにクラリネットを吹くつもりでいる。あなたの調査のほうも順調に進んでいることと思う。

J・V

赤と白のストライプ模様のチューリップがわたしのデスクに華やかな彩りを添えてくれた。花と依頼人の善意に元気をもらって、今日一日のメモをパソコンに打ちこんだ。ハンドヘルドPCをパソコンと同期させて、ウィダマイヤーのアシスタントのスプレッドシートにあった名前を、ケースファイル用ソフトにアップロードした。ルートヴィヒ・ナスターゼ、マイクル・デュランテ、コンスタンティン・フェデール。女性もいた、ベッティーナ・リズネスカ。じつに多彩な国際的顔ぶれだ。最後を締めくくるのは、ロドニー・トレファー。

ロドニーの暗号のような走り書きにあらためて目を通し、〈ボディ・アーティスト〉の肌に描かれた文字のどれかがこの一団の名前と一致しないだろうかと考えた。IとOがいくつか、そして、CとSとLがあった。リズネスカとルートヴィヒ以外に、一致するものはなかった。

数字と格闘してみた。わたしはもともと、略号や暗号文には興味のない人間だし、不規則に並んだこういう数字を解読するには、たぶん、鍵となるものが必要だろう。もしかしたら、鍵の役目を果たすのは本のページ番号で、そのページの行数と文字数をかぞえていくという仕掛けかもしれないが、その前に、どの本かを知る必要がある。

それでも、今日は小さな収穫があった。ロドニーの名字がわかった。ロドニーのことをすこし調べてみた。ついでに、オーウェン・ウィダマイヤーのことも。ロドニーは以前、ミルウォーキー警察の警官だった。現在の職業は、〈ライフストーリー〉によると、自営の警備請負業。オリンピアが苦い笑みを浮かべて、ロドニーのことを〝セキュリティにならない〟といっていたのが思いだされた。離婚経験あり――二回――別れた妻のどちらも、彼から身を守るための保護命令を申請している。やっぱりねえ。

ウィダマイヤーのプロフィールは退屈だった。ウィネッカ在住、通っているユダヤ教寺院の委員会のメンバー、会計担当。データベースからクライアントのリストを入手することはできなかったが、わたしはさほど驚かなかった。ウィダマイヤーのクライアントはクスターニック一人しかいないような気がしていたのだ。マフィアのメンバーの面倒をみるのは、フルタイムの仕事だろうから。

六時半、ティム・ラドケと会うために事務所を出た。ラドケが指定してきたバー〈プロッキー〉は、ディヴィジョン通りの西の端にあった。作家のネルソン・オルグレンが出没していた界隈だ。現在の街路を見ても、オルグレンにはもう見分けがつかないだろう。アシュランド・アヴェニューから西はヤッピー連中の最新の侵略を受けて、給湯設備のないフラットや安酒場が姿を消し、高級なロフト付きアパートメントや、〈スウィヴィ〉とか〈アレ〉といった名前のレストランに変わっている。こういう店では、ショットグラスの酒やビールの代わりに、薄気味悪い材料を使った変てこな名前のマティーニを出している。〈プロッキー〉は最後まで生き残っているブルーカラーの酒場のひとつだった。となりは高そうなスシ・レストラン、反対側はワインバー。ここから推測するに、先々生き延びられる見込みはあまりなさそうだ。

わたしがバーに着いたのは七時すこし前だった。四十代か五十代のひと握りの男たちがカウンターに陣どっていた。パーカのファスナーを下げていて、汚れた作業着がのぞいている。今日の午後ローハンプトンで出会ったシークレット・サービスの連中とちがって、ヘルメットにふさわしい男たちだった。

カウンターの上のほうに据えつけられたテレビでは、ブラック・ホークスの試合前のショーをやっていた。それを見ている者は一人もいなかった。客どうしで、あるいは、バーテンダーを相手に、自分たちの人生をくりかえし語っていた。バーテンダーは髪を金色に染めて厚化粧をした中年女性だった。〈ゴールデン・グロー〉のサルと同じく、話しかけてくる男たちに共感のうなずきを返しながら、店全体に目を配っていた。

店内を見まわしたが、わたしを待っている様子の人物はいなかった。通りに面したドアのそばのスツールにすわった。バーテンダーが男たちの一人の腕に手をかけた。

「すぐ戻ってくるからね、フィル。ご注文は、ハニー？　スコッチ？　デュワーズ、ホワイト・ホース、ジョニー・ウォーカーの赤がありますけど」

デュワーズにした。常連の客たちが遠慮のない好奇の視線をよこし、そのあと、自分たちの会話に戻っていった。二十分がすぎ、ラドケが怖気づいたのかと心配になりはじめたとき、くたびれたアーミー・パーカを着た男が入ってきた。いかつい感じのあばた面に見覚えがあった。チャドが駐車場でナディアに詰め寄ったとき、あとを追ってきた男だ。

わたしはスツールからおりて、軽く手をふった。ラドケはまっすぐこちらにきたが、途中で何度か、彼に気づいて挨拶をよこすカウンターの男たちに会釈を送った。

「ジェリー、まずこいつの身分証を見てからでなきゃ、ビールを出しちゃだめだぞ。外で飲むにはまだ若すぎる。デートのお相手にいいとこ見せようとしてるけどな」

「あの人たちのいうことは無視、無視、ハニー。みんな、妬いてんのよ。一人寂しく飲んでるもんだから」ジェリーはラドケにいった。「バド？」カウンターにすわった彼の前にビール瓶を勢いよく置いた。

「あのクラブにいた人だ。そうだね？」男たちがからかうのをやめたところで、ラドケはわたしにいった。

「ええ——チャドがナディア・グアマンを追いかけたときに、わたしたち、ステージの裏でぶつかりかけたわね。電話で話したように、わたしはチャドのお父さんに頼まれて、何があったのか、どういう経緯でチャドがナディア・グアマンと関わりを持つようになったのかを調べてるの」

ラドケはビール瓶の首をみつめて、用心深くうなずいた。

「チャドに関しても、ナディアに関しても、まったく情報がつかめなくて困ってるとこなの」わたしはいった。「だから、なんでもいいから話してもらえると助かるんだけど」

「チャドとはそんなに親しかったわけじゃないし」ラドケは予防線をはった。

「イラクで一緒だったんでしょ？」

「イラクは広い国だし、ぼくらは大規模な軍のなかにいた。チャドがいたのはライフル中隊。ぼく？　ネットワーク・サポートに所属してた」

「ネットワーク・サポート？　戦場にコンピュータがあるってこと？」

「いまの時代、軍のすべてがコンピュータで動いてるんだよ。ぼくはかなり優秀だったけど、大卒じゃないし、資格も持ってないから、除隊後はコンピュータ・システムの修理をする仕事にしか就けなかった。景気が上向きになれば、もっといいとこへ転職できるかもしれない。軍で習ったことを全部忘れてしまってなければね」

ラドケは疲れた笑みを浮かべた。「それはともかく、チャドとぼくが出会ったのはアメリカに帰ってからだった。VA、つまり、退役軍人管理局で、たまたま同じ帰還兵グループになったんだ。チャドの様子はどう？　ニュースで、自殺を図って意識不明だっていってたけど、面会に行こうとしたら、病院じゃなくて拘置所にいるっていわれた」

ラドケはビール瓶をカウンターに乱暴に置いた。「面会の許可がおりなかった。あいつもぼくも祖国のために戦ったんだ。なのに、ろくでもない郡の職員に、戦友に会ってもいいかどうかを決められるなんて……。相手が警官だったら、そんなに腹も立たなかったと思う――警官っていうのは、ぼくの知ってるすべての兵士と同じく、くる日もくる日も自分の命を危険にさらしてるからね。ところが、郡庁舎のバカどもときたら、どっかの政治家のために大金を用意したっていうだけで、仕事にありついて、あとはやたらといばり散らして……」

バーテンダーのジェリーがそばにきた。常連客の一人をカッカさせているわたしを、店から放りだす必要があると思ったのだろう。ラドケは黙りこんだが、ビール瓶を乱暴にねじっているので、彼の手のなかでガラスが割れてしまうのではないかと、わたしは心配になった。

「警察と交渉して、チャドを拘置所の病院からベス・イスラエルへ移すことができたわ。主治医とはまだ話をするチャンスがないから、チャドがどんな容態かはわからないけど、一般の病院に移ったんだから、お見舞いに行けば、きっとご両親が会わせてくれるわ」

ラドケは病院の住所と主治医の名前を書いてほしいとわたしに頼み、時間ができしだい見舞いに行くと約束した。「保険のことを考えると、VAの病院に入ったほうがいいような気もするけど、あなたが骨折ってあの地獄からチャドを救いだしてくれたんだしね。さてと、あなたがここにきたのは、ぼくがわめき散らすのをきくためではなかった。何を知りたかったのかな」

「チャドとナディアが口論してたとき、離婚で揉めてる夫婦のような印象を受けたの。でも、父親の話だと、チャドはナディアと知り合いじゃなかったそうだし」

「ぼくもそう思う」

ラドケはビールを飲みほし、ジェリーにお代わりの合図をした。彼の手が下がりきらないうちに、カウンターにビールが置かれた。

「じゃ、二人は何が原因で口論してたの？」

「彼女の絵だよ。あの絵を見るとフラッシュバックがおきるって、チャドがマーティとぼくにいってた」ラドケは二本目のビールの大半をいっきに飲みほした。「あいつの分隊がクーファへ向かってたときに、悲惨なことになってね、それを思いだすらしい」

「何があったの？」ラドケが黙りこんだので、わたしは先を促した。

「戦争に行ったことある？　テレビやビデオゲームで見るのとはぜんぜんちがう。疲労感につきまとわれる。怖くてたまらない。誰が味方で誰が敵なのかわからない。戦闘が始まったら、秩序なんてありゃしない。どこから弾丸が飛んでくるかわからないし、撃ち返せば、味方の兵士にあたるかもしれない。第二次大戦のときは、そんなんじゃなかっただろうけど、イラクでは――ネットワーク・サポートに従事してたぼくでも、銃撃戦に巻きこまれたことが二回ある。どこにも戦線がないからなんだ。味方のも、敵のも」

ラドケはナプキンをこまかくちぎって、切れ端をカウンターに並べはじめた。本物の戦線を作ろうとしているかのようだった。ジェリーがこちらにこようとしたので、わたしは首をふって止めた。

「クーファへの道路で、そういうことがおきたの？」

「VAでカウンセラーの一人に会ったときですら、チャドは何もいえなかった。ぼくらが受けたカウンセリングはたったの五回だった！　五年間の戦争体験から立ち直るのに、カウンセリングが五回！」ラドケは嘲るように鼻を鳴らした。「チャドは分隊の仲間全員を失った。あいつが口にしたのはそれだけだ。なぜそんなことになったのか、くわしい話はいっさいしなかった。どういう感じかわかる？　食事も睡眠も一緒だった仲間が、そいつらが急に死体になって、まわりに倒れてんだ。チャドはそのあと四ヵ月間、故郷に戻されて、それからまた戦地へ行くことになった。戦地にいたあいだは大丈夫だったそうだ。ところが、除隊になって、国に戻ったとたん、チャドは民間人のなかで暮らすことに耐えられなくなった。こっちの連中は、ぼくらがどんな目にあってきたかなんて、気にもしない。イラクでの日々は、戦争をくぐり抜けてきたあの日々は地獄だった。だけど、みんなが知らん顔をしてるこっちの暮らしのほうが、その百倍も――いや、百万倍も――ひどい。『おれはクーファへの道路で、分隊の仲間全員を失ったんだ』」ラドケは獰猛な声でまねをした。「『最悪だよ。ところで、〈アメリカン・アイドル〉はどうだ？　女の質が落ちたよな！』」

「何がきっかけで〈クラブ・ガウジ〉へ行くようになったの？」

ラドケは横目でこちらを見て、わたしがショックを受けそうなタイプかどうか、お上品ぶったところはないかをチェックした。「裸の女がステージにすわってるってきいたから。それと、絵が描けるというし……おもしろそうだろ」

わたしはアレグザンドラ・グアマンの卒業アルバムの写真をプリントアウトしておいた。それをとりだしてラドケに見せた。

「ナディア・グアマンのお姉さんよ。イラクで死亡したの。でも、軍の人間ではなかった。民間軍事会社のひとつで働いていた。ナディアが〈ボディ・アーティスト〉の身体に描きつづけてたのが、この顔よ。もしかしたら、チャドはイラクでアレグザンドラ・グアマンと面識があったんじゃないかしら」

ラドケは首をふった。「そんな話、チャドからはきいてない。さっきもいったように、イラクは広い国だ。しかも、アメリカが大軍を派遣してるのに加えて、契約企業の連中がいるし……イラクへ派遣されてる契約企業の社員の数はアンクル・サムの兵士より多いってこと、知ってる？　誰かがいってたな。『イラク戦争は気力《ウィリング》の戦いではない。請求書《ビリング》の戦いだ』って。戦争の現場を自分の目で見ないかぎり、ピンとこないだろうな！　ありとあらゆる場所に契約企業が入りこんでる。われわれ兵士のためにボロ家を建て、自分たちのために上等な家を建てる。PXでドルを稼ぎまくる。輸送部隊を率いる。ぼくらは基本給でしゃかりきに働いて、おまけに、契約企業の連中を守らなきゃならない。あいつら、仕事量はこっちよりすくないのに、二倍の超勤手当てをもらってんだぜ！」

ラドケの声がふたたび高くなってきたので、わたしは横からいった。「アレグザンドラやナディアを知ってるかどうか、チャドからひと言もきいてないのなら、〈クラブ・ガウジ〉を出たあと、どんな話をしたの？」

「ぼくらは何回もここに——この〈ブロッキー〉に——きてた。あの女の子が撃たれた晩も、ここにきて、ちょうどこのスツールにすわって、ホークスの試合を見てたんだ。マーティが、あ、VAで知り合った仲間の一人だけど、そいつがチャドにいった。『なんで、あんな女のことでカリカリしてんだ？　ひょっとして、捨てられたとか？』って。だけど、チャドは『あの女のせいで、いやなことを思いだすんだ』と答えただけだった」

「いやなことって、クーファへの道路でおきたこと？　それとも、二人の仲がこわれたこと？」

ティムは空き瓶のひとつからラベルをはがしはじめた。「たぶん、クーファへの道路だと思う。なぜって、女の子にふられたときは、その子を見てめちゃめちゃ腹が立つかもしれないけど、フラッシュバックがおきることはないもの。チャドのブログにその子のことが出てるかも。あいつ、ブログをやってたんだ。ブログをやるやつはたくさんいた……いまもいるよ。ブログだったら、どんなことでも書ける。暇つぶしになるだけじゃない。どこかで、誰かが、こっちの生死を気にかけてくれてるって思えるようになるんだ」

チャドのブログ。なるほど、もっと前に見てみるべきだった。わたしのことを無能だとほのめかしたジョン・ヴィシュネスキーは、正しかったのかもしれない。威勢のいい言葉とは裏腹に、のろのろと、要領の悪い調査しかできなかった。フタユビマナケモノがジャングルのなかを突進しようとするようなものだ。隠れるのがうまい相手なら、つねにわたしの二十歩先を楽々と進むことができるだろう。

「ナディアが殺される前の晩に、チャドが駐車場で彼女に詰め寄ったとき、あなたが出てきて、チャドをクラブに連れて戻ったでしょ。チャドはそのとき、黒っぽい品を持ってたの。これぐらいの大きさの布みたいなものを」わたしは宙にその形を描いた。「チャドから見せられたことはない？　どういう品なのか、心当たりはない？」

ラドケは首をふった。「八インチか十インチぐらいの幅の黒っぽい布？　四角くたたんだマフラーとか？　彼女が自分のために編んでくれたんだと、チャドが思ったのかもしれない」

そんなことは考えもしなかった。〝これが何なのか、知らないふりをするな！〟と、チャドはわめいていた。もしかしたら、どこかの女がそれをチャドに郵送したのかもしれない。チャドのほうは、ナディアのことを、彼が砂漠に駐屯していた時期にさまざまなプレゼントをよこした匿名の送り主だと思ったのかもしれない。だが、それも証明できない。ナディアとチャドに結びつく事柄や人物に関して真実の情報を手に入れるのは、不可能のように思われる。

不可能の重みに押しつぶされてなるものかと思った。ラドケに礼をいって、ジェリーに勘定の合図をした。ラドケはわたしに、帰国してから彼とチャドの仲間になった三人の男の名前と電話番号を教えてくれた。それから、VAのカウンセラーの名前も。ひょっとすると、チャドはそのカウンセラーの女性にになら、仲間の前でいえなかったことをこっそり話していたかもしれない。

23 ブログに何が？

クーファへ向かう道路で、米軍が待ち伏せにあい、暴徒が爆薬を投げつけてハマーを炎上させ、米兵十一名が死亡、との発表が、本日、軍からあった。五月以来、ここは車両部隊が比較的安全に通行できるルートだった。シーア派の反体制法学者《ムッラー》、アミール・ハリス・アル＝ハッサンに忠誠を誓う一派が犯行声明を出した。

クーファへの道路での出来事に触れた記事は、これしか見つからなかった。死亡者のうち、名前が出ているのはわずか三人だった。というのも、これは《ニューヨーク・タイムズ》の記事で、その三人がニューヨーク出身だったからだ。シカゴのどの新聞にも、これに関する記事は見当たらず、それがわたしには意外だった。攻撃のなかをただ一人生き延びたのが、シカゴの若者だったというのに。ティム・ラドケが彼や仲間に対するアメリカの反応を苦々しく思っているのも、無理はない。

わたしは犬とノートパソコンをそばに置いて、居間のカウチで丸くなっていた。犬たちはいまもかすかなラベンダーの香りをさせていて、午前中に走りまわったおかげで疲れているらしく、わたしがスパゲティをゆでるあいだ、裏庭でテニスボールを追いかけるだけで満足していた。ミスタ・コントレーラスが食事につきあってくれた。老人の好きなトマトソースの代わりに、マッシュルームとエンドウ豆しか入れなかったというのに。夕食がすむと、老人はかつて住んでいた界隈に残っている友人たちと夜をすごすために、出かけていった。

わたしはチャドのブログに目を通した。ジョン・ヴィシュネスキーがわたしを雇ったときにいっていたように、ブログの最初のほうは楽しくてたまらないという雰囲気で、まるで、友達とのドライブ旅行のことをせっせと書き綴っているかのようだった。イラクに到着し、炎暑のなかから報告を送ってくるときも、その根底には、陽気さと祖国への真面目な献身ぶりが窺えた。

数カ月前、おれはアメフトをやってるだけで、なんの役にも立たない人間だった。いまは、親や友達に辛い思いをさせてるのはわかってるけど、祖国のために奉仕し、正しいことをやってるんだと実感できる。さてと、名前を挙げるつもりはないが、国に残ったおまえたち、おれにできるのはビールを飲むことだけだと思ってるだろ。教えてやろうか。イラクにきても、ビールはあいかわらず飲んでるが、それだけじゃないぞ。重量百ポンドもの装備を背負って砂漠に入っていくんだぞ。それから、腕立て伏せを百回。もちろん、アメフトの練習が体力作りに役立たなかったわけではないが、おれたちがこっちでやってるワークアウトを、ベアーズのフォワードの面々にやらせて、それを見てみたいもんだ！

イラクで最初の一年を送り、何度も砲火を浴びたあとでさえ、ブログの文面はまだまだ元気にあふれていた。

トミー・リー・ジョーンズのあの映画〈メン・イン・ブラック〉を、つい思いだしてしまう。こっちで黒服の男たちを見かけるたびに、やばいことになるぞと覚悟する。砂漠からエイリアンがあらわれて、やつらの首にでかい触手を巻きつけてくれるよう、神に祈る。あるいは、この土地に生息する小さなペットを一匹殺してくれるだけでもいい。

この土地では、クサリヘビが大問題だ。基礎訓練のときはヘビの話なんかひと言も出なかったのに。おれたちのなかに、ヘビにくわしい男がいる。名前はハーブ。このヘビ男、国に帰れば爬虫類学者《ハーペトロジスト》なので、みんなから〈ヘルペスのハービー〉と呼ばれてる。けど、いいかい、冗談半分に呼んでるだけだぜ。なぜって〈ヘルペス〉の小さなお友達の一匹がテントのまわりを這ってるのを見つけたときには、みんながこの男を頼りにするんだから。〈ヘルペス〉のやつ、おれたちを説得して、ヘビのことを自然界の兄弟みたいにかわいがらせようとするけど、おれはそんなのまっぴらだ！

とにかく、真夜中に黒服の男たちが攻撃してきた。三時間にわたって戦闘がくりひろげられた。その怖さといったら、言葉にならない。ロールプレイングゲームの世界が周囲で炸裂、手製爆弾でもなんでもありだ。どうして誰も死なずにすんだのかわからないが、重傷を負ったのが五人いて、そこにジェシー・ラレードも含まれていた。このブログを最初から読んでくれてる人は、ジェシーのことを知ってるだろ。すごいおどけ者で、部隊でいちばんチビだが、いちばん強い。戦友のためなら、喜んで右腕をさしだすだろう。今夜、ジェシーがやったのが、まさにそれだった。だから、このブログを読んでるみんな、ジェシーのために祈ってくれ。そして、アルバカーキに住むジェシーの両親のために。

みんながおまえを愛してるぞ、ジェス。おまえのために祈ってる。それから、すぐさまヘリで飛んできて、ジェスとあとのやつらをペルシャ湾の病院船へ運んでくれた医療チームにも、大きな感謝の祈りを。

チャドはラマダンのときに、イラクの孤児たちのために食料とおもちゃを集めたことや、前線の作戦基地でアメフトチームを作ったことを書いている。暑い日の生ぬるいシャワーと、寒い日の冷たいシャワーのことも書いている。しかし、苦々しい口調になってくるのは、三度目の軍務についたあとのことだ。

故郷に妻がいれば、アメリカですごす休暇をほかのやつらと同じように楽しめるだろうが、おれがイラクで経験してることを心から理解してくれる人間は一人もいない。うちの父親と母親はおれのブログを読んで、差し入れの小包を送ってくれるが、「チャドが明日もまた無事に生き延びますように」と、夜も寝ないで祈ってくれる妻や親友がいるのとは、ちょっとちがう。休暇で四カ月シカゴに帰ったが、日ごとに、砂漠とクサリヘビが恋しくてたまらなくなった。誰だって自分の生活がある。それはおれにもわかる。住宅ローン、歯医者の支払い、モールでの買物。けど、おれたちがこっちで戦争してることを覚えてくれてるやつがどこにいる？

ブログの書き込みはここで終わっていた。クーファへの道路でおきた事件を新聞が報じる一週間前だ。わけがわからない。右端についているアーカイブ・リストを見ると、さらに十三週間にわたって書き込みがあるはずなのに、クリックしても空白のページしか出てこなかった。

思いつくかぎりのスキルを駆使して検索をやってみたが、命拾いをした戦闘に関する記述はどこにもなかった。

もうじき夜の十時だったが、とりあえず依頼人に電話をして、チャドのブログのことを覚えているかどうか尋ねてみた。

「息子さんの分隊の仲間全員が死亡した戦闘のことを読みたいと思ってるんですが、その年の十月二日以降のブログが、サイトからすべて消えています。あなたかモナが削除したんですか。そこに何が書いてあったか、覚えてません？」

「なぜそれが問題なんだ？」ジョン・ヴィシュネスキーがきいた。「二年近くも前のことだろ。この前亡くなった女とどんな関係がある？」

「何もないかもしれません。でも、ティム・ラドケの話だと、ナディアの絵を見て、チャドがフラッシュバックをおこし、クーファへの道路のことを思いだしたそうです。ナディアのお姉さんも手製爆弾の爆発によって、同じくイラクで亡くなっています。ひょっとすると、なんらかの理由から、お姉さんもその戦闘現場にいたんじゃないでしょうか」

ヴィシュネスキーは重いためいきをついた。「息子のブログは読んでいた。もちろん読んでたとも。だが、プリントアウトは一度もしていない。パソコンに入ってれば、いつでも読めると思うからね。なので、残念ながら何も覚えてない。ひとつだけ覚えてるのは、息子が火傷を負った兵士たちの応急手当てをしようとしたことだけだ。あいつがこわれはじめたのは、そのときからだったような気がする。無力さを痛感したんだろう。無力！　わたし自身、ひどい無力感に打ちのめされた」

ヴィシュネスキーが不意に涙声になった。「毎日、息子に電話をした。息子が傷ついてるのがわかるのに、助けに駆けつけることもできない。拘置所の病院がわたしの神経にこたえたのは、そのせいなんだ。ありがたいことに、いまは息子の枕元についててやれる。真面目な話、あんたにはほんとに感謝してる。なんで息子に殺しの罪をなすりつけようとする者がいるのか、あんたは納得できないままに、よその病院へ移れるよう手配してくれたんだものな。チャドのとこへ行って、一時間ほどクラリネットを吹いてきた。ほかの患者たちからは、拷問されてる猫の鳴き声みたいに思われたかもしれないが」

それは電話口で泣き崩れまいとするヴィシュネスキーの殊勝な努力だった。

「でも、シカゴフィルにいたラリー・コムズみたいな演奏をしたら、お父さんだってことが、チャドにわからなくなってしまう。そうでしょ？」

ヴィシュネスキーは小さく笑った。わたしは向こうが電話を切る前に、チューリップのお礼をいった。それもまた、彼の殊勝な人柄を示している。

更新されたチャドのブログがどうなったかを突き止めるだけのパソコンスキルが、わたしには欠けているし、信頼できるコンピュータ・フォレンジックスの専門家はまだ見つかっていない。以前はダロウ・グレアムの息子のマッケンジーが頼りだったが、彼は目下、アフリカで働いている。

居間のなかをうろうろと歩きまわった。古いLPをひっかきまわして、ようやく、エドウィン・スターの一九七二年のアルバムを見つけた。代表曲の〈黒い戦争〉が入っているやつ。〝戦争なんて胸が張り裂けるだけ／友達が葬儀屋のとこへ送られるだけ〟。電話が鳴りだすまで、大音量でレコードをかけていたことを意識していなかった。電話はジェイク・ティボーからで、「きみん家のドアをノックしたけど、音楽がうるさくてきこえないみたいだから」といってきた。

「パーティやってるのに、どうして誘ってくれなかったんだい？」ジェイクが文句をいった。

「セックス、ドラッグ、ロックンロールって感じだけど」

わたしはターンテーブルからレコード針をあげた。

「ロックンロールよ。なんだったら、うちにきて、セックスとドラッグを加えてくれてもいいわ」

ジェイクがワインのボトルを抱えてわが家の玄関にやってきたとき、わたしは軽い口調を崩すまいとしたが、チャドのブログの内容とジョン・ヴィシュネスキーの苦悩が心に重くのしかかっていた。

「わたしのまわりで、ウェブのページがどんどん消えつつあるの。〈ボディ・アーティスト〉のサイトをもう一度見たかったのに、すでに閉鎖されてた。そして今度は、チャドのブログも読めなくなってる」

ジェイク・ティボーはわたしの肩越しにブログを読んだ。「ここに出てるジェシー・ラレードって人物の行方を捜してみたら？　この二人、かなり親しかったみたいだ。ずっと連絡をとりあってたかもしれない」

「それでは、シカゴでいちばん大きなキスを進呈します。本日最初の名案だわ。わたしの頭には浮かびもしなかった」

ジェイクがワインをつぐあいだに、わたしはエドウィン・スターのアルバム〈インヴォルヴド〉をかけなおした。若い日に戻った気がした。ワイン、ターンテーブルで回転する黒いLP。もっとも、ジェイクのカベルネはわたしが大学時代に飲んでいたのより高級だってことを認めなきゃいけないけど。それに、大人どうしのセックスは、十代のまさぐり合いよりはるかに高級、年をとるのもそう悪いことじゃなさそうだ。

朝がきて、ジェイクが今日の一人目の生徒を迎えるために出ていったあと、わたしの楽天主義がいくらか薄れた。ジェシー・ラレードの行方を追ったところ、アルバカーキの実家に行き着いたが、ジェシーはすでに五ヵ月前に亡くなっていた。ひどい負傷が心臓に大きな負担になったのだと、母親が話してくれた。

わたしは母親にお悔やみを述べてから、チャドがはまりこんでいる泥沼について、くわしく語った。

「ジェスはチャドと大の仲良しだったわ。そんな困ったことになってるなんて、ほんとにお気の毒」わたしが電話をかけた理由を説明したあとで、母親はいった。「でも、チャドが人を殺したなんて、わたしにはどうしても信じられないわ」

「クーファへの道路でチャドの分隊が全滅したとき、チャドから息子さんに電話かメールはなかったですか」わたしは尋ねた。「わたし、そのころチャドが書き込んだブログを見つけようとしてるんです。それと、チャドが今年に入ってから書いた分も。ひょっとして、息子さんがプリントしておられなかったでしょうか」

母親は調べてみると約束してくれた。もっとも、メールや電話をよこすときのチャドは、いつも明るい口調を心がけていたそうだ。「ジェスが辛い思いをしてたことも、イラクでみんなと一緒に戦えなくなって、部隊を裏切ったように感じてたことも、チャドにはよくわかってたのね。でも、何か見つからないか、とにかく捜してみるわ」

わたしは礼をいったが、あまり期待できないと思った。今回の事件では、何ひとつ簡単には運ばない。あの無意味な戦争における戦死者や負傷者のことを考えると、胸が痛くなる。

文句をいってる場合じゃないわよ、V・I。さあ、塹壕に戻って！

コーヒーをもう一杯いれて、ティム・ラドケがゆうべ名前を教えてくれた男たちに電話してみたが、わたしの問いに答えられる者は一人もいなかった。全員がVAで除隊後のカウンセリングを受けた仲間だったが、クーファへの道路でおきたことに関してチャドが何かいったのを記憶している者は一人もいなかった。セラピストのほうは、最初の呼出し音で電話をとったが、ファイルを調べるまで、チャドの名前も思いだせない様子だった。両親のサイン入り委任状をもらわないことには、わたしと話をすることはできないが、ファクスで送ってくれるのを待つ、といってくれた。

「膨大な数の男性に会うので、全員の消息を把握しておくのは無理なんです」セラピストは謝罪した。「その多くが怒りを抱いています。チャド・ヴィシュネスキーが警察とトラブルになったそうで、残念でなりませんが、率直にいいますと、そういうケースがどんどんふえてるんです」

セラピストはファイルに目を通したあとで、個人面談が一度予定されていたが、チャドは姿を見せなかった、といった。

わたしは失意のなかで額をこすり、チャド、ナディア、もしくは、アレグザンドラについて話をしてくれそうな人物はいないかと考えた。結局、ビジネスウェアに着替えて、ふたたび北西郊外まで出かけることにした。

24 〈ティントレイ〉砦に潜入

〈ティントレイ〉の社屋はグレンブルック高校からわずか四分の一マイルのところに建っている。社長のジャーヴィス・マクリーンが自分の成功を母校に見せつけたがっているかのようだ。マクリーンが社屋を建設した場所は、庭園つきの工業団地の中心部だった。こうした場所につきものの川に、田舎風の橋がかけられ、わずかな茂みが雪のなかから顔をのぞかせ、ビルのへりを通って緑地へつづく歩行者用の通路は、どこも除雪されて塩がまかれていた。

わたしが車を入れたのは、ずらりと並んだBMW、メルセデス、ランドローバーから判断するに、幹部社員用のスペースと思われるのと同じ列だった。ビュイックのような安物は一台もなかった。グリーンのジャガー・Eタイプのうしろに車を停めた。こんな天候なのに、ジャガーのボディはぴかぴかで、汚れひとつついていなかった。〈ウォーショースキー・エンタープライズ〉が〈ティントレイ〉に劣らぬ成功を収めた暁には、わたしもこういうのを一台買うことにしよう。社の専用ジェットとその他さまざまな贅沢品を買ったあとで。

悲しいためいきをついたが、肩を怒らせ、〈ティントレイ〉の成功を隠そうともしないロビーに入っていった。資産などないことを国税庁に示すために設計されたようなみすぼらしい建物を使っているアントン・クスターニックとちがって、ジャーヴィス・マクリーンは顧客となる可能性のある相手に社の成功を印象づけるために、このビルを建てていた。手入れの行き届いた鉢植えの植物が、入口の通路のあちこちに置かれ、倉庫を共同で借りているわが友人の制作しそうな彫刻が二点飾られていた。ねじれた鋼鉄と光沢ある木材を使った抽象的な大きな彫刻。

ローズウッドの高いカウンターに、受付嬢が二人すわっていた。ぴかぴかに磨きあげられた女性たちで、頬骨にわたしの顔が映りそうなほどだった。二人とも、胸ポケットに〝ティントレイ〟という文字が刺繍されたパウダーブルーのブレザーを着ている。二人の背後に電子ゲートがあって、外部の者が好き勝手に出入りするのを阻止していた。

ゲートの向こうには、ガラスと金属でできた階段があり、上のフロアへどうぞと招いていた。エレベーターが奥の壁に並んでいるが、ドアの色はくすんだ茶色だ。ビルを建設するさいに、環境保護を重んじる建築家が関わったのは明らかだ。

「どのようなご用件でしょう?」ぴかぴかに輝く受付嬢の一人がきいた。

わたしは名刺をさしだし、人事課の誰かに会わせてほしいと頼んだ。「以前ここの社員だったという女性の身元調査をしておりまして」

受付嬢は電話に向かって低い声で話し、つぎに、〝調査対象〟になっているのは誰なのかと質問した。二人でしばらく揉めた——わたしは極秘調査だと説明し、向こうは時間の無駄を避けようとしているのだと説明した。ようやく、三階へどうぞといってくれた。そこでベリンダが待っているという。おたがいに愛想よく笑みをかわし、おかげで、わたしはカフェインで汚れた自分の歯がひどく気になった。受付嬢がスイッチを押して、魔法のゲートを通らせてくれた。

階段をのぼって三階へ行く途中で、マクリーンがイラク戦争の頑固な支持者であることを知った。壁にはおもしろい芸術写真が何点かかかっていたが、ストライカー装甲車からおりてくるドナルド・ラムズフェルトとマクリーン、ディック・チェイニーと並んだマクリーン（場所は不明）を写した特大写真や、わたしがパソコンで見た、ブッシュから何かの賞を受けているマクリーンの写真を拡大したもののおかげで、芸術写真の影が薄くなっていた。

人事課は三階の中央部にあった。廊下に面した部屋をのぞくと、三人がパソコンの前にすわっていた。ドアのすぐ近くにいる女性がわたしの名前を尋ね、パソコンのログと照らしあわせてから、「ベリンダがすぐにまいります」という言葉とともにアルコーブへ案内してくれた。そこは病院の待合室を思わせる場所だった。クリップボードにはさまれた書類に記入をしている不安そうな人々で混みあっていて、受付嬢が名前を呼びにくるたびに、一人一人が期待をこめて顔をあげる。みんなが疑惑の目でこちらを見た。新しく入ってきた者はすべて、競争相手の可能性あり。わずか十分後に受付嬢がわたしを呼びにくると、疑惑は敵意に変わった。

「わたしのほうがずっと前から待ってるんだが」一人の男性が大声でいった。

受付嬢は微笑して、もうじき順番がきますと答えただけだった。

ベリンダというのは、四十代初めのずんぐりした女性だった。わたしが目にした〈ティントレイ〉の社員のなかで、撮影会のために磨きあげたように見えないのは、彼女が初めてだった。爪はぎりぎりまで短く切ってあり、服は妖しい魅力よりも着心地の良さを優先させて選んだものだった。受付エリアの奥にあるオフィスへ案内してくれた。そこは四つの小部屋に分かれていて、あとの三つでは面接希望者が椅子にかけ、生真面目さや熱意や有能さなど、とにかく、この会社にもぐりこむために役立ちそうな資質を示そうとしていた。真ん中の小部屋二つの片方にベリンダのデスクがあり、そこへ連れていかれた。

「受付の者からききましたが、あなた、探偵さんで、うちの社員の一人に関して情報を求めておられるそうですね。このフロアまでお越しいただいたのは、じつは受付の不手際でした。社員に関する情報はマル秘扱いになっておりまして、外部の方にはお話しできないんです。この業界は競争相手が多すぎますので」

「こちらの用件が誤って伝わったようですね」わたしはいった。「以前ここの社員だったという女性に関して、身元調査を進めているところなんです。履歴書に書かれた職歴のうち、二年間の裏づけがとれないため、ここで働いていたというのも、偽りではないかと思いまして」

わたしはブリーフケースからフォルダーをとりだした。有料道路へ向かう前に事務所に寄ってアレグザンドラ・グアマンの履歴書を作成し、いちばん上に卒業アルバムの写真を貼りつけておいたのだ。ネットで手に入れたアレグザンドラの情報を使って、社会保障番号、学歴、〈ティントレイ〉勤務の経歴を入れておいた。仕事の実績を誇張して、〈ティントレイ〉の社員としてバグダッドのグリーンゾーンで働くネット詐欺分野のエキスパートということにしておいた。イラク出国をじっさいの死亡時期の二週間後にして、帰国後クリーヴランドのクレジットカード会社（わたしの創作）に勤務、目下、古巣のシカゴで〝新たなチャレンジ〟を求めている、という設定にした。

ベリンダに履歴書を渡した。「〈ラッカワナ・システムズ〉から情報をとろうとしても、だめなんです。ここ数カ月の経済の激動に呑まれて倒産してしまったみたいで、グアマンの人物を保証してくれる人が、クリーヴランドでは一人も見つかりませんでした」

「わざわざクリーヴランドまでいらしたの？」ベリンダがきいた。

「調査に必要なことはなんでもやります」

わたしは顔に浮かべた笑みを絶やさなかった。この女性は鋭い。電話かメールで確認すればすむことなのを承知している。

「グアマンの履歴書はパソコンで送られてきて、しゃれたポッドキャストとビデオがいくつもついていましたが、要点をまとめたものがこれです。〈ティントレイ〉に勤務していた時期が合っているかどうか、グアマンが当人の主張どおりのサイバーセキュリティを構築する能力を備えているかどうか――それだけ教えてくだされば、すみやかに退散します。とてもお忙しいようだから」

わたしが話をしているあいだも、ベリンダの電話のライトが点滅をつづけ、パソコンもピッピッと鳴りつづけて、インスタント・メッセージがたまっていることを告げていた。エーテルを介したこの催促により、ベリンダは議論をつづけるより協力したほうが早く片づくと判断したようだ。キーを打ちはじめ、なんの支障もなしにアレグザンドラ・グアマンのファイルを呼びだした。

パソコンのモニターの角度が斜めになっていたため、画面の一部が見えたが、ファイルを読むのは無理だった。ベリンダは画面の文字を追いながら眉をひそめ、ファイルの最後のところまでスクロールした。衝撃に呆然と口をあけ、ひどく疑わしげな表情で画面からわたしに視線を移した。

「あなた、ほんとは誰なの?」

「ほんとにV・I・ウォーショースキーです」

「そういう意味じゃなくて、どこからこの女性の履歴書を手に入れたの? ほんとは何が狙いなの? 誰に雇われたの?」

わたしはデスクをまわってパソコン画面をのぞこうとしたが、ベリンダが交通巡査みたいに片手をあげてキーを押したため、スクリーン・セーバーに変わってしまい、家族写真がつぎつぎと画面に登場した。

「わたしは秘密厳守がモットーの調査員なので、依頼人の身元は明かせません。なので、残念ながら、質問にはお答えしかねます。何か不都合なことがあるのかしら。教えていただきたいわ。そうすれば、ミズ・グアマンを雇うつもりでいる人々に、彼女を考慮の対象からはずすよう報告できますから」

ベリンダは唇を嚙んでパソコン画面に視線を戻した。どうすべきか決断するため、よちよち歩きのわが子に力を借りようと思っているかのようだった。ついに受話器をとり、鉛筆で四桁の数字を押した。

「ベリンダです、ミスタ・ヴィージェイ。ちょっと問題がおきまして。あるQLファイルのことで問い合わせがきてるんです」

ベリンダはしばらく電話の向こうの声に耳を傾け、それから、アレグザンドラの名字の綴りを述べた。ヴィージェイ氏の興奮したわめき声がきこえた。やがて、そのまま待つようにとの指示が出たようだ。しばらく待たされ、わたしが困惑した訪問者を演じてベリンダをせっついていると、グレイのジャケットに淡いピンクのネクタイをひけらかしたがっしりタイプの男性が、大股でベリンダの小部屋に入ってきた。

「あとはわたしがひき受ける、ベリンダ。きみはほかの仕事を片づけてくれ。この人の用件がすんだら、電話で連絡する」

男性はベリンダからアレグザンドラ・グアマンの履歴書を受けとった。

「お名前はなんとおっしゃいました？」

わたしは名刺を渡した。

「V・I・ウォーショースキーです。ミズ・グアマンのファイルに何か問題でも？」

男性は答えようとせず、わたしを連れて廊下を歩き、彼の名前がついているドアまで行った。狭いけれど、彼専用のオフィスだった。

「何が目的です？」前置きもなしにきいてきた。

「アレグザンドラ・グアマンの職歴に偽りがないかどうか、確認したいと思いまして」わたしは答えた。「単純な問い合わせです。ですから、巡航ミサイルの設計図を盗みにきた人間みたいな扱いをするのを、〈ティントレイ〉の方たちがやめてくださると、ありがたいんですが」

ヴィージェイは口もとをこわばらせ、目の前のパソコンを打ちはじめた。わたしは偽りなき困惑の表情を装いつづけたが、完璧な演技とはいいがたかった。アレグザンドラがイラクで死亡したことを、みんな、どうして隠そうとするのだろう？　ヴィージェイはメールを打ち、それから、すわったまま胸の前で手を組んだ。わたしはアレグザンドラがイラクでどんな仕事をしていたかを尋ねたが、向こうは答えなかった。インディアナポリス・コルツが今年もスーパーボウルまでいけるだろうかと尋ねたところ、ヴィージェイがムッとした顔になったので、このテーマでさらに押すことにした。

「マニングこそ、チャンピオンチームになるのに必要なクォーターバックだわ。向こう見ずで、自分は無敵だと確信している。チームの面々はそういうリーダーについていくものよ。思いだすのは――」

「わたしはアメフトには興味がない」わたしがシカゴ・ベアーズのかつてのクォーターバック、ジム・マクマーンへの郷愁に浸る前に、ヴィージェイがぶっきらぼうにいった。

「じゃ、アレグザンドラ・グアマンの話をしましょう」わたしはいった。「みなさんがこんなふうに反応するなんて、彼女、いったい何をやったんです？」

ヴィージェイの部屋のドアがひらいて、べつの男性が入ってきた。市場暴落のなかでもストックオプションに被害が出なかった者にしか買えないような、上等な仕立てのウールのスーツを着ていた。〈クラブ・ガウジ〉でレーニエ・カウルズのテーブルにいた男、そして、〈ティントレイ〉のサイトに出ていた男だ。ギルバート・スカリア、〈ティントレイ〉のイラクにおける事業展開を統括する男。

「あとはわたしがひき受ける、ヴィージェイ。この人は何を知ってるんだ？」

「わたしからは質問しておりません。ＱＬファイルに関する規則では――」

「わかった。ご苦労」

スカリアは目を細めてこちらを見た。

「前にどこかで会わなかったかな？　あ、そうだ。先日の夜、あのストリップクラブで。きみ、探偵だそうだね。クラブのオーナーからきいた。ナディア・グアマンのことにやけにこだわっている探偵。そして、今度はわが社に乗りこんできて、姉のことでわれわれを脅迫しようとしている」

「とんでもない言いがかりね。ついでにいっておくと、告訴される危険があるわよ。お友達のレーニエ公が喜んで教えてくれるでしょうけど」

「わたしと言葉遊びをするのはやめたまえ。きみに勝ち目はない。きみは偽りの口実でわが社に入りこんだ。いいかね、きみに対してどのような法的手段でもとれるんだぞ。われわれの側から。その逆ではない」

スカリアはヴィージェイを見た。「この人から何を質問された?」

「グアマンから送られてきたという触れこみで、履歴書を持ってきました。グアマンがわが社の社員としてイラクで何をしていたかを、探ろうとしています」

スカリアは首を横にふった。「グアマンの仕事は機密扱いだ」

「あらあら、落ち着いてよ、ミスタ・スカリア。おたくは民間の契約企業。国防総省じゃないでしょ」

「わが社が国防総省から請け負った仕事をする場合、省の保全許可がうちの社員にも適用される。アレグザンドラ・グアマンの死については、われわれ全員が遺憾に思っているが、こちらの一存でその話をするわけにはいかない。悪質な探偵が相手のときはとくにな。そろそろお帰りいただこう。わたしが警備チームを呼んできみを放りだす前に」

「チーム全員を?」わたしはいった。「光栄だわ。でも、わたしの戦闘能力を誰かが——たぶん、オリンピアあたりが——おおげさに吹聴したんじゃないかしら。腕のいい警備員なら、一人いれば充分よ。よくない場合は、二人必要ね」

スカリアの唇がこわばった。「帰る前に、持参された書類を渡していただこう」

「それはできないわ。個人所有の書類だし、それを読むのに必要な保全許可をお持ちじゃないでしょ」

「どこにある？」スカリアはヴィージェイにきいた。

「この人が自分のブリーフケースに入れました」

「ならば、警備の連中を呼べ。ブリーフケースをとりあげて、書類をとりだすための人間が必要だ」

スカリアに詰め寄られて、わたしはくやしい思いであとずさった。しかし、ブリーフケースをひらいて、でっちあげの履歴書をとりだすと、スカリアが片手を伸ばして受けとろうとした瞬間、その腕の下をかいくぐって、ヴィージェイのシュレッダーに履歴書を突っこんだ。シュレッダーは満足そうなうなりをあげてそれを呑みこんだ。

スカリアは怒りに膨張した顔でわたしのブリーフケースをつかむなり、中身をヴィージェイのデスクにぶちまけた。依頼人とのミーティング用ノートと、ネットを使わない調査のときに必要なノートと、ばらで入れておいたタンポン一個と、小さな化粧ポーチが飛びだした。スカリアが書類に目を通すあいだ、わたしは腕を組んで壁にもたれた。

スカリアは突然、ノートを一冊とると真ん中あたりのページをひきちぎり、ヴィージェイのシュレッダーにかけ、ノートをヴィージェイのデスクに放り投げて、満足そうな薄笑いを浮かべながら手のゴミを払った。わたしは全身を貫く怒りの波を必死に抑えこんだ。ここでスカリアを殴れば、今後一週間を留置場か病院ですごすことになる——そう悟るだけの自制心はかろうじて残っていた。

「まあ、男性的だこと」甲高く明るい声で、わたしはいった。「素手で紙をひきちぎることができるなんて。軍事作戦の責任者に抜擢されたのも当然ね」

「そのゴミを拾い集めて、うちのビルからとっとと出ていけ」ふたたび怒りに顔を膨張させて、スカリアがわめいた。

わたしはノートと化粧ポーチをブリーフケースに戻した。ドアをあけると同時にふり向いて、スカリアのジャケットのポケットにタンポンを押しこんだ。

「お土産よ。戦闘地域で撮った軍服姿の写真の数々と一緒に、壁にかけておいてね」

足早に階段へ向かった。正面玄関まで行ったとき、警備員の頑丈な制服に身を包んだ男が二人あらわれたが、わたしが歩行者通路を横切って、車の置いてある来客用スペースへ向かっても、向こうは銃を撃ってこなかったし、わたしをつまずかせようとすらしなかった。

25　残されたグアマン家の娘

東へ車を走らせるうちに、森林保護区が見えてきたので、そこでひと休みして頭を冷やすことにした。ブリーフケースのなかを探り、スカリアにページを破られたノートをとりだした。破られたページは三枚、去年、権利証書の名義変更に関して調査をした分だった。この事件は、来月、裁判の予定になっている。すでにわたしの手を離れたし、報告書の作成も終わっている。わたしが頭にきているのは、自分の書類を蹂躙された理不尽さだった。

わたしがインチキ履歴書をシュレッダーにかけたせいでスカリアが激怒したのだ、という人もいるだろうが、あの男の反撃はわたしに屈辱を与えることを意図していて、嘆かわしいことだが、効果があった。タンポンを使ったこちらの反撃は、一時的な満足になったものの、あまり利口なやり方ではなかった。ほかの者の前で偉そうな態度をとらずにいられないスカリアのような人間は、とんでもない侮辱だと思うだろう。部下に目撃されたとなればとくに。このあと、どんな報復に出ることとやら。

ノートの一冊をひらいて、メモをとりはじめた。これまでにわかったことは？　〈ティントレイ〉の社員は世界中に二万人ほどいて、イラクには九千人が派遣されているが、アレグザンドラ・グアマンのことを会社がひどく気にかけているところを見ると、彼女に関して何かあったにちがいない。気にかけるあまり、誰かが彼女のことを問い合わせに行ったら、社の幹部が飛んできたほどだ。QLが何の略だかわかればいいのだが。ヴィージェイがアレグザンドラのファイルをそう呼んでいた。もしかしたら、〝生存せず《クィット・リビング》〟かもしれない。

裸の木々をみつめた。アレグザンドラがイラクでチャドと顔見知りだったとしても、なぜそれが〈ティントレイ〉にとって重要なのだろう？　チャドが〈ティントレイ〉がらみの任務についていて、社の信用を傷つける秘密を知ってしまったとか？　アレグザンドラが輸送部隊に加わっていて死亡したとすると、チャドがトラックの一台に乗っていた可能性もある。ナディアの目の前でふりまわしていたあの黒い長方形のものは、爆発したアレグザンドラのトラックの周囲に飛び散った残骸のなかから、チャドが拾ったものではないだろうか。しかし、黒い布のようだった。ティム・ラドケがいったように、スカーフか何かでは？　ノートをパタンと閉じた。あれこれ推測してみても、どこへも行き着かない。

ギルバート・スカリアは〈ティントレイ〉の社長のジャーヴィス・マクリーンと一緒に〈クラブ・ガウジ〉にきていた。アレグザンドラ・グアマンのことが〈ティントレイ〉で大きな問題になっているとすると、連中がクラブにきたのは、ナディアを追悼する〈ボディ・アーティスト〉のステージにアレグザンドラに関係したものが登場するようなことはないかを、確認するためだったとしか思えない。

これも推測だが。

わたしのノックするドアをギルバート・スカリアが片っ端から閉めてしまう前に、すばやく答えを手に入れなくては。すでにレーニエ・カウルズがグアマン一家につきまとっているが、この車でいますぐ家に押しかければ、アーネストか祖母から何かききだせるかもしれない。あまり期待できそうもないが、ほかにどうすればいいのかわからない。何かせずにはいられないという焦りもあった。

道路に戻り、ターンして有料道路まで行き、南に向かって猛スピードで三十マイルをぶっ飛ばした。轟音をあげる巨大な牽引用トラックに囲まれて走りつづけ、やがて、有料道路と境を接する広々とした地帯が変化しはじめて、ケネディ高速沿いにバンガローが建ち並ぶようになり、つぎに、ピルゼン地区に隣接する屑鉄の山と食品倉庫になっていった。グアマン一家の住まいはそのあたりにあった。轟音から逃れて住宅地に入ったときにはホッとした。もっとも、駐車場所を見つけるのが大変だったが。雪かきのすんだ場所に、ゴミ容器やこわれた家具が置いてあった。シカゴの伝統だ。通りの角に、大目に見てもらえそうな駐車スペースが見つかった。ここなら消火栓を完全にふさがずにすむ。

狭い敷地にバンガローや二所帯住宅が建っていて、家どうしがくっつきそうだった。陶製タイルを装飾に使っている家がたくさんあった。一軒の家などは、表側の壁一面にジャガーのモザイク画が描かれていた。何軒かの家の前にはまだ、キリスト降誕場面の飾りやサンタが置いてあった。グアマン家には陶製タイルもキリスト降誕もなく、グアダルーペの聖母像が置いてあるだけだった。聖母は膝まで雪に埋もれていて、首に巻かれた黒いリボンが今回の不幸を悲しく語っていた。

近くの家から女性が出てきた。カートを押し、幼児を連れ、洗濯物を詰めこんだ口紐つきの袋を抱えて、階段をおりてこようとしていた。わたしは急いで駆け寄って、カートと袋を持った。女性は礼をいったが、わたしを上から下まで無遠慮にながめた。ラリオのブーツと身体にぴったり合ったコートは、この界隈に溶けこめる服装ではなかった。

「あそこがグアマンさんのお宅でしょうか」わたしは黒いリボンに飾られたグアダルーペの聖母像を指さした。とにかく、話のきっかけを作りたかった。

「おたく、弁護士さんとこの人?」

「弁護士? いえ、ナディアの友達だったんです。恐ろしいことだわ、あんな亡くなり方をするなんて」

女性は厳粛にうなずいた。「でも、そもそも、なんでナイトクラブなんかにいたのかしら。娘があんなふうにニュース種になるなんて、クリスティーナも辛くてたまんないわよ」

「ナディアの話だと、お母さんと口論したとか。お母さんにとっては、それもきっと辛いでしょうね。仲たがいしてる最中に娘が殺されてしまうなんて」

「変わった一家なのよ。いちばん上の娘さんが亡くなって以来――」

「知ってます。イラクで」

「アレグザンドラの死で、一家は錯乱状態だったわ。そのあと、男の子がバイクで事故をおこして、つぎはナディアがお母さんと喧嘩して家を出てしまった」

幼児がぐずりはじめた。わたしはブリーフケースから紙を一枚とりだして、話をしながら三角帽を折った。幼児はぐずるのをやめて、それを見守った。

「ナディアもかわいそうに、いつも腹を立てて、いらいらしてました」わたしはいった。

「アレグザンドラの死がよほどこたえたんでしょうね」

「クリスティーナはアレグザンドラのことを誰ともひと言も話そうとしないのよ。神父さまには話してるかもしれない。もっとも、あの神父さまって、信頼できるタイプじゃないけど」

わたしは三角帽を幼児に渡した。「とにかく、お悔やみだけはいいに行かないと」

「クリスティーナは夕方まで仕事よ。家にいるのはアーネストだけ。おばあちゃんと一緒に。家の人がアーネストをセラピーに通わせてるの。いずれ自分の力で生きていけるようにって。もちろん、一人で歩けるし、着替えもできるし、話もできるけど、あとは子供と変わりゃしない。このファウストと似たようなものね」女性は幼児を指さした。「どうすれば記憶が戻ってくるというの？　わたしには理解できない。思いがけないお金が入って、あの一家も運がよかったわ」

「思いがけないお金？」わたしは思わず叫んだ。「そんなこと、ナディアからはひと言もきいてませんけど」

「あら、それで母親と喧嘩したってことは、誰だって知ってるわよ。ずいぶんお金が入って――たぶん、アーネストの事故のお金だと思うけど――でね、ナディアは母親がそんなの受けとるのはまちがってるって意見だったの。でも、もらったっていいじゃない。どうしろっていうの？ 空気と水だけで生きてくの？」

「じゃ、事故をおこした相手がお金を払ったのかしら」

示談金のことなど、わたしが調べたデータベースのどこにも出ていなかった。だが、仲介者を通じて支払いがなされたのなら、公的な記録には残らないだろう。

女性は肩をすくめた。お金のことは古い話なので、もう興味もないらしい。「どこから入ってきたにしても、あの一家には一セント残らず必要だわ。アーネストのセラピーとか、いろんな介護とか。ナディアも母親と喧嘩して飛びだしたりしないで、家に残って手助けしてればよかったのに」

「クララにとってはひどいことね」わたしは水を向けてみた。「お姉さん二人が亡くなって、お兄さんは大怪我だなんて」

「誰だって辛い人生を送ってるわ」女性はファウストをカートに乗せて、通りを歩きはじめた。「うちの夫なんか、ファウストがわたしのおなかにいるときに出てってしまった。でも、わたしはがんばって生きてるし、グアマンの一家もそうよ。それに、セラピーがアーネストの助けになるかもしれない。週に二日、ほかの人の前で普通の行動をとることができるようにって、おばあちゃん《アブェラ》に連れられて出かけていくの。自分を抑えられるようにならないと、就職もできないでしょ」

立ち話をするには寒すぎた。わたしは女性と一緒に歩き、グアマン家の前で足を止めた。

女性は首をふった。「クリスティーナにはむごいことだと思う。息子があんなふうになってしまって。すばらしい子だったのよ。やさしい兄であり、弟であり、いい息子だった。冬の雪かき、姉や妹の買物のお供。頼めば、なんでもやってくれた。なのに、あんなことになってしまって――」ふたたび、悲しげな顔で首をふった。

「お金が入っても、ここで暮らすほうが安心なのかしら」

「まわりが知り合いばっかりだしね。あの一家にこれ以上悲しい思いはさせたくないって、みんなが思ってる。チンピラ連中が侵入しようとしたことが二回あったわ――よそと同じで、このあたりにも不良グループがいるからね――けど、ラザーが新しい防犯装置をつけたばかりだった。ワイヤとか、新しいガラスとか、いろいろ。チンピラの一人がザクッと手を切って、右手が使えなくなった。その数日後には、べつの一人が撃たれた。十九丁目のドラッグストアに押し入ろうとして射殺されたの。みんな、胸をなでおろしたわ」

コインランドリーに着いた。カートをなかに入れようと四苦八苦する女性のために、わたしはドアを支えた。幼児が三角帽をしゃぶりつづけて、すでにぐしゃぐしゃにしていたが、女性は気にする様子もなかった。

わたしは車のところに戻り、東へ向かうためにバックで交差点に入って、グアマン家の前まで行った。何を期待していたのか自分でもわからないが、車を北へ向けようとしたそのとき、玄関ドアがひらいた。わたしが道路の角で車を停め、サイドミラーでじっと見ていると、アーネストと祖母が家の前のステップをおりてきた。祖母がアーネストの左腕をしっかりつかんでいたが、右腕のほうは激しく動いていた。

二人は通りを歩き去った。わたしは車を二回左折させて追いついた。二人を追い越し、ふたたび左折した。似たようなことを何回かくりかえしたあと、北へ曲がってウェスタン・アヴェニューを歩いていく二人を見守った。祖母はアーネストの肩ぐらいの背丈しかなかったが、外出の主導権を握っているのは明らかに祖母のほうで、アーネストが立ち止まろうとするたびに、せっついて歩かせていた。

ある店の前で、アーネストは心を奪われてしまったらしく、祖母がいくら急き立てても動こうとしなかった。数分後にわたしが車で通りすぎるさいに見てみると、そこはペットショップだった。ケージに入れられた子犬たち——こういうのを見ると、動物解放軍に加わって、この子たちを自由にしてやりたくなる——しかし、子供にとってはうっとりする光景だ。大喜びの子供の顔を子犬がなめている光沢のある写真が、ウィンドーに飾ってあった。わたしはふと思いついて店に入り、チラシをもらってきた。
二、三ブロック行ったところで、祖母が足を止めていた。どちらへ行けばいいかをアーネストに判断させようとしている様子だった。アーネストが右へ曲がると、祖母は首を横にふった。アーネストは両腕をふりまわし、車に乗ったわたしのところにまでその声が届くほど大きくわめいたが、最後にようやく向きを変えて西へ向かった。
ロティが勤務するベス・イスラエル病院は、このあたりにリハビリセンターを持っている。シカゴのニア・サウス・サイドのあちこちに見られる医療センターのひとつである。わが獲物はたぶんそこへ向かっているのだろう。車で二人を追い越して、センターの入口を監視できる場所に路上駐車のスペースを見つけた。案の定、二、三分すると、アーネストと祖母が歩道に姿を見せ、回転ドアを通り抜けた。

わたしは何をするつもりか自分でもよくわからないまま、二人を追ってセンターに入った。幼児を連れた女性たち、松葉杖や車椅子のボーイフレンドに付き添う女性たち、年老いた親の介護をする女性たち、孫の世話をするセニョーラ・グアマンのような年老いた女性たちで、ロビーはいっぱいだった。一台のテレビがスペイン語でわめき、もう一台が英語でわめいていた。子供たちが泣き叫び、母親たちは生気のないあきらめの表情で前をみつめていた。

アーネストと祖母は受付の列に並んでいた。近くに知人がすわっているのを祖母が見つけ、スペイン語で女どうしのおしゃべりをしていた。わたしは身をかがめて、床から何かを拾うふりをしてから、子犬の写真のついたチラシをアーネストにさしだした。

「これ、落としたでしょ？」

アーネストはわたしを見た。こちらのいっていることが理解できない様子だったが、やがて、子犬の写真を目にして、わたしからチラシを奪いとった。

「ぼくの犬！　おばあちゃん《ナーナ》、ぼくの犬！」

祖母がふり向いた。写真を目にして、疲れたためいきをついたので、わたしはアーネストを興奮させたことを恥ずかしく思った。孫の面倒をみるだけでも大変な苦労だ。私立探偵がしゃしゃりでて、よけいな興奮をもたらす必要はない。

「おまえの犬だって？」祖母がいった。「うちは犬なんか飼ってないよ。これは犬の写真」流暢な英語だが、ひどい訛りがあった。

「すみません」わたしは祖母に笑顔を見せた。「この人の足もとにあったんで、もしかしたら落としたんじゃないかと思って」

「この子、犬をほしがっててね。一匹飼わせてやるといいのかもしれないけど、アーネストのほかに犬の世話までさせられるのはごめんだわ。どっちみち、この子の妹はアレルギーだし」

「ここにはセラピーで？」わたしはきいた。

「どれだけ効果があるのか知らないけど、週に二回ずつきてるの。だって、希望を捨てたら何も残らないものね」

「辛いですね。わたしにも頭を撃たれた従兄弟がいます。自分で歩けるし、話もできるけど、衝動を抑えることができないんです。人前でとんでもないことをやってしまうので、この先、一人で生きていけるかどうかわからないんですよ」

嘘ばっかり。探偵の常套手段だが、今日ばかりは穴があったら入りたい気持ちだった。

「アーニーの場合はね、オートバイの事故だった」祖母はいった。「家族思いの子だから、暴走族なんか入ってなかったのに。いい子だったんだよ、昔から。ただ、姉や妹みたいな勉強好きではなかったわね。姉や妹は優等生なの。いえ、優等生だった」悲しみに顔を曇らせた。「そのうち二人は死んでしまった」

「お気の毒に！　このお孫さんが怪我をしたときと同じ事故で？」

アーネストがこの場にいるのを無視して話をするのは無作法な気がしたが、ある意味では、この場にいないようなものだった。子犬の写真に話しかけていた。わたしの罪悪感が大きくなった。

「いちばん上の子はイラクで亡くなったの。二人はほんとに仲がよかった。姉の死がアーニーにはすごいショックだったのね。だから、オートバイの運転が不注意になったんだと思う。アリーの死から半年後に、高速道路から飛びだしてしまったの。なぜだか、オートバイがガードレールを乗り越えたんだって。なんでそんなことになったのか、わたしはその場にいなかったから、わからないけどね。うちの息子にきいても、わからないって」

「アリー！」アーネストが姉の名前をききつけて、子犬の写真を落とした。「アリーは鳩だよ。イエスと一緒に飛んでる！　いまはナディアも鳩だ。男たちが二人を撃ってる。つぎはクララの番だ！　バキュン、バキュン！　かわいそうなクララ」

「えっ、アリーは戦争で銃弾にやられたんですか」わたしは祖母に尋ねた。

「アリーを撃った。バキュン、バキュン、バキュン！」

「ちがうよ、アーネスト、アリー姉さんは爆弾で死んだんだよ」

「アリーを撃ったんだ、おばあちゃん《ナーナ》、バキュン、バキュン！　ナディアも撃った、バキュン！　つぎはクララだ、バキュン、バキュン！」

アーネストの興奮はひどくなる一方だった。わたしは子犬の写真のついたチラシを拾いあげた。

「子犬がクララにキスして、ちゃんと守ってくれるわ」といいながら、チラシをアーネストにさしだした。

「うん！　ナーナ、クララのために子犬をもらってこようよ。犬がいれば、誰もクララを撃たないよ」

しばらくすると、アーネストはふたたび写真に向かって楽しげに話しかけていた。わたしはアーネストを動揺させたことを祖母に詫びた。

「あなたの責任じゃないわ」祖母はいった。「姉が死んだというのに、姉の身に何がおきたのか、あの子はまだ理解できずにいる。そして、母親は家族がアレグザンドラの名前を口にするのを許そうとしない。だから、この子、姉の話をする機会もないの。もしかしたら、いつの日かこの子の脳がはっきりして、姉に何があったかを理解するかもしれない」

「下の妹さんの身に危険が迫ってるなんてこと、ありませんよね？」

祖母の目が暗くなった。「昼も夜も、クララの無事を祈ってるとこなの。孫のうち二人を失ったら――じっさいには三人だわね」孫息子のほうにうなずきを送った。「不安で不安でたまらなくなるものよ」

受付係が祖母の名前を呼んだ。「ぼうっと考えごとでもしてたの、ミセス・グアマン？　あなたの番ですよ！　アーニー、友達が待ってるわよ」

祖母が受付係とスペイン語でしゃべりはじめたので、わたしはそっとその場を離れ、やりきれない思いで事務所へ車を走らせた。

26 闇のなかのショー

事務所に戻ったわたしは、スカリアとのやりとりと、〈ティントレイ〉の全員がアレグザンドラの名前に示した奇妙な反応を、パソコンに打ちこんだ。タンポンは除外。法廷への提出を求められるかもしれないファイルに、なぜそんなものを含める必要があるだろう？ スカリアに破られたノートは捨てた。調査ファイルの最後の行に、〝行き止まり〟と打った。

イラク時代のチャドの友達、ジェシー・ラレードはすでに亡くなっている。出かけていたあいだに、ジェシーの母親から電話があり、息子の持ち物を調べてみたが、チャドのブログやメール関係のものは見つからなかった、というメッセージが入っていた。そういわれても驚きはしなかった。この厄介な事件に関してひとつでも信頼できる収穫があれば、そっちのほうが驚きだ。しかし、よけい落胆した。

何か新しい情報がつかめないかと思って、ふたたびembodiedart.comを見てみたが、いまもまだ〝死者を追悼するために〟閉鎖されたままだった。ロドニーの暗号をメモしたノートをとりだした。Lはいくつかあるが、Qはない。目をこすった。クスターニックは自分が監視下にあることを知っている。手下の連中と連絡をとるには複数の手段が必要だとわかっているはずだ。だから、ロドニーの暗号をなんらかの伝達手段とみなすのは、理にかなったことだと思われる。とはいえ、〈ボディ・アーティスト〉もやはり、シークレット・サービスに監視されているかもしれないから、秘密の暗号とはいいがたい。だったら、ロドニーはなぜあんなものを描くのだろう？

もしかしたら、ロドニーの役目は単に、〈レストEZ〉がオリンピアに融通した金のことで彼女に嫌がらせをすることかもしれない。以前、尻に文字を描こうとするロドニーをカレン・バックリーが拒絶したとき、オリンピアが激怒して、わたしとあなたは仲間のはずだ、と食ってかかったことがあった。しかし、カレンは〈クラブ・ガウジ〉がつぶれようと自分には関係ないと答えた。このやりとりを心のなかであれこれ検討してみたが、カレンがオリンピアとロドニーの望むままに行動しなくてはならない理由はひとつも思いつけなかった。

〝主要人物〟と記した欄に目を通し、ギルバート・スカリアを加えた。〈ティントレイ〉と〈レストEZ〉が交差する場所は、オリンピアのクラブ以外に考えられない。ロドニー、レーニエ・カウルズ、スカリア、〈ティントレイ〉のオーナー社長ジャーヴィス・マクリーンが、同じ夜に全員クラブにきていた。しかし、それで何が立証されるだろう？

オリンピアは何かを知っているのに、口をつぐんでいる。〈ボディ・アーティスト〉もそうだ。わたしがやらなくてはならないのは、どちらかにしゃべらせること。そうすれば、トランプのカードで作った家がきれいに崩れるだろう。

レーニエ・カウルズの経歴をさらにくわしく調べてみると、〈ティントレイ〉の訴訟事件を担当したことがあるのがわかった。思ったとおり、〈パーマー&スタッテン〉は〈ティントレイ〉の社外相談役になっていた。だが、それがなんだというの？

むしゃくしゃして、鉛筆を壁に投げつけた。それが合図になったかのように、ジョン・ヴィシュネスキーから電話が入り、チャドのブログはモナも印刷していなかったと知らせてきた。

「病院の先生の話だと、チャドは小康状態を保ってるそうだ。そっちは何かわかったかね？」

「息子さんとナディア・グアマンの人生がどこで交差したかを突き止めようとしてるところです。イラクだったんじゃないかしら。ナディアのお姉さんがイラクで死亡してるし。だから、目下、その手がかりを追っています。何かはっきりしたことがわかったら、電話します。息子さんの意識が戻って話ができるようになったら、連絡をください。それまでは、クラリネットを吹いてあげてくださいね」

調査が進んでいないことを非難されたり、こちらが何をしているのか、もしくは何をしていないのかをさらに探られたりする前に、わたしは電話を切った。ほかに何をすればいいのか思いつけなかったので、アーネスト・グアマンのオートバイ事故について調べてみた。もちろん、こうした事故はシカゴのような都会では日常茶飯事だ。シカゴでは膨大な数の交通事故が発生しているので、チャド・ヴィシュネスキーの分隊のときと同じく――八名が死亡したのに、新聞に名前が出たのは三名だけだった――人の注意を惹くには、よほど派手な事故をおこさなくてはならない。

ようやく、ヒスパニック系の新聞に、アーネスト・グアマンの短い記事が見つかった。事故の日付がわかった。アリーの死の七カ月後。だが、くわしいことは出ていなかった。〝午後二時ごろ、一人でホンダに乗って走っていたが、目撃者として名乗り出て事故発生時の様子を語ってくれた者はいなかった〟――わたしは苦労して英語に訳した。口封じのために何者かがアーネストを高速道路から飛びださせたのではないか、と想像していたのだが。つぎのような記事を期待していた。〝姉アレグザンドラさんのための正義を求めて活動していたアーネスト・グアマンさんが、今日、バイクの事故で大怪我を負った。この事故は○○○の仕組んだもので――〟そして、○○○の部分には、ナディアがカレン・バックリーの背中に姉の顔を描いたために、彼女を射殺するに至った人物の名前が入ることを願っていた。

いまは金曜の夜。長い一週間だった。ジェイクがリハーサルの一時休止を宣言していた。わたしも同じく、ヴィシュネスキー関係の調査の一時休止を宣言した。化粧をし、身体にぴったりのセーターを着て、二人で古風なナイトクラブへ出かけた。誰もが服を着たままのクラブ。ジェイクがベース奏者と顔見知りだったので、最前列のテーブルをとってもらえた。踊ったり飲んだりして、午前三時の閉店まで楽しんだ。土曜日は睡眠不足を補い、犬を連れて湖のほとりをのんびり歩き、アレック・ギネスの古い映画を見た。

日曜日、束の間のハネムーンが終わった。古楽をやっているジェイクの仲間が四時にリハーサルにやってきた。わたしは〈ボディ・アーティスト〉かオリンピアから話をひきだす方法が見つかることを期待しつつ、ふたたびクラブへ出かけた。

シャーロック・ホームズやエメ・ルデュック（カーラ・ブラックの『パリ、殺人区』などに登場するパリの女性探偵）とちがって、わたしは変装が得意ではないが、アイライナーとマスカラで不器用に厚化粧をし、廊下のクロゼットに突っこんであるがらくたをかきまわして、ハロウィンのときにかぶったピンクのウィッグを捜しだした。これと、ホルスターに入れたスミス&ウェッスンがあれば、変装で人目を欺くことに失敗しても、銃をぶっぱなしてオリンピアの用心棒から逃れることだけはできる。

わたしがクラブに着いたのは九時をすこしまわったころで、〈ボディ・アーティスト〉のステージの時刻が近づくにつれて、興奮が高まりつつあった。通りの先に車を置き、列に並んでいるにぎやかな一団にくっついた。飲酒年齢に達しているかどうかの確認のため、すべての客が身分証を提示しなければならない。客の数がすごいので、バーテンダーの一人が用心棒の手伝いに駆りだされていた。二人とも生年月日のところを懐中電灯で照らすだけで、写真と本人の顔を比べるのは省略していたので、わたしは親指をさりげなく写真の上に置いて、免許証をバーテンダーにさしだし、すばやく店内に入った。

以前に戻ったような気がした。いつものテーブルに陣どってビール瓶をにらみつけているロドニー。飲みものを持って店内を飛びまわり、男性客にも女性客にも同じように笑いかけ、愛想をふりまいているペトラ。カウンターの奥のオリンピア。今夜はぴっちりした白のレザーに身を包み、黒いスカーフをなびかせている。ブリッジに立ってデッキの様子を見守る船長といった感じ。

ついに照明が暗くなり、やがて、スツールに腰かけた裸のカレン・バックリーだけを照らしだした。ブルカをまとった二つの人影がステージの端に登場し、憧れと恐怖を踊りで表現しはじめた。

ステージを見るのはもううんざりだった。混雑を掻き分けて客席の端まで行き、トイレのある廊下に出た。最初の計画では、パブリック・スペースと楽屋を隔てるドアを通り抜けて、そこでカレンを待つつもりだったが、オリンピアが——ひょっとすると、カレンかもしれないが——そのドアに警備員を置いていた。黒い服を着た、険悪な顔つきのがっしりした男。わたしは〝ピンクのふわふわヘアちゃん〟の役柄にふさわしく、にっこり笑い、男に向かって指をふってみせた。男の顔がさらに険悪になった。

女性トイレに入って、退屈しのぎにメールの返事を打っていると、ようやくショーの終わりを告げる大きな笑いがきこえてきた。数分後には、照れ隠しに笑ったり、カレンのステージのことを興奮してしゃべったりする女性たちで、トイレがいっぱいになった。わたしはトイレの順番待ちの長い列ができている廊下に戻った。男性用のほうは、当然ながら、はるかに列が短かった。

突然、ふたたび照明が消えた。人々が悲鳴をあげ、廊下を照らそうとして携帯をとりだし、混乱のなかで叫んでいた。サウンドシステムを通して、訛りの強い男の声が響きわたった。

「電気系統に問題が発生しました。外へ避難するようお願いします。お客さまも、スタッフも、一人残らず。懐中電灯を持ったクルーがコートや所持品を見つけるお手伝いをします。勘定がおすみでない場合は、最後の分を店のおごりとさせていただきます。金曜日にまたお目にかかりましょう。ご迷惑をおかけしたことをお詫びします」

人々が出口のほうへ殺到するあいだ、わたしは壁に張りついていた。闇のなかではパニックが伝染するらしい。電気系統が故障したというのに、なぜステージのマイクが支障なく使えるのか、疑問に思った者は一人もいないようだった。

客席を見ると、強力な懐中電灯があちこちを照らしていた。懐中電灯を持っている人々の姿は見えなかったが、カップルがすわったままのテーブルの横に一人の男があらわれ、立つように促した。しかも、丁重とはいえない態度で。懐中電灯の光がカウンターやテーブルや出口を照らすなかで、オリンピアのオフィスの外に、黒い服を着たべつの男の姿が浮かんだ。

オリンピアなら最後まで残って、沈む船と運命を共にするだろうと、わたしは思っていたが、群集のなかにその姿は見つからなかった。従妹のフワフワした金髪が出口へ向かうのがはっきり見えたので、安堵の息をついた。何がおきているにせよ、ペトラだけは遠ざけておきたかった。

懐中電灯が客席の中心部を照らしているあいだに、わたしはステージの奥にあるカーテンの裏へもぐりこんだ。ステージの裏に廊下へ出るドアがあり、それがすこしひらいていた。壁にぴったり身を寄せて、ドアの蝶番のあいだからのぞきこんだ。

廊下のすぐ向こうがカレンの楽屋だ。黒い服に黒いスキーマスクの男がそこに立ち、人々を片っ端から廊下の先の裏口へ送りだしていた。また、カレンの楽屋からは誰一人出られないようにしていた。

わたしは床に伏せて、自分の影を消した。隙間風を感じ、ステージの裏側が高くなっていることに気づいた。床とのあいだに一フィートほどの隙間ができている。ピンクのウィッグをはずして、ステージの下にもぐりこんだ。物音を立てても、出口へ殺到する人々の足音のおかげで、まったく目立たなかった。だが、それも長くはつづかないだろう。ホルスターから拳銃をとりだし、安全装置を手で探った。暗闇のなかでうっかり発砲するのは避けたかった。

驚くほど短時間で店内が空っぽになった。何人かが声をかけあい――男性の声もあれば、女性の声もあった――全員が外へ出たことを確認していた。照明がもとに戻った。

「連れてこい」偉そうな声がした。スラヴ系のアクセントでしゃべる男性。

誰かが楽屋のドアをあける音がきこえてきた。わたしには何も見えず、頭上から、低く抑えた苦痛の呻きと足音がきこえてくるだけだった。足音のひとつは重いブーツ、もうひとつはほとんど音がしない。たぶん、裸足の〈ボディ・アーティスト〉だろう。

楽屋の奥から、「放してよ、もうっ！」とわめくオリンピアの声がきこえた。つぎに、平手打ちの大きな音。そして、これまたrの音を響かせたスラヴ系のアクセントでしゃべる女の声。「口を利いてもいいのは、こっちが質問したときだけ。それ以外は黙ってな」

「あんたにそんな権利は――」

バシッ。「ここはアメリカの法廷じゃないんだ。あんたにはなんの権利もない。責任があるだけだ。なのに、あんたはその責任を果たしてない」

わたしは手探りで携帯をとりだして、ペトラにメールを送り、警察に電話してクラブに急行するよう頼んでほしいと伝えた。テリー・フィンチレーの電話番号を覚えていなかったので、その友達で目下サウス・シカゴの管区を担当しているコンラッド・ローリングズの番号を打ちこんだ。〝テリーに電話するようコンラッドに伝えて。悪党がオリンピアを殴ってる〟

頭上でふたたび平手打ちの音がして、男の声がきこえた。「パソコンのとこへ行け。クソ女。てめえのギャラリーを復活させろ」

ロドニーの声だった。

〈ボディ・アーティスト〉がいった。「サイトを閉鎖したのはわたしじゃないわ。そっちがやったと思ってた。わたしにはアクセスできない」声がかすかに震えていたが、感心なことに、自制心を失っていなかった。

悪党がふたたび彼女を殴りつけ、つぎに衝撃音がきこえた。金属がころがり、その音が木の床で増幅された。大きな悪態。言葉は英語ではない。塗料の缶がステージをころがって、わたしのそばの床まで飛んできた。乱闘、さらに缶のころがる音、そのあとに、平手で頬を打つバシッという音と、甲高い悲鳴。

「そのバカ女を押さえつけろ」偉そうな声。もしかしたら、アントン・クスターニック本人かもしれない。「われわれの合意事項は承知してるな、オリンピア。あんたのかわいいクラブを全焼させるようなことは、わたしもしたくない。だから、小娘みたいな嘘はもうやめろ。それから、そっちのあんた、役立たずの売女、小娘みたいな悪さはもうやめろ。サイトをもとに戻すんだ。そうすれば、われわれ全員が満足して家に帰れる」

「でも、わたしにはわからないのよ。どうしてサイトが――」

またしても、誰かが〈ボディ・アーティスト〉を殴りつけた。前より強く。

わたしは隠れ場所からすべりでた。廊下に通じるドアを警護していた男は、すでにいなくなっていた。クラブを制圧できたと思ったのだろう。わたしはカーテンの陰の、さきほどまで男がいた場所へ移動し、隙間からのぞいてみた。

プラズマ・スクリーンとコンセントを結ぶための太いワイヤがここを通って、ドアの下をくぐり、廊下のコンセントまで延びている。つまずいて音を立てたりするとまずいので、慎重に歩を進めた。

ステージに塗料が飛び散っていた。あのすさまじい音が何だったのか、ようやくわかった。カートにのっていた品々を、カレンが襲撃者たちに向かって投げつけたのだ。ペイントブラシとパレットナイフが散乱していた。近くにナイフがひとつ落ちていた。カーテンの隙間から手を伸ばして、それを拾いあげた。刃がヤワすぎて、武器として使うのは無理なようだ。

襲撃者は全員、ごろつき連中に人気の黒いスキーマスクをかぶっていた。ロドニーだけはビール腹で見分けがついたが、あとの連中は誰が誰やらわからなかった。一人がオリンピアに、べつの一人がパフォーマンス用のペイントをしたままの〈ボディ・アーティスト〉に銃を向けていた。ジャケットの前身頃を赤い塗料で汚された男が強引に〈アーティスト〉をすわらせ、強烈な平手打ちをくれてから、スライドショーに使われていたノートパソコンを持ってきた。

「サイトをひらけ」と、どなった。

〈アーティスト〉は震える指でURLを打ちこんだ。店内のライトが変化し、揺らいだので、わたしはパソコンがステージのプラズマ・スクリーンに接続されたままであることに気づいた。首を伸ばすと、わたしのパソコンに出ていたのと同じメッセージが見えた。〝死者への追悼を示すため、一時的にサイトを閉鎖させていただきます〟

「さあ、サイトをひらくんだ」男がいった。

「誰かがシステムに侵入して、パスワードを変えてしまったの」カレンはいった。「わたしにはひらけない」

「嘘をつけ」ボスらしき男がわめいた。「ログインしろ」

〈アーティスト〉が何か打ちこんだ。すると、画面にメッセージがあらわれた。

〝パスワードがちがっています。やり直してください〟

もう一度やってみたが、同じメッセージが出ただけだった。

命令を下していた男がうなずくと、〈アーティスト〉を押さえていた襲撃者が彼女の顎を殴りつけた。見るに堪えなかったが、わたし一人で全員を相手にするのは無理だった。膝を突き、わたしの足のあいだをくねくねと通っているワイヤのうち、いちばん太いものの絶縁テープの縁をめくって、はがしていった。パニックをおこして焦るあまり、両手が震えていた。ようやくテープをはがして、ワイヤから浮かせ、隙間にパレットナイフを突っこんだ。

雷鳴のごとき轟き、稲妻のごとき光、そして、客席がふたたび真っ暗になった。パレットナイフの刃が手のなかで裂け、その衝撃でわたしはうしろへなぎ倒された。露出したワイヤから火花が飛んでいた。わたしはカーテンの下をくぐり、両手両足で這ってステージにのぼろうとした。

一瞬、クラブのなかが静まり返った。何がおきたのか、誰にもわからなかった。やがて、わめき声と悪態が始まった。ロシア語で。いや、たぶんウクライナ語だろう。人々が客席をやみくもに走りまわり、テーブルを倒し、ころんでいた。誰かが銃をぶっぱなし、わたしにもその火花が見えた。ボスらしき男がロシア語かウクライナ語でわめくと、発砲がやんだ。わたしはステージに駆けあがるなり、〈アーティスト〉をつかもうとしたが、向こうはこぶしをふりまわして、わたしを蹴りはじめた。

「V・I・ウォーショースキーよ」わたしはあえぎながらいった。「一緒にきて。さ、早く！」

〈アーティスト〉はさらに激しく抵抗した。わたしは彼女をスツールからひきずりおろすと、ステージの奥へ向かおうとした。襲撃者の一人が懐中電灯を見つけて、それをステージに向けた。またしても銃声。今回はこちらを狙ったものだった。わたしは〈アーティスト〉の腕を放すなり、床に伏せた。ころがって撃ち返したが、弾丸は大きくそれてしまった。

「カレン！　カレン、どこなの？　逃げなきゃ！」

熔けたワイヤの上にカーテンが垂れていた。焦げくさい臭いがした。カーテンが燃えだしたら、あっというまに木の床と椅子に火が移ってしまう。

カーテンの隙間を抜けて、廊下のほうを見ると、楽屋で誰かが動いているのが見えた。〈アーティスト〉がコートを着てブーツをはき、ジーンズを手にしていた。わたしは彼女の脇の下に左腕をさしこみ、何をされるのか向こうが気づく前に、肩にかつぎあげた。

「おろして、このバカ！」

小走りで廊下に出て裏口に向かうあいだに、〈アーティスト〉に背中をガンガン殴られた。蹴飛ばされながら、ドアを押しひらいた。肩にかかる重みと彼女の抵抗のおかげで、息が苦しくなってきたが、レイク通りに置いてきた車にたどり着くには、ビルのへりをまわらなくてはならない。数歩も行かないうちに、〈アーティスト〉がわたしの手をふりほどいて逃げだした。

〈アーティスト〉は近くに駐車中のSUV車まで走り、ドアをあけた。運が彼女に味方した。イグニッションにキーがささったままだった。わたしが駆け寄るあいだに、〈アーティスト〉がエンジンをかけた。わたしはドアを大きくひらいたが、頭を殴りつけられた。

「なんにもわかってない世話焼きのバカ女、あんたのおかげでめちゃめちゃ。どいて。ひき殺すわよ！」

カレンはあいたままのドアを揺らしながら、猛スピードで駐車場を飛びだした。車がレイク通りへ曲がる前に、かろうじてナンバーを読みとる時間しかなかった。

27 ブルーの制服の坊やたちに感謝！

わたしとフィンチレーのどちらの怒りが大きかったのか、わたしにはわからない。わたしたちは〈クラブ・ガウジ〉のバーのスツールに腰かけていて、オリンピアが青ざめた顔をしつつも唇に笑みをたたえて、変わったことは何もないとフィンチレーにいっていた。

「ここはクラブ、パフォーマンス・アートをやってるのよ。今夜は閉店後に特別なリハーサルをすることになってたのを、ミズ・ウォーショースキーは知らなかったの。本気にしてしまった。ねえ、ミズ・ウォーショースキー、もっと外出して、最近の劇場で何をやってるかを見ておかなきゃだめよ」

「では、火事は？」フィンチレーがきいた。

彼と捜査チームが到着したとき、ステージの奥のカーテンが炎をあげていた。警官たちがカーテンをひっぱりおろして、どうにか火を踏み消したが、ステージの上はめちゃめちゃだった。床の一部が焼け焦げ、〈ボディ・アーティスト〉が襲撃者たちに投げつけた缶から塗料がこぼれて、床全体を覆っていた。

〈アーティスト〉を追うためにわたしがマスタングに乗りこもうとしていたとき、パトカー五台が到着した。警官たちに止められた。SUV車を追わなくてはと金切り声をあげても、耳を貸してもらえず――「わたしが警察を呼んだのよ。大事な目撃証人が逃げてしまう！」――強引にクラブのなかに連れ戻された。襲撃者の大部分はすでに逃げていたが、残っていた何人かを警官隊がつかまえ、手錠をかけていた。そのなかにロドニーも入っていた。

警察より数分遅れて消防隊が到着した。わたしがショートさせたワイヤを中年の消防士がいじった。悲しげな目をしていて、口髭が垂れていたが、ずんぐりした指がワイヤを器用にいじり、ビルの電力を復旧させてくれた。助かった。停電で暖房も切れていたからだ。

ほどなく、フィンチレーが入ってきた。「なあ、ヴィク、警部に進言しようと思ってるんだ。きみに金を払ってニューヨークへ越してもらったらどうかって。きみが出ていけば、シカゴの犯罪発生率が五十パーセントは下がるにちがいない。コンラッドがきみのメッセージを伝えてくれた。さて、きみの命令に従うために、おれたち全員がベッドを離れた理由を教えてくれ」

「感謝してないわけじゃないわ」わたしはいった。「ほんとよ、すごく感謝してる。このクズ連中はね、クラブを襲撃して〈ボディ・アーティスト〉とオリンピアを殴りつけてた悪党一味の残りカスなの。ただ、〈ボディ・アーティスト〉が誰かのSUV車を拝借して走り去ったんで、わたしが追いかけようとしたら、警官たちに連れ戻されたってわけ。〈アーティスト〉を追うようにいくら頼んでも、耳も貸してくれなかった」

フィンチレーはためいきをついた。わたしに腹を立てているのか、自分の部下に腹を立てているのか、こちらには判断がつかなかったが、わたしから車のナンバーをききだすと、そのSUV車を見つけだすようパトロール班に電話で連絡してくれた。

オリンピアが小娘のような演技にとりかかり、わたしが勝手に〝とてつもなく大きな、遺憾ながら危険きわまりない〟誤解をしたにすぎない、と主張しはじめたのはそのときだった。手錠をかけられた悪党どもが薄笑いを浮かべた。オーウェン・ウィダマイヤーのメルセデスで逃げようとしていて警官にひきずりおろされたロドニーまでが、いまにも歌をうたいだしそうに見えた。わたしは連中のニタニタ笑いを消すためだけにでも、全員の顔に銃弾をぶちこんでやりたくなった。わたしが警察に何を訴えたところで、連中のほうは、片っ端から叩きつぶせることを承知している。

消防隊長がわたしたちのところにやってきた。

「おたくがオーナー？」と、わたしに尋ねた。「ひどい消防法違反だね。こんなにものが置いてあったら、事故がおきるのを待ってるようなもんだ」

「まあ、どうも」オリンピアが彼とわたしのあいだに割って入った。「ここはわたしのビルなの。この件は明日の朝いちばんで対処するわ――あら、もう今日だわね。でも、わたしのいう意味はおわかりでしょ――世間の人々が目をさまして仕事に出かける時刻に、あなたやわたしはようやくベッドにもぐりこむのよ」

オリンピアはまばたきしながら、無力な女がすがりつくような表情を作り、消防隊長とその垂れた口髭からフィンチレーのほうへ視線を移した。「ウォーショースキーったらほんとに人騒がせで、みなさんを叩きおこしてしまって、わたしからお詫びします。でも、すぐ駆けつけてくださったことには感謝してます。みなさんにギフト券を進呈させてね。非番の夜に、お友達と一緒にきてくだされば、わたしのゲストとして歓迎するわ」オリンピアはカウンターの向こうへ手を伸ばし、引出しを探ってギフト券をとろうとした。

「やめろ」フィンチレーの静かな声には権威がこもっていて、捜査チームも、消防隊も、無表情な視線を前に向けた。「火事のことを話してもらいたい」

「ステージの火事のこと？」

「ほかの場所でも火事が？」フィンチレーのこめかみで血管が脈を打ちはじめていた。

「バカなことといってごめんなさい、刑事さん。でも、このウォーショースキーって女の非常識な行動のせいで、わたし、ひどく動揺してしまって――」

「ヴィク、火事のことを話してくれ」

わたしはさっき話したことをくりかえした。襲撃者の一味がステージを占拠したことを。

「声からすると、すくなくとも一人は女だったようよ。複数だったかもしれない。スタッフも客も強引に外へ追いだされたけど、わたしはステージの下に隠れたの。襲撃の目的は〈アーティスト〉のサイトに関係したことだったみたい。数日前からサイトが閉鎖されてて、連中は〈アーティスト〉に命じてそれを復活させようとしたの。彼女にその気がないか、もしくは、その能力がないとわかると、オリンピアと〈アーティスト〉の両方を殴りはじめた。黙って見てるわけにいかなくて――何か騒ぎをおこして連中の注意をそらし、その隙に〈アーティスト〉をステージから逃がそうと思ったの。わたしの陽動作戦がこんな大騒ぎを招くなんて、予想もしなかった」

「すると、きみが火をつけたわけか？」フィンチレーがいった。

「ワイヤをショートさせたの。むきだしのワイヤからカーテンに火が移ったの」

「ミズ・ウォーショースキー、ここの損害は弁償してもらいますからね」オリンピアがいった。

「あなたって生まれつきのバカなの？　それとも、バカになるために必死に努力したの？」

わたしはオリンピアをつかんで揺すってやりたかったが、せいぜいこういうしかなかった。

「法廷に持ちこめば、そっちが――」

「目撃者が何人もいるのよ。あなたがうちのビルを故意に破損したことを証言してくれるわ」オリンピアの勝ち誇った口調に、わたしは唖然とした。「カレンがあなたの肩を持つとはないわよ。ここにいる男性たちも」オリンピアは手錠をかけられた悪党どものほうを片腕で示した。

わたしの口が何回かひらいたり閉じたりしたが、言葉が出てこなかった。

「その〈ボディ・アーティスト〉というのは、どこに住んでるんです？」フィンチレーが質問した。「楽屋を調べてみました。鍵束は残っていたが、身分証が見つからない。彼女と話をして、今夜ここで何があったのか、説明してもらう必要があるんですが」

オリンピアは一瞬判断に迷って唇を噛んだが、住所はパソコンに入っているとフィンチレーに答えた。わたしも二人にくっついて、オリンピアの狭いオフィスまで行った。オリンピアはわたしたちにパソコン画面を見せまいとしたが、フィンチレーが彼女を押しのけて、自分の手帳に住所をメモした。クラブのメインルームに戻ると、パトカーの一台に命じて、オリンピアからききだしたスペリオル通りの住所へ急行させ、べつの班には、逮捕した連中を署に連行して勾留手続きをおこなうよう命じた。

「ウォーショースキーの言い分だけで、この人たちを逮捕することはできないわよ」オリンピアは小娘っぽい演技をすでにやめていた。「わたしのほうは、訴えるつもりもないし」

手錠をかけられた男の一人がオリンピアにウィンクした。「そう心配すんなって、オリンピア。弁護士がきてくれる。すべてうまくいくさ」

フィンチレーの部下たちが悪党連中をドアから押しだし、そのあとに消防隊と残りの警官がつづいて、二、三分ほどざわついた。

「あなたも帰ってよ、ウォーショースキー」警官の姿が消えると同時に、オリンピアの微笑も消えた。「このクラブには近づかないよう警告しといたのに、舞い戻ってきて、火をつけて——」

「そんなことばっかりいってると、オリンピア、高額の訴訟をおこされて、甘いパパも保釈金を出してくれなくなるわよ」

オリンピアはわざとらしくあくびをした。「おやすみ、ヴィク。さっさと退散して、二度とこないで。弁償のための小切手を持ってくるとき以外はね。それから、ペトラに新しい働きロを見つけるよう伝えてちょうだい」

「おことわりよ、オリンピア、ダーリン。わたしはあなたのマネージャーじゃないもの。スタッフの一人を解雇したいときは、本人を呼んで、あなたからじかに伝えるべきだわ。それから、アントン・クスターニックとベッドのなかか、もしくは外で取引しようと考えてるなら、彼の奥さんが飛行機の墜落事故で死んだことを思いだすのね。巧みに仕組まれたおかげで、誰もが事故だと思いこんでしまった」

「事実、事故だったんですもの」

わたしはこわばった顔に微笑らしきものを浮かべた。「ここのステージの火事もそうよね。おやすみ、オリンピア。天使たちがあなたを休息や何かに導いてくれますように」

アンテナを林立させた、なんのマークも入っていない車が、駐車場に停まっていた。わたしは銃を出そうとしたが、よく見ると、フィンチレーだった。わたしと二人だけで話をしようと待っていたのだ。うしろのシートからおりて、わたしの車までついてきた。

「ヴィク、わかってると思うが、オリンピア・コイラダがあくまでも主張を曲げない気なら、われわれにできることはたいしてない。例の〈アーティスト〉とやらがきみの供述を裏づけないかぎり。しかし、おれ自身の好奇心から尋ねるんだが、あそこでいったい何があったんだ？」

「わたしにもわからないわ、テリー。オリンピアは誰かに大金を借りている。金額はたぶん百万ドル、貸したのはたぶんアントン・クスターニック。警察が今夜逮捕した悪党の一人のロドニー・トレファーって男は、クスターニックの下で働いてるし、今夜クラブを占拠した男女はスラヴ系の言葉をしゃべってた。そこからあなたなりに結論を出してね。でも、電信電話網を使わずに情報を伝えるための手段として、オリンピアが自分のクラブを連中に使わせてるんじゃないかって気がする。だから、〈アーティスト〉のサイトの絵にアクセスできなくなったことで、連中が激怒したのかもしれない。もちろん、わたしの意見にすぎないけど」

わたしは車のエンジンをかけた。「きみ、今夜ここで何してたんだ?」

今夜は劇的な出来事の連続だったため、一瞬、思いだすことができなかった。

「ナディア・グアマンの姉がイラクで死亡したの」ようやく、わたしは答えた。「姉が死亡したとき、チャド・ヴィシュネスキーもイラクにいたという事実に、ナディアの殺害が関係してるんじゃないかと思って」

フィンチレーが憤懣やるかたないといった表情で、わたしの車の屋根を叩いた。

「どっちがよけい腹立たしいかわからないな。あそこで茶番劇をやって」フィンチレーはクラブのほうを身振りで示した。「クズどもがショーのリハーサル中だったなんてふりをしてることとか、それとも、きみが自分のくだらん説に合致しないって理由から、殺人事件の証拠を軽視してもいいと考えてることとか」

「わたしの話をきいてよ……いえ、もういいわ。好きにして」わたしはバッグのなかを探って一ドル札をとりだした。「ワシントンのこの肖像を賭けてもいいわ——オリンピアが教えてくれた住所に警察が到着したら、そこには空地が、もしくは荒れ果てた倉庫があるだけだと思う。カレン・バックリーは見つかりっこないわ」

フィンチレーが返事をしようとしたとき、彼の電話が鳴りだした。フィンチレーは嚙みつくような口調で誰かと短く言葉をかわしてから、かがんでわたしの目をみつめた。

「なんでわかった？　あそこへ行ったことがあるのか」

「ウェスト・スペリオル通りへ出向いた部下からだったの？」

「倉庫があったが、空っぽだそうだ。なんでわかった、ウォーショースキー？　きみ自身も何か詐欺をやってるのか？」

「推測しただけ。わたし、しばらく前からあの女たちと関わり合ってるけど、あっちこそ本物の詐欺師ね」

「うう、クソッ！」フィンチレーは彼らしくもない悪態をついた。「どうりで——」

「なんなの？」フィンチレーが途中で黙りこんだので、わたしは尋ねた。

「きみの〈アーティスト〉がかっぱらったSUV車を、警戒中のパトカーが見つけたんだ。アーヴィング・パーク・ロードにあるブルーラインの駅の近くに乗り捨ててあった。つまり……つまり、高架鉄道に飛び乗って、市内のどこへでも、さらには空港へも行けたってことだ。オヘアのほうへも緊急手配をおこなったが、運輸保安庁の連中ってのは、両手を使ってもトイレを見つけられんバカぞろいだからな。きみ、バックリーって女がどこに住んでるのか知ってるのに、教えない気なら――」

「テリー、母の名前に賭けて誓うけど、わたしは〈ボディ・アーティスト〉のことを何ひとつ知らないのよ。カレン・バックリーが本名かどうかも知らない」

フィンチレーはあまりおだやかとはいえない手つきでわたしの車のドアを閉め、待っている車のほうへ乱暴な足どりで歩き去った。

わたしは車でレイク通りを走りはじめたが、右手が痛くてハンドルを握っていられなかった。アシュランド・アヴェニューの赤信号で停まったとき、手袋をはずした。人差し指の付け根近くにパレットナイフの破片が刺さっていた。白熱したバトルのあいだは気づかなかった。

救急救命室に駆けこんで夜通しすわって待つ気にはなれなかった。右手を膝に乗せてかばいながら、リヴカ・ダーリンの家があるウクライナ・ヴィレッジへ行くために北に向かった。〈アーティスト〉が高架鉄道でそこまで行ったとしても、すでにクスターニックが易々と見つけだしているだろう。

リヴカが住む建物の前に、エンジンをかけたままのハマーが停まっていた。わたしがそばを通りすぎたとき、運転席の人物がライトをハイビームにして、誰の車かを確認しようとした。わたしは気づかないふりをした。もっとも、こちらの車のナンバーはすでに連中のファイルに入っているだろう。

携帯でリヴカに電話した。短時間のじれったいやりとりをした。〈アーティスト〉の命が危険だと、いくらわたしがいっても、リヴカは〈アーティスト〉がきているのかどうか答えようとしなかった。

「あなた、今夜はクラブにこなかったでしょ」わたしはいった。「でも、パフォーマンスの最後に、凶暴な一団が〈アーティスト〉に襲いかかったのよ。かろうじて逃げだしたけど、あなたのとこにいるのなら、かならず警察に電話して。一味の一人があなたの建物の前で見張ってるわ。だから、もし〈アーティスト〉がそこにいるのなら、警察の護衛なしで外に出したりしちゃだめよ。警察は呼ぶなと彼女がいうのなら、わたしに電話して。わかった？」

「〈アーティスト〉は自分の面倒ぐらい自分でみられるわ。あなたなんか必要ないわ」

リヴカの声の震えからすると、〈アーティスト〉はきていないようだ。わたしは車で自宅に戻り、ピアノのライトの下で右手を調べた。皮膚の下にかすかに破片が見える。台所の戸棚でオキシドールの瓶を見つけ、ボウルにそそいだ。ピンセットと針。これは捜すのにしばらくかかった。なにしろ、服を繕うことも、トゲを抜くことも、めったにない。道具がそろったところで、居間に戻り、オキシドールに手を突っこんだ。

「勇気よ、ヴィクトリア」とつぶやいた。

わたしは右利きなので、左手で金属の破片を探るのに悪戦苦闘し、ついには金切り声でわめきたくなった。救急救命室へ行くしかなさそうだと思いはじめたとき、わが家のドアをジェイクがノックした。

「やっとリハーサルが終わって、きみのとこに明かりが見えたから。寝る前の一杯に興味はない？」

「わたしが興味を持ってるのは、長い繊細な指を持ってて、外科医みたいに器用な人」

わたしは手をさしだした。ピンセットで不器用に探ったため、かなり出血していた。

「ヴィク！　血を見ると、ぼく、吐きそうになるんだ」

冗談だと思ったが、ジェイクの顔は現に蒼白になっていた。

「血は洗い流すわ。あなたがこの破片を抜いてくれるのなら。お願い！　お礼として、トルジャーノの最後の一本をあけてもいいわ」

ジェイクは渋い顔だったが、わたしからピンセットを受けとった。

「丁寧に洗ってくれ。出血が止まるまで。でないと、傷口から、血と一緒にラザーニャまで拭きとるはめになる」

わたしが傷口をきれいに洗うと、ジェイクがその手を自分の膝のあいだにチェロみたいにはさんだ。冷や汗をかいていたが、けっこう手早く破片を抜きとってくれた。わたしが手にタオルを巻きつけるあいだ、ジェイクは顔をそむけていた。

「これ、なんだい？」と、明かりの下に破片をかざした。

「金属の破片よ。パレットナイフが手のなかで粉々になったの」

「パレット……いや、説明はいらない。知らないほうがよさそうだ。それから、きみはどうだか知らないけど、いまのぼくには赤ワインより強いものが必要だ」

わたしはロングロウのボトルを出してきた。限定版のシングルモルトで、もっとも大切な依頼人であるダロウ・グレアムがエディンバラのお土産にくれたものだ。液状の黄金のごとく喉を流れ落ちた。二杯目を飲みほし、ジェイクのあとから寝室に入るころには、手の疼きをほとんど忘れていた。

28 喪中《モーニング》のコーヒー

四時間後に携帯が鳴りだしたとき、最初のうちは、夢のなかでそれをきいていた。わたしがいるのはキエフ、そして、ロシアのイースター・エッグみたいなペイントをした〈ボディ・アーティスト〉が教会の鐘の音を街の隅々にまで届けようとして、必死にロープをひっぱっていた。鐘の音がやみ、そしてすぐまた始まった。

「ボッテジーニの曲なら知ってる」ジェイクがつぶやいた。「リハーサルは必要ない」

「わたしも」わたしはいったが、おきあがって携帯を捜した。ゆうべ床に脱ぎ捨てたジーンズのポケットに入っていた。

着信履歴を見ると、同じ相手からすでに三回電話が入っていた。電話がチチチとさえずって、新しいメールが入っていることを教えてくれた。〝いるの？　返事して！〟

銃撃戦に加えて、ほとんど睡眠をとっていなかったため、頭がぼうっとして、折り返し電話をするだけの元気がなかった。震えながら廊下をよろよろ歩いて、洗面所まで行った。午前七時、あたりはまだ暗い。冬が永遠に終わらないような気がする。

シャワーの下に立ち、顔から眠気を払いのけているあいだに、タオルの棚にのせておいた携帯がまた鳴りだした。五回目の電話だ。伝言メッセージに切り替わる前に、電話に出た。

「誰？」ひそやかな低い声だった。

わたしの好みにまったく合わない会話の始め方。「V・I・ウォーショースキーよ。そちらは？」

「あたし……クララ。十五分したらミサに出なきゃいけないの。どうしても会いたい。ブルー・アイランド・アヴェニューにコーヒーショップがあるの。学校から一ブロックのとこ」

トラックかバスが轟音をあげて通りすぎたらしく、クララの声をききとるのに苦労した。わたしは轟音に負けないよう声をはりあげて、二十分でそちらへ行くといった。引出しとドアを乱暴に開閉して、セーターをかぶり、ジーンズと実用的な重いブーツをはくあいだも、ジェイクは目をさまさなかった。一瞬、わたしのひねくれ根性が顔を出し、毛布をはぎとって、ジェイクの爪先を凍えさせて、無理におこしてやりたくなった。でも、ジェイクは真っ青になりながらわたしの手術をして、夜を一緒にすごして、わたしの孤独を癒やし、いつもより美人だと思わせてくれた人だ。

右手が腫れあがって、てのひらが紫っぽい茶色になっていた。手袋がはめられないので、オープン用のミットに手を突っこみ、コートと銃をつかんで裏階段を駆けおり、ゆうべ車を停めておいた路地に出た。車に乗りこんでから、左手で撃たざるをえなくなったときにどこまで正確に狙いをつけられるだろうと不安に思いつつ、シートに置いたコートの下にスミス&ウェッスンを押しこんだ。

この時間帯はレイク・ショア・ドライヴが渋滞して駐車場みたいになっているが、裏道のほうも似たりよったりだった。学校の前で子供をおろそうとする親たちの車で、道路のほとんどがふさがれていた。ブルー・アイランド・アヴェニューにあるコーヒーショップに着くのに三十分もかかってしまった。大手チェーンのひとつに加盟しているフランチャイズ店だ。最初、クララ・グアマンの姿が見えなかったので、待ちくたびれて帰ってしまったのかと思った。しかし、緊急のわが必需品であるエスプレッソを買おうと思って列に並んでいたとき、奥の暗がりからクララが顔を出した。

「きてくれないのかと思った。抜けだしたのがばれる前に、教室に戻らなきゃ」

「一緒に行くわ。歩きながら話をしましょう」

「だめ！　一緒にいるとこを誰にも見られたくないの。こっちの暗いとこにきて」

クララは奥へひっこんだ。トイレのドアに近いアルコーブだ。わたしもエスプレッソを受けとって、そこまで行った。学校の近くにあるコーヒーショップはここだけなので、教室へ向かう途中の生徒でいっぱいだった。クララがここにいることを秘密にしておくのは、まず無理だろう。だが、いまのところ、クララに声をかけてくる者は誰もいなかった。

アルコーブにひっこんでも、クララは話を切りだせない様子だった。自分の携帯をいじり、たえずコーナーの向こうへ目をやって誰が列に並んでいるかを見ようとしていた。

「どうしたっていうの、クララ？」わたしは苛立ちを声に出さないように気をつけたが、睡眠不足のせいで、頭がぼうっとしているだけでなく、不機嫌でもあった。

「レーニエ公のとこ、行った？——質問した？——アリーのことで話をした？」

「ううん」わたしは答えた。「きのう、ノースフィールドにある〈ティントレイ〉の本社へ行ったけどね。レーニエがあなたのとこにきたの？」

多くのチェーン店がそうだが、ここもカプチーノのミルクを温めすぎている。味がだいなしだ。だが、カフェインはカフェイン。冷ますために蓋にすこしこぼして、それを飲み、苦さにすくみあがった。

「アリーのことをスパイするために出かけたの？ どうしてアリーとナディアを安らかに眠らせてくれないの？」

「ナディアを射殺した疑いをかけられてる元兵士は、イラクで分隊の仲間を全員失ったのよ。わたしはアレグザンドラもそのときの戦闘で亡くなったのかどうかを、突き止めようとしてたの」

「なんで気にすんの？」怒りのこもったひそやかな声で、クララはいった。

「ナディアとチャド・ヴィシュネスキーの人生がどこで結びつくかを理解しようとしてるとこなの。どうもイラクがその舞台だったような気が——」

「アリーのことはほっといて。何が納得できないのよ？」

「何もかも。どうしてアレグザンドラの話をしちゃいけないの？」

「だめっていわれてるから」クララはまたしてもコーナーの向こうへ目をやった。「アリーがイラクでとんでもないことをやったらしいの。うちの家族がアリーの話をしなきゃ、会社もそのことを公表せずにいてくれるんだって。けど、もし話したら、ネットに流すっていうの。あらゆるとこに流すって」

「会社？〈ティントレイ〉のこと？」クララがうなずいたので、わたしは尋ねた。「お姉さんは何をしたの？」

「知らない！　ママも、パパも、あたしにはなんにもいわない。アーネストは知ってたけど、いまじゃあんな状態だしね。何も覚えてなくて、あたしが尋ねても、腕をふって、アリーは鳩になってイエスのもとへ行ったっていうだけ」

「わけのわからない話ね」わたしは睡眠不足の脳を無理に働かせようとした。「人に知られてまずいことでもあるの？」

「会社がアリーの保険金を支払ってくれたの」クララはボソッと答えた。「その必要はないらしいんだけど——すくなくとも、ママはそういってる——アリーが一人で勝手に行動してたんだって。殺されたときに何してたか知らないけど、仕事とは関係のないことだったみたい」

「生命保険だったら、それは影響ないと思うけど。もしかして、労災保険だったんじゃない？」

「どんなちがいがあるっていうの？」クララは叫び、この感情の爆発が人の注意を惹きはしなかったかと心配になったらしく、ふたたびあたりに目を配った。

トイレの順番を待っているのかと、誰かがわたしたちに尋ね、トイレを使うために横を通り抜けた。わたしたちはアルコーブのさらに奥へひっこみ、店頭の騒がしさから逃れた。

「ないわ。あなたのいうように、どっちでもいいことよ。すくなくとも、法的に見ればね。不正な請求に対する支払いがなされたと保険会社が判断した場合は、保険金の返還を請求できる。そこでレーニエ・カウルズが関わってきたのかしら」

「あの人、大嫌い」クララの声は険悪だった。「アリーが死んだとき、ママもパパも悲しみでおかしくなりそうだった。訴訟をおこすつもりだった。アリーの安全を考慮してくれなかった会社が悪いんだっていって。ところが、そのうち、あいつが訪ねてくるようになったの」

「カウルズが？」

クララはうなずいた。

「で、おたくの家族になんていったの？」

クララは顔をしかめた。「どういう話があったのか、あたしはよく知らない。すごい口論が始まって、何度も何度もくりかえされて、誰がどっちの側なのか、あたしにもわかんなくって、でも、アーニーが事故をおこしてしまって、ついにパパがいったの。金を受けとったほうがいい、でないと、アーニーの面倒がみられなくなるって。ナディアはめちゃめちゃ怒ったわ。『アリーの命は売りものじゃない』っていって。最後には、アリーの話はしない、アリーがどんなふうに死んだかって話もしない、とママに約束した。けど、怒りは消えなかった。だから、家を出てしまったの。そのあとも、あたしたち、変わったことなんか何もおきてないって顔で暮らしつづけたわ。アーニーは腕をパタパタふるし、ナディアは一度も家に帰ってこないし、あたしはセント・テレサ・オヴ・アビラに通いつづけた」

「悪夢のような家庭生活ね」

「そうよ！」クララはわめいた。「あなたにはわかんないでしょ。想像もできないでしょ。けど、ナディアが死んで、前よりもっとひどくなった。それに、もしママにばれたら――」

クララはハッと口をつぐんだ。

「ママにばれたらって、何が？」わたしはきいた。

「なんでもない。なんでもないの！」

「アリーがレズビアンだったこと？」

「ちがう。レズビアンなんて嘘よ。そんなこといわないで。すごい美人で、アリーを見た男の子はみんなボーッとなったけど、アリーはデートなんてぜったいしなかった。結婚するまで大切に守ってたの」

わたしはためいきをついた。「あのね、クララ、女が女を愛することは罪じゃないのよ。ましてや、スキャンダルでもない。どうしてわかったの？　アリーから直接きいたの？」

「ナディアから」沈黙ののちに、クララはつぶやいた。「死ぬすこし前に話してくれたの。アリーが――アリーがあの女と、あの〈アーティスト〉と出会ったって。あの女が――たぶん、あの女がアリーを誘惑して、あんなことさせて――」

「クララ、〈アーティスト〉がお姉さんを誘惑したわけじゃないのよ。たとえそうだとしても、お姉さんは自分の意思でそれに応じたのよ。ひとつだけ、悲しくて心が痛むのは、お姉さんが自分の生活を家族に秘密にしておかなきゃと思ってたことだわ。お姉さんはいつナディアに打ち明けたのかしら」

クララはアルコーブを見まわし、ひらめきを得ようとした。「ナディアがどうやって知ったのか、あたしにはわからない」

わたしは辛辣に逆襲したいのをぐっとこらえた。「クララ、あなたはわたしのことを信頼して、ベッドからひきずりだして、ここに呼びつけた。そこまで信頼してるのなら、ついでに本当のことを話してくれない？」

クララは顔をしかめた。たぶん、怒ったからではなく、恐怖を抑えこむためだろう。

「レーニエ・カウルズがナディアに教えたんじゃない？」

「ちがう。どういうわけか、あの男も知ってるみたいだけど。イラクにいる誰かが知ってたの。その人から――誰だか知らないけど――ナディアに手紙がきたの。アリーといちばん仲のよかったのがナディアだから」

「イラクにいる誰かが〈ボディ・アーティスト〉とミュージック・フェスティバルのことを、手紙でナディアに知らせてきたの？」今回は、声に軽蔑の念がにじむのを抑えきれなかった。

「信じてくれないかもしれないけど、あたしはべつに気にしてないわ。けど、ゆうべ、レーニエ公がうちにきたの。ママとパパに話をしてたけど、その口調がすっごく怖かった！　あなたが〈ティントレイ〉へいろいろ質問しにいったことを、あいつ、知ってたわよ。そんなのやめて！　レーニエはね、うちに頼まれてあなたが質問しにいったんだと思ってる。やめてくれないと、あいつ、きっと……きっと……」

「きっと、何なの？」

　ふたたび長い沈黙がつづき、やがて、クララはボソッといった。「わかんない」

「レーニエはあなたの家族の弱みでも握ってるのかしら。もしそれがアレグザンドラの性的嗜好だとしたら、ご両親もすでに知ってることになるわね」

「親は知らない！　知らないんだってば！」

　クララの意見を変えさせることはできず、わたしは数分にわたって虚しい説得をつづけた。〈ティントレイ〉がグアマン家にこっそり金を渡した理由について考えてみたが、納得できる筋書きは浮かんでこなかった。アレグザンドラの死に対する償いの金だったのなら、労災保険金を支払うという単純な形でよかったはずだ。

　もしかしたら、最近の多くの会社がやっていることを、〈ティントレイ〉もやったのかもしれない。危険な仕事に従事する従業員に生命保険をかけて、家族ではなく会社を受取人にする。グアマン家がそれを公にするといって脅したのかもしれない。もしくは、〈ティントレイ〉が保険金を家族と折半し、グアマン家のほうで何か洩らした場合はアレグザンドラの性的嗜好を暴露すると脅しているのかもしれない。

「アリーが死んだのは、あたしのせいなの」複雑なわたしの思いのなかに、クララの声が割りこんだ。

わたしはぐったり疲れていて、思春期の子の急激な気分の変化についていけなかった――いま、アレグザンドラの評判を傷つけたといってわたしに食ってかかったと思ったら、つぎの瞬間には、犯してもいない罪への恐怖と後悔におののいている。わたしは深く息を吸い、温もりと同情のこもった声で話そうとした。

「どうしてそんなことがいえるの？　あなた、自分でいったように、まだ子供だったのよ。あなたがイラクにいて、お姉さんを危険な場所へ行かせたわけじゃないでしょ」

「アリーはね、あたしを大学へやりたがってたの。どっかいい大学へ。だから、イラク勤務に応じたの。だって、戦闘地域だと、給料がこっちにいるときの、えっと、四倍ぐらいになるから。アリーはあたしがイェールとか、そういう名門の大学へ行くことを望んでた。あたしがいなきゃ、アリーが戦地へ行くこともなかったはずだわ。そして、いまは？　ナディアは死んだし、アーニーは大怪我したから、あたしが人生で何かすごいことをしなきゃいけないの。でないと、みんなの死が無駄になってしまう！」

「そんな重荷を背負って生きてくのは辛いでしょうね」

「よく夢を見るの」クララはつぶやいた。「ナディアとアリーがあたしを崖から突き落とす夢。ママとパパがあたしをつかもうとして手を伸ばすんだけど、二人とも消えてしまって、あたしはどんどん落ちてくの。地面に叩きつけられる直前に目をさますの」

クララは肩を震わせはじめ、突然、泣きじゃくった。肩をヒクヒク上下させて、苦悩に満ちた嗚咽。見ているこちらも、身を切られるように辛い。これが〝号泣する〟ということなのだろう。わたしはクララに片腕をまわした。

「茨の道を歩いてるのね。茨の道だわ」クララの髪に向かってささやきかけた。

トイレを使うために、人々がたえず店の奥まできていた。誰もがこちらを凝視し、なかの一人がクララの名前を呼ぼうとしたが、クララににらみつけられてあとずさった。ようやく嗚咽が静まった。わたしは冷めてしまったボイルしすぎのコーヒーをクララに飲ませ、洟《はな》をかむためのナプキンを手渡した。

「チャドのことを、ナディアはなんていってた?」

「気味の悪い男だって。最初は、レーニエ公がよこした男で、ナディアがアリーの絵を描いたものだから、ぶちのめす気なんだと思ったそうよ。ところが、チャドのほうは、ナディアの嫌がらせだと思いこんで、だからあんなに腹を立てたみたい。わけがわかんない。でしょ?」

「わけのわからないことばかりだわ。保険金のことも。カウルズのような弁護士が乗りだしてきた理由も。もっとも、チャドにはPTSDの症状が見られるし、何がその症状をひきおこすかとなると、筋の通った説明はできそうもないわね」

「あたし、学校に戻らないと。ミサの前に抜けだしてきたんだけど、一時間目に遅刻しちゃう。これからどうするつもり?」

わたしは渋い顔をした。「いまのところ、理解できないことだらけ。でも、約束するわ。あなたの身の安全を第一に考えて行動するって。もし、あなたが怖くなったら――」わたしは名刺を一枚とりだして、そこに自宅の住所を書いた。「この住所まで行って、一階の呼鈴を鳴らしてちょうだい。コントレーラスって名前のおじいさんが家に入れてくれて、面倒をみてくれるから。わたしの隣人なの。何年も前からのつきあいよ。信じてね。あれだけ信頼できる人は、この街にはほかに誰もいないわ」

腫れたてのひらにペンがぶつかり、字がうまく書けなかったが、ラシーヌ・アヴェニューの住所の下に〝コントレーラス〟と太い字で書いて、二十ドル札と一緒にクララに渡した。

「急いで逃げなきゃいけないときのタクシー代よ。アイシャドーやコーヒー代に使ってしまわないようにね。あなたの逃亡資金なんだから」

29　陳腐な行動

事務所に着くと、エンジンをかけたまま敷地内に停まっている銀色のニッサンに、ペトラが乗っていた。わたしの車が入ってくるのに気づいたとたん、ペトラは外に出て、こちらが車をおりる前にしゃべりだしていた。

「ゆうべ何があったの？　オリンピアが電話してきて、クビだっていうのよ！　理由はヴィクがクラブを全焼させたからだって。ヴィクがあたしの人生に首を突っこんでるかぎり、あたしのこと、信用できないんだって。ヴィクがクラブを燃やしたなんて嘘でしょ？」

「おはよう、かわいい小鳥ちゃん」

睡眠不足でふらふらしていた。てのひらが腫れているのを忘れて、車のシートに置いてあった銃をとった。傷口に冷たい金属が触れて、思わず悲鳴をあげた。

「わめかないでよ——ヴィクのおかげで失業だわ」

「失業したのはオリンピアのせいでしょ」わたしはわめいた。「こっちは朝食もまだだっていうのに。オリンピアのおかげで、ゆうべ遅くなったうえに、けさは急用で早朝に叩きおこされたのよ。ダイナーへ一緒にきてくれてもいいし、事務所で待っててくれてもいいわ」

ペトラはわたしと一緒に重い足どりで通りを歩いていった。とがらせた下唇から、丸めた肩まで、ペトラの身体の動きすべてが、わたしがどれだけ彼女の人生の重荷になっているかを見せつけるためのものだった。こっちは会話をする気にもなれなかった。ペトラには勝手にむくれさせておけばいい。

ダイナーに着いたわたしは、オートミールと果物とヨーグルトというヘルシーなメニューにしようかと思ったが、いまはタンパク質が必要だった。それから、脂肪分に飢えていた。目玉焼きとハッシュドポテト。ペトラはウェイトレスに「あたしはおなかすいてないし」と、不機嫌な声でいった。

「オリンピアに何したのよ？　なんでオリンピアがあたしに八つ当たりすんのよ？」

わたしは目を閉じて、ブースの椅子にもたれた。「わたしの食事がすんでからにして」

朝食が運ばれてきたとたん、ペトラは苦情をくりかえした。空腹ではないはずの従妹がハッシュドポテトに勝手に手を出した。わたしは目玉焼きを食べながら、ここはフォー・シーズンズ・ホテルの贅沢なスイートルーム、わたしは一人（もしくは、ジェイクと二人）――そう思いこもうとした。しかし、とうとう、ゆうべ悪党どもがペトラを含むスタッフを追い払ったあとで何があったかを、ペトラに話した。

「オリンピアがアントン・クスターニックとゲームをやってるのなら、それはものすごく危険なゲームよ。あなたにはクラブをやめる気がなかったんだから、オリンピアがクビにしてくれて、正直なとこ、わたしはホッとしてるの」

ペトラはわたしのトーストをひと切れとって、ジャムを塗った。「けど、ヴィク、その連中が何者なのかよくわからないっていったじゃない」

「空がどうして青いのかもよくわからないけど、だからって、空が青いことを信じてないわけじゃないわ」

「けど――」

「ロドニーは――ほら、あなたのパンツに手を突っこんだ男――あいつ、クスターニックの手下なのよ。オリンピアはロドニーがクラブで好き勝手にふるまうのを黙認している。カレンがナディアを追悼するステージに立った夜、ロドニーが彼女のお尻に暗号めいたメッセージを描いて、抵抗しようとする彼女をオリンピアが押さえつけたでしょ。クスターニックのことを検索してごらんなさい。すごく不気味な男だわ」

わたしはペトラをにらみつけ、ペトラに食べられてしまう前に、最後のトーストをつかんだ。「自分の朝食は自分で注文しなさい」

「ねえ、なんでステージに火をつけたの？」

「付帯的損害ってやつよ」わたしは事の次第を説明し、紫色になったてのひらの傷口をペトラに見せた。べつに見せる必要はないのだが、痛くてたまらなかったので、任務遂行中に負傷したことをペトラに見せつけてやりたかった。

「オリンピアは怯えてるのよ。悪あがきして、トラブルをわたしのせいにして、わたしへの仕返しのつもりであなたをクビにしたの」

「でも、あたし、どうやって食べてけばいいの？」従妹は叫んだ。「昼間の仕事はすでにクビ。そして、今度はこれ。家族に泣きつけなんていわないで。友達はみんなそういうの。けど、ぜったいいや。親がどうやって財産を作ったか、知ってしまったんだもん」

「ペトラ、わたし、手助けが必要なの」わたしったら、頭がおかしくなった？　それとも、疲れすぎてまともにものが考えられない？「しばらく、うちで仕事をしたらどう？　わくわくするような仕事じゃないし、もちろん、危険なんて何もないけど、手始めに、時給十五ドル出すから」

「ほんと？」たちまち、ペトラのふくれっ面が消えて、生き生きした表情になった。「ああ、ヴィクって最高。ひどいことといってごめん！」

「条件がいくつかあるわ」わたしは思いきり無味乾燥な声でいった。「わたしのすることはすべてマル秘。ひとつ残らず。探偵を訪ねてくるのは、ほかの方法では解決できない問題を抱えた人たちなのよ。あなたがわたしの許可なしに、依頼人に関することをひと言でも携帯メールで送ったり、ブログに書いたり、電話したり、口外したりしたら、即刻クビだからね。わかった？」

ペトラは反射的に携帯に目をやった。わたしと話をしているあいだも、ツイート通知がつぎつぎと入ってきていた。「やだ、ヴィクったら、ダース・ベイダーみたいな顔する必要ないわよ。秘密を守る方法なら、あたしだって知ってるもん」

「よかった」わたしはいった。もっとも、本気でペトラを信じたわけではないが。「それから、もうひとつ。あなたは探偵許可証を持ってないし、許可証を申請できるほどの経験も信用証明書もないから、あなたにやれる仕事には限度がある。でも、州のほうでは、あなたのやることすべてがわたしの指示によるものとみなす。だから、どんな状況にあっても、難局を切り抜けるためのいい方法がほかにあるはずだ、なんて妄想に駆られるのはやめてちょうだい。もしそれが裏目に出たら、わたしは探偵許可証を剝奪されることになり、そしたら二人ともどん底暮らしに落ちて、ペピーのドッグフードの食べ残しで生きてくしかなくなるのよ」

「つまんない冗談」ペトラはぼやいた。

わたしは伝票の上に十二ドル置いて立ちあがった。

「無理にやらなくてもいいのよ。人材派遣会社から誰かよこしてもらうから」

「やる、やる」従妹も立ちあがった。「けど、いばるのやめてよ。チームの一員にしてくれれば、あたし、大活躍してみせる。ロボットはいやなの」

「アシスタントの仕事って、ロボット的なものがすごく多いのよ」わたしはペトラに警告した。「仕事のときは、わたしのことを従姉だと思わないで。この仕事は、そうね、オリンピアのクラブの客のご機嫌をとるのと同じぐらい重要だと思ってちょうだい。書類をファイルする、メールや電話のメッセージを記録する——調査の仕事の多くは、どこからどう見ても退屈な決まりきったものなのよ」

ペトラはうなずいた。「何があってもめげない雑用係のなかの雑用係になってみせる。おいしいとこをヴィクのほうで独り占めしたりしなきゃ」

わたしはペトラに笑顔を見せた。「約束するわ――このつぎ金属の破片が手に刺さるときは、あなたに譲ってあげる」

ミルウォーキー・アヴェニューで長い信号待ちをするあいだに、ペトラにひとつ質問した――〈ボディ・アーティスト〉の口から、ロドニー・トレファーを単にクラブの客の一人としてではなく、それ以上によく知っていることを匂わせるような言葉をきいたことはないか。

「なんで？」

「ゆうべ、彼女が逃げだすのに手を貸そうとしたら、向こうはわたしに逆らって、『あんたのおかげでめちゃめちゃだわ』ってわめいたの。つまり、ステージで彼女を殴りつける男たちに抵抗したくせに、わたしに救出されることは望まなかったわけね。そこが腑に落ちないの」

ペトラは首をふった。「なんか謎めいた人よね。あのね、フロアのスタッフとファックするのが好きみたい。あたしにいえるのはそれだけ」

「スタッフとファック？」

「つまりね、ショーが終わると、あの人、飲むものを頼むの。でね、誰がそれを運ぶかで、〈アーティスト〉のお相手がわかるってわけ。あたしがあそこで働きはじめたときもね、〈アーティスト〉に楽屋へ呼ばれて、それが入会儀式みたいなものだった。楽屋へ行くと、あの人、えっと、『あ、ペトラ――ペトラって名前よね？――お尻のこの絵を拭きとってちょうだい』とかいって、どこまで誘いに乗るかたしかめようとするの」

わたしは思わず眉をひそめたが、話題を変えた。「チャド・ヴィシュネスキーの父親がわたしの依頼人だってことは、あなたも知ってるわね。つまり、ウォーショースキー探偵事務所はチャドの無実を信じるという意味よ」

ペトラはにっこりした。「ウォーショースキー探偵事務所の一員になれて、すごくうれしい。それ以外の忠誠心はすべて捨てるわ。チャドを百パーセント支持する」

二人で通りを渡り、事務所の建物に帰ると、またしても意外な訪問客が待っていた。正面入口の外の歩道を、リヴカ・ダーリンが行きつ戻りつしていた。わたしを見たとたん、わめいた。「どこにいるの？」

「誰のこと？」

「〈アーティスト〉！」

わたしはドアのキーパッドに暗証番号を打ちこんだ。「ダーリン・リヴカ、リヴカ・ダーリン。何を根拠にカレンが行方不明になったと思ってるの？」

「だって、行方不明なんだもの。ゆうべ、あなたが押しかけてきたときも、カレンはいなかった。とうとう帰ってこなかったし――」

「あなたのとこに住んでるの？」

リヴカはためらった。「しばらくうちに泊まってたの。命が危険になったから。そして――」

わたしはリヴカとペトラを連れて廊下の先の事務所まで行った。依頼人用のアルコーブのカウチにリヴカをすわらせ、従妹のほうを向いた。「ペトラ、この人は依頼人になる可能性のある人。同時に、殺人事件の容疑者になる可能性もある。だから、こちらから質問をして、メモをとるけど、情報提供はいっさいしない。ただし、ゆうべの件についてわかっていることは、この人に話す」

リヴカは凍った湖に頭から突き落とされたかのように、あえぎを洩らした。「どういう意味？　あたしが容疑者だなんて。協力するつもりでここにきたのに。カレンを見つけてよ。あいつらに殺されるかも――」

「〝あいつら〟って誰なの、リヴカ？」

「ゆうべ襲撃してきた連中」わたしが一緒になって騒ぎ立てようとしないことに激怒して、リヴカは金切り声をあげていた。「けさ、カレンがきてないかと思って、クラブまで行ってみたの。オリンピアがいたわ。オリンピアの話だと、あなたがクラブに火をつけて、それで――」

わたしは従妹のほうを向いた。「ペトラ、あなたの初仕事は、オリンピアに電話して、わたしがクラブに火をつけたって彼女がいうたびに、こっちで記録しておいて、名誉毀損の訴訟の根拠にするつもりだ、って伝えることよ」

ペトラが口をぽかんとあけた。「本気なの？」

「ええ。オリンピアと口論しちゃだめよ。ただひと言、『情報を伝えるために電話した』というの。向こうは怯えるに決まってる。でも、怯えると、人は利口になるものよ。バカにはならない。わたしのデスクの固定電話からかけなさい。法律に従って、『この会話は録音されている』とオリンピアにいっておくのよ。電話の〝録音〟ってボタンが見えるでしょ。オリンピアがあなたをビビらせようとすると思う。負けちゃだめよ」

ペトラがわたしのデスクのほうへ行ったが、歩調がのろく、電話するのを尻込みしている様子だった。わたしはふり向いて、ショックで黙りこんだリヴカのほうを見た。

「わたしはゆうべ、あなたのお友達がクラブから逃げるのに手を貸したのに、向こうは激怒しただけだった。まるで、あの場にとどまって殴られることを望んでたような感じ。なぜなの？」

「ちがうわ！」リヴカはカッとなった。「あなた、カレンを憎んでるだけだわ。カレンの前に出ると、自分がバカに見えるものだから」

「けさのわたしは、芝居じみたセリフをきいてる時間もエネルギーもないの」わたしは冷たくいった。「〈ボディ・アーティスト〉の住所を知ってるのなら、あなたがそこまで行ってみたけど姿がなかったのなら、正直にそういって。いやなら帰ってちょうだい」

リヴカは憤慨して出ていこうとしたが、ドアのところで考えなおした。「どこに住んでるのか、あたしは知らない。それを調べてほしいの。そして、カレンの身に危険がないことを確認してほしいの」

「誰がサイトをブロックしてるか知らない？」

「それが原因で、ゆうべ、連中がカレンを殴りつけたの。ロドニーが描きつづけてる暗号を、連中は必要としている。あの暗号のことで何か知らない？」

「いいえ、何も！　あんなやつらに芸術を冒瀆させちゃいけないって、あたしが何度もカレンにいってるのに。でも、カレンは笑って、無粋な連中にも芸術に親しむチャンスを与えなきゃ、っていうだけ。アメリカを芸術にやさしい国にするために」

「ヴェスタはどういってるの？」リヴカにきいてみた。

「知らん顔！　カレンは一人前の女なんだから、苦境を切り抜ける方法ぐらい知ってるはずだ、としかいわないの！　これもやっぱり、カレンの芸術をとりまく嫉妬と卑劣さのあらわれだわ。あたしはどうしてもカレンの無事を確認したいの。あなたのほうでやってくれてもいいでしょ。クラブに火をつけたのがあなたじゃないとしても、関わりがあるんだから。何かすべきだわ」

わたしはきつく目を閉じた。目をひらいたときも、リヴカは依然としてカウチにすわっていて、不安と怒りで小さな顔を膨らませていた。

「わかった。ヴェスタに電話してちょうだい。それから、ブルカを着てたダンサー二人にも。午前中に、大至急ここに呼び集めてちょうだい。みんなで話し合いましょう。どこを捜せばカレンが見つかるか、みんなで考えなきゃ。それまで、あなたはここにすわって口を閉じて。こっちは処理しなきゃいけない仕事が山のようにたまってるんだから」

リヴカが突っかかってこようとしたが、わたしは、そういう気分ではないと彼女に告げた。

「仲間を呼ぶか、家に帰るか。ふたつにひとつよ」

ペトラがオリンピアとの電話を終え、うなだれてわたしのところにきた。「ごめん、ヴィクがオリンピアについて忠告してくれたこと、正しかったわ。あたし、ビビっちゃった」

「気にすることないわ。初仕事にしてはむずかしかったもの。まあ、ウォーショースキー探偵事務所は調査員が変人ぞろいで有名だしね。リヴカが仲間をここに呼ぶまで、書類の整理でもしててちょうだい」

従妹を連れて、事務所に欠かせない設備のある場所へ案内した。テッサと共有のバスルームと小さなキッチンは廊下の突き当たり。共有スペースなので、使うたびにかならず掃除すること。依頼人や自分用の飲食物は小さな冷蔵庫のなか。高性能のコーヒーメーカーと、紅茶用の電気ケトルも備えてあるが、わたしはエスプレッソが飲みたくなると、いまだに通りの向かいのコーヒーバーを利用している。

そうした説明を終えて、パソコンの通話記録からわたしの携帯へメッセージを転送する方法をペトラに教えていたところへ、ヴェスタとダンサー二人が到着した。二人はセーターとコートで厚着をして、一人のほうは大きな毛皮の帽子を額が隠れるほど深くかぶっていた。わたしはみんなを依頼人用のコーナーへ案内するようペトラに頼み、そのあいだに、embodiedart.comにログインすべく最後の努力をしてみた。

サイトはいまも閉鎖されたままだった。今回はこんなメッセージが出ていた。〝現在、当サイトの再構築作業をおこなっております。ご迷惑をおかけしますが、いましばらくお待ちくださるようお願い申しあげます〟

みんなのところへ行くと、ダンサー二人はカウチにすわり、ヴェスタが片方の肘掛に尻を半分のせていた。リヴカは背もたれのまっすぐな椅子に移っていた。アームチェアだとリラックスした雰囲気になってしまうため、緊急事態にはふさわしくないと思ったのだろう。ペトラはカウチの端にすました顔ですわり、膝にメモ帳を広げていた。

わたしはダンサーたちに、二、三週間前にステージの裏で話をしたことを思いださせた。二人はあのとき、ケヴィン、リーと呼び合っていた。フルネームはリアンダー・マルヴェッレとケヴィン・ピューマ。ピューマはイタリア語で〝羽〟の意味、〝羽のケヴィン〟というわけだ。出生証明書に記された名前はなんだろう？

ダンサーたちはコートを脱いだが、リアンダーは分厚いニットのジャケットのファスナーを顎まであげていたし、ケヴィンのほうは長いスカーフを巻いたままだった。それでも、二人は痛々しいほど痩せていて、頬骨が突きだし、下顎にほとんど肉がついていないため口がやたらと大きく見えた。

「二人はどんな経緯でカレンと知り合ったの？」わたしは質問した。

リアンダーがケヴィンを見た。「〈ホットハウス〉だっけ？」

「ちがう、ちがう、それはジェロームと出会った店。ジェロームが教えてくれたんだ――ステージの企画を立ててる女がいる、ふだんは〈フリーダ〉に出演してる、って」

〈フリーダ〉というのは、ループの西側にあるクラブ。わたしがティム・ラドケと一緒に飲んだ〈プロッキー〉からそう遠くないが、あの界隈に押し寄せたヒップな波の仲間入りをしている。

「あのね、ぼくらは〈コーラスライン〉の地方巡業から戻ったばかりだったんだ。仕事がほしかった。〈ボディ・アーティスト〉がぼくらの踊りを気に入ってくれた。それに、ちょっとクールだったしね。変装して、性別不明にするっていうのは。けど、いまじゃもう古臭い」

「うん」リアンダーがいった。「つぎの仕事を探さなきゃ」

「だめよ！」リヴカが叫んだ。「〈ボディ・アーティスト〉にはあなたたちが必要なのよ」

ケヴィンが冷たく彼女を見た。「ステージを最新のものにする必要ありだ。もう古いよ。新鮮味がなくなってる」

「まだ半年しかやってないのよ。よくもそんな――」

「半年！」リアンダーが両腕をあげた。「新鮮味がなくなるどころか、腐ってきてる！」

「そうね」わたしはいった。「カレンはどこに住んでるの？」

ケヴィンは大きな口をゆがめて、おおげさな軽蔑の表情を作った。「ぼくら、あの女とつきあってたわけじゃないからね。ステージで一緒に仕事をしてただけ」

「ステージのリハーサルはクラブ以外の場所でやってたの？」

リアンダーは、彼のバレエ教師の一人がコロンビア・カレッジで教えているので、彼とケヴィンがシカゴにいるときは、練習用のスタジオのひとつを使わせてもらっていると説明した。

「〈ボディ・アーティスト〉に電話したいときは、どこにかけるの？」

「メールだけ。電話番号は教えてくれなかった」

わたしはリヴカを見た。「あなたはどう？」

リヴカは唇を噛んだ。カレン・バックリーに関して内輪の人間しか知らないことを何か知っていると主張したかったのだろうが、できなかった。電話はいつも〈ボディ・アーティスト〉からかかってきたが、番号は非通知になっていた。

ヴェスタが同意のうなずきを見せた。「秘密好きな女だから」

ヴェスタが〈アーティスト〉と出会ったのは、〈アーティスト〉が稽古にきていた武術の道場だった。「彼女、護身術を習おうとしてたの。四カ月ほどクラスに出てたわ。そのときに、わたしたち……」

ヴェスタは最後までいわなかったが、リヴカの渋面から、そのころ二人は恋仲だったという意味だろうと推察できた。

「オリンピアのほうはどうなの？」わたしは尋ねた。「何がきっかけで始めたのかしら。クラブのショーや何かを」

「カレンはいろんなナイトクラブへ足を運んでる」ヴェスタはいった。「ほかの連中のステージを参考にするために。ボディアートを使ったステージをやりたいと思ってて、カレンがオリンピアに売りこんだところ、目新しい分野だから客が呼べるだろうとオリンピアは考えた。二、三ヵ月は鳴かず飛ばずだったけど、感謝祭のころに突然、すごい評判になった」

「どうして？」

「非凡なアーティストのステージを無料で見られるチャンスだって、みんなが気づいたからよ」リヴカがいった。

ヴェスタは「それよか、客が携帯で動画を撮影してネットに流したからだね」といった。

「ロドニーはいつごろから顔を出すようになったの？」わたしはきいた。

リアンダーとケヴィンが、二人で連携しないと考えがまとまらないかのように、ふたたび顔を見合わせたが、返事をしたのはリアンダーのほうだった。「ロドニーって、悪党面した図体のでかい男のこと？　ショーを始めて六週間ぐらい、いや、二カ月ほどたってたかなあ。最初のうちは、カレンが自分の肌に絵を描くだけで、ぼくらがカレンのために鏡を持ってたんだけど、それがすごい重労働だった。やがて、客に絵を描かせるってアイディアをカレンがとりいれた。一週間ほどして、ロドニー・ザ・ロッドマンがくるようになった。荒っぽいセックス。感じの悪いやつ」

最後のほうの言葉がしばし宙にたゆたい、わたしたち全員が想像をたくましくした——ひょっとすると、リアンダーがロドニーと荒っぽいセックスをしたとか？　それとも、野卑な人物に対する彼独特の表現にすぎないとか？

「わたしの推測では、ゆうべクラブを襲撃したのはアントン・クスターニックね」わたしはいった。「カレンのサイトをブロックしてるのがクスターニックじゃないとすると、いったい誰が？　そして、なぜ？」

四人は顔を見合わせ、つぎに、カウチの端でおとなしく沈黙を守っているペトラを見た。誰にも見当がつかなかった。

「リヴカ」わたしはきいた。「カレンの写真を持ってない？　あとの人たちはどう？」

「あの人、写真を撮られるのが大嫌いだったわ。ボディアートで全身が埋め尽くされたとき以外はね」リヴカが答えた。「あたし、一度だけ〈アーティスト〉の写真を撮ったことがあるけど、カメラをとりあげられて、削除されてしまった」

「あなたは腕のいい画家でしょ」わたしはいった。「記憶をもとにして、カレンの顔を描いてくれない？　行方を突き止めるためには写真が必要だわ」

「そういうのって〈アーティスト〉の好みじゃないのよね」リヴカの顔が紅潮した。

「写真がなかったら、カレンのことを質問してまわっても埒が明かないわ。この件について話し合うのはこれが最後よ。わたしのためにカレンの似顔絵を描くか、もしくは、家に帰ってわたしをこれ以上煩わせないことにするか、どっちかにして」

リヴカがまたしても反論しようとしたが、ヴェスタが彼女に首をふってみせた。「探偵さんをこんなことにひきずりこんだのはあんただよ。いわれたとおりにするんだ――カレンの顔を紙に描く。それがいやなら、家に帰りな」

30　見捨てられた家——というか、家のようなもの

リヴカが〈ボディ・アーティスト〉の似顔絵を描いているあいだに、ヴェスタとダンサー二人は帰っていった。リヴカは何やかやと迷惑な女ではあるが、画家としての腕はたしかだった。一時間もしないうちに、〈アーティスト〉のとらえにくい特徴をうまくつかんだスケッチが二枚できあがった。リヴカはインクだけを使って、透明で無表情な目と、人を近づけないきびしい口もとを描きだしていた。

「どこへ捜しに行く予定？」リヴカがきいた。

「地図にダーツの矢を投げてみようかしら」わたしは仕事部屋にかかっている大きな市内地図を指さした。「その方法で株式銘柄を選ぶと、金融アドバイザーのポートフォリオに従ったときと同じぐらい、もしくは、それ以上にうまくいくって噂よ」

「一緒に行くわ」

「いいえ、だめ。あなたが嘘をついてて、ほんとはカレンの居所を知ってるなら、もしくは、カレンの隠してる本名が何なのかを知ってるなら、話はべつだけど」

リヴカは文句をいおうとしたが、わたしが強引に黙らせた。「あなたはカレン・バックリ

ーを見つけたいといいながら、わたしの時間を浪費している。わたしの料金はね、一時間につき百五十ドルなのよ」

リヴカは愕然とした。「そんなお金、持ってないわ！」

「だったら、わたしが料金を請求しようと決める前に、さっさと出てったほうがいいわよ」

リヴカがあたふたと出ていったため、ペトラが吹きだした。

「けど、なんで料金を請求しないの？」リヴカが正面ドアから外へ出たことをわたしが確認したところで、ペトラが尋ねた。

「わたしが自分で〈ボディ・アーティスト〉を見つけたいから。それに、この似顔絵が役に立つだろうし」

「どこから始めるの？　クラブ？」

「ヴェスタとリヴカが〈アーティスト〉の住んでるとこを知らないのなら、クラブ関係者のなかにも、知ってる人はいないと思う。クラブは省略。アーヴィング・パーク・ロードとケネディ高速が交差するあたりへ行ってみるわ。カレンがSUV車を乗り捨てた場所なの。たぶん、自分の家まで走って、逃亡生活に必要だと彼女が思った品を集めて、高架鉄道に飛び乗ったんだと思う」

「だったら、家にはもういないわけでしょ」ペトラが反論した。

「カレンの家が見つかれば、彼女のことをよく知ってて、どこへ逃げたかをわたしたちに教えてくれそうな人物の名前がわかるかもしれない」わたしは説明した。「〈アーティスト〉

って、自分の身体をあんなにさらけだしてるくせに、驚くほど秘密主義。このネット時代に、自分の人生を秘密にしておくのはすごく大変なのに。わたしが地図を用意するあいだに、この似顔絵をコピーしてちょうだい」

携帯に道案内のアプリが入っているが、それでもやはり、わたしは大きな地図を見るほうが好きだ。何ブロック進む必要があるか。時間にしてどれぐらいかかるか。ただし、トイレを見つける必要のあるときは、アプリが役立つだろう。

最初の難題は、尾行されないための用心をすることだった。クスターニックが〈ボディ・アーティスト〉を捜しているなら、わたしが彼女を捜すことも予測して、ロドニーか手下の一人にわたしを監視させている可能性がある。金色の光輪みたいな髪をしたペトラに、わたしは無理やり毛糸の帽子をかぶらせた。この髪では目立ちすぎる。背の高さはどうしようもなかった。

二人で高架鉄道に乗り、乗降客が少なめの駅を選んで四回乗り換え、一緒に乗り降りする連中のなかに同じ顔がないかどうかを確認した。最後に、オヘア空港行きの電車に乗ってアーヴィング・パーク・ロードまで行った。このあたりは高架鉄道とケネディ高速が並行して走っていて、交通量も多い。

アーヴィング・パーク・ロードの駅を利用しているのはKタウンの人々だ。この一帯がそう呼ばれているのは、通りの名前がすべてKで始まるから。戸別訪問のつもりで、一軒ずつまわって、呼鈴の上に名字が出ていれば目を通し、誰が在宅かを確認し、カレンの似顔絵を見せ、その顔に見覚えのある人がいないかどうか、たしかめることにした。

高架鉄道の切符売場からスタートした。ブースのなかの女性は二枚の似顔絵を見て、首を横にふった。乗客のなかで記憶に残るのは、文句をいってくる連中か、勤務中の係員と無駄話をする連中だという。

「毎日大人数を目にしてますからね」女性は謝った。「妹さんが見つからないなんて大変ねえ。このあたりで見かけたら、こっちから電話しましょうか?」

わたしたちが用意した作り話は、つぎのようなものだった――うちには発達障害の妹がいて、姿を消してしまった。最後に目撃されたのがこの界隈。二日前のことなので、失踪届を出すには早すぎると警察にいわれた。妹がどこで保護されているか、誰か知っている人がいれば助かるのだが。

切符売場の係員にペトラの携帯番号を伝え、近所のクリーニング屋、デリ、食料品店、コーヒーバーをまわった。カレンがこのあたりに住んでいたとしても、彼女の行動すべてに共通することだが、極力目立たないようにしていたと思われる。クリーニング屋の店長は、この似顔絵の女性を見たような気もするが、百パーセントの自信はないといった。わたしは高速道路の下で寝ていたホームレスたちにまで尋ねてみた。

そこまでは簡単だった。というか、さほど困難ではなかった。公共の場所をすべて調べ終えたので、つぎは、個人の家を一軒ずつ訪ねるという憂鬱な仕事にとりかかった。捜索区域を高架鉄道の駅から半径半マイルまでにしようと、勝手に決めた。ペトラは東へ行き、わたしは西を受け持つことにした。

寒くて長い一日だった。カーロフ通りとケドヴェイル通りの捜索を終えたときには、ジャーマンシェパード二四、テリア五四、ラブ三四、ロットワイラー二四と遭遇していた。駅の近くにあるコーヒーショップの一軒で、暖をとるために短時間だけペトラと落ち合った。ペトラはわたしほど落ちこんでいなかった。初めて体験する本物の探偵仕事だもの。また、ペトラ自身がラブラドールみたいに熱意あふれる性格だし。

このあたりはほとんどが一戸建てか、もしくは、二軒か三軒のフラットからなる家だった。つまり、大きなアパートメントのロビーに入ろうとしなくてもすむわけだ。それでも、無数の呼鈴と向き合わなくてはならなかったし、カレンの住まいがこの界隈にあるという保証はまったくなかった。

午後の半ばには、ふたたび雪がふりはじめ、疲労困憊で頭がぼうっとしていたため、呼鈴の上の名字を危うく見落とすところだった。それはキルデア通りの西側に建つ労働者用コテージで、二軒のフラットになっていた。そこをあとにして歩道を歩きはじめたとき、二階の住人の名字をハッと思いだした。F・ピンデロ。

F・ピンデロ。前にローハンプトンのコーヒーショップに入ったとき、常連客がクスターニックの娘の話をしていて、誰かが「スティーヴ・ピンデロはいいやつだった。娘のフラニーがジーナ・クスターニックと一緒にヤクをやりすぎたとき、悲嘆に暮れてた」といった。わたしはてっきりフラニーも死んだものと思っていた。でも、ひょっとすると一命をとりとめて、〈ボディ・アーティスト〉として復活したのかもしれない。

ペトラに電話して、現在地を告げ、ひき返してステップをのぼり、もう一度呼鈴を鳴らした。テリア――本日十三四目の犬――が一階のドアに体当たりを始めたが、呼鈴に応えてくれる人間はいなかった。通りの向かいの家でカーテンが揺れた。わたしは通りを渡り、そこの呼鈴を鳴らした。

わたしと同年代の女性が玄関に出てきて、チェーンの幅だけドアをあけた。幸い、キルデア通りの東側はまだまわっていなかったので、発達障害の妹の作り話をやめて、暴力亭主を持つ妹へ切り替えることにした。

「妹はここなら安全だと思ってたんですが、どういうわけか、亭主に居所を突き止められてしまって、けさの二時ごろ、すごく怯えた声で電話してきたんです。今日、妹の姿を見かけませんでした？」

「通りの向かいに住んでるあの女のこと？ ご亭主の前でも、通りで隣人とすれちがったときみたいに高慢ちきな態度をとってるのなら、ご亭主に殴られても仕方ないわね。わたしだって殴ってやりたかったもの」

「女性を殴るなんて許せないわ。もちろん、あなたもそう信じてらっしゃるでしょ！ 今日、妹の姿を見かけませんでした？」

「わたしはね、夫のためにいい家庭を作ることが女の義務だと信じてるの。通りで挨拶をよこす相手は自分の足もとのゴミみたいなもんだ、なんて態度をとってたら、目に黒あざのひとつやふたつこしらえたって、自業自得としかいえないわね」

「いつもそういう温かな心を持ってる人なの？　それとも、この寒空があなたの最高の面をひきだしてくれたのかしら」

「なるほど、やっぱり血がつながってんだ。あんたもあの女に劣らず高慢ちきだね。あんたの家でも、あそこの亭主みたいな男が待ってるといいけど！」

女性はわたしの鼻先でピシャッと玄関を閉めた。

わたしは憤慨しながら、ふたたび通りを渡った。わたしの話が虚構だとしても、そのどこがいけないの？　女が殴られるのは身から出た錆だと信じるなんて――わたしは家庭内暴力を受けた女性のための避難所を運営する委員会に入っているので、自分の姉妹が殴られても自業自得だと信じている女性たちが世間にいることを知ると、胸が痛くなる。

手が怒りで震え、寒さでかじかんでいたため、万能鍵で錠のシリンダーをまわしてピンデロの住む建物に入りこんだときには、すでにペトラもわたしに合流していた。通りの向かいの女性がこっちを監視しているのが感じとれた。もしあの女が警察を呼んだら、そのときは――わたしは不穏な考えを途中で抑えこんだ。ぶちのめしてやろうなどと考えたら、こっちも同じレベルまで落ちてしまうことになる。

ペトラと二人で二階への階段をのぼるあいだ、テリアがヒステリックに吠えていた。階段の吹き抜けは暗かったが、暖かく、風も入ってこなかった。わたしは壁にもたれ、指をさすって血のめぐりをよくしようとした。ひと息入れるチャンスができて、ペトラもホッとしているようだった。わたしはようやく、膝を突いて二階のドアのロックをはずしながら、ピンデロの名前を知った経緯を説明した。

「カレンはなんで偽名を使ってるの?」ペトラがきいた。

「知らない。でも、もしジーナ・クスターニックの友達だったのなら、ヤクのやりすぎでジーナを死なせてしまったことで、父親に仕返しされるのを恐れてたのかも」

「けど」ペトラは疑わしげにいった。「カレンはヤクなんてやってないわ。だって、ハイになったとこなんて一度も見たことないし、楽屋には何も置いてないもん」

「もしカレンがフラニー・ピンデロだとしたら、過剰摂取の事件は十年から十五年ほど前のことよ。それに懲りて、クスリを絶ったとも考えられる。ねえ、この携帯を持って、錠を照らしてちょうだい。推測が先走ってしまう前に、ここに住んでたのが〈ボディ・アーティスト〉かどうか確認しなきゃ。このフラットが真面目な帳簿係のフェリシティ・ピンデロのものだったりしたら、がっかりだしね」

玄関ドアをあけるとすぐに、小さな正方形の部屋があった。窓から薄暗い光がさしこんでいるだけなので、こまかい点を見てとるのは無理だった。スイッチが見つかったので明かりをつけると、電球一個の無味乾燥な照明器具がわずかな光を放った。室内には大きなエクササイズボールが二個置いてあるだけで、あとはがらんとしていた。

左のほうから冷たい隙間風が入ってきていた。その風をたどって短い廊下を進み、キッチンまで行った。カレンか、フラニーか、ひょっとすると泥棒かもしれないが、とにかく何者かがレンガを投げつけて窓を割り、そこから流し台を乗り越えて侵入していた。割れたガラスと凝固した血だまりが床を覆っていた。レンガは流しにころがっていた。

ペトラがわたしの肩のうしろからのぞきこんだ。「ヒエー！　ここで乱闘騒ぎでもあったみたいな感じ」

裏口のドアにはボルトやチェーンがいくつもついていたが、錠がかかっていなかった。裏のポーチとして使われている狭いスペースに出てみた。外階段は、家が改装されて二軒のフラットになったときにとりつけられたものだった。塗装もしていないざらざらの木材が使われている。おそらく、市の条例に違反しているだろう。ポーチと階段にこびりついた雪の上に、ロールシャッハ・テストの模様みたいな大きな血のしみが点々と残っていたが、勢いを増しつつある雪がそのしみを隠しはじめていた。

「カレンの鍵束が楽屋に置きっぱなしだって、ゆうべ、フィンチがいってたわ」わたしはペトラにいった。「だから、カレンはレンガを拾って――ほら、裏のゲートのとこにレンガが積んであるのが見えるでしょ――この階段をのぼって、キッチンの窓から入りこんだ。コートを着てたし、ブーツもはいてたけど、たぶん、焦るあまり、よろめいて切り傷を負ってしまったんだと思う。床と階段のほかに、流しにも血がついてる。路地に車を停めて、ここに何かをとりにきて、また出てったのね。鍵がないから、裏口のドアをロックしないままで」

ペトラはわたしにくっついてキッチンに戻り、ガラスの破片の周囲に血だまりのできた流し台をもったいぶった様子で調べた。わたしはアルミホイルを見つけだして、窓の穴をふさぐために、充分な長さのホイルを何枚かカットした。この寒さだと、ラジエーターが凍って破裂しかねない。一階に住むP&E・ロデルとやらに迷惑をかけては大変だ。

血の跡をたどってみると、キッチンのすぐ奥にあるバスルームまでつづいていた。カレンだか、フラニーだか、誰だかが、シャワーで血を洗い流したらしく、湿ったタオルとバスマットの両方に赤っぽい茶色のしみがついていた。

クレンジングの特大瓶とコットンボールの袋が洗面台の上のガラス棚にのっていたが、歯ブラシや櫛は見当たらなかった。シャワールームにシャンプーとボディソープが置き去りにされていたが、ボディローションや化粧水はどこにもなかった。

わたしは家のなかの捜索にとりかかり、カレンもしくはフラニーが親しくしていて、逃亡するさいに頼っていきそうな相手を示す手がかりはないかと、捜しはじめた。

こんな殺風景な住まいを目にしたのは久しぶりだった。キッチンにはテーブルと椅子が置かれ、コーヒーメーカーとカップ二個と皿二枚があった。戸棚をのぞいてみると、わずかながらくたと、プラスチックの塩胡椒入れと、レンジ用食品が見つかったが、食料といえそうなものは半分に減った箱入りのシリアルだけだった。

エクササイズボールが置かれた部屋には、ほかに何もなかった。家具も、箱も、窓辺に置かれるフィロデンドロンさえ。通りに面した部屋のほうは、分厚いカーテンがかかっていて、外の光がまったく入ってこなかった。手探りで進んで明かりのスイッチを入れた瞬間、濃紺のコートを着た黒っぽい髪の女と向かい合った。ペトラがあえいだ。わたしは銃に手を伸ばし——危うく自分の姿を撃つところだったと悟った。四方の壁が鏡張りになっていた。

「ヴィク、これってすっごく不気味！　ここで何してたんだろ？」

わたしは動悸が静まるのを待ってから答えた。「ボディアートの稽古に使ってるスタジオじゃないかしら。見て——塗料のセットと、ステンシルのセットが置いてある。これ、ナディアの追悼ステージに使ったものの一部みたい」

わたしは天使の羽をひとつかざしてみせた。カレンの使いたい色が書き込まれていた。

「きっと、カメラを持ってクラブとここを往復してたのね」ペトラがいった。「パソコンはここにもないわよ」

プラスチックのカートに、塗料、写真、パレットナイフ、細いナイフがきちんと整頓して置かれていた。床の真ん中に敷かれた黒い保護シートには乾いた塗料がついていたが、室内のそれ以外の場所は清潔だった。カートの横に、この部屋でただひとつの、一種の家具と考えられなくもない品が置いてあった。それはDVDプレイヤーで、ひと握りのDVDが周囲に散らばっていた。わたしが膝を突いてそれを調べているあいだに、ペトラは寝室のほうへ行った。

一分ほどたってから、ペトラが大声でわたしを呼んだ。「ねえねえ、ヴィク、すごいの見つけちゃった！」

わたしはDVDをバッグに放りこんでから、ペトラのところへ行った。ほかの部屋と同じく、寝室も家具らしきものはほとんどなかった。布団、きちんとたたんだシーツ、引出し三個の幅の狭いチェスト、そして、ベッドの横の小卓に時計と本がのっていた。わが従妹の注意を惹いたのはその本だった。

『女体の（再）構築』という題名で、表紙に使われているのは、ガリガリに痩せた女性の裸体だった。多数のボディピアス、そして、顔を近づけてよく見ると、切り傷までも。内容のほうも表紙に劣らず衝撃的で、癌に侵されていく自分の身体をカンバスに見立てて作品を生みだしたハンナ・ウィルケや、ステージで自分の肌を切り裂いたルシア・バリノフなどが出ていた。そのほか、形成外科手術を受けて自分の顔や身体に動物の角などをつけた女性たち、唇にピアスをして装身具をぶら下げた女性たちもいた。

「女がステージで自分の身体を切り裂く姿なんて、どういう人間が見るんだろ」ペトラがいった。

「わたしの知り合いのなかにはいないわ。そう願いたい！　たぶん、闘犬や熊いじめを見物に行くのと同じ人たちでしょうね」わたしは本をペトラに返した。「正直なとこ、吐き気がしてくるわ」

「切り裂くなんて、ああ、やだ」ペトラはいった。「けど、動物の手術のほうは――そうねえ、自分の身体のことを自分で決める自由があるって感じ。どんな外見にするか。周囲のどんな反応を期待するか。あたしみたいな人間の気持ちって、ヴィクにわかる？　男たちがいつも、『上のほうの空気はどうだい？』っていって、これまで誰もきいたことのない最高のジョークを飛ばしたみたいに笑いころげるの。おまけに、金髪だし――」

「重荷だろうけど、我慢するしかないわね」

「ほらね。やっぱり！　超フェミニストのヴィクでさえ、あたしのこと嘲笑ってる。あたしが若くて金髪だから。もし、あたしが頭にああいう角をひとつつけたら、周囲の人たちも、脳みそが二歳児程度の人間を相手にするような態度をとりかけて、ためらうんじゃないかなあ」ペトラは本のページをめくって、サイの角に似たものを額に埋めこんだ女性の写真を出した。

わたしはペトラの肩をつかんだ。「ペトラ、ごめん、あなたのいうとおりよ。あなたと真剣に向き合うことを約束したら、あなたのほうも、顔によけいなものをくっつけるのはやめるって約束してくれる？」

「サルおじちゃんの表情を見るだけでも、値打ちがありそうだわ。あるいは、ダディの裁判のときに、陪審がパニックおこして、頭が混乱しちゃって、ダディを無罪にしてくれるかも」ペトラは唇を嚙み、念入りに本に目を通した。「カレンのことは、ここには何も出てないわね。でも、ま、こういうのに比べると、カレンのパフォーマンスはけっこうおとなしいし」

ペトラのいうとおりだ。そういわれて、スタジオにあった細いナイフのことが気になった。カレンはさらに注目を集めるために、パフォーマンスをもっと過激にする必要があると判断したのだろうか。正体を極秘にしているくせに、注目を渇望する女性。奇妙な組み合わせだ。不安定な組み合わせだ。

「カレンは逃げてしまった。そう思わない？」わたしは従妹にいった。「歯ブラシがないし、病的なぐらいきれい好きなのに、ここの引出しがあけっぱなしになっている。ソックスとか、下着とか、そのほか必要な品を大急ぎでとりだしたのね。DVDも、ほしいものだけ抜いて、あとは放り投げていったんだと思う。それから、家のなかには書類のたぐいがいっさいない。名前や写真のついてるバンクカードとか、その他の書類があるとしても、カレンが持ち去ったんだわ」

「どこへ？」

「父親のとこへ行ってくれてるといいけど。事務所に戻ってから、わたし、ローハンプトンまで車を走らせて、父親を捜してみるわ」

「すごい血だけど、まさか撃たれたんじゃないわよね？」

「窓を通り抜けたときに怪我したんだと思う。クラブから逃走したとき、ジーンズをはいてなかったから。たぶん、すごく焦ってて、キッチンに飛びこむ前にジーンズをはいてる暇がなかったんだわ。でも、病院に問い合わせて、カレンが手当てを受けにきてないかどうか調べてみましょう」わたしはペトラに笑ってみせた。「高層ビルみたいなわがアシスタントにそういう調査を頼むことができて、すごく助かる。電話にかじりついて楽しい午後がすごせるわよ」

高架鉄道の駅まで二人で歩いて戻った。ひどい雪ではなかったが、ケネディ高速の車の流れを見ると、時速十マイルぐらいの感じだった。目の前に楽しい午後が待っているのはペトラだけではなさそうだ。わたし自身もケネディ高速で最高のひとときをすごすことになるだろう。

「なんか理解できないなあ」電車に乗るときに、ペトラがいった。「フラニー・ピンデロがアントン・クスターニックを知ってるのなら、ゆうべ、あの連中に殴られたときに、どうして何もいわなかったんだろ?」

「本人と話をしてみないことには、なんともいえないわね。もうひとつの大きな疑問は、サイトをブロックしてるのがクスターニックじゃないとすると、いったい誰が? あなた、ハッキングはできる?」わたしは従妹に尋ねた。

「やだ、ヴィクったら。あたし、オタクじゃないわよ!」

「ファッション大好き人間で、ついでにハッキングもできる子だっているでしょ」わたしは反論した。「あなたの友達や恋人のなかに誰かいない? あなたの大学生活は完全に無駄だったの?」

ペトラはムッとした顔になった。「ヴィクこそ、犯罪の専門家じゃない。誰か知らないの?」

「ティム・ラドケ」ようやく思いついた。「軍隊時代、システムなんとかって任務についてたけど、帰国後は、せっかくの訓練を生かせる仕事がまだ見つからないんですって。いまはコンピュータ・システムの修理をやってる」

ラドケの携帯に電話して、システム関係の仕事を個人的に請け負う気はないかと尋ねてみた。チャドの無実を証明する助けになるかもしれない仕事。

ラドケは今日も仕事で西の郊外へ出かけていたが、八時半ぐらいにはわたしの事務所に顔を出せるといった。

31 芸術家を捜して

事務所に戻ったわたしは、ペトラをシカゴ圏にある五百から六百の病院のリストと一緒に置き去りにし、車を出してローハンプトンへ向かった。先週立ち寄った小さなコーヒーバーに着いたときは、午後五時をまわっていた。カウンターの奥では男女スタッフが器具類を掃除中、テーブル席では、女性三人がぐったりすわりこんでコーヒーを飲んでいた。服装と疲れた様子から察するに、バスに長時間揺られて家に帰る前に暖をとっているメイドたちだろう。二人のバリスタも疲れた様子だったが、新たな客を歓迎するふりをしようとした。

「何もいらないわ」わたしはいった。「閉店を邪魔するつもりもないし。先週ここに寄ったとき、クライヴって名前の男性がスティーヴ・ピンデロと娘さんのフラニーの話をしてたでしょ。わたし、どうしてもスティーヴ・ピンデロを見つけなきゃいけないの。ピンデロのことを直接ご存じでなければ、クライヴと連絡をとる方法を教えてもらえないかしら」

バリスタ二人は顔を見合わせ、ゆっくりと首を横にふった。

「おたくのこと、覚えてますよ」男性バリスタがいった。「メラニー・クスターニックのことを尋ねた人だ。うちとしては、お客さんのことをベラベラしゃべるわけにいかないんでね」

わたしは目を閉じて、しばらく考えこんだ。ここらで手の内を見せるとしよう。

「一日の重労働のあとで、誰もがくたびれて、家に帰りたがってる。わたしもその一人よ。きのうの重労働が終わったのは明け方の四時だったわ。ナイトクラブで女性二人を殴りつける悪党一味を相手にしてたものだから。そして、四時間後に怯えたティーンエイジャーから電話が入って、またまた重労働再開。その子の家族が同じ悪党どもに脅されてるの」

三人のメイドが興味津々の顔をしていた。ほかの誰かのトラブルや、赤の他人が直面している危険というのは、じつに楽しいものだ。カウンターの奥の若い男性は大型カプチーノ・マシンの蒸気の噴出し口を布で拭きつづけていたが、注意はこちらに向いていた。女性のほうはすでに、ミルクのピッチャーを洗う手を止めていた。

「わたしはV・I・ウォーショースキー、私立探偵で、新年早々ナイトクラブの外で若い女性が射殺される事件があって、その犯人を見つけようとしてるとこなの」わたしがラミネート加工をした探偵許可証のコピーをとりだすと、カウンターの奥の男女はおざなりな視線をよこした。

「ああ、あれね」メイドの一人が声をひそめた。「その射殺事件のこと、新聞で読んだわ。どっかのクレージーな帰還兵だったんだよね。イラクの戦争に行って、心が粉々になってしまった哀れな若い男」

「警察はたしかにその男を逮捕したわ」わたしはうなずいた。「でも、彼がナディア・グアマン殺しの犯人だとは、わたしにはどうしても思えないの。先日この店に立ち寄るまで、スティーヴ・ピンデロって名前はきいたこともなかったけど、その娘のフラニーか、もしくはフラニーの名前を騙る誰かが、カレン・バックリーと名乗って、ナディアが殺されたナイトクラブに出演してたの。その女性が何者にしろ、ゆうべ、姿を消してしまった。どうすればフラニーを、あるいは、父親を見つけられるか、何かいい案がないかしら。ネットでスティーヴ・ピンデロを検索してみたけど、どこにも出てなかったの」

メイドが仲間内でささやき合い、やがて、三人のなかでいちばん年上の女性がいった。

「いや、だめだめ、見つかりっこない。何年も前に死んじまったから。娘のヤクのやりすぎとジーナの死のあと、がっくりきたんだろうね。家具職人で、ハイウッドのほうに住んでた。奥さんはフラニーが子供のころに亡くなって、父親が母親の分まで娘をかわいがってた。ほんとはフランシーンって名前なんだけど、誰もがフラニーって呼んでた。父親のスティーヴは夏になると、あの子をいつも仕事場へ連れてったものだった。ほんとにかわいい子でね、自分専用の小さなヘルメットをかぶって、父親にくっついてまわってた。そのあといろんなことがあったから、あの子がどんなに利口だったか、いまじゃもう思いだせないけどさ」

「じゃ、フラニーのことをよくご存じだったのね」わたしは水を向けてみた。

「よく知ってたとはいえないけど、このあたりは狭い地区だからね。誰もが知り合いで、噂も広まる。あたしはゴードンって人のお屋敷で働いてて、ずっと昔、そうだね、二十年ぐらい前に、スティーヴがあのお屋敷で大きな仕事をしたことがあった。小さなミス・フラニーが父親のそばの梯子にのぼって、釘を渡したりしてた。かわいい光景だったよ」

彼女はためいきをついた。

「クスターニックの一家があの大きな古い屋敷を買ったときから、何もかも変わっちまった。ずいぶん改修してね。厩《うまや》を建て直したり、新しいバスルームやキッチンを造ったり、とにかくまあ、すごかった。けど、それがきっかけで、女の子二人が仲良くなったんだ。ジーナとフラニー、同い年で、学年も一緒だった。

どっちがどっちをトラブルにひきずりこんだのか、あたしには結局わからなかったけど、二人がティーンエイジャーになるころには、もうトラブルだらけだった。クスターニックの娘なんて、十六にもならないうちに二回も中絶したって噂だし。それから、ドラッグ！　まあ、金がありすぎて、暇をもてあました金持ちの子ってのは、たいていヤクに走るよね。それに、あたしのきいた噂じゃ、フラニーとジーナは誰にでも何でも売ってたそうだ」

「リーラ！」あとのメイドの一人が咎めた。「よく知りもしないくせに」

「あたしが知らないだって？　ノエル・ゴードンが学校でジーナやフラニーと一緒だったんだよ。あの二人がゴードン家のパーティにやってくるとき、キュートなピンクの化粧ポーチに入ってるのはペプシじゃなかったし、もちろんビールでもなかった」

バリスタ二人は仕事のふりをするのをやめてしまった。男性のほうがドアまで行き、〝閉店〟の札をかけた。

「で、やがて過剰摂取で倒れたわけ？」わたしはきいた。

「大変な騒ぎだったわ」リーラはいった。「ジーナは死ぬし、フラニーも危うく死ぬとこだった。おまけに、警察がスティーヴ・ピンデロんとこの地下室でありとあらゆるクスリを見つけた。病院のベッドで寝てたフラニーがなんで逮捕されずにすんだのか、あたしには永遠にわからないけど、とにかくフラニーは回復した。スティーヴはどうしたかって？　クスリを買ったのは自分だって、警察を納得させようとしたみたいだよ。けど、フラニーのやってたことをスティーヴが何ひとつ知らなかったのは、シャーロック・ホームズじゃなくたって推理できる。自分を警察に逮捕させようとして父親が必死になってるあいだに、フラニーは姿を消した。以後、フラニーを見た者は誰もいない。スティーヴは酒浸りになって、結局、それで命を落としちまった。仕事中に飲むようになったんだ。娘の蒸発から二、三年あとでね、転落死だった」

しばらくのあいだ、全員が黙りこみ、ピンデロ家を襲った悲劇に思いを馳せた。やがて、わたしは幼いころのフラニーに芸術家としての才能はなかったかと尋ねた。

「そんな質問されると、妙な気がするよ。絵がうまかったことを、すっかり忘れてた。どんなものでも上手に描く子だった。たぶん、父親譲りだったんだろうね。スティーヴはいつもデザイン画を描いてた。家具を作るときの設計図。あの人が設計して造るものは評判がよくてね、このあたりの大きな屋敷のあちこちからひっぱりだこだった」

「フラニーが頼っていきそうな相手が誰かいないかしら。美術の先生とか。ノエル・ゴードンは？」

リーラは首をふった。「ありえないね。ジーナが死んだあと、ノエルはすっかり真人間になって、メディカルスクールに入って、いまはテキサスのクリニックで働いてる。メキシコの国境に近いとこで、貧しい移民の診療にあたってる。フラニーはノエルの居所すら知らないと思うよ。フラニーがここらに姿を見せたら、どこの家の者だって、すぐさま警察に通報するに決まってるし」

今度はわたしがためいきをつく番だった。どこもかしこも行き止まりだ。

「けど、あんた、フラニーを見つけたっていったね」べつのメイドが口をはさんだ。「あの子、これまでずっとどこに隠れてたんだい？」

「何回か彼女と話をしたけど、わたし、そのときはまだ本名を知らなかったの。本人はカレン・バックリーと名乗ってたわ。そして、さっきもいったように、姿を消してしまったの」

わたしは壁の時計を見た。長い夜が待っている。ティム・ラドケが〈ボディ・アーティスト〉のパソコンを調べにくることになっている。「率直に話をしてくれてありがとう。いまから車で市内に戻るんだけど。一緒に乗っていきたい人はいない？」

バリスタ二人はここよりもさらに北のウォーキーガンに住んでいたが、メイドは三人とも市内から通っていた。押し合いへし合いでマスタングに乗りこんだ。狭いバックシートにすわった二人は窮屈そうだったが、北の郊外からシカゴのウェスト・サイドの自宅まで帰るのにバスを三台乗り継ぐよりはずっと楽だ、といってくれた。

ようやく事務所に帰り着くと、ペトラがまだ残っていて、あちこちの病院に電話をかけ、カレン・バックリー、もしくはフラニー・ピンデロという人物が深い切り傷の手当てにこなかったかと問い合わせをつづけていた。わたしは疲れてクタクタだったので、スティーヴ・ピンデロは見つかったかとペトラにきかれても、首を横にふっただけだった。ポータブルベッドが置いてある奥の部屋に入った。ジーンズとソックスが雪で濡れていた。両方とも脱いでラジエーターの上へ放り、ベッドに倒れこんだ。

貨物列車に乗って揺られていた。線路がガタガタなので、列車がたえずバウンドして、わたしを揺さぶっていた。

「ヴィク！　おきて。なんでおきないのよ？　ミスタ・ヴィシュネスキーから電話よ」

列車ではなかった。従妹がわたしの肩を揺すっていただけだった。

「メッセージがあれば伝えるっていったんだけど、だめだって」

わたしはよろよろと立ちあがり、ジーンズをはいてから、裸足のまま、デスクまで歩いた。けさ買ってきたカプチーノがすっかり冷えて、カップに一インチほど残っていた。それを飲んで、ねぼけた声をはっきりさせようとした。

「ミスタ・ヴィシュネスキー。お待たせして申しわけありません」

向こうは話がしたくてうずうずしている様子で、気にするどころではなかった。「いい知らせがある。わずかな時間だが、息子の意識が戻ったんだ。ひと晩じゅう、もぞもぞ動きつづけてて、いい徴候だと医者がいってくれた。しばらくすると、息子が目をひらいた」

「すばらしい知らせだわ。お父さんのことがわかった様子でした？」

「なんともいえないな。目の焦点が定まってないようだった。二言三言つぶやいて、また意識をなくしてしまった」

「お医者さんはどういってました？」

「いい徴候だ、完全によくなるだろう、と。だが、意識が完全に回復するのに、二、三日、もしくは一週間ほどかかるそうだ」

では、チャドには何も質問できないわけだ。

「息子さんは何をつぶやいたんです？　射撃事件のことで何か？　それとも、〈プロッキー〉ってバーから誰かと一緒に帰ったとか？」

「ベストがほしいといってる。モナも、わたしも、その点で意見が一致した。看護師にもそうきこえたそうだ。だが、いまは二人とも病院を離れる気になれなくて、そこで考えたんだが——こっちの希望なんだが——モナのアパートメントまで行って、息子のためにそれを病院に届けてもらえないだろうか」

「ベストを？」わたしはとまどいながらいった。「どんなベストでしょう？」

「わからん。モナも、わたしも、そんなものを買ってやった覚えがないから、友達の一人か、あるいは、ガールフレンドじゃないかと思う。ベストがあれば、全部持ってきてほしい。そしたら、息子のほしいのがどれなのか、こっちで調べるから。ポケットに何か入ってるのかもしれん。幸運のお守りとか何かが」

わたしは鍵をもらいに病院まで行くといいかけたが、雪の積もった通りを車で病院へ出かけ、駐車し、ICUにいるモナを誰かが呼んできてくれるのを待ち、鍵を出そうとしてモナが特大のバッグのなかをでたらめにかきまわす場面が頭に浮かんできた。万能鍵を使って入るほうが簡単だ。もっとも、依頼人には内緒にしておいたが。

事務所を出る前に、わたしの睡眠中にペトラがやってくれた仕事を確認した。病院への問い合わせはすでに終わっていたが、切り傷の手当てをしにきた〈ボディ・アーティスト〉らしき患者は見つかっていなかった。

「ピーウィー、長い一日だったけど、わたしが戻ってくるまでここに残っててほしいの。embodiedart.comのサイトを誰がブロックしてるかを調べるために、ティム・ラドケがくることになってるから。たぶん、自分のパソコンは持たずにきて、わたしのを使うと思う。マック・プロには極秘データが大量に入ってるから、ティムがどのファイルをひらくのか、あなたに監視してもらいたいの」

「ヴィクがティムに何を頼みたいのか、あたしからどう伝えればいいの？」

「〈アーティスト〉の話だと、契約してたホスティング・サービスの会社に問い合わせたところ、そのサイトはお客さまのパソコンから閉じられています、っていわれたんですって。でも、誰がやったのか見当もつかないそうなの。わたしはね、ティムがその点を解明できるかどうかを知りたいの」

ペトラは不安そうな顔になった。責任を負わされるのがいやなのだ。「〈アーティスト〉のパソコンが必要なんじゃない？」

「わたしにはわからないわ。もしティムが必要だというなら、ゆうべから〈クラブ・ガウジ〉に置きっぱなしになってると思う。つまり、クラブを調べてみる必要ありってことね。営業してるのなら。ティムを待つあいだに、わたしがフラニー・ピンデロのフラットから持ってきたDVDをいくつか見といてくれない？　何が入ってるか、わたしにはわからないけど、ロドニーの暗号のことが気になるの。ロドニーの姿が映ってたら、とくに注意してね」

そこで躊躇した。「ティム・ラドケ以外は誰も入れちゃだめよ、いいわね？　あ、ヴィシュネスキー夫妻は入れていいわ。何かの理由で訪ねてきたら」

「あたしたちの身が危険だっていうの？」

わたしは口をすぼめた。「わからない。でも、任務の途中で誰かが負傷するとしたら、それはわたしよ。いいわね？」

ペトラは敬礼をした。「了解！　こちらもそう希望します！」

32 ポケットの砂

モナの住まいへ出向く途中で、〈ラ・リョローナ〉に寄ってトルティーヤ・スープを頼み、信号待ちのたびにそれを食べた。分厚い服とズキズキ痛む手のせいで、スープをずいぶんこぼしてしまい、モナの住む建物に着いたときには、離乳食が始まったばかりの幼児みたいになっていた。スープのしみをティッシュで押さえたが、コートが白いけばに覆われていくのに気づいて、あきらめた。やっぱり、スローフード運動に参加したほうがよさそうだ。車で走りながら食事をするのは消化によくないし、服にもよくない。

ノース・サイドで駐車スペースを見つけるのはつねに難問だが、スペース確保のために人々が個人的に目印の品を置いていたり、積もった雪のせいで歩道の縁に近づけなかったりするため、今日はもう不可能だった。とうとう、消火栓の真ん前に車を置き、警察がほかの用で忙しすぎて脇道の駐車違反までとりしまっている暇がないことを願った。

四階までのぼると、モナの住まいは、最初の訪問のときとほとんど変わっていなかった。南京錠に万能鍵をさしこみ、手が疼くために四苦八苦していたら、廊下の奥のドアがひらいた。そういえば、わたしがチャドの両親と一緒に初めてここを訪れたときも、あのドアから誰かが顔をのぞかせた。照明が薄暗いので、男性なのか女性なのかわからない。

「あ、どうも！」こっちから声をかけた。「ここにきて、懐中電灯でこの錠を照らしてくれません？」

人影はあわてて自分の住まいにひっこんだ。わたしはひそかに笑ったが、向こうが警察を呼ぼうなどという気をおこさないよう願った。ようやく南京錠がカチッとはずれたので、モナのところの玄関に入った。

すべての照明をつけた。一週間分の埃がうっすらと積もって、荒らされた部屋になおさらわびしく救いがたい雰囲気を添えていた。モナが別れた夫のところに泊まっているのも無理はない。ひどく寒くて陰気な部屋だったので、わたしは無意識のうちに忍び足でそこを抜けて、寝室へ行った。

チャドのダッフルバッグがいまも床に置かれたままで、グラスの縁からこぼれるビールの泡のように、衣類が上からはみだしていた。前にここにきたときは、ダッフルバッグをざっと調べただけだった。今度はあらゆるものをひっぱりだして、一枚ずつベッドに並べたが、ベストらしきものはどこにもなかった。モナのクロゼットと、すべてのドアの裏をのぞいてみた。コートやバスローブがドアの裏にかかっていることがよくあるからだ。ポケットのひとつに毛羽立ったウサギのアップリケがついたモナのピンクのバスローブと、チャドのパーカが見つかった。パーカのポケットを調べてみたが、入っていたのは、ガムと、タトゥー・パーラーの宣伝カードと、石のように硬くなった食べかけのベーグルだけだった。

チャドの衣類をダッフルバッグに戻すために、寝室にひき返した。見落としたものがないかどうか確認しようと思い、バッグの底を探ると、砂が手に触れた。イラクの砂漠の砂をチャドが記念に持ち帰ったのだろうか。

ふつうなら、こんなものまで調べはしないが、このところ袋小路に入りこんでばかりなので、わたしも焦っていた。砂をこぼすための新聞はないかとアパートメントのなかを探してまわると、キッチンでようやく、肉用の包装紙が見つかった。その紙をベッドに一枚置いて、ダッフルバッグの中身を慎重にあけた。灰色の砂のように見えた。もしくは、砕石砂利といった感じか。長いあいだそれをみつめてから、紙を丹念に長方形にたたんだ。砂利のような砂がこぼれるのを防ぐために、端を内側に折りこみ、その小さな包みをわたしの赤い革のバッグに入れた。

ダッフルバッグをバスルームへ持っていって、底に残った最後の砂を浴槽に払い落とした。黒い小さな袋も落ちてきた。たぶん、ダッフルバッグの縫い目にひっかかっていたのだろう。さっき内側を手で探ったときは、袋を見落としていた。

袋は厚手の黒い生地でできていて、オーブン用のミットぐらいの大きさだった。厚手の生地にいくつか穴があいていた。両面を貫通している。ここから砂がこぼれ落ちたのだろう。袋に指を突っこむと、まだまだ砂が残っていた。外側に〝こちらが表〟と記されていた。もっとも、穴だらけなので、部分的に単語が消えていた。

黒い長方形。ナディアが殺される前の晩、チャドが駐車場でナディアに突きつけていた品だ。〝これが何なのか、知らないふりをするな！〟――チャドはそういった。でも、いったいなんだろう？

清潔なポリ袋がほしくて、キッチンにひき返した。穴のひとつのすぐ下に刻印された模様に気づいたのは、黒いミットを袋に入れていたときだった。ミットを光にかざしてみた。三つ葉模様のようなデザインに見覚えがあったので、眉間に皺を寄せて、どこで見たのか思いだそうとした。ジプロックの袋にきちんと収まるようにミットを横向きにしたとき、突然、その模様のことを思いだした。ナディアが〈ボディ・アーティスト〉の身体に描いたピンクとグレイの渦巻き模様が、ちょうどこれとそっくりだった。

わたしのうなじの毛が逆立った。これがナディアとチャドをつなぐ線だったのだ。でも、いったいなんだろう？　チャドは渦巻き模様を見た瞬間、ナディアにからかわれていると思いこんだ。わたしはポリ袋のなかのミットを凝視し、つぎに、肉用の包装紙を赤いバッグからとりだして、そのポリ袋に一緒に入れた。

アパートメントのなかを見まわした。前にここにきたとき、見落としたものがほかにも何かなかっただろうか。バスルームと寝室のゴミ箱を調べてみたが、見つかったのは使い捨て剃刀の刃と、ティッシュの束と、ひどく熟したバナナの皮だけだった。わたしに莫大な財源があれば、このゴミすべてを袋に入れて、分析のためにチェヴィオット研究所へ送るだろうが、重要なのはミットだけのように思われた。そろそろ帰ることにして、南京錠をもとどおりにかけた。

エレベーターのドアがひらいたそのとき、もっと徹底的にやっておく必要があると思った。こちらの様子を窺っていたのは誰かを確認するため、廊下をひき返した。どうやら、左側の三番目の住まいだったようだ。何回かノックすると、ようやく、ドアの細い隙間から八十歳ぐらいの女性が顔をのぞかせた。

「V・I・ウォーショースキーといいます」わたしは身分証をちらっと見せた。「探偵で、ヴィシュネスキーの事件を調査してるんです。この階で観察力の鋭いのはあなただけのようですね。家族以外の人がヴィシュネスキー家のアパートメントに出入りするのを、目にされたことはありません？」

「その身分証、もう一回見せてくれる？　偽物じゃないって証拠がどこにあるの？」

「そりゃそうですよね」わたしはドアの隙間にそれをかざした。

わたしが探偵になるために必要な訓練をすべて終了し、まともな倫理観を持った人間であり、私立探偵の許可証を取得したことを、イリノイ州職業管理局が正式に証明してくれていた。女性はその許可証からわたしの顔にしかめっ面を移し、同一人物だという結論を出した。もっとも、許可証は顔写真つきではないのだが。

わたしは質問をくりかえした。廊下の照明がひどく暗いので、出入りする人間にこの女性が気づいたとしても、顔まで見分けられるとは思えなかった。

「誰も見てないわ。もちろん、モナ・ヴィシュネスキーはべつよ。月曜日に帰ってきたの。ドアがあんなふうにこわれてててショックだったでしょうね。なんで警察があそこまでやったのか、わたしには理解できないわ。すごい音がしたんで、目がさめたの。誰だって目をさますわよ。でも、最近の人は、ほら、自分が巻きこまれるのをいやがるでしょ。見て見ぬふり。だから、人が殺されるのよ。みんなが見て見ぬふりばかりで——」

「ほんとにねえ」わたしは話に割りこんだ。「その点、あなたなんかは周囲を気遣う市民ですよね。警察がチャドを逮捕しにくる前日の夜はどうでした？　チャドは何時ごろ帰ってきたんでしょう？」

女性は唇をすぼめて考えこんだ。

「あの夜は眠れなくてね。居間でテレビを見てたら、廊下を歩いてくる足音がきこえたの。チャドと友達何人か。騒がしいことは自分でもわかってるでしょうに、チャドったら、気にもしないの。一度、ミスタ・ドリットが文句をいったけど、チャドにすごい剣幕で悪態をつかれて、あの人、震えあがってしまったわ。チャドは大男だし、兵士でしょ。わたしたちを撃ったとしても、アメリカをテロリストから守ったんだって判事にいうだけだろうし、それで釈放だわ」

この女性のいうことをどこまで信用していいものかと、わたしは疑問に思いはじめたが、向こうは自分のいうべきことをちゃんと心得ていた。

「ええと、あの晩ね、チャドがナイトクラブで女を撃ったあの晩、エレベーターから何人かおりてくるのがきこえたわ。でね、ちょっとのぞいてみたの。うちの電気を消して、姿を見られないようにして。今日の午後、あなたがきたときにやったようにね」

「それで？　誰がチャドと一緒だったんでしょう？」

「いつもの仲間ではなかったわ。会社帰りって感じの男たちだった。チャドがいつも連れてくるような飲んだくれ連中とはちがってた。笑いころげて、チャドの背中を叩いて、まるでもっと騒ぐように勧めてるみたいだった。下水を掃除する代わりに、会社で働いてる人たちでしょうに、ずいぶん無責任だと思ったわ。赤ちゃんが生まれたばかりのミセス・レイシーがいるし、ミスタ・ドリットは癌なんだから、もっと気配りしてくれなきゃね。そのうち、連中がチャドの住まいに入ってって、まあ、ひと言いっとくと、この建物って防音だけはしっかりしてるから、向こうが家に入ってしまうと、何もきこえなくなるの」

「あとの男たちはいつごろ出ていきました？」

「さあ、わからないわ。ベッドに入って寝てしまったから、出てったときの足音はきいてないの。でも、ミスタ・ドリットが犬を散歩させに出て、あ、小さなダックスフントを飼ってるのよ。そしたら、男たちがモナ・ヴィシュネスキーのとこのゴミ袋を持って出てきて、路地のゴミ容器に捨ててったんですって。いつもの連中なら、そんな気配りはしないわ」

ええ、たしかに。わたしは女性に礼をいい、彼女からあとずさって廊下を歩きはじめた。向こうは夜通ししゃべりつづけたそうな様子だった。見て見ぬふりが殺人をひきおこすと信じていて、自分が知るかぎりの詳細を伝えることで建物全体の安全を守ろうとしているのだ。

先週ここを訪ねたときにふっと思ったように、この建物で聞き込みをおこなうべきだった。くそっ、なぜやらなかったんだろう？　探偵として申しひらきのできない怠慢だ。チャドが一人で帰宅したものと思いこんでいた。チェヴィオット研究所でビールの空き缶からロヒプノールが検出されたあとでさえ、わたしは誰が薬を入れたのかを調べようとしなかった。

女性と話をしていたあいだに、ペトラから携帯メールが入っていた。〞ティムがきた。何を頼めばいいのかわかんない〞

〞いまから帰る〞と、返信した。たぶん、ペトラは責任を負わされるのがいやで、自分の口から指示を伝えるのをためらっているのだろう。

しかし、わたしは建物を出る前に、ミスタ・ドリットのドアをノックした。無駄かもしれないし、遅すぎるかもしれないが、チャドと一緒だった連中の人相ぐらいは教えてくれるだろう。ダックスフントがすさまじい勢いで吠えて、ドアに体当たりした。

しばらくすると、ドアの向こうにゆっくりした足音が響き、のぞき穴のところに拡大された不気味な目があらわれ、ようやく、複数の錠をはずす音がした。

「この建物では、勧誘は禁止だよ、お嬢さん」

〞お嬢さん〞と呼びかけられてうれしかったことはこれまで一度もないし、年をとるにつれてますます苦手になっているが、とりあえず公の場所用のいちばんいい顔を作った。自信に満ちた、にこやかな顔。「勧誘にきたんじゃないんです。チャド・ヴィシュネスキーのことを調べてる探偵なんです。先週、チャドと一緒に帰ってきた男たちをごらんになったそうですね」

「どこでそんな噂を?」

わたしは彼の隣人が住む廊下の奥のほうへ頭を向けた。

「ミセス・マードストンか」ミスタ・ドリットはためいきをついた。「自分のことはそっちのけで、いつもよけいなお節介ばかり」

「その男たち、どんな外見でした？」

「知るもんか。ろくに見てもいないのに。このウッドEが連中を追っかけようとするのを、押さえつけてただけなんだ。知らない人間を咬むんでね」彼はダックスフントを両腕で押さえていたが、犬はわたしに飛びつきたくてジタバタしていた。

わたしはさらににこやかな表情を作ろうとした。「何人ぐらいいました？」

「二人かな。わしの見たとこでは」

「白人でした？　それとも中国人？」

「白人だと思う」しばらくしてから、しぶしぶ答えた。

「背は高かった？　低かった？」

「中ぐらいだな。あんたより高かったが、そんなに変わらん」

「年齢はチャドと同じぐらい？」

「すこし上かもしれん。あんたに近いかも。あんた、いくつだね？　四十ぐらい？」

「いい線だわ」照明が暗いから、なんだっていえる。「ねえ、探偵小説でよく使う手があるでしょ。男は足をひきずっていた。顔に傷があった。ケルト十字のついた指輪をしていた。何かあなたの印象に残ってることはありません？」

「ケルト十字？　そんなものは……あ、そうか。つまり、二人のどっちかに何か変わった特徴はなかったかというんだな。そうすれば、今度会ったときに見分けがつくから」

この人ならぜったい、クラスで一番になれるだろう。わたしはうなずいたが、共感を示すにこやかな微笑で頬が痛くなってきた。

「印象に残ったことといわれても、べつに……。ものすごく上等な服を着てる——そう思ったぐらいかな。なにしろ、柔らかなオーバーで、わしらが着るようなパーカではなかった。

用件はそれだけかね？」

ミスタ・ドリットがドアを閉めると、ウッドEが残念そうな声で鳴いた。きっと、わたしの鼻を見て、おいしそうなおやつだと思ったのだろう。ミスタ・ドリットはデッドボルトをかけようとしていたが、途中で気が変わったのか、ふたたびドアをあけた。「片方の男が金色のピンバッジをつけてた。軍のメダルに似てたな。わしがベトナムでもらった従軍記章のようなやつ。わかるだろ。どう見ても兵士って感じの男ではなかったが、あのときは、その関係でチャドを知ってるんだろうと思った。イラクで一緒だったんだろうと」

「ありがとう、ミスタ・ドリット」わたしは愛想笑いを浮かべようとするのをやめ、代わりに、困惑に包まれた。この老人はたしかにクラスで一番になれそうな人物だ。

エレベーターに乗りこむあいだも、そのことが頭を離れなかった。上等な服、従軍記章。ティム・ラドケなら知っているかもしれない。もしかしたら、男たちの片方がティム・ラドケだったのかもしれない。ラドケはまだ四十にもなっていない。しかし、あばた面のせいで、じっさいよりも老けて見える。薄暗い照明のもとではなおさら。

建物の管理人が表に出て、今日も歩道に塩をまいていた。わたしは管理人に、この建物のゴミ収集は何曜日かと尋ねた。火曜日だそうだ。初めてここにきたとき、あの老女から話をきいていたとしても、ゴミ容器をのぞくには遅すぎたわけだ。せめてもの慰め。

ナディアが殺された夜に何がおきたかについて、だいたいのアウトラインを作ってみた。二人の男がチャドと一緒に帰ってくる。どこでチャドを拾ったのだろう？〈プロッキー〉のバーの外で？　それとも、チャドの帰りを待っていた？　上の階まで一緒にきて、薬の入ったビールを飲ませ、チャドが意識を失ったところで、ぐったりした手にベビー・グロックを握らせる。それから、何かを――チャドがほしがっているベスト？――持ちだし、ゴミ容器に捨てる。朝まで待って警察に電話。そのころにはチャドがすでに死んでいると計算したのだろう。二人のうち片方が従軍記章をつけていた。だが、二人は何者なのか。

ブロードウェイ通りで長い信号待ちをするあいだに、診療所で遅くまで診察をしているロティに電話をかけた。「おたくのドクター・ラファエルがチャド・ヴィシュネスキーに奇跡をもたらしてくれたわ。意識を回復して、ベストをほしがってるの」

「ヴィク、患者さんが十一人も待ってるのよ。服の話なんかで邪魔しないで」

「ロティ、電話を切る前にいわせて……意識が戻ったという事実は広めないほうがいいと思うわ。元気になったから郡の拘置所に移しても大丈夫だなんて、州検事にいわれたら困るもの。逮捕を撤回させるのが無理なら、せめて、チャドが裁判の日を無事に迎えられるようにしておきたいの」

「イヴ・ラファエルに話しておくわ」ロティの関心は、わたしの問題のほうには向いていなかった。「わたし、あと二時間はここから動けないから、用件がそれだけなら――」

「ロティ、チャドが拘置所の付属病院か、あるいは、拘置所そのものに戻ったら、殺されてしまって、勾留中のチンピラのしわざだっていう都合のいい結論になるかもしれない。ドラッグの過剰摂取で死亡という筋書きになるはずだったと思うの。死なずにすんだのは、超人的遺伝子を持ってたおかげだわ。チャドの命を危険にさらすようなことは――」

「ヴィクトリア、あなたがそんなふうに考える理由なんて、わたしにはどうでもいいことよ。気にしてないもの。気になるのは、うちの病院の集中治療室。あそこを戦闘地域にするわけにはいかない。うちの病院で誰かがチャド・ヴィシュネスキーを襲撃するかもしれないというのなら、チャドをどこかよそへ移してちょうだい。あまりにも多くの命を危険にさらすことになるわ」

「動かしても大丈夫かどうか、診断して。人工呼吸器とか、そういったものが必要ないのなら、ミスタ・コントレーラスのとこに預けてもいいし」

「あの二匹の犬が跳ねまわってるのに？　ヴィクトリア、あなたには何も……いえ、やめておくわ。いまはそんなこと考えてる暇がないから。明日、イヴ・ラファエルに電話しておくわ。チャドの容態について話し合ってから、折り返しあなたに連絡する」

33　新採用

事務所のドアをあけると、廊下の向こうからペトラの声がきこえてきた。

「でね、ヴィクがやつらの一人の肩を撃って、もう一人のおなかを撃ったの。そのあいだに、あたしは川を泳いで渡って——あとで抗生剤が必要だったけどね。あんな水飲んじゃったから——見たことある？　えっとね、茶色と緑色を混ぜたみたいな色で、気持ち悪いものがいっぱい浮いてるの。でも、とにかく——あら、おかえり、ヴィク！」

ペトラは満面の笑みを浮かべていた。大学の夏休みにはカントリークラブでレストランの案内係をやっていた。去年は上院議員の候補者の選挙運動を手伝った。つい最近まで〈クラブ・ガウジ〉で評判のいいフロアスタッフだった。若々しい魅力で客のハートをつかむコツを心得ている。ティム・ラドケは事務所の椅子にしゃちほこばってすわり、不安そうにまばたきしていた。

わたしは片手をさしだした。「ミスタ・ラドケ、長時間の仕事のあとにわざわざきてもらって感謝します。コーヒーはいかが？　ビール？　ウィスキー？」

「飲むものならもう出したわ、ヴィク」ペトラがいった。「紅茶だけでいいって。けど、あのね、ヴィクがこの人に何を頼もうとしてたのか、あたしたち、よくわからなかったの。この人がembodiedart.comにログインしてみたけど、サイトは閉鎖中だってメッセージが——」

「その原因がどこにあるかを、あなたに突き止めてもらいたいの」わたしはいった。「でも、そっちにとりかかる前に、これを見てちょうだい。どういう品なのか知ってたら教えて」

わたしはセーターの下からポリ袋をひっぱりだし、ロゴのついた黒いミットが見えるようにさしだした。ラドケがそれを見て顔をしかめた。

「どっかで見たような気がする。けど——」

「あたし、知ってる！」ペトラが身をかがめて、わたしの肩越しに首を突きだした。「ナディアが描いてた模様だわ。でしょ？　先端の渦巻き模様がそっくり」

ペトラが瞬時に気づいたことに、わたしは感心したが、ラドケに説明した。「チャドの荷物のなかから見つかったの。イラクから持ち帰ったものじゃない？」

ラドケはポリ袋を裏返した。ミットからさらに砂粒がこぼれ落ちた。「うーん、射撃手に支給される防弾チョッキ用のシールドみたいな感じだな。グリーンゾーンの外へ出るときは、みんな、防弾チョッキを着けるんだけど、歩兵や射撃手といった危険度の高い連中は、念のためにこういうのも装着することになってる。弾丸をほぼ阻止できるっていうんだ。中身のないシールドなんて見たことがなかった。だから、最初は何なのかわからなかったんだ」

ラドケはわたしのデスクまで行き、パソコンに何行か打ちこんだ。わたしが見に行くと、防弾チョッキに関するページが画面に出ていた。救命胴衣に似たものの写真がついていた。

「これ、見える？」ラドケは写真のなかの、脇の下と同じ高さに入っている黒っぽい線を指さした。「防弾チョッキのスリット。この四角いものをそこから押しこむんだ。重いから、あんまり着けたくないけどね――マジな話、こういうチョッキを着たままでいられるのは、わずか二時間ほどだ。それを超えると、大量に汗をかいて意識を失う危険がある」

「ミットの中身は何なの？　砂？　砂利？」

「砂みたいに見えるけど、じつは、防弾チョッキ用に開発された夢の素材なんだ。小さな粒々なのに、ぎっしり詰めこむと、ものすごく頑丈なものになる。たしか、イスラエルが最初に開発したって噂だ」

ラドケがポリ袋をひらこうとしたが、わたしはひっこめた。「分析してもらうつもりなの。それに、チャドのダッフルバッグの底に押しこめられてたから、ほかの汚染物質もかなりついてると思う。チャドはどうしてこれに穴をあけたのかしら」

ラドケは肩をすくめた。「退屈したり、ストレスがたまったりすると、男は妙なことをやりだす。ぼくの知ってる男に、火傷をしたやつがいる。やがて、自分の皮膚をはがしはじめた。で、つぎに気がついたときには、前腕の皮膚が全部はがれてた」

「ギャー、気持ち悪い！」ペトラの口が嫌悪にゆがんだ。「どうして止めなかったの？」

「そいつ、激痛でおかしくなってて、こっちが近づこうとすると、ライフルを向けるんだ。従軍牧師がようやく説得したけど、あのときは大変だった。だから、チャドが精神的に不安定になってたのなら、自分の防弾チョッキをズタズタにすることだって考えられる。分隊の仲間を失ったあとで、チョッキの性能を試してたのかもしれない」

生き残った者の罪悪感。それなら理解できる。前腕の皮膚を全部はがすよりはましだ。

「さっき知ったとこなんだけど、金曜の晩、つまりナディアが殺された晩、スーツを着た年上の男二人がチャドと一緒だったそうなの。いったい誰かしら」

ラドケはふたたび肩をすくめた。「前にもいったように、チャドのことはたいして知らないんだ。あいつはここで育った。ぼくが会ったこともない連中を山ほど知ってるはずだ。母親の知り合いかもしれないよ。だって、チャドは母親の家に居候してたんだから」

「それもそうね。でも、片方が軍のメダルをつけてたそうなの。従軍記章とか、そんな感じのを。軍隊時代のチャドの友達をすべて知ってる？」

ラドケは絶望のしぐさを見せた。「知らない。VAでカウンセリングを受けたときの仲間五人でつきあうようになって、バーとか、ホークスの試合とか、いろんなとこへ一緒に出かけてた。けど、その二人ってのは、ひょっとすると、チャドがミシガンのほうの大学にいたころの友達じゃないかな。そういう友達がチャドに会いにシカゴまできたとしても、チャドがぼくらに話すとはかぎらないしね」

猫と犬のようにちがっている。女性二人が週に二晩か三晩、一緒に出かけて、それを四カ月もつづけたなら、おたがいの家族の歴史を四世代前までさかのぼって知ることになるだろう。アメフトのラインバッカーからランジェリーにいたるまで、あらゆるものの好みはいうにおよばず。

「今日きてもらった本当の用件はパソコンの問題なんだけど、それについてはどうかしら」

わたしは尋ねた。「サイトを閉じるようにというコマンドがどこのパソコンから出てるのか、突き止められない？」

「やってはみるけど、ぼくはパソコンの天才じゃないからね。少々いじれる程度の男にすぎない。パスワードはわかる？」

「とんでもない。サイトに関する情報なんてひとつも持ってないわ」

ラドケは困った顔になった。「ラシュモア山に登りたくても、ロープなしじゃ無理だよ」

わたしの胃袋が沈みこんだ。いまのところ、右を向いても、左を向いても、厄介すぎることばかり。

「できないって意味？」

「ソフトをいくつかダウンロードしてもかまわないかな。けど、けっこう金がかかる。それがだめなら、サイトのオーナーと話をさせてほしい」

「あなたの知ってる女性よ――〈クラブ・ガウジ〉に出演してた〈ボディ・アーティスト〉。でも、姿を消してしまったの」わたしはゆうべ何があったかを説明した。「彼女のパソコンがまだ残ってることを期待して、クラブへ行ってみる価値はある？　誰かがすでに持ち去ったかもしれないけど。〈ボディ・アーティスト〉自身も含めて。でも、重要なのは、誰かにシステムを乗っとられてパスワードを変更されてしまった、と〈アーティスト〉がいってることなの。そんなことで嘘をつくとは思えない。でも、もし嘘だとしたら、彼女のパソコンからパスワードを割りだせないかしら」

ラドケは鉛筆をいじりながら、じっと考えこんだ。

「プロバイダーはわかるかな？」

「サイトはワードプレスを使って作られてるけど、プロバイダーはわからない」

「コンピュータにデータがあるはずだから、ハッキングする前にまずそっちからあたってみよう。プロバイダーがわかれば、誰がサイトを操ってるのか、手がかりがつかめるはずだ」

「なるほど。いま一度、難局に立ち向かうわけね」わたしは身を切るような寒さのなかに戻ることを、陽気な口調で表現しようとした。仮眠をとったおかげで、一時的に元気が回復したが、その元気も急速に萎えつつあった。「ペトラ、今日はもう帰りたい？」

「ご冗談でしょ！」従妹は華やかな笑い声をあげた。「ここからがおもしろいとこなのに。錠前破りの方法とか、ヴィクがいろいろ教えてくれるんでしょ」

「若い子は元気でいいわね」わたしはラドケにささやいた。

パーカを着て、ブーツの紐を結んでいたとき、ジョン・ヴィシュネスキーが病院から電話してきて、チャドのベストは見つかったかと尋ねた。

「ベストは一枚もなかったわ。服の山を調べて――」わたしは途中で黙りこんだ。防弾チョッキ。チャドはそれをベストと呼んでいたのだ。

「ミスタ・ヴィシュネスキー、息子さんがいっているのはたぶん、防弾チョッキのことだと思います。ナディア・グアマンが殺された夜に、チャドのパソコンや携帯と一緒に誰かが持ち去ったみたい。モナのベッドにチャドを放置して死なせようとした連中が、建物の裏にあるゴミ容器に何かを捨てていきました。それが防弾チョッキだったという証明はできないけど、十中八九そうだと思います。防弾チョッキを補強するためのシールドのひとつを、チャドが切り裂いたみたいです。ダッフルバッグの底から、シールドの袋と特殊な詰め物が見つかりました」

「なんで息子のベストを捨てようとする者がいるんだ?」ヴィシュネスキーがきいた。

「わかりません。息子さんが分隊の仲間を失った怒りか、もしくは、挫折感から、シールドを切り裂いた可能性もあります。でも、ひょっとすると、海の向こうにいたときに何か貴重な品を縫いこんでおき、帰国してから切り裂いたんじゃないかと――」

「どんな品だ?」ヴィシュネスキーがきいた。またしても詰問口調になっていた。

「わかりません。何か小さなもの――マイクロチップとか、ダイヤとか。シールドの袋のなかにまだ残っていることも考えられるので――ほら、生地の内側に貼りついてるとか、砂だかナノチップだか知らないけど、とにかくその詰め物のなかに紛れこんでるかもしれない――いつも利用している法医学研究所に持っていって、スキャナーで調べてもらうことにします。そのあいだに、チャドが意識をとりもどして、またベストのことを尋ねるようなら、ちゃんと金庫に入れてある、チャドが家に帰るまで安全に保管しておく、といってください。ベストのことを気にしているのなら、よけいな心配はさせないほうがいいでしょう」

わたしはいったん言葉を切り、さらにつづけた。「チャドが回復に向かっているようだという噂は、広めないほうがいいでしょう。誰がチャドをナディア・グアマン殺しの犯人に仕立てようとしたかはわかりませんが、ふたたび狙われるような事態だけは避けたいので」

ヴィシュネスキーは大声で笑いだした。「なぜこんなに驚いてるのか、自分でもわからんよ……。モナとわたしがきみを雇ったのは、息子があの女を撃つはずはないと信じていたからだ。ただ──きみの話をきいてると、息子がとてつもない陰謀の中心にいるみたいに思えてくる。チャドが何かの秘密を握ってるなんてありえない。きみ、確信はあるのかね？」

「推測にすぎません。でも、もし──そのう、もし、わたしたちがその推測を立証しようとしてるあいだに、誰かがまた息子さんを襲撃すれば、わたしの意見の正しさがきわめて悲しい形で証明されることになります。大事をとって、集中治療室にボディガードを何人か置きたいですね。病院側の協力が必要ですが、どこまで協力してもらえるかわかりません。でも、腕力が必要なときにわたしが頼んでいる男性が二人います。信用のおける人たちです」

「わたしの友達に頼んでみよう」ヴィシュネスキーが口をはさんだ。「建設業界は不景気だから、息子の警護を喜んでひき受けようという男はどっさりいる」

「ICUの責任者にきちんと話を通してくださいね。わたしよりあなたから話をするほうが、向こうも同情してくれるでしょう。ただし、ひと言アドバイスさせてもらうと、ボディガードを連れてくるとはいわずに、自分が付き添っていないときに意識が戻ると困るので、チャドの友達にも付き添いを頼みたいと思っている、といったほうがいいですね」

「話をしておく。しかし、ああ、何がどうなってるのか、きみにわかっていればいいのに。息子の身が危険かどうか、誰が息子を狙っているのか、さっぱりわからないといわれたんじゃ、こっちは心配で仕方がない。せっかくイラクから生きて帰ってきたのに、こっちで何かの陰謀に巻きこまれるなんてあんまりだ。ひょっとして、アルカイダが復讐に燃えて米兵をつけまわしているとか？」

「息子さんがクスリを飲まされた夜に一緒にいたのは、アラブ人ではなかったと思います」アラブ人だったら、モナ・ヴィシュネスキーの詮索好きな隣人が気づいたはずだ。「それに、もしアルカイダがここで動いていたら、司法省か国土安全保障省が捜査の過程でわたしに接触してくるでしょう。チャドの知り合いのなかに、砂漠の嵐作戦か、あるいは、もっとさかのぼってベトナム戦争のときに兵役についていた年上の男性はいないでしょうか」

「さあ、わたしにはわからん。VAで何人か知り合いができたかもしれないが、そういう話はいっさいしない子だった」

わたしは部屋の向こうにいるティム・ラドケとペトラのほうへ目をやり、チャドのブログのかなりの部分が閲覧不能もしくは削除になっていたことを思いだした。

「わたし、そろそろ出かけなくては、ミスタ・ヴィシュネスキー。でも、息子さんがブログに使いそうなパスワードを推測するとしたら、どういうものがあるでしょう？」

「パスワード？　今度はなんの話だ？」

「息子さんの消えたブログに、なんとかしてアクセスしたいと思って。これはというようなパスワードが何かありません？」

ヴィシュネスキーはしばらく考えこみ、やがていった。「たぶん、五四という数字が入ってると思う。ブライアン・アーラッカー（シカゴ・ベアーズのラインバッカー。背番号54）の大ファンだから。あるいは、ブラック・ホークスに関係した何かかもしれん。やってみるよ」

34 夜勤

わたしたちはペトラの運転するパスファインダーで〈クラブ・ガウジ〉へ出かけた。ティムが助手席に乗り、わたしはうしろでうとうとしていた。すでに自分の車のグローブボックスから万能鍵をとってきたし、チャドの黒い防弾チョッキ用シールドの入ったバッグは車のトランクに入れてロックしてある。朝がきたら、チェヴィオット研究所へ直行するつもりだった。

「ねえ、不法侵入をやるのって、これが初めて？」ペトラがティムに尋ねた。「あたしは——あれっ、どうなんだろ——鍵を忘れてヴィクにピッキングを頼んだのも、回数に入れたほうがいい？」そういいながらうしろを向いたため、パスファインダーの後部が揺れた。

「道路をちゃんと見て」わたしはわめいた。「今夜の侵入を最後の一回にしたくないから」

ペトラはかろうじて横滑りを止め、危ういところで、反対車線のバスとの衝突を回避した。

「きみたち二人、ぼくのことを元兵士だから無法者だろうと思ってるわけ？」ティム・ラドケがきいた。「だってさ、ヴィクにはハッカーだと思われてる。そして、きみ、きみには家宅侵入の名手だと思われてる」

「このなかで無法者といったら、わたしだわ」ペトラが〝キャー、やだ、あたしっておしゃべりね〟といいだす直前に、わたしはいった。「あなたが特技をあれこれ隠してるのでないかぎり、オイルサーディンの缶の縁を使って三十秒で南京錠をはずせるのは、わたししかいないのよ。ペトラ、いい子だから、そのろくでもない携帯を片づけるか、運転をティムかわたしと替わるか、どっちかにしてちょうだい。いいわね？」

「もうっ、ヴィク、あたしはただ——」

ラドケがペトラから携帯をとりあげた。「ぼくがイラクで五年間も生き延びたのは、シカゴに戻って車の衝突で死ぬためではない」

「オーケイ、オーケイ、いじめっ子のお二人さん。いまに仕返ししてあげる。待ってなさい」

ペトラの顔を見なくても、おおげさなふくれっ面をしていることは想像できた。悪いことをしてばれたときに見せる表情だ。ペトラの車を使うことにしたのは、わたしのマスタングも、ラドケの古いトラックも、雪でぬかるんだ通りではハンドル操作がむずかしいと判断したからだが、わたしは、性能のいい車より運転に集中するドライバーのほうが大事であることを悟りはじめていた。

〈クラブ・ガウジ〉に着くと、オリンピアが見張りを置いているかどうか確認したいからゆっくり通りすぎるように、とペトラに指示した。火が燃え広がったのは内部だけなので、外から見るかぎり、火事にやられたことはまったくわからない。通りがかりの者ががらんとした駐車場を見て、クラブの休業に気づく程度だ。そしてもうひとつ、今後のショーを宣伝するのに使われている正面ドアの横のボックスに、メッセージが出ていた。今夜のメッセージは〝〈クラブ・ガウジ〉は修理のため本日休業です。来週のグランドオープンをお楽しみに！〟如才がない。修理がいつ完了するかわからなくても、グランドオープンはつねに来週と決まっている。

路地を見ても、高架鉄道のホームを見ても、クラブを見張っている者はいないようだった。通りの先に車を停めて、わたしが錠をこじあけるあいだラドケと一緒に車のなかで待つよう、ペトラにいった。「わたしが大声をあげたら、すぐ逃げるのよ。わたしはわたしでなんとかするから」

ラドケがわたしと一緒に車をおりた。「軍隊時代、見張りのコツをけっこう身につけたんだ。チャドを助けるために無法者になってくれるのなら、せめて、見張りぐらいやらせてほしい」

だったら自分も一緒に行く、とペトラがいった。高架鉄道の支柱の陰に身をひそめなくてはと思いこみ、支柱から支柱へ猛ダッシュした。それじゃ目立ちすぎるとペトラをたしなめたのはラドケだった。

「普通に行動するんだ」ラドケはペトラにいってきかせた。「ここにいるのが当然って態度をとる。パトロール隊が――あ、警官って意味だよ――車で通りかかったら、かならずそうすること」

正面入口のロックはキーパッドで作動するようになっていたが、ペトラは暗証番号を教わっていなかった。駐車場に面した横手のドアには、フラットなシリンダー錠がついていた。厄介なタイプだが、不可能ではない。もっとも、手が疼いているため、その分よけいに苦労しそうだ。

わたしが錠をいじっているあいだに、ラドケは背後の暗がりへ姿を消した。彼を信じることにした。そう、彼なら信じられる。軍からメダルをもらったとしても、高価な服は持っていない。着ているのは色あせた軍のパーカだ。〝柔らかなオーバー〟ではない。それでも、錠のピンを押しもどし、ラドケがふたたび姿を見せてその影がドアを這いあがったときには、胸をなでおろした。

わたしがピンを押さえているあいだに、ラドケがドアの端に金属片をさしこんでこじあけた。入口ホールの照明をつけようとしたが、だめだった。建物のなかは凍えそうに寒かった。オリンピアか、もしくは市が、ふたたび火事になる危険を避けるために電気を切ってしまったのだ。いや、もしかしたら、再建工事が始まるまで電気代を節約しようというのかもしれない。

暗い建物の奥へ入るにつれて、焦げた建材の刺激臭で窒息しそうになった。焼け焦げるのと凍るのが同時だなんて、なんと悲惨な最期だろう。マフラーで鼻と口を覆った。火事によってどんな毒性物質が放出されたかは考えたくなかった――カーテンに使われている合成繊維、ステージの床に塗られたニス、ワイヤの被膜に含まれたポリマー――燃焼すれば、どれも、Aクラスの発癌性物質になる。いつまでも消えることのない黒いグリースが自分の肺にこびりついている光景を想像してしまった。

「アラビアのすべての香水をもってしても……」わたしはつぶやいた。

「えっ、どうしたの、ヴィク？」ペトラがきいた。

つぶやいていることに自分では気づいていなかった。悪い徴候だ。懐中電灯で廊下をあちこち照らしてみた。不気味な影が浮かびあがった。ワイヤの影はまるで巨大なカマキリの手のようだった。身震いしたが、さらに奥へ進んだ。さすがのペトラも黙りこみ、ステージの裏へまわるあいだ、ラドケの腕にしがみついていた。

〈ボディ・アーティスト〉のパソコンはそのまま残っていて、いまもまだ、ウェブカムとプラズマ・スクリーンに接続されていた。わたしが懐中電灯で照らして、ラドケがコネクターのプラグを抜いた。十分もしないうちにクラブを出て、ふたたびペトラのパスファインダーに乗りこんだ。

ペトラは北へ向かい、アシュランド・アヴェニューに出た。かなりのスピードで車を飛ばし、支離滅裂なことをしゃべりつづけた。アドレナリンの噴出のせいで、覚醒剤を大量に摂取するよりハイな状態になっていた。

「ストップ！」ラドケが叫んだ。

「あたしの話も――」

ラドケはペトラからハンドルを奪い、ブレーキを踏みつけた。キャロル通りの交差点をふさいでいたグリーンのSUV車のわずか数インチ手前で停止した。わたしが身体をねじってうしろを見ると、メルセデスのセダンが停まるのが見えた。見ているうちに、ロドニーが助手席側からその巨体でおりてこようとした。

「三つ数えたら、あなたたち二人は飛びおりて、全速力でできるだけ遠くへ逃げて。わたし、前のシートに移るわ。議論はなし。黙って逃げて！」

話しながら、わたしは銃を左手にとった。ラドケはすでに助手席のドアをあけていた。わたしの合図でラドケが助手席から飛びだし、そのあいだに、わたしはうしろのシートからすべりでた。ペトラが運転席で凍りついていた。わたしは乱暴にドアをあけた。ラドケがパスファインダーのうしろを小走りでまわり、ペトラをひきずりだした。

SUV車から男たちがおりて、こちらに向かってきた。その頭上めがけてわたしが発砲し、ラドケとペトラは横丁へ逃げこんで、わたしたちから遠ざかった。誰かが撃ち返してきたが、わたしはパスファインダーのひらいたドアの陰にうずくまった。運転席にもぐりこみ、ギアを入れ、ハンドルをまわして、アクセルを踏みこんだ。

凍った道でタイヤが空まわりし、やがて路面をとらえた。グリーンのSUV車の左のヘッドライトにぶつかった。その衝撃でハンドルに叩きつけられたが、ギアチェンジをして車をバックさせた。誰かがこちらのフロントウィンドーに銃弾をぶちこんだ。ガラスが砕けた。撃った男をめがけてわたしが突進すると、向こうは凶暴な運転に恐れをなして、あわててあとずさった。

わたしはふたたび急ハンドルを切り、どうにかUターンをして男から離れ、ロドニーとメルセデスのほうへ車を向けた。スリップしながら横を通り抜け、これで楽勝だと思ったそのとき、パスファインダーの後輪をロドニーに撃たれた。ホイールだけで道路をガタガタ走った。バックミラーをのぞくと、ふたたびメルセデスに乗りこんで追いかけてくるロドニーが見えた。

反対車線の車が、わたしの車に向かって、もしくは右車線をふさいでいるセダンに向かって警笛を鳴らしたが、様子を見るために停まろうとする車は一台もなかった。見て見ぬふりが多すぎる。今日の午後、ミセス・マードストンがいっていたとおりだ。

レイク通りで車から飛びおり、高架鉄道の階段めざしてダッシュした。あと一歩というところで、黒い服を着た人影がわたしの前にまわりこみ、飛びかかってきた。わたしは地面にころがって攻撃をかわし、うずくまり、銃を構えたが、ほかの誰かが背後に忍び寄ってきてわたしの側頭部を殴りつけた。

35
海兵隊を派遣

わたしは完全に意識を失ったわけではなかった。誰かがわたしの腕を背中でねじりあげていた。もがいて逃れようとしたが、頭がふらついて、動きが鈍く、夢のなかであがいているような気がした。べつの誰かがわたしのセーターのなかに手を突っこんで、肌をなでまわした。うしろへ蹴りを入れてやると、脚ではなく、ブーツにあたり、肌をなでていた手が思いきりわたしをつねって、つぎに、わたしを地面へ突き飛ばした。わたしは横向きに身体をひねり、逃れようとした。

「どこにある?」闇のなかで、ロドニー・トレファーがわたしにのしかかるように立っていた。吐く息がひどくビール臭かった。

「なんのこと?」ロドニーの膝頭を蹴飛ばそうとした。

動きが鈍かったため、易々とよけられて、お返しにみぞおちに蹴りを入れられた。

「ふざけたまねはやめろ、ねえちゃん。持ってることはわかってんだ」

誰かが近づいてきて、わたしの足を押さえた。べつのチンピラを呼んだ。背後に二人か三人いる気配だが、わたしには見えなかった。

ロドニーがわたしの頭のほうに身をかがめ、髪の毛をつかんだ。「どこにある？」

〈ボディ・アーティスト〉のパソコンだ。パスファインダーにもぐりこんだとき、前のシートにパソコンが置いてあったかどうか、思いだせない。

「エイズのこと？」わたしはいった。「豚インフルエンザ？　わたしがそのウィルスを持ってるっていうの？」

ロドニーはわたしの髪を放し、顔を殴りつけようとしたが、こちらがとっさによけたので、パンチはコートの肩にぶつかった。やったね、V・I。まだまだいける。

「てめえが盗んだことはわかってんだ、クソ女！　どこにある？」

ロドニーにみぞおちを蹴られて、わたしは嘔吐した。わたしの足を押さえていた手がゆるんだので、身をよじって、飛んできたロドニーのブーツをよけた。ロドニーはバランスを崩し、わたしの嘔吐物で足をすべらせて、勢いよく倒れ、凍った道路に頭をぶつけた。

わたしは高架鉄道の階段のほうへころがり、手すりにしがみついて、身体をおこそうとした。だが、立ちあがる前に、悪党どもにつかまえられた。階段に身を伏せて右足で強烈な蹴りを放つと、一人の腹部に命中した。その衝撃の大部分は男のバイク用ジャケットが受け止めたが、わたしを殴ろうとすれば、腹部が無防備になり、またしてもわたしの蹴りを食らう危険がある。男の仲間が反対側からわたしのほうにまわろうとしたが、階段に邪魔されて近づけない。わたしは電車が到着するよう祈った。

「あんたの膝頭」襲撃者たちの背後から冷たい声がした。「わたしの銃がそこを狙っている。

身体をおこして、わたしと一緒にこい。いやなら、ふたたび自分の足で歩くことはあきらめろ」

それは、ゆうべ〈クラブ・ガウジ〉で指示を出していた偉そうな声の主だった。わたしはおきあがった。

「ルートヴィヒ、コンスタンティン、女を連れてこい」

二人がわたしをつかんで、声のするほうへひったてていった。街灯の仄暗い光を受けて、銃身が灰色に冷たく光っていた。銃を手にしているのは背の高い男で、毛皮の帽子でさらに数インチ高くなっていた。男がこちらに笑みをよこした瞬間、街灯が金歯をキラッと照らした。

近づいてくる電車の轟音で、男がいいかけた言葉は消されてしまった。男が頭で合図をすると、わたしをつかんでいた二人がメルセデスのうしろのシートにわたしを押しこんだ。二人はわたしの左右にすわってこちらの動きを封じ、いっぽう、命令を下した男は助手席に乗りこんだ。階段近くの歩道に倒れたままのロドニーには誰も目もくれなかった。

「どこに隠してあるのか教えてもらおう」偉そうな声が車のなかを満たした。

わたしは首を横にふった。「あなたはアントン・クスターニック。でしょ？　何を捜してるのかいってくれれば、どこにあるか、簡単に教えてあげられると思うけど」

「わたしとゲームをするのはやめろ、ウォショースカ。無理に口を割らせることもできるんだぞ」

その声のおだやかさは、ロドニーの大きなわめき声以上に物騒だった。「そうでしょうとも。拷問すれば、誰の口でも割らせることができる。ただね、耳にしたこともない事柄を尋ねられても、真実を吐くことはできないわ」

「だが、思いだすさいの助けになるかもしれん」

わたしは返事をしなかった。拷問にも負けないストリート・ファイター？　わたしがうぬぼれていただけだ。電車が入ってきて、乗客が四人、高架鉄道の階段をおりてきた。わたしはメルセデスのスモークガラスの窓から、なすすべもなく彼らを見ていた。四人ともロドニーをよけて通った。たぶん、わたしのゲロにまみれて倒れているロドニーを見て、手を触れるのも汚らわしい酔っぱらいだと思ったのだろう。

「今夜、オリンピアのクラブで何をしていた？」アントンがきいた。

「〈ボディ・アーティスト〉を捜してたの。カレン・バックリー。彼女をご存じ？　姿を消してしまって」

アントンは笑った。耳ざわりな声だった。「かわいいカレンのことで胸を痛めるのはやめろ。自分の面倒ぐらい、ちゃんとみられる女だ。怯えた少女みたいなふりをしてるが、そんなものにだまされちゃいかん」

「そうね。ずいぶん前からのつきあいなんでしょ。ジーナがまだ生きてたころからの。どうして名前を変えたのかしら」

「わたしから身を隠すことができるとでも思ったんだろう。だが、そこまで利口な人間も、運のいい人間もいやしない。見つけようと思ったら、わたしはかならず見つけだす」

「じゃ、カレンがいまどこにいるのか知ってるのね？」

「どこにいようと、わたしには関係ない」

「彼女のサイトはどうなの？　それももう、あなたには関係ないの？」

アントンはふたたび笑った。今度は前より大きな声だった。まるでオペラの舞台に響く笑い声のようだ。「その問題はすでに解決した。今度はあんたが新たな問題だ。なぜまた、あの連中のことを気にする？」

暖房の効いた車のなかで、わたしはロドニーに蹴られた腹部を手で探りはじめていた。

「どの連中？」機敏な口調を心がけたが、疲れてぼうっとした声になっていた。ここで寝入ってしまったらアントンはどんな反応を示すだろう、と想像してみた。気に食わないに決まっている。

「勝手に殺された愚かなメキシコ人の女たちだよ。イラクで、そして、シカゴで」

コンスタンティンとルートヴィヒはアントンに視線を向け、アントンは通りに背を向けていた。高架鉄道の階段の陰に潜んでいた誰かが腕を伸ばして、ロドニーのポケットを探っていたが、この連中には教えないことにした。

「勝手に殺された？　地下室に置いてあるターキー・ベイスター（七面鳥を焼くときに使う大きなスポイト）で勝手に妊娠するようなもの？　あの二人が銃を構えたあなたみたいな人物の前に立って、『わたしを撃って』といったわけ？」

アントンはこれを愉快な冗談として受けとった。「あの女どもは、まあ、そんな態度だったな。〝わたしを撃って。吹き飛ばして〟——みんなが看板を身体にかけて、そう書いとけばいいんだ。さて、どこに書類を隠してるのか教えてもらおう」

高架鉄道の階段の人影はすでに消えていた。完全防音になっているメルセデスの窓から、べつの電車がホームに入ってくる音がかすかにきこえ、つぎに、わたしたちの真下で大きな銃声が響いた。つづいて二発目。運転席の男がアクセルを踏みこんだが、ブロックのなかほどまで行ったとき、車は右方向へスピンして高架鉄道の支柱に激突した。対向車がすさまじい警笛を鳴らし、脇を迂回していった。

コンスタンティンが、いや、ルートヴィヒかもしれないが、ドアをあけた。わたしは持てる力のすべてを右肩にこめて、強烈な体当たりを食らわせ、車から放りだしてやった。シートにころがって、そいつのあとにつづいた。

レイク通りの真ん中を、三人の人間がこちらに向かって駆けてきた。わたしは立ちあがり、必死に両腕をふりまわした。背後から、メルセデスの前のドアがひらく音がきこえた。

「ヴィク！　ヴィクなの？」

従妹の声だった。甲高くて、怯えていたが、いまは天使の声よりもありがたかった。

わたしはペトラに、道路から離れるよう、邪魔をしないよう叫んだ。「アントンが銃を持ってる。全員が持ってる。伏せて！」

叫びながら、わたしも駐車中の車の陰にしゃがんだ。背後のビルのドアがひらいた。ウェイターのエプロンをつけた男性が二人、煙草をすいに外に出てきた。わたしは従妹に、このビルに入ろうと叫んだ。つぎの瞬間、ペトラが飛んできた。ティム・ラドケと、見たことのないべつの男性が一緒だった。三人とも息を切らしていた。

なかに入ると、ジャズバンドがコルトレーンの古い曲を演奏していた。というか、ギコギコと弾いていた。赤みがかった仄暗い照明のなかで、客席は半分しか埋まっていないし、演奏には誰もたいして注意を向けていないのが見てとれた。若い男性がやってきて、お席をご用意しましょうかと尋ねた。

「席におつきになっても、ならなくても、十ドルのカバーチャージをいただきます」わたしたちが首を横にふると、彼はいった。

わたしはポケットに手を突っこんで財布を捜した。拳銃が入っていた。悪党どもはわたしの身体検査を省略した。そこまで無能な女に見えたのだろうか。財布が見つかったので、二十ドル札を二枚とりだし、ドアを細めにあけた。

右側のタイヤが二つともぺちゃんこになったため、メルセデスが右のほうへ傾いていた。見ていると、運転席にいた男が通りかかったタクシーを停めた。アントンのためにドアをあけ、つづいて自分も乗りこんだ。コンスタンティンとルートヴィヒが前のシートにもぐりこもうとしたが、アントンのほうは、二人を連れていく気がなさそうだった。タクシーのドアを閉め、わたしたちが入ったクラブのほうに視線を投げた。

「あの、テーブルにおつきになりますか」支配人が尋ねた。

わたしはまばゆい笑みを浮かべた。というか、そうすべく努力した。「わたしたち、〈クラブ・ガウジ〉を捜してるのよ。みんなの噂になってる〈ボディ・アーティスト〉が見たくって」

「ああ。あそこはゆうべ火事にあいましてね。しかし、三十分後には、ここでもすばらしいステージをお目にかけます。スタンダップ・コメディを。テーブルについて、ゆっくりごらんください」熱のこもらない宣伝文句だった。

わたしはコンスタンティンとルートヴィヒが駐車中の車の陰で膝を突いているのを見守りながら、ドアを大きくひらいた。

「コンスタンティン！　ルートヴィヒ！　ここよ。いらっしゃい。あと三十分でステージが始まるんですって！」二人が立とうとしないので、わたしは叫んだ。「さあ、早く。今夜のゲームは中止――寒すぎるわ！」

ドアの外で煙草をすっていた二人が、わたしから悪党どもへ視線を移した。支配人がわたしの背後を不安そうにうろついていた。「酔っておいでなら、ほかの夜にでもまたどうぞ。あまり騒がしくされますと……」

「たしかにそのとおりね。ペトラ、このドアを押さえてて。ティムと、お友達と、わたしとで、家に帰ろうってあの二人のドジ男にいってくるから。何かあったら、そうね、九一一に電話して」

わたしたち三人は小走りで通りを渡った。アントンの手下二人が銃を構えて立ちあがったが、ティムが一人の膝に体当たりして、近づいてきた車の前へ突き飛ばした。運転席の男が急ブレーキをかけ、悪党の頭の数インチ手前で停止した。

わたしはもう一人の悪党の後頭部に銃を突きつけた。「銃を捨てるのよ。さあ!」

運転席の男が窓を下げ、ティムに向かってわめいていた。わが悪党がふり向いてわたしにパンチを見舞おうとしたが、わたしはそいつの外側へ左脚を出し、左手で耳のうしろを殴りつけてやった。ノックアウトできるほど強烈ではなかったが、向こうはクラッとして、銃を落とした。名前のわからないわがチームメイトが銃を拾いあげ、背後から悪党の首を締めつけた。

わたしは急いで車のところへ行き、運転席の男に話しかけた。「ほんとにすみません。友達が酔っぱらってしまって。高架鉄道まで一緒に連れていこうとしたんですが、抵抗するものですから。大丈夫ですか」

「いいや、大丈夫ではない。もしもこの車ではねてたら、あんたの責任になったはずだ」

「おっしゃるとおりです。いますぐここからどかせます」

悪党は通りでうめきながらも、立ちあがろうとしていた。「こいつら、おれに襲いかかってきたんだ」と、呂律《ろれつ》のまわらない口調で運転席の男にいった。

「そうよ、ルートヴィヒ、わたしたちが襲いかかったのよ。そのとおり。家まで送り届けたときに、奥さんにそういってあげる。ほらほら、立って。ティム、そいつを立たせて、誰も大怪我をしないうちに通りから連れだしてちょうだい」

ペトラが急ぎ足でやってきた。「ねえねえ、支配人が、えっと、警察に電話してるよ。どうする？」

「レイク通りのすぐ先に、ぼくの車が置いてある」新入りの助っ人がいった。「このクソどもをそこまで連れていけます？」

「マーティ、この二人はわれわれが見張る」ティムがいった。「おまえのトラックをとってこい。ここにいるヴィクがオーケイなら。さあ、駆け足！」

マーティは通りを全力で走っていった。支配人とウェイターたちがクラブ入口の外の歩道に群がっていた。ティムがマーティに代わって悪党の首を締めつけた。通りに突き飛ばされた男のほうは呆然としていて反撃どころではなかったが、それでもわたしはそちらに銃口を向けておいた。ペトラが歯をガチガチ鳴らし、不安そうな声で神経質につぶやきつづけていた。あの人、どこ行っちゃったの？　早く逃げなきゃいけないのに、わかってないの？　その前に警察がきちゃったらどうするの？

「お祈りしてなさい、いい子だから」わたしはついにペトラにいった。

おんぼろトラックがバウンドして、わたしたちの横で停まった。マーティがおりてきて、ティムとわたしが捕虜二人をうしろのシートに押しこむのを手伝ってくれた。ティムとわたしは二人と一緒にうしろに乗り、前にはマーティとペトラが乗った。

わたしは車の隅にもたれ、そのあいだにマーティがトラックをスタートさせた。ブルーの回転灯が通りを疾走してクラブに到着する前に、わたしたちはラシーヌ・アヴェニューの交差点までできていた。

36　南への旅――残念、太陽の光はなし！

「ねえ、どうするの？」ペトラがいった。

うしろのシートは四人用に設計されてはいない。四人ともうまく腰を落ち着けることができず、悪党どもが冷静さをとりもどしたら反撃に出るのではないかと、わたしは気が気でなかった。ペトラをタクシーに乗せて家に帰したいので、道路脇にトラックを寄せてほしいと、マーティに頼んだ。今夜、ふたたび暴力沙汰になったり、警察につかまったりした場合、ペトラを巻きこむことだけは避けたかった。

いま走っているのは、レストラン街の中心部からわずか二、三ブロックのところで、楽にタクシーが拾える。みぞおちの激痛のため、トラックからおりるのが苦痛で、歩くのも辛かったが、どうにか歩道の縁まで歩いて、タクシーを呼び止め、従妹を押しこんだ。二十ドル札を渡して、帰ったらすぐベッドに入り、朝がきたら事務所に出る前に電話をくれるようにいってきかせた。

マーティのとなりの助手席に乗りこんだ。「ところで、あなたは誰なの？　どういうわけで、ああやって駆けつけてくれたの？」

「マーティ・ジェプスン」ラドケが代わりに答えた。「イラクに行ってた海兵隊の三等曹長。チャドとぼくがVAで知り合った仲間の一人なんだ。あなたを置いてペトラと二人で走り去ったあと、すぐマーティにメールしたら、〈ブロッキー〉で飲んでて、大急ぎで助けにきてくれたってわけ」

「すごいわ、三等曹長。メルセデスのタイヤを撃ったのはあなた？」

「そうです。高架鉄道のそばでのびてたあの男がたぶん銃を持ってるだろうと、ここにいるティムが思ったんで、そっと忍び寄って、その銃を見つけて、ホイールに弾丸を撃ちこんだんです。タイヤをぺちゃんこにするには、それがいちばん早い。このクソ野郎ども、どうします？　あ、汚い言葉ですいません」

「まだ決めてないのよ。できれば、このトラックで三十五丁目とミシガン・アヴェニューの角まで連れてって、フィンチレー刑事にひき渡して、どんな罪で勾留してくれるか見てみたい。ゆすりか、殺人か、何か前科があるに決まってる」

男たちが毒舌を吐きはじめ、二ヵ国語で悪態をついた。英語を判断の基準にするなら、ウクライナ語のほうでも、わたしの評価は高くないようだ。

「でもね」わたしはいった。「この連中が多少しゃべってくれれば――たとえば、わたしの手元に何か興味深い品があると向こうが思った理由とか、その品にアントン・クスターニックが関心を持ってる理由なんかをね――今夜のうちに解放してもいいかもしれない」

「ここで尋問するのは無理だ」ラドケが反対した。「そこらじゅうに人がいる。それに、警官に見つかるかもしれない」

「どこへ行きたいです？」マーティがきいた。

わたしはメキシコ・シティを思い浮かべた——陽光、睡眠——しかし、サウス・シカゴへ向かうようにいった。シカゴ南西部にある、わたしが育った極貧地区。「話は途中ですればいいわ」

痛みをこらえて、うしろにすわっている捕虜二人を見た。「どっちがルートヴィヒ？」

「クソ女、何も答えるもんか」

「ぼくがぶん殴ってやろうか」ラドケがわたしにきいた。「あなたをあれだけ痛めつけたんだから、こいつら、二、三発殴られて当然だ」

「そこまでしなくていいのよ。何者かはわかってる——アントン・クスターニックに雇われてるチンピラ連中——そして、名前がルートヴィヒとコンスタンティンだってこともわかってる。さて、どっちがどっち？」

二人はむっつり黙ったまま、わたしをみつめた。

「オーケイ。とにかく、呼ぶときに名前が必要だから、窓ぎわのあなたはコンスタンティン、もう一人はルートヴィヒってことにするわ。今度また用ができた場合は、あなたたちを見つけだすぐらい、しごく簡単なのよ。マーティ、このままレイク・ショア・ドライヴまで走って、それから南へ向かって」

ルートヴィヒのポケットのなかで携帯が鳴りだし、ルートヴィヒは携帯を出そうとした。

ティムがその手を払いのけ、電話の鳴る音にみんなで耳を傾けた。つぎにコンスタンティンの電話が鳴りだした。電動丸ノコみたいな音。

「アントンはわたしが何を持ってると思いこんでるの？」着信音がつづくなかで、わたしは尋ねた。

「何も答えるもんか……てめえにも、てめえのおもちゃの男どもにも、しなびたクーガーめ」

「しなびたクーガー？　クソ女から格上げ？　それとも格下げなの？」わたしは首をひねった。「それはともかく、これまでのところ、あなたもお友達もゼロ打数ゼロ安打。いまからどこへ行くのか、説明させてね」

わたしたちはすでにレイク・ショア・ドライヴに入り、南へ向かっているところで、マコーミック・プレースの巨大な展示ホール群のそばを通っていた。「市が大急ぎで進めたあの高層建築プロジェクトのこと、知ってる？　あのあたりは〈ヴァイス・ロード〉みたいな昔ながらのギャング団の縄張りだったのよ。市が住民の多くをサウス・シカゴへ移動させたものだから、ギャング連中もそっちへ流れこんで、シカゴ南西部における力関係をことごとく覆してしまった。暗くなってからよそ者がうろつくには、ヤバい場所だわね。白人のよそ者となれば、とくに」

わたしが話しているあいだ、両方の携帯が鳴りつづけていた。アントンが二人と連絡をとろうとしているのだろうか。二人がわたしを殺したかどうか、確認しようとしているのだろうか。

うか。

「九十一丁目まで行ったら、右折して。ヒューストン・アヴェニューでこの二人をおろすことにするわ。わたしが生まれ育ったところなの。誰の車で北へ戻るかは、ルートヴィヒとコンスタンティンに決めてもらいましょ。札束をちらつかせて、誰かに乗せてもらうって手もあるわね。でも、あまり利口なやり方じゃないかもしれない。だって、札束なんか見せたら――」

「おれたちゃ、何も知らん」そういったのはルートヴィヒだった。「ロドニーが電話とメールをよこして、あんたを捜せといってきた。誰かがあんたの電話のGPSを追跡してんだ。そいつら――」

「黙れ！」コンスタンティンがどなった。

わたしはポケットから自分の携帯をとりだして、電池を抜いた。すでにハイド・パークの北の端まできていた。シカゴ大学をとりまく人気の地区で、バラク・オバマの自宅もこのあたりにある。誰かがわたしのGPSを追跡しているとしても、運がよければ、まだ尾行はついていないだろう。

「ティム、アントンがこの二人を気にかけたり、追跡したりしてるとまずいから、携帯をとりあげて電池を抜いてちょうだい」

わたしが二人に銃を突きつけているあいだに、ティムがそれぞれの男のほうへ慎重に腕を伸ばして、携帯を見つけだした。トラックは目下、湖のすぐそばを走っていて、淡い星明かりの下に、氷に覆われた陰気な湖面が水平線まで延びているのが見えるほどだった。

「あなたたち、ゆうべ、ナイトクラブにいたわね。アントン・クスターニックがわたしにこんなに興味を示すのは、わたしのどんな発言を耳にしたからなの？　あるいは、わたしがどこへ行くのを目にしたからなの？」

「知らねえよ」おしゃべりなほうが答えた。「おれたちゃ、命令に従うだけだ」

「命令に従う者たち――最下層の連中ね」わたしは身体をまわして前を向いた。「サウス・シカゴでこのクズ連中をおろして、さっさと帰りましょ。もううんざり」

「車を端に寄せてもいいですよ、マム」ジェプスン三等曹長がいった。「ティムとぼくでこいつらを殴りつけて、真実を吐かせてやる」

わたしはアントンの脅し文句を思いだした。わたしを拷問すれば、しゃべらせることができるといっていた。「殴りつければ、何かしゃべらせることはできる。でも、それが真実かどうか、誰にわかるの？　〈ラテン・キングズ〉の縄張りの真ん中で、こいつらをおろしましょう。自力でなんとか帰ってもらうことにするわ」

カーラジオをつけると、ニーナ・シモンの歌う〈奇妙な果実〉のカバーバージョンが流れてきた。歌声がビートに乗って途切れ、ひび割れ、胸の痛くなりそうな生々しさを歌詞に添えていた。

トラックの汚れた窓の外では、湖が姿を消していた。高速道路が終わったのだ。いま走っているのは街の通りだった。みすぼらしい家々や、板を打ちつけたアパートメント、衰退を通り越して廃墟となっている一帯に点在する不気味な空地を通りすぎた。マーティが道路の陥没に気づかずに突っこんでしまい、トラックが大きくバウンドしたため、わたしは腹部を揺すぶられて思わず悲鳴をあげた。うしろのシートでは、われらが二人組がウクライナ語で何やら相談していた。

ようやく、コンスタンティンがむっつりした声でいった。「おれたちの知ってることを話す」

〝カラスにつつかれる果実〟——ニーナ・シモンが歌っていた。

「で、何を知ってるの？〈ボディ・アーティスト〉のこと？それとも、彼女のサイトをアントンが気にかけなくなった理由？それとも、わたしが持ってるはずだとアントンが思いこんでる品物のこと？」

「あんたが特別な書類を持ってるって、アントンがいうんだ。けど、どんな書類だか、おれたちは知らん。知ってるのは〈ボディ・アーティスト〉のことだけだ」

マーティは運転をつづけ、ルート41に入って、かつてUSスチールの工場があった雑草だらけの一帯を走っていた。わたしはカーラジオを消した。

「じゃ……〈ボディ・アーティスト〉のことを話して」

「みんながアントンに目を光らせてる。警察、FBI、誰も彼も。アントンが動けば、おれたちが動けば、警察も、FBIも、シークレット・サービスも一緒に動く」

「今夜はどうやってこっそり抜けだしたの？」

「ああ、いつだって方法はあるもんだ。オーウェンが考えてくれる」コンスタンティンは〝オーヴェン〟と発音した。「車を乗り換えるんだ——何回も——尾行をまいたことが確認できるまで。けど、アントンはパソコンやメールや電話も監視されてることを知ってる。だから、ロドニーに話をして、ロドニーがアントンの言葉を〈ボディ・アーティスト〉の身体に描く。そうすりゃ、海外にいる友達全部にアントンの希望が伝わるってわけだ」

コンスタンティンがそのシステムを説明するのに数分かかり、しかも、専門用語をすべて理解しているわけではなかった。この男はアントンが使っている番犬の一匹で、意思決定に関わる幹部ではないため、アントンとロドニーを護衛している最中に耳にしたことをくりかえすしか能がなかった。

要するに、ロドニーは〈ボディ・アーティスト〉という手段を介して、海外にいるマネー・ローンダリングの仲間に合図を送っていたのだった。ロドニーがペイントした文字は、リヒテンシュタイン、ケイマン、ときにはベリーズなど、アントンが口座を持っている国を示すものだった。アントンはシークレット・サービスに尻尾をつかまれないようにするために、口座の開設と解約をひんぱんにやっている。ルートヴィヒの説明からすると、ロドニーが描いたひと組の数字は銀行のソートコードを示しているようだ。もうひと組はたぶん、口座のパスワードだろう。単純明快、誰でもネットで簡単にアクセスできる。しかも、これが何なのかも、アントンが陰で糸をひいていることも、立証するのはむずかしい。

「ところが、あのバカ女がサイトを閉鎖したもんだから、アントンが怒り狂ってる。スイスや、ケイマンや、中東から、チームのメンバーが電話してきて、口座が泥沼状態だといってる。全部あの女のせいだ。それと、あんたのせいだ。あの女がクラブから逃げるのに、あんたが手を貸すのを見たぜ」

「それを見たのなら、彼女がわたしをふり切って夜の闇のなかへ逃げてくのも見たでしょ。いまどこにいるのか、わたしには見当もつかないわ」

「かもしれん」コンスタンティンがいった。「ちがうかもしれん。ただ、今夜、アントンが急に電話してきて、サイトのことはもう重要じゃないといいだした。重要なのはあんただ。それと、あんたが盗んだ書類。返してもらおうじゃないか」

アントンがどんな書類を捜しているのか、わたしと同じく、この二人にもわからなかった。だが、二人ともただのチンピラで、頭を使って考えるタイプではない。アントンは二人の前で話をしたが、何を捜しているかには触れなかったという。

彼らの狙いがカレン・バックリーのパソコンだとしたら、なぜ、ゆうべクラブを襲撃したときに奪っていかなかったのだろう？　いや、警察が駆けつけてきたため、それどころではなかったのだ。今夜、アントンが閉店中のクラブに忍びこもうとしたのかもしれない。わたしたちがクラブを去ろうとした、ちょうどそのときに到着し、あとをつけたのかもしれない。だが、パソコンは書類ではない。アントンの狙いが書類であることははっきりしている。

疲れすぎて、頭が働かなくなってきた。車をターンさせて、チンピラ二人をマコーミック・プレースの近くでおろし、あとの者を家まで送ってくれるよう、マーティにいった。

37　ロティの診察、ミスタ・コントレーラスの命令

その夜はぶっとおしで眠りつづけ、ようやく目がさめたのは昼前十一時ごろだったが、腹部の痛みがひどく、ベッドから出ようとして思わず悲鳴をあげた。おきるのをあきらめ、横になったまま、窓を叩く風の音に耳を傾けた。いつか春がくるなんて思えなかった。わたしが何かを――依頼人、野球、食べもの、セックスなどを――求めて、ふたたびベッドを出る気になるとも思えなかった。

手下どもが報告にいったとき、アントン・クスターニックはなんと答えただろう？〝情けない負け犬め〟ようやくアントンのオフィスに帰り着いた男たちに、ウクライナ語でわめいたことだろう。〝全員を鞭で打ってやる。夕食抜きで寝ろ〟それとも、復讐に燃える言葉を返したのだろうか。〝あの女がおまえらをいたぶったのは、わたしへの侮辱だ。V・I・ウォーショースキーの首を皿にのせて持ってこい〟

ジェプスン三等曹長はチンピラ二人を、マコーミック・プレースから一マイル南の三十一丁目でおろした。タクシーがつかまらなくても、プリンターズ・ロウというループの南にあるヤッピーの聖域まではわずか一マイルほどだ。ティム・ラドケが二人をうしろのシートか

らひきずりだそうとしたとき、コンスタンティンが悪態をついたが、これは二人のためを思ってやっているのだと、わたしがいってきかせた。

「二人とも、無力な相手ばかり襲ってるせいで、ヤワになってる。こんな寒い夜に外をうろついてるバカな強盗がいれば、喧嘩の腕を磨く手伝いをしてもらえるわよ」

ふたたびトラックで走りだしてから、わたしはジェプスンに、自分の車をとりに行きたいので事務所まで送ってほしいと頼んだ。ジェプスンは海兵隊員らしい礼儀正しい声で、「今夜のあなたは運転できる状態じゃないです、マム」といった。住所を教えてくれれば、わたしを家まで送り届けるという。

そのあと、わたしはラシーヌ・アヴェニューとベルモント・アヴェニューの角に着くまで居眠りをつづけた。わたしが住む建物の前で二人がおこしてくれて、ラドケが、明日の昼休みに〈ボディ・アーティスト〉のサイトをすこしいじってみるといった。

「パソコンを持ってるの？」乱闘の最中でもラドケがパソコンを忘れず持ちだしたことに、わたしは驚いた。

「ペトラと二人で車を飛びおりたとき、一緒に持って出たんだ。ジェプスンの運転席の下に置いてある」

アパートメントまでの歩道を歩くのに、ラドケと三等曹長が手を貸してくれた。腕を支えられると、衰弱した老人になったような気がした。わたしはしなびたクーガーではない。しなびているだけだ。

鍵束を見つけて、外側のドアの錠をはずしていたとき、ラドケが尋ねた。「今夜のことはチャド・ヴィシュネスキーと関係があるわけ？」

「何か関係してるはずなの。ただ、何なのかわからないだけ」わたしの車のトランクに入れてあるミットと砂のことを思いだした。「あれも出してこないとだめだわ。厳重に保管しておかなきゃ。ロドニーが捜してるのがそれで、意識が戻って、手に入らなかったことを思いだしたら、雇い主がわたしの車のなかを調べようと思うかもしれない」

「われわれがひき受けます。車のキーを貸してくれれば」ジェプスンがいった。「それをどうすればいいのか教えてください」

「ノースブルックにあるチェヴィオット研究所へ車で届けてちょうだい。サンフォード・リーフという男性に渡してほしいの。ミットとチャドのダッフルバッグの中身を調べて、何が出てくるのか、すべて調べてもらいたいから。それから、最優先でやるように頼んでね。料金が五割増しになるけど。明日の朝、時間があれば、やってもらえるとありがたいわ」

「何はなくとも、時間だけはあります、マム」ジェプスンがいった。「ここんとこ、職探しに奔走してるんです」

わたしたちが話をしているあいだ、ミスタ・コントレーラスのドアの向こうで犬たちがキュンキュン鳴いていた。老人がドアをあけると、二匹が熱っぽい質問の口調で吠えながら、わたしのほうに走ってきた。どこ行ってたの？　何してたの？　大丈夫？　この知らない人たち、信用できる？——そう尋ねているように見えた。わたしが自分自身と帰還兵二人を犬の猛襲から救いだしたとき、ようやく、老人のあとから廊下に出てきたペトラに気づいた。甘やかしてもらって元気をとりもどすことがペトラには必要で、それをサルおじちゃん以上にうまくやれる者はどこにもいない。

わたしの姿を見て、ペトラはワッと泣きだした。「何回も電話したのよ。出てくれないから、ヴィクまで死んじゃったかと思った」

「ヴィクには百九の命があると、わしがいっただろう」老人はいったが、近づいてきて、わたしとエスコート役の様子をたしかめた。「なんでいつも危険なとこに飛びこんでくんだ？ピーウィーとわしの心臓を破裂させたいのかね？」

わたしは老人を抱きしめて、髭剃りをしていない顎が顔にあたるのを感じた。「わたし、去年の爆竹みたいに役立たずだったわ。今夜のヒーローはこの人たちよ。イラクで戦ってきた二人で、ティム・ラドケとマーティ・ジェプスン。お二人さん、こちらは第二次大戦でアンツィオの戦いに参加したミスタ・コントレーラス。その戦いがきっかけで、グラッパを飲むようになったんですって。きっと、あなたたちにも喜んでご馳走してくれるわよ」

わたしは老人と若い連中を犬とグラッパのそばに置いて立ち去る前に、パスファインダーのことをペトラに尋ねた。たぶん、わたしが乗り捨てたときのまま、通りの真ん中に置き去りになっているだろう、とのことだった。

「ティム、マーティ、ティムの車をとりに戻るとき、パスファインダーがそのままになってたら、歩道の縁へ寄せといてくれない？　時間ができたら、こっちでレッカー車と修理の手配をするから」

「まかせてください、マム」と、マーティが厳粛に約束してくれた。

その励みになる思いを胸に、わたしはよろめく足で階段をのぼってベッドまで行った。服を脱いだのは、ブラをしたまま寝てしまったら不快な思いで目ざめるに決まっているという、それだけの理由からだった。寝間着を着る手間すら省略して、深い眠りに落ちていった。

翌日、やっとの思いでベッドを出て、警察本部のテリー・フィンチレーに電話した。席をはずしているといわれたので、〈クラブ・ガウジ〉に関する用件だと受付係に伝えた。ずいぶん長く待たされてから、ミルコヴァ巡査が電話口に出てきた。

「ヴィシュネスキー＝グアマン事件のことで、あなたから電話があるかもしれない、とフィンチレー刑事がいってました」といわれて、わたしは彼女のことを思いだした。ナディア・グアマンが殺された夜、現場に駆けつけてきた警官の一人だ。

「殺人事件に関して何か新しい情報でも、マム？」

三十歳以下の者すべてに〝マム〟と呼びかけられるので、防腐処理をされた死体になったような気がしてきた。

「ゆうべ、ロドニー・トレファーというろくでなしがレイク通りで気絶したの。アシュランド・アヴェニューの高架鉄道駅の近くでね。〈クラブ・ガウジ〉で傍若無人にふるまってた男。二日前の晩、悪党仲間を連れてクラブに押し入り、オーナーに襲いかかった。ゆうべはわたしを襲撃した。そいつが警察に勾留されてるのか、それとも、どこかの病院へ運ばれたのか、調べてもらえないかしら」

「いかなる市民に関しても、秘密情報を教えるわけにはいきません。勾留中か否かを問わず」ミルコヴァの声は冷酷だった。

「マム」わたしはつけくわえた。

「えっ？」

「マムって呼びかけるのを忘れたわよ」わたしは説明した。「〝勾留中か否かを問わず、マム〟っていわなきゃ。じゃ、わたしの弁護士がトレファーを相手どって接近禁止命令を申請した場合でも、トレファーが意識不明かどうかという情報は流してくれないの？」

ミルコヴァはフィンチレーの捜査チームに入ったばかりだ。当意即妙な対応をするすべを知らない。「さっきの話だと、その男は気絶したんですよね。しかも、あなたを襲撃した。どうすればその両方ができるんです？」

「順序が逆よ。まずわたしを襲撃して、それから気絶したの。病院にいるのか、モルグへ運ばれたのか、それとも、留置場にいるのか、知りたいの」

ミルコヴァは考えこんだ。「あなたに直接会う必要がありそうですね。フィンチレー刑事のオフィスがどこにあるか、ご存じですか」

「場所は知ってるけど、わたしに直接会いたいのなら、あなたのほうから出向いてちょうだい。ゆうべ、ロドニーにひどく痛めつけられたから、この天候のなかを三十五丁目とミシガン・アヴェニューの角まで行く元気はないわ」

「電話があったことを、フィンチレー刑事に伝えておきます」

「この知らせをきいたら、フィンチレーが大喜びするわよ。アントンが仲間に送ってた秘密情報を示す暗号を、わたしが解読したって伝えてちょうだい。でも、わたしからシークレット・サービスに電話したほうがいいかもね。アントンを相手に猫とネズミごっこをしてるのは、あの連中なんだし」

「そちらへ電話するよう、フィンチレー刑事に伝えておきます」

向こうが電話を切ったあと、わたしはエスプレッソをたっぷり作り、熱い湯につかりながら飲もうと思って浴室へ持っていった。おなか全体が紫がかった黒い色を帯びていた。明日の夜、ジェイク・ティボーがヨーロッパへ旅立つことになっている。わたしの手の血を見ただけで蒼白になった彼だから、このおなかを見たら、どんな反応を示すことやら。二人の関係を大事にしたいなら、彼がツアーから帰国するまで、距離をおくべきかもしれない。

いや、それより、アントン・クスターニックと距離をおくことのほうが重要だ。ゆうべはどうにか魔の手から逃れたが、だからといって、安心していいわけではない。わたしと仲間に手下を拉致されたことを、アントンが知ったならとくに。もっとも、コンスタンティンも、ルートヴィヒも、しなびたクーガーにしてやられたことを知られたくないだろうが。

しかし、アントンはわたしがどんな書類を持っていると思ったのだろう？　それから、〈ボディ・アーティスト〉はどこへ消えたのだろう？　アントンから逃げるのにわたしが手を貸そうとしたとき、なぜあんなに怒ったのだろう？

こうした疑問だけでも、有能で行動力のある探偵を一年か二年忙しくさせておくのに充分だ。従妹の手助けしか得られないわたしは、どうやって対処すればいいのやら。しかも、その従妹ときたら、若くて、経験不足で、ゆうべの襲撃事件でひどいパニックだ。

温まった身体を拭いてから、エースの包帯を身体に巻きつけた。おなかのところできつく結ぶと、階下の隣人の部屋までどうにか歩けるようになった。

わたしを見て、ミスタ・コントレーラスの顔が輝いた。「上へ行くのは遠慮したんだ。まだ寝とるといかんからな。ゆうべはグレースランドへまっしぐらって顔だったぞ、嬢ちゃん」

グレースランドというのはこの近くにある墓地で、シカゴの誇る著名人たちが埋葬されている。メンフィスにあるエルヴィスの旧邸宅のことではない。

「あんたがゆうべ連れてきたあの二人、なかなかの好青年だな。思いやりにあふれておる」隣人は話をつづけた。「ピーウィーを家まで送ってくれたし、片方が、あ、海兵隊のほうだが、ちょっと前に寄ってった。あんたの車のキーと、あんたが利用しとるラボからのメモを届けてくれた」

ミスタ・コントレーラスはコーヒーテーブルにのっている新聞のあいだを探って、チェヴィオット研究所のロゴ――頭突きをする二頭の雄羊――が隅についている封筒をとりだした。なかに入っていたのは、わたしの車のキーと、サンフォード・リーフのアシスタントからのメモだった。メモを見ると、ダッフルバッグと防弾チョッキ用の黒いミットと砂がリストになっていて、わたしの依頼した検査内容の概略が記されていた。

ミスタ・コントレーラスが、わたしのためにスクランブルエッグとベーコンとトーストの朝食を用意するといいはった。さらには、椅子にすわるのに難儀しているわたしを見て、ロティに診てもらうべきだといった。

「タクシーで行こう、嬢ちゃん。大事をとらなきゃ。腎臓に穴があいたりしてないか、医者に調べてもらう必要がある」

「病院の世話になるのが大嫌いな人間だってことは、よく知ってるでしょ」わたしはぼやいた。「食欲もあるし、お手洗いに行っても出血してないし」

「ま、いいから……イタリア旅行のときにあんたが犬のために頼んでったあの便利屋に、わしから電話しておこう。あんたがまた元気になるまで、犬の散歩をやってくれるだろう。それから、あんたが卵を食べとるあいだに、わしが上へ行って、コートをとってきてやろう」

今日のロティはベス・イスラエル病院ではなく、自分の診療所のほうにいた。ミスタ・コントレーラスとわたしがディイメン・アヴェニューに面した診療所に着くと、待合室にはいつものように患者があふれていた。喉頭炎の子供、肥満した糖尿病の大人、妊娠中の不安そうなティーン。こうした患者のすべてを、受付のミセス・コルトレーンがシカゴ交響楽団を指揮するショルティのごとき冷静さで、十五年にわたってさばいている。わたしがこちらの事情を話すと、なるべく早く診察の順番をとるといってくれた。

待つあいだに診療所の電話を借りて、従妹にかけた。ゆうべ、コンスタンティンとルートヴィヒから、アントンがわたしの携帯を追跡手段にしているという話をきいたばかりなので、携帯を使う危険は冒せなかった。

ペトラは自分のアパートメントにいた。ぐったり疲れて、神経をとがらせ、自分が探偵仕事に向いているのかどうか迷っていた。「けど、いま、マーティ・ジェプスンがきてるの」不意に思いついたようにいった。「あたしがどうしてるか、様子を見にきてくれたのよ。でね、〈ボディ・アーティスト〉のDVDの一部を一緒に見てるとこ。いまのとこ、古いのばっかりみたい。コラージュとか、〈アーティスト〉が撮影して、あとでアップロードしたやつとか」

ロティが病院勤務で留守をするときに診療所をまかされている上級の開業看護師ジュウェル・キムが、電話中のわたしに声をかけ、診察室のひとつに通してくれた。「ご希望ならMRI検査をやって、ロティに再チェックしてもらってもいいけど、内臓の損傷はなさそうね。外見は無惨だけど、アイスパックを当てとけば、そのうち腫れはひいていくわ。湿布剤も貼ってね」

数分後にロティが入ってきた。「ヴィクトリア、いったい何が――あら、大丈夫そうね。わたし、時間がないの。ただの風邪を豚インフルエンザじゃないかと心配する人や、豚インフルエンザなのになかなか診察にこなかった人が、どっさり待ってるから。あなた、無謀なことはしてないのよね。あなたを無謀だなんていえる人はどこにもいないわ。よけいなお節介は慎んでたのに、いきなり誰かに蹴られただけよね。わたしのほうは、それだけわかれば充分よ」

「ありがと、ロティ、きっとわかってくれると思ってた」ロティの皮肉に、わたしはムッとした。「たしかに、お節介は慎んで自分の仕事をしてました――すくなくとも、探偵仕事に専念してました。わたしだって、わざわざ自分から怪我しにいくわけじゃないわ。悪党が通りを走ってるのを見たら、家にこもってドアをロックして、ほかの誰かが被害にあうよう祈ってろっていうの？」

ロティは手早く巧みに圧迫を加えながら、腹部の触診をおこない、激痛の走る箇所を確認していったが、右の卵巣の上に指を置いたまま、手を止めた。「折衷案っていうのはないの？　悪党相手じゃ、たぶん、ないんでしょうね」

ロティは触診を終えた。「じゃ――ジュウェルにいわれたとおりにしてね。アイスパック、湿布剤。念のため、よく効く抗炎症薬と抗生物質を処方しておくわ。あなたのDNAだったら、一日か二日すれば、最悪の状態から脱すると思う。一週間は、走るのも、あの犬たちにひっぱられるのもやめたほうがいいわ」

最後の言葉は、意見ではなく命令だった。わたしはそれをおとなしく胸に抱いて、待合室に戻った。

38　オリンピアとの楽しい会話

ミスタ・コントレーラスは、たいした怪我ではなかったことへの安堵と、わたしが一、二カ月外出禁止をいいわたされ、自分がその看病をするという展開にならなかったことへの失望とのあいだで、揺れ動いていた。車をとりに行くわたしと一緒に、タクシーで事務所まできてくれた。わたしが家にまっすぐ帰るつもりはないというと、ミスタ・コントレーラスは最初のうち、反論を試みたが、やがて自分が運転するといいだした。

「いまから、オリンピア・コイラダのとこへ押しかけるつもりなのよ。ほんとに一緒にくる？　ペトラに対する扱いが気に食わないっていうだけで、オリンピアの首をへし折るとか、そういうことをされると困るのよね」

「街を飛びまわってぶちのめされるのが好きなのは、あんたのほうだろ。わしが同行するのは、オリンピアとあんたを比べて、保護が必要と思われるほうを守るためだ」

わたしはおなかを押さえて笑い、車のキーを老人に渡した。

オリンピアが住んでいるのは、ゴールド・コーストの北西に建つロフト式の建物だった。シカゴの古い産業地帯が衰退を迎えたあとに改装された建物のひとつである。パソコンで調べたところによると、オリンピアは四階の半分——シカゴ川に面したほう——を購入するのに百万ドル近く支払っている。この不況の真っ最中に、オリンピアが現金を工面する必要に迫られたときは、いったいいくらぐらいで売れるのだろう。

オリンピアのところの呼鈴を鳴らすと、インターホンからキンキンした声が響いた。

「V・I・ウォーショースキーよ、オリンピア」

「帰って」嚙みつくような口調だった。

「だめよ。あなたと、アントンと、マネー・ローンダリングのことで、いまからすてきな会話をするんだから」

風がアイスパックのみごとな代用品となって、疼く腹部を冷やしてくれるあいだに、二分ほどがすぎ、やがてブザーが鳴って、ドアのロックが解除された。四階でエレベーターをおりると、オリンピアのところのドアがわずかにあいていた。オリンピアは顔の見分けがつく距離までわたしたちが近づくのを待ち、それからドアを大きくひらいた。

わたしがクラブ以外の場所でオリンピアに会うのは、これが初めてだった。ブルージーンズにタートルネックのセーター、化粧をしていないせいか、いつもより若く見え、弱さまで感じられるほどだった。もっとも、左手に握られた大きな拳銃がそのイメージを打ち消していたが。

「ゆうべ、ロドニーから強烈な蹴りを食らったんで、今日は動きまわるのに苦労してるの。隣人のサルヴァトーレ・コントレーラスに助けてもらってるのよ。ミスタ・コントレーラス、こちらはオリンピア・コイラダ」

ミスタ・コントレーラスが片手をさしだしたが、オリンピアは動かなかった。わたしはセーターをめくりあげて、エースの包帯をほどき、あざになった部分を見せた。

オリンピアはたじろいだ。「ロドニーがこんなことを？」

「ええ、そうよ。でも、結果的にはそのほうがよかったの。なぜって、ロドニーをノックアウトしたあと、おバカな仲間二人を説得して、アントンが使ってる暗号のことを白状させてやったから」

「あなたがロドニーをノックアウト？　驚きだわ」

わたしがゆうべ救済されるにあたって幸運が大きな役割りを果たしたことは、オリンピアには黙っておいた。わたしには彼女を苦しめている人物と同じぐらいの――いや、それ以上の――腕力があるのだと思わせておきたかった。それに、ある意味では、わたしがノックアウトしたといってもいい。わたしのゲロでロドニーが足をすべらせたのだから。

「この前に、わたしを信用してっていったでしょ。あのとき、きちんと話をしてくれてれば、わたしはこんなあざをこしらえずにすんだのよ」

オリンピアは左手に持った銃を揺らしながら、ドアから離れた。わたしたちも彼女につづいてなかに入り、ドアを閉めて錠をかけた。オリンピアの銃をとりあげて、白いカウチに腰かけた。わたしのブーツが霜降りのカーペットに汚れた小さな水たまりを作っていたが、オリンピアは気づいた様子もなかった。

「あなたはアントンの暗号のことを知っている。そうでしょ？　アントンとマフィアのつながりをシークレット・サービスが捜査してるのを承知のうえで、クラブを自由に使わせてた。すくなくとも、アントンの右腕となってる用心棒には好き放題させてたわよね。なぜかというと、アントンがクラブの経営難を救ってくれたから。あなた、彼のために、ほかにどんな便宜を図ってるの？」

「ロドニーはいまどこなの？」オリンピアはわたしの言葉が耳に入っていない様子だった。

「ここまで尾行してきたんじゃない？」

「知らない。気にもしてないし。でも、あなたは気になるみたいね。あの男と寝てるなんていわないでよ。ぞっとするわ。考えただけで耐えられない」

「あなたに協力してるって、アントンとロドニーに思われるぐらいなら、わたし、いますぐ屋上から飛びおりて、すべてを楽に終わらせたほうがよっぽどましだわ」オリンピアの言葉は芝居がかっていたが、口調は淡々としていた。

「こらこら、そんな言い方はないだろ」ミスタ・コントレーラスがたしなめた。「トラブルに巻きこまれちまって、怖くて警察に話せないのなら、ここにいるヴィクに話すといい。あんたよりひどいトラブルに巻きこまれた連中を、ヴィクは何人も助けてきたんだ」

オリンピアは老人にちらっと軽蔑の視線を向けた。〝わたしよりひどいトラブルに巻きこまれた人間なんて、一人もいないわよ〟

「さて」わたしはいった。「ロドニーは〈ボディ・アーティスト〉のお尻を使って、海外にいるアントンの仲間に銀行の口座番号を知らせていた。ほかには？　あなたはペトラに特別報酬を渡して、ロドニーのおさわりに気づかないふりをさせようとした。店のスタッフにあいつのベッドの相手をさせてたなんていわないでよ」

「誰もがあなたみたいに自分の身体を神聖だと思ってるわけじゃないわ」オリンピアは肩をすくめた。「いいお金になるなら……不景気なご時世だし……」

わたしはふたたび吐きそうになった。わが隣人は、オリンピアのいわんとする意味を悟って、猛烈に文句をいいはじめた――わたしに向かって。ペトラをそんな店で働かせたことに対して。

「あとでね」わたしは隣人にいった。「ロドニーがペトラと寝たがった。だから、あなたはペトラを雇っておいた。ところが、わたしという親しい身内がいるものだから、ロドニーは不安になってきた。ペトラをクビにするよう、あなたに命じた。でしょ？」

オリンピアは首をふった。「そんなんじゃないわ」

「じゃ、なんなの？」

声に軽蔑がにじむのを、わたしは抑えようとしなかった。オリンピアはたじろいだが、何もいわなかった。

「つまり」わたしはつづけた。「あなたはロドニーにベッドの相手を提供し、アントンのための伝言板を用意した。でも、百万ドルの借金を帳消しにしてもらうには、それだけじゃ足りないわね。ほかに何があるかしら。たとえば――マネー・ローンダリングとか？　アントトンがあなたの借金を清算してくれた。そうでしょ？　だから、以前はお金が真っ赤な血のように流れでてたのに、いまでは、帳簿は羊毛のように真っ白。その見返りとして、キャッシュフローを官憲に見られては困るような取引にアントンが関わったときには、〈クラブ・ガウジ〉をお金の抜け道として使えるようになってるわけね。

去年の秋に〈ボディ・アーティスト〉がおたくのステージに登場してから、クラブが急に繁盛しはじめたのも当然ね。お金がバンバン使えるようになったんだもの。アントンのお金だったけど、重要な場所で宣伝することも、あのピカピカのプラズマ・スクリーンと、あのすごくクールなサウンド・システムにお金をつぎこむこともできた。〈アーティスト〉はどんな役割りだったの？　ロドニーと寝てたの？」

オリンピアは不機嫌な顔になった。「ロドニーが彼女の肌にペイントするあいだ、じっとすわってるように命じることしか、わたしにはできなかった。あれはアントンが思いついたことよ。彼女のパフォーマンスの噂を初めて耳にしたときに。海外の口座をＦＢＩに追跡されないようにするには、その方法がうってつけだと、アントンは考えた。でも、あなたのおかげでめちゃめちゃだわ。これからどうすればいいのよ？」

「もっと悲しげな声で訴えてみたら？」わたしは提案した。「わたしの同情を買うために。ところで、カレン・バックリーが姿を消してしまったんだけど。どこへ逃げたのか、心当たりはない？　匿ってくれそうな相手は？」

「カレンに首ったけのあのバカ娘のとこじゃないの？」オリンピアはいった。

「リヴカ・ダーリン？　もっと考えてよ。脳ミソの奥まで掘り返してよ」

「どうでもいいわ」オリンピアはわめいた。「一緒に仕事してても、むかつく女だった。わがままなプリマドンナ！　アントンにあんなこといわれてなきゃ――」

「あんなことって？」オリンピアがハッと黙りこんだので、わたしは尋ねた。「カレンの本名はなんだったの？」

「カレン・バックリーじゃないってことぐらい、知ってたわよ！　本名は何なの？」

「どうして知ったの？」

オリンピアは不機嫌な顔になったが、こう答えた。「シカゴにいる探偵はあなた一人じゃないのよ。アントンがカレンに対して支配力みたいなのを持ってるように見えたんで、ブレット・テイラーに経歴調査を頼んだの。徹底的に調べてくれたけど、カレンに関することはひとつもつかめなかった。おまけに、莫大な調査料を請求された！」

ブレット・テイラーもこの街に住む一匹オオカミの探偵だ。ときたま仕事で鉢合わせをする。

「〈クラブ・ガウジ〉のみなさんって、ほんとに楽しい仲間ね。アントンは万力であなたを締めつけてる。あなたはクラブに出演する人間をスパイして、探りだした秘密を相手の頭上にかざすつもりでいる。〝脅迫〟なんて醜い言葉は使わないことにするわね。ところで、アントンは目下、誰のために働いてるの？」

ずるそうな笑みが浮かんで、オリンピアの唇の端が吊りあがった。「いえないわ。もっとも、カレン・バックリーの本名がわかれば、記憶がひとつかふたつ、よみがえるかもしれないけど」

「わたしも知らないのよ」わたしは立ちあがった。「テリー・フィンチレーに話してみるわ。グアマン殺しの捜査を指揮してる刑事。おたくの帳簿を調べるよう、かならず伝えておくわね。国税庁が目を通してる帳簿じゃなくて――アントンお気に入りの公認会計士、オーウェン・ウィダマイヤーがあなたのために作ってるやつ」

「だめ！　刑事のとこなんか行けっこないわ。あなたの姪が――」

「姪じゃなくて、従妹。それから、もしあの子を消そうとするなら、あなたに銃弾をぶちこむのはアントン・クスターニックじゃないわよ」

「そうとも、わしだ」ミスタ・コントレーラスがわたしたちの両方を驚かせた。長いあいだ沈黙をつづけていたのだ。「ロドニーみたいな下司男のおさわりを黙認して、ペトラに金を握らせようとしたなんて――あんた、ポン引きも同然だね」

オリンピアはミスタ・コントレーラスからわたしに視線を移した。「あなたに話したら、あなたに協力したら、そのフィンチレーって刑事に話をするのはやめるって約束してくれる？」

「するわけないわ。わたしは正規の免許を持った探偵よ。犯罪の隠蔽に手を貸せば、免許を失うことになる。マフィアのためのマネー・ローンダリングとなればとくにね」わたしはドアのほうへ行こうとした。

「わたしからフィンチレー刑事に電話するわ」オリンピアは大胆なことをいった。「アントンがうちのクラブを隠れ蓑にしてたことを、つい最近知ったっていっておく」

「きっと信じてくれるわね。だまされやすい男だから。とくに、あなたが胸の谷間を強調するあの黒い服を着れば」わたしはそう勧めた。

オリンピアは両手をさしだした。女どうしの絆を求めるかのように。「助けて」と懇願した。「あなたからフィンチレーに話してよ――あなたがグアマン殺しの調査をしてたときに、帳簿の矛盾点を発見した。そこで、わたしにそのことを伝えて――」

「おたくの裏帳簿がグアマン殺しと関係ありなの？　チャドとナディアが口論してたのは、そのことなの？」わたしはドアのノブに手をかけたまま、驚きに口をぽかんとあけて、立ち止まった。チャドの黒いミットに入っていたのは――オリンピアの帳簿のデータを収めたマイクロチップだったのだろうか。

「裏帳簿って、どういう意味よ？」遅ればせながら、オリンピアが文句をいった。「チャドとナディアはね、クラブに通ってた頭のおかしな二人にすぎなかったのよ。わたしにいえるのはそこまで。仲良しの刑事さんに話をするとき、わたしの肩を持ってくれるのなら、考えなおしてもいいけど」

39 ヌード雑誌――そして、《フォーチュン》

エレベーターに乗ったとたん、ミスタ・コントレーラスがわたしに食ってかかった。

「どっかのクズ野郎がピーウィーに汚い手でさわっても、あの女が見て見ぬふりだったたってことを、なんでわしに話してくれなかった？　ピーウィーもなんで内緒にしとったんだ？　困ったことになれば、わしがかならず助けてやる。それぐらい、あの子もわかっておるだろうに」

わたしは老人に腕をまわした。

「あのね、だからこそ内緒にしてたのよ。二人ともあなたが大好きなの。たとえ、殺した相手が、その死を悼む者なんか一人もいないようなクズ野郎だったとしても、あなたは刑務所行き。そうなったら、ペトラもわたしも耐えられないわ」

あなたぐらいタフな人なら、ペトラにつきまとう男を殺すぐらい簡単ね、というニュアンスを含ませたおかげで、老人は機嫌を直してくれた。車でスーパーまで行き、カートを押すわたしを手助けしてくれた。自分用の品をいくつかカートに入れたが、支払いをめぐってわたしと口論することもなかった。

「いまの代金は運転手への報酬ってことにしよう、嬢ちゃん」

早く行動に移る必要があったが、外出でへとへとに疲れてしまい、家に帰り着いたときはベッドに横になるしかなかった。買ってきたチキンをローストするため、ミスタ・コントレーラスにオーブンに入れてもらい、アイスパックを作ってもらって疼く腹部にのせ、そのあいだに、ミスタ・コントレーラスは犬と一緒にわが家の居間に腰を落ち着けた。

わたしはリラックスしようと努めたが、オリンピアとの会話が何度も頭によみがえってきた。彼女はアントンを怖がっている。だが、怖がらない者がどこにいよう？　わたしが彼女に会いにいったことをアントンに知られるのが、とくに怖い様子だった。しぶしぶながら同情を覚えた。わたしだって、ゆうべアントンと顔を合わせたとき、自分が翌日まで生き延びられるかどうか自信がなかった。じっさい、ティムとマーティがきてくれなかったら、たぶん生きていなかっただろう。

氷が溶けてエースの包帯にしみこみ、おなかが濡れて冷たくなった。痛みを忘れさせてくれる刺激剤だ。身体をおこして、包帯をほどいた。

ナディアはいつもアリーの顔を描き、その周囲に、チャドの防弾チョッキについているのと同じ模様をあしらっていた。ロドニーとアントンが〈ボディ・アーティスト〉を伝言板として使っていたのなら、ナディアも同じことをしていた可能性がある。姉のことで何かを訴えていたのだ。それはまちがいない。しかし、残りのメッセージが曖昧だ。チャドの防弾チョッキと関係がありそうだが、それは彼がイラクから持ち帰った可能性のある秘密の品との関係だろうか。それとも、チャド自身と？　それとも、虐殺された彼の分隊と？

　モナ・ヴィシュネスキーのベッドの下から持ってきたポルノ雑誌のことを思いだした。ママに見つからないようにチャドが隠しておいた何冊かの雑誌。もしかしたら、そのどれかでマリーがポーズをとっていて、チャドがグアマン一家を脅迫していたのかもしれない。雑誌はわたしの事務所に置いてある。

　ベッドから出て、乾いたシャツを身につけ、その上にセーター——着るときに身をくねらせて苦闘する必要のない、だぼっとした大きなもの——を重ねてから、居間へ行った。ミスタ・コントレーラスがカウチでうたた寝をしていた。説明するより謝罪するほうが簡単という主義にもとづいて、老人をおこさずにこっそり抜けだそうかとも思ったが、わたしの秘密主義をめぐって、何年ものあいだ二人でいやというほど小競り合いをやってきた。それに、いまのわたしは衰弱と疼きがひどくて、敵のほかに友人とまで戦うだけの元気はない。

　老人をおこしたところ、寒さと雪のなかに戻るのはいやだといわれた。誰にそれが非難できるだろう？　雑誌をとりに行くのは明日の朝にすればいいと老人はいったが、だったらペトラに電話して、事務所に寄って必要な品を見つけるよう頼んでみる、というと、老人はブツブツいいながら立ちあがった。

「ピーウィーの頭を虎狩りの罠に押しこむなぞ、許さんぞ」

「事務所へ行くぐらい、なんの危険もないわ」わたしは反論した。

「いいか、あんたがペトラに命じて雑誌をとりにいかせれば、誰かが爆弾を仕掛けておるというのが世の常だ」

「じゃ、わたしの頭が吹き飛ばされたほうがいいっていうの？」半分は冗談だが、半分は傷ついた。

「そんな子犬みたいな目で見るんじゃない」ミスタ・コントレーラスに叱られた。「あんたと知り合ってから何年ものあいだ、わしゃ、危ないまねはするなと頼みつづけてきた。なのに、あんたときたら、耳を貸そうともせん。わしはな、自分のことよりもまず、あの子の身を心配してほしいと頼んどるだけなんだ。自分の姿を見てみろ――手も腹も傷だらけ。実の母親なら気絶しちまうぞ――」

「おっしゃるとおりよ」わたしがブーム＝ブームと一緒に危険のなかへ飛びこんでいくたびに、ガブリエラもミスタ・コントレーラスと同じように懇願したものだった。まったくもう《クォーレ・ミオ》、母さんはただでさえ悲しい人生を送ってきたんだから、これ以上悲しませないで。

わたしは唇を嚙んだ。それでもやはり、雑誌を見たかった。老人はうなずき、渋い顔ながら、自分の言葉がわたしの胸に突き刺さったことを喜んでいる様子だった。わたしがチキンの入ったオーブンのタイマーをセットするあいだに、のろい動作でブーツをはき、コートをはおった。犬も連れていくことにした。散歩係がきてくれるのは、二時間ぐらいあとのことだ。

事務所に着くと、テッサが巨大な鋼鉄で作品を創っている最中だった。わたしがファイルを調べにいっているあいだ、ミスタ・コントレーラスはスツールをひき寄せ、テッサの作業を見守っていた。ふだんのテッサは人に見られるのを我慢するタイプではないが、ミスタ・コントレーラスは機械工として働いてきた人なので、工具に関する彼のアドバイスを尊重している。

チャドはヌード雑誌を《フォーチュン》誌にはさんでいたので、わたしはそのまま束にしてファイルに押しこんでおいた。その《フォーチュン》は経済破綻がおきる前に出た号だった。贅沢品の需要が高いとか、中流の人々に自分たちも超リッチなセレブの仲間だと感じさせる方法が求められている、といった記事が出ていた。iPhoneをすべての競合製品と比較検討した記事もあった。三つ目の記事は〝オーナーが変わったことで、〈アキレス〉の資産も変わるのか〟と問いかけていた。

ヌード雑誌を抜きだして、途方もない胸の上にくっついているエアブラシで描いたような顔の見分けがつくだろうかと疑問に思いながら、アレグザンドラ・グアマンの顔はないかとページをめくったが、そのとき、〈アキレス〉という見出しをハッとして見直した。〈ティントレイ〉関係の情報をネットで調べていたときに、この記事を読んだ覚えがある。

《フォーチュン》に戻って、あらためて記事に目を通した。イラク戦争が長引きそうなことが明らかになったとき、防弾チョッキのメーカーである〈アキレス〉を〈ティントレイ〉が買収した。〈アキレス〉はナノテクノロジーの開発を進めてきた企業で、その技術には、わたしが耳にしたこともなければ、発音もできそうにない分子が使われていた。無機フラーレンナノスケール素材。〝ガリウムをベースに〟していて（なんのことやら……）、鋼鉄よりも強いらしい。分子のひとつを数百倍に拡大した写真を見ると、ケネディ高速の陥没部分に流しこむセメントにそっくりだった。

〈アキレス〉は損失を出しつづけていた。研究開発というのは、わずかな資金でできるものではない。ウォール街が四半期ごとの利益を貪欲に要求してくるのを許している近視眼的な企業戦略のせいで、長期的な発展が阻害されていることに対して、《フォーチュン》誌は大いに意見をしていた。まあ、それはさておき、かいつまんでいえば、損失が膨らみすぎて敵対的買収を回避するために戦うだけの力をなくしてしまった〈アキレス〉を、〈ティントレイ〉が買収したのだった。

ジャーヴィス・マクリーンが最初に手がけたのは、〈アキレス〉が開発した防弾チョッキの国防総省への売込みだった。匿名という条件で取材に応じてくれた〈アキレス〉の一部の社員は、量産態勢がまだ整っていない製品を〈ティントレイ〉が市場に出そうとしていることへの懸念を表明している。だが、新オーナーは宣伝キャンペーンを展開するにあたって、すでに一千万ドル近い資金をつぎこんでいる。

「新製品を製造する場合、デザインにこだわる必要がどこにあります？　優秀な科学者チームを雇い入れるために金をつぎこむべきではないでしょうか」研究開発部にいたかつてのメンバーの一人はそう問いかけた。

たしかに、〈アキレス〉を買収して以来、〈ティントレイ〉は研究開発部の規模縮小をつづけてきた。「すばらしい製品が誕生しているのです。果てしない品質向上にとりくむよりも、米軍の手に渡すほうを優先させるべきです」と、ギルバート・スカリアは述べている。

イラクに派遣された〈ティントレイ〉の社員九千名のために装備を用意し、世界中に配備された米軍のために軍需品を提供することが、不朽の自由作戦部の部長としてのスカリアの使命である。

〈アキレス〉の買収から一年後、〈ティントレイ〉は早くも研究開発部の利益図を塗り替えている。たぶん、新たな宣伝の効果だろう。

雑誌には宣伝用の材料がいくつか紹介されていて、そのなかに〈アキレス〉のロゴも含まれていた。ピンクとグレイのユリの紋章。わたしがチャド・ヴィシュネスキーのダッフルバッグのなかで見つけた黒いミットについていた模様だ。そして、ナディア・グアマンが〈ボディ・アーティスト〉の身体に描いていた模様でもある。

わたしは依頼人用のコーナーのカウチで丸くなり、二匹の犬を足もとに置いて、その記事を丹念に二回読んだ。フラーレンナノ粒子の構造をすこし学んだ。というか、バックミンスター・フラーにちなんで名づけられたことだけはわかった。だが、それ以外の収穫はあまりなかった。

この記事はチャド・ヴィシュネスキーにとって重要なものだった。だから、ヌード雑誌と一緒に残しておいたのだ。また、防弾チョッキのミットのひとつに穴をあけていた。だが、その理由については、彼の意識が戻るまで待つしかないだろう。もしくは、チェヴィオット研究所のサンフォード・リーフがミットを調べて衝撃の秘密を見つけだしてくれるまで。

ジョン・ヴィシュネスキーも、ティム・ラドケも、防弾チョッキの話をチャドからきいたことは一度もないといっていた。しかし、チャドの周囲で分隊の仲間が死んでいったのだ。二度目の兵役を乗り切ったさいの平静さが失われたのは、このときだった。防弾チョッキが戦友たちを守ってくれなかったことで、チャドは〈ティントレイ〉に怒りをぶつけ、虚しい思いの捌け口として、〈ティントレイ〉製の装備を破壊していたのかもしれない。

ヴィシュネスキーに電話を入れた。建設現場へ出かけようとしているところだった。かなり遠くのビルで、目下、内装にとりかかっているという。しかし、チャドの容態はいいほうへ向かいつづけているとのことだった。

「医者もみんな、かなり楽観的だ。言葉はまだ出ていない。すくなくとも、わたしがけさ病院を出るまではそうだった。だが、とにかくしきりに身動きしてて、医者にいわせると、いい徴候なんだそうだ。警察が様子を見にきて、拘置所に戻れるぐらい回復したかどうか知りたがったが、あのハーシェル先生が――切れ者だね――ビシバシ文句をいってくれた」

わたしは無言でロティに投げキスを送った。「知らない人間がチャドに会いにきたりしなかったでしょうね？」

「わたしの知るかぎりでは一人も。だが、モナに話しておくよ。もちろん、誰がチャドの友達なのか、われわれにはわからないから、こっちにしてみれば、全員が知らない相手だけどね。だが、前にもいったように、わたしの仕事仲間の連中が見張ってくれてる。誰かが見舞いにくれば、こっちに知らせてくれることになっている」

それで心配がひとつ減った。とりあえず、いまのところは。電話を切ってから、ロドニー・トレファー捜しにとりかかった。モルグにはいなかったので、ニア・ノース・サイドの病院に片っ端から電話してみた。フィンチレーからも、ミルコヴァからも、わたしのところにはまだ連絡がない。ロドニーがわたしを追えるぐらい回復するまでにどれぐらい時間があるのか、知っておきたかった。電話口でサニー・トレファーと名乗り、弟を捜しているのだといった。今日、朝食のときに会う約束だったが、あらわれなかったので、心の病を抱えているることでもあるし、倒れるか何かして病院に運ばれたのではないかと心配しているのだと説明した。

三つ目の病院で幸運に恵まれた。救急の主任看護師からつぎのような話をきくことができた――ロドニーは転倒して怪我をしていたが、診察したときには、精神疾患の症状は見受けられなかった。経過観察のためにひと晩入院して、一時間前に退院したばかり。脳震盪をおこしていて、軽い脳腫脹が見られたが、退院前にもう一度CTスキャンをおこなったところ、腫れはひいていた。

「お姉さんですか。数日は安静にするよう、いいきかせてください。凍った道に出て、またすべってころんだりしては大変ですから」

「外に出ないよう、全力で止めます」わたしは約束した。

「病院のお金はクスターニック氏が払ったのでしょうか」

主任看護師は会計課へ電話をまわしてくれた。そちらの担当者がいうには、誰かがロドニーと一緒に会計課に立ち寄り、救急でかかった費用二万三千ドルを全額キャッシュで払っていったとのことだった。

わたしは困惑気味に小さく笑ってみせた。「弟の病院代を誰が払ってくれたのか、どうしても知りたいんです。弟は……あの、お金を扱うのが下手で、わたしが責任を……」

担当者はわたしの言葉を誤解した。「心配しなくていいですよ。窓口の者が紙幣を調べましたけど、偽造ではありませんでした」

「でも、誰が払ってくれたんでしょう？」

キーボードを叩く音がきこえた。「そのお友達がいうには、領収証の名前は弟さんにしてほしいとのことでした」

「自分の住所をいいました？」わたしはきいた。「ハイランド・パークのボボリンク・ロードなんですけど」

担当者は歯をカチカチ鳴らした。「いいえ、ディアフィールドのノース・インスケープ・ドライヴ一〇〇五番地だそうです」

「あら、やだ。別れた奥さんの住所だわ。ま、どうしようもないわね。ご面倒をおかけしました。リスペリドンを飲んでることは、たぶん、お医者さんにいってないと思います。カルテに書き加えといてください」

協力的な担当者は、わたしの弟の治療にあたった医者にメモをまわしておくといってくれた。

ロドニーが告げたインスケープ・ドライヴの住所は、アントン・クスターニックと〈レストEZ〉のオーウェン・ウィダマイヤーの両方か、もしくは、どちらか一方のものだった。わたしは弟の身を案じる姉として、ロドニーがそこに一カ月ほどとどまり、おとなしくしてくれるよう願ったが、わたしとカレン・バックリーのパソコンを狙って動きだすかもしれないという不安のほうが大きかった。

40　カレン、正体を暴かれる

ミスタ・コントレーラスとわたしがマスタングに乗りこもうとしたとき、見慣れないトラックが駐車場に入ってきた。わたしは反射的に銃に手を伸ばしたが、助手席からおりてきたのは、生まれたばかりの子犬みたいに活気あふれるペトラだった。ミッチがわたしをふりきってペトラのそばへ駆けていき、いっぽう、運転席からはジェプスン三等曹長がおりてきて、つぎに、うしろの席に押しこめられていたティム・ラドケが出てきた。

「こんにちは、マム、サー」ジェプスンがミスタ・コントレーラスとわたしに挨拶をよこした。「出かけるんですか。われわれは従妹さんのパソコンの前で一日をすごしましてね、ティムによると、かなり収穫があったそうです」

わたしは犬の散歩係がくるので二匹を家に連れて帰らなくてはならないと説明し、北のほうの家まで一緒にこないかと誘ってみた。ミスタ・コントレーラスも熱心に説得に加わって、わたしのチキンのことを話した。「あの大きさなら、五人分たっぷりある。いいだろ、嬢ちゃん。フェットゥチーネを作って添えればいい」

家に着くと、ロドニーやその手下が潜んでいないかどうか確認するために、ジェプスンがわたしと一緒に建物の周囲を調べてくれた。

「ねえ、ヴィク、ティムがあのパソコンにばっちりハッキングしたのよ。すごい腕前。ティムを雇いなさいよ！」痛みをこらえて三階までの階段をのぼっていこうとするわたしに、ペトラが叫んだ。

「かなり高くついたけど」ティムがわたしに警告した。「パスワードを突き止めるのに、金のかかるソフトをダウンロードしなきゃならなかったんだ。チャドの父親が考えてくれたのは、全部だめだったから」

「あたしが勧めたのよ」ペトラが陽気な声をはりあげた。

「好奇心からお尋ねするんだけど、小鳥ちゃん、お金はどれぐらいかかったの？」

「あの……三千二百ドル」ティムが小声で答えた。

「三千二百ですって？　つまり——時給十五ドルだから——ええと、特別におまけして端数を切り捨てると——二百時間、無給で働いてもらうことになるわね、ペトラ」

「でも、ヴィク」ペトラが大きな目を真ん丸にしたため、睫毛が眉をかすめた。「すごく重要だって思ったんだもん。それに、怪我したヴィクをおこすのは悪いと思ったし」

「なるほど、ピーティ、思いやりがあるのね。だから、わたしは感謝のしるしに端数を切り捨てたのよ。いいこと、あなたはわたしの下で働いてる。請求書の支払いをするのはわたし。しかも、わたしはたぶん、もっと安い値段でソフトを提供してくれる業者を知ってると思う」

ペトラはわたしをにらみつけた。「本気でいってんじゃないわよね。あたし、無給で働く余裕なんて――」

「だったら、わたしに散財させる前に、二回、いえ、三回ぐらい考えることを学習する必要があるわ、ペトラ」

わたしは真剣な目でしばらくペトラをみつめた。「今回だけは勘弁してあげる。でも、つぎに同じことをやったら、支払いはあなたにやってもらいますからね。わかった？」

「あたしはロボットじゃないって、前にいったでしょ――」

「わかった？」

「もうっ、わかりましたっ！」ペトラは足音も荒く階段をおりていった。

いまの口論のあいだ、気詰まりな顔でそばに立っていたティム・ラドケが、ソフトの代金は自分に払わせてほしいといった。自分がペトラに勧めて購入したのだから、と。

「いいのよ、この件は決着ずみ。ペトラも浪費の衝動を抑えることを学ばなきゃね」わたしは階段をのぼっていき、ペトラを追ってミスタ・コントレーラスのところへ行こうとするラドケと別れた。

三階にたどり着くと、ちょうどジェイク・ティボーが出かけようとするところだった。二日ほど顔を合わせていなかったので、辛そうに階段をのぼってきたわたしを見て、ジェイクは驚いた。

「手が痛むの？」コントラバス奏者にとって、手の怪我は深刻だから、歩調までが辛そうになりかねない。

「ううん、平気よ。疲れてるだけ。出発前に会える？」

「きみの身体に何か不気味なものが突き刺さってるのを見なくてもすむのなら」

自分でも驚いたことに、気がついたら、必死に涙をこらえていた。「頭から足までガーゼで包んでおくわ。目と口だけが出るようにして」

「おいおい、冗談だよ、V・I。ただの冗談」ジェイクはたこのできた指先で、涙に濡れたわたしの目を拭ってくれた。「ぼくはコントラバス奏者、何があっても動じない。ただ、血はだめなんだ。うまく説明できないけどね。今夜、最後のリハーサルをすることになってて、いまからみんなの食料を買いに行くんだ。明日の午後の、そうだな、四時ごろあいてる？迎えがくるのは六時ぐらいだし」

ジェイクがわたしを抱き寄せてキスしてくれたので、わたしは腹部の痛みをわが唇の情熱に変えようとした。彼に抱きしめられていたとき、犬の散歩係が到着し、犬たちが喜びの叫びをあげ、隣人がティム、ジェプスン三等曹長、ペトラと一緒に階段をのぼってくる足音がきこえた。

ジェイクは、サーカス団の相手はきみにまかせるとつぶやいて、出かけていった。

わたしのアパートメントに入ってから、ティムがカレンのパソコンをひらいた。彼女のサイトにログインするとどうなるかを見せてくれた。サイトは閉鎖中とのメッセージが出た。つぎに、ティムがパソコン画面にじかにコマンドを打ちこんだ。数字と文字の並んだ行が下ヘスクロールしはじめた。

「サイトを閲覧できなくしているコマンドが見つかったぞ」ティムは画面を静止させて、ある行の文字列を指した。"死者を"、"追悼"、"する"、"ために"という言葉がコード列によって区切られているのが見えた。

「つぎは、これを見て」ティムがべつのコマンドをいくつか打ちこんだ。緑の文字列が画面の下へ向かってふたたび流れはじめた。またべつのコマンドラインを打ちこむと、突然、目の前のパソコンに〈ボディ・アーティスト〉のサイトがあらわれた。

わたしは腹部の疼きを忘れた。「どうすればこんなことが?」

「これはクローンサイト」ティムは得意げな笑みを抑えようとした。さりげない態度をとろうとした。連続ホーマーをかっとばしたあとで帽子をさっと持ちあげてみせる、アラミス・ラミレスといった感じ。「例のサイトをブロックしてるやつは、この手があるってことを知らなかったんだな」

「でも、誰がブロックしてるの?」

ティムは肩をすくめた。「わからない。サーバーはカンザス州オレーセにある。今日の午後、そっちの専門技術者の一人と話をしたんだが、コマンドを送信したのはこのパソコンじゃないということしかわからなかった。バグダッドからだ。だが、そこが発信源だとしてもあるいは、そこからバウンスしてるんだとしても、やってる人間はかなりの切れ者だ」

「おまえの昔の仲間とか?」ジェプスンがきいた。

「USAC-NOEW?」ラドケは眉をひそめた。「あの連中ならできるだろうが、なぜそんなことしなきゃならん? 軍事作戦に関係したことなんて、こっちには何もなかったぞ」

「USAC-NOEW?」わたしはいった。「痛がってる猫の声みたいな響きね」

ラドケが笑った。

「〝米軍コンピュータ・ネットワーク作戦&電子戦〟の略なんだ」と、説明してくれた。

「軍隊がどんなとこか知ってるだろ。そこらじゅうアルファベットだらけ」

「でも、バグダッドに駐留中の大きな組織は、そこだけじゃないわ。〈ティントレイ〉もそうよ」

「〈ティントレイ〉と、その他多くのジャッカルども」マーティ・ジェプスンが急に憤慨した。「くそったれの契約企業の連中にはつくづくうんざりだ。あの私兵ども! 連中のせいで、こっちは大事な友達を二人も失ってしまった。クソの役にも立たんCEOの一人を護衛するために、緊急出動させられたんだ」

「うん、そうだよな、ろくでもないクズばっかりだ」ラドケも同意した。「だが、そのクズどもがなんでストリッパーのサイトを気にする?」

「ストリッパーじゃないわ」ペトラが抗議しかけたが、やがて、迷いを見せた。「けど、えっと、ほんとにドラッグの売人か何かやってんだったら、味方しちゃいけないのかもね」

わたしは画像を慎重にスクロールして、ナディアの絵を捜した。「ロドニーの使ってた暗号が何を意味するかはわかったけど、ナディアはアレグザンドラのことで何を伝えようとしたのかしら」

ペトラとジェプスンと老人がわたしの肩のところに群がって見守るなかで、ラドケがナディアの絵のさまざまな部分を拡大した。ナディアの最後の絵には、頭から炎の立ちのぼる姉が描かれていた。

「アレグザンドラは手製爆弾にやられて死んだ」わたしはいった。「炎はたぶんそれを象徴してるのね」

「その可能性は大いにあります、マム」ひどく乾いた声で、ジェプスンがいった。「どこでおきたんです？」

「バグダッド空港へ行く途中だったって、アレグザンドラの会社の幹部がいってたわ。ティム、わたしたちが見られそうなファイルが、パソコンのなかに何か入ってないかしら」

「何を捜そうというの？」

「わからない。なんでもいいの」わたしは苛立ちのなかで両手を広げた。「〈アーティスト〉はいったいどこに消えたのか。オリンピアとロドニーのビジネスに関して何を知ってたのか。アレグザンドラ・グアマンのことをどう思ってたのか。じつはね、アレグザンドラがイラクへ派遣される前の夏に、二人は短いあいだ関係を持ってたの」

ティムはキーボードをさらに叩いて、カレンのフォルダのリストを呼びだした。ドキュメントはほとんどなし。あるのは、ショーのときにやるトークの台本の下書きと、今後のショーを企画するためのアウトラインだけだった。財政記録も、手紙も、さらにはメールすら、このパソコンには入っていなかった。誰もが自分のプライバシーにこうした細心の注意を払うべきだと、わたしも思うけれど、無人の家のなかを歩くような不気味さを感じた。カレン・バックリーの、というか、フラニー・ピンデロの空っぽのアパートメントを歩くのに似ていた。感情面では重い荷物を背負った女性かもしれないが、物質面ではきわめて身軽に風景のなかを移動している。

「じゃ、動画のほうは？」わたしはいった。「フォルダのなかに、DVDにはなかったものが何か入ってない？」

そのフォルダのサイズはかなり大きかった。当然だ。動画はなにしろ容量を食うので、たった五分間ぐらいでも一メガバイトになってしまうことがある。

ティムが立ちあがり、パソコンを操作できる席をわたしに譲ってくれた。わたしが〈アーティスト〉のジャンク映像をながめはじめると、最初のうちは、ティムもほかの者もじっと見守っていた。鏡に自分の身体を映しながらボディペイントをする彼女の、初期のころの動画。場所はたぶん、ペトラとわたしがきのうの午後見つけた暗室のような部屋だろう。

だが、しばらくすると、帰還兵二人はその場を離れ、わが家の台所に陣どったミスタ・コントレーラスとペトラのところへ行ってしまった。犬の散歩係がうちの呼鈴を鳴らした。ペトラに下まで行ってもらった。ジェプスン三等曹長を護衛につけて。二人が犬を連れて戻ってきたときも、わたしは動画を見つづけていた。

リアンダー・マルヴェッレとケヴィン・ピューマがブルカを着けずに踊っている映像を見

た。美しい動きだった――驚異《マルヴェッツレ》、羽根《ピューマ》。二人にふさわしい芸名だ。この場所はたぶん、コロンビア・カレッジのリハーサル室だろう。

〈アーティスト〉はヴェスタと自分の姿も録画していた。二人でベッドのなか。マイクに入らない低い声でヴェスタが何やらつぶやき、つぎに、いきなりおきあがって、〈アーティスト〉に出ていくよう命じた。

〝カメラも一緒に持ってって、カレン。服も、歯ブラシも――何もかも。二度と戻ってこないで〟

〈アーティスト〉は反論しなかった。ベッドに身体をおこした。その顔はペイントで覆われているときと同じく、仮面のように無表情だった。裸の身体が見え、片手が伸びるのが見えた。ヴェスタに懇願するためではなく、小さなリモコンを手にして、カメラのスイッチを切ったのだった。

ナディアが〈クラブ・ガウジ〉に通っていた何週間分かの映像を捜した。リヴカの寝室のシーンが見つかった。ナディアは〈アーティスト〉にとってどういう意味を持っているのかと、リヴカが問い詰めていた。

〝芸術の世界を探求するチャンスってとこね。彼女は苦悩する魂なのよ、かわいいリヴカ。彼女のことで自分の魂を苦しめるのはおやめなさい。もちろん、わたしのことでもね〟

べつのファイルをひらいた。すると、十字架像があらわれた。人形の顔がついていて、プラスチック製の黒髪がイエスの手に巻きついている。ナディアが自分のベッドの上のほうにかけていた絵だ。

〈アーティスト〉がいった。〝あなた、初めてだったのね？〟その声は冷たい嘲りに満ちていた。やさしさはなかった。

〈アーティスト〉がカメラをどこに置いたにしろ、ピントが合うような近距離ではなかった。ナディアが裸であることはわかったが、表情まではわからなかった。〈アーティスト〉への返事もかなり小さな声だったので、マイクに入っていなかった。

〝ジョーのあとで、どうしてあんなに強引に迫ってきたの？〟〈アーティスト〉がいった。

〝ただの好奇心？〟

長い沈黙。きこえるのは寝具のガサガサいう音だけ。やがて、ナディアが答えた。〝うちの姉を知ってるでしょ。アレグザンドラ〟

〝わたしはいろんな人に会うわ、ナディア〟

〝ミシガンで。ミュージック・フェスティバルのときに。アリーと呼んでほしいって、あなたにいったかもしれない。家ではそう呼ばれてたから〟

〝ああ、思いだした。きれいな子だった。自分をひどく恥じてたわね。あなた、仲介にきたの？　お姉さんがカミングアウトする覚悟を決めたの？　それとも、あなた自身の性体験のためにわたしを利用するようにって、お姉さんにいわれたの？　だったら、こんなのはどうかしら〟

〈アーティスト〉がつぎに何をしたのかは定かでなかったが、それは痛みを伴っていた。ナディアがヒッと悲鳴をあげておきあがり、肩にシーツを巻きつけた。

〝アレグザンドラは死んだわ。イラクで殺されたの〟

〝気をつけの姿勢をとって、〈星条旗よ永遠なれ〉を演奏しろとでも？〟〈アーティスト〉の冷ややかな口調に変化はなかった。

〝あなたには感情ってものがないの？　自分以外の人間はどうでもいいの？〟

〝あなたみたいなヒヨコちゃんたちが、いたるところでおおげさにふるまって、強烈な感情をまき散らすものだから、わたしの分が残ってないのよ〟カレンはあいかわらず皮肉っぽかったが、その口調の底に何かが流れているように思われた――怒り？　苦々しさ？

〝あなたにアリーみたいなお姉さんがいて、殺されてしまったら、そんな冷たいことはいってられないと思うけど〟

〈アーティスト〉がベッドのなかで身体をおこした。すごい勢いだったので、カメラに映ったのはぼやけた影だけだった。平手で頬を打つ音がきこえた。〝ふざけないでよ。わたしにだってアリーみたいな人がいて、殺されてしまった。だから、涙もろい羊みたいに、わたしに向かってメエメエ鳴くのはやめて〟

わたしは驚いて、〝停止〟をクリックした。アントンの娘、ジーナのこと？　カレン／フラニーが大切に思っていた相手が彼女？　だとすると、ジーナのドラッグ過剰摂取はほかの誰かが故意に仕組んだこと？　それとも、カレン／フラニーが過剰摂取を殺人行為だと思っているだけ？　わたしにはわからない。

〝再生〟をクリックすると、ふたたび映像が流れはじめた。ナディアが謝っていた。〝でも、うちの姉はいじめにあったのよ。迫害されたのよ。日記にそう書いてあったわ。それもこれもみんな、バグダッドの姉の勤務先にいた誰かに知られてしまったせいなの。姉の好みが――嗜好が――女性――〟

〝レズってことね。なぜ単純にそういえないの?〟

〝アリーのこと、そんな言い方しないで! 誰がいいつけたの? あなた? 電話しても返事をよこさない姉に腹を立てて?〟

〈アーティスト〉がおきあがり、服を着はじめた――セーター、ジーンズ、ブーツ。

〝ナディア、あなたはね、憧れの的だったお姉さんが死んじゃったから、誰かに責任を負わせたくて仕方がないんだわ。でも、お姉さんがレズビアンであれば、バグダッドの人たちにもわかったはずよ。いいこと、わたしはお姉さんとの一週間のことを誰にもひと言もいってないわ。わたしにはなんの興味もないって、お姉さんにはっきりいわれて以来、わたしもお姉さんにはまったく興味を持たなくなったの〟

〈アーティスト〉は珍しくも、本物の声で話していた。感情のこもった言葉を口にする人間になっていた。というか、すくなくとも、感情がこもっているかのようにふるまう人間になっていた。

動画はそこで唐突に終わっていた。ヴェスタのときと同じだ。カレン／フラニーが録画していたことに、ナディアもヴェスタと同じく気がついたのかどうか、知るすべはなかった。

41　アパートメント襲撃の一団、犬も一緒

ディナーは大好評だった。すくなくとも、客たちには。ペトラは元兵士たちの助けを得てゆうべのトラウマからすでに立ち直り、男たちのほうはペトラのはちきれそうな生気に頬をゆるめていた。わが隣人はうれしそうな笑顔だった。〝どこかの好青年〟とゴールインするペトラの姿を見るのがミスタ・コントレーラスの夢で、マーティ・ジェプスンも、ティム・ラドケも、その条件にぴったりだ。

わたしはテーブルの端にすわって笑顔でうなずきながら、アレグザンドラ・グアマンの日記はどこにあるのだろうと考えていた。〈ボディ・アーティスト〉がナディアと一緒のところを録画した映像を三回再生してみた。アレグザンドラは自分がひどいいじめと迫害を受けていると感じて、そのことを日記に書いた。ナディアがそういっていた。つまり、ナディアは日記を見たわけだ。それはつまり、ナディアのアパートメントを荒らした人間も日記を捜していた可能性があるということだ。

「ジュリアン・アーバンクだわ」不意にわたしはつぶやいた。

テーブルの全員がわたしを凝視し、やがて、ペトラがいった。「ヴィク、そんな名前の人、

うちの親戚にはいないわよ。ウォーショースキーの血筋の人ならべつだけど。マーティから、うちのママの一族で誰が軍隊に行ったのか、質問されてたとこなの」

叔母の祖先はほとんどが南軍の兵士だった。それを知ったら、この帰還兵たちはどう反応するだろう。

「ごめん。ナディア・グアマンの向かいの部屋に住んでる男性の名前を思いだそうとしてたの。ナディアのアパートメントが荒らされて、壁の絵まではずされてたでしょ。ナディアの死から二日後に、何者かが彼女のパソコンとディスク全部を盗んでいった。アーバンクは彼女のアパートメントの鍵を持っていた。ナディアに気があったみたい。もしかしたら、アレグザンドラの日記をナディアのだと思いこんで、勝手に持ちだしたのかも。家捜しの連中があらわれる前に」

「われわれのほうで何かやりましょうか、マム」ジェプスンがきいた。

「マーティ、ヴィクが〝マム〟なんて呼ばれるのをきくと、すっごく変」ペトラが笑った。「あたしたちより年とってるかもしれないけど、でも、百歳にはなってないのよ。ほかのみんなと同じように、〝ヴィク〟って呼べばいいのに」

「ペトラ、わたしは三等曹長の非の打ちどころのないマナーが大好きよ」わたしはいった。「その影響で、あなたとわたしも多少は礼儀正しくなれるかも」

ジェプスンに目をやると、まっすぐ前を向いたまま、赤面していた。

「いまからアーバンクのとこへ行ってくるわ」わたしは話をつづけた。「日記があるかどうかたしかめたいの」

ペトラの目が輝いた。「みんなで？　真夜中の襲撃――」

ゆうべの争いを思いだしたのか、ペトラは急に黙りこんだ。顔の筋肉がこわばった。「ヴィク、電話できいてみればいいじゃない」

「電話なんて、簡単に切られてしまうわ」

「まさか、その人を叩きのめす気じゃないわよね？」ペトラは自分のナプキンをたたんでいた。

「そんな気はないとも」ミスタ・コントレーラスがぼやいた。「すこしでも常識があれば、ここでおとなしくしとるはずだ」

わたしのほうを向いた。「ゆうべ、救出に駆けつけてくれたこの若者たちがいなかったら、あんたはいまごろ死体になって、モルグにおったんだぞ」

「ペピーを連れてくわ。アーバンクが襲いかかってきても、この子につまずいて倒れてしまって、そしたら、この子がアーバンクにキスして、ほんとのことを白状させるだろうから」

わたしは立ちあがったが、急ぎすぎて腹部に痛みが走り、テーブルの端にすがりつく羽目になった。

「あの、マム」ジェプスンがいった。「い、いや、ヴィク。ぼく、あのう、アーバンクって男をあなたと一緒に訪問できればうれしいんですが」

やれやれ、ジェプスンがこんなふうに表現して、〝誰も理解してくれなくても、海兵隊員は義務感を叩きこまれてます〟とほのめかす気なら、ミスタ・コントレーラスも一緒に行きたがるだろうし、そうなれば、ティム・ラドケとペトラがおとなしくあとに残るとは思えない。

ペトラがミッチのほうに身をかがめて、顎に両手をかけた。「一緒に行きたいよね、ミッチ。万一に備えて」

ペトラとティムが皿洗いをすませたあとで、わたしたちは冬のブーツの紐を結び、コートのファスナーをあげ、犬二匹を連れて、ふたたび夜の街へ出ていった。こんなお供をひきつれて歩きまわる探偵が、この惑星にかつていただろうか。犬と、従妹と、老人と、海兵隊員を連れたサム・スペード。サーカスのパレードを従えて容疑者を訪問するようなものだ。

お供の連中は熱意に燃えていた。ジェプスンがわたしと犬たちを自分のトラックに乗せた。ティム・ラドケがペトラとミスタ・コントレーラスをわたしの車に乗せて、あとからついてきた。

ジェプスンのトラックのヒーターはショックアブソーバーと同じぐらい古くて、わだちの上をバウンドしながら走るうちに、わたしの足が凍えて感覚がなくなってきた。疼く筋肉への衝撃を最小限にしようとして、シートの端をきつくつかんだ。

「申しわけありません、マム。い、いや、ヴィク。バグダッドの道路と似てるな。銃撃戦や手製爆弾なんかがないだけで。もっとも、この界隈なら、銃撃戦もありそうだが」ウェスタン・アヴェニューの西の、ギャングがのさばっている荒廃した通りに車を走らせながら、ラドケがいった。

ナディアが住んでいた建物に着いたのは、わたしたちのほうが先だった。あとの車を待つあいだに、どんな方法をとるかを相談した。

「五人と二匹がそろってアーバンクのとこに押しかけるのはまずいと思うの。ミスタ・コントレーラスとペトラには犬と一緒にナディアの部屋で待っててもらって、わたしとあなたでアーバンクと話をすることにしない？」

これがいい考えであることをミスタ・コントレーラスに納得させるのは困難だった――わしが一緒にきたのは、サイドラインに立ってあんたを応援するためじゃないんだぞ、まったくもう。結局、隣人と三等曹長とわたしがアーバンクのところにいるあいだ、ティムがペトラと犬のお守りをしてくれることになった。

ちょっとした幸運／アーバンクは在宅だった。ちょっとした不運／向こうがわたしのことを覚えていて、会うのを渋った。

「あんた、警官じゃないんだろ」正面入口のインターホン越しに、彼の声がキンキン響いた。

「無理やり話をひきだそうったって無理だね」

「そのとおりよ、ミスタ・アーバンク」わたしは入口の外からわめいた。「話す必要はないわ。アレグザンドラの日記のことで質問したいだけ」

さらなる幸運。正面入口のドアを自力であけるべきかどうかわたしが思案していたそのとき、誰かが建物から出てきた。胡散臭《うさん》そうにこちらを見たので、わたしはにこやかに笑ってみせた。「3Eに越してきたばかりなの。助かったわ！　不動産屋がくれた鍵を使っても、正面のドアがあけられなくて」

「この建物はペット禁止だぞ」男性はいった。

「この子たち、越してくるわけじゃなくて、わたしの友達の引越しを手伝いにきただけよ。じゃ、またね」

わが一団は男性の横を通り抜けて、階段をのぼり、三階まで行った。万能鍵でナディアのところのドアをあけ、つぎに、アーバンクのドアをノックした。ペトラがナディアのドアのところに立って、こちらを見ていた。ミッチとペピーは彼女のうしろにいて、脚のあいだから抜けだそうとしていた。アーバンクがノックに応えないので、ジェプスンがドアを蹴りはじめ、ミッチが吠えはじめた。三十秒ほどすると、野次馬が集まってきた。このフロアにある残り二軒の住人と、四階の手すりから身を乗りだした女性。

「ここはペット禁止だぞ」「誰なんだ？　誰か警察に電話しろ」「警察を呼ぶなんて、追いはぎを部屋に入れるようなもんだわ。ビル管理会社に電話しましょう」「管理会社？　バカいえ——うちの割れた窓もまだ修理してくれないのに」「あんたが家賃を三ヵ月もためてるから——」

「わたしの姪のナディアが殺されたあと、ミスタ・アーバンクがとても親切に部屋の片づけを手伝ってくださったんです」わたしは話の渦に割りこんだ。「あの人、ナディアの玄関ドアの鍵を持ってるし、ナディアの猫を預かってくれました。でも、ほかの品もいくつか持っていったみたい。きっと安全に保管しておくためね！　この建物は無用心だから、ナディアの宝石が誰かに盗まれてはいけないと思ったんでしょう。でも、わたし、それを返してもらって、ナディアの母親に届けなきゃいけないんです。母親は悲しみに打ちのめされてて、出かける気力もないの。それで、ここに寄って宝石をもらってくるよう、わたしが頼まれたわけなの」

「嘘だ！」アーバンクがドアをわずかにあけたので、鼻と口が見えた。「その女、伯母なんかじゃない。ナディアのアパートメントに勝手に入りこんだんだ。刑　事《ディテクティブ》のふりして」

「ナディアが亡くなった翌日、あんたがアパートメントに入りこむのを見たわよ」上の踊り場の女性がアーバンクにいった。わたしでなくて助かった。「ナディアも気の毒に、いつもあんたから変な目で見られて。ここにいる犬が骨を見るような目つきで」女性はミッチを指さした。ミッチは従妹の横をすりぬけて、アーバンクのドアの隙間の匂いを嗅ぎまわっていた。「しかも、ナディアが死んだばかりだというのに、勝手に部屋に入りこんだ。だいたい、ドアの鍵をどうやって手に入れたのか、それを知りたいもんだわ」

「ナディアから預かったんだ」アーバンクはいった。

ミッチが不意にキャンといった。耳をつんざく苦痛の悲鳴だった。フワフワした白いかたまりがミッチの脚のあいだを駆け抜けて、廊下を横切り、ナディアの住まいに飛びこんだ。犬の鼻から血が出ていた。

「わしの犬に何する気だ？」ドアをあけたアーバンクにミスタ・コントレーラスが食ってかかると、アーバンクは「イクスクウィナ！　イクスクウィナ、猫ちゃん、猫ちゃん！」

その犬、鎖でつないでくれ。いやなら犬を撃つぞ。イクスクウィナ！

アーバンクが走って猫を追いかけ、ナディアのドアのところに立って猛烈な勢いで吠えているペピーにつまずいてころんだ。ペトラが身体を二つに折って笑いころげていた。

わたしはペトラの肩をつかんだ。「犬をおとなしくさせなさい！　いますぐ！　これは調査の仕事なのよ。お笑いチャンネルのコメディ・セントラルじゃないのよ」

いいチャンスだと思い、ペトラの返事を待たずに、アーバンクのアパートメントに入りこんだ。ジェプスンとラドケもあとにつづいた。そして、ミスタ・コントレーラスも。それから、この建物の住人のうち二人も。ミッチも。

アーバンクの住まいは粗末な家具が置かれた三部屋からなっていた。間取りはナディアのところとそっくり。ジェプスンとラドケがイラクのテロリストの隠れ家でもあるかのように、部屋を調べてまわり、かがみこんだり、部屋の隅をのぞいたりしていた。しばらくして、アーバンクの寝室からジェプスンがわたしを呼んだ。クロゼットのなかにナディアのための祭壇が作ってあるのを見つけたのだった。

アーバンクが隠し撮りしたナディアの写真。アーバンクが盗みだしたナディアの絵が何点か。パソコンも消えたDVDもなかったが、赤い表紙のノートがあった。蓋をあけたパピエ・マシェ（紙を圧縮した素材）の箱に収められ、周囲にバラの花とロウソクが置かれていた。

ノートはひらいてあった。身をかがめて読んでみた。

〝九月二日。イスタンブールを出てバグダッドへ向かう。強烈な暑さなので、全員、身動きもせずにすわったまま、飛行機のドアが閉まってエアコンのスイッチが入り、ふたたび呼吸できるようになるのを待つ〟

「捜してたのはこれですか、マム」ジェプスンが尋ねた。

わたしは息もできずにうなずき、ぞんざいに扱ったら崩れ去ってしまうかのように、慎重にノートを持ちあげた。箱の内部はアレグザンドラ・グアマンを描いた数々の絵で装飾されていた――胸の上で腕を交差させ、シャンデリアのガラスみたいな雫形の涙をこぼしている、棺のなかのアレグザンドラ。バラの花冠を頭上にさしのべる聖母マリアの前にひざまずくアレグザンドラ。天国にいて、ナディアとクララとアーネストのほうへ両手を伸ばしているアレグザンドラ。

「この箱、クララに渡さなくては」わたしはジェプスンにいった。「あとに残された、たった一人の妹なの」

ジェプスンはパピエ・マシェの箱に日記を戻すのを手伝ってくれ、自分が運ぶといった。わたしは家に向かう前に、アーバンクを捜しにいった。彼はナディアのキッチンにいて、冷蔵庫のうしろへ逃げこんだ攻撃猫のイクスクウィナを甘い言葉でおびきだそうとしているところだった。

「日記をもらっていくわ」わたしはアーバンクにいった。「ついでにいっとくと、あれ、ナディアのじゃなくて、お姉さんのよ」

アーバンクは顔をあげてこちらを見た。「知ってる。ぼくも読んだ。姉さんは変態だったんだな。けど、日記にはミス・ナディアのことも書いてあるから、ぼくは彼女の死後の評判を守ってるんだ。というか、彼女の顔に泥を塗ろうとするあんたみたいな連中から守ろうとしてたんだ。あんたを訴えてもいいんだぞ。ぼくのうちに押し入ったんだから。おまけに、獰猛な犬をけしかけたりして」

わたしは微笑した。「ご近所の人たち、いまごろ心配してるわよ。あなたみたいな人の近くで暮らしてて、自分ちの娘は大丈夫だろうかって。わたしがあなたなら、訴訟なんかおこさずに、しばらくじっとしてるでしょうね。訴訟となれば、今夜のことを証言してくれる証人が必要になるのよ。みんなの証言とあなたの証言には、百万マイルほどの隔たりがあると思うわ」

険悪な表情がアーバンクの顔をよぎったが、向こうが口をひらく前に、こちらからつけくわえた。「それから、もうひとつ。わたしだったら、アレグザンドラ・グアマンの日記のことは誰にもいわないわ。近所の人にも、自分の子供にも、通ってる教会の牧師さんにも。このアパートメントを荒らした連中が何を捜してたのかはわからない。ナディアのパソコンだったかもしれない。この日記だったかもしれない。あなたが日記を読んだことを連中に知られたら、無事に逃げだすためには、ここにいる猫のように魔法で守られた九つの命が必要になるわよ」

アーバンクがわたしをにらみつけて威圧しようとしたが、わたしの言葉にビビりまくっていた。青ざめた顔で猫のほうへ向き直った。それを見たわたしは、日記のことをすでに誰かにしゃべったのだろうと察した。〝その姉さんだけどさ、変態だったんだ〟——注目を集めたくて、職場の同僚にこっそり話したのだろう。

アーバンクの問題に心を痛める気にはなれなかった。隣人たちが自分の行動をどう見ているかを知って、アーバンクがバツの悪い思いをし、日記を奪ったわたしを相手どって訴訟をおこすのをやめてくれるよう願うだけだった。

アーバンクをイクスクウィナのそばに残して、廊下で待っているサーカス団にふたたび合流した。ミスタ・コントレーラスは上の階の女性とすっかり仲良くなり、都会暮らしの危険性について、となりの部屋をどんな極悪人が借りているかわからないアパートメント生活の危険性について、二人でしゃべりつづけていた。

「美人のお孫さんに気をつけてあげてね」わたしたちが帰ろうとしているのに気づいて、女性はペトラのほうへうなずきを送りながら、ミスタ・コントレーラスにいった。老人はもう有頂天で、階段をおりるあいだにそのことを数回くりかえした。

42 ラブストーリー／ホラーストーリー

家に着くと、帰還兵二人も一緒について入ってきた。ジェプスン三等曹長は、階段をのぼるときにわたしに支えが必要だと思っている様子だった。彼から見たわたしは、初老の弱々しい女性？　それとも、成熟した刺激的な女性？　そんなふうに思ったあとで、ゆうベクスターニックの手下から〝しなびたクーガー〟と呼ばれたことを思いだし、顔が赤くなるのを感じた。

ジェイクと友人たちはまだリハーサルの最中だった。いま演奏しているのはベリオの《セクエンツァ》、不協和音からなる曲で、万人の好むものではない。それでも、ティム・ラドケが「あのアーバンクって男の猫が死にかけてるみたいな音だな」といい、ペトラが爆笑したときは、ムッとした。

「ヴィクって最高！　あの男がナディアの祭壇を作ってたこと、どうやって知ったの？」わたしの家に入ってから、従妹がきいた。

わたしはピアノのベンチ越しに身を乗りだして、アリーの日記を《ドン・ジョヴァンニ》の楽譜に押しこんだ。「知ってたわけじゃないわ。幸運なまぐれ当たり。猫が逃げてきたから、さらに幸運だった」

わたしを支えていたアドレナリンの波がひきはじめたため、疲労がどっと押し寄せてきて、ピアノにすがって身体を支えなくてはならなかった。さきほどの疑問だが、〝初老の弱々しい女性〟のほうが正解のようだ。

「幸運ではない！」ミスタ・コントレーラスが息巻いた。「やつを動物管理局へ通報してやろうかと思っとる。あんな猫を飼いおってからに。ありゃ、野獣だ。うちの犬に襲いかかったんだぞ」

「でも、管理局の人には、虐待された哀れな被害犬を見せちゃだめよ」ピアノのベンチにどさっとすわりながら、わたしはいった。

ミッチがニッと笑ってこちらを見あげ、赤い舌を垂らして、〝ぼく、自分がペテン師だってこと、ちゃんと知ってるよ。どうするつもり？〟といっていた。

わたしはペトラと二人の帰還兵を見た。「今夜のみんなの協力にお礼をいうわ。でも、わたし、すこし休息が必要なの」

「ちょっと、そりゃないでしょ」従妹がいった。「みんなで協力したのは、ヴィクをベッドに入れるためじゃないのよ。ここを出てく前に、アリーの日記を読ませてよ」

わたしは無理して立ちあがり、ペトラを台所へひっぱっていった。「あなたは子供じゃないし、わたしはあなたの乳母じゃない。だから、ぐずるのも、おねだりするのもやめなさい。殺人事件の捜査の証拠物件を見るのは、新しい自転車をねだるのと同じじゃないのよ」

「ヴィクのとこで働くのに同意したとき、あたし、『いばるのはやめて』ってヴィクにいったよね」ペトラはしかめっ面になった。

「そこで、わたしは、探偵事務所を経営してるのはわたしだって答えた。その一員になりたいのなら、うちに仕事を依頼してくるのは、その多くが窮地に陥って困ってる人たちなんだって事実を尊重してちょうだい。今夜、あなたはひとつの任務を与えられた。犬二匹をしっかり押さえておくという任務。でも、しくじった。ミッチがアーバンクのアパートメントの前をうろつき、ティムがリードをつかんでおとなしくさせるまで、みんなにさんざん迷惑をかけたのよ」

「ミッチが逃げださなかったら、アーバンクの猫が興奮して飛びだすことはなかっただろうし、そしたら、あたしたちがあの部屋に入って薄気味悪い祭壇を見つけることもなかったはずだわ。あたしの手柄よ」

「明日の朝イチで、殊勲章を授与してあげる」わたしはそっけなくいった。「でも、今後もうちで働きたいなら、ふざけっこはやめなさい。それから、命じられた仕事が退屈でも、ティム・ラドケといちゃいちゃしたくても、自分の仕事をないがしろにしないでちょうだい」

「信じられない、ヴィク」ペトラは叫んだ。「あたしが若くて魅力的だから、嫉妬してんじゃない？」

わたしは思わずカッとなり、ペトラをひっぱたきたいのを我慢するために、ポケットに両手を押しこんだ。「きのう、若々しい魅力のことでからかったら、わたしに食ってかかったの、あなたじゃなかった？　あなたのルックスを話題にするのは禁止だけど、わたしの年齢はそうじゃないわけ？」

ペトラはわたしをにらみつけたが、「あたしをクビにする気？」ときいた。

「今夜はやめとく。でも、この遠征の隊長はあなたじゃないのよ」

ペトラ殺しの罪でドワイトの女性刑務所へ送りこまれるまでに、どれぐらい時間があるだろうと思いつつ、居間に戻った。

ジェプスンとラドケが立ちあがった。「そろそろ失礼します」と、ジェプスンがいった。

「夕食をごちそうさまでした」

「一緒にきてくれてありがとう。あなたがいなかったら、わたし一人では無理だったわ」

ジェプスンは赤くなった。「力になれてよかったです、マム。い、いや、ヴィク」

「なんだよ、これは？　海兵隊の新兵募集のコマーシャルかい？」ラドケが友達の脇腹にパンチを見舞い、わたしのあとをついてきたペトラに向かってつけくわえた。「これから〈プロッキー〉へ行って、ホークスの試合の最終ピリオドを見ようと思うんだ。一緒にこない？」

従妹は二人の若者ににこやかな笑顔を見せ、わたしに対しては、許す気がないことをはっきり伝えるために、険悪な表情をよこし、それから、二人と一緒にはずむような足どりでアパートメントを出ていった。ミスタ・コントレーラスと犬たちを追い払うのはもっと大変だったが、そちらもようやく帰ってくれた。

いつもの寝支度をゆっくりとおこなった。アントンは〈ボディ・アーティスト〉のサイトのことをもはや気にしていない。本人がそういった。わたしが何か書類を持っていると思いこみ、それをほしがっている。もしかしたら、アレグザンドラの日記のことかもしれない。だが、そうだとすると、アントンが〈ティントレイ〉となんらかの関わりを持っていることになる。アレグザンドラの日記に興味を持つのは〈ティントレイ〉の連中のはずだから。ジャーヴィス・マクリーンを脅迫する材料にしようとしてアントンが日記を捜しているだけだとしても、それが意味するのは、〈ティントレイ〉がグアマン家に関心を寄せていることをアントンがこの二日のあいだに知ったということだ。

〝九月二日。イスタンブールを出てバグダッドへ向かう〟

疲れはててベッドに身を横たえたあとも、この言葉が頭のなかをまわりつづけた。カールした黒っぽい髪を汗でじっとり湿らせたアレグザンドラ・グアマンの姿が浮かんできた。クララをいい大学へやるお金がほしくて、海外の仕事をひき受けた。すくなくとも、クララはそう信じている。ほかに何か理由は？　アレグザンドラの身に何が？　輸送部隊の運転手の経験などない彼女がなぜ、安全なグリーンゾーンを出てバグダッド空港までトラックを運転することになったのだろう？

午前一時ごろ、ついにベッドを出て、《ドン・ジョヴァンニ》の楽譜にはさんでおいた日記をとりだした。減るいっぽうのロングロウをグラスにつぎ、日記を持って、大きなアームチェアに身を沈めた。

九月七日

バグダッド。半分はイラク、半分はシカゴにいる感じ。何もかも同じ、でも、何もかもちがう。朝仕事に出かけようとするときは、暑い夏の日にシカゴにいるのとほぼ同じだ。ただし、気温がすでに四十度を超えている。どこへ行っても、銃を持った兵士がいるけど、〈ティントレイ〉のビルに入れば、故郷にいるのとそっくりで気味が悪くなるほど。同じデスク、同じエアコン、同じシステム。会社の人たちは気さくだけど、警戒を怠らない。

オフィスに古くからいる女性の一人が、わたしたち新入りに、兵士もしくは武装した〈ティントレイ〉の社員が一緒でないかぎり、グリーンゾーンから出ないようにと注意をよこした。女性の身の安全が保証できないという。

九月十三日

誰もがナーバスになっている。戦争を身近に体験するなんて、誰にとっても初めてだもの。

出発前の訓練のときに、こういわれた。〝われわれはひとつのチームだ。チームとして、われわれは勝利する！　ストレスも、疲労も、テロリストも、チームを打ち負かすことはできない！〟

ナディアにそれを読んできかせたら、〈ティントレイ〉のチームのポスターを描いてくれた。ドル紙幣で造られた大きな盾の陰に、ミスタ・スカリアとミスタ・マクリーンが隠れている。アーネストとわたしはバカ笑いしすぎて、吐きそうになった。アーネストが絵をスキャンしてパソコンに入れてくれたけど、それを見るときは、用心しなきゃいけない。誰もがほかの誰かをスパイしてるもの。単に退屈だから。もしくは孤独だから。もしくは怯えてるから。グリーンゾーンの奥深くに埋もれた小さなアパートメントにいても、爆撃の音がきこえてくる。

夜のベッドでは、ミシガンですごしたカレンとの一週間を思いださないようにしている。ときどき、耐えられなくなる——カレンのサイトをひらいてみる。彼女の本当の姿を見ることはできないのに。そこにあるのは、彼女が公の場でつけている多くの仮面だけ。

彼女はわたしの不滅の魂に値する人間ではない——誘惑に負けそうになったら、ぜひこの言葉を思いだすようにと、いまの仕事に就くことをわたしに強く勧めたときに、ヴィンセント神父がいった。やり直すチャンスだ、アメリカでの罪深い性癖を捨て去り、海外で祖国のために貢献するチャンスだ、と。たぶん神父さまのいうとおりなんだろう。それに、いずれにしても、すごいお金になる！　クララはグアマン家の姉妹のなかでいちばん頭がいいから、いい大学へ行くチャンスを作ってやらなくては。それに、はるか遠くの土地にいれば、わたしもノーマルな人間になれるかもしれない。もっとも、ノーマルとはとてもいえないこの土地で、どうすればノーマルになれるんだろう？　誰もが浴びるようにお酒を飲んでいる。元旦か誕生日にグラス一杯のワインを飲む程度だったわたしでさえ、ふと気がついたら、仕事のあとでほとんど毎晩飲むようになっていた。

九月二十四日

ママが週に二回ずつ電話をしてくる。すごく心配してる。でも、広大なグリーンゾーンの内側にいれば、なんの危険もない。きのう、ママには内緒にしてあるけど、グリーンゾーンの外を散歩してみた。アマニという、社に雇われてる通訳の一人と一緒に。とても真面目な若い女性で、典型的なイラク女性らしく黒い布で全身を覆っているので、顔の一部しか見えない。完璧な英語と完璧なフランス語を話す。彼女にスペイン語をすこし教えて、お返しにアラビア語を教えてもらった。

グリーンゾーンの外にいるわたしを想像しただけで、ママは震えあがるだろう。どうしてママによけいな恐怖を与えなきゃいけないの？　それに、アマニはとても信頼できる人。彼女のアバーヤを貸してくれて、頭から爪先まで覆ってくれた。こうすれば、アメリカ人とアラブ人が並んで歩いていても、標的にされずにすむ。

九月二十八日

わたしがアマニと一緒にふたたび市内へ出かけたことを、ルームメイトたちが知って、十歳の子供みたいな金切り声をあげた。やだ、アリー、よくもそんなことを。しかも、彼女のアバーヤを借りて？　バイ菌が怖くなかった？

バイ菌！　爆弾なら怖いけど、女性の身体は怖くない。ありがとう、イエスさま、こんなバカな女の子たちと同室にしてくださって。こんな子たちじゃ、ぜんぜんその気になれない。

ヴィンセント神父というのは、禁欲を貫くために毎日、ときには毎時間苦闘している聖職者と尼僧を連想させる人だった！　戦いのなかであなたが孤独ではないことを知りなさい。そして、すてきな青年を見つけなさい。戦争の最中には、多数の若者と出会うものです。その一人と結婚して、子供を作りなさい。家族ができれば、罪深い欲望も消えるでしょう。

わたしは夜を徹して日記を読みつづけた。アマニと一緒にバグダッドへ何度も外出。二人で画廊や野外市場へ出かけたが、アマニの家族には一度も会っていない。アメリカ人のために働いていることを近所の人に知られてはならないのだという。対敵協力者の身内ということで、幼い弟たちが殺されてしまうかもしれないから。

感謝祭の日、グリーンゾーンのなかで祝いのバカ騒ぎがくりひろげられていたときに、アリーは酔っぱらい、ジェリーという名の男と一夜を共にした。〈ティントレイ〉のコミュニケーション部門にいるプログラマーの一人だった。

十一月二十六日

一日じゅう吐き気に悩まされた。ジンにむかつき、ジェリーにむかつく。どっちのむかつきのほうがひどいのか、わたしにはわからない。

十二月一日

今週はずっとジェリーを避けていた。ほかの男たちに彼が話したんだと思う。みんな、傷ついたネズミを見て舌なめずりをする猫みたいな目で、こっちを見るんだもの。妊娠していないよう祈るのみ。

十二月九日

ありがとう、聖母さま、今日生理が始まった。いまのわたしは職場の同僚みんなから仲間はずれにされていて、それはジェリーのせいだろうと思っていた。ところが、今日、わたしのユニットのチーフをしているミスタ・モスバッハに呼ばれた。「みんながきみの噂をしている。あのアラブ女と一緒にいる時間が長すぎるぞ。それはつまり、きみをアンクルサムの側の人間として信頼していいのかどうか、チームメイトが迷っているということなんだ。信頼だ、アリー！　われわれはチームなんだぞ！」

やれやれ！　アマニの隣人たちは、彼女がアメリカ人のもとで働いているのを知ったら、彼女の家族を攻撃するかもしれない。そして、わたしの隣人たちは、わたしがアマニとコーヒーを飲んでいるといって、わたしを攻撃する。

アマニがわたしにアリアというアラビア語の名前をつけてくれた。〝高貴な〟という意味。そして、アマニは〝希望〟とか〝夢〟という意味なので、わたしは彼女をデシデーリアと呼んでいる。

バカな女や酔っぱらった男たちとつきあうより、彼女とつきあうほうが楽しいと思うことが、どうして罪なの？　もちろん、わたしはアマニに罪深い思いなんて抱いてない。この奇妙な国で友達ができたことに感謝してるだけ。

一月、アリーはべつのユニットへ異動になった。〈アキレス〉へ。わたしの脈が速くなった。ここで彼女とチャドの人生が交差したのだろうか。チャドの名前はどこにもなかった。家族、母親への電話、ナディアへのメール、アマニとの友情をめぐるアリー自身のひそかな葛藤。〝わたしの希望はわたしのデシデーリアに向けられている〟と、一度ならず書いてあり、それが消され、さらにまた消されていた。

〈ティントレイ〉では男性社員の数が女性の十倍にのぼるため、アリーにはたえずデートの誘いがあった。感謝祭の日にジェリーとのことがあって以来、勤務時間のあとで男性と二人きりになるのは避けていた。というか、避けるべく努力していた。

結婚の枠外でのセックスは罪であり、それゆえ喜びとは無縁である、というヴィンセント神父の意見は、たぶん正しいのだろう。でも、わたしのルームメイトは二人とも男性の恋人がいて、けっこう楽しそうに暮らしている。わたしを嘲り、〝氷の女王〟と呼んでいる。わたしがせっせと仕事をして、職場で文句のタネになるようなヘマをしなければ、きっとすべてうまくいくだろう。

二月二日

今日の午後、アマニがわたしに会うためにやってきた。建物の陰に隠れて、備品室にわたしが一人きりになるのを待っていた。

「アリア、わたしが何か気にさわることでもしたの？」黒っぽいきれいな目に涙をためて、アマニはきいた。

「デシデーリア、ミ・コラソン、気にさわることなんて、あなたがするわけないじゃない。うちのボスのせいなの。あなたに近づかないよう命じられたの」

すると、アマニはわたしの言葉の意味を尋ねた。〝ボス〟のことではなく、わたしが使った〝ミ・コラソン〟というスペイン語の意味を。

「わたしのハートって意味よ」わたしはいった。「妹たちとそう呼び合ってるの。愛称よ」

そんな呼び方はなれなれしすぎるとアマニに思われそうで、わたしは怖かった。
「わたしのハート？」アマニは微笑し、アラビア語ならどういうかを教えてくれた。
やがて、なぜだか、わたしたちは抱き合っていた。そして、わたし自身のハートが安らぎに包まれた。

やがて、二人は密会するようになった。画廊が並ぶ界隈の近くにある、爆撃にやられたフラットで。

割れた窓から、ナディアに送る写真を撮った。爆撃と水分不足のなかでもがんばって生きているナツメヤシの木。梢がこの建物の屋根と同じ高さなので、夏になると少年たちが屋根にのぼり、木に飛び移って、昔と同じようにみのりつづける実を収穫するのだと、アマニが話してくれた。わたしはこの写真を絵にしてくれるよう、ナディアに頼み、ナディアの描いてくれた絵をミ・コラソンにプレゼントすることができた。

アリーの日記には、二人がおたがいの身体のなかに見いだした喜びが、そして、会社の上司から、兵士から、泥酔から、戦争そのものの暴力から、身を隠してすごす悦楽のひとときが綴られていた。しかし、つねに自分の罪深さに苦悩し、基地の神父に打ち明けるべきかどうか迷っていた。

でも、神父さまもやはり兵士、やはり軍人だ。相談したところで、軍人らしいアドバイスが返ってくるだけだろう。〝心から人生を共にしたいと思える兵士を見つけ、子供を持ちなさい〟と。

やがて、避けがたいことがおきた。誰かが二人をスパイしはじめたのだ。アリーのデスクに卑猥な落書きがされ、同僚の忍び笑いがきこえてくるようになった。ルームメイトたちから出ていくようにいわれた。売国奴と同じ部屋に住むなんてごめんだわ。ボスのミスタ・モスバッハからは、「誰一人きみを信用していない。きみがチームの一員ではないからだ」といわれた。

「仕事はいつも真面目にやっています。完璧に。いまだって、チームの誰かのミスで支障をきたせば、わたしは遅くまで残ってきちんと処理しています。そんな非難を受けるいわれはありません」

ボスは笑い、「仕事が終わったら二人で飲みに行こう。すべてうまくいくよう、わたしが力になるから」といった。お酒のあとでレイプされそうになった。アリーは抵抗して逃げだし、そのあと、彼女の生活は地獄になった。

五月二日

こちらは猛暑、わたし自身のみじめな人生と同じく耐えがたい。監視の目を逃れて抜けだす方法を見つけては、アマニがわたしたち二人のために用意したあの小さな部屋へ行く。でも、この前彼女に会ってから、何週間もたってしまった。

五月十四日

今日、ようやくわたしのデシデーリアに会えた。彼女のほうも、わたしに近づくことを禁じられていた。あまりにも多くの監視の目が光っている。誰かが――アメリカ人の可能性もある――彼女の従兄弟たちに、〝アマニが好ましくない相手とつきあっている〟と警告したのだ。勤務時間後の彼女を囚人同然に閉じこめておくぐらい、家族にとってはたやすいことだ。デシデーリアは「仕事をやめさせられるかもしれない。アメリカ人と密会していることを、会社の誰かが従兄弟たちと母親に告げ口したの」といっている。いまのところ、仕事をつづけていけるのは、家が貧しくて、〈ティントレイ〉からもらう給料が必要だから。「でも、わたしの高貴な人、わたしの気高いアリア、くれぐれも用心しなきゃ。会社のなかでは、二人が一緒にいる姿を見られちゃいけないわ。わかるでしょ？」

二人で一緒にいるときのわたしの喜びは大きい。でも、悲しみも大きい。二人で会うことがどうしていけないの？　宗教がちがうから？　それとも、女どうしだから？　イエスさま、あなたが愛の神なら、どうしてわたしの愛がこんな大きな悲しみで罰せられなくてはならないのですか。

日記はそこで終わっていた。あとのページをめくってみたが、空白だった。やがて、薄いオニオンスキン紙に活字体で書かれた手紙が見つかった。黒いインクがひどくにじんでいて、判読するのが困難だった。

親愛なるナディア

こうして名前をお呼びしても、気を悪くなさらないでくださいね。いまは亡き最愛のお友達の、最愛の妹さんですもの。お姉さんが亡くなられたことを知ったとき、わたしは二人の部屋へ出かけました。その部屋のことは、たぶん、お姉さんからきいておられることと思います。窓の外にナツメヤシの木があって、〝それでも生きていける〟とわたしたちに語りかけてくれたものでした。

部屋にはすでに誰かがきていました。浮浪者ではなく、何者かが邪悪な意図のもとにやってきたのです。破壊された二人のささやかな聖域を見てまわるうちに、手が震えてきました。陶製の水差しは割られ、わたしの祖母が刺繍したリネンの布は二つにひき裂かれていました。わたしたちのベッドに血がぶちまけてありました。今度の戦争でわたしも多くの破壊の跡を見てきましたが、この破壊はきわめて個人的で、わたしへの、そして、あなたのお姉さんへの悪意に満ちていたため、かつては愛だけが存在していた部屋にぶちまけられた憎悪の念に、わたしは気を失いそうになりました。

わたしの愛するアリアがこのノートに日記をつけていて、ベッドのうしろの秘密の場所に隠していたことを、わたしは知っていました。家庭でも、職場でも、あまりにも多くの目が彼女を監視していました。好意的ではない目に触れるかもしれない場所に日記を置いておくわけにはいきません。邪悪な目がわたしたちの隠し場所に気づかなかったことを、神に感謝します。

できることなら、アリアの日記をわたしのそばに置いておきたいのですが、わたしにも多くの監視の目が光っています。イラク人の目、アメリカ人の目、イスラム教指導者のスパイたち。そこで、お姉さんがつけていたこの日記をそちらへお送りすることにしました。お姉さんのこのうえなく高貴で美しい魂に対する神聖な思い出として、安全なところにしまっておいてください。お姉さんはあなたと妹さんのクララのことが大好きで、いつもあなたたちの運命を気にかけていました。でも、神さまがお二人の安全を守ってくださることでしょう。二人とも安全な国にいらっしゃるのですから。

こちらの住所は書かないことにします。わたしのところにくる手紙はすべて、わたしが読む前に、多くの目にさらされるからです。


お姉さんからデシデーリアと呼ばれていたアマニより

43　オセロ、襲撃に失敗

アレグザンドラの日記に夢中になるあまり、時間がたつのも忘れてしまった。ようやく読み終えたときは、午前三時近くになっていた。

なんという痛ましい日記だろう。アリーが世界に飛びだし、そこで自分の居場所を見つけるチャンスに恵まれるはずだった時期に、悪鬼たちから迫害されることになってしまった。宗教のきびしい教え、職場の同僚とボスのいじめ――たぶん、そのすべてがアリーを限界点まで押しやったのだろう。だから、トラックを運転して、自分の死へ至る道を走ることになったのだろう。

日記のところどころに、幸せなひとときが顔をのぞかせていた。弟妹のことを語るときはとくに。アリーのために〈ティントレイ〉を漫画っぽく描いてみせたナディア、アリーと一緒に笑いころげるアーネスト。いまの三人のことを考えると胸が痛くなる。ナディアとアリーは死んでしまい、アーネストは大怪我のせいで姉たちについて語ることもできなくなってしまった。

〝二人とも安全な国にいらっしゃるのですから〟――アマニはナディアへの手紙にそう書い

た。安全なはずの国で、ナディアは殺され、アーネストは重傷を負った。

しかし、チャド・ヴィシュネスキーとアレグザンドラの関わりを示す記述はどこにもなかった。二人ともイラクにいたという事実があるだけだ。アレグザンドラは〈ティントレイ〉が買収した〈アキレス〉の部門で働いていた。チャドはダッフルバッグに〈アキレス〉製のシールドを入れていた。〈ティントレイ〉はイラクに九千人の社員を派遣し、合衆国は十万人を超える兵士を送りこんでいる。チャドとアレグザンドラがどこかで出会った可能性は考えられなくもないが、日記にチャドのことはひと言も出てこない。

もしわたしがイラクへ出向いて、アマニと、プログラマーのジェリーと、ミスタ・モスバッハをなんとかして捜しだし、アレグザンドラがイラクですごした八カ月と人生最後の一日に関して知っていることをすべて話すよう、想像もつかないなんらかの手段で説得できたとしても、亡くなったときの様子だけは結局わからないだろう。もつれた謎を解こうとするなら、このシカゴで見つけることのできる証拠を使って解くしかない。クララの話では、アレグザンドラの死後にグアマン家が受けとった保険金のことで、母親とナディアが喧嘩をしたという。両親は〈ティントレイ〉を訴えるつもりでいたが、弁護士のレーニエ・カウルズが訪ねてきて、保険金を受けとるよう両親を説得したという。

それ自体はべつに怪しいことではないし、好ましくないことでもない。しかし、ナディアは激怒して実家を飛びだし、亡くなったときも、母親とは疎遠なままだった。そして、クララのほうは、アレグザンドラの死を話題にするのはタブーだと信じこんでいる。

わたしはグラスを手にして、落ち着かない思いで窓辺へ行った。日記に夢中になるあまり、ウィスキーを飲むのも忘れていた。ブラインドに隙間をあけた。ナツメヤシが見えそうな気がしたが、もちろん、見えたのは雪と氷だけ。そして、わだちのあいだをバウンドして走っていく深夜のわずかな車だけ。

レーニエ・カウルズは〈ボディ・アーティスト〉がナディアに捧げた追悼ステージを見るために、〈ティントレイ〉のオーナーと、イラクでの事業展開を統括する人物と一緒に、〈クラブ・ガウジ〉にやってきた。男たちの卑猥なジョークからすると、死者を追悼するためにやってきたというのは真っ赤な嘘だ。

しかも、わたしが〈ティントレイ〉の本社に押しかけたとき、ギルバート・スカリアはアレグザンドラ・グアマンが誰なのか、どんなふうに死んだのかを、正確に知っていた。たぶん、〈ティントレイ〉は不法死亡訴訟をおこされることを恐れて、グアマン家の動静を探りつづけていたのだろう。

ブラインドの羽根板をおろした。明日——というよりも、今日——グアマン家を訪ねてみよう。話をひきだす方法が何かあるはずだ。そのあとで、特大の水晶玉を買ってきて、〈ボディ・アーティスト〉がどこへ雲隠れしたかを占うとしよう。

その役に立つ思いを胸に、よろよろとベッドにもぐりこんだ。今度は眠りに落ちた。夢のなかで、アレグザンドラとアマニがわたしの身体にナツメヤシの絵を描いていた。うしろのほうで、透明な色の目をうっすら閉じて、カレン・バックリーが叫んでいた。「わたしの姉も死んだのよ」

十一時すこし前に電話の鳴る音で眠りからひきずりだされたときは、かけてきたのがジョン・ヴィシュネスキーだとわかっても、ホッとする思いだった。

「ウォーショースキー、何者かがチャドを襲おうとした。あんたが予想したとおりだ。わたしの同僚のクレオンがいてくれて助かったよ」

「ICUで襲撃を？　看護師の横をどうやって通り抜けたのかしら」

「看護師に変装してたんだ。金髪の女で、〈シカゴ〉に出てるあの女優みたいだったと、クレオンがいってた。派手な髪とか、その他いろいろ。だが、とにかく看護師の制服を着てた。クレオンがガラス越しにのぞいたら、女がチャドの鼻にタオルを押しつけてるのが見えたんで、新記録のスピードで駆けこんだが、女は反対端から逃げて姿を消してしまった。いったい何がおきてるんだ？　チャドは何に巻きこまれてしまったんだ？」

返事をするのはやめておいた。「三十分でそちらへ行きます」といった。

完全に目がさめ、完全に怯えていた。なぜいまになってチャドを狙うの？　チャドがひき裂いた防弾チョッキはわたしが持っていることを、向こうは知っているのだろうか。だとしたら、どうやって知ったんだろう？

コーヒーをいれるあいだに、腹部をかばいながら用心深くストレッチをした。まだひどい色だが、筋肉は予想より早く回復しつつあった。ジャンプして脚を開閉させる動きも、二、三回やってみた。コーヒーを飲んでから、さっとシャワーを浴び、白粉と頬紅を軽くつけ、実用的な黒のパンツスーツを着た。右手がまだ痛かったが、手袋に押しこむことができた。銃の引金もひけるようになっていた。すべて順調だ。

出かける前に、アレグザンドラの日記をクロゼットの靴棚の奥にある金庫にしまった。ミスタ・コントレーラスが犬の散歩係をいまも頼んでくれているので、心の重荷がひとつ減っている。重いブーツで裏階段をガタガタ下りていき、車でベス・イスラエルまで行って、ICUの迷路のような廊下を進んだ。ヴィシュネスキー夫妻を呼んでほしいというと、見るからに動揺した様子の主任看護師から、まず身分証の提示を求められた。

別れた夫と妻が手を握り合ってあらわれた。どんな意見の相違が原因で二十年前に別れることになったにせよ、息子の命が危険にさらされているいまは、そんなことは二の次だった。

「どうにも理解できない、ヴィク」ジョンがいった。「誰がうちの息子の死を願ってるんだ？」

「容態はどうです？」わたしは尋ねた。「回復の兆しは見えてます？」

「目をあける回数がふえてきたわ」モナがいった。「それに、一度に二分ぐらい意識がはっきりするようになったみたい。とても希望の持てる徴候だそうよ。言葉はあれきり出てないけど、もうじきまた口を利くようになるだろうって、イヴ先生が太鼓判を押してくれたわ。脳の損傷に関しては判断がすごくむずかしいらしいけど、スキャンの結果は上々ですって。ただ、ここにいても安全じゃないのなら、どうすればいいのか……」

モナは目頭を押さえ、ジョンが彼女の手を軽く叩いた。

「警察は呼びたくなかった」ジョンがつけくわえた。「ここまで回復したのなら拘置所の病院へ戻しても大丈夫だ、といわれるかもしれないからね。そんなことになっては困る。だが、もちろん、病院のほうから警察へ通報が行き、けさすでに誰かがわたしたちを訪ねてきた。イヴ先生がきて、チャドはまだ危険な状態だと刑事さんに説明してくれたが——ああ、どうしよう。収拾がつかなくなってきた」

「ええ。でも、わたしのほうでいくつかの答えに近づきつつあります。あとひとつかふたつ、突破口が必要なだけ。それまでのあいだ、息子さんの友達の一人が海兵隊の三等曹長で——あ、元海兵隊ですけど——失業中なので、その友達がこちらにきてチャドのボディガードをやってくれるなら、料金はわたしのほうでなんとかします。病院の理事長に話を通しておきます。ジェプスン三等曹長に夜間の警護を頼めば、昼間はあなたが付き添えばすむことですし」

ヴィシュネスキー夫妻はわたしを連れてチャドの様子を見に行った。以前に出会ったときの彼は怒れる巨漢だった。タトゥーの入った腕に点滴の針を何本も刺されて病院のベッドに横たわっている彼は、前より縮んでしまったみたいに見える。そんな姿を目にして、胸が痛んだが、わたしは彼のそばに膝を突き、彼の片手を握りしめた。

「わたしのことは知らないでしょうけど、チャド、あなたの友達なのよ」と、静かに話しかけた。「ティム・ラドケ、マーティ・ジェプスンと協力して、みんなであなたを助けようとしてるの。きっと大丈夫。だから、気を楽にして、ゆっくり休んで元気になってね」

　こちらの声がきこえているかどうかはわからないが、この言葉を数回くりかえした。わたしが立ちあがると、ヴィシュネスキー夫妻はチャドのそばを離れたくないといった。そこで、わたし一人が理事長のマックス・ラーヴェンタールのオフィスへ出向き、彼の秘書をしているシンシアと話をした。

　襲撃のことはシンシアも知っていた。警備部長からマックスのところへすでに報告が入っていた。

「チャドを個室へ移すことになったわ」シンシアはいった。「そして、一日二十四時間、一週間に七日、警備員を置くことにするそうよ。でも、集中治療の必要な患者を個室に移した場合、その費用は――チャドの軍人恩給じゃカバーしきれないわ」

「シンシア、そりゃないでしょ。チャドが何者かに殺されたら、病院の怠慢だといって両親が訴訟をおこし、病院は慰謝料として莫大なお金を払うことになるのよ。個室の費用の一部を病院で負担するほうが安上がりに決まって――」

「コストのことでわたしにお説教するのはやめて」シンシアが話をさえぎった。「たしかに同感だけど、今回の騒ぎをひきおこしてるのはわたしじゃないわ。マックスでもないし。うちの病院はずいぶんあなたに協力してるけど、〝低所得帰還兵のためのV・I・ウォーショースキー病院〟じゃないんですからね」

　ベス・イスラエルもイリノイ州のほかの病院と同じく、低所得層の患者数は一パーセントにも満たない。しかし、わたしに必要なのは助けであって、闘いではないので、こう答えるだけにしておいた。「そのとおりよ、シンシア。そのとおり。ボディガードとして海兵隊員を送りこむことにするわ。おたくの警備員を使う必要がなければ、多少は経費の節減になるでしょ」そこでためらった。「侵入者を撃退した男性の話だと、〈シカゴ〉に出演してるレニー・ゼルウィガーに似た女だったそうよ。アントン・クスターニックの暗殺チームに、すくなくとも一人は女性がいるってことね」

アントンという名前は、シンシアには初耳だったが、どういう人物かをわたしが説明すると、警備部長とマックスに伝えておくといってくれた。

「気休めかもしれないけど、そう長引くことはないと思うの」わたしはいった。「雀蜂の巣を揺すってきたから、蜂どもが狂ったようにブンブン飛びまわり、むきだしの皮膚を見つけて片っ端から刺してまわってるとこ。それを追っていけば、いずれ女王蜂にたどり着けると思う。いえ、今回の場合は、たぶん王様蜂ね」

「気休めになんかならないわ」シンシアは叫んだ。「うちの病院を戦闘地域にされるなんておことわりよ。ギャング連中が入院するたびに武器をとりあげなきゃいけなくて、それだけでも大変なのに。ときには、手術室でもそんなことがあるのよ！　ほんとだったら警察に勾留されてなきゃいけない人間のことなんて、心配する気にもなれないわ」

どう返事をすればいいのかわからず、ロティにはいわないでほしいと懇願することぐらいしか思いつかなかったが、〝長引くことはないと思う〟などと楽天的なことをいった手前、それもできなかった。かわりに、一刻も早く終わらせると約束した。

「もう一度こんな騒ぎがあったら、チャドにはよそへ移ってもらいますからね」シンシアは警告した。「マックスも同じことをいうと思うわ」

そのきびしい別れの言葉に心を重くしながら、わたしは自分の車に戻った。従妹に連絡をとって、マーティ・ジェプスンの携帯番号を知っているかどうかききたかったが、事務所にかけても、携帯にかけても応答がなかった。〝緊急！ すぐ電話して！〟とメールしてから、車で三十五丁目とミシガン・アヴェニューの角まで行き、テリー・フィンチレーに会おうとした。

わたしがきのう話をした警官、リズ・ミルコヴァがやってきた。とりあえず挨拶の言葉を並べた――〈クラブ・ガウジ〉で会ったわね。きのう話をしたわね。わたし、テリーとは何年も前から仕事をしてきたのよ。

「いくつか重大なことがおきたの」と、つけくわえた。「チャド・ヴィシュネスキーがICUで襲撃されたのもそのひとつ。でも、それに加えて、アントン・クスターニックがどんな方法を使って盗聴装置にモニターされることなく部下と連絡をとってたかも、わたしから説明できるわ」

「わたしが伺って、フィンチレー刑事に伝えておきます」

「くわしいことはすべて、テリーに直接話したいの」

ほとんど黒に見えるほど濃いブルーの彼女の目がさらに暗い色を帯びた。「わたしは女だし、下っ端刑事かもしれません。でも、供述をとる方法は知ってます」

わたしは自分の目が怒りでぎらつくのを感じた。「わたしはね、あなたたちのためにドアをひらこうとがんばった昔気質のフェミニストの一人なのよ、ミルコヴァ巡査。だから、わたしの前で高慢ちきな態度はとらないで。もしあなたがエリオット・ネス本人だとしても、わたしはやっぱりテリーに話をしたい。グアマン殺しの現在の捜査責任者がテリーじゃなくて、あなただというのでないかぎり」

背後で誰かが手を叩きはじめたので、わたしはふり向いた。フィンチレーがロビーに出てきていた。「ウォーショースキー、おれが百歳まで生きたとしても、たったいま味わった以上の満足を得ることはけっしてないだろう。誰かがきみの得意のセリフを皿にのせて、きみに差しだしたんだからな」

わたしはゆがんだ笑みを浮かべた。「わたしは他人に奉仕するために生きてるのよ、フィンチ。何者かが看護師に変装して、真夜中にベス・イスラエルのICUに忍びこんだこと、知ってた？　その女がタオルでチャド・ヴィシュネスキーを窒息死させようとしたの。でも、父親の友達がその場にいて、女を撃退したわ」

フィンチレーには初耳で、警察の誰がICUのスタッフに話をききにいったのかを、ミルコヴァに調べにいかせた。それからわたしを会議室へ連れていったので、わたしはクスターニックとロドニー・トレファーが〈ボディ・アーティスト〉を伝言板として使っていたことをくわしく説明した。

「興味深い話だが、ウォーショースキー、きみのストリッパーだか、アーティストだかが消えてしまったとなると、あまり役に立ちそうもないな。それに、〈クラブ・ガウジ〉はしばらく休業だし」

「クスターニックのせいだわ！」

「きみはそういうだろう。だが、オリンピアというあのオーナーは意見がちがう」

フィンチレーは片手をあげた。「あっちが正しくて、きみがまちがってるというつもりはない。クスターニックの下で働いてる男ども――もしくは女ども――を連行するだけの根拠はまったくない、といってるだけなんだ。いいか、おれだってほんとはそうしたい。東欧の悪党連中ときたら、わが国のギャングが考えもしなかったような新たな次元で、武器を使い、残虐性を発揮してるからな。ロドニー・トレファーのほうは……この前の晩、ぶちのめされて、きみがそれを通報してきた。それで合ってるかい？」

「いいえ」わたしはフィンチレーをじっと見た。「あいつはわたしが身動きできないようにしといて、みぞおちに蹴りをよこしたの」セーターをめくりあげ、色分けされた腹部を見せた。「でね、足をすべらせて氷に頭をぶつけてしまったの。イラクに行ってた帰還兵二人が駆けつけて、ロドニーの友達連中がわたしを始末するのを阻止してくれたわ」

ミルコヴァ巡査が戻ってきて会議室にきた。わたしの打撲傷を見て息を呑んだ。

「正式に告訴する？」フィンチレーがきいた。

「あとでね。喜んで告訴するわ。二人の帰還兵が――海兵隊の曹長と軍のシステム・プログラマーなんだけど――わたしに協力して、ロドニーが〈ボディ・アーティスト〉の身体に描いてた暗号の意味を説明するよう、クスターニックの手下どもを説得してくれたの。クラブが火事で休業中だから、ロドニーがやってた方法はもう使えないけど、クスターニックのことだから、どこかよそで同じ方法を復活させるかもしれない。あなたに見せようと思って、すべてメモしておいたわ」

フィンチレーはわたしのパソコン画面でそれを読み終えると、うなずいて、コピーをとるためにミルコヴァにメモリスティックをとりにいかせた。

「きみの考えでは、グアマンが殺された件と関係あり？」

「知らない。いまのところ、すべてが闇のなか。あらゆることが〈ボディ・アーティスト〉を軸にしてつながってるけど、彼女が姿を見せないかぎり、点と点をどうつないでいけばいいのかわからない」

ミルコヴァがメモリスティックを持って戻ってきた。わたしはさきほどのメモをコピーし、それから立ちあがった。

「ヴィシュネスキーの坊やだが、まだ意識不明かい？」フィンチレーがさりげなくきいた。

〝ベスト〟がほしいと頼めるぐらいのあいだ、意識が戻ったのだが、それをフィンチレーに報告する必要はないだろう。

「ヴィシュネスキー夫妻の話だと、まだ危険な状態を脱していないことを、担当の神経外科医からおたくの警官に伝えたそうよ。わたしの知るかぎりでは、意識は戻ってないわ」

「容態が落ち着きしだい、拘置所のほうへ戻ってもらうぞ。アントン・クスターニックが

〈クラブ・ガウジ〉を個人用の郵便受けにしてたという事実は、グアマン殺しとはなんの関係もない。警察から見れば、チャド・ヴィシュネスキーはいまも容疑者のままだ」

「今日の明け方、何者かに窒息死させられそうになったのに？」

「まったく無関係ないざこざかもしれん。殺された女の友達が復讐したようとしたのかも。きみはまだ、有力な容疑者をほかに一人も挙げていない」

「努力中よ、テリー。そのうち、かならず挙げてみせる」わたしは立ちあがった。「ところで、クスターニックの住所を使ってる何者かが、ロドニーの病院代を支払うために、現金で二万三千ドルをポンと出してるわよ。そこから何がわかる？」

「おれよりもロドニーのほうが、リッチな友達を持ってるってことと」

44
融解した家

ロドニーを正式に告訴するため、ミルコヴァ巡査についていった。あの夜のことをいちいちくわしく話すつもりはなかった。アントンの——もしくは、オーウェン・ウィダマイヤーの——メルセデスのなかで何があったかについては、とくに。だが、狡猾なアントンがロドニーの代理としてすでにわたしを告訴していたため、こちらも、タイヤに銃弾をぶちこんだジェプスンに迷惑がかからない範囲でくわしく説明せざるをえなかった。

告訴の手続きが終わったところで、もう一度従妹に電話してみたが、あいかわらず留守電になっていた。事務所で不意に襲われたのではないかと心配でたまらなくなり、まわり道をして事務所に寄ってみたが、わたしが使っているスペースには誰もおらず、侵入された形跡もなかった。ふたたび出かける前に、メッセージをチェックした。リヴカ・ダーリンから電話があり、〈ボディ・アーティスト〉を見つけるために何をしているかについて、報告をよこすよう要求していた。もっとも大切な依頼人であるダロウ・グレアムからは、わたしの都合のいいときに一刻も早く会いたい、とのメッセージが入っていた。彼のアシスタントに電話して、明日の午後ならあいていると伝えた。

それ以外の用件は、あとまわしにできるものばかりだった。南へ車を走らせて、グアマン家のあるピルゼンまで行った。居間に明かりがついていた。呼鈴を鳴らすと、クララが防犯チェーンの幅だけ玄関ドアをあけた。わたしを見たとたん、息を呑み、真っ青になった。

「何しにきたの？」といった。

「ご両親とどうしても話がしたいの。この二、三週間、みんなで秘密の雲の下に身を潜めてたようだけど、そろそろ外へ出る時期よ」

クララは片手を口に当て、肩越しにうしろを見た。テレビの音と、画面に映った何かを見てアーネストが大笑いしているのがきこえてきた。

「クララ、アレグザンドラの日記を見つけたわ。ほかにどんな秘密を隠してるの？」

「アリーの日記？　でも――あの日記、消えてたわ！」

「クララ！　誰だい《キエン・エスタ》？」祖母が呼んだ。

「ママのお客さんよ」クララは答えた。

「じゃ、ナディアが亡くなったあとで、あなた、アパートメントへ行ったのね。いつ？　荒らされる前？　それとも、あと？」

クララの背後に祖母があらわれた。二人はスペイン語でつっけんどんに言葉をかわし、それからクララが玄関ドアをあけた。祖母がいぶかしげにわたしを見た。誰だったか思いだそうとしている様子だった。

「V・I・ウォーショースキーです。たしか、二週間ほど前、リハビリセンターでお孫さんと一緒のときにお目にかかったと思います」

「病院の人？」祖母が英語できいた。

「いえ。わたしは——」

「ナディアのお友達だった人よ」クララがあわてて割りこんだ。「ナディアのアパートメントのことでママに話があるんだって」

祖母の顔が悲しみに曇った。「ナディアの代わりに借りたいっていうの？」ときいた。

わたしは首をふった。「たぶんご存じないと思いますが、何者かがアパートメントに押し入ったんです。ひどく荒らされてますが、ナディアの絵だけは無事に残ってました。絵を救いだしたいなら、早く行かれたほうがいいと思いますよ」

「押し入った？　ああ、神さま、つぎは何なの？　つぎは何なの？」祖母は手をもみしぼったが、落ち着きをとりもどそうと努め、紅茶かコーラでもどうかと尋ねてくれた。「嫁ももうじき帰ってきます。さ、入って。玄関は寒すぎるわ」

祖母のあとから居間に入ると、アーネストが〈三ばか大将〉を見ているところで、手を叩いたり、妹と祖母のためにアクションを再現してみせたりしていた。テレビの音とアーネストのわめき声のおかげで、クララと内緒話をするのはしごく簡単だった。

「日記を持ってることを、ナディアがあなたに話したの？」わたしは尋ねた。

「見せてくれたの。アリーの友達がナディアに送ってきて、ナディアはすっごいショックで、誰かに話さなきゃいられなかったの」クララは唇を噛んだ。「ほかの誰かにしてくれればよかったのに。あたし——わかんないけど——そんな秘密、知りたくなかった！」

「その友達——アマニって人でしょ？　お姉さんがイラクで仲良くなったお友達」

クララは返事をためらい、それからうなずいた。わたしたちの背後では、祖母が椅子にすわって居眠りをしていた。アーネストが「いいぞ、カーリー！　いいぞ！」と大声でわめいているというのに。

「ナディアが〈ボディ・アーティスト〉の居所を突き止めたのは、去年の感謝祭のころだったわね」わたしはいった。「でも、アレグザンドラが亡くなってから二年近くになるのよ。日記が届いたのはいつだったのかしら」

「アリーが死んで半年ぐらいあとだった。けど——最初のうち、ナディアは読みたくないっていってたの。アリーは死んじゃったし、保険金のことでママと喧嘩の最中だし、辛すぎるって。だから、ナディアはアリーのために小さな祭壇を用意して、聖なる遺物箱に日記をしまうことにしたの。ナディアがパピエ・マシュでぴったりサイズの箱を特別にこしらえて、バラとか、そのほか、アリーの美しさをあらわすシンボルをあれこれ描いたのよ」

わたしはうなずいた。ホロコーストの犠牲者の身内も、亡くなった人々の貴重な日記やレシピノートを手にしながら、ときには何十年も読むことができずにいる。ナディアが一年以上待ったのも、驚くにはあたらない。

「で、ナディアはついにアレグザンドラの日記を読んだのね」

「感謝祭のすこし前だった。すごくショッキングで、すごく傷ついて、だから、思わずあたしに打ち明けたの。こんな事実、一人じゃ背負っていけないって、ナディアがいってた。アリーったら、よくもこんなことできたわね。どうして家族みんなを裏切ることができたの？しかも、相手はイスラム教徒なのに」

わたしはアマニの姉妹を想像した——よくもこんなことを——しかも、相手はアメリカ人。おまけにカトリックだなんて——しかし、こう答えるだけにしておいた。「そのイスラム教徒の女性はお姉さんと友達になって、知らない国ですごす孤独からお姉さんを救ってくれたのよ」

「わかってないのね！」クララは反論した。「アリーはあたしをいい大学へやるためのお金を稼ぎにイラクへ行くんだって、あたしにいったのよ。なのに、ほんとは自分の罪の償いをするためだった。あのボディ・ペインターとミシガンですごした一週間の償い」

「ナディアは画家《ペインター》だった」わたしたちの会話の一部を耳にして、アーネストがいった。「天国へ行く前は」

「何事もそうだけど、ひとつに限定できるものではないわ」わたしは諭した。「償いのためでもあり、お金を稼ぐためでもあった。お姉さんはあなたを信じてたのよ。グアマン家の姉妹のなかでいちばん頭がいいって。あなたのことがかわいくてたまらなかったの。わかるわね。あなたに明るい未来がひらけることを願ってたのよ」

クララはセーターのファスナーをいじっていたが、顔のこわばりがすこしだけ和らいでいた。

「で、ナディアのアパートメントへ行ったのはいつだったの？」わたしはきいた。

「お葬式の日に、墓地を出たすぐあとで。会食するためにみんなで家に戻ってから、あたしだけ裏の路地を抜けてブルー・ラインに乗ってナディアのとこへ行ったの。何も問題なかったわ――いえ、ほんとは問題だらけ――誰かがナディアのアパートメントに押し入って、荒らしてったって、あなたがさっきいったでしょ。でも、あたしが行ったときは、そんなんじゃなかった。ナディアが出かけたときのままだった。ただ、あの小箱がなくなって、日記も消えてたの」

クララの琥珀色の目が恐怖に曇った。

玄関のドアの呼鈴が鳴った。ビクッと目をさました祖母のほうを一瞥してから、クララが玄関へ行った。わたしはそっとのぞいてみた。クリスティーナ・グアマンだった。誰かがチェーンをはずして家に入れてくれるのを待っていた。母親と娘が言葉をかわし、やがて、クリスティーナが居間に入ってきた。目が怒りに燃え、顎がこわばっていた。

「うちに入りこむなんて図々しい。いますぐ出てって！」

祖母がスペイン語で何かいった。わたしを家に入れたことで、クリスティーナに謝っているのだろう。だが、嫁は無視した。「うちの子はすぐ人を信じる性質《たち》だから、そこにつけこんだんだろうけど、わたしの目はごまかせないわよ。死人の骨に食らいつくタイプだわね。いますぐ出てって！」

わたしは立ちあがり、コートをとった。「アレグザンドラが亡くなったとき、あなたは不法死亡訴訟をおこすと〈ティントレイ〉に宣言した。そうでしょ、ミズ・グアマン？ やがて、レーニエ・カウルズが訪ねてきて和解を勧めた。おたくではアーネストに特別な介護が必要で、その医療費だけで破産しそうだったから、ほかに選択の余地がなくて、お金を受けとることにした」

「誰からきいたの？ クララ、何をしゃべったのよ？ この……この寄生虫に」

「まあまあ、ミズ・グアマン、極秘事項でもないのに。どうして秘密にするんです？ レーニエ・カウルズから何か脅されてるとか？ アレグザンドラの私生活を世間にばらすという脅しなら、いまどきの世間に、そんな秘密を気にする人はいないと思いますよ」

「よけいなお節介だわ。あなたが何かを握ってて、それとひきかえにお金を要求する気なら、考えなおすことね。そっちが売りつけるものなんか、買うつもりはないわ」

クララが小声で文句をいったが、母親の憤怒の形相の前で消えてしまった。クリスティーナの非難は不当なものだったが、それでもわたしは困惑し、何もいわずにコートのボタンをかけた。

アーネストがテレビからわたしに視線を移し、不意に、彼自身の頭のなかでつながりを見つけた。「子犬！」と叫んだ。「この人、ぼくの子犬を持ってる！」

居間から走りでたと思うと、わたしがリハビリ病院でアーネストに渡したペットショップのチラシを持って戻ってきた。さんざんいじられて、いまでは薄汚れていた。

「アリー、ぼくのアリー。大きなアリーは鳩、イエスさまと一緒に飛んでる。小さなアリーはぼくの子犬」アーネストはチラシにキスして、そのあと急に顔を真っ赤にして、わたしに向かってわめいた。「どこなんだ？　小さなアリーを隠してるだろ。小さなアリーをよこせ！」

アーネストはわたしのブリーフケースをつかむなり、中身を床にぶちまけた。子犬が出てこないので、床にすわりこんで、わたしの書類のひとつを破りはじめた。クララがかがみこみ、アーネストの手から書類を奪いとった。

わたしはパソコン、財布、その他の所持品を拾い集めた。カウチの下にころがった口紅をクララが拾ってくれた。すべてをブリーフケースに戻したときには、アーネストは癇癪をおこしたことなどすっかり忘れて、ふたたび〈三ばか大将〉を見ていた。わたしはそれ以上何もいわずに出ていった。

45　V・Iと親しくなるのは危険

自分の車のなかにしばらくすわったまま、グアマン家を訪ねるのが名案だと思ったのはなぜなのか、あるいは、祖母のミズ・グアマンがアーネストを連れて病院へ行ったときに図々しく話しかける権利が自分にあると思ったのはなぜなのか、さらには、清掃作業員のかわりに私立探偵になろうと思ったのはなぜなのかを、必死に思いだそうとした。すくなくとも清掃作業員をやっていれば、一日の仕事が終わったときには、あたりが朝よりきれいになっているはずだ。

ようやくエンジンをかけて、事務所へ向かいながら、そこでどんな危機が待ち受けているのかと不安を覚えた。ペトラとまだ連絡がとれていない。ダロウ・グレアムに報告書を書かなくてはならない。テリー・フィンチレーはいまも、ナディア殺しでチャド・ヴィシュネスキーを裁判にかける気でいる。ロドニー・トレファーがどこに潜んでいるのかわからない。カレン・バックリー／フラニー・ピンデロは姿を消してしまった。仕事熱心な私立探偵のやるべきことはどっさりあるのだから、実在しない犬のことで、脳に損傷を受けた若者とその家族を悩ませている場合ではない。

いつもの駐車スペースに車を入れると、マーティ・ジェプスンのおんぼろトラックが目に入った。惨事を予想しながら、あわてて事務所に駆けこんだが、ペトラがジェプスンと一緒にそこにいた。郵便物の整理をジェプスンに強引に手伝わせていた。

「ヴィク！　すごい一日だったのよ！　いろいろあってもう大変！」

「わたしに連絡もできないほど大変だったの、携帯メールの女王さま？」

「あたしの車を彼のトラックにロープでつなごうとして、二人でがんばってたら、雪解けのぬかるみに携帯を落としたの」ペトラは説明した。「でね、こわれちゃったみたい。そうそう、マーティのことは心配しないで——マーティに払うお金って意味だけど——だって、ヴィクの許可を得ずにマーティに手伝ってもらったんだから、あたしのほうで小切手を書くわ。ただね、マーティがいなかったら、今日一日、ぜったいに乗り切れなかった！」

「三等曹長」わたしはいった。「ペトラと一日をすごしたのなら、たぶん、あなたになんらかの戦闘手当てを出すべきね」

ジェプスンは赤くなった。「あの、マム、い、いや、ヴィク、あなたの力になれてよかったです。あの、〝マーティ〟って呼んでもらえないでしょうか。ぼくはもう海兵隊の人間じゃないし」

「人はみな、それまでに到達した最高ランクの肩書きで呼ばれる資格があるのよ」わたしは説明した。「たとえリタイアした身であってもね。一例を挙げると、いまのペトラだったら、どうして固定電話を使って連絡してこなかったのかと首をかしげてる相手から、〝困り者〟

と呼ばれる資格があるわ」

「ちょっとォ、ヴィク、そんな意地悪いわないでよ！　ヴィクの電話番号はね、あたしの携帯に入ってて、それもあたしの哀れな車と同じくだめになっちゃったの。車の修理にいくらかかるか、もう信じられないぐらいよ。ま、保険に入ってるけどね。とりあえずは、ママの保険でカバーできるの」ペトラはそこで言葉を切り、真剣に考えこんだときのいつもの癖で、下唇を突きだした。「ママに払ってもらうのはやめたほうがいいかなあ。けど、あーあ、請求書がいっぱいきてるし、ヴィクのとこで臨時のバイトをしてるだけだし――」

「いまもあなたに頼られてるとわかったら、ママ、きっと喜ぶわよ」わたしは口をはさんだ。「でも、あなたの車をこわしたのはわたしだから、保険でカバーできない分の修理代はこちらで持つわ」

「ヴィクって天使ね。ゆうべ、ひどいこといってごめん」

ペトラはふたたび、今日一日の冒険をハイテンションで語りはじめた。携帯をこわした！　車を牽引した！　新品のジャケットにスープをこぼした！　でも、袖口のしみはたぶん、ゆうべ〈プロツキー〉で食べたピザだわ。すっごくクールなバーね！

情報の洪水に、わたしは頭がくらくらしてきた。奥の部屋へ行った。そこには緊急事態用としてジョニー・ウォーカーの黒が置いてある。仕事中は飲まない主義だが、グアマン一家と苦悩の顔合わせをした直後にペトラの相手をするのは、わたしにとって、健康を脅かす緊急事態といっていい。ペトラとマーティにもボトルをさしだしたが、二人ともウィスキーは好みではなかった。「ビールはないの？」

「ガソリンを飲むようなもんだわ、ヴィク」というのが、従妹の魅惑的な意見だった。

ウィスキーがわたしの体内をめぐり、新年にメキシコ・シティを去ってから初めて身体が温まるのを感じた。デスクの椅子にすわって、ペトラに甘い笑顔を向けた。「ビールは自分で買ってね。さてと、パスファインダーを牽引して……それからどうしたの？」

「あ、えっとね、それからここにきたの。ヴィクのほうで何か用事があるんじゃないかと思って。そしたら、チェヴィオット研究所から留守電が入ってた。ミスタ・リーフって人が電話してきて、ヴィクに頼まれた検査をやったらめちゃめちゃ意外なものが見つかったっていってた。何が見つかったと思う？」

「合衆国の核兵器庫の暗証番号」からかってやった。

「やだ、ヴィク、そんなすごいのじゃないわよ。じつはね――防弾チョッキに入っているべき品を――えっと、セラミックか何か知らないけど――誰かがそれをとりだして、かわりに普通の海岸の砂を入れといたんだって。信じられる？」

わたしはウィスキーを置いた。

「リーフはどういってた？……もともとはその品がシールドに入ってたことを、彼のほうで立証できそう？　じつはね、チャドがシールドに穴をいくつもあけたの。最初に何が入ってたか、どうすればわかるの？」

ペトラは肩をすくめた。「知らない」

「あの、マム……あの、ヴィク……報告書をもらってきました。あなたがどこにいるのか、何が必要なのかわからなかったから、車でノースブルックまで行って、ミスタ・リーフからもらってきたんです」

封をしたままの封筒をマーティが渡してくれた。おなじみの雄羊の紋章が隅についていた。わたしは封を切って、何ページもの報告書にざっと目を通した。〝成分〟、〝ファンデルワールス力〟、〝カーボン60〟といった、大学時代のタークヴィッチ教授の化学の講義をもっと真面目にきくべきだった、と反省したくなる不可解な言葉でぎっしりだった。

チェヴィオット研究所に電話を入れた。サンフォード・リーフは遅くまで残業していた。よかった。

「報告書に書かれてるこの比率だけど」わたしは質問した。「砂が七十五パーセントで、フラーレンが二十五パーセント。本来のものと比べて、どうちがうの？」

「本来なら、ガリウムヒ化物フラーレン百パーセントであるべきなんだ」リーフがいった。

「じゃ、純度の低いその混合物が最初からチャドのシールドに入ってたことを、あなたはどれだけ確信してるの？」

「うちでいちばん優秀な材料工学の専門家、ジェニー・ウィンが分析をやってくれた。その二つの点について、いつでも喜んで証言するといっている。分析結果に疑いの余地なしと確信しないかぎり、そんなことはいわない人間だ」

わたしは《フォーチュン》の記事を思いだした。〈アキレス〉製の防弾チョッキを一刻も早く市場に出し、イラク戦争に便乗してうまい汁をたっぷり吸おうと、〈ティントレイ〉が躍起になっていたという。「じゃ、〈ティントレイ〉は要するに、銃弾を食い止めることのできないシールドを納入したわけね。市場でシェアを獲得するための一時的なものだったのか、それとも、継続的な方針なのか。〈アキレス〉の防弾チョッキを入手するさいに、製造時期の異なるものを何点か選んで注文し、おたくのミズ・ウィンに中身を分析してもらうことはできる?」

「やってみよう。優先度は?」

「優先サービスでお願い。ただし、最優先でなくてもいいわ」

「報告書を全部読んでくれた?」リーフがきいた。「ウィンが見つけた奇妙な点のひとつが、ミットの穴の周囲に見られる焼け焦げだ。あの生地は頑丈で、特製ナイフを使わないと切断できない。だから、穴をあけるために燃やしたものと思われる。〈ティントレイ〉側の弁護士はおそらくその点を突いてきて、中身がすり替えられたと主張するだろう」

リーフは電話を切ったが、わたしは受話器を握ったまま、デスクの表面をみつめていた。防弾チョッキが機能しなかったせいで分隊の仲間が死んでしまったことをチャドが知っていたのなら、ナディアが〈ボディ・アーティスト〉の肌に〈アキレス〉のロゴを描くのを見て錯乱したのも無理はない。自分をスパイしているといって、ナディアを非難した。〈ティントレイ〉のまわし者だと思ったにちがいない。

顔をあげると、ペトラが心配そうにこちらを見ていた。

「ヴィク、何か問題でも？」

「問題はないわ」わたしはゆっくりといった。「ただ——何があったかわかったような気がするけど、それを証明する方法がわからないの。ナディア・グアマンを撃った銃の引金を誰がひいたかはわからないけど、その理由はわかったし、チャドが犯人にされた理由もわかった。マーティ、チャドは防弾チョッキのことをどの程度話してたかしら」

マーティは顔をしかめた。「その話を始めたら止まらなかったです、マム——いや、ヴィク。あいつが激怒してたことは、みんなもわかってた。だけど、自分と仲間が受けた扱いのことで、あいつはいつも怒ってた」

「防弾チョッキの欠陥について話したことはなかった？」

「本当なら仲間は助かったはずだ、防弾チョッキが守ってくれなかった、といってました。しかしね、マム、こんなことといっちゃなんですけど、手製爆弾を投げつけられたら、身を守るすべなんてないですよ」

「じゃ、本来ならナノ粒子が入ってるはずのシールドに砂が詰まってたって話は、チャドからきいてないのね？」

マーティは首をふり、思いだそうとした。「分隊の仲間が全員虐殺されたことを全世界に告げてやるって、あいつがいってたのは知ってるけど、まあ、口でいうだけでしたね。そうやってガス抜きしてたんです。すくなくとも、ティムとぼくとほかの連中はそう思ってた。

あなたがやったように、あいつが分析のために防弾チョッキをラボへ送ったなんて話は、きいた覚えがありません」

「でしょうね。実射で試してみたんだと思うわ」それなら、ミットの穴のまわりの焼け焦げも、モナをひどく悩ませていた寝室の壁の穴も、説明がつく。チャドがシールドを壁にかけておいて、銃弾を撃ちこんだのだ。銃弾は防弾チョッキを貫通して、背後の壁に穴をあけた。これがチャドのつかんだ確証だった。しかし、チャドのやっていることを、〈ティントレイ〉の連中はどうやって知ったのだろう？

「ブログだわ。削除された部分。きっと、そこにミットのことが書いてあったんだわ。ティムに頼まなきゃ。チャドのブログを復元できるかどうか、きいてみなくては」

わたしは立ちあがった。「ジェイクが今夜、ヨーロッパに出発するの。その前にどうしても会っておかないと。あなたたち二人のほうでティムに連絡をとって、仕事が終わってからわたしの家にこられないかきいてみてくれる？　ついでに、この報告書のコピーを二通とっといて、ねっ？　一通は《ヘラルド＝スター》のマリ・ライアスンに送って。もう一通はフリーマン・カーターに」

オヘア空港まで車で送ると前にジェイクにいったのだが、海外ツアー用にコントラバスを梱包するのは、心臓が止まるところまではいかないものの、かなり骨の折れる作業だ。十万ドルの価値を持つ楽器を運ぶにあたって、ジェイクは機内持ちこみができるように三席分の航空券を買ったのだが、セキュリティを通ったあとで、楽器のほうだけ特別の検査を受けて丹念に梱包しなおす必要がある。室内楽団のマネージャーが荷物の世話係として裏方を一人よこしてくれることになっていた。

階段に響くわたしの足音をきいて、ジェイクが踊り場に出てきた。「ヴィク、帰ってきたんだね。誰かを撃ってるんじゃないか、もしくは、撃たれてるんじゃないかと心配してたとこなんだ」

ジェイクはわたしを腕に抱くと、踊りながら自分のアパートメントに入った。居間は荷物でいっぱいで、コントラバス二台もそこに含まれていた――室内楽団用の現代のものが一台と、古楽を演奏するための年代ものが一台。ファイバーグラスのケースに収められた楽器は、コンサート会場で堅苦しく席についている年配の人々に似ていた。わたしは楽器に向かってお辞儀をしてから、母が得意にしていたアリア〈おっしゃらないで、愛しい人よ〉を何小節か歌った。

ジェイクがわたしを寝室に連れていった。小さなテーブルにシャンパンと花瓶に活けた花が置かれていて感激した。「エコノミーのシートが三つ。かわいい楽器たちをファーストクラスに乗せてやる財力がないから、シャンパンはいまのうちに二人で飲んでおこう」

ジェイクは分厚く重ねたわたしの冬の服を頭から脱がせて、ブラのホックをはずした。みぞおちの打撲傷を目にして、少々すくみあがったが、わたしが心配していたようなあとずさりはしなかった。彼がベッドから出てシャワーを浴び、フライト用に着替えをするころには、グアマン家を訪ねたあとのわたしの痛切な後悔もいくらか薄れていた。ベッドでぐずぐずしていたが、やがて呼鈴が鳴ったので、ジェイクが裏方を迎えに出ていったあいだに、ジーンズをはいてセーターを着た。

シャンパンを手にして階段の踊り場に立ち、男性二人が荷物と楽器をカートで運びだすのを見送った。「帰国するころには、四月になってるわね。会えなくて寂しい。でも、コンサートが放送されるときは、ネットで追いかけるわ」

「帰国するまでに、きみの肌がオリーブ色に戻ってるといいな。いまの緑と紫は似合わないよ、V・I。無茶をしないように、いいね？」

大急ぎのキス。そして、彼は行ってしまった。わたしは踊り場にしばらく立っていたが、自分を哀れんでいる暇はなかった。ジェイクが出かけて三十分ほどすると、ペトラとマーティ・ジェプスンがピザを二枚持ってやってきた。ティム・ラドケを待つあいだに、わたしたちがピザを食べはじめると、ミスタ・コントレーラスと犬たちも協力した。九時ごろティムがやってきて、すぐ作業にとりかかったが、チャドのログインパスワードをようやくクラックしたものの、ブログを再現することはできなかった。エントリーが削除されていた。それ以上どうしようもなかった。

「あるいは、チャドが何も書かなかったのか」ティムはいった。「なんともいえない。〈アーティスト〉のサイトの場合は、誰かが閉鎖のコマンドを出してるのがわかったけど、こっちはちがう。ほら、何かが存在したという形跡がまったくないんだ」

「チャドのパソコンが見つかったら？」わたしはきいた。

ティムは首を横にふった。「何が削除されたかを調べるには、ブログサーバーをハッキングしなきゃならない。それに、ぼくがチャドのためなら刑務所に入ったってかまわないと思ったとしても――その気はないけど――そういう検索がやれるほどの腕は持ってない。チャドのパソコンが手に入ったとしても、ぼくらにわかるのは、あいつがメールを送ったかどうか、あるいは、防弾チョッキに関して手紙か何かを書いたかどうかぐらいだと思う」

それで納得するしかなかった。もっとも、わたしが望んでいた答えではなかったが。若い連中はクラブへ出かけていった。一緒に行こうと誘ってくれたが、なんだか年老いた伯母さんになったような気がした。そこで、年老いた伯母さんにふさわしく、家に残り、ベッドに入った。ああ、エネルギーにあふれていて、一日じゅう働いたあとで夜ごと踊りに出かけていた日々……あのころに戻りたい。

ドアの呼鈴で目がさめたのは、午前一時をまわったころだった。誰かが呼鈴を強く押していて、犬までおきてしまった。眠くていうことをきかない脚でドアまで行くあいだに、犬の吠える声がきこえてきた。コートをはおり、銃をポケットに入れ、ミスタ・コントレーラスよりも先に建物のドアまで行くために階段を駆けおりようとした。ペトラに決まっている。鍵をなくして自分のアパートメントに入れなくなったのだろう。「モーテルへ行きなさい」とか「うちの居間の床で寝なさい」といった、きびしい小言を練習した。

嫌味な言葉は喉の奥で消えてしまった。ドアの外に立っていたのはクララ・グアマンだった。右目が腫れてひらかなくなり、鼻血を出している。ドアをあけると、クララはわたしの腕のなかに倒れこんできた。

46 われらが聖母、書類の守護者

「すぐによくなるわ、お嬢ちゃん。鼻にガーゼが詰めてあるから、二、三日はうっとうしいでしょうけど。さてと、誰にこんなことされたの？　ヴィクトリアのせいで何か危ないことに巻きこまれたの？」

「ロティ！」わたしは反論しようとしたが、言葉が喉の奥で消えた。わたしがグアマンの家を訪ねたりしなければ、たぶん、今夜の襲撃はおきなかっただろう。

わたしたちがいるのはディメン・アヴェニューにあるロティの診療所だった。ミスタ・コントレーラスも一緒だった。クララの到着後、老人がすぐさま自分の住まいから飛びだしてきたのだった。

「おやおや、ピーウィーかね？」老人は叫んだ。見知らぬ女の子が顔を血だらけにしているのを見て、彼の部屋に連れて入るようわたしに命じた。

二人でクララをカウチに寝かせ、顔に当てるアイスパックを老人が作ってくれた。「この子のそばにいてくれ、嬢ちゃん。そっと寝かせとくんだぞ。着替えてくるから、そしたら医者へ連れていこう」

クララはフランス語の教科書を抱えこんでいて、どうしても放そうとしなかった。わたしはクララを毛布でくるみ、顔の血を拭きとることに専念した。ミスタ・コントレーラスが赤紫のストライプのパジャマを脱いで着替えているあいだに、居間の電話を借りてロティにかけ、ベス・イスラエルの救急救命室でいますぐ診てもらえないかと頼んだ。

ロティはぐっすり眠っていたが、長年診療にたずさわってきた経験から、すぐさま目をさました。クララを診療所に連れてくるようにといった。「どこも骨折していなければ、診療所で手当てをするほうが、その子も楽だと思う。それに、未成年者の怪我に関する報告書でソーシャルワーカーや保険会社を煩わせずにすむしね」

ミスタ・コントレーラスの支度がすむと、わたしはすぐに上の階へ走ってジーンズとセーターに着替え、ジーンズとセント・テレサ高校のスウェットシャツ一枚でやってきたクララのためにコートをとった。アパートメントから診療所までの二マイルを、ロティみたいに交通規則を無視して車で突っ走った。

ロティはクララの怪我がさほど深刻ではないことを——顎の骨折も、眼窩の損傷もなし——確認したあと、綿棒でクララの鼻腔に痛み止めのコデインを塗り、つぎに、一マイルにもなるかと思われるほどのガーゼを詰めこんだ。腫れた目と鼻を氷で冷やすことを知っていたミスタ・コントレーラスを褒め、つぎに、わたしにきびしい視線をよこして、子供を危険にさらすとは、いったいどんな陰謀を企てているのかと詰問した。

「ヴィクのせいじゃないわ」クララがいった。診察室の大きなリクライニング・チェアにすわって、膝をあげ、頭をうしろへ傾け、新しいアイスパックを顔に押し当てていた。ロティに飲まされた薬のせいで、やや呂律のまわらない口調だったが、何があったかを話したくてじりじりしている様子だった。

「あいつら、誰かにうちの家を監視させてたのかも、ヴィク。だって、ほら、前にいったように、あたしたちがヴィクと話をしたのもレーニエ公に知られてたでしょ。ヴィクがまたあたしの家にきてるって、その誰かが報告したんだと思う」

わたしは胃がむかつくのを感じた。まるでロドニーにのしかかられ、またしても蹴りを入れられたような気がした。ロドニーを見つけだして、もう二、三回蹴ってもらったほうがいいかもしれない。ロティのいうとおりだ。わたしは子供を危険にさらす陰謀を企ててきたのだ。だが、いまは罪悪感に浸っているときではない。クララがロティの薬で眠ってしまう前に、どんなひどい被害を受けたのかをききだす必要がある。

「あいつら、きっと、パパが仕事から帰ってくるまで待ってたんだわ。今日は三時から十一時までのシフトだったから、帰ってきたのは真夜中に近かった。パパがキッチンで晩ごはんを食べてたら、あいつらが裏のドアを叩きこわして入ってきたの。すごい音がして、わめき声がして、黒い服の男ばっかりで——すごく怖かった。おばあちゃんが心臓発作とかおこさなかったのが不思議なぐらい。

あたし、宿題やっててね、あわててキッチンへ走ったの。ママも、アーニーも、おばあちゃんも寝てたけど、音で目をさましたみたい。男たちがうちのみんなをリビングに連れてった。男の一人があたしをつかまえて押さえこんだ。蹴飛ばしてやろうとしたら、最初のパンチが飛んできたの」

クララはそのときのことを思いだして震えていたが、こまかい点まできちんと話すようにと、わたしがきびしくいってきかせた。男は何人？　四人。服装は？　アーニーが昔バイクに乗ってたときみたいなの。黒のスタッドレザー。

「いちばんぞっとしたのがそのときだった。だって、アーニーが『バイクを出そう！　走りに行こう！』ってわめきだしたんだもん。でね、あいつらが『黙れ』ってどなったんだけど、それでも黙らないから、一人がアーニーをバシッと叩いて、でもまだアーニーがわめきつづけてたら、もう一人があたしを殴りつけたの。パパもママも凍った彫像みたいに立ったままだった」

クララはいきなり笑いだし、やがてすすり泣きに変わった。ロティがクララを毛布でくるみ、熱くて甘い紅茶を強引に飲ませた。しばらくして、クララの様子がやや落ち着いたところで、わたしはなぜうちにきたのかと尋ねた。

「ヴィク、この子はひどい目にあわされたのよ！」ロティの声は鞭のようだった。「睡眠をとる必要があるわ。それも安全な場所で」

「クララはずいぶん長いこと、危ない橋を渡ってきた子なの」わたしはいった。「知ってることを話す気になってくれたのなら、いますぐきいておかないと。ほかの誰かが怪我をしたり、殺されたりする前に」

「だから、あなたのとこへ行ったのよ」クララはいった。「だって、報告書を渡さなかったら、家を燃やすっていうんだもん」

わたしの胃が氷のかたまりになった。「なんの報告書？」

「アレグザンドラが死んだあとで、軍がうちの親に送ってきたやつ」

クララの手がひどく震えているため、彼女をくるんだ毛布に紅茶がこぼれた。わたしはクララの手からカップをとり、口に持っていった。クララが紅茶をゴクンと飲むまで待ってから、報告書のことをもっとくわしく話すよう促した。

「それがいろんなゴタゴタのもとだったの。ただ、あたし、そのときは知らなかったけど。まだ子供だったし、誰も何もいってくれなかったから。けど、ナディアとママがいつも喧嘩してた原因はそれだったの。

今夜、ママは最初のうち、なんのことだかわからないってギャング連中にいってたけど、連中がまたあたしを殴って、鼻血が出てきたんで、ママ、それをとりにいったわ。じつは、アリーのベッドのそばに置いてあるグアダルーペの聖母像のなかに隠してあったの。ママは——あたし、ママに話さなきゃいけなかったのに、でも、思ったの——ああ、わかんない、何を思ったんだろ。ギャング連中が出てってくれるように、必死に祈りつづけただけだった。

報告書が見つからないんで、あいつら、二十四時間だけ待ってやる、報告書をよこさなかったら、家を燃やしてやるとか、爆破してやるとかいったわ。どっちだったか覚えてないけど。そして出ていった。玄関のほうから。あたしはフランス語の教科書をつかんで、裏口から抜けだして、路地を走った。アシュランド・アヴェニューまで走りつづけて、そしたら、パパが追っかけてきて、『止まれ』って叫んでた。けど、あたし、すぐタクシーをつかまえて、ヴィクの家まで行ったの」

「フランス語の教科書？」ミスタ・コントレーラスがいった。「そんなときになんで勉強のことなんか考えたんだね？　それに、なんでまた――」

「ヴィクが緊急用にって二十ドルくれたの」

クララは教科書の裏表紙をひらいて、動詞の活用表の上にノートの紙が貼りつけてあるのを見せてくれた。ポケットのようになっている。

「ほほう、だが、それじゃ説明になって――」

「でね、これを入れたの」クララはそのポケットに手を突っこんで、折りたたまれた何枚かの紙をとりだし、わたしによこした。

ひらいてみると、それは手紙で、解剖の鑑定書が添えられていた。読みはじめた――典型的ボクサー姿勢の欠如……鼻腔周辺に煤は見られず……死因に疑問があるため、解剖の実施を決定……炭化……大腿部の血液サンプル採取困難……右手首前側（炎の被害を免れている）に、1×¾インチの打撲傷。

わたしは腕を流れる血液が凝固するのを感じた。ダイナマイトだ。クララは毎日、ダイナマイトをお弁当みたいに抱えて学校へ行っていたのだ。

「これ、読んだの？」

「読もうとしたの」クララは小声で答えた。「あたし……ここに書いてあるのはアリーのことなの。どうして死んだのかって。報告書を送ってきたのは、アリーの遺体を調べたイラクのお医者さん。だから、ナディアとママが喧嘩したんだわ。手紙に何が書いてあるのか、ナディアが知ったんだと思う」

「でも——日記のときは、ナディアを近親者とみなしてそちらに送られてきたのに、お医者さんの手紙のほうはお母さんに届いたの？」わたしは尋ねた。

「この子が疲れきっておるのが見えんのかね？」ミスタ・コントレーラスが口をはさんだ。「質問攻めにすることたないだろ」

「そのとおりよ」ロティもいった。

「わたしだって疲れてるわ。でも、これだけはやってしまわないと」わたしは重くのしかかる疲労を押しもどそうとするかのように、頬骨のあたりを指で押さえた。「クララの安全を、そして、一家の安全を守るために、報告書に関する入り組んだ説明をわたしが理解する必要があるの。誰が何を隠したのか。隠した理由は何なのか」

「イスラム教徒の女性がナディアに日記を送ってきたのは、自分とアリーのことをママに知られたら日記を全部燃やされちゃうんじゃないかって、心配だったからだと思う。すくなくとも、ナディアはそれが理由だっていってた」クララはいまも声をひそめてしゃべっていた。

そうすれば、家族の苦難という現実を遠ざけておけるかのように。

「あなたがこれを持ってること、お母さんは知ってるの？」

クララはしかめっ面になり、頰を膨らませた。

「たぶん怪しんでると思う。だって、アリーとナディアとあたし、同じ部屋で寝てたから。アリーが死んだあと、ママはアリーのベッドのそばに祭壇なんか作っちゃったの。そんな部屋で寝るのって、なんかぞっとするけど、慰めになるような気もする。アリーがそばにいてくれるって感じなの。わかるでしょ。

それはともかく、ナディアが殺されたあと、ある晩家に帰ったら、ママがその部屋でお祈りしてたの。入ってこないでってママにいわれて、あたし、お祈りのときは一人になりたいんだろう、たぶん、許してほしいってナディアに頼みたいんだろうって思った。でも、あとでベッドに入ったとき、マリアさまが台座にまっすぐのってないことに気づいたの。だから、直しにいったの。そしたら、像の底をはずしてこの報告書が押しこんであったわけ。紙の端がちょっとはみでてた」

「で、フランス語の教科書に移したのね。どうして?」

クララは肩をすくめた。「知らない。そうね……ナディアが死んじゃって、ママはアリーのことでずっとナディアと喧嘩してて……うまく説明できないけど……もし、わかんないけど、もしママがナディアのいうことに耳を貸してたら、ナディアは死なずにすんだんじゃないかって思ったの。でね、あたし、ずっと迷いつづけたの――報告書をあなたに見せたほうがいいのかどうか、ナディアが殺されたのは報告書のせいだったんだろうかって。みんなは、あの頭のおかしな兵士がナディアを撃ったんだっていってるけど」

「ヴィクトリア、もうそのへんでいいでしょ」ロティがいった。「この子の母親に電話しておくわ。気の毒な母親が悲しみでおかしくなってしまわないように。それから、クララを朝までどこか安全な場所に移しましょう」

「うちで預かるわ」わたしはいった。「でも、今夜だけね。この子の家族を襲った連中にとって、わたしはあまりにもわかりやすい標的だから」

「ミッチが守ってくれるさ」ミスタ・コントレーラスが息巻いた。女の子を守れる強い男だと思ってもらえないのが不満なのだ。

ロティがマックス流にいうなら〝オーストリア皇女のような〟表情を老人に向けた。〝皇帝の一族に盾突くのはやめて、部屋から出ていきなさい。破壊的な考えはあなた一人の胸にしまっておきなさい〟ミスタ・コントレーラスは低くぼやくだけになった。

「わたしたちの血を凍らせるのは大いにけっこうよ、ロティ」わたしはいった。「でも、クララをどこに預ければいいかという問題の解決にはならないわ」

「いまは、みんな疲れてくたくた」ロティはいった。「すこし睡眠をとって、夢のなかで何かがひらめいてくれるよう祈りましょう。あっ、大変！　あと三時間で手術だわ」

わたしは報告書を大きな封筒に入れかけたが、手を止め、眉をひそめた。クスターニックか、レーニエ・カウルズか、もしくは〈ティントレイ〉の誰かがこれを手に入れようと必死になるあまり、グアマンの家まで押しかけたのだ。安全に保管するにはどうすればいいか、じっと考えた。

わたしが診療所の事務室へ行ってコピーをとっているあいだに、ロティがグアマン家へ電話を入れた。ロティの声がきこえてきた。言葉はききとれないが、威厳に満ちた鋭い声だった――わたしは医者です。お子さんのために最善の方法をとっています。何部かコピーをとって、一部は封筒に入れてわたしの弁護士宛てにし、診療所の発送郵便物のバスケットに入れた。もう一部はわたし宛てにした。残りは封筒に入れてセーターの下に押しこんだ。《ヘラルド＝スター》のマリにも一部送ろうかと思ったが、これが表沙汰になることをわたし自身がどこまで望んでいるのか、自分でもまだよくわからなかった。

「話はついた？」ロティのオフィスに戻って、わたしは尋ねた。

ロティはうなずいた。「こう説明しておいたわ――今夜はこちらでクララを預かりますが、朝になったら、ウォーショースキーが家まで送っていきます。どうやってクララを守っていくかを相談するために、ってね。向こうは喜ばなかったわ。喜ぶわけないわよね。でも、クララが電話に出て、今夜は帰らないって親にはっきりいったの」

「けど、これからどうするの？」クララの琥珀色の目は薬と恐怖で黒ずんでいた。「あいつら、うちの家を吹き飛ばすっていったのよ。あたし、逃げだしたりしなきゃよかった。おとなしく報告書を渡せばよかった。ああ、あたし、どうして生まれてきたりしたの？　どうしてあたしがアリーとナディアの代わりに殺されなかったの？」

わたしはクララを腕に抱いた。「あなたは正しいことをしたのよ。もし解剖の鑑定書をやつらに渡してたら……あなたとママが読んだことぐらい、向こうはお見通しよ。わたしのところに持ってきたから、あなたは安全でいられる。どこを捜せばいいのか、連中にはわからないようにしておくわ。そして、あなたの安全を守ってあげる。約束する」

どうやって守ればいいのかわからないが、生き残った無力な末娘を今夜のような襲撃にさらしたあとでは、それがわたしにできるせめてもの償いだ。

「一緒にうちにおいで」ミスタ・コントレーラスがぶっきらぼうにいった。「今夜はヴィクとわしがあんたを預かる。それから、ヴィクの言葉に耳を傾けるんだぞ。ヴィクのいうことにまちがいはない」

英雄的な賞賛の言葉。わたしがニッと笑いかけると、老人は赤くなり、照れくささを隠すためにわたしからクララを奪いとり、抱きかかえるようにして診療所のドアから出ていった。

ロティが戸締りをし、みんなで車に乗りこむあいだに、グアマン家を襲った悪党どもが家から逃げだしたクララを尾行してきたのではないかと心配になってきた。ロティのあとについてアーヴィング・パーク・ロードへ出るさいに、尾行がついていないかどうか確認しようとした。見覚えのあるヘッドライトはないかと目を凝らしたが、暗くてよくわからなかった。用心のため、ロティの車にくっついて、レイク・ショア・ドライヴ沿いにある彼女の高層コンドミニアムまでの二マイルを走った。氷と穴ぼこの上をバウンドしながら走りつづけたが、ロティがアシュランド・アヴェニューの赤信号を無視したときですら、事故には至らなかった。ロティは運転が荒っぽくて、車体のへこみもニアミスもすべて、ほかの車の運転がことごとく下手なせいだと主張している。

自分の住まいに帰り着いてから、ブロックを一周して、建物を見張っている者はいないかと見てまわった。路上駐車の車はどれも無人だった。それでも、ミスタ・コントレーラスにはクララを連れて裏口から入ってもらい、わたしはそのあいだに、すこし離れた横丁へ車を置きにいった。

ミスタ・コントレーラスと相談のうえで、誰かが侵入しようとした場合の警報代わりにミッチを下の階に置いておくことにした。クララとわたしは心を癒やすためにペピーを連れて三階へあがった。クララがいまにも寝入ってしまいそうだったので、服を脱がせ、大きなスウェットシャツを頭からかぶせて、わたしのベッドに寝かせた。

ペピーがベッドに飛び乗って、クララの横で丸くなった。クララはアレルギー体質だと祖母がいっていたのを思いだしたが、すでに彼女の指がペピーの毛のなかにもぐりこみ、犬にすがりついていた。割れたガラスと砂利の散乱する小道を歩きつづけてきた子だ。温かな犬が与えてくれる安心感に比べれば、わずかなくしゃみなど、とるに足りないことだ。

わたしがクララの顎のところまで毛布をひっぱりあげると、クララが消え入りそうな声でいった。「もっと早く話せばよかったのに、ごめん。ただね、あの男たちが今夜やってくるまで、ずっと思ってたの——あたしが何もいわずにいれば、すべてうまく解決するだろうって」

クララのまぶたが震えて閉じ、つぎの瞬間、眠りこんでいた。わたしはドアと窓を念入りに点検した。どこもきちんと錠がかかっていた。居間のカウチをベッドがわりにして、頭の横の床に銃を置き、クララに渡された書類のコピーを手にして横になった。

47　大尉の良心

拝啓
グアマン夫人殿
この手紙をお送りすべきかどうか、長いあいだ迷いました。貴女に大きな苦しみをもたらし、わたし自身の身の破滅となるかもしれません。しかし、さんざん悩んだ末に、この情報を伏せておくのは、医師として、兵士としてのわが誓いに背くことであると判断いたしました。
お嬢さんのアレグザンドラさんのご遺体を調べるのは、わたしにとって悲しい任務でした。ご遺体が発見されたのは、グリーンゾーンとバグダッド空港を結ぶ主要補給路の道路脇でした。第四旅団戦闘部隊の医療チームがお嬢さんを発見し、身元の確認をおこなうためにグリーンゾーン内にある軍の病院へ搬送しました。
ぶしつけな書き方をお許しください。お嬢さんは裸体で発見され、顔と胴部に火傷を負っていて、手製爆弾の燐によって火傷したかのように見えた。しかしながら、焼死体に見られる典型的な痕跡が欠如していることと、手製爆弾で着衣がすべて燃えてしまうはずのないことに、わたしは疑問を持ちました。身元確認のため当方のスタッフがお嬢さんの指紋とDNAを検出するあいだに、わたしが解剖にとりかかりました。

翌日、身元が判明し、〈ティントレイ・コーポレーション〉の社員であることがわかりました。ご遺体をご家族のもとへお返しする準備をするために、〈ティントレイ〉の人がご遺体をひきとりにやってきました。わたしからその人に、予備鑑定書のコピーを渡しておきました。何種類かの法医学検査（膣で発見された精液の分析を含む）と血液検査については、その結果が届くのを待っている段階でした。

翌朝、部隊長のクリーバーン大佐から電話があり、解剖鑑定書を破棄するよう命じられました。理由として示されたのは、〈ティントレイ〉は民間企業であり、軍が緊縮財政を強いられている現在、民間人の解剖をおこなう余裕はない、ということだけでした。われわれが研究所へ送った何種類かの体液についても、検査を終了するよう、大佐から研究所のほうへ命じたとのことでした。

わたしは命令に従って、パソコンから鑑定書を削除しましたが、印刷したコピーだけは残しておきました。長期にわたって苦悩の熟慮を重ねたのちに、予備検査の所見を貴女にお送りすることに決めました。

このように悲惨な知らせをお伝えすることとなり、まことに残念です。しかし、真実を隠蔽しても、良い結果にはつながりません。

敬具

エドワーズ・ウォーカー、医学博士、合衆国陸軍大尉

手紙には鑑定書のコピーが添えられていた。最初のほうは飛ばして、最後の要約部分に目を通した。そこには、アレグザンドラについて、〝二十代の健康な白人女性、体表面積の三十パーセント以上に火傷を負っていて、破裂した爆弾の残骸と思われる金属片が散乱している場所で遺体が発見された。医療チームは最初、爆弾による死亡とみなしたが、検死解剖の結果、死亡時より前に手足を縛られ、首を絞められていることが判明した〟と記されていた。

解剖医のくわしい報告をざっと見てみた。

診断

1 扼殺　A 眼球結膜表面に点状出血　B 舌骨骨折

2 体表面積の三十パーセントに死後の全層性熱傷および中間層熱傷

損傷内容／舌骨右末端部が触知可能ならびに視認可能なまでに破損。それに伴って顕著な出血が見られ、下方へ広がり、右甲状軟骨に達している。

臨床病理との相関関係／喉頭および気管支に熱傷が見られないことが、被害者が炎にさらされた時点ですでに呼吸停止状態であったことを示している。舌骨の損傷ならびに眼球結膜の点状出血は扼殺の特徴と一致。扼殺後に死体の焼却処分を試みたものと思われる。

右前腕後部に三×一インチの線状挫傷が見られ、挫傷中心部に1×½インチの擦過傷が見られる。手首には、紐状のものに縛られてできた傷跡がある。

この大尉はアレグザンドラが性的虐待を受けたと信じていたのだ。膣を調べたところ、精液と、アレグザンドラ自身のものとは色のちがう恥毛が発見された。ところが、グアマン家に宛てた手紙の最後に書かれているように、軍から研究所に対して、血液およびその他の体液の分析をすべて終了するようにとの命令が出された。その結果、毒物検査とレイプ検査の報告はなされなかった。

わたしはソファベッドに横たわって天井をみつめた。隅にクモの巣が張り、カーテンからクモの糸が垂れ下がっている。掃除はまったくだめな人ね――大学の友達の一人がいつもいっていた。たしかにそのとおり。

クリスティーナ・グアマンと夫がウォーカー大尉の手紙を読んでいる姿を想像した。〈テイントレイ〉はアレグザンドラの遺体を夫妻のもとへ送り、夫妻の娘が手製爆弾の爆発で大火傷を負って死亡したことを告げ、無惨な火傷なので遺体との対面はやめたほうがいいとアドバイスした。そう告げられたときの恐怖が生々しく心に残っているうちに、突然、アレグザンドラがじつはレイプされ、殺され、火をかけられ、人目につきやすい場所に遺棄されたことを知ったのだった。イラク人による襲撃の犠牲になったのだと、すべての者に思いこませるための偽装工作だった。

誰が遺棄したのだろう？　誰がアレグザンドラを陵辱し、殺害し、それを隠蔽しようとしたのだろう？　上司のモスバッハ？　プログラマーのジェリー？　いずれにしろ、〈ティントレイ〉は犯人を知っている。だから、法医学検査を中断し、鑑定書を廃棄するよう、クリーバーン大佐に圧力をかけたのだ。

クリスティーナ・グアマンと夫のラザーは、ウォーカー大尉の手紙を受けとったときに、同封された鑑定書の内容が〈ティントレイ〉の話と大幅に異なる理由を突き止めようとしたにちがいない。公平無私な病理学者に独自の解剖を依頼するために、遺体発掘の許可を申請しようと考えたのではないだろうか。

もしかしたら、ディアフィールドにある〈ティントレイ〉の本社へ電話をしたかもしれない。いや、電話したのはアーネストだったかもしれない。オートバイの事故で脳に損傷を受けるまでは、家族思いのやさしい息子だったアーネスト。わたしはふたたび疑いを持った――アーネストの事故は、仕組まれたものだったのでは？　姉の死を調査するよう強引に働きかけることのできる唯一の人物として標的にされ、故意に跳ね飛ばされたのでは？　それを立証することは、わたしにはとうてい無理だが、事故の時期を突き止めれば何かの役に立つかもしれない。アーネストが大怪我をしたのは、グアマン家にウォーカー大尉の手紙が届く前だったのか、それともあとだったのか。

事故の真相がどうであれ、病理学者の鑑定書をどうすればいいのかとクリスティーナとラザーが頭を悩ませていたとき、不意にレーニエ・カウルズがあらわれ、二人の鼻先で高額小切手をふりまわした。

〝これを受けとりたまえ。アーネストの医療費が払えるし、アレグザンドラが望んでいたようにクララを大学へやるだけの金も充分にある。交換条件としてそちらにやってほしいのは、アレグザンドラの死をけっして話題にしないということだけだ〟

ナディアは激怒した。血に濡れた金──そう呼んだ。金を受けとったことをめぐって、母親と大喧嘩になり、家を出るしかないと考えた。ウォーカー大尉の手紙についても、レーニエ・カウルズの申し出についても、クララにはくわしいことは知らされなかった。アレグザンドラの死のことは誰とも話さないように、と諭されただけだった。

ナディアがアレグザンドラの日記を読めるだけの強さを身につけるのに、一年以上かかった。しかし、日記を読んだとき、姉が不幸な日々を送っていたことや、性的嗜好のせいで耐えざる迫害を受けていたことを知り、それがナディアを無謀な行動に駆り立てた。十字架にかけられたキリストを描き、その胴体の上に、姉とそっくりな人形の顔をつけた。〈ボディ・アーティスト〉を捜しだした。〈ボディ・アーティスト〉のせいで、さらなる無無力感を味わうことになった。ナディアが求めたのは、大好きな姉のことを話してくれる相手だったが、〈アーティスト〉はまるでブラックホールだった。さまざまな感情をひき寄せるだけで、何ひとつ反射しようとしない。ナディアの怒りは高まるばかりだった。クラブに出入りして、〈アーティスト〉の肌に絵を描くようになった。姉を焼いた火、ナディア自身のなかで怒りとなって燃えている火を描いた。ナディアの無力感と怒りが、わたしにも感じとれた。ナディアがそういうことをした理由は想像がつく。だが、それを立証する方法がわからない。

寝室へ行くと、クララがペピーの毛を握りしめたまま熟睡していた。ペピーが軽く尻尾をふったが、少女のそばを離れてはならないことを理解している様子だった。わたしが忍び足でクロゼットに入り、解剖鑑定書を金庫にしまっても、クララは身じろぎもしなかった。

台所へ行き、裏庭を見渡してから、居間に戻って通りの左右に目を走らせた。この建物を見張っている者は誰もいないようだった。

ふたたびソファベッドにもぐりこんで、銃が手の届くところにあるのを確認してから、明かりを消した。くたくたに疲れていたため、頭蓋の骨が分解してしまいそうな気がしたが、神経がたかぶって眠れなかった。一カ月かけてほぐしてきた何本もの糸を縒り合わせてみることにした。砂が詰まったまぶたの奥で、糸が紡がれていった。オリンピア・コイラダは真紅の糸、多額の借金によって、アントン・クスターニックというメタリックな光沢を帯びたピューター色に結びつけられている。そのせいで、ロドニー・トレファー——いやらしい芥子色——がクラブと〈ボディ・アーティスト〉に好き勝手なことをしている。

あらゆるものが〈ボディ・アーティスト〉を経由している。〈ボディ・アーティスト〉は真っ白なカンバスで、人々はそこに自分の望むものを描こうとする。それはたいてい、エロティックなファンタジーだが、アントンは彼女を伝言板として使い、ナディアは悲しみをあらわすために使った。

チャド・ヴィシュネスキーは戦争のトラウマから逃れてエロティックなひとときを持つために、娯楽を求めて〈アーティスト〉のステージを見に出かけた。そこで〈アキレス〉のロゴを目にして、ナディアと〈アーティスト〉に愚弄されていると思いこんだ。心を病んだ者にありがちな反応だ。周囲の世界のすべてが自分に関係していると思いこんでしまう。

わたしは身体をおこした。チャドとアレグザンドラが顔を合わせたことはなかったのだ。ナディアが絵を描きはじめた夜にチャドが〈クラブ・ガウジ〉のステージを見にきたのは、まったくの偶然だったのだ。

シナリオを想像してみた。チャドはイラクにいたとき、分隊の仲間と一緒に防弾チョッキのシールドを装着するたびに、〈アキレス〉のロゴを目にしていた。やがて、〈クラブ・ガウジ〉でナディアが同じロゴを描くのを見ることとなった。

錯乱状態に陥ってクラブから放りだされたチャドは、この世界に激怒し、シールドのメーカーに激怒しながら家に帰って、シールドに銃弾をぶちこんだ。わたしが最初に思ったような試し撃ちではなかったのだ。シールドに八つ当たりしたのだ。そして、つぎの瞬間、銃弾がシールドを貫通するのを目にした。そして、戦友たちが死んだのは防弾用のシールドがただの砂袋だったせいだと気がついた。

そこで、ブログにそのことを書いた。〈ティントレイ〉の誰かが、社に関するコメントを検索していて、たまたまチャドのブログを目にした。そのため、ギルバート・スカリアとジャーヴィス・マクリーンが危機感に襲われた。

アレグザンドラ殺しはたいした問題ではなかった。グアマン家に訴訟をおこされれば、好ましくない評判が立っただろうが、社の将来が脅かされるには至らなかったはずだ。社外弁護士のカウルズを使って、グアマン家を金で丸めこみ、それで一件落着だと思っていた。じつをいうと、ほかの民間契約企業などは、従業員からレイプの訴えがあっても民事と刑事両方の賠償を免れているのだから、〈ティントレイ〉がグアマン家へ支払いをおこなったのは慈善行為のようなものだった。

だが、チャドの怒りの爆発のほうは〈ティントレイ〉の将来を脅かすものだった。〈ティントレイ〉は国防総省との契約のおかげで、超巨大企業帝国へとのしあがった会社だ。苛酷な軍務についた兵士たちに、砂の詰まった防弾チョッキを納入していた、狙撃されてもビーチに落ちている濡れたソックス程度の防護にしかならない、という噂が広まれば、ジャーヴィス・マクリーンとギルバート・スカリアは社の株価の急落を見守ることになる。たとえ、最終的には、宣伝どおりのフラーレンナノ粒子が詰まったシールドを納入していたとしても、些細な点にこだわる議会のメンバーから調査の要請が出て、〈ティントレイ〉が国防総省の後ろ盾を失うことになりかねない。

スカリアとマクリーンは作戦会議にレーニエ公を呼びだした。〝チャドを永遠に黙らせる必要がある〟グアマン家に対して使ったような脅しや懐柔策は、ここでは効き目がないだろう。

二人はレーニエの助言を入れながら、じっくり考えて、すばらしい計画を練りあげた。一発の銃弾で二羽の鳥を始末する。ナディアを撃ち、チャドを犯人に仕立て、彼のビールにロヒプノールを入れて、自殺したように見せかける。PTSDに苦しむイラク帰還兵がまた一人、過激な方法でこの世を去ったというわけだ。見て見ぬふりが多すぎるといっていたあの隣人の話によると、オーバーを着た男性二人がチャドと一緒に帰ってきたという。スカリアとマクリーン？　マクリーンとレーニエ公？　いずれにしても、レザーを着たアントンの手下どもではない。

そのあと、二人はチャドの持ち物を調べて、〈アキレス〉の防弾チョッキを見つけ、ゴミ箱に捨てた。銃弾を撃ちこまれたシールドがダッフルバッグの底に残っていたことには気づかなかった。ロヒプノール入りのビールをたっぷり飲まされた哀れなチャドを置き去りにし、死ぬまでに六時間から七時間ほどかかるだろうと予測して、警察に電話をかけた。ところが、チャドは生き延びた。そして、ジョン・ヴィシュネスキーがわたしを雇った。

朝の七時になった。近隣の人々が目ざめるにつれて、通りの騒音がきこえはじめた。ジェイクはすでに、アムステルダムに到着しているだろう。わたしもそちらへ行ければいいのに。音楽の世界へ。こちらの暴力の世界を離れて。

電話のプラグを抜き、お風呂に入ることにした。熱い浴用タオルを目にかぶせて、どうすればレーニエ・カウルズに洗いざらい白状させることができるかを考えてみた。何も浮かんでこなかった。わたしと会うことを強引に承知させる場面も、カウルズがわたしを待ち伏せして撃ってくる場面も想像できたが、彼の口を割らせるための楔がどうしても見つからなかった。向こうはおそらく、ロドニーを雇って、わたしと、チャドと、下手をすれば哀れな少女クララまでも殺そうとするだろう。

〈ボディ・アーティスト〉には、彼女だけの過去と、彼女だけの喪失と、彼女だけの欺瞞がある。今回の特殊なクモの巣の中心に彼女がいる。罪なき傍観者ではなく、無関係な傍観者であることは、わたしも充分に承知しているが、それでも彼女と話がしたかった。

浴槽に横たわったまま、〈アーティスト〉をおびきだすためのシナリオを考えはじめた。最後にもう一度、劇的パフォーマンスのステージへ彼女をひきずりだすのだ。湯が冷めていくなかで、ひとつの案が浮かんできた。意に染まないものだった。浴槽に浸かっているというのに、鳥肌が立った。しかし、効果はありそうだ。

身体を拭いて、ジェイクからクリスマスにプレゼントされた柔らかなローブをはおり、ふたたびソファベッドにもぐりこんだ。今回は、あっというまに、夢も見ない眠りの穴へ落ちていった。

48　求む、シェルター

多くの命が危険にさらされていなければ、わたしはそのまま二十四時間眠りつづけたことだろう。しかし、ぐっすり眠りこんで、思考力が麻痺してしまいそうな疲労が消えたとたん、クララの将来、チャドの身の安全、従妹のペトラなど、あらゆることがわたしの夢のなかを駆けめぐりはじめた。失われた命、危険にさらされた命が気になって、目がさめてしまった。そろそろ行動に移らなくては。

目がさめたのは正午だった。三時半にダロウ・グレアムと会う約束になっている。ぜったいにすっぽかせない。この依頼人のおかげで食べていけるんだもの。さあ、活動を始めなくては。どんな運命にも立ち向かう覚悟で。

クララの様子を見に行くと、まだ熟睡していたが、ペピーのほうはかわいそうに、外へ出たくてじりじりしながら、しきりに室内を歩きまわっていた。わたしが寝間着と素足のままでドアをあけてやると、階段を駆けおりていった。

犬が用足しをしているあいだに、クララをおこした。目をさましたクララはひどくまごついた様子だった。もちろん、痛みも相当ひどいようだ。ロティが処方薬のイブプロフェンをすこし置いていってくれたが、それを飲ませるのは、クララが何か食べてからにしたかった。

「痛くておきられない」クララはうめいた。

「信じられないだろうけど、身体を動かしたほうが楽になるのよ。それから、もっと安全なとこへあなたを移さなきゃ。あなたが姿を消したことを知ったら、ここがレーニエ・カウルズの捜索リストの上位にくるだろうから」

「ペピーがいれば大丈夫じゃない？」

「ペピーは愛想がいいだけで、闘犬じゃないのよ。それに、あなた、アレルギーじゃなかった？　だからアーネストに犬を飼わせるわけにいかないんだって、たしか、おたくのおばあちゃんがいってたわよ」

クララはベッドに身体をおこした。「アレルギーなんかじゃないもん。とにかく、たいしたことないの。おばあちゃんが犬を飼いたくないだけ。犬の世話に追いまわされると思ってるの」

クララの肌は腫れぼったく、負傷した鼻から目の下にかけて、紫のあざが放射状に広がっていた。ロティが診療所でクララの手当てをしてくれたのは正解だった。病院のソーシャルワーカーがこの顔を見たなら、児童保護局の人間が光速以上のスピードで飛んできてクララを連れ去っていただろう。

わたしはクララに合いそうなサイズの清潔なジーンズとセーターを捜しだした。「着替えをして、何か食べたほうがいいわ。それから、この悪夢がすべて解決するのにあと一週間ほどかかりそうだから、あなたのママと学校の先生に会って、どうやって切り抜ければいいか相談しましょう」

「うちには帰れない！　ママがカンカンだもん。それに、あの連中があたしを見張ってるし」

「だからこそ、よそへ移る必要があるのよ。あなたを安全なとこへ移したらすぐに、わたしからレーニエ公に電話して、わたしが鑑定書を持ってることを告げるつもり。向こうは大急ぎで飛んでくると思う。だから、あなたにはぜったい、わたしのそばにいてほしくないの」

「でも、どこ行けばいいの？」

「候補がひとつあるけど、まずあなたのママに会わなきゃね。時間がどんどんすぎていく。予定をすべてこなすのに三時間しかないわ。食事の支度をするから、そのあいだに着替えてね。さあ、おきて。大事なのは喧嘩《ファイト》する犬の大きさじゃなくて、犬の闘志《ファイト》の大きさよ」

　クララは笑ったりぐずったりしながら、ようやくベッドから出て、眠そうな足どりで浴室へ行った。わたしはミスタ・コントレーラスに電話をした。わたしの声をきいたとたん、向こうはホッとしてまくしたてた――まだ寝とるといかんから、電話は遠慮しとったんだが、あの子のことがもう心配で心配で。あの子、大丈夫か？　わたしが図々しくも期待したとおり、老人は朝食を喜んで用意しようといってくれた。お得意のフレンチ・トースト――あの子、まさか、過激なダイエットに励む十代の少女の一人じゃなかろうな？　ほら、どんな理由があるか知らんが、健康な少女たちが、スーダンのダルフール州の住人みたいな食生活にすべきだと思いこんどるじゃないか。

「三十分待ってね」

クララは浴室でティーンエイジャー特有の果てしなき時間をすごしていた。わたしはコーヒーをいれ、ダロウと会うための身支度をした。手持ちの服のなかで目下のお気に入りは、クリスマスにメキシコ・シティで見つけたキャロライナ・ヘレラのパンツスーツ。バイアス裁ちなので、高い立ち襟からヒップのところまで、ジャケットが流れるようなラインを描いている。銃がウエストに目ざわりな膨らみを作ったので、クロゼットからアンクル・ホルスターをひっぱりだした。

浴室のドアを叩いた。

「早くしてよ、クララ。わたしもそこでお化粧しなきゃいけないんだから」

「出られない。ギャングに襲われたみたいな顔だもん。友達に見られたら、なんていわれるか」

「どんな外見だか、わたしはすでに知ってるから、その顔を見てもべつにショックは受けないわ。あとのことは、朝食がすんでから考えましょ」

ドアの向こうでさらに数秒のあいだ沈黙がつづき、やがて、クララがわたしのドライヤーのスイッチを入れた。わたしは二、三日外泊できるだけの衣類をスーツケースに詰めた。銃弾一箱と、スミス&ウエッスンのスペアのクリップ。ノートパソコンとバックアップ用のメモリ。すべての支度を終え、暖房を切り、母の形見のヴェネシャン・グラスとわたしの財務関係の書類をジェイクの居間へ移し終えたころ、ようやくクララが浴室から出てきた。

内出血をおこした血管がクモの巣のように広がっている顔に、わたしのファンデーションを塗りたくったものだから、カブキのメークみたいなすさまじい顔になっていた。

「がんばったわね」わたしはきびきびと声をかけ、化粧品をかき集めてバッグに突っこんだ。自分の化粧はあとでやることにしよう。

クララがさらなる引き延ばし戦術を思いつく前に、フランス語の教科書をとり、彼女を急き立てて階段をおり、ミスタ・コントレーラスのところへ行った。わが隣人は台所のテーブルに朝食を並べて待っていた。いまは亡き奥さんが使っていた赤いチェックの古びたテーブルクロスをはさんですわったときに初めて、奥さんの名前もクララだったことを思いだした。この名前のおかげで、グアマン家の末娘の身を案じる老人の思いがなおさら強まり、クララを世間に戻すのがよけい辛くなることだろう。

「長い一日になりそうよ」わたしはミスタ・コントレーラスにいった。「まずクララの学校へ行って、遅刻の理由を説明して、学校にいても安全かどうかを確認するつもり。それから、クララのお母さんに会って、家族が安心して寝泊りできる場所を見つけなきゃ」

このアパートメント以上に安全な場所はどこにもないとミスタ・コントレーラスがいうので、クララにいってきかせたばかりの話を、さらに長々とくりかえさなくてはならなかった。そこには、わたし自身がつながれた山羊になる覚悟でいるという事実も含まれていた。

老人にとっては、気に入らないことばかりだった。クララをよそへやることも、学校へ行かせることも、さらには、わたしが自分自身を餌として使うことも(ただし、これは反論リストの最下位)。わたしはついに、学校へ一緒に行こうと提案した。

「車をとってくるから、二十分後に路地で落ち合いましょう。そのあいだに、クララは朝食をすませて、ペピーにさよならをいえるし」

わたしは裏口から外に出て、路地を抜け、明け方に車を停めておいた横丁まで行った。ドアのロックを解除したときも、エンジンをかけたときも、車は爆発しなかった。幸先がいい。そして、さらにうれしいことに、わたしがアパートメントの建物の裏に車をつけて一分もしないうちに、ミスタ・コントレーラスとクララがやってきた。

アシュランド・アヴェニューを車でぶっ飛ばして、セント・テレサ・オヴ・アビラ高校に到着した。すでに午後の一時半になっていて、わたしは時間が気になりはじめた。校長のハウスマン博士に会ったところ、頭の切れる知的な女性で、こちらの事情をこまかい点まですみやかに理解してくれた。最初は警戒気味で、わたしになかなか話をしようとせず、それを見てミスタ・コントレーラスがヘソを曲げた。しかし、ロティに連絡をとったとたん、校長はきびきびしたプロフェッショナルに変身した。

「あなたが無断欠席だったから、けさ、お母さんに電話したのよ」と、クララに向かっていった。「そしたら、お母さんはひどくおろおろして、でも、くわしいことは何もいってくれなかったの。やっとその理由がわかったわ。今日は大目に見ますけど、いまからカウンセラーのところへ行って、今日受けられなかった授業の遅れをどうやってとりもどすかを相談してちょうだい。ミズ・ウォーショースキーと先生とで、どうすればあなたが学校を休まずにすむか、身の安全を守れるかについて、いちばんいい方法を考えますからね」

ハウスマン校長はミスタ・コントレーラスがクララに付き添っていくことに大賛成だった。二人が廊下に出てカウンセラーのオフィスへ向かったとたん、話に入った。「わたしはこの学校に長年勤務しているので、アレグザンドラのこともナディアのことも知っています。二人の死はクララにとってひどい衝撃で、皮肉と敵意を逃げ場とするようになりました。でも、幸いなことに、勉強も逃げ場になっています。授業に出られなくなっては困りますが、お姉さんたちの命を奪ったような危険にクララが巻きこまれることも避けなくてはなりません」

「アルカディア・ハウスへ行くよう、クララのお母さんを説得するつもりです」わたしはいった。「家庭内暴力に苦しむ女性のためのシェルターで、わたし、そこの理事会に入ってるんです。シェルターと学校の行き帰りを護衛してくれる人間を、わたしのほうで誰か手配すれば、学校にいるあいだ、クララの身は安全でしょうか。それとも、授業中の付き添いも探したほうがいいでしょうか」

校長はじっと考えこんだ。「さっき学校に入ってらしたとき、どの程度安全だと思われました？」

「さほど悪くないと思います。正面玄関から入ったさいに、身分証の提示を求められました。残りの学内がどんな様子なのか、出入り自由なドアがいくつあるのか、わたしにはわかりませんし、今日の午後は見てまわる時間もありません」

校長はうなずいた。「うちの警備スタッフに話をして、今後一週間、クララが授業を受ける教室の外にかならず誰かを置くように手配します。さらに長引くようなら、そちらでボディガードを雇ってください。学校全体のことを考えた場合、一人の生徒だけに人手を割くのは不公平です。以前、イスラエルの外交官の子供が一学期間だけここに通ったことがあり、専用のボディガードを連れてきていました。生徒たちも、最初の興奮が過ぎ去ったあとは、ごく自然に受け入れていましたから、あなたがクララのために誰かを連れてきても、ほかの生徒が過剰反応することはないと思います」

校長はわたしと一緒にカウンセラーのオフィスまで行き、クララとミスタ・コントレーラスを連れて出た。学校と通りを隔てる石灰岩の塀から外へ出るとき、わたしはコートのポケットに銃を入れ、手をかけたままにしておいたが、通りにいたのは角のバス停でバスを待つ人々だけで、こちらに注意を向ける者は一人もいなかった。

学校での話し合いが予想よりすらすら運んだのに対して、クララの母親とのやりとりはかなり大変だった。二十一プレースに着いたとき、誰かが家を監視していて、それを隠そうともしていないことが、はっきりわかった。黒の新型レクサスがエンジンをかけたまま家の前に停まっていて、コンスタンティンか、もしくはルートヴィヒが運転席にすわっていた。

わたしは車のスピードを落とさずに、そのままアシュランド・アヴェニューまで行き、客の出入りの多いコーヒーショップの近くに駐車した。

「うちの前に停まってたあの車」クララがいった。「ゆうべ、あたしを殴った男の一人が乗ってたわ」カブキ役者みたいな顔のなかで、目が大きくなった。

「そうね。あの男ならわたしも知ってる。お母さんに電話して、家にいるのか仕事に出てるのかきいてから、ここまで会いにくるようにいってちょうだい」携帯にバッテリーを入れて、クララに渡した。

クララは一瞬ためらい、わたしからミスタ・コントレーラスに視線を移したあとで、電話番号を押した。「ママ、あたしよ……大丈夫、ちょっとズキズキするだけ。ハーシェルってお医者さんが、すっごく上手に鼻の手当てをしてくれたの。手術なんか必要ないんだって……だめ、家には帰れない！……だめよ、あいつが家の前にいて、あたしを待ってるもん……だめよ、ママ、帰れば、あたし、あの男に殺される。子供を全部なくしたいの？……ごめん、ごめん……お願い、ママ、こっちにきて。アシュランドにある〈ジュリアのカフェ・コン・レチェ〉にいるから……だめ、いますぐ。お願い、ママ！」

クララの声ににじむヒステリーの兆しは本物で、どうやら、母親にもそれが伝わったようだ。クララは母親がくることになったといいながら、わたしに携帯を返した。わたしはふたたびバッテリーをはずしてから、二人を急き立ててコーヒーショップに入り、コーヒーとサンドイッチを買った。食べるのは車のなかでと主張した。誰かがクララの母親をここまで尾行してきた場合、店内の子供たちを巻き添えにすることだけは避けたかった。

苦悶のなかで三十分待ったころ、クリスティーナがやってきた。その姿を見たとたん、クララは車から飛びおりて、母親に駆け寄り、抱きついた。わたしは二人を通りに立たせておいてはいけないと焦り、あわててあとを追った。

クリスティーナ・グアマンの顔は娘と同じく、青ざめ、むくんでいた。「なんでうちの家族を苦しめるの？」

わたしは彼女の背後の通りに視線を走らせた。「あとをつけられなかった？」

「知らない。つけられてないといいけど。裏口から出て、となりの庭を通って二十二丁目に出たの。なんでクララを危険な目にあわせるの？　なんでナディアを殺させたの？」

ミスタ・コントレーラスがいった。「この人が娘さんたちを殺したわけではない。あんたがもっといい母親だったら、娘さんたちの生き方を非難したりしなきゃ、いちばん上の子がイラクへ行くことも、そもそもなかったはずだ」

「よくもそんなことを！」クリスティーナは老人に食ってかかった。わたしのほうを向いた。「あなたの夫？」

その質問に、わたしも老人と同じぐらいうろたえたが、わざわざ返事をする気にはなれなかった。野次馬が集まりはじめていた。誰が誰を攻撃しているのかを知りたがっている人々。わたしたちの立っている様子を見ただけでは、誰が襲う側で、誰が襲われる側かを判断するのは困難だった。わたしは貧しい地域に入りこんだ上等な身なりの白人女、目立つことは避けたかった。

「あなたと、クララと、家族のみなさんを、安全な家に移さなくては。アルカディア・ハウスへ行ってほしいの。女性のためのシェルターで、スタッフはみんな、入居者を危害から守るための専門家なのよ。あとは、ご主人が泊まれる場所をどこかに見つければオーケイだわ」

「パパなら、いとこのラフィのとこに泊まればいいのよ」クララが提案した。「天気が悪くて家に帰れない日なんか、よく泊まってくるもん。ラフィはベンセンヴィルに住んでるの。空港の近くよ」

「クララを守るぐらい、わたしたちでできるわ」クリスティーナ・グアマンがきつい口調でいった。「知らない人間のとこでこの子を寝起きさせるなんてまっぴら。そこの人たちもどうせ、こっちに非難の目を向けてくるだろうし。あなたのいうシェルターがどんなとこかはわかってるわ。わたしたちがラテン系だから、見下すに決まってる」

「アルカディア・ハウスのスタッフはそんなことしないわ。でも、たとえそうだとしても、今夜、自宅でまたあの悪党連中と顔を合わせるよりは、一週間だけそういう場所にいたほうがましでしょ」

クリスティーナ・グアマンは歩道に集まった人々のほうを見て――みんな、好き勝手な意見や質問をつぎつぎとよこしていて、なかには、彼女が働いている金物屋の客もいる――「大丈夫よ。アーネストの健康状態とナディアの死で、神経がちょっとまいってるだけ」と、スペイン語でみんなにいった。

これがわたしたちの対決のターニングポイントになった。ただし、クリスティーナとクララをマスタングのうしろのシートに乗せるには、さらに一分ほど説得する必要があったが。車でグアマン家の裏手の家まで行った。クリスティーナがさきほど家を出たときに庭を通らせてもらったという隣人の家。クリスティーナはふたたびその庭を抜けて、板が打ちつけてある自宅の裏口まで行き、ほどなく、スーツケースを二個持って、アーネストと姑と一緒に戻ってきた。

わたしはまわり道をしながらアルカディア・ハウスへ車を走らせた。ニア・ウェスト・サイドの大規模医療センターのすぐ先にある目立たない建物だ。グアマン一家の状況をスタッフに説明するのに、しばらく時間がかかった。アルカディア・ハウスは収容能力の限界まできているうえに、成人男性にシェルターを提供することには乗り気でなかったが、スタッフは長い時間をかけてアーネストと話をし、仲間内で協議した結果、グアマン家の四人を二、三日だけ泊めることにようやく同意してくれた。

「さらに長引くようなら、ヴィク」理事長がいった。「ほかのところをあたってちょうだい。なにしろ、この不況でしょ。崩壊して暴力沙汰になる家庭がふえてて、ここもすでに超満員なの」

「一週間以内に今回の事態を収拾できなかったら、どっちにしても、わたしはたぶん死んでると思う。あとでまた連絡するわ。明日の朝、誰がクララを学校へ送っていくかを、あなたに知らせておかなきゃね」

49 ダロウが解決してくれる

ダロウとのミーティングの時間が迫っていた。ミスタ・コントレーラスに、ワッカー・ドライヴにあるダロウのビルでわたしだけ車をおりると告げた。

「代わりに運転して帰ってくれる？　わたし、今夜はどこかのホテルに泊まるけど、どこにいるのか、どこで会えるのかを、なんとかしてそちらに連絡するわ。やることが山のようにあるのに、時間が足りないの。そうだ、あなたからペトラに電話して、しばらくおとなしくしてるように伝えてくれない？　あの子が街を走りまわって危険な目にあったりしては困るから」

チームの仲間に入れてもらえて、ミスタ・コントレーラスは大喜びだった。ダロウの本社があるワッカー・ドライヴのビルに着くと、わたしを荒っぽく抱きしめて、ペトラのことは心配しなくていい、わしがちゃんと面倒をみる、といってくれた。

わたしはビルに駆けこみ、エレベーターを待つあいだに髪を梳こうとした。七十三階でエレベーターをおりながら、アルカディア・ハウスがダロウのところのロビーを賃借できないのは残念なことだと思った。ティラー通りのシェルターより、こっちのロビーのほうが広いぐらいだ。

ダロウのアシスタントがわたしを会議室へ案内し、ミーティングの用意が整ったことを知らせるために、社長室へ連絡した。ダロウはいつものようにてきぱきとミーティングを進めた。わたしも自分が分担すべき協議事項にどうにか集中することができた。神経がズタズタになっているいまの状態からすれば、上出来といっていいだろう。ダロウのところの海外事業部長がミーティングの内容を要約するあいだ——あまりに長たらしいため、ダロウが簡潔なコメントで終了させたほどだが——わたしはふたたび、警備の行き届いた美しいロビーのことを考えていた。

部屋を出るために全員が立ちあがった。海外事業部長がダロウと個人的な会話を始めたが、わたしは横から割りこんで、五分だけ時間をもらえないかと頼みこんだ。

ダロウの眉が跳ねあがったが、わたしを社長室へ連れていき、ドアを閉めた。「どうしたんだね？」

「わたしは目下、かなり物騒な事件の調査を進めていて、じつは、とても図々しいお願いがあるんです」

チャド・ヴィシュネスキーとナディア・グアマンがどのようにして出会ったのか、そしてなぜ——いまのところわたしの意見にすぎないが——ナディアが殺され、チャドが犯人にされたのかを、ダロウにざっと説明した。

「〈ティントレイ〉はアメリカの技術の粋を集めた追跡システムを利用できるため、わたしは仲間と会うのに安全な場所を必要としています。わたしの希望を申しあげると――じっさいは、懇願というべきですが――こちらの会議室のひとつを使わせてもらえないかと……」

ダロウの冷たいブルーの視線を受けて、わたしの声が消えた。

ダロウはすぐには返事をせず、わたしの能力を査定しようとするかのように、頭のてっぺんから爪先までじっとながめた。

「わが社は〈ティントレイ〉のような会社に仕事を依頼することもできるのに、なぜきみのところを使っているか、わかるかね?」ようやく、ダロウはいった。「理由は、あの会社の大きさ――つまり、グローバルな規模だ。わたしは〈ティントレイ〉とは取引しない。ジャーヴィス・マクリーンが嫌いなんだ。同じ市民委員会のメンバーだが、あの男はいつも約束を反故《ほご》にする」

「わたしはまた、当方に仕事を依頼なさるのは、右の指が何をしているかを右手が把握できるからだと思っていました」わたしはこわばった声でいった。グローバルな怪物に太刀打ちできないことは承知しているし、ダロウがいてくれなければ、請求書の支払いを楽々とやっていくのは無理なことも承知している。

ダロウは冬のような微笑を浮かべた。

「右の指、右手――そうだな、それも理由のひとつだと思う。わたしは子供のころ、屋敷の敷地内で迷子の犬を見つけた。脚を骨折したその犬を誰かが捨てていったんだ。で、わたしは犬を屋敷に連れて入った。母のお抱え運転手が骨折の手当てをしてくれた。母と祖母がなぜ犬を飼うのを許してくれたのか、いまだにわからない。祖母は感傷的なことを軽蔑する人で、ペットを飼うこと自体を嫌っていた。不衛生だというのが祖母の意見だったが、じつをいうと、母やわたしに愛情を示すものが屋敷内にいることが、我慢ならなかったんだろう。

誰か大人がとりなしてくれた。誰だったかは覚えていない。わたしは犬をロック軍曹と名づけた。七歳のときに読んだコミックのヒーローなんだ。ロックはテリアの血がまじった小型の雑種だったが、わたしの敵だとみなせば、相手がどんな人間だろうと、動物だろうと、飛びかかっていった。祖母がわたしのそばにくると、かならずうなり声をあげた。わたしが森のなかで浮浪者に追い詰められ、思いきり蹴られて肋骨を折ったときには、ロックが助けてくれた。わたしが十五のときに死んでしまった。わたしは胸が張り裂けそうだった。きみを見ていると、そのロックを思いだすんだ。闘志満々。誰かが子供を蹴飛ばすのを見れば、そいつのふくらはぎに牙を突き立てる」

わたしは思わず赤面したが、何もいわなかった。

「きみの仲間をいつここに集めたいんだね？」

「明日。たぶん、正午ごろに」

ダロウはうなずいた。「きみのために会議室を用意するよう、キャロラインに伝えておこう。彼女のほうから警備の連中に話を通してくれる。誰にも知られないようにして、きみの仲間をここまで案内してくれる。氏名と電話番号のリストをキャロラインに渡しておいてくれ」

わたしはダロウに礼をいって、一カ月分の探偵仕事を無料でやるといったが、ダロウは首を横にふり、アシスタントのところへわたしを連れていった。

「ヴィクがきみに氏名と電話番号のリストを渡す。明日の正午にきてもらう人々のリストだ。多数の競争相手がその出席リストと議題に関心を寄せているから、いつものセキュリティの魔法をわれわれのために使ってほしい、いいね？」

キャロライン・グリズウォルドは十年近くダロウのアシスタントをやっている。フランス語に堪能で、中国語もある程度は使いこなし、海外のクライアントや競争相手の接待を担当することが多い。彼女の下に秘書が二名いるが、さきほどのようなセキュリティの手配に遺漏のないことをダロウのほうで確認する必要のあるときは、その手配の事務的な部分のすべてをキャロライン自らが受け持つことになっている。

ダロウがビデオ会議のために重役会議室に入ったあと、キャロラインはわたしを連れて社長室の内側のオフィスに入り、ドアを閉めた。わたしは現在抱えている問題をざっと要約して彼女に話し、つぎに携帯の電源を入れて、明日のミーティングに呼ぶつもりの人々の名前と電話番号を調べた。ペトラ、マリ・ライアスン、リヴカとヴェスタ、ヴィシュネスキー夫妻。ミスタ・コントレーラス（もちろん）。ティム・ラドケとマーティ・ジェプスン。チェヴィオット研究所のサンフォード・リーフも。サル・バーテルもリストに加えたが、サルとは事前に二人だけで話をするつもりだと、キャロラインにいっておいた。

最後に、悪党連中がグアマン一家に突きつけた最後通牒のことを考えた。今夜までに解剖報告書を渡せ。でないと、あんたの家が燃えあがるのを見ることになるぞ。

「このループにいる弁護士に電話をかけたいんだけど、発信元がどこの都市かわからないようにしてかける方法はないかしら」わたしは尋ねた。

キャロラインのふだんの顔は、企業というギャンブルの場で高い金を賭けてポーカーをやる者の無表情な仮面だが、しばらくして、いたずらっぽい笑みを浮かべた。「用件をいってくれれば、うちのベイルート支店の人間にわたしからメールを送るわ。その男性が自分の携帯で喜んで電話してくれるわよ。弾丸をよけるのに慣れてるから、追跡不能の回線からかける方法を知ってるの」

「まさにぴったりだわ。今回の事件はわが国が中東で始めた戦争に端を発してるんですもの。弁護士はレーニエ・カウルズ、〈パーマー＆スタッテン〉のパートナー。つぎのように伝えたいの――カウルズのクライアントがほしがってる書類はグアマン夫妻のところにはない。V・I・ウォーショースキーが書類を遠く離れた場所へ持っていった。その場所がどこなのか、誰も知らない。ミズ・ウォーショースキーと連絡をとりたければ、彼女の顧問弁護士のフリーマン・カーターを通さなくてはならない」

キャロラインはそれをベイルート支店の人間に宛てたメールに打ちこみ、わたしに確認させ、それから送信した。

いくつも頼みごとをしたついでに、クララにつけるボディガードを頼むためにキャロラインの電話を使わせてほしいと頼んだ。まずストリーター兄弟にかけてみた。二人とも腕が立つし、信頼できる。手があいているのはティムのほうだけ、それも午後だけだったが、補充要員としてほかにも誰か見つけておこうという彼の申し出を、わたしはことわった。ボディガードを頼むなら、よく知っている人間にかぎる。

わたしは眉をしかめて考えこみ、やがて、〈ボディ・アーティスト〉の友達、ヴェスタのことを思いだした。黒帯の三段だ。彼女が派遣で働いている法律事務所に電話をかけた。

「カレンは見つかった？」ヴェスタがきいた。

「ううん、まだ。でも、グアマン家の末っ子を預かってるの。すこしだけベビーシッターをやる時間か意欲が、あなたにないかなと思ってるんだけど」拒絶される前に、ゆうべグアマン家で何があったかを説明し、家庭生活の危機の解決にわたしが奔走するあいだ、クララが学校へ行けるようにしておきたいという思いを告げた。

「下校のときに家まで送ってくれる人物は確保したの。でも、朝の登校のときにあなたがガードしてくれれば、すごく助かる。一時間につき二十五ドル払わせてもらうわ。熟練したガードマンの相場の値段よ」

「危険性はどれぐらい？」ヴェスタがきいた。「正直に答えて。わたしに仕事をやらせたくて、嘘でごまかすのはやめて」

「わたしにもわからない。クララを狙ってる連中は、ロドニー・トレファーと同じ組織の人間なの。ロドニーっていうのは、〈アーティスト〉の肌にいつもあの下手くそな数字を描いてた男。あなたがルート選びに長けてれば、危険はないわ。クララの居場所を連中に嗅ぎつけられたら大変なことになるの」

「わたしはグアマン家になんの義理もないけどね。カレン・バックリーにだって」

「わかってる」

「それに、攻撃をどうかわすか、どう反撃するかは知ってるけど、ボディガードの訓練は受けてない」

「そりゃそうよね」

「けど、誰かにぶちのめされたとき、無力に耐えるしかないのがどんな気持ちかってこともよくわかる。女の子がビクビクしながら通りを歩くなんて、ぜったいにあっちゃいけない。どこへ迎えに行けばいいのか教えてよ。そしたら、全力で守るから」

わたしはずっと息を止めていた自分に気づき、周囲にきこえるぐらい大きく息を吐きだした。電話を切る前に、明日の午後ダロウの会社でひらく予定のミーティングのことをヴェスタに話したところ、ランチ休憩の時間をずらして自分も参加できるようにするといってくれた。

席を立ち、キャロラインの協力に礼をいった。「こんなにお世話になったんだから、〝ありがとう〟って言葉じゃ足りないけど」

キャロラインはいつものキリッとした企業用の笑みを浮かべた。「お安いご用よ、ヴィク。でも、あなたに用のあるときは、どこに連絡すればいい？」

わたしは首をふった。「まだわからない。母の結婚前の名前を使って、ガブリエラ・セスティエリでトレフォイル・ホテルに部屋をとろうと思ってるけど、ふところ具合からすると、泊まれるのはせいぜい二晩ね」

キャロラインはしばらく考えこんだ。「社長に相談してみるけど、わが社では、海外支店のスタッフがシカゴに数日以上滞在する場合のために、ハンコック・ビルにワンルームのアパートメントを用意してるの。目下、誰も泊まってないわ。ミズ・セスティエリという名前で予約しておくわね」

わたしは思わず目を丸くした。「なんて親切なの。でも、キャロライン、あなたの職務範囲を超えてるだけじゃなくて、あなたにまで危険が及ぶかもしれない」

キャロラインは首をふった。「うちの妹の一人息子がイラクで戦死したの。ファルージャで爆弾に吹き飛ばされて。予備兵だったのよ。赤ちゃんが生まれたばかりなのに、わが子に会うこともできなかった。〈ティントレイ〉のような会社が甥の死体のおかげで金儲けをしているかと思うと、我慢がならないの」

キャロラインはダロウのデスクのコンソールに目をやり、ビデオ会議が終了したことを確認してから、わたしを連れて重役会議室へ行き、彼女が提案したことをダロウに報告した。ダロウがしぶしぶ了承したので、キャロラインはわたしに、あとでもう一度寄って、アパートメントの鍵とガブリエラ・セスティエリの写真つき身分証を持っていくようにといった。

ダロウがエレベーターのところまで送ってくれた。古風なエチケットと礼儀作法をきちんと守る人だ。わたしがエレベーターに乗りこもうとしたとき、いきなり大声で笑いだし、わたしの頬を指で軽くなでた。

「きみはロックにそっくりだ。なぜこれまで気づかなかったのか不思議だよ」

50　フーッ！　ようやくサルを説得

ループを横断するあいだ、自分がロックに似ているとはあまり思えなかった。レーニエ・カウルズとクスターニックのおかげでびくついていたため、銀行に寄って、高額小切手を現金に換えた。クレジットカードやATMの現金引出しから足がつくような危険は冒したくなかった。これが〝パラノイアの時代〟の困った点だ。手段さえあれば、人がこちらの足跡をたどれることはわかっているが、じっさいにやっているのかどうか、こちらにはわからない。〈NCIS――ネイビー犯罪捜査班〉に登場するアビー・シュートのように、彼女の記録を盗み見る相手を自在にバックトレースできる天才でもないかぎり。

ようやく〈ゴールデン・グロー〉に着いたのは、市場がひけた半時間後で、サルの有名なマホガニーのカウンターの周囲にトレーダーたちが三重の人垣を作っていた。サルがわたしに気づき、客の交通整理をしながらうなずいてみせた。二分もしないうちに、店の者がジョニー・ウォーカーの黒のグラスを運んできた。アルコールのせいで注意散漫になってはいけないと思い、グラスはカウンターに置いたままにした。携帯をとりだして世界とふたたびつながりを持ちたいという誘惑にも抵抗した。グアマン一家はもちろんのこと、チャド・ヴィシュネスキーについても、無事かどうか心配でならないが、いましばらくは、いかなる危険も冒すわけにいかない。

市場での地獄のような一日に疲労困憊していたトレーダーたちが、酒の力でようやく忘却のなかに入りこみ、自宅に帰る元気を出したところで、カウンターの端にすわったわたしのところにサルがやってきた。

「オリンピアが〈ガウジ〉を休業にしなきゃいけなかったそうだね。ひどい火事のせいで」

わたしは肩をすくめた。「そんなにひどくないわ。ステージと電気系統の修理が必要だけど、建物自体は無事だもの。問題は、その費用をオリンピアがどこから調達するかってこと。だって、ボトックス注射をした額のところまで、アントン・クスターニックから借りたお金に浸かってるわけだし」

サルの唇が丸くなり、音のない口笛を吹いた。「じゃ、その噂、本当だったんだね。そんな大バカ者がいるなんて、あたしには信じられなかった。けど、うちの母親がいつもいってるように、愚か者と分別はすぐに離れ離れになるものだ」

サルはそこで言葉を切って、わたしをじっと見た。「あのクラブをめぐってべつの噂もあることは、たぶん、あんたのほうがよく知ってるだろうね。あんたがオリンピアの店に火をつけたんだっていってる連中もいるよ」

「人はどんな噂でも立てるものだわ。でしょう？　オリンピア・コイラダはとくに。わたしを中傷しつづける気なら訴訟をおこしてやるって、オリンピアに脅しをかけといたけど、わたしに民事訴訟をおこすだけの時間も忍耐心もないことは、向こうもたぶん承知してると思う」

「じゃ、どういうわけで火事に？」

「じつをいうと、わたしが火をつけたようなものだけど……」

サルは両手をあげた。「おやまあ、ヴィク。なんで？　きっと、たいていの人間が挙げるような平凡な理由じゃないだろうね。オリンピアがあんたの従妹を侮辱したとか、あんたの犬を蹴飛ばしたとか、そんなんじゃないよね。うちの店の場合だと、いちばん最近の火事の原因は、女性トイレに積んであったタオルの上にどっかのバカ女がヘアアイロンを忘れてったことだった」

「わざと火をつけたわけじゃないわ。一種の付帯的損害なの」

わたしは〈クラブ・ガウジ〉での夜の出来事を説明した。〈アーティスト〉の身体を伝言板として使うことができなくなったため、アントンの手下連中が〈ボディ・アーティスト〉とオリンピアを殴りつけた、ということを。

「じゃ、〈アーティスト〉は現在、どこでショーをやってんの？」サルがきいた。

わたしは首をふった。「行方知れずよ。どこにいるのか誰も知らないけど、名前をいくつも持ってる女性なの。わたしはそのうち二つを知ってるけど、こういう場合の逃げ道として第三の名前を用意してたとしても、意外だとは思わないわ」

きれいに剃ってペンシルで描いたサルの眉が高く跳ねあがり、聖堂のアーチみたいになった。「〈アーティスト〉を捜す気？　あんたが見つけだしたら、クスターニックに何されるかわからないよ」

「そこなのよ、親愛なるわが友、それが目下最大の問題。アントンと〈アーティスト〉は昔からの知り合いなの。〈アーティスト〉とアントンの一人娘のジーナが大の仲良しで、二人でドラッグをやりすぎてしまった。ジーナは死んだけど、〈アーティスト〉はどうにか助かり、やがて姿を消した。そのあとの十三年間をどこですごしたのか、わたしにはまったくの謎だけど、アントンはどうやら知ってたようね。すくなくとも、オリンピアの店でステージに立ってたことだけは知っていた。彼が〈アーティスト〉を利用してたことを、わたしも最近になって知ったんだけど、〈アーティスト〉を憎んでるのかしら。それとも、愛してるの？　彼女を殺すつもり？　それとも、守るつもり？　わたしは殺すほうに賭けるけど、あの男には精神病質者のようなところがあるし、二人とも竜巻みたいなの。どこへ飛んでくかわからない」

「あんたと同じだね、ウォーショースキー。その女を捜すのに、誰かが金を払ってくれてるのかい？」

「ううん、べつに。ナディアを殺したのがチャド・ヴィシュネスキーではないことを証明するために、わたしにお金を払ってる人はいるけどね。アントンと〈ボディ・アーティスト〉は点と点でつながってはいないけど、それぞれが点々をいっぱいつけてて、まるで麻疹《はしか》にかかってるみたい。アントンは〈クラブ・ガウジ〉と〈アーティスト〉にスポットライトがあたることを望んでなかったはずだから、ナディア殺しの陰にいるのが彼だとは思えない。〈ティントレイ〉が雇った殺し屋の犯行とみてまちがいないわ。もしくは、レーニエ・カウルズ自身が雇ったのかも」

わたしは話を中断し、指を折って数えていった。「このホラーショーにはずいぶん多くの人間が関わってるわ。カウルズと〈ティントレイ〉のお仲間のほかにも、まだ四人いる。ナディア、チャド、〈ボディ・アーティスト〉、そして、アントン・クスターニック。何者かがembodiedart.comをブロックしたとき、アントンは怒り狂った。〈アーティスト〉を痛めつけ、オリンピアを殴りつけた。コミュニケーション・ネットワークが順調に機能することを望んだ」

わたしはグラスをみつめて考えこんだ。「サイトをブロックしたのは〈ティントレイ〉に決まってる。もっとも、いまではアントンと喜んで協定を結んでるようだけど。今日の午後、グアマン家の外に車を停めてたのがアントンの手下だったもの。でも、一週間前には、おたがいの名前も知らなかったはずなのよ。どうしてこういうことになったのかわからない。オリンピアがこの協定の仲立ちをしたんじゃないかって気がするけどね。こうなった経緯はべつにどうでもいいの——わたしが心配なのは、連中がつぎに何をするつもりかってこと」

「あんたは自分でわかってしゃべってんだろうけど、あたしにはちんぷんかんぷんだ」

サルは店に入ってきたばかりの顔見知りのカップルに挨拶をしにいった。バーテンダーのエリカが黒ラベルのボトルを持ってやってきた。

「大丈夫、ヴィク？　グラスに口もつけてないけど」

「また今度ね、エリカ。いまはそんな気分になれないの」わたしの推理の正しさを証明するのはまず無理だろう。レーニエ公の口を割らせる方法を見つけないかぎり。前に飼っていたテリアの雑種に似ているとダロウにいわれたことを思いだして、一人で笑ってしまった。

〝しゃべるのよ、レーニエ公！　いやなら、そのふくらはぎに咬みついてやる〟

どういう経緯があったにせよ、アントンと〈ティントレイ〉が手を組んだ。レーニエ・カウルズは、自分の手でグアマン家の人々をぶちのめすのは気が進まなかったため、アントンの手下どもを雇って、ウォーカー大尉の解剖鑑定書のコピーを渡すよう、一家を脅すことにした。カウルズ、もしくは〈ティントレイ〉の上層部の連中は、これで問題は解決したと思った。グアマン家で鑑定書のコピーをとっているかもしれないなどとは、考えもしなかったのだろう。あるいは、クララをぶちのめしておけば、娘二人を亡くした両親が〈ティントレイ〉の汚れた秘密を口外することはあるまいと思ったのかもしれない。あるいは、鑑定書が手に入ったら、グアマン一家を皆殺しにするつもりなのかもしれない。

サルがようやく、カウンターの端にすわったわたしのところに戻ってきたので、わたしは前置き抜きで切りだした。「あなたの命やこのバーを、わたしがこれまで危険にさらしたことがあった？」

「ないよ。それに、いまここでそれを始めるつもりもないよね、ウォーショースキー」

わたしは〈グロー〉の店内を見まわした。テーブルに置かれたティファニーのランプ、馬蹄形のカウンターの上のラックから下がったグラス類。店が暇なときの世界中のバーテンダーに共通の態度で、エリカがグラスを几帳面に磨き、それをラックにかけていた。グラスのひとつひとつが、店内の光を反射するようになるまで丹念に磨かれている。

「ランプはどこか安全な場所に避難させたほうがいいわ」わたしはいった。「それから、グラスがかかってるあのラックも、戦闘区域からどかしたほうがよさそうね。テーブルを並べ替えて、パフォーマンス用のスペースをあけてちょうだい。それから、窓にシーツをかける許可をくれれば、映写用のスクリーンにうってつけだわ」

「V・I・ウォーショースキー、あんたがキャリー・ネイション（十九世紀の禁酒主義活動家）の活動に加わって、シカゴのナイトクラブに火をつけてまわるつもりだとしても、〈グロー〉をリストからはずしてくれるなら、あたしは気にしないよ」

わたしはグラスを傾け、ウィスキーが形を変えつつも表面だけは水平に保たれているのを見守った。重力とは驚嘆すべきものだ。

「ひと晩だけ、サル。ひと晩でいいの。〈ボディ・アーティスト〉を甦らせる必要があるの」

「シカゴ美術館を借りなよ。うちよりたくさん保険がかかってる。それに、本物のステージもある」

「いちばん暇な夜は何曜日？　日曜？　わたしがうまく宣伝して、カバーチャージを二十ドルにすれば、いえ、三十ドルでもいいわね、二時間で一週間分の売上げになるわ」

「人の話、ちゃんときいてんの？　返事はノー。アントンが不機嫌な顔でここに入ってきたら、どれだけ売上げがあろうと、二分で消えちまう。あたしの知るかぎりでは、あの男はいつだって不機嫌だ。問題は、その夜のアントンがめちゃめちゃ不機嫌なのか、それとも、ごくふつうに不機嫌なのかってことだ」

「サル、三人姉妹の話をさせてね。名前はアレグザンドラ、ナディア、クララ」

わたしはわかっているかぎりのことをサルに話した。アレグザンドラの日記から始めて、イラクへの派遣、グアマン一家、チャド、〈ボディ・アーティスト〉の失踪とつづけ、最後をわたし自身の逃亡で締めくくった。

「クララは十六歳。ゆうべ、鼻に大怪我させられたの。その前は、お姉さん二人を埋葬し、ひどい損傷を受けた脳から生まれる悪夢のなかで暮らすお兄さんの姿を見守ってきた。わたし自身のためにこんなことを頼んでるわけじゃないのよ。わかるでしょ」

「わかってるよ、ウォーショースキー。あたしの願いは、このバーを平和に経営し、できれば自分のベッドで死ぬことだけなんだ。流れ弾にやられたりせずにね。けど、あんたはいつも、みんなより大きな主義主張のために動いてる」

わたしは頬がカッと熱くなるのを感じたが、癇癪を抑えこもうと努めた。「あなたの口からそんなことをきくと、すごく変な気がするわ。だって、アルカディア・ハウスの理事会にわたしをひきずりこんだのはあなたなのよ」

サルは理事会の議長をやっている。アルカディアがグアマン家の末娘と母親と祖母のほかにアーネストまで受け入れてくれたのは、わたしが理事会のメンバーで、サルと親しいことを知っているからだ。

「そりゃね、あたしはアルカディアの理事会の議長をしてて、大切だと思う活動には寄付もする。けど、あんたの場合は、いつもちがってる。いつも無謀な十字軍か何かなんだ。あんたに比べりゃ自分たちはクズみたいな無気力人間の集まりだって、あたしたちみんなに思わせたがってんじゃないの？」

「わたしの仕事の大半は企業の依頼によるもので、企業からわたしに支払われるのは、貧しい人々の顔を土にこすりつけて得たお金なのよ。これなら、わたしも人間として認めてもらえる？　このバーにやってくるほかのみんなと同じく、わたしもシステムの一部にすぎないことをわかってくれる？」

サルはカールした睫毛の下から店内をみつめたまま、長い指でカウンターを軽く叩いていた。何かを秤にかけている様子だ。それが何なのか、よくわからない――わたしもただの人間だという思いか。もしかしたら、わたしとサルの友情か。アントンとレーニエ・カウルズとの闘いから無事に生還できたら、田舎に家を見つけて、ミスタ・コントレーラスと犬と一緒に、野菜を育てたり、農場から逃げてきた動物たちに避難所を提供したりして、シンプルな暮らしを送ることにしよう。手に金属の破片を刺したり、みぞおちをブーツで蹴られたりする人生はもうたくさん。

サルはスツールの上で身体をねじって、ヴァン・ビューレン通りに面した紛い物のゴシック様式の窓に目をやった。ふたたび雪になっていて、毛皮のようなきらめきを生みだし、通りの向かいに並ぶ古い建物の黒ずんだ正面をほとんど覆い隠していた。

「あんまりいい眺めじゃないね。高架鉄道の線路、あっちには場外馬券売場、それから、チキンを売ってる安っぽいファストフードの店、その他いろいろ。すっかり見慣れてしまって、どんなに安っぽいかを意識しなくなってた。ひと晩でもうちのシャッターを閉めれば、この界隈も多少はましに見えるだろう。何を企んでるのか話してごらんよ。その理由も」

わたしは肩甲骨のあいだに汗が滴るのを感じた。わたしがいかなる悲惨な結果を恐れているにしても、今夜そうなるわけではないのに。

サルは、この店には楽屋がないとか、〈ボディ・アーティスト〉のウェブカムをどこにセットすればいいのかなど、あらゆる点について反論をよこしたが、それでも、話に乗ってくれた。翌日、わたしがダロウの会社で戦略会議をひらいたときには、プロジェクトを進めるのに協力してくれた。

51 無我夢中で準備——さて、つぎは？

ふり返ってみると、サルのバーでああやって話をしたのを最後に、それから一週間、腰を落ち着ける暇は一度もなかった。パフォーマンスの準備をし、クララと家族を安全な場所に移し、わたし自身の身を守り、インターネット・カフェでこっそり仕事をしながら常連の依頼人たちとの連絡を絶やさないようにする日々を送るうちに、ジェット推進式の踏み車に乗って走りつづけるハムスターになったような気がしてきた。

一回目のミーティングのときは、ダロウのアシスタントのキャロラインが食べものと飲みものを用意してくれ、何回か様子を見にきて、わたしたちが泥沼にはまりこんだときには前進するのに手を貸してくれた。ダロウは賢明にも近寄らないようにしていた。本社の施設をわたしたちに自由に使わせるのは、かなりの越権行為だ。取締役たちに知られたら文句が出るかもしれない。

ペトラはすべてをおもしろいゲームとしてとらえていた。ティム・ラドケのところに泊まっているので、すっかり安心して、そのため生意気になっていた。

「心配いらないわ、ヴィク」と、わたしに向かって断言した。「宣伝はあたしとティムにまかせてね。ツイッターとネットワークを使って街じゅうに宣伝するから。去年の夏に選挙運動を手伝ったおかげで、いまもメディアにはけっこうコネがあるし」

「一度に一歩ずつ進んでいきましょ」わたしはいった。「誰に宣伝したいかを考える必要があるわ。シリアルのウィーティーズを売るために、世界中の人に宣伝しようってわけじゃないのよ」

「〈グロー〉の収容人員は最大で百三十七人」サルがつけくわえた。「大入り満員になった場合は、混雑を整理するための本格的な助っ人が必要になる」

ティム・ラドケが、彼とマーティの友達を多数動員して、暴力沙汰がおきないよう目を光らせる、と約束してくれた。

「乱闘騒ぎになって、客が逮捕されたり、頭をぶち割られたりするようなことにはしたくないの」わたしはいった。「〈ボディ・アーティスト〉をステージに呼び戻す目的は、あくまでも、グアマン一家とヴィシュネスキー一家の苦しみを終わらせることにあるのよ」

「〈アーティスト〉がくるって保証がどこにあるの？」リヴカがいった。「あなた、〈アーティスト〉をまだ見つけてないんでしょ。捜してた様子もないし」

「全力を挙げて捜したわよ」わたしはリヴカに向かって断言した。「住んでたアパートメントまで見つけたわ」

リヴカの顔が輝いた。「あの人、なんていってた？」

「わたしが着いたときは、すでに逃げたあとだった。でも、日曜の夜には姿を見せると思う。

芸術家たる者、自分の作品が勝手にまねされたり、ほかの誰かのものだと思われたりするのは心外だろうから」

わたしは心にもない自信をこめて話をしたが、今回の計画を成功させるには、〈アーティスト〉のイメージを再現できるだけの才能と経験の両方を備えたリヴカのような人材が不可欠だった。

いちばん苛立っていたのはジョン・ヴィシュネスキーで、自分の息子が軽視されていると思っている様子だった。「今回の依頼人はわたしだぞ。わたしがあんたに調査料を払ってるんだ。うちの息子はいまも病院の危篤患者のリストに入ったままだし。二日前に、何者かが息子を殺そうとした。なのに、あんたが問題にしてるのは、イラクで死んだあの女のことばかりだ」

わたしは共感のうなずきを送った。「この事件には、二つの要素がからんでいます。おたくの息子さんと、ナディア・グアマン。真犯人を表舞台に登場させる必要があって、グアマン家に焦点を当ててるのが真犯人をいぶしだす最上の方法だと、わたしは判断したんです。でも、もっといい方法があるというなら、いまここできかせてください。あとになって文句をいったりせずに。多くのものが危険にさらされてるんです」

モナが別れた夫の腕を軽く叩いた。「ジョン、自分勝手な人間になろうって気はないでしょ。あの気の毒な一家はお嬢さんを二人も亡くしてるのよ。三人目のお嬢さんだって、けっして安全とはいえないのよ！」

グアマン家の状況が、わたしは不安でならなかった。ダロウの会社で一回目のミーティングをひらいた日、トム・ストリーターから電話があり、ラザー・グアマンがセント・テレサ高校にやってきて娘と妻を家に帰すよういいはっている、と報告してきた。

タクシーで学校に駆けつけると、ラザーがクララと一緒に校長室にいた。わたしたちを紹介したとき、ハウスマン校長は心配そうな様子で、怯えているといってもいいほどだった。

「たぶん、善意でやってくれてるんだろう、ミズ・探偵さん――おれにはわからん」ラザー・グアマンはいった。「クララは善意からだと思ってるようだ。あんたを止める気はないが、家族はひとつ屋根の下で暮らすべきだ」

「クララを奥さんとお母さんともども、安全な場所に置いてやってくれませんか」わたしは頼んだ。「ほんの二、三日だけ。日曜日にはすべて終わるはずです」

「うちは崩壊家庭だ。それはわかってる。娘二人が殺されたし、あの連中がクララを殴りつけたとき、おれは守ってやれなかった。だが、クララが街なかで危険にさらされてるときに、おれだけいとこの家に隠れてるわけにはいかん」

わたしはラザーを説得しようとしたが、向こうの決心は固かった。電話帳に出ていないアルカディア・ハウスの番号に電話するようクララにしつこくいった。そうすれば母さんと話をして、家族みんなで家に帰れるから、と。わたしは、アレグザンドラの解剖鑑定書がグアマン一家のもとにはないことをレーニエ・カウルズが知って、一家に手出しをせずにいてくれることにひと筋の希望をかけた。ミーティングのときにキャロラインからきいた話では、ベイルート支店の人間がこちらの希望どおりにメッセージを伝えてくれたという。それでも、ヴェスタにはボディガードの役目をおりてもらう必要がある。カウルズが、あるいは、もっと厄介なことにアントンが一家を襲撃する気になった場合、素人がボディガードをやるのは、どう考えても危険すぎる。

こちらから電話する場合のために、使い捨て携帯を数台買い、かかってくる電話はすべて応答サービスのほうで対処してもらうことにした。誰にもわたしを見つけることができなければ、脅迫もできないはずだ。〝鑑定書を渡せ。さもないと、ペトラが――もしくはクララが――もしくはロティが――もしくはミスタ・コントレーラスが――もしくは犬が――無事ではすまないぞ〟わたしはまるでスイスチーズ、弱みという穴がぼこぼこあいている。ジェイクが世界の反対側へ行ってくれてるだけでもありがたい。

〈ボディ・アーティスト〉からはいっさい連絡がなかったが、パフォーマンスの噂が街じゅうに流れていることは、わたしにもわかっていた。まず、サイトのヒット数がふえた。それから、オリンピアがわたしに電話をよこした。じつをいうと、電話は何回もかかってきていた。三回目の電話に残されていたとげとげしい口調のメッセージをきいたあとで、わたしはダロウの会社がハンコック・センターに所有しているアパートメントの窓辺の椅子にすわり、こちらから電話をした。

「どういうつもり？」オリンピアがいった。「〝〈ボディ・アーティスト〉がシカゴで見せる最後のステージ〟なんて宣伝したりして」

「オリンピア！　元気？　〈クラブ・ガウジ〉の修理のほうは進んでる？」

「クラブのことなんてどうでもいいわ。わたしが目にしたあの宣伝、いったいどういう意味よ？」

「あなたが何を目にしたのか、どこで見たのか、わたしにはわからないわ。ヒントをちょうだい」

電話の向こうからオリンピアが歯をギリギリいわせているのがきこえたように思った。

「〈ボディ・アーティスト〉が日曜日にサル・バーテルの店に出演するっていう広告を見たのよ。いったいどういう意味？」

「あらあら、紅茶の葉で占うから、ちょっと待ってね。うん、なるほど。日曜日に〈ボディ・アーティスト〉が〈ゴールデン・グロー〉にくるって意味だわ」

「バックリーはわたしと契約してるのよ。出演交渉をする場合は――」

「話なら〈アーティスト〉かエージェントに直接してちょうだい。わたしにいっても無駄よ。ふたたびステージに立てるようになるためには、〈クラブ・ガウジ〉の修理が終わるまで待たなきゃいけないなんて、〈アーティスト〉もずいぶん不利な契約を結んだものね。ま、わたしには関係ないけど」

「サル・バーテルをひきずりこんだくせに、関係ないなんていわせないわよ。あちこちできいてまわったら、サルを知ってる者はみんな、あなたたち二人がずいぶん親しい間柄だっていってたわ」

「そういわれても、なぜあなたとこんな話をしなきゃいけないのか、理解できないわ」

オリンピアは黙りこんだ。六十七階にあるダロウのアパートメントの外にはグレイがかった白い雲が浮かんでいて、そのため、芸術と音楽と腐敗とギャングの抗争に満ちた街は、はるか遠くで沈黙していて、子供のポップアップ絵本のなかだけに存在しているかに思われた。表紙をひらけば、キャラクターと彼らの世界が息を吹き返す。表紙を閉じれば、こちらは自分だけの空間へ漂い去ることができる。

オリンピアが沈黙したままなので、わたしはつけくわえた。「ところで、ゆうべクラブの前を車で通ったんだけど、誰も作業をしてる様子がなかったわ。知ってた？　それとも、あなたがアントンの命令に従うまで、彼があなたの現金をすべて凍結してしまったのかしら」

「カレン・バックリーはどこに隠れてるの、ヴィク？」

「あなたに知らせる気があれば、向こうから連絡してくると思わない、オリンピア？」

気流に乗ってビルのほうへ運ばれてくる虫を求めて、ツバメが数羽、こんな高い窓のところまで飛んできた。高層ビルのなかからも自然がたっぷりながめられるというのは、妙なものだ。

わたしはいった。「カレンの居場所をわたしからききだす見返りに、アントンはどんな条件を提示したの？　あなたの借金を帳消しにするとか？　クラブの修理をやってくれるとか？」

オリンピアはガチャッと電話を切った。わたしは思わず笑ったが、長いあいだではなかった。やることが山ほどある。

トリッシュ・ウォルシュ——芸名レイヴィング・ルネサンス・レイヴン——に電話して、ステージの前座で演奏してもらえないかと打診してみた。そもそもわたしが〈クラブ・ガウジ〉に初めて足を踏み入れたのは、去年の十一月のことで、トリッシュの演奏を聴くためだった。だから、日曜の〈ボディ・アーティスト〉の前座を頼むなら、彼女がふさわしいと思ったのだ。トリッシュがジェイクの古楽の楽団に加わるためにロンドンへ飛ぶ予定でいるのは、わたしも知っているが、出発までまだ一週間近くある。

トリッシュはこころよく承知してくれたが、何がおきるかわからないことを、わたしから注意しておく必要があった——百人ぐらい集まるかもしれないし、たったの五人かもしれない。観客が暴力行為に走る危険もある。そうならないよう願ってるけど。

「ヴィク！　それってまるで、〈バフィー　恋する十字架〉みたい。そのイベントで演奏させてもらうわ。流血の惨事に遭遇しそうになったら、それをグループのみんなに話すのが待ちきれない。ただ、わたしの楽器に対する保証条項を契約書に入れてもらう必要があるけどね」

トリッシュのリュートとハーディ・ガーディは、保険をつけるさいに二万ドルと評価されたという。わたしは息を呑んだが、保証条項を契約書に加えることを約束した。

ティム・ラドケとチェヴィオット研究所のサンフォード・リーフは、〈ボディ・アーティスト〉のパフォーマンスでいつも大型スクリーンに流されていたスライドショーを再現するため、高品質の画像を用意しているところだった。ティムはわたしたちの手伝いをするために、昼間の職場に病欠の電話を入れ、わたしが手間賃を払おうとしても受けとってくれなかった。チャドのためにやっていることだから、気を遣ってもらう必要はない、といいはった。それでも、申しわけない気がした。

リヴカはショーで使うステンシルを作っているところだった。ただし、〈アーティスト〉の許可が出ていない作業を彼女につづけさせるには、ヴェスタとわたしが合同ではっぱをかける必要があった。「こんなの見たら、〈アーティスト〉が気を悪くするわ」新たな種類のステンシルを作るようわたしが頼むたびに、リヴカはぼやいた。

リヴカが作業をしているのは、サルが余分の在庫を保管するのに使っている〈ゴールデン・グロー〉の地下室だった。マーティ・ジェプスンとミスタ・コントレーラスがケースをすべて移動させて、リヴカのために道具を広げるスペースを作ってくれた。フラッドライトと鏡を運びこみ、このスペースを楽屋としても使えるようにしてくれた。

ダロウの好意で泊まる場所を提供してもらっていてさえ、出費はかさむいっぽうで、しかも、ヴィシュネスキー夫妻に請求できる筋合いのものではなかった。ゴールド・コーストと北の郊外を往復するメッセンジャー・サービスの料金も、〈グロー〉を借りる代金も、レイヴィング・レイヴンのハーディ・ガーディにかける保険料も、いっさい請求しようとせずに跳びまわっているわたしを見て、夫妻はハラハラしている様子だった。スプレッドシートに数字を打ちこんだわたしは、合計額を見て気絶しそうになった。

朝がきて目をさますたびに、わがチームのメンバーが一人も撃たれたり刺されたりしていないことを知って、胸をなでおろした。そして、無事に一日がすぎて夜がくるたびに、熱に浮かされたような翌日の活動に備えて、短時間ではあるがくつろぎのひとときを持つようにしていた。

チャド・ヴィシュネスキーの安全を守ることも、頭の痛い問題だった。ヴィシュネスキー夫妻は週末のあいだだけ、チャドをジョンのアパートメントへ連れていくことに決めた。チャドはまちがいなく快方に向かっていた。いまでは、一度に十五分ぐらい意識が戻るようになっている。しかし、殺人の夜の記憶はまったくなくて、それ以外の記憶にも大きな欠落がたくさんあった。

ジョンとモナがジョーを見たいというので、ジョンの建設会社の同僚二人がチャドを見てくれることになったが、わたしとしては、無力な男性を医者から離して殺人者に近づけることが不安でならなかった。ロティも喜ばなかった。チャドの警護という重荷がベス・イスラエルにのしかかることは望んでいないが、回復期の危うい段階にある彼を医療の助けから遠ざけることも望んではいなかった。

ついに日曜の午後になり、サルの店にウェブカムと防犯カメラが設置され、マイクがセットされ、シャッターをおろした窓に画像を映しだすスクリーンがかけられたとき、わたしはじっとすわっていられなくなった。

リヴカはなんの役にも立たなかった。「前にもいったけど、〈アーティスト〉がくるわけないでしょ。どうしてあなたなんか信じて、大々的な詐欺にすぎないのに、こんな仕事をひき受けてしまったのか、自分でもわからないわ」といいつづけていた。

八時半になり、ドアがひらくころには、わたしの全身の神経の鞘に穴があき、むきだしになった神経が皮膚の表面で踊っているような感じがしていた。

今夜　そして　今夜だけ

〈ゴールデン・グロー〉で

〈ボディ・アーティスト〉

今夜がシカゴで最後のステージ

レイヴィング・ルネサンス・レイヴン　9：00
〈ボディ・アーティスト〉 10：00

バーは 8：30 にオープン

カバーチャージ　20 ドル

52　裸者と死者

まばゆいスポットライトの下で、分厚いファンデーションが〈アーティスト〉の顔から表情を消し去っていた。クリーム状の塗料が全身をくまなく覆って、人種と年齢を隠していた。髪はうしろへ梳かしてハードタイプのスプレーで固めてあるため、ツンと立っていて、まるで小さな茂みのようだ。髪のあいだからのぞいているのは、二体のバービー人形。プラスチック製のハイヒールが〈アーティスト〉の頭皮に食いこんでいる。

照明の向こうにいる観客が口笛を吹き、野次を飛ばした。〈アーティスト〉がゆっくりと身体を回転させた。裸にされた無力な存在であることを痛感し、背筋を伸ばした姿勢を崩さないために、そして、観客の存在に気づいたとしても軽蔑するのみというふりをするために、気力をふりしぼらなくてはならなかった。

彼女の背後では、二つの超大型スクリーンにつぎつぎとスライドが映しだされていた。ひとつは〈アーティスト〉の左胸に描かれたピンクとグレイのユリの紋章をアップでとらえ、もうひとつは彼女の肩を映しだしていた。そこには、ナディアが描いたのとそっくりの、炎に包まれたアレグザンドラ・グアマンの顔があった。

ステージの片側では、レイヴィング・ルネサンス・レイヴンがアンプで増幅したハーディ・ガーディを演奏していた。パーセル（十七世紀イギリスの作曲家）ふうのメロディーと歌詞があまりにちぐはぐなため、観客が歌詞の内容を理解するのにしばらく時間がかかった。

小さな女の子、小さな女の子
お姉さんはなあに？
おもちゃよ
大きな男の子たちに遊ばれて
こわれちゃった
小さな男の子、小さな男の子
お兄さんはどこ？
死んだよ
大きな男の子たちに吹き飛ばされて
小さなかけらになっちゃった

レイヴンの歌が流れるなかで、スクリーンに映しだされる画像が、〈アーティスト〉の肌に描かれた絵からほかのものへと変わっていった。手脚を失い、黒焦げになって砂漠に倒れた兵士たちの死体。血まみれの身体にまとったズタズタの自分の服にしがみつく女性。ブラックタイのディナーで高笑いをしながら乾杯する男たちの一団。

画像が文字に変わった。

〝オーナーが変わって、〈アキレス〉の資産も変わるのか〟

観客の誰かが「ショーをやれ、ショーをやれ」と叫んだが、ステージに近いテーブルでは、三人の男性が酒を飲むのを中断して、自分たちに気づいた者がいないかどうか確認するかのように、店内に視線を走らせはじめた。

〈アーティスト〉――人間の女というより、はっきりいって、特大の人形――は急ごしらえのステージの中央で高いスツールに腰かけたまま、息を吸いこんだ。レイヴンの奏でるハーディ・ガーディのテンポが遅くなり、数秒後には静かになった。〈ボディ・アーティスト〉のショーの始まりだ。

お話の時間よ、男の子たちと女の子たち、女の子たちと男の子たち。そして、あらゆる人のお話が〈ボディ・アーティスト〉を通じてつながっています。彼女は空白のカンバス、そこでみなさんの夢に命が吹きこまれるのです。みなさんの夢は悪夢かもしれない。でも、そのすべてが〈アーティスト〉の身体のなかで現実になるのです。

embodiedart.com からとった画像がスクリーンにつぎつぎと映しだされた。まず、〈ボディ・アーティスト〉の最初の作品である〈肉体の断片〉。ヴァギナから伸びた野原一面のユリ、虎の仮面、ウィンクしている目。画像はさらに不気味なものに切り替わった。犬の群れに襲われた女性の顔を持つ鹿。十字架にかけられ、外陰部に杭を打ちこまれた女性。観客の一部のあいだに恐怖のつぶやきが流れたが、あとの連中はどぎつい卑猥な要求を叫びはじめた。わたしに向かって。わたしの肉体に向かって。

「〈ボディ・アーティスト〉のシカゴにおける最後のステージを記念して、みなさんにお伽話をしたいと思います。おもしろいお話がすべてそうであるように、こんなふうに始まります」

昔々、シカゴに、アメフトをやるのが大好きで、仲間と遊びまわるのが大好きで、ビールが大好きな若者がいました。でも、とりわけ、自分の祖国が大好きでした。そこで、祖国がイラクに侵攻したとき、アメフトと大学の奨学金を捨てて戦争に行きました。

スクリーンにチャドの写真が映しだされた。浅いプールで水しぶきをあげる幼い少年のチャド。つぎは、レイン・テック高校のアメフトチームのユニフォームを着たチャド。最後に、イラクへ向かう兵士のチャド。

若者は最初の二度の兵役を元気よく終えましたが、三度目にイラクへ派遣されたとき、彼の分隊が攻撃を受け、彼を除くすべての者が死亡してしまいました。全員が防弾チョッキを着けていたのに、なんの役にも立たなかったのです。仲間のすべてを一度に失ってしまう。残酷なことでした。それでも、われらがヒーローは四度目の兵役も務めあげ、そののちにようやく除隊となったのですが、以前のような楽天的な若者に戻ることはけっしてありませんでした。彼は怒っていました。妙なものをきっかけに、怒りを爆発させるようになりました。

彼の怒りを爆発させた妙なもののひとつが、彼と戦友たちが着けていた防弾チョッキのロゴを誰かが〈ボディ・アーティスト〉の背中に描くのを見たことでした。

わたしは立ちあがり、サンフォード・リーフのスポットライトを浴びながら、ゆっくりと身体をまわしはじめた。赤外線にあたると浮かびあがる塗料を使って、リヴカがわたしの全身に〈アキレス〉のシールドのロゴを描いていた。それを見た人々のあいだに驚愕のざわめきが広がり、いっぽう、ナディアが絵を描いたときのショーを見たことのある誰かが驚きの叫びをあげた。「殺されたあの女がもうひとつのクラブで描いてたのと同じ絵だ。覚えてるか?」

わが兵士は激怒のあまり、古い防弾チョッキをとりだして銃弾を撃ちこみました。そのときでした。防弾チョッキに銃弾を止める力がないことを知ったのは。まるで、素手で受け止めるようなものでした。彼は怒り心頭に発して、自分のブログにそのことを書きました。

あのさ、おれは自分の心の重荷をおろしたい。あんたたちの心の重荷もおろしてやりたい。戦争に行ってるみんな、自分の防弾チョッキを見てくれ。トウモロコシの穂が伸びてきたみたいな変てこなロゴがついてたら、一刻も早く新しい防弾チョッキに買い換えてくれ。おれの分隊の全員がクーファへの道路で殺された。防弾チョッキにクソほどの値打ちもなくて、全員がそのトウモロコシのシールドを身に着けてたからだ。製造元は〈アキレス〉。だから、〈エイジャックス〉でも、ほかのブランドでもいいから、そっちを買って、トウモロコシの穂は処分しろ!

ブログの文章を書くのにずいぶん手間がかかった。伝えたいことをわたしのほうで文章にし、それから、ジョン・ヴィシュネスキーとマーティ・ジェプスンが何度もリライトして、チャドならたぶんこう書いただろうという感じに仕上げてくれた。

レーニエ・カウルズかジャーヴィス・マクリーンがわめきだすのを期待して、わたしはいったん言葉を切ったが、二人とも冷静なままだった。目を細めてスポットライトの向こうを見ると、ギルバート・スカリアが腰を浮かせ、カウルズにひきもどされるのが見えた。

自分を落ち着かせるために深呼吸をした。ずっと向こうの端に、まちがえようのない従妹のスパイクヘアが見えた。テーブルに飲みものを運ぶのを手伝っていた。

さて、男の子たちと女の子たち、このお話がブログの世界を駆けめぐるのを見て、トウモロコシの穂の会社がどんなに喜ぶか――もしくは、喜ばないか――想像がつくでしょう？ 会社は正規の製品の代わりに砂の詰まった防弾チョッキを軍に売りつけて、ボロ儲けをしていたのです。会社の人々は会議をひらきました。そこではきっと、「このお節介な帰還兵を誰も始末できないのか」という意見が出たことでしょう。でも、どうすればいいのかわかりません。やがて、運命の女神が乗りだしてきて、兵士に残酷ないたずらをしました。

昔々、この兵士が祖国のために戦っていたのと同じころ、シカゴのサウス・サイドのバンガローに、寝室を共同で使っている三人姉妹がいました。シンデレラのお話や、姉妹が登場するその他のお伽話とちがって、とても仲のいい姉妹でした。もちろん、世の姉妹たちと同じく、口喧嘩をすることはありましたが、いずれ劣らぬ美人ぞろいで、誰もがあとの二人の力になろうとがんばっていました。この家には息子も一人いて、姉妹と一緒に笑い、姉妹をからかい、やさしい弟として、また兄として、三人をとても大切にしていました。長女の名前はアレグザンドラ、次女はナディア、そして末っ子はクララという頭のいい子でした。

グアマン家の姉妹の顔が超特大のスクリーンに映しだされた。

長女は二人の妹に手本を示して、いい高校に入り、大学に進学しました。〈アキレス〉のシールドを製造している会社に就職しました。

本当だったら、この世はアレグザンドラにとってバラ色だったはずです。でも、彼女には秘密があり、それが心に重くのしかかっていました。それは性的嗜好という秘密でした。教会の神父さまから、イラクへ行くよう勧められました。会社から派遣されて戦闘地域へ行けば、高い給料がもらえます。そちらで新たな人生を始めることもできます。神父さまのいう〝罪深い欲望〟に悩まされることのない人生を。

アレグザンドラは神父さまの勧めに従いましたが、幸か不幸か、イラクの女性と親しくなり、その女性が小さな部屋を見つけてきました。窓の外にナツメヤシの木が茂る部屋で、そこにいれば、戦争と占領の日々を忘れることができました。ときには、ゆったりくつろいで、平和な時代に生きているような気分に浸ることもできました。

ところが、アレグザンドラの同僚たちが、イラクの女性と友達になった彼女に意地悪を始めました。そして、上司は彼女を陵辱しようとし、はねつけられたために激怒しました。

そんなある日、会社の男たちがアレグザンドラを連れ去り、レイプしました。陵辱が限度を超えてしまったのかもしれません。あるいは、彼女の口を封じる必要があると男たちが考えたのかもしれません。何が理由だったにせよ、男たちは彼女の首を絞めて殺しました。そののちに、遺体に火をかけました。そうすれば、娘を亡くした両親に、イラクの爆弾にやられて死亡したのだという偽りの報告ができますから。

会社は遺体をアメリカに送り、両親には、火による遺体の損傷が激しいため、対面はあきらめたほうがいいと告げました。しかし、軍の病理学者がアレグザンドラの検死をおこなっていて、身体に残された痕跡から、殺人であることを見抜いたのです。その人は良心の呵責に苦しんで安らぎを得ることができず、ついには、両親に手紙を出しました。両親の衝撃はみなさんにも想像がつくことでしょう。娘が勤務していた会社の人間に両親が何度も電話したことも、想像がつくことでしょう。すると、会社側は両親に対して、アレグザンドラの名前を人前で二度と口にしないと約束するなら多額の金を払おう、と申し出たのです。


スクリーンに戦闘シーンが映しだされ、つぎに、リヴカの描いた、ナツメヤシの木陰にすわるアレグザンドラとアマニの絵があらわれた。左側のスクリーンには、ウォーカー大尉の解剖鑑定書がパラグラフごとにゆっくりと映しだされた。

「ちがう！」ラザー・グアマンが立ちあがった。「アリーのことをそんなふうにいうなんて許さん。そんな娘ではなかった。この世に遣わされた聖女だった！」

ティム・ラドケがそばに駆け寄り、なだめようとしたが、ラザーは逆上していた。

「娘は殺された——そうとも、そのとおり。〈ティントレイ〉のやつらに殺されたんだ。だが、この女、あんたらの前に立ってるこの娼婦、こいつのいってることは嘘だ——嘘っぱちだ——うちの大事な娘のことを」

観客のなかに大きなざわめきがおきた。人々がラザーの言葉をくりかえしはじめ、いまのお伽話が実話だったことを悟りはじめた。〈グローバル・エンターテインメント〉のベス・ブラックシンがラザーにマイクを突きつけようとした。〈ティントレイ〉の重役たちと同じテーブルにいるレーニエ・カウルズを、マリ・ライアスンが見つけた。マリは携帯を手にして、彼らに近づいた。

「でも、何があったの？」端のほうのテーブルのひとつから女性が叫んだ。「その兵士はどうなったの？」

暗い片隅で、レイヴィング・レイヴンが〈シカゴ〉のナンバーのひとつ〈セル・ブロック・タンゴ〉を歌いはじめた。最大の音量で歌ううちに、喧騒が静まっていき、低いざわめきに変わった。わたしがふたたび話を始めると、レイヴィング・レイヴンは音量を低く絞って背景の一部となった。

スポットライトに照らされたわたしの裸体。格好のターゲットだ。心臓と銃弾のあいだにあるのは肌を覆う塗料のみ。てのひらがじっとり汗ばみ、スプレーで髪を固めた頭頂部から首筋に汗が滴りはじめた。

次女のナディアと怒れる兵士はあるナイトクラブで偶然に出会いました。〈ボディ・

アーティスト〉が出演していたナイトクラブです。不幸なことに、どちらも相手をスパイだと思いこみました。次女は兵士のことを、会社の放ったスパイで、人前でアレグザンドラの話をしないという約束を破っていないかどうかを調べているのだと思いました。兵士のほうは次女のことを、防弾チョッキのメーカーのスパイで、彼が防弾チョッキのことをどういっているかを調べているのだと思いました。

分隊に支給された欠陥品の防弾チョッキのことを、この兵士がブログに書いて以来、メーカー側は彼の監視をつづけてきました。最高レベルの機密情報取扱い許可を与えられていたので、国防総省の最先端のテクノロジーにアクセスすることができました。人々のパソコンに侵入して、サイトやブログを削除するのは、しごく簡単なことでした。この兵士に対してもそれをおこないました。兵士のブログを削除したのです。

次女が〈ボディ・アーティスト〉の肌にロゴを描くたびに兵士が怒り狂うという噂が、会社の耳に入りました。そこで、会社側はすてきな計画を立てました。次女を殺して、怒れる兵士を犯人に仕立てあげ、ルーフィを飲ませ、良心の呵責に耐えかねて自殺したように見せかけることにしたのです。

さて、ルーフィがほしいとき、あなたはどこへ行きますか。地元のドラッグ密売人、つまり、〈ボディ・アーティスト〉のところですね。〈アーティスト〉は悪名高きギャングの手先になっていて、悪党仲間にメッセージを送ろうとするそのギャングのために、自分の身体を伝言板として使わせていました。何年も前には、〈アーティスト〉はリッチな有名人たち、いえ、リッチなお騒がせ有名人たち相手の密売人として、ノース・ショアで名前を知られていました。誰かが彼女を訪ねてきて、ルーフィ、別名デート・レイプ・ドラッグがほしいといえば、その人をどこへ紹介すればいいのか、〈アーティスト〉はちゃんと心得ていたのです。

「嘘よ。無知な女！」客席のうしろから叫びがあがった。「わたしはドラッグを売ったことなんか一度もないわ。わたしのこと、何もわかってないのね。クスリのほしい人間はわたしのとこにはこないで、供給源のとこまで行くわよ。つまり、アントンのとこへ。アントンにききなさいよ！ 自分の娘をどんな目にあわせたか、きいてみるといいわ！」

一瞬、店内が静まり返り、カウンターの近くからリヴカの声が響いた。「カレン！ カレン！ あたしよ、リヴカよ。どこにいるの？ ああ、逃げないで！」

観客が大騒ぎを始めた。わたしはスポットライトから目をかばったが、椅子から立ちあがって首を伸ばす人々の影しか見えなかった。紛れもなきマリの巨体が混雑を掻き分けながら、カレンの立っていた場所へ行こうとするのが見えた。ストリーター兄弟の一人がカレンをつかまえてくれるよう願った。わたしが彼女の話をきけるようになるまで、逃がさずにいてくれるといいのだが。

大騒ぎのなかで、さらに大きな音がきこえた。紛れもなき銃声。そして、グラスの割れる音。二発目の銃声、悲鳴。狭い空間に音がこだまし、カウンターの上にぶら下がったグラス類にぶつかって反響した。銃がどこで発射されたのか、わたしにはわからなかったが、悲鳴のほうは、さきほどカレンの声がきこえた客席のうしろのほうであがっていた。ロドニーかアントンが彼女を殺そうとしたにちがいない。わたしは自分が裸なのを忘れた。人混みのなかへ突進し、カレンの立っていた場所まで強引に行こうとしたが、塗料を塗りたくった身体がぬるぬるして、なかなか進めなかった。

ふたたび銃声が響いた。至近距離だったので、瞬間的に、左からの音だとわかった。さっとそちらを向くと、〈ティントレイ〉の一団がすわっていたテーブルの近くに硝煙が立ちのぼっていた。必死に人混みを掻き分けて、そのテーブルまで行った。

レーニエ・カウルズが椅子にぐったりもたれていた。背中に血が滴っている。同席の者たちはすわったまま凍りつき、ジャーヴィス・マクリーンに銃を向けたラザー・グアマンを凝視していた。

「そこまで!」わたしは叫んだ。「流血沙汰はもうたくさん。銃をおろして、ラザー」

「こいつらがうちの娘を殺した」ラザーは冷静な声でわたしにいった。淡々と状況を説明しているだけだった。「うちの大事な娘を殺した」

わたしはラザーの背後に近づくと、彼の腕をガツンと一撃して神経を痺れさせ、その手から銃を払い落とした。

「誰か九一一に電話して!」わたしはどなった。「カエルの剥製みたいにぼうっとすわってないで!」

人の手の届かないところへ、素足で銃を押しやった。「若者たちが遠い国で死んでるときに、あなたたちは偉大なる戦争の英雄になってるんだから、いますぐ何かしなさいよ！　ナプキンをたたんで傷口に当てるとか。救急車を呼ぶとか」

男たちは誰一人動けない様子だった。うつろな目でこちらをみつめるだけだった。わたしはカウルズの首に指を当ててみた。かすかな脈があった。銃弾は側頭部を貫通して顎から飛びでていた。テーブルのナプキンを二枚とって折りたたみ、二つの傷口に強く押し当てた。悪夢のようだった。ナディアが死んだときの路地の場面の再現だ。「誰か九一一に電話して」わたしはわめきつづけた。

背後で、ジョン・ヴィシュネスキーがラザーに近づくのがきこえた。「なあ、値打ちのないことだぞ」ヴィシュネスキーはいった。「こんなクズどものために一生を刑務所で送るなんて。奥さんとこに帰ってあげな。奥さんもさんざん辛い思いをしてきたんだ。なっ？」

ラザーをテーブルからそっと立たせるヴィシュネスキーを、わたしは目の端で見守った。マーティ・ジェプスンがわたしの横にきた。「ヴィク、何が必要です？」

「九一一に電話して。救急車を呼んで。スピーカーでドクター・ハーシェルを呼んで。ナプキンをもっと持ってきて」

ジェプスンは携帯をとりだした。九一一のオペレーターにこちらの緊急事態を説明しはじめたが、やがて、携帯の落ちる音がきこえた。

「あの男だ」ジェプスンはいった。「あの晩、あいつが〈プロッキー〉の外にいた。チャドが早めに店を出たとき、あいつが近づいてきて話を始めるのが見えた」

わたしは顔をあげた。「どっちの男？」

ジェプスンはスカリアを指さした。「イラクの従軍記章なんかつけて、あんた、どういうつもりだ？」

ヴィシュネスキーがジェプスンからスカリアへ視線を移した。ジェプスンの言葉の意味を悟るのに一瞬の時間がかかったが、不意に怒りの叫びをあげると、テーブルへ突進した。グラスが割れ、わたしのむきだしの腿にバーボンが飛び散った。

「あんただったのか」ヴィシュネスキーはスカリアの首をつかんだ。「あの女を殺し、うちの息子を殺そうとしたのは。この卑怯者、臆病者め、すこしばかり金儲けをしたいばっかりに、身を守る装備も持たせないまま、うちの息子や友達を戦争に送りだしといて、自分は勲章を見せびらかそうってのか」

わたしがようやく立ちあがったとき、歓迎すべき声が店内に響きわたった。

「警察だ。ドアは閉鎖した。自分の席に戻るんだ。それから、カウンターの奥の誰でもいいから、照明をつけてくれ」

それは拡声器を手にしてステージのスポットライトの下に立っているテリー・フィンチレーだった。ミルコヴァ巡査がヴィシュネスキーの背後にいて、スカリアの首から彼の手をひきはがしていた。フィンチレーが拡声器を床に投げ捨て、わたしたちのテーブルにやってきた。

「もうじき救急車がくる、ウォーショースキー。服を着てこい。そのあとで、おれに何もかも話す準備をしてもらおう」

53　騒ぎのあとで

夜が更けるにつれて、さまざまな出来事がぼやけはじめた。アントンの手下の一人が〈ボディ・アーティスト〉を殺そうとして撃ってしまった女性を、そして、カウルズを搬送するために、救急車が到着した。誰かが——ルネサンス・レイヴンだったかもしれない——毛のふわふわした大きなコートでわたしをくるんでくれた。誰のコートだったのか、結局わからなかった。

テリー・フィンチレーがカウンターの端で事情聴取を始めた。わたしも〈ティントレイ〉のテーブルにいた連中のほかに、主な関係者の名前を挙げるようにいわれたが、〈ボディ・アーティスト〉とアントンの手下のことを話すだけにしておいた。人混みのなかにロドニーの姿があったのはまちがいないが、警官隊が到着する前に、アントンと一緒にうまく逃げてしまったようだ。アントンにふりかかる火の粉はコンスタンティンとルートヴィヒに払わせるつもりだろう。

ジャーヴィス・マクリーンはカウルズを銃撃したラザー・グアマンを逮捕するよう、フィンチレーに要求した。マクリーンがわたしのほうを向き、グアマンがカウルズを撃ったことを証言するよう詰め寄ったので、わたしは首を横にふった。

「力になれないわ、ミスタ・マクリーン。銃声がしたとき、わたし、あなたのテーブルに背中を向けてたから。何も見てないの」

「ふざけるな」マクリーンはいった。「やつは銃を手にしていた。きみがそれをはたき落とした」

「それでも力になれないわ。ギルバート・スカリアがカウルズを撃ったのかもしれない。ナディア・グアマンを撃ったのと同じように。ナディア殺しの罪をチャド・ヴィシュネスキーに着せて、今度は、レーニエ・カウルズを撃った罪をナディアの父親に着せようとしてるんじゃない？」

それがたちまちフィンチレーの注意を惹いた。待たせてあるリムジンに乗りこもうと焦っているマクリーンとスカリアをそろそろ帰らせるつもりでいたのだが、いまの告発をくりかえすよう、わたしに命じた。

「何を根拠にそんなことを、ヴィク？ 女の直感ってやつかい？ それとも、確たる証拠があるのかい？」

わたしはこわばった笑みを浮かべた。「マーティ・ジェプスンがスカリアを見て、ナディア・グアマンが撃たれた夜に〈プロッキー〉ってバーの外でチャドに声をかけた男だと断言したわ。その三十分後に彼ともう一人の男がチャドと一緒に帰ってきたのを、モナ・ヴィシュネスキーの隣人の一人が目撃してるし。スカリアがイラク戦争の従軍記章をつけてたことを記憶してるの。面通しをすれば、その人、スカリアを選びだすでしょうね」

「合衆国がもっとも狂暴なる敵を相手にくりひろげている戦争において、わたしは責任ある仕事をまかされている」スカリアはいった。「こんな悪質なことに煩わされている暇はない」

フィンチレーの目が細くなった。「殺人は悪質なものです、ミスタ・スカリア。最悪です。この街であなたが誰かを撃ったのなら、わたしの質問に答えるために、責任ある仕事から離れる時間を作ってもらわなくてはなりません」

フィンチレーはミルコヴァに、スカリアとマクリーンを車に乗せて、三十五丁目とミシガン・アヴェニューの角にある警察まで連れていくよう命じた。「こちらの状況をマロリー警部に報告しておいてくれ。それと、もちろん、二人には弁護士への電話を許可すること。顧問弁護士はノースウェスタンに運ばれて、いまごろ頭を縫ってもらってるだろうが、お抱え弁護士がほかにも何人かいるにちがいない」

わたしに対しては、あとで話があるから、それまですわっているようにといった。そこで、わたしはルネサンス・レイヴンが使っていたスツールのところへひっこんだ。そのあとのことは断片的にしか覚えていない。ジェプスンとラドケがレイヴンをバーの地下の通用口からこっそり外に出してやった。レイヴンはたぶん、警察の事情聴取によってヨーロッパツアーへ出かけられなくなることを心配したのだろう。

わたしの左足から血が流れ落ち、床にたまっているのを見て、ペトラが悲鳴をあげた。わたしもそこで初めて気がついた。「ヴィク！　撃たれてる！」

わたしは足を持ちあげて、スポットライトの下で見てみた。親指の付け根の膨らみにガラスの破片が刺さっていた。レーニエ・カウルズから離れたときに刺さったのだろうが、痛みも感じなかった。

「いまは気にしなくていいわ。あなたにやってもらいたいのは、〈ボディ・アーティスト〉が逃げてないかどうか確認すること」

ペトラは息を呑んだ。「ヴィク、足にガラスが刺さったままですわってるなんてだめよ」

「じゃ、ガラスをひき抜いてから、〈ボディ・アーティスト〉を捜しにいって」

ペトラは人混みのなかに姿を消した。あたりは昔のジョン・ウェインの映画に出てくる家畜の群れみたいなざわめきに包まれていた。低いつぶやき、落ち着きのない動き、大暴走の前触れだ。足に刺さったガラスのことを知ってしまった以上、立ちあがって〈アーティスト〉を捜しに行く気力はなかった。人混みのなかに彼女の顔はないかと見渡したが、おおぜいがひしめき合っているため、見つかるはずもなかった。

うとうとと眠りこんでしまったにちがいない。つぎに覚えているのは、ロティがわたしの足を持ち、ヴェスタがそこを懐中電灯で照らしていたことだった。「ええ、ただのガラスね。銃弾じゃないわ。それに、サルの店にはちゃんとした救急セットが置いてあるし。ちょっと痛いわよ。局所麻酔剤を持ってないから――ナイトクラブへ行くのに、そんなものが必要だとは思わないものね。ヴェスタ、もうすこし下を照らして。右のほう」

ロティがガラスの破片をひき抜いた瞬間の痛みが、電流のようにわたしを貫いた。ロティの熟練した指先が周囲を探ったが、それ以外の破片は見つからなかった。綿棒で消毒剤を塗られて、わたしはふたたびすくみあがり、つぎに、ロティはひらいた傷口をテープで押さえてから、包帯を巻いてくれた。

「ありがとう、ロティ」わたしは弱々しい声でいった。「今夜のショーを楽しんでもらうつもりが、こんな衝撃の展開になってしまってごめん」

「あなたが企画したんだもの。どうしてそれ以外の展開が期待できて？　シカゴ交響楽団があなたを雇って公演を企画させることのないよう願いたいわ」

言葉はきびしかったが、口調には愛情がにじみでていた。ロティはわたしの肩をぎゅっとつかむと、青い顔で背後をうろうろしていたペトラに、熱くて甘い飲みものを持ってくるよう命じた。アルコールはだめよ！　ロティは温めたアップルジュースを持ってペトラが戻ってくるのを待ち、わたしがそれを飲むあいだ、そばで見張っていた。

「まだ帰っちゃだめなの？」ジュースを飲み終えたわたしに、ロティがきいた。「わたし、そろそろマックスの車で帰ろうかと思ってるの。だって、制服の男がたくさんきてるから。今夜はもう見たくもない。あなたのほうは、帰宅のお許しが出たとき、家まで送ってくれる人が誰かいる？」

「いくらでもいるわ」わたしは立ちあがって、ロティにおやすみのキスをし、ミスタ・コントレーラスを乗せていってほしいと頼んだ。わたしがフィンチレーと話をし、ロティがわたしの怪我の手当てをするあいだ、ミスタ・コントレーラスはへりのほうでやきもきしていた。そんな彼と話をするエネルギーがいまのわたしにはなかったが、それだけでなく、〈ボディ・アーティスト〉と二人きりになれるまでここに残るつもりだった。警察が彼女の事情聴取を終えてしまったら、わたしの力でバーにひきとめておけるかどうかわからない。

「ペトラを家に帰さなきゃ」車で送っていこうというロティの申し出を拒絶しようとするミスタ・コントレーラスに、わたしはいった。「あの子、今夜は暴力沙汰を見すぎたもの」

そういわれて、老人の顔が明るくなった。ペトラの面倒をみることは、老人にとって義務であると同時に、喜びでもある。老人がロティとペトラについて出ていくと、わたしはすぐさまヴェスタのほうを向いた。「カレンがまだバーのなかにいるのなら、三十五丁目とミシガン・アヴェニューの角へ連行されずにすむのなら、わたしのためにカレンを足留めしといてくれない？　二人だけで話がしたいの。今夜カレンを逃がしてしまったら、二度と見つからないかもしれない」

ヴェスタの唇がゆがんで苦い笑みを浮かべた。「そこにすわってるあんたの姿、半分死んでるようなもんだよ。けど、バックリーと、いや、本名が何なのか知らないけど、とにかく彼女と話をすれば元気になるというのなら、あんたがここの用を終えるまで、あたしが彼女の胸の上にすわっとこう」

フィンチレーがようやくわたしを解放してくれて――「いちばんいやなものをあとまわしにしたんだ、ウォーショースキー」――最後の警官たちが帰っていくと、マホガニーの馬蹄形カウンターのなかの暗がりからヴェスタがあらわれ、〈ボディ・アーティスト〉をひき渡してくれた。そのあとにマーティ・ジェプスンとティム・ラドケがつづいた。リヴカはどこだろうと、わたしはいぶかったが、一時間ほど前、警察が〈アーティスト〉の事情聴取をしているあいだに強引に帰らせた、とヴェスタが教えてくれた。

「地下室におりて、わたしが化粧落としと着替えをするあいだに話をしましょう」わたしは〈アーティスト〉にいった。「ヴェスタ、この人を案内してくれる？　それから、ティム、マーティ、ここに残ってくれない？〈アーティスト〉が階段を駆けあがろうとした場合、わたし、足に怪我してるから──一人じゃ阻止できないの」

「あなたに話すことなんかないわ」〈ボディ・アーティスト〉はいった。「だから、早く帰らせて」顎をつんとあげて、喧嘩腰だった。ブルゴーニュ軍の牢番に立ち向かうジャンヌ・ダルクといったところか。

「じゃ、気高い沈黙のなかですわってらっしゃい。わたしは化粧落としと着替えをすませるから。そのあとで、あなたと話をするわ」

54 〈ボディ・アーティスト〉の話

コンクリートの床も壁も凍えそうに冷たかった。室内用の暖房器を〈強〉にしたが、それでも震えが止まらなかった。足にコールドクリームを塗りはじめた。ヴェスタは背後へひっこみ、ビール瓶の箱に腰かけた。わたしたちが会話をするあいだ、沈黙を守りつづけたので、数分もすると、〈アーティスト〉もわたしも彼女がそこにいることを忘れてしまった。

「さてと」わたしは話に入った。「あなたはフランシーン・ピンデロとして生まれ、ジーナ・クスターニックと一緒にノース・ショアのリッチな家の子供たち相手にドラッグの密売をやり、やがて、二人はドラッグを過剰摂取した。ジーナは死んだけど、あなたは生き残った。わたしがいかに無知かを示すいい証拠だわ。だって、密売人は利口だから、商売もののクスリを自分で使うようなことはしないと、ずっと思ってたもの」

「どうしてわたしの名前を知ってるの？」〈アーティスト〉がきいた。

「わたしは探偵。あれこれ調べるのが仕事よ」

「じゃ、あのチャドって兵士にわたしがルーフィを与えたなんて、どこで調べたことなの？」

「あれは推測」

わたしは地下の片隅に置かれたシンクの蛇口をひねって、洗面用のタオルを濡らし、石鹸で胸をこすった。ふたたび自分の肌を目にして、生まれ変わったような爽快な気分を味わった。

「その推測はまちがってる。アントンとわたしの関係についても、あなたは誤解してる」

〈アーティスト〉は腕組みをし、唇をキッと結んでいた。

わたしは身体を拭いて、Tシャツとセーターを着た。リヴカがバービー人形を固定するために使ったヘアスプレーで髪がごわごわになっていて、うっとうしく、汚らしく感じられたが、シャンプーは家に帰ってからやることにした。

「あなたは自分のお尻をアントン・クスターニックへの伝言板として、ロドニー・トレファーに使わせてた」

「ちがうわ」

「オーケイ、じゃ、正しくはどうなの？」

「なんであなたに話さなきゃいけないのよ」

「理由はないわ。わたしのコメントが《ヘラルド＝スター》に出ると思う。そしたら、ネットの世界にいっきに広がるわよ。まあ、あなたがそれでかまわないのなら――」

「わたしのことで嘘を広めるなんて許さない」〈アーティスト〉は口をはさんだ。「訴えてやる」

「そしたら、あなたは法廷で真実を話さなきゃいけない。みんなに本名を知られることになる。だったら、いまここでしゃべったほうがいいんじゃない？」

〈アーティスト〉は脱出路を見つけようとするかのように、冷たい地下室を見まわした。通りへ出るための階段につづくドアはわたしの背後にある。バーへあがる階段は彼女の背後にあるが、マーティ・ジェプスンとティム・ラドケが上で待機していることは、彼女も知っている。

「じゃ、わたしが話すことにするわ」わたしは提案した。「まちがってたら、そういってね。ずっと昔、あなたはドラッグをやりすぎたけど、どうにか生き延びた。自分の娘に死なれたアントンに命を狙われると思って、姿をくらまし、べつの人物になりすました。ドラッグのぎっしり詰まった地下室をお父さんに押しつけて」

「ちがう、ちがう、ちがう、ちがう！」最後の〝ちがう〟は悲鳴となり、激しい感情に揺さぶられて、透明だった目に色彩があふれた。「父に――わたしが父にそんな仕打ちをするわけないわ。アントンよ。ジーナとわたしがどこでドラッグを手に入れたと思ってるの？　わたしたちを使って友達やその両親に売りつければおもしろいだろうって、アントンが考えたの。二年ものあいだ、どうしてわたしたちが警察につかまらずにすんだと思う？　アントンがもみ消してたからよ！」

〈アーティスト〉は狭い地下室のなかをいらいらと歩きはじめた。檻に入れられた豹のようだ。「退院したら、警察が事情聴取のために待ってて、父は、父は震えてた。ひどく老けこんでた。いまもその姿を夢に見てうなされるわ――わたしが回復するだろうかって、死ぬほど心配してた。それに、ジーナとわたしのやってたことを、父はまったく知らなかった。わたしに失望したでしょうね。娘に大きな期待をかけてて、大学へ行かせて、ゆくゆくは画家にするつもりだったのに。世界中に自慢できる娘になるはずだったのに！　やがて、警察に密告があり――密告したのは、たぶんアントンね――うちの地下室でいきなり大量のクスリが見つかった」

〈アーティスト〉はヒステリックな笑いを抑えこんだ。

「そのあとで、アントンがやってきた。父が仕事に出かけるまで待ってから、わたしをぶちのめし、『殺されなくて幸運だったと思え』といった。『ジーナじゃなくて、おまえが死ねばよかったんだ。ドラッグの入手先を誰かにひと言でもしゃべったら、おまえの父親が逮捕されるように仕向けてやる』といった。

どうすればいいのかわからなかった。でも――母はすでに亡くなってた。母の名前が――結婚前の名前がカレン・バックリーで、高校の古い卒業アルバムと、古い生徒証を、父は大切に残していた。わたしはそれを持って家を飛びだし、カレン・バックリーと名乗るようになった」

自分の過去を胸に封じこめて長い歳月を送ってきたため、〈アーティスト〉はいったん話しだすと、もう止まらなかった。わたしは暖房器の真ん前のスツールに無言ですわっていた。

「自分が何をやってきたかを父に話すこともできなかった。だって、そうなれば父はアントンと対決しようとして、殺されてしまうだろうから。ハエが叩きつぶされるみたいに。だから、わたしは姿を消したの。国中を転々として、やれることはなんでもやって食いつないだ。掃除の仕事、大工仕事——夏休みに父の手伝いをしてるうちに仕事を覚えたの——でも、正規の仕事には就けなかった。社会保障番号が必要だといわれると、何もできなかった。だって、アントンに居場所を知られてしまうもの。あの男には二度と会いたくなかったし、声もききたくなかった。地方のコミュニティ・カレッジで絵画クラスを受講して、絵の勉強をしたけど、わたしの人生は何ひとつうまくいかなかった。

やがて、シカゴに戻ってきて、ボディアートの仕事をするようになった。全身を塗料で覆ってしまえば、匿名の存在でいられる——そう思って、ステージに立つようになったの」

「どうしてアントンに見つかったの？」彼女の言葉がとぎれたところで、わたしはきいた。

「わたしの人生が呪われてて、何ひとつうまくいかないからよ！　あのバカ女のオリンピアのせいだわ。あの女がアントンにお金を借りてることを知ってたら、あんなろくでもないクラブには足を踏み入れなかったのに！　でも、あそこはいつも、音楽にしろ、パフォーマンスにしろ、流行の先端をいくステージをやってて、わたしがボディ・ペインティングの企画を売りこんだところ、オリンピアのほうでは、目新しいから客に受けるだろうって考えた。クラブを経営していくうえで必要なのはそれなの。つねに新しいものをとりいれること。そして、ステージは評判になりはじめた。ところが、そこにロドニーがあらわれた。すでにアントンの用心棒になってたけど、わたしが高校にいたころは、ただの下っ端だったわ。乱交パーティに出てたから、わたしの正体に気づいたのね」

「乱交パーティ？」

「ええ、そうよ。アントンは自分の友達の接待をジーナとわたしに手伝わせるのが好きだったの。奥さんは夜になるころには、たいていクスリで朦朧としてたから。わたしたち、最初はおもしろそうだと思ったわ。想像もつかないほどの大金が手に入ったし――ティーンエイジャーが現金で千ドルももらえるのよ――ただ、男たちとセックスしなきゃいけなかった――ジーナとわたしが、わたしたちがクスリを始めたのは、そのせいだったの。ハイ状態にでもならなきゃ、あんな夜には耐えられないわ。アントンに写真を撮られてたしね。だから、脅迫されるのが怖くて逃げられなかった」〈アーティスト〉は指の爪を嚙みはじめ、小さく食いちぎっては、かけらを床に捨てた。

「じゃ、〈クラブ・ガウジ〉でロドニーを見たときは、ぞっとしたでしょうね」

〈アーティスト〉は顔をあげた。「本当にぞっとしたのは何か、教えてあげる。わたしが気づく前に、向こうがわたしに気づいてた。向こうは百ポンドほど体重がふえてたから。アントンのやつ、貸したお金のことでオリンピアにプレッシャーをかけつづけるために、ロドニーを〈クラブ・ガウジ〉へ行かせてたの。ところが、ロドニーがわたしに気づいたため、ふたたび悪夢が始まった。あれはアントンが思いついたことなの。すごく愉快だと思ったらしくて――」

「そうね、あなたを伝言板として使うことにした。わたしにもそこまでは推測できたわ。だから、連中がやってきて暴力をふるいはじめた夜、あなたがあんなに怒り狂ったわけね」

「あなたを殺してやりたかった。わたしが密告したなんてアントンに思われたら——相手がたとえ私立探偵であってもね——わたしの人生には、肌を覆った塗料ほどの値打ちもなくなってしまう。だから、家に飛んで帰って、荷物をつかんで、身を隠したの。でも、ネットであなたの宣伝を見て、隠れていられなくなった。わたしの名前を騙って何をするつもりか、この目でたしかめずにはいられなかった。あなた、そこまで計算してたのね。そうでしょ？」

〈アーティスト〉は驚いたといいたげにわたしを見た。こんな女がそこまで利口になれるのか、と意外に思っている様子だった。

「期待はしてたわ。計算はしてなかった。今夜何がおきるかもわからなかった。ナディア殺しにはべつの解釈もできることを、警察にわからせたかったの。あなたがここにあらわれれば、重要な空白を埋めてもらえると思ったの」

〈アーティスト〉はわたしが片隅に置きっぱなしにしていたペイントブラシをいじりはじめた。

「そうね、哀れなナディア。ずいぶん芝居がかった子だと思ったわ——一人芝居——自分の姉のことで。アリーも哀れね。ほんとにそんな目にあわされたの？　イラクでレイプされて殺されたの？」

「そんな目にあわされたのは事実よ。隠蔽に加担した男が今夜撃たれたわ。これはわたしの意見にすぎないけど、会社側の連中には、つまりマクリーンとスカリアには、たぶん何もおきないと思う。アレグザンドラの死をめぐって、グアマン家が法的手段に訴えると脅しをかけたとき、二人はアレグザンドラのイラクでの上司だったモスバッハという男と話をしたにちがいない。カウルズに命じて一家を金で黙らせたのも、スカリアとマクリーンよ。わたしにいわせれば、それだけでアレグザンドラのレイプおよび殺人の従犯者になるはずだけど。まあ、フィンチレーが充分な証拠を集めて、ナディア殺しの容疑でスカリアを逮捕するとは思うけど、有罪に持っていくのは無理でしょうね。それとはべつに、スカリアとマクリーンは何百人ものアメリカ兵士の死に対して責任があるわ。防弾チョッキに入れるべきガリウムの代わりに砂を入れたんだもの」

〈アーティスト〉は自分以外の人生にはほとんど関心を持っていなかった。もちろん、〈ティントレイ〉にも、海外へ派兵された見ず知らずの兵士たちにも。ペイントブラシを投げ捨てると、上のクラブにつづく階段のほうへ行った。

「話はまだ終わってないわ、ミズ・ピンデロ。〈ティントレイ〉とアントンがどうやって手を組んだかを、ぜひとも教えてちょうだい。〈ティントレイ〉があなたのサイトをブロックしていた。それは断言していいと思う。それから、アントンのほうは、〈クラブ・ガウジ〉を襲撃し、あなたを脅してサイトを復活させようとした夜は、まだそのことを知らなかった。なのに、二日後には、グアマン家を監視する人間をマクリーンに提供している」

「アントンは理由もなしに相手かまわず殺すやつよ。あるいは、人の首をへし折りたくなったら、面白半分に実行するやつよ」〈アーティスト〉の声はふたたび単調になり、顔の表情もすべて消えてしまった。

「そうね。わたしもそういうやつだろうと思ってた。だからこそ、逃亡したあなたは身の安全を守るための保険を必要とするはずだと推理したの。あなたは怯えてた。アパートメントの裏窓からがむしゃらに入りこんだ痕跡を見れば、それは明らかだった」

「わたしの家を見つけたの？」〈アーティスト〉は蒼白な顔になり、地下室の中央に戻ってきた。「どうやって？」

「わたしは多くの点で無知な人間だけど、ミズ・ピンデロ、長年にわたって失踪者を捜す仕事をしてきたのよ。あなたがあわてふためいて出入りした様子を見て、たぶん、アントンに電話するだろうと思った。サイトをブロックしてたのが〈ティントレイ〉だったことを教えて、ご機嫌とりをするつもりだったんでしょ」

〈アーティスト〉は身じろぎもせずに立っていた。呼吸まで止まっているかに見えた。こちらで見落としているジグソーのピースが何かあるらしい。わたしに推測されるのを〈アーティスト〉が望んでいないピースが。わたしは緊張をゆるめて、いらいらと考えるのをやめようとした。これまでに何回か見てきた〈アーティスト〉のステージで何がおきたかを思いだそうとした。ナディア・グアマンを追悼するステージがあった夜、わたしはヴェスタとリヴカに会った。そして、客席には〈ティントレイ〉の男たちがいた。

「追悼ステージのとき、レーニエ・カウルズがクラブにきてたわね」わたしはゆっくりといった。「あんな男は知らないって、あなたはいった」

「会ったこともないし、噂をきいたこともなかったわ」〈アーティスト〉の目には警戒が浮かんでいた。

「そうね。でも、ヴェスタがカーテンの隙間からカウルズに気づいたので、あなたはヴェスタに、どの男か教えてくれと頼んだ。一日か二日後、カウルズの事務所を訪ねた。カウルズを利用できるかどうか、まだわからなかったけど、とにかく大物弁護士だった。しかも、グアマン姉妹とつながりがあった」

〈アーティスト〉が息を呑んだので、こちらの推測がまぐれであたったのだとわかった。

「だったらどうなのよ？」〈アーティスト〉はいった。「それが犯罪になるの？」

「何が犯罪なのか、何が愚かなのか、あるいは、何がまちがいなのか、わたしにはもうわからない。ラザー・グアマンが〈ティントレイ〉からお金を受けとったのは愚かなことだった？　脳に損傷を受けた息子を養ってかなきゃいけないし、アレグザンドラの死をめぐって〈ティントレイ〉と闘うだけの力はなかった。ラザーがレーニエ・カウルズを撃ったのは犯罪？　警察がラザーを逮捕すれば、陪審は有罪だというだろうけど、わたしにはそういいきれる自信がない。あなたがレーニエ・カウルズを訪ねたのはまちがいだった？　わたしにはわからない。あなたの意見をきかせて」

〈アーティスト〉は指を揉み合わせた。「ジーナと一緒にドラッグを売ったのは、まちがいで、愚かなことで、犯罪だった。それはわかってる。刑務所には入らずにすんだ。でも、四人みたいなものだったわ。この十三年間の暮らしをふり返ってみると」

「たぶん、あなた自身の恐怖の囚人になってたのね。だけど、それでもやっぱり、オレンジ色のジャンプスーツを着せられて、看守の意のままに性的虐待を受けるよりはましだわ。カウルズに何を話したの？」

「腕っぷしの強い男が必要なことがあれば、わたしからアントンに電話しておくっていったの。わかった？　これで満足してくれた？」

「大満足よ。出ていく前に、無知なわたしが知らずにいたことがほかに何かあれば教えてちょうだい」

〈アーティスト〉は片足を階段にかけたところで静止した。「アレグザンドラ・グアマンは信じられないような美人で、すごくやさしかった。さすがのわたしも――二人ですごした一週間で彼女にメロメロになってしまった。シカゴに帰ったらもう会いたくないといわれて、すごく腹が立った。家族にカミングアウトしてほしかったのに！　でも、電話しても返事もくれなくなった。やがて、アレグザンドラは姿を消した」

「姿を消したといっても、あなたの場合とは事情がちがってたわ」

「なんでわたしにそこまでわかるのよ？　ナディアがわたしの前にあらわれて、ようやく、アレグザンドラの身に何がおきたかを知った。アリーの妹だと自己紹介されて、わたしは期待したわ――もしかしたら、この子も同じかもしれないって。顔立ちが似てたし、わたしとベッドに行きたがってる様子まで見えたから。でも、わたしを利用しただけだとわかった！

わたしにはなんの興味もなかったのね。お姉さんの件で答えがほしくて、そのためにわたしを利用しただけ」色彩のない〈アーティスト〉の目がふたたび暗く翳った。

わたしは苦い笑みを浮かべた。人を利用してきたのは、バックリー、またの名をピンデロ――ほかにどんな名前があるか知らないけど――のほうなのに。ナディアがそのルールをこわした。控えめな女性の控えめな復讐。だが、それを口にするのはやめておいた。わたしに批判されていると〈アーティスト〉が感じたら、これ以上しゃべってくれなくなるだろう。

「で、あなたはナディアにすごく腹を立てた。殺してくれって頼んだの？　アントンに？」

「何もわかってない人ね。アントンは毒薬よ。わたしはできるだけ近寄らないようにしてる。ただ――ナディアが殺されたあの夜、ステージのあとで男二人が路地をうろついてるのを目にして、そいつらがナディアに襲いかかればいいのにと思ったわ。殺す気だなんて知らなかった。でも、ナディアが殺されたあと、どうすればよかったのよ？　警察へは行けない。過去のことがあるし、アントンとか、ドラッグとか、いろいろあるから。力になってくれる人なんて誰もいない。アントンのピル・パーティの常連だったノース・ショアの偉そうな連中なんて当てにできない。わたしが刑務所へ行くのを見て喜ぶだけだわ」

〈アーティスト〉は室内に戻ってきていた。青ざめていた顔を紅潮させ、見たこともないほど興奮していた。血圧を上昇させるのに、自分の無実を証明する必要ほど効果的なものはない。

「じゃ、ナディアを殺したのはアントンの手下だったの？」わたしには信じられなかった。

レーニエ・カウルズと、スカリアと、その他の〈ティントレイ〉の連中のことをそこまで誤解していたなんて、信じられなかった。

「誰だったのか、わたしは知らない」〈アーティスト〉はいった。「わたしにわかったのは、危険そうな男たちだってことだけ。路地に身を潜めてて、顔にはスキーマスク、古いジャガーにもたれて、映画の登場人物にでもなったような態度だった。最初はわたしを狙ってるんだと思ったけど、つぎに、そいつらがこっちを見たの。男がよくやるように、ちらっと視線をよこして、首を横にふった。それを見て、標的はほかの誰かだとわかったから、わたしはレイク通りへ出て、タクシーで家に帰った」

わたしは〈アーティスト〉を揺すぶるか、ひっぱたくかしてやりたかった。思いやりというものを彼女の心に叩きこんでやりたかった。五秒あればナディアの命を救えたかもしれないという後悔はないのだろうか。警察に電話するよう駐車場の係員に頼めばすむことだったのに。九一一の録音テープに彼女の声を残す必要すらなかったのに。

わたしは苦々しい言葉を呑みこんだ。今夜この冷たい地下室でわたしが何をいったところで、カレン・バックリーを変えることはできず、怒りの波が彼女を遠くへ運び去ってしまうだけだろう。それよりも、カレンはいま、もっと重要なことを口にした。

男たちが古いジャガーにもたれていたという。古いジャガーなら、わたしも見た覚えがある。美しい車だった。喉から手が出るほどほしかった。どこで見たんだった？　目をきつく閉じて、ここ一カ月のことを思い返してみた。〈ティントレイ〉本社の外に、そんな車が停まっていた。わたしが本社を訪ね、スカリアにつまみだされた日、幹部社員用の駐車場で見たのだ。

「で、チャド・ヴィシュネスキーが濡れ衣を着せられるのを黙って見てたのね。今夜の茶番劇のあと、チャドの起訴をとりやめにするよう、警察から州検事に圧力がかかると思う。でも、そうならなかった場合は、わたしの手であなたを証人席にひきずりだすわよ」

「わたしが見つからないかぎり無理でしょ」〈アーティスト〉は大胆な遊びに挑戦しようとする幼児みたいに、いたずらっぽい笑みを浮かべた。

「かならず見つけるわ」わたしはそっけなく答えた。「すでに一度見つけたもの。二回目はそれほどむずかしくないと思う。路地に停まってたジャガーのことだけど、あなた、車にくわしい？　型式は？　色はわかった？」

「路地に停まってたわ。あの夜のことだった。色はわからない。街灯に照らされて、トランクにジャガーって文字が見えただけ。そのあとにEの文字がつづいてたから、やだ、また暗号なの、と思ったわ。ロドニーがいつもわたしの身体に描いてたのとそっくり。ところで、それがいったい何とどう関係してるのよ？……帰らせてもらうわ。あのチンピラどもに、邪魔するなっていってちょうだい」

Eタイプのジャガー。わたしの憧れの車。〈ティントレイ〉で目にした車。「逃亡生活をつづけるのが楽しいの？」わたしはきいた。「アントンの件にきっぱり片をつけて、もっと大きなステージであなたの芸術を披露したいと思わない？」

「あなた、アントンより自分のほうが強いと思ってるなら、わたしが想像してた以上のバカだわ」

わたしは笑った。「強いわけないでしょ。でも、シークレット・サービスがアントンを必死に追いかけてるわ。アントンももう長くないわね。あなたが何か知ってるのなら、些細なことでいいから密告できる材料があるのなら——そうねえ、何があるかしら——アントンがどうやって妻を殺したかとか、わたしたちが耳にしたことのないべつの殺人とか——そしたら、あなた自身が表に出る必要はないのよ。お父さんのことも、ドラッグのことも、その他もろもろの過去のことも、話す必要はないのよ。捜査員を正しい方向へ導く情報がひとつあれば充分よ。アントンが排除されれば、残された手下どもは、この雪が近いうちに溶けてなくなるのと同じく、消えてしまうわ。わたしが仲介してあげる。わたしから情報をリークして、情報源があなたであることはぜったいに明かさない」

「あなたを信用していいって保証がどこにあるの？」

「ないわ。あなた自身が覚悟を決めて進むしかない。そして、あなたが見てきたわたしの姿から判断するしかない。ロドニーにぶちのめされても、わたしは調査をやめなかった。クララ・グアマンとチャド・ヴィシュネスキーのために全力を尽くした」

「ロドニーにぶちのめされた？」〈アーティスト〉は疑わしげだった。

わたしはまたしても、変色した腹部を見せびらかした。もっとも、すでに十日たっているので、蹴られたところは鈍い黄色に変わっていた。

「アントン一味があなたの身体を使って送っていたメッセージのことを、わたしがどうやって知ったのか、今夜、不思議に思わなかった？　ロドニーがわたしに飛びかかってきて、蹴りつけて屈服させようとしたあと、わたしは路上であいつを気絶させてやったの。そのあと、ロドニーの仲間二人を説得して、口を割らせたのよ」

ティム・ラドケとマーティ・ジェプスンに助けられたことと、ロドニーがわたしのゲロで足をすべらせたという怪我の功名とを省いたので、なかなか迫力ある響きになった。

「あなたがわたしの名前を洩らして、アントンがそれを嗅ぎつけたら、あなたのとこへアントンを差し向けてやる」

「大きな悪いオオカミなんか怖くないわ」わたしは嘘をついた。「あの男が妻をどうやって始末したか、何か心当たりはない？」

〈アーティスト〉は息を呑み、目を閉じた。思いきって告白する準備をしているのだ。「酸よ。わたしが高校のときに、あいつ、酸を使ってヘリコプターを墜落させたの。マスタースイッチと筒形コイルをつなぐワイヤに酸を塗っておくと、離陸から二十分ぐらいで酸が絶縁体を腐食させてしまうの。ある晩、いつものぞっとするパーティのときに、アントンが電話でその話をして笑ってたわ。そのとき、ジーナとわたしはカウチのうしろに隠れてたの。アントンの友達連中に見つからないように。アントンが部屋を出てったとたん、二人であわてて逃げだしたわ。さすがのジーナも、そんな話をきいたことをアントンに知られたら一大事だと思ったのね」

「マスタースイッチと筒形コイルをつなぐワイヤに酸を？　それが何を意味するのか、どうして知ってたの？」

〈アーティスト〉は首をふった。「知らなかったわ。父にきいたの。理由はいわずに。父には学校の物理の宿題をやるためだって思わせておいた。でも、薄々感づいてたかもね。頭のいい人だったもの。でも、わたしがドラッグを売ってるって思いながら死んでいったんだわ」

「お父さんはあなたを愛してたのよ」わたしは思いきっていった。「ぜったい許してくれてたはずだわ」

「ほんとにバカだった」〈アーティスト〉はつぶやいた。「すごく欲張りだった。金持ちの子が持ってるものが全部ほしかった——馬も、服も。そして、ジーナと仲良くなったころに、アントンがわたしの欲深さを見抜いたの。向こうにしてみれば、楽なものだったでしょうね。あきれるほど楽だったと思う。『赤ん坊からお菓子をとりあげるわけじゃないんだよ』アントンはそういった。『赤ん坊はお菓子をもらい、きみは権力を手にする』って。うっとりしたわ。わたしは昔から権力を愛してた。権力はすべてアントンの手のなかにあったことを知ったのは、ずっとあとになって、わたしが深みにはまりこんでからだった」

きくに耐えない話だった。実の娘とその友達を使って私的な淫売宿をやっていたアントンの下劣さ。ナディア・グアマンを虫けらのように殺して、その姉の死の秘密を隠そうとしたスカリアとマクリーン。こんな連中の住む世界でこれ以上生きていくことはできないような気がした。

そして、思春期をアントンにゆがめられてしまったカレン。彼女が人をけっして寄せつけないのも無理はない。

そんな思いがわたしの顔に出てしまったにちがいない。〈アーティスト〉がいった。「わたしを哀れむのはやめて。何よりもそれがいちばん嫌い。筒形コイルのことを友達の刑事に話してちょうだい。アントンがほんとに刑務所へ行ったら、そしたら、ええ、故郷に戻って、もう一度フランシーン・ピンデロになりたい。何かわたしに知らせたいことがあったら、steveskid80@yahoo.com にメールして」

地下室の奥に置かれた木箱からヴェスタが立ちあがり、わたしたち二人を驚かせた。二人とも話に夢中になるあまり、彼女の存在を忘れていた。ヴェスタは〈ボディ・アーティスト〉に腕をまわした。

「行こう、バックリー。それとも、フラニーかな。わたし、バカかもしれないけど、あんたをうちに連れてくからね」

わたしは暖房器のスイッチを切り、二人のあとから階段をのぼった。てっぺんに着くと、ティムとマーティが〈アーティスト〉をつかまえていた。わたしは彼らに、こちらの用事はすんだと告げた。〈アーティスト〉はどこへでも好きなところへ姿を消せばいい。

55　この世にも多少の正義はある、充分ではないだけで

マーティ・ジェプスンとティム・ラドケは友達と合流して一杯（それとも六杯ほど？）飲むために〈ブロッキー〉へ向かおうとしていて、わたしにも声をかけてくれた。

「チャドの容疑が晴れた」ティム・ラドケがいった。「すごい活躍だったね、ヴィク。イラクの分隊で一緒に戦ってほしかったな」

わたしは二人のほうこそすごい活躍だったと称えたが、バーは次回にしたいと答えた。

「わたしの代わりに一杯飲んどいてね。近いうちにまた連絡する」

マーティがほんのしばらくあとに残って、冷静さを失ったことを詫びた。「すいません、チャドが錯乱してあんなふうに怒り狂うのを数えきれないほど目にしたのに、自分がそうなるはずはないと思ってた。だけど、あの男に会って――イラクのメダルをつけてるのを見たとき――チャドのおやじさんに先を越されてなきゃ、やつの喉に両手をかけたのはこのぼくだったでしょうね」

「あなたは、友達の一人に殺人の濡れ衣を着せられ、それをやった張本人が何食わぬ顔をしているのを目にした。そんな状況に置かれたら、たいていの人は逆上するものよ。あなたが

今後もひんぱんにそんなふうになるとは、わたしには思えない」

「ぼく――」マーティの声がかすれ、つぎの瞬間、わたしを抱き寄せて荒っぽく唇を重ねてきたので、二人とも驚いてしまった。「元気で、ヴィク。今後も助けが必要なら――どんなことでもいいから――あのう、海兵隊を呼ぶ方法は知ってますよね？」

マーティは向きを変えると、店内を横切ってティム・ラドケのあとを追った。

サルが店を閉めようとして待っていた。エリカと二人でゴミの片づけを終えていたが、〈グロー〉の営業が再開できるようになる前に、清掃業者を呼ぶ必要がありそうだ。

わたしはカウンターの端にいるサルの横へスツールを持っていった。「あなたが正しかったわ、サル。どこかの劇場を借りるべきだった。混みあった店内で銃を撃つようなバカ者が出てくるなんて、夢にも思わなかったの」

わたしがふだんに飲むには贅沢すぎる、黄金が液体になったようなシングルモルトを、サルがグラスについでくれた。「心配したほどひどい損害は出てないよ。テーブル一個、グラス数個、それと、出口近くの照明器具。ありがたいことに、本物のティファニー・ランプじゃなかったしね。あの男が〈ボディ・アーティスト〉を撃とうとしたときに割れたんだと思う。レーニエ・カウルズと、〈アーティスト〉の身代わりに撃たれた女性が訴えをおこさなきゃ、この店は安泰だよ」

「清掃業者の代金が保険でカバーできなかったら、わたしに負担させてね。それから、シャンデリアとテーブルも弁償させて」今回の調査にかかった経費については、考えるのも耐えられなかった。

「正義と真実とウォーショースキー的生き方への寄付ってことにしとくよ」サルはそっけなくいった。「大成功だったね、お嬢ちゃん。スポットライトの下に登場したときは、あたしもすっかり信じこんでしまった。〈ボディ・アーティスト〉そのものだった」

「ええ。人はみな、服の下は交換可能なパーツの集まりにすぎない。そうでしょ？」

「そう深刻に考えるのはよしな。せめて今夜だけは。自分のゆりかごに戻って、人生を立て直すといい。飛行機に乗って、ジェイクがいまいるのがアムステルダムだかどこだか知らないけど、とにかく、びっくりさせに行っといでよ。自分に何かご褒美をあげるんだ。いいね？」

自分の笑みがひきつるのを感じたが、とにかくサルと握手をし、グラスをあけてから、一週間ぶりにわが家で夜をすごすために帰宅した。わたしが無事に帰ってくるのを、隣人が寝ないで待っていてくれた。わたしは隣人を抱きしめたが、髪にべっとりついたヘアスプレーをシャンプーで洗い流すために、そのまま階段をのぼった。シャワーを終えて出てくると、ミスタ・コントレーラスが犬を連れ、スクランブルエッグを持参して、わが家のダイニング・ルームにきていた。わたしに再会できて、ミッチもペピーも大喜びだった。その喜びようが、夜食とミスタ・コントレーラスの愛情と同じぐらいにわたしの心を癒やしてくれた。

膝をかがめてペピーの耳をなでてやった。「あなたが今夜〈ゴールデン・グロー〉にきてたら、わたしのことがすぐわかったはずよね。あなたが目にするのは、ただの肉体じゃなくて、このわたし、V・I・ウォーショースキーだもの」

ステージで裸になったことについて、ミスタ・コントレーラスからすこしばかり説教された。「二カ月前にもいっただろうが。裸でステージに出るような女が災難にあうのは自業自得だと」

「ふたたびその言葉がきけて、とっても心が安らぐわ。でも、テリー・フィンチレーのほうは、厚く塗られた塗料の下の裸体が誰なのかわからなかったためにアントンが自制心を失ったんだ、と思ってるようよ。アントンはわたしのことを〈ボディ・アーティスト〉だと思いこんだ。やがて、カレンが、もしくはフラニーが――どの名前で呼べばいいのかわからないけど――客席のうしろでわめきだしたとき、アントンは驚きのあまり冷静さを失い、ロドニーに彼女を撃たせようとした」

「ま、あんたのスタントが成功したってことだな。万々歳ってとこだろう。ひとつだけわしの頼みをきいてくれ。今後、人前に出るときは服を着ること」

「わかりました」わたしはおとなしく答えた。

「ふん、虫も殺さぬような顔でわしをごまかそうったって、そうはいかん。あんたのことはわかっとる。わしになんといわれようと、自分の好きなようにやってく人間だ」

老人の口調はとげとげしかった。わたしの身の安全をひどく気にかけているのに、体力も機敏さも衰えてきた現在では、わたしを守ることはおろか、わたしと歩調を合わせるのも無理になってきたことを痛感していて、それがいやでたまらないのだ。

わたしは老人に両腕をまわした。「あなたみたいな助言者ができたことを知ったら、母がきっと喜ぶでしょうね」

最愛の母と比較してもらえるほどわたしに愛されているのだという思いに、老人は顔を輝かせた。せっせとテーブルを片づけはじめた。「もう二時半、とっくにベッドに入っとる時間だぞ、嬢ちゃん。すんでしまったことでいまさら口喧嘩してなんになる？」

ミスタ・コントレーラスのいうとおりだ。スタントは成功した。すくなくとも、ある程度は。しかし、その結果に大満足とはいえない。手放しで喜べたのは、チャド・ヴィシュネスキーにもたらされた結果だけだった。〈ゴールデン・グロー〉のステージの二日後、ジョン・ヴィシュネスキーがわたしの事務所を訪ねてきた。モナも一緒だった。州検事がチャドを起訴しないことに決めたという。

「これでようやく、設備の整ったリハビリ病院に入れてやれるわ」モナがいった。「わたしたちのために奇跡をおこしてくださったのね、ミズ・ウォーショースキー。日曜日にあのバーに着いたとき、どう考えればいいのかわからなかったけど、あなたは自分のやることをちゃんと心得てたのね」

ヴィシュネスキーがニッと笑った。「あの方面の仕事をもっと本格的にやろうって気になったときは、連絡してくれ。昔の楽器を演奏したあのギャルの代わりに、わたしがクラリネットを吹くことにしよう……調査に要した時間と手間を合計して、料金がいくらになるか知らせてほしい。ちゃんと払うから」

わたしはシカゴ市警、州警察、連邦警察による果てしない事情聴取の合間に、請求書の作成を進めていた。感謝の念でいっぱいの依頼人はこころよく支払いをしてくれるが、事件解決から請求書発送までの時間があけば、感謝の念は消えていく。ヴィシュネスキー夫妻への請求書の作成が面倒なのは、どれがグアマン関係の調査の分なのかを（この分は誰も払ってくれない）判断しなくてはならないのと、日曜の夜にわたしが〈ゴールデン・グロー〉に呼んだ特別の警備係や、レイヴィング・レイヴンの楽器にかけた保険料といった、ヴィシュネスキー夫妻に請求するのは筋ちがいの項目を省かなくてはならないせいだった。

テリー・フィンチレーに電話して、チャドの起訴を思いとどまるよう州検事に働きかけてくれたことに礼をいった。「このあとは、ナディア・グアマン殺しでスカリアが起訴されることになるの？　それから、たぶん、レーニエ・カウルズも？」

「州検事というのは選挙で選ばれる」フィンチレーはひどくぶっきらぼうな声でいった。「現在の検事は〈ティントレイ・コーポレーション〉から多大な支援を受けていて、スカリアの弁護士がおれに向かって、一時間おきにそれを指摘している。証拠も強力とはいえん」

「殺人のあった夜にチャドに声をかけた人物がスカリアだったことを、マーティ・ジェプスンが証言してくれるわ。それから、モナ・ヴィシュネスキーと同じ建物にいる住人の一人も、たぶん、スカリアの顔を覚えてると思う。ナディアが殺された夜、路地にEタイプのジャガーが停まっていたのを、〈ボディ・アーティスト〉が目にしてるし。奇妙なことに、ギルバート・スカリアが乗ってる車も、車種と年式が同じなのよ」

「マーティ・ジェプスンはストレスを抱えこんだ帰還兵で、バーの窓から誰かを見たにすぎない。賞賛に値する多数の帰還兵と同じく、砂漠での従軍体験に打ちのめされていて、現実と想像を混同しがちなところがある。あ、きみがおれの喉笛に食らいつく前にいっとくと、ウォーショースキー、おれはスカリアの弁護士のコメントを引用してるだけだからな。ジャガーの件については——州検事が耳を傾けるのはどっちだと思う？ クスターニックの意のままに動いてたストリッパーか、それとも、年商十億ドルの会社の部長か」

「じゃ、事件は迷宮入りなのね」わたしは声に苦々しさがにじむのを抑えきれなかった。

「調査を始めたときにきみが考えてたよりは、いい結果に終わったじゃないか。そう嘆くなって。まあ、〈ティントレイ〉の連中がうまく逃げちまったのを見ると、歯ぎしりしたくなるけどな。さてと、迷宮入りの話が出たついでに、ラザー・グアマンと、レーニエ・カウルズ襲撃の件で、きみからもっと話をきく必要がある」

「有能な被告側弁護人にかかったら、わたしの証言なんてズタズタにされてしまうことは、わたしに劣らずよくご存じでしょ、テリー。わたし、銃声はきいたけど、誰かが銃を撃つとこは見てないわ。ラザー・グアマンがカウルズのテーブルのそばに立ってたとしても、そういう人間はほかに何人もいたのよ。証言台に立って偽証するつもりも、笑い者になるつもりも、わたしはありません。どっちにしても、探偵稼業にとってマイナスだもの」

レーニエ・カウルズは一命をとりとめた。銃弾が——誰が撃ったにせよ——顎を砕いたので、再建のための大手術が必要だろう。しかし、ひょっとしたら——以前より弁の立つ弁護士になるかもしれない。人の痛みに共感できる弁護士になる可能性だってある。もしかしたら、わたしの生きているあいだに、カブスがワールド・シリーズで優勝するかもしれない。

カウルズを撃つのに使われた銃は、正規の登録もされずにこの国に出まわっている何百万挺もの銃のひとつだったので、ラザー・グアマンのものだという立証は不可能だった。しかし、ジャーヴィス・マクリーンはラザーが撃ったと証言した。ほかに、わたしが撃ったという者もいたし、何人かの友達と一緒にとなりのテーブルにすわっていた二十代の男性が犯人だという者もいたため、警察が事件の真相を突き止めるのは困難だった。

〈ティントレイ〉の連中はお咎めなしなのかと思うと、腹が立ってならなかった。ナディア殺しの迷宮入りとカウルズ銃撃事件の捜査とでちょうどあいこだ、とフィンチレーが遠まわしにいったけれど、わたしにはまったく慰めにならなかった。グアマンは娘たちを殺された苦悩から行動に出た。スカリアとマクリーンは自分たちのストック・オプションの価値を守ろうとしたにすぎない。

といっても、〈ティントレイ〉のCEOもトラブルを抱えこまなかったわけではない。マリ・ライアスンとベス・ブラックシンの報道によって、〈アキレス〉のシールドに砂が詰められていたことが世間に広く知れわたった。イリノイ州選出の国会議員たちが、公聴会をひらいて〈ティントレイ〉が国防総省とかわした何十億ドルもの契約について調査するよう、騒ぎはじめている。早くも株価が下がっている。

ほかにも明るい点がいくつかあった。もちろん、そうこなくては。最大の収穫は、チャド

・ヴィシュネスキーの無罪が証明されたことだった。また、筒形コイルのワイヤに酸が塗ってあったという情報を、〈ボディ・アーティスト〉からとることができた。マリにそれとなく伝えてみた――「十年か十五年前に、アントンとヘリコプターのことで何か事件がなかったっけ？　ワイヤに酸を塗ってヘリを墜落させたとか。ヘリが飛んでるあいだに、酸が絶縁体を腐食したんじゃなかった？」――すると、マリはミッチにたかるノミみたいに、その話に飛びついた。連邦航空局と運輸保安庁がアントンの妻のヘリコプター墜落事故を再調査しているという記事を読んで、わたしは満足した。

もっと些細なことながら、わたしの心を個人的に温めてくれたのは、ダロウの好意だった。日曜の夜、ダロウは〈ゴールデン・グロー〉にこなかったが、アシスタントのキャロラインが、・グリズウォルドがきていた。店内が人でぎっしりだったため、わたしは彼女に気づかなかったが、ラザーがカウルズを撃ったあと、キャロラインは警察に出口を封鎖されないうちに横手のドアからこっそり抜けだした。どうやら、ダロウのほうへくわしく報告してくれたようだ。なぜなら、特大のバスケットに入った花がどっさり届き、〝よくやった、ロック〟というメモがついていたからだ。

警官に話をし、ダロウに手書きの礼状を送り、アパートメントを徹底的に掃除する合間に、メールの返事を書き、中断していたほかの調査をいくつか再開することにした。依頼人たちが機嫌をそこねていた。わたしがメディアの注目を浴びるのに夢中で、自分たちの依頼した仕事をやってくれない、と思っているのだ。

ある日、オリンピアがわたしに会いにやってきた。〝過去のことは水に流して〟もらおうと期待して。イリノイ州北部を担当する連邦検事がオリンピアの帳簿を調べている最中で、オリンピアはびくついていた。わたしは力になるのは無理だと答えたが、説教するのはやめておいた。オリンピアは自分で深い墓穴を掘ったのだ。死なずにすんだだけでも幸運というものだ。

「カレン・バックリーは、夜の闇のなかへ逃がしてやったそうね」オリンピアはいった。
「だったら、わたしのことも助けてくれたらどうなの？」
「仕方がなかったのよ、オリンピア」

オリンピアにはいわなかったが、その理由は、フランシーン・ピンデロが亡くなった母親の名前を使って逃亡生活を送っていたことにあった。わたしが八歳で、つまり、フラニーが母親を亡くした年齢で、自分の母を失っていたなら、長時間勤務のつづく父には、自宅周辺のトラブルからわたしを守ることはできなかっただろう。わたしたちには母親が必要だ。フラニーにも、わたしにも。わたしのほうが幸運だった。自分の翼で飛べる年齢になるまで、ガブリエラの強力な庇護の翼のもとで育つことができたのだから。

56
海の彼方からの歌

〈ゴールデン・グロー〉でショーをやった翌日、ピルゼンまで車を走らせた。クリスティーナは例によって不機嫌で冷淡だった。というか、すくなくとも、苦々しく無愛想だった。ナディア殺しの犯人をわたしが突き止めたことにも、さらには、アレグザンドラが受けた仕打ちに関して〈ティントレイ〉に世間の注目が集まるようにしたことにすら、感謝の言葉はなかった。

代わりに、夫がやったことをわたしのせいにした。レーニエ・カウルズ銃撃事件の〝参考人〟として、警察がラザー・グアマンの身辺をうろついているという。グアマン家のほうで念のために刑事弁護士を雇ってはどうかと、わたしが提案すると、クリスティーナは両手をあげた。「ラザーは有罪だ、新聞に広告を出せ、っていわれたほうがましだわ。弁護士なんか雇ったら、うしろぐらいとこがあるみたいに思われてしまう」

「弁護士を雇えば、裁判のときに不利な証拠として使われそうな供述をする危険を避けることができるわ。わたし、一流の刑事弁護士を知ってます。わたしの顧問弁護士の事務所に入ったばかりの女性なの。よかったら、わたしのほうから――」

「親切はもうやめて、お願いだから《ポル・ファボール》。うちの一家をさんざんな目にあわせたくせに、まだ足りないっていうの？ ここに住んでるのは操り人形ばっかりで、あんたが糸をひっぱれば踊りだすとでも思ってたの？ 二人の娘が死んでしまった。アレグザンドラの会社からもらったお金がなくなったら、うちはどうやって暮らしていけばいいの？」

「ママ！」クララは恥ずかしさで真っ赤になっていた。「よくもそんなことがいえるわね。レーニエ公がナディアを殺したのよ！ 会社のボスたちがアリーを殺したのよ！ あたしたち、まるで――奴隷だったわ。そんなやつらに頭を下げたりして。あいつらのお金なんて、ないほうがすっきりする。ナディアのいったとおりよ。血に染まったお金だわ！」

「そりゃもちろん、おまえは自分の母親よりこの探偵の肩を持つだろうよ」クリスティーナはいった。「探偵のとこへ逃げたんだもの。自分の家族を見捨ててこの女のとこへ逃げた。そして、今度はおまえの父親が殺人で刑務所に入れられるかもしれない。なんの役に立ってくれたっていうのよ、二人とも」

クリスティーナにとって、この世界は肩にのしかかった重荷なのだ。それはわたしにも理解できる。こわれてしまった家族の残骸が彼女の周囲に散らばっている。「でもね、アレグザンドラがクララのために望んだ明るい未来を現実のものにするために、わたしたち全員が力を尽くすべきだと思うんです」わたしはいった。「それに、重くのしかかってた秘密がとりのぞかれて、クララも楽に学校へ通えるようになるでしょうし」

「そのとおりよ、ママ。大学を出たら、あたし、いい仕事について、ママとアーニーを養ったげる。パパのことだって養うからね。パパが刑務所に入れられずにすんだら。たぶん、大丈夫だと思うよ。レーニエ公と仲間の連中がアリーとナディアをどんな目にあわせたかが、世間の人たちの耳に入ったら、みんな、パパにメダルをくれるわ。前へ進んだヴィクとあたしに罪悪感を持たせようとするのはやめて」

わたしはクララに笑いかけ、抱きしめたが、事件の後始末に奔走するあいだ、母親の言葉が耳について離れなかった。ときたまサルと一緒に外出し、帰還兵二人は一度か二度、わたしの様子を見に寄ってくれた。

リハビリ病院へ移されたチャドを、三人で見舞いにいった。チャドが自分の友達を即座に見分けたので、わたしは胸をなでおろした。脳に永続的な損傷を受けてアーニーのようになるのではないかと、ずっと心配だったのだ。男性三人は照れくさそうに挨拶をかわした。抱き合って感情を表に出すのは、女性のほうがはるかに得意だ。

「きみらがおれのケツを救ってくれたんだってな」チャドがいった。

「礼をいうなら、ここにいるレディにいってくれ」マーティがいった。

ぎごちない言葉をしばらくかわしたのちに、積もる話は三人でしてもらうことにして、わたしはタクシーで家に帰った。このところ、わたし自身も体調がすぐれず、やさしい介護を大いに必要とする人間になったような気分なので、タクシーなどの贅沢に身を委ねることにしている。仕事の時間を短くして、犬たちとのんびりすごしている。ジェイクと彼の音楽が、思った以上に恋しくてたまらなかった。犬の相手をするのは体力的にはハードだが、感情面では癒やしになる。それこそが、最近のわたしに必要なものだ。

足を怪我したせいで、歩くのが少々ぎごちなかったが、日が長くなり、気温があがって五週間ぶりに零度を超えるころ、湖畔の公園ですごす時間がわたしの元気の源となった。犬を連れて南へ向かい、シカゴ大学近くの自然保護区に行ってみた。ミッチがコヨーテを追いかけて半マイルも走りまわった。ペピーも思いきりスピードを出してあとを追い、そのうしろから、わたしがよたよたついていった。

たまっていた郵便物の整理を、ペトラが手伝ってくれた。しかし、週の終わりに、ひどく真面目な顔でやってきて、事務所をやめたいといいだした。

「ヴィクが大変なときに見捨てるなんてこと、したくないけど、あたしって探偵仕事に向いてるとは思えないの。人が撃たれるとか、ズタズタにされるとか、そういうのって大の苦手。この前の日曜日もすごく怖かった。でね、ヴィクがすっごくタフでクールなのを見て、あ、悪くとらないでほしいんだけど、あたしがヴィクの年になったとき、そんなふうにはなりたくないって思ったの。つまりね、ヴィクは一人で暮らしてて、とっても強くて、暴力なんかへっちゃらって感じでしょ」

「悪くとるしかないお言葉ね」わたしは強い女の口調でいってみた。「カンザス・シティに帰るの？」

「ううん。ティムの会社で広報担当の人間を探してて、あたしにぴったりの気がするの。それに、ええと、ティムとあたし、すごく気が合っちゃってぇ。だから、きっと楽しいと思うのよ」

わたしはペトラが働いた時間の分の小切手を書いた。「わたしの前でころころ意見を変えるのはやめてね、ペトラ。あなたが助けを求めてきたから、わたしは助けてあげた。今度はさっさと離れていこうとしてる。たぶん、タフな人間になるのがいやなのね。でも、もっと思慮深くて、もっと責任感のある人間になる必要があるわよ」

ペトラは殊勝な顔でうなずいたが、返事をする気はなさそうだった。わたしはその夜、いまにも涙ぐみそうな気分で家に帰った。ペトラがやめたからではない。ペトラは衝動的な行動が多すぎて、事務所の役に立つ人材ではなかった――しかし、わたしの性格に関するペトラの意見に、落胆せずにはいられなかった。

アパートメントの建物に帰り着いた瞬間、卒倒しそうになった。建物の正面のステップに、クララ・グアマンが兄のアーニーと一緒に腰かけていた。寒い二月の夜だし、従妹がわたしの性格をどう思っているかをきかされたあとなので、グアマン家の危機にこれ以上対処する心の余裕はなかったが、クララとアーニーのためにロビーのドアをあけ、無理に笑みを浮かべた。

「その後どう？」自分で思ったよりも、つっけんどんな声になったにちがいない。クララがわたしに不安そうな視線をよこした。

「いま、都合が悪いの？」クララはいった。

「ううん、平気、平気。疲れてるだけ……お父さんは大丈夫？　警察が逮捕にきた？」

「落ちこんでる。自白したいっていってる。ママは逃亡させようとしてる——キューバでもかまわないって。で、みんなが口喧嘩してる。まるで、ナディアとママがしょっちゅう喧嘩してたときに戻ったみたい。何もかもよくなると思ってたのに、そんなことなかった。今夜も、パパったら、アーニーの笑い声がもう一度きけるのなら、なんだってやってやるっていいだした。あたし、どうすればいいのかわからなくて……。アーニーが一緒だと、あたしの友達んちへは行けないから、ここにきたの」

犬たちがこちらの声をききつけて吠えはじめ、キュンキュンいいだした。ミスタ・コントレーラスが自分のところのドアをあけると、ミッチとペピーが廊下に飛びでてきた。

「ペピー！」クララの顔が輝いた。「ここにいると思ってた」

「おやおや、クララ、自分の顔を見てごらん。目のあざがすっかり消えて、絵のようにかわいくなっとる。なあ？」ミスタ・コントレーラスがにこやかに笑いかけると、クララは頬を染めた。

アーニーが犬を見たらどうなることかと、わたしはヒヤヒヤしていた。ミッチに抱きついたり、押さえこんだりしようとしたら、悲劇になりかねない。ところが、犬たちはアーニーの障害を理解しているように見えた。クララが膝を突いてペピーにやさしく声をかけているあいだに、ミッチがジャンプしてアーニーの肩に前足をかけ、顔をなめた。

「この女の子、ぼくが好きなんだ、ぼくが好きなんだ！　見た、クララ？　この子がぼくにキスした。アリードッグがぼくにキスした」

アーニーのうれしそうな叫びが階段の吹き抜けにこだました。ミッチがオス犬であることは、アーニーに黙っておくことにした。

若い二人と、老人と、犬二匹を連れて上の階まで行き、仕事用の服を脱いでエクササイズ用の服に着替えた。犬を走らせるためにふたたび外に出てから、ミッチのリードの持ち方をアーニーに教えた。交差点の赤信号で足を止めるたびに、犬におすわりをさせ、ふたたび犬を連れて歩きだすのは〝ついて《ヒール》〟という命令を出してからにするよう、アーニーに教えこむ必要があった。しかし、公園に着いてからは、アーニーとミッチの両方が疲れてくたくたになるまで、湖畔の小道を自由に走りまわらせた。クララはペピーを相手に、もっと静かに遊んでいた。アパートメントに帰ったとき、グアマン家の二人は出かけたときより幸せそうな顔になっていた。

わたしはミスタ・コントレーラスと一緒に夕食をとろうと思い、サーモンの切り身を買っておいた。パスタとブロッコリーの房で量をふやして、四人分の食事にしたが、アーニーは興奮しすぎてあまり食べられなかった。

「ぼくのアリードッグ、ぼくのアリードッグ」アーニーは椅子から飛びおりてミッチを抱きしめながら、叫びつづけた。

「アーニーはやっぱり犬を飼わなきゃ」クララがいった。「バイクの事故のあと、こんなにしっかりしてたことは一度もなかったもん」

わたしはうなずいた。「わたしの知り合いに、病院へ慰問に行く犬の訓練をやってる人がいるわ。月曜日にその女性に会いにいって、アーニーの飼えそうな犬を見つけてほしい、正式に訓練してほしいって、二人で頼んでみようね。それから、デブ・ステップの連絡先を教えてあげる。優秀な弁護士さんなの。電話してみましょう。あなたとわたしから。あなたがお父さんを連れてデブに会いにいけば、お父さんは安心できるだろうし、おうちの騒ぎも静まると思うわ」

クララはペピーの尻尾の柔らかな毛をもてあそんだ。「うちのパパが――パパがほんとにレーニエ公を撃ったの？」

「さあ、わたしには答えられないわ。お父さんが銃を撃つとこは見てないから。それに、わたしがそれ以上のことをいったら、あなたは宣誓証言のときにそれをくりかえさなきゃならなくなるのよ」

「でも――あたしの心の半分は、パパがやってればいいのに、アリーとナディアの復讐をしてくれてればいいのにと思ってる。あとの半分は、やってなきゃいいのにと思ってる。だって、自分の父親が誰かを撃つなんて、考えただけでぞっとするもの」

わたしはクララの手をとった。「あなたの一家がこの三年間耐えてきたような苦しみは、誰一人味わってはいけないものだわ。戦争の被害というのは数えきれないほどあって、その多くが戦場から遠く離れたところでおきている。もしお父さんがレーニエ・カウルズをほんとに撃ったとしても、心に傷を負ったストレスのせいだと思ってあげてね。気の毒なチャド・ヴィシュネスキーもそうだったでしょ。お父さんが相手かまわず襲いかかることはないと思う。弁護士さんと話をすれば、お父さんの心のなかで、自分がどう行動するのが正しいか、家族のためにどんな道が残されているか、はっきり見きわめがつくはずよ」

デブ・ステップに電話をかけた。デブはわたしの話に耳を傾け、つぎに、クララと二人だけで話をした。クララはデブとの会話のおかげで、自分の家に帰る覚悟ができた様子だった。もっとも、アーニーと一緒に十一時すぎまでぐずぐずしていたけれど。アーニーをミッチからひき離すのが大変だった。ミスタ・コントレーラスの助けがなかったら、無理だったかもしれない。しかし、これからもミッチと遊べる時間を作ってあげる、アーニーだけの本当のアリードッグを早く見つけてあげる、と約束すると、アーニーもようやく納得したので、グアマン家の兄妹を車で家まで送ることができた。

アパートメントに戻ると、またしても憂鬱な気分に陥り、気がついたときには、ジェイクに長いメールを書いていた。ジェイクはベルリンでベリエの《セクエンツァ》を演奏して、現代音楽中心の室内楽団のツアーを終了し、目下、古楽を専門とする楽団〈ハイ・プレーンソング〉とともにロンドンへ向かっているところだった。レイヴィング・レイヴンはジェイクたちと合流するために、アンプをつけていない、歴史的に正しい年代ものの楽器を持って、水曜日にそちらへ旅立った。

ジェイクには前に一度だけ短いメールを送って、日曜日のショーのハイライトだけを報告し、それもユーモラスな口調にしようと心がけた。今夜はもっと正直なメールになった。というか、自己憐憫の気持ちが強くなったのかもしれない。ときどき、自分でもわからなくなる。

グアマン家の子供たちが窮地に陥ったときにわたしを頼ってきたという事実に、ほんとだったら気をよくしてもいいはずなのに、正直なところ、自分が善よりも悪をなしたのではないかという迷いがあるの。クリスティーナ・グアマンから、わたしがあの一家をステージに並んだ操り人形みたいに扱ってるっていわれたけど、ひょっとすると、わたしはまた同じことをしているのかもしれない。一家のために弁護士を見つけ、アーニーには犬を手に入れてあげると約束してしまった。

ときどき、自分が嬉々として行動に移ると周囲の人に危険が及ぶ、という事実についてて考えることがあるわ。サルからは二、三週間前に、「あんたって、自分はほかの誰よりもレベルが上だと思ってるように見えるよ」といわれた。そんなことないのに。思ってもいないのに。わたしを動かしてるのは、度胸ではなく、絶望だと思う。とくに、悲惨な事態をいやというほど目にしたときの絶望。そんなとき、すぐさま行動に移って、事態をさらに悪化させてしまうの。でも、すくなくとも、アーニーは犬を飼えるようになるわ。それだけはよかったと思うけど、世の中って予想外の結果になることが多くて、わたしもくりかえしその法則に翻弄されてるような気がする。

あなたがここにいてくれればいいのに。あるいは、わたしがそっちへ行ければいいのに。もっと静かな人生を送ってくれればよかったと思う。

ジェイクから翌日返事がくることを願ったが、時差と公演スケジュールの関係から、メールを見ていない可能性があることは承知していた。ジムへ出かけて、寄せ集めのメンバーでバスケットの試合をやった。それから事務所へ出かけたが、仕事はもううんざりだった。近所のスパへ行き、マッサージを受け、プールでのんびりすごした。

家に帰ると、ロティからメールが入っていた。

〝マックスと二人で、明日、そちらへ朝ごはんを食べに行くわ。七時十五分前にはおきててね〟

ロティに電話すると、向こうは笑って、時間までにおきてパソコンの電源を入れておくようにといっただけだった。ロティに懇願したり、甘い言葉でおだてたりして、もっと情報をひきだそうとしたが、その前に電話を切られてしまった。

日曜の朝、好奇心に駆られて、ずいぶん早く目がさめてしまい、犬をランニングに連れていった。戻ってくると、ちょうどマックスがアパートメントの向かいの路上に車を停めるところだった。ロティと一緒にわたしのあとから階段をのぼりながら、戦時中にロンドンでひらかれたコンサートの思い出を二人で語り合っていた。ウィグモア・ホールの夜のコンサートでは、停電してしまったため、演奏中の友達のためにみんなでロウソクを掲げたという。

わたしがコーヒーをいれるあいだに、ロティがバスケットをひらいて果物とロールパンをとりだし、マックスはわたしのノートパソコンでインターネットを始めた。プロコフィエフの耳ざわりなコンチェルトが終わりに近づいていた。やがて、アナウンサーが時刻（一時をわずかにまわったところ）と局（BBCラジオ3）を告げた。ニュースを読み、つぎは〈古楽の時間〉をお送りしますといった。

番組司会者の豊かなコントラルトの声が台所を満たした。「今日は、アメリカからいらした〈ハイ・プレーンソング〉のみなさんをスタジオにお招きしました」

わたしは驚きで口もとがほころぶのを感じた。「知ってたのね！　どこで知ったの？」

「出演が決まったとき、ジェイクがマックスに電話してきて、あなたを驚かせてほしいって頼んだのよ」ロティがわたしに笑みをよこした。

司会者が楽団のメンバーを紹介した。メンバーはそれぞれの楽器を説明し――ジェイクは〈ハイ・プレーンソング〉ではヴィオラ・ダ・ガンバを演奏――ツアーのために用意した特別なレパートリーを紹介した。トリッシュ・ウォルシュ（芸名ルネサンス・レイヴン）が電源コードのついていない昔のリュートで弾き語りをやった。先週日曜日に〈ゴールデン・グロー〉でヘビメタっぽい演奏を聴いたあとだけに、彼女が〝格調高い〟声で話をするのをきくと、不思議な気がした。

「最初に、何人かのトロバイリッツ、これは十二世紀から十三世紀にかけて活躍した女性吟遊詩人のことですが、その人たちの作品をご紹介したいと思います」トリッシュがいった。「数十人の吟遊詩人がいたそうですが、彼女たちの詩はほとんど残っておらず、そのなかでも、曲がついているのはひとつだけです。しかし、現存する詩のなかから、わたしたちがいくつかを選び、その時代にふさわしい旋律をつけてみました」

「トリッシュが最初に歌う曲は、わたしが選んだものです」ジェイクがいった。「詩はマリア・ド・ヴェンタドゥール。昔からわたしが大好きだった作品で、マリアがギ・デュセルという詩人と二人で、会話体の詩を書いているのです。マリアは彼に、男が恋人に接するときは〝友人に接するように〟すべきだし、〝女は恋人を友達のごとく崇めるべきで、けっして主君のごとく崇めてはならない〟といっています。

わたしは知人の女性に敬意を表して、この詩に曲をつけました。その人はトロバイリッツと同じく、気高い勇気を備えた女性です。つい最近も、一人の少女の力になり、一人の兵士を救いました。そして、いつもの気力と策略でそれをやりとげたのです。V・I・ウォーショースキー、きみが聴いてくれていますように」

訳者あとがき

ちょうど一年前、二〇一〇年の八月に、わたしは『ミッドナイト・ララバイ』のあとがきを書き、〝お帰り、ヴィク！〟と呼びかけた。前作『ウィンディ・ストリート』から数えて四年ぶりのヴィクの登場だった。今回は一年ぶり。ヴィクとの再会までの期間が短くなっていて、うれしいかぎりだ。

『ミッドナイト・ララバイ』は真夏のシカゴの物語だった。秋が深まるころに物語は終わりを迎える。そして冬がきて、いよいよ、本書『ウィンター・ビート』の始まりである。

シカゴで評判のホットなナイトクラブ、〈クラブ・ガウジ〉にヴィクが出かけた夜、ナディアという女性が駐車場で射殺された。銃声をきいてあわてて駆けつけたヴィクの腕のなかで、ナディアは「アリー」とつぶやきながら死んでいく。

クラブで何度かナディアに怒りをぶつけたことのある、チャド・ヴィシュネスキーという若者が、ナディア殺しの犯人として逮捕された。志願兵としてイラクへ赴き、四度の兵役ののちに除隊して、故郷のシカゴに戻ってきたという経歴の持ち主。何者かの密告を受けて警察がチャドの住まいへ急行すると、ベッドで意識を失っているチャドが発見された。そのそばに、ナディアを撃つのに使われた銃がころがっていた。警察は、ナディアを殺した犯人が良心の呵責に耐えかねて自殺を図ったものとみなし、意識不明の彼を逮捕、拘置所の附属病院へ搬送した。

週明けの月曜日、一人の男性がヴィクの事務所を訪ねてくる。チャドの父親で、〝息子が人を殺すはずはない〟と固く信じていて、事件の真相を突き止めてほしいというのだった。父親に懇願されて、ヴィクはしぶしぶ事件の調査をひきうける。状況証拠からすると、チャドの容疑は濃厚だが、自分の腕のなかで死んでいったナディアのためにも真実を明らかにする義務がある、と考えてのことだった。

最初は、単なる男女関係のもつれによる殺人か、はたまた、イラクの戦闘で心に傷を負い、帰国後の社会生活に適応できなくなってしまった男がひきおこしたゆきずりの犯行か、と思われていたのだが、ヴィクが調査を進めるにつれて、そんな単純なことではなく、背後に大きな問題が隠されていることが明らかになってくる。

もうじき五十になろうというヴィクだが、三十代のころに劣らずエネルギッシュだ。前作あたりから、ますます元気になってきたような気がする。今回も、〝何もそこまでやらなくても〟と止めたくなるような活躍ぶりだ。どんな活躍かって？　それは読んでのお楽しみということで。

ヴィクと同じく、生みの親のパレツキーも還暦をすぎてますます輝いている。今年二〇一一年、MWA（アメリカ探偵作家クラブ）のグランドマスター（巨匠賞）を受賞した。一九五五年のアガサ・クリスティーが第一回の受賞者で、その後も、レックス・スタウト、エラリイ・クイーン、P・D・ジェイムズなど、錚々たる作家たちが受賞者に名を連ねている。同じころにデビューして、パレツキーとともに女性探偵の流れを生みだした同志ともいうべき女性作家たちも、このグランドマスターを受賞している。マーシャ・ミュラーが二〇〇五年、そして、スー・グラフトンが二〇〇九年。

パレツキーのウェブサイト（http://www.saraparetsky.com）をのぞくと、二〇一一年五月のMWAの授賞式でスピーチをするパレツキーを動画で見ることができる。ワンショルダーの黒のロングドレスというエレガントな装いで、受賞したことに対して、エージェントと編集者と夫君に感謝を捧げたあと、現代の作家が置かれている状況や作家の果たすべき役割について、鋭いスピーチをおこなっている。昨年早川書房から出版されたエッセイ集『沈黙の時代に書くということ』の内容とも重ねあわせることのできるスピーチである。興味がおありの方はぜひご覧ください。

『ミッドナイト・ララバイ』のあとがきを書いたときと同じく、うれしいことに、今回もシリーズのつぎの作品の予告ができることになった。

このところ、一年一作のペースが定着してきたようで、すでに新作の原稿が完成している。タイトルは *Breakdown*。来年初めにアメリカで出版とのこと。第二次大戦後にアメリカに渡ってきた難民で、いまでは巨万の富を築いている大富豪と、ヴィクの旧友が入院している病院の二つを軸にして、物語は展開していく。

あらすじをざっと読んだだけだが、おもしろそうな作品だという印象を受けた。ヴィクはまたまたとんでもない危険にさらされそうな気配。どうぞお楽しみに！

最後に、パソコン関係の訳語を教えてくださった飯泉恵美子氏と、軍事関係の訳語を教えてくださった大森洋平氏に、心からの感謝を捧げたい。お世話になりました。

二〇一一年八月